P9-AQC-207
3 4028
HARRIS COUNTY PUBLIC LIBRARY

Las guerras de Elena

Las guerras de Elena

Marta Querol

Barcelona • Madrid • Bogotá • Buenos Aires • Caracas • México D.F. • Miami • Montevideo • Santiago de Chile

1.ª edición en papel: enero 2014:

Consell de Cent, 425-427 - 08009 Barcelona (España)
www.edicionesb.com

Printed in Spain
ISBN: 978-84-666-5410-4
Depósito legal: B. 25.890-2013

Impreso por Novagràfic, S.L.

A Marta y Ana.
Y a ti, que desde lejos me das
fuerzas para seguir.

Prólogo

Unos segundos de confusión, apenas un silbido sordo y todo había acabado. Tirada en la calle junto a su hija y con el cuerpo del hombre al que había amado hasta hacía tan solo unos meses abatido por una bala certera, a Elena todo lo vivido hasta ese día se le antojó que estaba escrito en algún libro macabro de cuyas profecías no podía librarse. Por su mente pasaron en segundos una vida de tropiezos, su pasado lejano y reciente, y miró abrumada a la niña. Había intentado darle una infancia distinta a la suya y sin embargo estaba enredada en la misma tela de araña, la de un destino que no daba tregua y se empeñaba en hacerle agachar la cabeza.

Ella, que tanto había sufrido de niña, que tantas veces había caído para volver a levantarse; ella, que era como el ave Fénix por su capacidad para rehacerse a cada golpe recibido, dudó por primera vez en su vida de si sería capaz de levantarse de nuevo, coger a su hija de la mano y seguir caminando en un mundo empeñado en vencerla en cada guerra, por mucho que se resistiera.

Nada había salido como lo planeó. Pensó que al abandonar el hogar familiar para casarse con un hombre bueno y que la amaba su universo tenso y gris se llenaría de luz, pero no fue así. La idílica perspectiva se torció sin que reparara en las señales de aviso recibidas. ¿Orgullo? ¿Ceguera? ¿Una mano invisible? En el empedrado de la calle Barcas aquella mañana de junio de 1976 ya no importaba cuál había sido el detonante de su desgracia.

Recordó cómo había luchado por proteger los intereses de su hija para que no le ocurriera como a ella con su padre, cómo había bregado en un mundo de hombres para construir un universo seguro que ofrecerle a Lucía, y cuando más cerca creyó estar de alcanzarlo la realidad le puso delante una pesadilla que ahora acababa, o eso esperaba, con aquel disparo. Otra batalla y aún quedaba mucho por luchar, aunque pocas fuerzas para hacerlo.

Había intentado con nulo éxito adelantar sus pasos a los de la fatalidad pronosticada en un día lejano. El destino le había ganado todas las partidas hasta ese mismo día en que los vaticinios de una gitana se cumplieron a pesar de sus esfuerzos por darles un quiebro. Era como si sus pasos la hubieran llevado inexorablemente hasta esa calle donde ahora yacían las dos, presas del miedo, y que nunca podrían olvidar. Y ese camino torcido comenzó una tarde, también de un mes de junio pero de 1968, cuando de la mano de un detective y con su fiel contable como testigo, irrumpió en el dormitorio del que había sido su hogar para inmortalizar en un reportaje bochornoso la felonía de su marido.

Ese fue el último día de una etapa y el primero de la que hoy terminaba, día aciago seguido de una noche en vela en la que el reloj empezó a marcar los segundos que la llevarían hasta el pavimento pétreo de esa calle.

PRIMERA PARTE

GUERRA DE SECESIÓN

1

Eran las doce de la mañana de un caluroso día de junio de 1968. Unos golpes en la puerta despertaron a Carlos Company. Desorientado, se frotó la cara con las manos y miró a su alrededor sin saber dónde se encontraba; reparó entonces en Verónica, dormida plácidamente a pocos centímetros de él. Reconoció el papel gris perla de las paredes, la litografía de un puente sobre el Sena, la cortina de un color sin nombre filtrando una luz sucia... estaba en el hotel Oltra. Gritó «un momento» y de un salto se envolvió en la colcha para llegar hasta los golpes y despachar a la limpiadora que intentaba hacer su trabajo. Regresó a la cama todavía confuso, no era la primera vez que ocupaba una habitación como aquella en los últimos meses, hasta que una amarga sensación le sacudió espabilándolo del todo. El recuerdo de la imagen decidida de su mujer entrando la tarde anterior en su dormitorio, escoltada por el contable y un detective privado, cámara en ristre, resucitó la furia adormecida por el sueño.

Carlos nunca imaginó que su matrimonio fuera a acabar así. Desde que supo que iba a ser padre las cosas habían cambiado y su relación con Elena parecía poder salvarse. De hecho, estaba decidido a terminar con Verónica cuando todo se complicó de nuevo. Miró al techo preguntándose cómo había ocurrido aquello, pero ya daba igual, era tarde para lamentarse.

Apretó los puños al revivir la escena que se repetía una y otra vez en su cabeza. Trató de convencerse, Elena se merecía lo ocurrido. Espiarle, contratar a un detective, había sido un golpe bajo, humillante. En aquel instante algo profundo se rompió en su interior.

Observó de nuevo a su compañera de cama. Nunca se hubiera imaginado que aquella joven menuda fuera tan fuerte. A pesar de lo violento y desagradable de la situación y aunque al principio todo fueron gritos, su fogosa compañera se repuso al poco mostrando un aplomo inesperado.

Y ahora allí estaba, durmiendo tranquila. Lo sucedido no le había quitado el sueño. Tan solo unas semanas atrás había estado a punto de romper con aquella destartalada jovencita que había resultado ser una caja de sorpresas, y sin embargo ahora representaba su futuro. Le acarició el pelo alborotado. Con sus rizos cobrizos y la débil sonrisa esbozada en sueños recordaba a una de esas niñas de las felicitaciones navideñas de Ferrándiz.

Una niña... Ese era ahora el problema de Carlos, su hija. Conocía muy bien a Elena, herida era muy peligrosa. No iba a ser enemigo fácil en la guerra que acababa de empezar, y con las pruebas obtenidas la víspera, él la tenía perdida.

Un ligero movimiento lo devolvió al presente en aquella habitación de hotel que se había convertido en su segunda casa.

—Mmmm... Buenos días —amaneció Verónica estirándose como un gato.

—Buenos días... —murmuró, taciturno—, por decir algo.

—¡Pero bueno! —exclamó la joven, acurrucándose a su lado—. ¿Qué es ese «buenos días» tristón y mustio? ¡Hoy es un gran día! ¡Tenemos que estar contentos!

—¡De verdad que no te entiendo! —La alegría de Verónica se estrelló contra la desazón de Carlos—. Mi vida se ha derrumbado como un castillo de naipes, así que no sé qué ves para estar tan contenta. He perdido a mi mujer, es posible que no pueda ver a mi hija ¡Podría incluso denunciarnos! El adulterio en este país es un delito, por si no lo sabes.

—¿A la cárcel? ¿A mí? —le contestó apoyándose sobre el antebrazo para ver la cara de Carlos—. ¡Ja! ¡No se atreverá! Estaba destrozada —dijo con las pupilas brillantes y una sonrisa de satisfacción.

—No la conoces, Vero. No le teme a nada y —bajó los ojos y la voz al unísono— debe estar furiosa.

—Mira, Carlos, si tu «querida» *Sra. Antonia* no nos llega a pillar ayer, a saber cuánto tiempo habrías tardado en decírselo y, total, se lo tenías que decir igual. ¿O no?

—Bueno, sí, claro... —titubeó—. Pero hubiera preferido que se enterara de otra forma. Ha sido muy desagradable, muy brusco, pero... —suspiró—, tienes razón, ya está.

—¿Y qué esperabas? ¿Sentarte a hablar con ella tranquilamente y decirle «mira, guapa —bromeó Verónica, forzando con dificultad un tono masculino y educado—, me acuesto con otra, así que te dejo»?

—No digas estupideces. ¡Cómo le iba a decir eso!

—¿Lo ves? —exclamó, plantándole un sonoro beso en la mejilla—. ¡Solucionado! Así, tú has sufrido menos —le pasó un dedo con suavidad por la mejilla—, que decir estas cosas es muuu complicao.

Ella también recordaba la víspera, pero de forma muy diferente.

Después del susto inicial y tras verse deslumbrados por los flashes de la cámara, había disfrutado cada segundo de aquel espectáculo. Contemplar la cara descompuesta de Elena, sus ojos febriles, el leve temblor de su mano, le había producido una inmensa satisfacción que su rival pudo apreciar con claridad en el desafío de su mirada, en la insolencia de una sonrisa difícil de digerir. Elena había mantenido el tipo, de pie, con la cabeza bien alta, pero la *Sra. Antonia*, como a ella le gustaba apodar a Elena Lamarc para bajarla de su pedestal, era historia. Carlos no podría volver con ella jamás, ni aunque quisiera. Los tres sabían eso.

A partir de ahí comenzaba lo más difícil: mantener a Carlos a su lado. Pero a Verónica no le daba miedo a pesar de su juventud. Había conocido los hombres suficientes como para distinguirlos bien y conseguir de ellos lo que quería. Como comentaba con las personas de su confianza, cada hombre era como un reloj, funcionaban siempre en la misma dirección y ella había aprendido a darles cuerda hacía mucho.

Solo podía encontrarse con un obstáculo, una pieza no controlada, y esa pieza era la pequeña Lucía. Carlos la adoraba, siempre estaba pendiente de ella, y cuando no estaba con la niña no faltaba un «Lucía ha hecho esto», «Lucía ha hecho aquello», «Lucía ha dado un pasito»... para que siguiera presente. Era una cruz con la que Verónica tendría que cargar, aunque de momento no le molestaba demasiado. Empezaban una nueva vida juntos y en esa guerra quedaban por llegar muchas batallas, aunque al menos la primera la dio por ganada. Verónica 1-Elena 0.

—No sé qué voy a hacer... —Carlos seguía ensimismado—. Todas mis cosas están allí, en la casa. Y luego está la pequeña Lucía. Si no me deja verla...

—¡No seas aguafiestas! —le cortó—. ¡Con lo contenta que estoy yo! Para mí lo único importante es que estamos juntos, tú y yo. ¡Es lo que queríamos! Y de la casa... no sé para qué te preocupas. ¿No me dijiste que está a tu nombre? Entonces ¡es tuya, atontao! La que tiene un problema es ella. ¡Ya puede ir haciendo las maletas! —exclamó levantando ambos brazos con los puños cerrados—. ¡Nos mudamos!

—Bueno, bueno, no corras tanto —Carlos se removió en la cama y frunció el ceño—. No las puedo dejar en la calle. Necesitarán quedarse allí durante algún tiempo, hasta que Elena encuentre otro sitio. Sé que desde el día que se mosqueó y empezó a hablar de la separación lo estaba buscando. Tenía algo visto, pero no sé si lo ha firmado ya. —Se destapó con decisión, como si con ello despejara la incertidumbre, y resopló con fuerza—. Y pensar que no hacía ni seis meses que habíamos comprado una casa nueva... —Las palabras se desvanecieron diluidas en su angustia—. Cómo cambian las cosas.

—Cualquiera diría que te arrepientes... Espera, ¿has dicho una casa nueva? Ésa —titubeó— también es tuya, ¿verdad?

—¿Cómo? —Carlos la miró confuso.

—Vamos, que no se la va a quedar ella —insistió Verónica.

—Solo está pagada la entrada, y el dinero lo puso ella. Debería cedérsela —reflexionó con la vista fija más allá del techo—. Todavía está en obras.

—¡Con lo que nos ha hecho la puta esa se merecería que la pusieras en la calle de un puntapié! —exclamó Verónica—. ¡Eres demasiado bueno! ¡Después de cómo nos ha humillado! —añadió golpeando la cama con los brazos.

—¡No digas barbaridades! —El exabrupto le hizo saltar como si hubiera pisado una araña de mar—. Además, Elena y yo seguimos casados y lo seguiremos estando durante un buen tiempo. Estas cosas son muy lentas.

—Agggg, me estás dando la mañana. ¡Con lo contenta que estaba yo! —Se levantó de un salto y se fue al baño paseando su desnudez entre bufidos y aspavientos.

Carlos la siguió con la mirada. Se abría un nuevo y desconcertante futuro ante él. Jamás hubiera imaginado que Verónica, *la Vero*, fuera a formar parte de ese futuro. Sin embargo ahora sentía la necesidad de aferrarse a ella como si fuera el remedio al fracaso en que se había convertido su vida. En esos momentos no podía ni plantearse si aquella jovencita que conoció en un cabaret era la persona adecuada. No podía haber tirado su matrimonio y su familia por la borda por nada.

Tenía que ser la mujer de su vida.

Tragó saliva e intentó volver al presente.

Sus preocupaciones regresaron con la misma rapidez con que Verónica se había levantado de la cama. De momento la vida seguía y el trabajo le esperaba.

Quedaba el penoso tema de recoger sus cosas; la noche de autos había salido con lo puesto. Decidió pasar por su casa a recoger algunas pertenencias. Miró su reloj. Era el momento perfecto para ir. Solo estaría Josefina, la chica. Podría ducharse allí, ponerse ropa limpia y recoger algunas cosas junto con lo de aseo antes de ir a trabajar. Por alguna extraña razón, la habitación del hotel aquella mañana le ahogaba, como si el aire estuviera viciado por algún tóxico invisible, imperceptible salvo para el alma. Y mucho se temía que iba a verse obligado a pasar bastante tiempo entre aquellas impersonales paredes. Se levantó y descorrió las cortinas con decisión para quedarse un rato con la vista perdida en la fuente de la plaza del Caudillo. Aquel terremoto conyugal tendría consecuencias también en el negocio.

El suyo era un matrimonio atípico para los años sesenta; hasta que él montó su empresa, a rueda de la de ella, Elena había sido la mujer de negocios, el pilar económico de la familia, el hombre de la casa como alguna vez le había reprochado. Ahora faltaban solo unos meses para exponer en la feria de la moda infantil de Valencia y no sabía qué iba a pasar. Fue ella quien movió sus influencias para disponer de stands contiguos. Confecciones Lena disfrutaba de un lugar privilegiado con una cantidad de metros considerable y, como el resto de expositores, se resistía a ceder un palmo de aquella exclusiva zona a ningún nuevo industrial, por muy amigo y simpático que fuera; tuvo que ser ella —haciendo valer su condición de fundadora— quien contratara los dos espacios para subcontratárselo luego a Company's, S. A.

Su primera aparición conjunta en el certamen ferial, ocupando más superficie que cualquier otra firma, había sido un éxito rotundo. Se convirtieron en la imagen de la feria animando las páginas en blanco y negro de los periódicos que recogieron el evento. A Elena le faltaría tiempo para impedir que expusiera junto a ella, por mucho que hubiera un contrato firmado. Sentimientos, familia, negocio, futuro, todo estaba en juego.

Sin embargo, Carlos se equivocaba respecto a las preocupaciones inmediatas de Elena después de lo ocurrido. Ni la feria ni el negocio o el trabajo ocuparon un minuto en el pensamiento de su esposa en esas primeras horas. Elena apenas pudo pensar en nada, tan intenso era su dolor. La noche de ese fatídico día en que sorprendió a quien aún era su marido, en su propia cama, con otra mujer, se trasladó a la diminuta habitación de invitados. La sola idea de meterse en aquel lecho donde aún los veía revolcándose le daba náuseas. No tuvo fuerzas para estar sola y se llevó a la pequeña Lucía con ella. Necesitaba abrazarse a alguien, sentir el calor de otro ser humano. No tenía nadie más con quien compartir su angustia.

La imagen de la redonda y chatita cara de su hija liberó las lágrimas contenidas. Se la veía tan dulce, tan indefensa... «Pobre niña», pensó. Se vio a sí misma reflejada en ella, muchos años atrás. Parecía una maldición. Pero estaba dispuesta a romperla; su hija no soportaría las peleas y discusiones que ella mamó desde la infancia. La historia no se iba a repetir, al menos en alguno de sus dramáticos capítulos. Si algo le quedó claro la noche en que recibió la aciaga llamada de Verónica informándola de que su marido estaba liado con ella fue que su matrimonio estaba muerto. Nunca podría vivir con alguien en quien no confiaba; la tan ansiada armonía por la que siempre había suspirado no la encontraría junto a Carlos, como su madre no la encontró jamás junto a su padre.

Pensar en Carlos volvió a sumirla en profundidades espesas de las que no lograba salir; las lágrimas rodaron silenciosas por sus mejillas en un esfuerzo por no despertar a la niña, que respiraba tranquila ajena al caos levantado a su alrededor, y su estómago lo recorrían millares de hormigas descomponiendo lo poco que en él quedaba. Tuvo miedo ante el futuro que la esperaba.

El sueño por fin le ganó la partida casi al amanecer, pero a las ocho estaba de nuevo en pie y aunque por la mañana dicen que las cosas se ven mejor, con más claridad, no fue ese el caso. Al despertar, aplastada por el cansancio, recordó con horror la tarde anterior. Carlos no había vuelto, como era de esperar, pero amanecer sin él era la muestra más clara de que no había marcha atrás. La soledad fue abrumadora, casi tanto como las ganas de llorar. Levantó a la niña y la dejó con la chica de servicio en cuanto llegó, sin darle ninguna explicación.

Mientras se duchaba trató de infundirse ánimos; había que tirar para adelante y, además, tenía lo que necesitaba. Le llevaría a los buitres del Tribunal de la Rota la sangre que tanto ansiaban y obtendría la custodia de la niña. Se estremeció al recordar el semblante orondo y duro del prelado que con tanta severidad la había interrogado. El agua rebotó en su cara llevándose aquella imagen. La custodia, eso era lo único que quería. Nunca necesitó nada de nadie y ahora no iba a ser diferente. Lo aborrecía y aborrecía todo lo que de él viniera. ¿O no? Su estómago contradecía sus pensamientos y la soledad que la invadía lo llamaba a gritos.

Se secó hasta enrojecerse la piel, enfadada con sus propios sentimientos. Tenía la ropa en la banqueta, como cada mañana, y procuró arreglarse con esmero. No quería que en el trabajo notaran nada, pero las ojeras no hubo forma de camuflarlas, sus ojos enrojecidos hablaban por ella.

Josefina le trajo a la niña con el uniforme puesto y su bolsita. Elena respiró hondo y le dio un beso antes de despedirla para ir al colegio con un adiós cantarín y postizo. Tras cerrarse la puerta, las paredes se encogieron a su alrededor reduciendo su capacidad para respirar. Necesitaba salir de allí; no soportaba entrar en su cuarto ni para coger las medias, pero tuvo que hacerlo. Cerró el cajón de golpe y se recriminó haber puesto a nombre de Carlos el piso comprado pocos meses atrás. «Estúpida, estúpida, estúpida», el estribillo la perseguía al recordar esa obsesión suya de ponerlo todo a nombre de él, después de conseguir que accediera a firmar las capitulaciones matrimoniales. Estúpida.

No había perdido el tiempo. Desde que supo del lío con aquella mujer de voz quebrada, de labios de la propia interesada —mucho antes de la escena de la víspera—, había estado buscando piso y pronto podría mudarse con su hija a la nueva vivienda. Amueblarlo no le preocupaba, ya lo iría haciendo. Lo que la inquietaba era qué sucedería si abandonaba la casa llevándose a su hija. Necesitaba un abogado para documentar su salida del hogar conyugal para evitar problemas, pero eso lo tuvo claro incluso antes de pillarlos en la cama.

Esa sería su prioridad: darle un hogar a Lucía y comenzar juntas y solas una nueva vida, que se le antojaba no iba a ser fácil. Y con esos pensamientos salió hacia el trabajo.

2

Carlos tardó menos de diez minutos en llegar hasta el que fuera su hogar tan solo un día antes. No hacía ni veinticuatro horas y parecía una eternidad.

Josefina, la chica, no sabía los detalles de lo sucedido, pero al ver la cama de los señores revuelta y la de invitados deshecha con las cosas de Elena sobre la silla metálica, se había montado su radionovela particular.

No le extrañó ver entrar a Carlos con la ropa arrugada y salir poco después cambiado y con una maleta mal cerrada.

—¿El señor vendrá a comer? —le preguntó solícita, a pesar de que era fácil barruntar la respuesta a la vista del maletón que arrastraba.

—No, Josefina.

—¿Quiere que le dé algún recao a la señora?

Carlos meditó unos momentos. Dio unos pasos hacia el teléfono pero se paró. Al final respondió a la pregunta:

—No hace falta, no se preocupe. Le dejaré una nota.

De uno de los mueblecitos sacó papel. Llevaba su estilográfica en el bolsillo de la camisa, como siempre. Le costó unos minutos decidir aquel texto, nunca se le había dado bien expresar sus sentimientos y menos aún sobre el papel.

Sus ojos se empañaron al redactar la nota. Por extraño que sonara, estaba siendo sincero. Así acababa todo.

Cerró el sobre y se lo dio a la chica.

—Solo dele esto a la señora, por favor.

—Lo que usté mande, don Carlos —respondió, aceptando el sobre con una sonrisa cómplice—. ¿Desea algo más?

A Carlos no le pasó desapercibida la insinuación de Josefina, más evidente en la mirada que en sus palabras, pero era lo último que necesitaba en esos momentos.

—No, gracias Josefina —contestó con apenas una mueca y un leve gesto de despedida—. Adiós.

Se fue sin mirar atrás; cuando traspasara de nuevo el umbral de aquella casa nada sería igual.

Esa tarde Elena regresó antes de lo acostumbrado.

Agotada por la tensión nocturna, a duras penas consiguió concentrarse en el trabajo. Como cada día, sus pies la habían llevado hasta la fábrica; tras la reunión con el contable, esos mismos pies la obligaron a recorrer las distintas secciones; la trasladaron sin resistencia hasta el restaurante vasco donde cada día comía, y ella les dejó hacer. Edurne, la dueña, desplegó su conocido don de mando para que comiera algo, pero no probó bocado.

—Elena, venga, que mira qué cola de merluza más rica tenemos hoy —le insistió mostrándole una pieza de pescado de un blanco níveo—. Al horno está deliciosa, y es muy ligerita, mujer.

—Lo intento, Edurne, pero no puedo. De verdad. No me pasa un bocado.

—Tienes mala cara, mi niña. Estás muy pálida. ¿Ha pasado algo? ¿Lucía está bien?

Elena quedó pensativa. Sí, Lucía estaba bien... era lo único que estaba bien.

—Sí, Edurne, está muy bien. No se preocupe.

—¿Quieres que te traiga otra cosa? Hemos hecho arroz con leche...

—No, mejor me voy. —Se levantó con esfuerzo—. No sé para qué he venido.

Era la primera vez en su vida que perdía el apetito, como si su estómago se hubiera muerto mientras el resto del cuerpo se movía por inercia. Al salir se cruzó con algunos conocidos a los que evitó; no tardarían en enterarse del escándalo.

Regresó al trabajo confiando en centrarse y dejar de pensar, un remedio que siempre le había funcionado. Pero a las cinco de la tarde no pudo soportarlo más. Había estado todo el día ausente y a ratos huraña. Nadie se atrevió a entrar en su despacho, la conocían lo suficiente para saber que era mejor dejarla sola, aunque el contable no hubiera soltado prenda sobre lo ocurrido el día anterior.

Era como si lo vivido la víspera le hubiera vampirizado la sangre dejándole el cuerpo vacío, sin vida. Decidió volver a casa, Lucía la tranquilizaba, le devolvería el ánimo perdido. Se daría un buen baño y se iría a dormir temprano.

La pequeña llegaba del colegio poco después de las cinco, y ella nunca volvía a casa hasta las ocho; a esa hora se iba la chica. Esa tarde aún no eran las seis cuando saludó al portero y se metió en el ascensor.

Al abrir la puerta, un rugido ensordecedor llamó su atención. Voces, música, risas atronadoras y metálicas llenaban el aire. Se apresuró hacia el salón desde donde emergía aquel escándalo insoportable.

—¡Josefina! ¡Josefina! —clamó, sin respuesta—. ¡Cómo me va a oír, con la tele a este volumen! —rezongó entre dientes mientras seguía avanzando; pronto reconoció la sintonía que retumbaba en toda la casa.

Entró decidida en el salón para apagar el artefacto emisor de aquel ruido monstruoso, suponiendo que la chica estaría bañando a Lucía y por eso no lo oía. Pero para su sorpresa, frente al aparato y completamente pegado a él, se encontraba el sillón orejero del salón y, en su interior, con los ojos como platos e inmóvil, permanecía Lucía embutida en el butacón como un peluche grande. Sus pequeñas y blancas piernas apenas llegaban al borde del asiento de terciopelo rojo, quedando atrapada entre los mullidos brazos del orejero y la vociferante caja del televisor a dos palmos de la cara de su hija. Lucía permanecía hipnotizada por la luz de la pantalla y por la pegadiza canción de *Valentina* que retumbaba frente a su nariz, incapaz de pestañear.

—¡Lucía! —gritó Elena—. Pero... cómo... —Corrió a apagar el televisor, apartó con brusquedad el sillón de aquel aparato y levantó a la pequeña en brazos—. ¡Lucía, hija mía! —Comenzó a besarla por toda la cara—. ¿Qué te han hecho?

La niña no parecía oírla, aunque sus grandes ojos pardos estaban despertando.

—Hola, mami, ¿*tas* bien? —preguntó con su media lengua.

—Yo sí, mi vida —Elena no paraba de darle besos—. ¿Y tú? ¿Me oyes bien?

—Me dole la caeza —dijo tocándosela con la mano.

—Pobrecita. —Volvió a besarla y la miró con ternura; todavía llevaba la ropa del colegio—. Vamos, que aún no te han bañado. ¿Y Josefina? —Levantó la voz, aunque no esperaba respuesta. No entendía nada.

—Ofina no ta.

—¿Cómo que no está? —Elena palideció—. Pero ¿se ha ido? —preguntó incrédula.

Lucía asintió con la cabeza, agitando sus dos coletas rubias.

—La mato... yo, la mato.

—¡No, mami, no! —protestó la niña, asustada.

—Ven, vamos al baño, ya hablaré yo con ella cuando venga. No te preocupes, que no la voy a matar —bajó el tono y entre dientes murmuró—: aunque no por falta de ganas.

A las seis y media se oyeron las llaves en la puerta. Josefina la empujó decidida pero fue frenando conforme avanzó. No se oía un alma.

—¡Lucía! —llamó—. ¡Lucía! ¿Dónde estás?

Se precipitó al salón y encontró la tele apagada y el sillón desplazado. Entró en la cocina y se quedó paralizada. Elena estaba dándole la cena a la niña, ya bañada.

—Señora... err... ¿Qué hace aquí?... Es muy... muy pronto —acertó a decir mientras avanzaba hacia ella indecisa con ademán de reemplazarla, el bolso todavía colgado del brazo y la chaqueta puesta—. Déjeme, ya sigo yo.

—Ni se le ocurra. —Con una mirada Elena la abrió en canal—. Encima del banco le he dejado el finiquito. No quiero volver a verla y no dé mi nombre para pedir referencias suyas.

—Pero, señora, déjeme que le explique...

—¡No hay nada que explicar! —Había comenzado a levantar la voz y Lucía estaba haciendo pucheros—. ¡No quiero volver a verla! ¿Me ha entendido? ¡Fuera!

—Mami, no grites —gimió Lucía perdiendo las erres por el camino.

—Bueno, bueno —se creció Josefina ante lo inevitable—, no se ponga usté así que no es pa tanto. Yo no he hecho nada malo.

—¿Será posible? —Se aferró con las dos manos a la trona hasta hacer palidecer los nudillos, pero evitó levantar la voz—. ¡Cómo puede tener tanta desvergüenza!

—Oiga, sin faltar. —La actitud de la chica era cada vez más altanera.

—¡Haga el favor de quitarse de mi vista! —explotó Elena.

—Ya me voy, ya... Por cierto, su señor esposo —comenzó, maliciosa— vino esta mañana a por unas cosas y le dejó una nota. La escribió aprisita y corriendo...

—¡Que se vaya!

La criada salió sin prisa tras coger el dinero que descansaba en el banco, haciendo gala de una parsimonia exasperante.

El abatimiento volvió a adueñarse de Elena. Despejada la escena, podía llorar sin testigos; aunque no del todo. La pequeña Lucía también rompió a llorar.

—No llores, Lucía... —Elena respiró hondo. Estaba perdiendo el control y lo sabía—. No pasa nada, de verdad. A veces los mayores nos enfadamos. —Sus esfuerzos por serenarse para tranquilizar a la niña resultaban estériles; en su mente golpeaban una y otra vez las palabras de la chica sobre la nota de Carlos—. No te muevas, cariño. Mamá viene enseguida.

Se aseguró de que estuviera bien atada a la trona y salió de la cocina. No le costó encontrarla. La había dejado en la mesita del correo. La cogió con mano trémula. El sobre parecía de goma, no había forma de rasgarlo. Al final sus manos temblorosas lograron desplegar el pequeño cuadrado de papel.

Sus ojos arañaron las líneas con avidez, cada renglón alimentando su indignación:

Querida Elena:

Siento que hayamos tenido que terminar así. Nunca fue mi intención hacerte daño, pero desde el principio nuestra relación fue complicada. Te he querido más que a nadie en este mundo, si exceptuamos a la pequeña Lucía, que ha sido lo mejor que me ha pasado en la vida.

Solo espero que no me guardes rencor y que algún día podamos tener una relación normal. No voy a ponerte ninguna objeción a nada de lo que me pidas. Firmaré lo que me digas. Solo te pido que me permitas ver a Lucía. Es toda mi vida y no podría soportar una existencia sin ella.

Cualquier medida que tomes en lo que al negocio se refiere la entenderé, pero te ruego que me comuniques lo que decidas lo antes posible.

Sinceramente,

CARLOS

—¡Maldito cabrón! ¡Es un cobarde! ¡Un cobarde que no se ha atrevido ni a dar la cara! —se derrumbó—. ¡¿Que no le guarde rencor?! ¡¿Cómo puede ni pensarlo?!

En dos zancadas regresó a la cocina. Lucía jugaba con la cuchara rebañando un rico arroz caldoso para darle de comer a un amigo imaginario. Había organizado un buen desastre. La visión de la niña y sus alrededores chorreando caldo de arroz la terminaron de descomponer.

—¡Lucía! ¡Qué has hecho! —Sus ojos estaban vidriosos por las lágrimas, la cara congestionada tras la lectura de aquella nota—. ¡Esto es un desastre!

Comenzó a limpiarlo todo, como poseída por una fuerza demoníaca, ante los asombrados ojos de Lucía que seguía el compulsivo comportamiento de su madre.

—¡Cómo se te ocurre!

Mientras se afanaba en limpiar la trona y el damero blanco y negro del suelo, no cesaba en sus reproches. Cuando terminó, desató a la niña, la agarró de una mano y la llevó al baño en volandas.

—¡Esto no se hace! —vociferó—. ¿Me entiendes? ¡No se hace!

Sus movimientos eran bruscos y rápidos mientras sin arreciar su furioso llanto le quitaba a la niña la ropa pringada de arroz.

Lucía se contagió de los sollozos de su madre. Pero Elena, en su desesperación, no pudo resistirlo.

—¡No llores! —le espetó cortando su propio llanto—. ¡Lo has hecho mal y te aguantas! ¡¿Me oyes?! —volvió a gritar, sacudiéndola por los hombros—. ¡No llores!

Lucía quedó petrificada, y sus ojos se secaron; en su boca solo quedaron pucheros reprimidos. Elena por fin la vio. Estaban las dos tristes, las dos asustadas; y ella, ahora, avergonzada. Aquella reacción no era por el arroz, ni por Josefina, aunque todo la hubiera empujado a perder el control. Se abrazó fuerte a Lucía y la besó en la cabeza repitiendo un inaudible «lo siento, lo siento, lo siento», y así se mantuvo abrazada a su hija hasta que recuperó la serenidad perdida.

Esa noche tampoco durmió. Sacó una libreta de las que usaba para dibujar los muestrarios, se sentó en la cocina con un paquete de tabaco y comenzó a escribir. Ese sería su consuelo y su refugio durante años, un diario donde vomitar toda la bilis desprendida a borbotones de sus entrañas abiertas para no volver a derramarla sobre Lucía.

A la mañana siguiente solo tuvo una misión. Hablar con su amigo Salvador Alberola y pedirle que fuera su abogado. Quería la separación, la quería cuanto antes, y Boro era el único en quien podía confiar. Ordenando su vida y sus sentimientos podría salir del nuevo pozo donde estaba sumida.

3

—¡¿Que vas a ser el abogado de Elena?! —estalló Carlos ante el severo semblante de su buen amigo—. ¡Venga, hombre, no me jodas! Tú no puedes hacerme esto. ¡Eres mi amigo! —Carlos no daba crédito a las palabras de Boro.

Algunas cabezas se volvieron desde la barra de Le Clichy hacia la mesa junto a la ventana ocupada por los dos hombres.

—Ya lo sé, Carlos —con la mano le hizo un gesto de contención—, pero ella también lo es y me lo pidió primero. No pude negarme, ¿qué iba a hacer? —Su buen amigo hablaba con firmeza y cierto tono de reproche—. La verdad es que te has pasado tres pueblos y me tendrás que reconocer que Elena se ha llevado la peor parte. —Boro lo observó meneando la cabeza—. Mira que te avisamos de que esa tía te iba a complicar la vida. Esa no es de las que se quedan a medias.

—¡Ni se te ocurra nombrar a Verónica! —se enfureció Carlos—. ¡Es lo único bueno de esta historia! Si no fuera por ella ahora estaría...

—¡Felizmente casado, joder! —le cortó Boro dando una palmada seca en la mesa—. ¡Estabais mejor que nunca! ¡Tú mismo lo reconociste! ¿Qué pasó? ¿Cómo te metiste en semejante lío?

La expresión exaltada de Carlos se disolvió.

—No lo sé... eso mismo me pregunto yo... —respondió más calmado contestándose a sí mismo. Apoyó los codos sobre la mesa y dejó descansar el peso de sus pensamientos entre las manos—. De alguna forma —prosiguió alzando de nuevo la cabeza—, Elena se enteró. Sospechaba algo, ya sabes cómo es. Un sabueso, que ya lo decía mi suegro. Y me montó el numerito del detective cuando estaba decidido a terminar con Vero.

—Ya... He visto las fotos. ¡Buf!, muy desagradables. Llevarla a vuestra casa, tío... —el gesto de desaprobación de Boro no dejaba lugar a dudas sobre su opinión al respecto—. ¡A quién se le ocurre! En fin, ya no hay marcha atrás —suspiró—. De verdad que lo siento, Carlos, pero tengo que representar a Elena. Intentaré apaciguarla lo que pueda. Si lo piensas con calma, lo tienes tan jodido que te conviene tener un amigo enfrente. Créeme, tiene información que os puede hacer mucho daño. Intentaré que no salga a relucir más de lo necesario.

—¿A qué te refieres? —Carlos lo miró inquisitivo.

—Hazme caso. Te alegrarás de que esté yo en la parte contraria.

—Puede que tengas razón —asintió resignado—. Va a intentar sacarme los ojos y al menos contigo junto al enemigo siempre tendré a alguien que no eche más leña al fuego —aceptó con el recuerdo lejano de una sonrisa pintado en la cara.

—No te creas; su única obsesión es no perder a Lucía. Está empeñada en que se la vas a quitar. Además, teníais firmadas capitulaciones matrimoniales, ¿no?, así que no habrá mucho por lo que discutir.

—Ya veremos. —Sus cejas ocultaron sus ojos agrisados—. Elena a las malas puede ser dura como una piedra. Quién me lo iba a decir... —reflexionó—. Yo, que tanto me cabreé por las malditas capitulaciones... y ahora, gracias a ellas, todo va a ser mucho más sencillo. No sé si lo sabes, pero estuve a punto de mandar la boda a la mierda por culpa de ese documento.

—Pues no, no lo sabía, pero, como te he dicho, no va a haber mucho por lo que litigar. Todos los bienes, salvo Confecciones Lena, son tuyos.

Boro estuvo en lo cierto. Todo lo adquirido durante el matrimonio se había ido poniendo a nombre de Carlos, independientemente de donde saliera el dinero para pagarlo, y ahora era suyo. Fue el intento de Elena de acallar habladurías en una sociedad donde el hombre debía desempeñar el papel dominante. También pretendió sin demasiado éxito demostrar su confianza en Carlos. Pero el plomizo velo invisible de las capitulaciones firmadas antes de la boda siempre pesó sobre ellos, a pesar de los esfuerzos de Elena para eliminarlo.

Como consecuencia, ella solo podría conservar su negocio; volvía a estar tal y como cuando se casó, pero con muchos años más y menos ilusión en el futuro. No importaba, se repetía sacando pecho y sepultando en orgullo la rabia que la corroía, al menos la empresa era suya y ahora tenía mucha más experiencia y arrestos. En un arrebato de suficiencia se negó incluso a pedir una pensión para ella o su hija.

Tal y como escribía de forma compulsiva en su diario para convencerse y consolarse, ni ella ni Lucía necesitaban nada de nadie, y mucho menos de Carlos.

Fue Boro quien insistió en exigir una pensión por alimentos para la niña, y no le resultó fácil convencerla, enrocada como estaba en su posición; pero Carlos necesitaba mantener un vínculo con su hija, asustado ante la posibilidad de perderla, y Boro insistió en ello por sus propios principios y por lealtad a su viejo amigo. Esa pensión le garantizaría el contacto con Lucía.

—No es por ti, Elena —le argumentaba Boro—. Es por Lucía. No puedes dejar que Carlos se desentienda de su educación. Es su padre. Además, lo establece la ley.

—¡Yo puedo mantenerla! —respondía como un frontón—. Ni mi hija ni yo lo necesitamos para nada. Y cuando sepan quién es esa mujer no va a haber ley que le ayude.

—Puede ser, Elena, pero la vida es larga, nunca se sabe lo que puede pasar, y además es su padre. De esa manera Lucía siempre tendrá garantizado su futuro.

—A Luci nunca le faltará de nada ¡Aunque me muera! —afirmaba rotunda—. Si ese cretino se ha creído que lo necesitamos para algo, está fresco.

Elena era un hueso duro de roer. Así estuvieron con tiras y aflojas durante casi dos horas; por fin accedió cuando Boro le preguntó si prefería que fuera Verónica quien lo disfrutara todo.

A punto estuvo de dejar de ser su abogado en aquel instante, pero el argumento caló y Elena accedió, aunque exigió eliminar a Lucía del pasaporte de Carlos y que le retiraran el Libro de Familia.

—No creo que sea necesario, Elena —intentó apaciguarla Boro—. Es un poco extremo, ¿no te parece?

—¿De qué lado estás? Si la mantiene en su pasaporte, puede llevársela en cualquier momento. Su hermana vive en Estados Unidos; he oído casos y te aseguro que a mí no me va a pasar. No podría soportarlo.

—Elena, lo que Carlos ha hecho ha estado muy mal —la tranquilizó—, pero él nunca haría daño a Lucía. Creo que estás yendo muy lejos con tus suposiciones, pero evidentemente haré lo que me pidas.

Faltaba mucho tiempo para que se resolviera la separación y la vida continuaba. Era inevitable que Carlos y Elena se encontraran.

Sucedió en FIMI, la Feria Internacional de la Moda Infantil. Carlos había llamado a Elena varias veces para tratar el asunto, pero ella no se quiso poner al teléfono. De alguna forma había que resolver la cuestión y al final trasladó el tema a su contable que fue quien informó a Carlos, entre titubeos y una incomodidad manifiesta, de que no debía preocuparse ya que «doña Elena tenía intención de respetar el contrato firmado entre ambos para exponer en la feria».

A Carlos le tranquilizó saber que no peligraba su presencia en el certamen; no así la perspectiva de darse de bruces con Elena sin ningún «ensayo» previo. La reacción de ella al verlo era imprevisible.

El temido encuentro se produjo dos días antes de la inauguración oficial del certamen. Los dos acostumbraban a supervisar el montaje, cuando no a hacerlo ellos mismos, y coincidieron. Carlos enrojeció en cuanto la vio y trató de ocultar su rostro tras un perchero lleno de prendas, pero él era más alto.

Fue Elena quien con naturalidad y cierta altivez se dirigió a él. Desde niña estaba acostumbrada a superar situaciones violentas y esta, una vez asimilada, era una más; tenía un buen entrenamiento.

—Hola, Carlos —le espetó con una sonrisa helada—, ya era hora de que te viera la cara. Aunque me había parecido que te escondías... —Lo que quedaba de su cigarrillo se iluminó un instante.

—Perdona, pero te he llamado un montón de veces y no te has dignado ponerte —contestó, huraño.

—He dicho ver-te la cara. —Los verdes ojos de Elena echaban chispas detrás de sus diminutas gafas que, al contrario que en otros tiempos, no se había molestado en quitarse—. Una escueta nota y una llamada de teléfono no es lo que esperaba de un hombre que se viste por los pies. —Una nueva calada, apuró el cigarrillo y mató la colilla con fuerza en un cenicero cercano.

—Si vamos a empezar así será mejor que me vaya. Nos veremos cuando empiece la feria.

—Ni te lo creas. Tenemos que solucionar muchas cosas. —Su tono autoritario y seguro evocaba la época dorada de su madre—. Como habrás podido comprobar no he puesto ninguna objeción a tu presencia en la feria —hizo una pausa estudiada—. Teníamos un contrato firmado y soy persona de palabra. —Sacó su pitillera del bolso, se encendió otro cigarrillo—. De momento, nadie sabe lo que ha pasado y prefiero que continúe así. —Tras una nueva pausa sin apartar sus ojos de los de él, prosiguió—: Este escándalo no nos va a beneficiar a ninguno de los dos.

Carlos permaneció en silencio con el gesto tenso y la mirada dura. Siempre admiró la fortaleza de Elena, pero ya no le sorprendía. Ella continuó como si lo tuviera aprendido.

—El juicio puede durar años y cuanto más tarde se sepa y menos detalles trasciendan —levantó de golpe los ojos para clavarlos en los de él— mejor para todos. Mientras dure la feria —ordenó— nos comportaremos como siempre hemos hecho, con cordialidad y profesionalidad. —Le dio una estudiada calada al cigarrillo, su siguiente comentario podía ser el fin de su monólogo—. Imagino que tienes claro que *esa*... no puede aparecer por aquí.

No se equivocó. El rostro de Carlos se tornó bermejo y cuadró la mandíbula.

—¡No tienes ningún derecho a hablar así de ella! ¡No te lo consiento! —Carlos blandió un dedo acusador frente al rostro impertérrito de su mujer, que rápidamente miró alrededor haciéndole un gesto para bajar el tono—. Es la mejor persona que he conocido y no le llegas ni a la suela del zapato —susurró con voz ronca.

—Ya, pues tú cuida que no pase por aquí —contestó Elena perfilando una sonrisa—, o a lo mejor termina ella viendo de cerca la suela de mi zapato. —Giró sobre sus talones sin darle tiempo a contestar y comenzó a organizar a los dos operarios afanados en colgar el luminoso de la entrada.

»¡Cuidado! ¡Cuidado! Súbanlo un poco más de la derecha... está torcido. ¿Acaso no lo ven? —Aspiró una bocanada de humo, vigilando de soslayo la reacción de Carlos. Nadie podría imaginarse viéndola actuar la conversación mantenida segundos antes con su marido.

Disfrutó viendo a Carlos ir de un lado a otro dando voces. Él, siempre tan pacífico y amigable, iba dejando un rastro de tensión por donde pasaba, murmurando entre dientes y discutiendo con unos y otros. Elena en cambio fue capaz de no dejar asomar sus miedos, guardándolos en un estómago revuelto y tenso al que acalló con decisión.

La idea de que apareciera con Verónica era descabellada, pero Elena lo creía posible. A fin de cuentas es lo que su propio padre habría hecho en esa situación. Y parecía ser su sino el que las situaciones se repitieran sin remedio.

El resto del día cada uno se volcó en su trabajo, los dos encendidos, los dos dolidos y angustiados. Pero eran demasiado orgullosos y ninguno estaba por la labor de pedir disculpas. Carlos se marchó antes y evitó despedirse. Ella lo vio partir y solo entonces permitió que la humedad bañara sus ojos por unos breves segundos. El ensayo para su encuentro en la Feria había ido peor de lo esperado.

Sin embargo, en la jornada inaugural todo fue diferente.

Carlos, que desde hacía un año dirigía las relaciones públicas de la feria, guio a las autoridades durante el recorrido. Terminaron en su propio stand, comunicado con el de Elena por una reducida zona común donde habían organizado un cóctel de bienvenida. El entusiasmo era generalizado, tanto con la ropa de Confecciones Lena como con las novedades presentadas por Company's, S. A.: una colección de peluches con formas de animales, inspirados en el programa *Fauna* de Félix Rodríguez de la Fuente, que había alcanzado una gran popularidad, casi tanta como las bandejas de canapés deslizadas entre los asistentes y que eran asaltadas sin pudor.

Numerosas autoridades locales y nacionales habían acudido a la inauguración y se repartían por los rincones de los dos stands, enfundados en sus oscuros y sobrios trajes mientras intercambiaban saludos entre clamores festivos y palmotadas en la espalda.

—Son ustedes un matrimonio admirable. —El ministro de Industria, con voz pomposa y mucha ceremonia, besó la mano de Elena—. Un ejemplo para todos, con su trabajo e iniciativa. ¿Cuántos empleados tienen?

Elena intentó mantener la compostura; aquel comentario sobre su ejemplar matrimonio lo había recibido como una bofetada.

—Pues yo tengo unos cuarenta —le explicó, buscando con la mirada a Carlos sin encontrarlo— y en Company's serán unos veinticinco, porque tiene gran parte de la producción subcontratada, pero tenemos previstas ampliaciones.

—Lo dicho, ¡admirable! —El caballero seguía sin soltarle la mano, hipnotizado por aquellos enormes ojos verdes, desprovistos de sus sempiternas gafas para la ocasión—. Un ejemplo de laboriosidad y de trabajo.

—Es usted muy amable, señor López-Bravo —contestó sin convencimiento alguno—. Si me permite, le enseñaré la última colección. —Se soltó la mano con un ligero ademán, como quien se sacude algo pegajoso, y comenzó a caminar para remediar la parálisis transitoria de su interlocutor. Sus largas y torneadas piernas se movieron ágiles, apenas cubiertas por un minivestido de punto blanco y verde.

—Pero llámeme Gregorio, por favor —le rogó mientras la seguía como un cabestro.

Elena continuó su disertación ignorando los cumplidos.

—Vamos a exponer también en el próximo *Salon de la Mode* de París —le explicó, exhibiendo su mejor acento.

—¡Ah! Pero ¿además habla usted francés? —exclamó el ministro en estado líquido.

—*Bien sûr, monsieur* —contestó divertida al contemplar la descolgada mandíbula del caballero, incapaz de cerrar la boca.

—No deja usted de sorprenderme —se admiró—. ¿Cómo es posible que una mujer tan guapa sea tan inteligente?

La pregunta con la que el ministro pretendió dedicarle un cumplido sacó fuego de los ojos de Elena. Pero era lo bastante prudente como para no soltar la respuesta que bailaba en su boca. Pocos años atrás no habría sido capaz de morderse la lengua.

Ante la constatación de que su rancio interlocutor se derretía ante sus encantos sin reparar en sus logros profesionales, por mucho que ella se empeñara en volver una y otra vez al tema del negocio, pronto se lo endosó a Carlos, que departía muy animado con un nutrido grupo de visitantes. Ese era uno de los problemas a lidiar con demasiada frecuencia en el mundo empresarial y Carlos era su escudo protector. Una añoranza extraña se filtró en sus pulmones, la de los pequeños apoyos cotidianos, imperceptibles pero importantes, que ya no volvería a sentir.

Durante todo el día la actividad en la feria fue frenética. La euforia por el éxito cosechado permitieron un armisticio entre los dos empresarios y la hora de cerrar llegó sin darse cuenta. Elena miró la exagerada esfera verde fluorescente de su reloj de pulsera.

—¡Por fin se fueron todos! —exclamó sin dirigirse a nadie en particular, dejándose caer en uno de los pufs del stand—. ¡No podía más! —Levantó la cabeza para controlar la espigada figura de Carlos; lo vio recogiendo las muestras desparramadas por las mesas como un anárquico zoológico.

En años anteriores se iban juntos a casa, pero en esta ocasión... Ella no había dicho nada en Confecciones Lena y su contable tampoco. Era demasiado convencional para asimilar una situación como aquella y mucho menos para contarla. Y el comportamiento de ambos durante el día no permitía sospechar cuál era la situación. Al cansancio físico se unió el abatimiento. El día había sido un éxito y su corazón le pedía abrazarse a quien ya no tenía para celebrarlo. Un nudo le oprimió la garganta, pero respiró hondo y se rehízo.

—Bueno... me voy —proclamó; se levantó y acarició su recogido todavía tan hueco y pétreo como cuando salió de casa.

—¿No espera a don Carlos? Casi ha terminado... —Quien le hablaba era uno de los representantes de zona desplazado hasta Valencia para ayudar en la feria.

Elena desvió la mirada para ocultar a su interlocutor las lágrimas apenas contenidas.

—Ya... No sé si ha quedado con algún cliente —argumentó como excusa convincente a su inevitable partida en solitario—. Le oí decir que no iría directamente a casa. —Ante la cara confusa de su inquisitivo ayudante, añadió—: De hecho, yo he quedado a cenar con este matrimonio de Puerto Rico tan amable, los Vila. Parece que quieren llevar la representación de Lena allí, en Puerto Rico. Debería irme ya o no llegaré a la cena. Cómo está la Feria que nos tenemos que dividir para llegar a todo.

—¿Quiere que la lleve yo a casa? —se ofreció.

—Pues... —Elena vaciló; no estaba bien visto, pero no quería salir sola de allí.

En ese momento fue Carlos quien apareció para sacarla de dudas.

—Elena, yo ya me voy. ¿Has terminado tú también?

—Sí —contestó con mayor emoción de la que quería mostrar.

—Pues entonces, vámonos ya. Estoy agotado.

—Gracias por su ofrecimiento, Fernando. Como ve, ya no hace falta que me lleve. —El joven se alejó agradecido dejando asomar su cansancio.

Había salido airosa de la situación, pero la perspectiva de volver en el coche con Carlos le resultaba turbadora.

Recorrieron el camino al aparcamiento separados por un abismo invisible; el paso, presuroso y decidido tratando de acortar el silencio. Subieron al coche sin mediar palabra y así siguieron parte del camino, con la mirada fija en el pavimento inacabable. Carlos encendió la radio. La potente voz de Nino Bravo resonó entonando su «te quiero, te quiero, te quiero...». Carlos tragó saliva y buscó otra emisora en el dial, pero desistió y la apagó. Al fin se decidió a hablar.

—Ha salido todo fenomenal —dijo intentando sonar natural y contento, sin conseguirlo.

—Sí —fue la única respuesta de Elena. Se había encendido un cigarrillo tembloroso.

—La verdad... —la miró de reojo— es que nunca pensé que acabaríamos así.

—No seas cínico —le cortó con tristeza.

Se habían parado en un semáforo y él se volvió hacia ella.

—Lo digo de verdad, Elena. Yo... nunca he querido a nadie como a ti.

Las lágrimas de ella resbalaron tranquilas a pesar de morderse el labio inferior con fuerza.

—Carlos, por Dios, cállate.

—Fíjate en este día. Todo ha salido rodado, nos entendemos a la perfección, lo tenemos todo para ser felices. —Arrancó el coche y guardó silencio.

Elena tardó en responder y lo hizo con un hondo suspiro.

—Ya no. Lo teníamos y tú lo despreciaste. ¿Cómo has podido hacerme esto? En nuestra propia casa... en nuestra cama... Esa imagen no se me borrará jamás. No me digas nada más, no podría soportarlo. Te lo pido por favor. Además, no creo que la furcia esa esté de acuerdo con lo que dices.

Carlos dio un acelerón brusco pero guardó silencio hasta el siguiente semáforo.

—Elena, llevo casi un mes sin ver a Lucía. —La comisura de sus labios dibujaba su amargura—. ¿Pregunta por mí?

—¿A qué viene eso ahora?

—Es mi hija, Elena. ¡Necesito verla!

—Pues habértelo pensado mejor antes de tirarlo todo por la borda.

—Elena, no me hagas esto... —De nuevo el silencio llenó el

vehículo, apenas quebrado por los labios de Elena apurando su cigarrillo.

Al cabo de un rato fue Elena quien volvió a hablar, limpiándose las lágrimas que araban surcos en el escaso maquillaje.

—La semana que viene nos mudamos. Le dejaré las llaves al portero.

—No había necesidad de que te dieras tanta prisa... Aquella es tu casa.

—No, no lo es, es la tuya. Qué ironía, ¿verdad? —Aspiró el alma a su cigarrillo con la mirada perdida por la ventanilla—. Además, no soporto estar allí.

—Como quieras, Elena. Mejor deja las llaves dentro, yo tengo las mías. —Hizo una nueva pausa con todo el pesar de esos días sobre sus ojos—. Elena, te lo ruego, necesito ver a Luci.

Elena se removió en el asiento. La niña había preguntado por su padre en repetidas ocasiones. Carlos insistió:

—A este paso me olvidará, es muy pequeña. ¿Pregunta por mí?

—Eso sería lo mejor que podría pasarnos a las dos, que te olvidáramos. —Hizo una pausa antes de proseguir. Si le iba a dejar a la niña, la vería bajo sus condiciones. Estaba demasiado agotada para discutir, y era difícil plantearlo sin abrir de nuevo la herida de unos días atrás, pero se decidió—. Para tu tranquilidad te diré que la niña ha preguntado por ti. El próximo sábado, si quieres, puedes pasar a recogerla. Me la vuelves a traer antes de las siete.

—¡Gracias! —La luz de las farolas se reflejó en sus pupilas brillantes—. No sabes lo feliz que me haces. La echo tanto de menos... la recogeré prontito y te la devolveré a media tarde, ¿te parece?

—Solo una cosa, Carlos —lo miró con determinación—. No hace falta que te diga que con la niña solo puedes estar tú, ¿verdad? —Reprimió la necesidad de hacer uno de sus despectivos comentarios sobre Verónica, pero su recuerdo flotó en el ambiente cargado del vehículo.

—No vuelvas por ahí, Elena...

Acababan de llegar a su casa. La distancia entre los pabellones junto a Viveros y el centro no era mucha.

—Pues ya estás en casa —afirmó en un susurro indeciso, posando su mano en la de ella, que descansaba sobre el muslo desnudo. Elena se estremeció pero escapó de inmediato a la cascada de recuerdos y se zafó de aquella mano añorada. En sus ojos se adivinaba una tristeza honda.

—Bueno, pues hasta mañana, Carlos... —pudo decir por fin—. Gracias por traerme.

—De nada. A ver si mañana tenemos un día más tranquilo. Si te parece, vendré a recogerte a las ocho y media y así llegamos juntos.

Elena se lo agradeció mientras bajaba del coche sin volverse, avergonzada de su propia tristeza.

4

La Feria terminó como empezó, con multitud de gente visitando los dos stands y un volumen considerable de pedidos. El viernes todos los expositores lo dedicaron a desmontar, pero ni Elena ni Carlos participaron.

Tal y como habían hablado, Carlos recogió a su hija el sábado. Elena iba y venía preparando la bolsa y Lucía la seguía al trote divertida.

Para no encontrarse con su todavía marido, Elena hizo subir al portero. Todo lo que tenía que decirle ya se lo había dicho por teléfono cuando hablaron para concertar la recogida.

En cuanto el coche apareció ante la puerta, el portero subió a por Lucía como le habían indicado.

—Señora Company, su marido ya está abajo.

—Doña Elena, si no le importa, o señora Lamarc —le rectificó enarcando las cejas—. El apellido Company déjelo para mi hija, que bastante desagracia tiene.

El portero, un hombre de escasa estatura y prominente entrecejo, enmudeció y extendió una mano dubitativa hacia la niña.

—Dele esta bolsa al señor Company. —Elena hablaba deprisa—. Aquí le he puesto la comida.

—Bien, como usted diga.

Elena se agachó para ponerle una rebeca y darle dos estironcitos de las coletas tiesas como dos plumeros. La niña los observó con el ceño ligeramente fruncido y el morro apretado.

—¿None voy, mami?

—Manuel te va a bajar en el ascensor. Ha venido... papá... —articuló con dificultad— a recogerte.

—¡Papi! ¡Ha menido papi! —La niña comenzó a saltar de alegría—. ¿No zube? —preguntó con su pertinaz ceceo.

—No, no va a subir. Ahora bajaréis vosotros.

—Tú tamén, mami —afirmó, agarrándole la mano con intención de tirar de ella.

—No, yo no puedo ir ahora —le contestó sin mirarla intentando soltarse—. Tengo cositas que hacer en casa. —Lágrimas indiscretas amenazaron sus ojos—. Nos veremos en un ratito, ¿vale, mi vida?

Aquello desconcertó a la pequeña. La última desaparición de uno de sus progenitores había durado hasta ese mismo momento. Lo más parecido a la desconfianza que puede sentir un niño comenzó a apoderarse de ella. El tono de su madre destilaba tensión y el portero parecía tan confuso como ella: su instinto de conservación le hizo aferrarse con los dos brazos a la pierna de su madre, ignorando la mano tendida del portero.

—¡Lucía, suéltame! Tu padre está abajo —insistió su madre en un último esfuerzo por evitar un drama— esperándote. ¿No quieres verlo?

—¡Ven tú! —imploró la niña.

El portero no sabía dónde mirar, anclado en la puerta de la vivienda en posición de firme.

—No puedo. Ya te he dicho que tengo cosas que hacer ahora, pero luego te traerá papá a casa.

Se la arrancó de la pierna como pudo, con las lágrimas desbordando sus ojos y suplicándole a Manuel con un gesto. Aquello estaba siendo más duro y complicado de lo esperado. El portero estiró de la niña para llevársela casi a rastras, y entre lloros y pataleos entraron en el ascensor. Manuel miró a la niña en el azogue ahumado que panelaba la pared; el futuro de Lucía se anticipaba más oscuro que aquel espejo.

Cuando Carlos los vio salir, después de unos minutos convertidos en horas por la impaciencia, estalló de alegría. Bajó del coche y se abalanzó hacia ella.

—¡Mi niña! ¡¿Cómo está mi niña?! —La abrazó con el alma,

y el hambre de besos la sepultó. Lucía pasó del miedo a la alegría, y de la alegría al agobio. Tosió.

—¡Huy! Si casi te ahogo. Pobeshita mía —le dijo con ternura dándole otro beso—. ¡Hale! ¡Nos vamos!

—La señora Comp... —El portero se frenó y rectificó—. Doña Elena me ha dado esta bolsa para usted, don Carlos.

—Gracias, Manuel. ¿Qué tal va todo por aquí?

—Psssh. Tirando, don Carlos. Me alegro de verle. Y usted, ¿todo bien?

—Pues ya ve. —Se encogió de hombros—. Las cosas se han complicado... Tengo que irme, pero nos veremos pronto.

Manuel les acompañó hasta el coche y ayudó a la niña a subir, olvidado su berrinche de segundos antes.

Partieron, y Carlos se dirigió a la fábrica.

—¿None vamos, papi?

—A un sitio muy grande —le enfatizó— y muy chulo, que es donde trabaja papá. Hay montones de peluches. Verás qué bien lo pasamos.

Los miedos de Lucía se habían anestesiado con el reencuentro. También el paseo en coche ayudó; con su pequeña estatura apenas alcanzaba la ventanilla lateral y lo remedió poniéndose de rodillas para señalarle entusiasmada a su padre todo lo que veía.

Aparcaron dentro de la fábrica situada en la planta baja de un edificio de viviendas de una barriada obrera. *Buck* y *Mimo* vigilaban la nave, dos pastores alemanes que los recibieron ladrando y moviendo la cola con vitalidad; a pesar de su imponente aspecto eran mansos y buenos. No obstante, para Lucía, como si hubieran sido leones. Prefirió mantenerse agarrada al cuello de su padre, que la llevaba en brazos mientras atravesaban el amplio muelle de carga donde solía aparcar.

Subieron al despacho de Carlos y allí sentada, ojeando una revista, Lucía vio por primera vez a Verónica.

—Habéis tardado mucho. ¿Qué os ha pasado? —comenzó irritada, pero enseguida dirigió su mirada a la niña y cambió el gesto—. ¿Quién es esta niña taaan guaaaapa? ¿Es un hada, o una prinsesa?

Carlos se quedó parado con Lucía en brazos y tras dos amagos dejó a la niña en el suelo y se esforzó en vano por hacer las presentaciones.

—Mira, Lucía, esta es... —balbuceó—, bueno, una amiga.

Lucía no articuló palabra y se agarró más fuerte a las fornidas y protectoras piernas de su padre.

—Hola, Luci. —Una gran sonrisa acompañada de un guiño cómplice saludaron a la niña—. Hoy lo vamos a pasar muy bien, ¡ya lo verás!

No hizo efecto. La niña continuó mirando a aquella joven de cabello cobrizo sin pestañear y sin abandonar su tronco de salvamento en aquel ambiente incierto.

—Yo ahora tengo trabajo, ¿puedes quedarte con ella? —le pidió Carlos.

—¡Claro! —contestó Verónica jovial—. ¡Tú ves cómo tenía razón! Cómo ibas a estar con ella, si tienes que trabajar... Pero aquí estoy yo —recalcó mientras se agachaba y, sacando un peluche en forma de perrito de algún lugar a su espalda, lo agitó delante de la nariz de la niña— para jugar con la pequeña Lucía.

La niña extendió la mano para alcanzar el peluche sin soltarse del pantalón de tergal beis de su padre, pero Vero lo escondió con rapidez.

—Aaah, no. Este es un peluche mágico. —Mientras Verónica susurraba palabras en tono de misterio, Carlos había conseguido liberarse de Lucía y se había sentado frente a su mesa afanándose en abrir la montaña de correo atrasado—. ¿Quieres saber por qué es mágico?

Lucía hizo un insistente gesto afirmativo con la cabeza.

—Pues no te oigo —la animó Verónica colocándose una mano detrás de la oreja a modo de auricular.

—¡Sí! ¡Sí! —habló por fin Lucía.

—¡Shssss! Baja la voz —le susurró—, es un secreto.

La pequeña asintió de nuevo, sus coletas agitándose arriba y abajo, los ojos muy abiertos.

—Es el peluche de las hadas —Verónica miró a ambos lados—, y solo pueden jugar con él las niñas que han hecho el Juramento de las Hadas —sentenció arrastrando las eses en un silbido tenue.

—¿Las hadassss? —preguntó emocionada mirando inquieta a su alrededor—. ¿Dónde están?

—Aquí mismo... —le volvió a susurrar Verónica.

Lucía giraba con rapidez su cabeza a uno y otro lado buscando con sus ojos vivaces aquellas hadas mencionadas por su nueva amiga.

—No as veo —le contestó bajito en su lenguaje infantil, algo preocupada.

—Sí que las ves. Por lo menos... —su expresión era misteriosa— a una.

Lucía la miró boquiabierta, sus ojos creciendo por momentos.

—¡Oooooh! —exclamó—. Eres un hada...

Verónica sonrió complacida.

—¡Shssss! ¡Que no te oigan! —espetó imperiosa, aunque en el mismo tono quedo—. No lo puedes decir. Ya sabes que es un secreto, y los secretos no se pueden contar a nadie. ¿Lo entiendes?

—Sí... —respondió imitando el tono misterioso de Verónica.

—A ver, prométemelo. —Le clavó una mirada intensa y cruzando sus brazos sobre el pecho comenzó—: Repite conmigo: Juro solemnemente...

Lucía repitió el gesto y cruzó sus regordetas manos sobre el pecho, muy seria.

—Juro zolenenete...

—... que guardaré el secreto de las hadas...

—... que guardaré el secreto de las hadas... —la niña ni respiraba.

—... y no se lo contaré a nadie...

Repitió la letanía moviendo la cabeza con énfasis de lado a lado, sus ojos presos de los de Verónica.

—Ni a mi madre... —prosiguió el «hada».

Lucía dio un respingo.

—¿A mami? —preguntó saliendo de su trance—. ¿Por qué?

—¡No se puede interrumpir el juramento juramentado! —exclamó Verónica elevando la voz y marcando sus brazos en jarras.

Carlos levantó la cabeza.

—¿Pasa algo?

—No, nada, es un secreto entre nosotras —bajó la voz para

proseguir—; repite y no se te ocurra volver a interrumpirme: «y no se lo contaré a mi madre...»

—Y no... —Lucía dudó unos segundos— se lo contaré a mi madre...

—... ni a mi padre...

—... ni a mi padre... —siguió, bajando aún más la voz y mirando a Carlos concentrado en los papeles del escritorio.

—... o se me caerá todo el pelo de la cabeza —hizo una pausa teatral y añadió—: ¡para siempre!

De nuevo la niña se sobresaltó.

—¿Se me caerá el pelo? —preguntó sobrecogida.

—¡Sí! Repite de una vez.

—O... —tragó saliva— se me caerá... el pelo... —terminó, pronunciando con dificultad. Su cara era una mezcla de horror y confusión.

—Cuando veas a alguien sin pelo sabrás que ha quebrantado el juramento de las hadas —le aclaró Verónica.

La pequeña se quedó pensativa.

—Las señoras son buenas, ¿verdad? No lo contan a nadie.

—No te entiendo. ¿Qué dices?

—Las señoras tienen pelo —argumentó a trompicones señalado los rizos cobrizos de Verónica—, pero muchos señores no.

—Muy observadora —le concedió entre risas—. Pero... eso es lo que tú te crees. Muchas llevan peluca —le dijo en tono siniestro— porque quebrantaron el juramento y se quedaron sin un solo pelo. Ahora, ¡a jugar!, pero ya sabes, no puedes decirle a nadie que me has visto o...

—¡Se me caerá el pelo! —repitió llevándose una mano a la boca.

—¡Exacto!

Verónica trajo más muñecos fabricados en Company's para que Lucía jugara mientras ella volvía a hojear su revista sentada en el sofá frente a la mesa de Carlos. Pasó un buen rato así, pasando las hojas, primero con lentitud, entreteniéndose en cada página, luego cada vez más rápido, cruzando y descruzando las piernas bajo su falda de dibujos geométricos con la niña danzando a su alrededor.

—Carlos, ¿te falta mucho? —le preguntó cerrando la revista de golpe.

—Todavía me quedan un par de cosas por terminar —contestó sin levantar la cabeza de la mesa.

—¿No crees que ya llevamos mucho rato aquí? Es casi la una.

—Ya lo sé, enseguida acabo. Id a dar una vueltecita, ¿quieres? Y mientras termino.

Verónica arrojó la revista contra la mesa, miró furibunda a Carlos y luego a aquella niña que no paraba de incordiar intentando llamar su atención sin dejarle disfrutar de la lectura con tranquilidad.

—¿Y si salimos a ver qué hay por ahí fuera? —propuso levantándose con desgana.

Lucía se encogió de hombros y le tendió la mano.

El despacho tenía dos puertas, una daba a la escalera de acceso por la que habían subido, y otra lateral salía a la parte del taller situado en el altillo contiguo. En él se encontraban las mesas de corte y desde esa altura se podía ver la parte central del recinto, donde se extendía la cadena de costura parada en esos momentos. Una tenue luz irrumpía por los tragaluces de la cubierta en forma de cortinas nebulosas, envolviéndolo todo con un halo mágico como en un bosque encantado.

En la sección de corte solo había dos personas al fondo de la nave recogiendo los restos de un par de marcadas. Las balas de tejido se amontonaban por todas partes, y recortes de tela brotaban de bolsas transparentes como flores multicolores.

—¡Mira qué bonito! —exclamó Verónica, sacando retales de una bolsa cercana—. Son para los vestidos de las hadas. Quédate un momentito aquí, enseguida vuelvo. Pero no te muevas, ¿lo has entendido?

Lucía asintió con una gran sonrisa y los ojos brillantes mirando a su alrededor. Aquello era mucho más interesante que el despacho de su padre, a pesar del ambiente algo lúgubre creado por los contraluces y de la soledad de la zona.

Verónica regresó al despacho dejando a Lucía rodeada de bolsas y cubetas, entusiasmada con todos aquellos retales de colores.

La niña se acercó a una de las bolsas, sacó la tela y se la puso sobre su vestido. Era pequeña y volvió a dejarla. Miró hacia la gigantesca mesa que se elevaba frente a su nariz y sonrió; los rollos de tejido asomaban como tesoros por descubrir. Se rascó la cabeza y dio un par de saltos, pero no llegaba.

Fue recorriendo el espacio con la mirada hasta dar con un taburete cercano a la mesa. Se dirigió hacia allí con sus pasos cortos y rápidos. El primer peldaño fue complicado. Parecía imposible mantenerse en equilibrio en el reposapiés y llegar al asiento sin que aquello se venciera cada vez que lo intentaba. Tras varios intentos infructuosos, se fijó en un cestón de plástico a pocos pasos de la mesa. Lo arrastró junto al taburete y le dio la vuelta. Sonrió contenta ante su hallazgo y se encaramó al cestón. Un buen impulso, y su barriga alcanzó el duro sillín de madera de su particular mata de habichuelas y no tardó en alcanzar la mesa.

—¡Oooohh! —exclamó desde su improvisado pedestal llevando sus manos a la boca.

Ante ella se extendía una pista de baile; metros y metros de madera machihembrada poblada de cortes de tela, pinzas gigantes, tizas de marcar y unos curiosos artilugios metálicos, como enormes cafeteras relucientes, pintadas en un verde brillante y con adornos metálicos. Haces de luz bañaban la mesa de forma discontinua creando fuertes contrastes; en las columnas luminosas que parecían sostener el techo flotaba el polvo del ambiente con suaves movimientos. Corrió hasta la pieza de tela más cercana e intentó llevársela, pero era muy grande y abandonó la empresa. Los artilugios metálicos habían llamado su atención.

Repartidos a lo largo de la mesa estaban unidos a unas guías que colgaban del techo por gigantescas serpentinas de colores. Corrió hacia uno de ellos y se sentó para observarlo. Aposentada sobre la mesa, la máquina y ella eran casi de la misma altura. Se rascó la cabeza. Sus manos recorrieron la parte alta del cabezón, pero no encontró ningún compartimento para abrir. Tampoco había ningún botón. Siguió mirando y palpando. Estaba muy frío. En la «frente» de aquel aparato había una inscripción, y justo debajo una gran palometa de plástico negro. Intentó girarla pero sentada no podía, estaba muy dura. Se puso en pie, y con ambas manos giró la llave negra. De forma instantánea, la supuesta cafetera comenzó a rugir y vibrar, aumentando de intensidad segundo a segundo.

Del susto cayó sobre sus posaderas a unos centímetros del aparato que había cobrado vida. No se atrevió a moverse.

Carlos y Verónica discutían, las voces se escuchaban ahogadas por el rugir de la máquina. El grito horrorizado del Jefe de taller, desde el extremo contrario del altillo, les hizo enmudecer. Carlos salió del despacho y miró hacia donde Juan le señalaba.

La máquina de corte avanzaba con inexorable lentitud hacia Lucía, su afilada cuchilla subiendo y bajando a velocidad de vértigo; apenas se distinguía una línea casi transparente y de apariencia inmóvil en el lugar ocupado por el afilado metal. Lucía seguía inmóvil, observando cómo el artilugio caminaba hacia ella con una cadencia y un rugido constantes. Nunca había visto una máquina que anduviera sola. Extendió su mano para intentar cogerla.

—¡La niña! ¡La niña! —gritó Carlos con todas sus fuerzas mientras echaba a correr hacia ella—. ¡Sacadla de ahí!

Lucía había extendido la mano hacia la cuchilla invisible con intención de asirla. Sin poder articular palabra ni saber qué fuerza impulsaba sus movimientos, Carlos se plantó en décimas de segundo en el lateral de la mesa, y alargando el brazo la agarró con fuerza por el borde de la falda alejándola con brusquedad de la máquina de corte. La cuchilla infernal seguía subiendo y bajando, avanzando cansina por el impulso de su propia vibración hacia donde hacía un momento estaba Lucía. Juan, el jefe de taller, paró la máquina. Otros dos jóvenes acudieron alertados por los gritos.

—¡Pero Lucía, mi vida! ¿Qué hacías aquí sola? —Carlos la cogió en sus brazos todavía temblorosos.

La pequeña estaba aturdida. Todas las miradas convergían en ella.

—¿Se ha cortado? —preguntó un pálido Juan—. ¿Ha tocado algo?

Carlos no podía hablar. Solo la abrazaba con la mirada fija en la máquina automática.

—Parece que no ha pasado nada —se contestó el propio Juan mientras una gota de sudor rodaba por su frente hasta tropezar en sus pobladas cejas—. Gracias a Dios —en su cara se adivinaba una pregunta compartida por Carlos: cómo era posible que la niña estuviera sola en la nave.

—Yo... No la he visto, *señor* Juan —se disculpó uno de los operarios—. No sabía que estaba, ni sé ni cómo ha llegado aquí. Estábamos terminando de recoger las mesas en la otra punta de la naya.

—Lucía —Carlos se dirigió muy serio a la niña, en tono grave—, mírame.

La niña levantó sus ojos lagrimosos. Hoy todo el mundo estaba muy serio.

—Eso —señaló— no se toca —La sentó de nuevo sobre la mesa y giró la llave de arranque—. Es muy, muy peligroso. —Y agarrando uno de los mandriles de cartón que se amontonaban alrededor, lo sujetó con una mano y con la otra asió la máquina automática de corte hasta partirlo en dos en cuestión de segundos—. ¿Ves cómo corta? Hace pupa.

A Lucía le dio un escalofrío.

—¿No es una cafetera? —balbuceó en su jerga con un hilito de voz.

—¿Cafetera? ¿Cómo una cafetera? —rio Juan más relajado—. ¡Diablo de niña!

Desde el despacho, Verónica había asistido a la escena como una espectadora muda tras quedarse clavada al suelo al ver salir a Carlos disparado hacia la niña.

—Yo, si no me necesita —interrumpió Juan, viendo a Verónica tras ellos—, me voy, que quiero terminar pa irme a comer.

Carlos reaccionó, más calmado.

—Sí, sí, claro, Juan —miró el reloj de la pared, las dos menos cuarto; su corazón todavía marcaba las décimas de segundo—. Se ha hecho tardísimo. Recojan y a casa. —Tomó a Lucía en brazos para volver al despacho; al ver a Verónica en la puerta la apretó con más fuerza. Iba a hablar, pero ella se le adelantó airada:

—¿Ves cómo tenía razón? Este no es sitio para una niña.

Carlos frenó de golpe, con la niña aún en brazos, fuera de sí.

—¡Se suponía que *tú* te ibas a hacer cargo de ella, mientras *yo* trabajaba! —Ante aquellos gritos, Lucía trató de esconder la cabeza en el pecho de su padre—. ¿Cómo la has dejado sola?

—¡Le dije que no se moviera, pero hace lo que le da la gana!

—¡Solo tiene tres años y medio! ¡Si no ibas a estar con ella, habérmelo dicho y ya me hubiera encargado yo! —La apartó de la puerta y entró en el despacho.

—¡Encima de que llevo toda la mañana entreteniéndola mientras tú no nos haces ni caso! —exclamó Verónica llorosa poniendo sus brazos en jarras—. ¡Además, la estás asustando! Anda, dámela.

Lucía lloraba mientras iba de un brazo a otro. Carlos optó por cederle a la niña y dejar de discutir, y se puso a recoger con decisión los papeles. No había sido buena idea llevarla allí.

—Bueno, parece que no ha sido nada. —A pesar del comentario su cara seguía encendida—. Voy a terminar de recoger y nos vamos a comer.

Mientras Carlos se entretenía organizando los documentos que quedaban, Verónica se adelantó con Lucía dispuesta a leerle la cartilla.

—¡No te has portado bien! Nada bien. —La arrastró cogida de un brazo, casi sin tocar los peldaños; los sollozos se apagaron en aquel descenso precipitado que acabó al pie de la escalera—. Las hadas —su gesto amenazador hizo retroceder a la niña— están muy enfadadas.

—¿Se me caerá el pelo? —balbuceó sin atreverse a mirarla.

—Tal vez. No has quebrantado el juramento pero me has desobedecido. Te dije que no te movieras. —Se agachó para ponerse a su altura y la sujetó de ambos brazos—. O tal vez te ocurra algo peor, o le pase algo malo a tu padre... o a tu madre. Espero que lo que ha sucedido no se lo contarás a nadie. Lo tienes claro, ¿verdad? ¡A nadie! —exclamó zarandeándola.

Lucía movió la cabeza aterrada ante las palabras de Verónica. Le dolía el brazo, pero ni siquiera se atrevió a quejarse.

5

Los tres subieron al coche con parte de la tensión todavía a sus espaldas, Carlos con la frente perlada de sudor. Y tenían un nuevo problema, aunque menos grave: dónde ir a comer. Si recalaban en un lugar público, la presencia de Verónica terminaría por llegar a oídos de su mujer y las consecuencias serían terribles; el adulterio en aquella España era un delito y si Carlos contravenía sus órdenes, Elena no dudaría en denunciarlo.

Tras un sinfín de discusiones en las que Verónica insistía en ir a uno de los restaurantes más populares de la playa despreciando los temores de Carlos, se impuso la cordura de este y terminaron comiendo en el hotel que se había convertido en su hogar, el único sitio lo bastante discreto como para no llamar la atención ni por la presencia de Verónica ni por los habituales problemas de Lucía para comer.

Tampoco la comida fue tranquila. Carlos miraba a su hija consternado mientras luchaba para que se tragara lo que su mujer le había preparado, mirando el reloj a cada cucharada para constatar que los minutos se evaporaban sin haber compartido con ella nada más que tensión y disgustos. Entre el trabajo, el susto y la conversación monopolizada por una Verónica cargada de reproches por ese empeño en ocultarse, el ansiado encuentro había sido muy distinto a lo imaginado.

Cuando al fin les retiraron los platos, agotado e incapaz de dar más explicaciones ni de justificarse, decidió poner distancia. Le daría una vuelta con el coche antes de devolverla a casa. Para

Verónica aquella decisión unilateral fue otra bofetada, y de nuevo arreciaron los reproches que los camareros se esforzaban por ignorar; Carlos se levantó con calma y con su hija de la mano se dirigió a la salida dejando a su pareja sentada y vertiendo lágrimas que no pudo juzgar si eran de rabia, desesperación o tristeza pero que no calaron en su ánimo. Vero tan solo consiguió arrancarle la promesa de dejar a la niña antes de lo acordado para regresar junto a ella, que reclamaba la falta de atención de la que había sido objeto durante la semana de Feria.

Por fin estaban solos. Lucía subió delante, pegadita a su padre. El Citroën Tiburón tenía el asiento corrido; el cambio de marchas salía del volante y eso le permitía tener a la niña junto a él.

—Ven aquí —dio dos palmadas en el asiento—, a mi ladito. ¿Quieres conducir conmigo?

—¡Sí! —La pequeña, con la nariz todavía pringosa de las últimas protestas con una cuchara por medio, se limpió con la manga y se apretó contra su padre.

—Pon tu mano sobre la mía y me vas ayudando, ¿te parece?

Cogieron la carretera de El Saler, hacia la Dehesa. Carlos no paraba de hablarle. Le contaba cosas del coche, del paisaje, incluso del trabajo, nada personal, como si estuviera con un adulto. Carlos era un hombre cerrado, le costaba expresar sus sentimientos y más a una niña tan pequeña. Pero le gustaba contarle cosas, sentirla a su lado pendiente de él.

Lucía lo escuchaba embelesada. Hubiera dado igual que le hablara de la antigua Roma. Su voz vibrante, aquel tono dulce y cariñoso, la envolvía en un abrazo reconfortante devolviéndole la paz.

—Hoy no nos va a dar tiempo a bajar y ver la playa, pero el próximo día volveremos y verás qué chuli. Venga, vamos a meter la cuarta. —Y la manita de Lucía siguió el movimiento de la de su padre sobre la pequeña palanca que salía del volante.

Cuando la devolvió a su casa Lucía estaba agotada. Las últimas palabras de su padre antes de bajar del coche fueron las de la advertencia más escuchada ese día: que no le dijera nada a su madre. Nada de nada ni de nadie.

El portero ya no estaba y Carlos se quedó un rato mirando la puerta. Aunque llevaba sus llaves prefirió utilizar el fonoporta, un artilugio recién instalado que le permitía hablar con Elena sin necesidad de presentarse en su casa. Le preguntó si subía a la niña, pero Elena afirmó muy seca que bajaba ella.

—¡Ya está mi niña de vuelta! —Elena la abrazó y empezó a besarla como si volviera de una batalla—. ¿Lo has pasado bien?

Lucía no contestó. El mismo sentimiento de desconfianza de la mañana comenzó a apoderarse de ella. De nuevo se agarró fuerte a su padre en el escenario frío de la portería.

—Un besito, Luci, que me tengo que ir. —Carlos hizo un esfuerzo para desprenderla de sus piernas y le tendió a Elena la bolsa de la comida y la rebeca.

—¿No vienes... a casa con mami? —Su cara menuda suplicaba una respuesta afirmativa.

Elena y Carlos se miraron. En los ojos de Elena un reproche, en los de él una súplica. Elena le puso la rebeca, la portería estaba fría o tal vez fueran ellos.

—No... yo... bueno, ahora no puedo. Hale, ve con mamá.

—Tú tamén, papá —afirmó rotunda, estirando de la mano de su padre en dirección al ascensor.

—No, ahora no es posible. Elena —rogó Carlos, mientras con un fuerte gesto se desasía de aquella presión—, por favor...

La madre cogió a la niña de la otra mano y estiró con dulzura convenciéndola con palabras en las que no creía. Lucía anduvo no sin resistencia hacia el ascensor, con la cabeza vuelta hacia su padre que permanecía en cuclillas enmarcado por el dintel de la puerta. El ceño fruncido de la niña endureció sus pequeños ojos pardos; una mezcla de temor, reproche e incredulidad había desplazado a la tristeza.

—¿Es por las cafeteras? —preguntó entre lágrimas antes de entrar al ascensor. El azul cristalino de los ojos adorados de su padre se tornó plomizo, solo pudo negar con la cabeza. La niña hizo un último intento—: ¿Vinis luego?

Carlos no pudo aguantar su mirada ni la de Elena, que le decía muchas cosas sin palabras, y con lágrimas en los ojos se levantó y dio media vuelta.

En el ascensor, Lucía miraba al suelo y Elena no paraba de hacer preguntas.

—¡Qué bien! ¡Qué prontito has vuelto! —exclamó con una alegría impostada, girando la llave—. ¿Has comido bien? Anda, pasa y me lo cuentas todo, vida mía.

«Me lo cuentas todo.» Lucía tragó saliva, frunció el morro hasta tragarse los labios y no dijo ni una palabra. Tras varios intentos fallidos, Elena se impacientó:

—Pero Luci, ¿qué te pasa? ¿No lo has pasado bien?

La niña se encogió de hombros sin despegar los labios.

—¿Se te ha comido la lengua el gato? —le preguntó Elena, con una sonrisa tensa.

Lucía volvió a menear la cabeza, pertinaz en su silencio a pesar de que la mudez tampoco parecía una buena opción, y sin mediar palabra salió corriendo hacia su cuarto.

Elena la miró dolida. Solo unas horas con su padre habían bastado para que su hija dejara de hablarle. Se lo temía, pero era más duro de lo imaginado.

Intentó actuar con normalidad y recuperar su confianza; tan solo era una niña desorientada con tanto cambio, se dijo encendiéndose un cigarro. Pero si aquello era el efecto de unas horas, ¿qué ocurriría si pasara un período más largo con su padre, o si se viera con aquel bicho de mujer? Porque... ¿no la habría visto? El ácido subió desde su estómago a la garganta mezclándose con el sabor denso del humo.

Los efectos sobre la conducta de la niña de la primera salida con su padre y la evocación del fantasma de Carlos y Verónica en cada rincón de la casa llenaron de alfileres el suelo que pisaba y su corazón de miedo. Seguía en el hogar conyugal, pero no había vuelto a dormir en su antigua cama; una aprensión incontrolada la infectaba cada vez que se acercaba a ella. Tenía que huir de allí, empezar en otro sitio, y mantener a Lucía a salvo de influencias extrañas. Tal vez lejos de su padre.

Todos sus esfuerzos se centraron en acelerar su salida de aquel lugar que tan amargos sabores traía a su paladar. Cuando llegó el día, Elena solo se llevó su ropa. Todo estaba contaminado de un mal invisible, un lastre de tristeza y mala suerte. La mudanza consistió tan solo en hacer su equipaje y el de su hija. En la empresa tenían un vehículo para hacer los repartos; dio orden de recoger sus cosas y llevarlas a su nuevo domicilio. Nadie se sorprendió, era la noticia sorda desde hacía meses.

Su nuevo hogar, grande y muy luminoso a pesar del largo pasillo característico de las construcciones de aquella época, era un quinto piso situado en una nueva avenida partida por anchas plazoletas ajardinadas. No le importaron las vistas al destartalado cauce del río Turia; la sensación de libertad que transmitía la ausencia de vecinos al asomarse al balcón compensaba la ruinosa perspectiva. Desde el principio le atrajo el anárquico paisaje: el de aquel en otros tiempos bravo río contra el que había luchado en la riada hasta casi perder la vida, devenido en un hilo de agua sucia, entre cañizos y matorrales amorfos, con dificultades para llegar a su destino. Contemplarlo desde su terraza le daba una extraña sensación de triunfo, aunque no tuviera motivos para ello.

Al otro lado del cauce se extendían las naves abandonadas de antiguas fábricas papeleras, cobijo de varias familias gitanas. Por las noches, desde la terraza, se podían oír las palmas alrededor del fuego encendido. Allí comenzaría su nueva vida.

Para ellas dos sobraba casa, pero una parte sería para recibir visitas, como una extensión de la empresa. Su vida profesional la obligaba a dar una cierta imagen y había aprendido que el decorado adecuado podía contribuir a ganar el respeto de inversores o clientes reacios. La primera impresión era importante teniendo en cuenta que todavía no había encontrado a ningún empresario o cliente que de entrada confiara en aquella joven empresaria. En eso su madre también había tenido razón, las apariencias importaban y mucho.

Su madre... Una sonrisa amarga se dibujó en su cara. Si su antiguo piso le pareció un minicirco, este le parecería el gran circo mundial. Había apostado por una decoración moderna que no recordara para nada la rancia y clásica elegancia de la casa paterna, cargada de maderas, otomanes, porcelanas y terciopelos que llegaron a ahogarla cuando para su madre eran tan necesarios como el oxígeno. La habitación de invitados, pensando en su madre, mantuvo un ambiente clásico: un rincón victoriano con muebles de madera de la antigua casa familiar, rescatados del guardamuebles en que dormían desde el desmantelamiento de su pasado glorioso. Si su madre iba a visitarlas, con encerrarse en aquel cuarto anclado en el tiempo y no salir, asunto arreglado; se sentiría como en su antiguo ático. También en el cuarto de su hija aprovechó los muebles de su habitación de soltera, no estaba para despilfarros y, aunque tristes, eran de las pocas cosas a las que tenía cariño; los animó con telas de estampados grandes y alegres que modernizaron el conjunto.

Elena mantenía el contacto con su madre a pesar de la distancia y de un pasado que más las separaba que las unía. Por su trabajo visitaba Madrid cada seis meses y aprovechaba esos viajes para verla y de paso disfrutar de los pequeños placeres que la capital le ofrecía.

Ahora le urgía llenar los grandes espacios de su nueva casa sin gastarse barbaridades, muebles buenos y aparentes, pero ajustando el precio. No se le ocurría mejor lugar para encontrarlos que el Rastro, por lo que pasados los primeros meses organizó un viaje rápido a Madrid. Aprovecharía para explicarle a su madre cómo estaban las cosas y comprar los muebles. Por teléfono las conversaciones eran frías y escuetas. No era fácil entrar en detalles.

El viaje implicaba que Lucía no pudiera ver a su padre ese sábado, rutina asentada aunque todavía no hubiera ningún acuerdo firmado, y Elena se preparó para una discusión, pero aunque la conversación fue tensa como lo eran todas, Carlos no opuso la resistencia presumible. La buena predisposición mostrada, alivio incluso, se le atragantó; esperaba una discusión y no la tuvo. Casi parecía haberle hecho un favor, podría organizarse el fin de semana como quisiera. Por una u otra razón siempre terminaba viendo la sonrisa de satisfacción de aquella mujer que empezaba a apropiarse, a sus ojos, hasta del tiempo que a su hija le correspondía compartir junto a su padre.

Se desahogó en el diario, compañero fiel desde hacía meses, y confió en que el viaje a Madrid fuera al menos productivo, tanto en lo afectivo como en lo crematístico.

6

Elena no se equivocó en su apreciación. Para Carlos y Verónica la ausencia de Lucía era la oportunidad que necesitaban para intentar asentar su relación con la normalidad de cualquier pareja. Su unión forzosa se había precipitado cuando lo más que habían tenido eran escarceos sexuales de tarde en tarde. Y desde entonces, entre el trabajo de Carlos y la presencia de la niña apenas si tenían los domingos para compartir, y entonces llegaba el fútbol tan sagrado para Carlos como la misa de los domingos para otros.

Planificaron un pequeño viaje, y mientras Elena aún trabajaba partieron hacia su primera parada, Barcelona. Carlos y Verónica iban a disfrutar de un fin de semana diferente, sin depender de los horarios de Lucía. Era su primer viaje juntos; podrían actuar como cualquier otra pareja, sin la mirada inquisitorial de vecinos o conocidos gravitando sobre ellos, como una pareja de recién casados.

Emprendieron el viaje ilusionados. Habían reservado una habitación doble, pero nada más dar los nombres le pidieron el Libro de Familia.

—¿Disculpe? —Carlos fusiló con la mirada al recepcionista—. No lo he traído. No creí que fuera necesario.

—Pues si no lo trae, no puedo darles una habitación doble —contestó con suficiencia el empleado del hotel.

—¡Esto es ridículo! —exclamó Verónica exagerando lo afectado de su tono, su puntiaguda nariz señalando al techo—. ¡Por quién nos ha tomado!

—No se lo tomen a mal. Son las normas —se disculpó, azorado—, deberían de saberlo. Yo no puedo hacer nada, lo siento —añadió mientras seguía revisando muy digno unos papeles.

Carlos se dirigió a Verónica.

—Cariño, no te preocupes. Si quieres, espérame en el hall o en la cafetería. —Acompañó la frase con un gesto que le indicaba que se alejara; Verónica se fue resoplando con la cabeza alta y los tacones apuñalando el suelo.

Entonces, bajando la voz, Carlos se acercó al mostrador y en tono de complicidad le susurró al recepcionista:

—Seguro que hay alguna forma discreta de poder solucionar esto. Ha sido una torpeza por mi parte no traer el Libro de Familia, pero no querrá que tenga un altercado con mi señora ¿verdad? —Y, sonriendo, sacó un billete de veinticinco pesetas de su bolsillo y lo depositó bajo las hojas que revisaba con interés su interlocutor—. Solo vamos a estar esta noche, mañana seguimos viaje. ¿Qué problema puede haber?

—Err, bueno... —Aunque pareció dudar, el dinero se desplazó con rapidez al bolsillo de su uniforme gris—. Esto le podría suponer un problema al establecimiento..., ya sabe usted, este es un lugar decente. Pero dado que no se van a quedar más días, veré qué puedo hacer. No creo que pase nada por una noche.

Le tendió los papeles de registro y Carlos se dispuso a completarlos aliviado. Estaba tan acostumbrado a la convivencia con Verónica que se le olvidaba la situación de ilegalidad en que vivían.

Tras aquel pequeño tropiezo, les asignaron por fin la habitación. No necesitaban deshacer las maletas, se asearon y volvieron a bajar. Cada uno tenía sus planes para ese viernes, Carlos de trabajo y Verónica de reencontrarse con sus recuerdos, los que esperaba que nadie más conociera.

Cuando Carlota oyó el timbre soltó el cazo, colgó el delantal que protegía su vestido negro y corrió a la puerta. Hacía años que no veía a su hermana.

—¡Verónica!

—¡Carlotita!

Se unieron en un prolongado abrazo.

—¡Déjame que te vea! —Carlota se liberó de la efusiva prisión de los brazos de su hermana pequeña para observarla—. ¡Estás muy guapa, Vero! Y has engordado un poco, que falta te hacía —afirmó con aprobación.

—Y tú estás como siempre, Carlota. Mira ese moño de abuela. Deberías arreglarte más, así no volverás a encontrar marido —bromeó dándole un empujón—, y eres muy joven todavía.

—Déjate de tonterías y pasa, que se nos va a ir el día aquí en la puerta. Además, ¿para qué necesito yo un hombre?

—Jaja, ahora mismo te doy un cursillo.

—Mira que no cambias. —Se había ruborizado entre risa y risa—. No seas desvergonzada —le riñó echando a andar con sus pasos pequeños y precipitados.

—Hija, qué pequeño es esto. —Verónica miró a su alrededor con una mueca—. Ya no me acordaba.

—No está tan mal. —Carlota se encogió de hombros sin perder la sonrisa—. En peores sitios hemos estado tú y yo.

—¿Cómo os apañáis?

—Las niñas tienen su habitación con dos camitas, Jesús duerme en otra y yo me abro el sofá del salón, que es como una cama. —Al nombrar al niño, un gesto de ternura bañó su rostro—. Tendrás ganas de verle, ¿verdad?

—Jesús... —Verónica se revolvió incómoda—. Ya tiene cuatro años, ¿no?

—Cinco. Ven, está jugando en su cuarto. —La cogió de una mano y siguió parloteando alegre—. Es más malo que un pecao. No sé a quién habrá salido —añadió con una risita nerviosa.

—Creo que esto ya quedó claro, hermana —le cortó muy seca sacudiéndose la mano—. Si ha salido a alguien será a ti, que eres una santa y a todos los efectos, su madre. Y si no, ya te apañarás, que para eso lo has educado tú.

—Sí... claro... —Carlota se alisó la falda de su vestido con ambas manos como si sobraran lunares—. Anda, pasa por aquí. Ya verás cómo ha crecido.

Jesús, arrodillado en un cuartito decorado por una tabla de

planchar, una máquina de coser y ropa aquí y allá, jugaba con algo parecido a un camión hecho con cajas de cartoncillo que recorría una imaginaria carretera.

—Mira, Jesús, ha venido... —Carlota tuvo que respirar hondo, a pesar de los años que llevaba criando al niño como si de su propio hijo se tratara— la tía Vero.

Jesús no se movió. Continuó con su camión avanzando por ningún sitio.

—Pues sí que lo estás educando bien —refunfuñó irritada Verónica.

Carlota lo disculpó y volvieron al salón todos juntos. Pasaron la mañana gastando bromas, Verónica contando chistes y sus sobrinas enseñándole sus habilidades para el baile.

—¡Huy! Vaya horas. —Carlota se levantó presurosa—. Se me ha pasado volando. Menos mal que lo tengo casi todo hecho. En honor a ti he preparado una *escudella* que me sale buenísima y...

—No me quedo a comer. —Verónica abrió el bolso y sacó su polvera para retocarse—. Creí que te lo había dicho.

—¡Anda! Pues no, no lo recuerdo. —La decepción de Carlota era evidente—. ¿Y eso? Creía que íbamos a pasar el día juntas.

—Ya ves, no puede ser. Carlos se ha empeñado en salir prontito para Andorra. Pasaremos allí el fin de semana. En fin, prometo no tardar en volver. Un besito, niñas, que vuestra tía Vero se tiene que ir. —Se había acercado a ellas para darles un beso a cada una de sus sobrinas y una moneda de cinco duros que no evitó que siguieran protestando por su partida.

—¡Pero tía Vero, lo estamos pasando muy bien! Quédate un poquito más.

—¡Sí, porfa, cuéntanos otra historieta! Que no te vemos nunca —rogó Juana, la más pequeña, con tristeza.

—¡Ay, mis niñas! Que no puedo, de verdad, pero seguro que no tardo nada en volver, ¿vale? —Se volvió hacia el niño que las observaba en silencio—. Y tú, Jesús, ¿no dices nada?

—No —Miró a Carlota con los morros apretados—. Tengo hambre, mamá. ¿No comemos?

—Joder con el niño. Cariñoso, ¿eh? —exclamó Vero con su mano haciendo adiós sin agacharse a besarlo—. Bueno, ahora sí que me voy. Un beso, Carlota. —Rozó con un gesto rápido la mejilla de su hermana y avanzó por el pequeño pasillo hacia la puerta; pero a los dos pasos se frenó—. Espera, tengo una cosa para ti. —Buscó algo en su bolso. Carlos le había dado dinero para invitar a comer a sus sobrinos y comprarles algo después, y ella había guardado una parte en un sobre—. Esto es para vosotros. —Le extendió el sobre a su hermana mirándola con dulzura—. Me ha costado mucho reunirlo. Carlos no me ha dejado seguir actuando y casi no tengo dinero. No es mucho, pero menos da una piedra.

—¡Ay, mi chica! —Carlota juntó ambas manos con un golpe seco en una oración agradecida y volvió a abrazarla—. ¡Si no me tienes que dar nada! Ya has visto que estamos bien los cuatro.

La despedida fue larga, parecía que nunca iba a salir de allí y Verónica llegaba tarde, en su reloj daban las dos y tenía que cruzar la ciudad para ir a comer a casa de su vieja amiga. Después de años sin verse había imaginado mucho tiempo aquel encuentro y no quería retrasarlo ni un minuto. Mientras ella paraba un taxi, en Valencia Elena daba las últimas instrucciones antes de volver a su casa para recoger a Lucía y emprender viaje a Madrid.

Eran más de las dos y media cuando Verónica por fin llamó a la puerta. Se escuchó una pequeña carrera tras ella y un rápido giro de cerrojos. Una joven morena de rizada melena y felinos ojos verdes que le pasaba una cabeza la recibió con ímpetu.

—¡Verónica!

—¡Isabel!

Las dos amigas se fundieron en un abrazo en una escena similar a la de hacía un par de horas en la puerta de casa de su hermana.

—Pasa, no te quedes en el rellano —le indicó Isabel mientras cerraba la puerta—. Has tardado mucho, gamberra. Cómo te gusta hacerme sufrir.

—Es que estaba con la pesada de mi hermana. Pero no te quejes, que me los he dejado para venirme a comer contigo. Estás divina, chica. Y vaya caserón. —Hizo un rápido recorrido visual por la estancia y emitió un sonoro silbido—. ¡Cómo te lo has montao de bien!

—Pues tú sigues demasiado flaca, aunque has engordado un poco. —Le agarró una nalga con fuerza, entre risas—. Es broma, estás muy guapa. —La volvió a abrazar—. Ven, sígueme.

—Tú sí que estás guapa, y ¡hecha una estrella! No paras. —Dejó el bolso y la gabardina en una pequeña habitación y continuaron hacia la cocina desde donde llegaba un inconfundible olor a cordero asado.

—¡Ja, no paraba! —Isabel agarró una fuente y le hizo una seña para llevar el pan—, pero un imbécil del ayuntamiento nos tuvo tres meses cerrados por «conducta inmoral». —Sus ojos se alzaron al cielo meneando la cabeza—. Una ruina.

—Joder, cómo está el patio. No veas la que nos han montado a nosotros en el hotel por no llevar el Libro de Familia.

—Ni que lo digas, pero lo nuestro ya se solucionó. Un par de sobornos y un revolcón con el inspector, y listo. Venga, a la mesa, que se va a enfriar. Así me lo cuentas todo.

Durante la comida se pusieron al día de sus respectivas novedades. Isabel trabajaba como vedette en uno de los cabarets más reputados del Paralelo barcelonés. Tenía una merecida fama gracias a unas piernas interminables y a un pícaro sentido del humor que sabía transmitir desde el escenario. Conocía a Verónica desde el primer día que puso los pies en Barcelona y se presentó en el cabaret buscando un puesto de camarera o de lo que fuera. La vivacidad y desvergüenza de aquella muchacha algo salvaje, recién llegada del campo, la cautivó. Se convirtió en su protectora, y consiguió que la admitieran en su espectáculo como corista, aunque le faltaban curvas para aquellos menesteres y costaba disimular una barriga desbocada por un parto reciente. Pero era espigada y su juventud le daba una frescura que suplía otras carencias.

No tardaron en intimar. En aquel submundo a nadie le importaba, y fuera de él nadie lo sabía. Isabel era cinco años mayor que Verónica, y se convirtió en una influencia poderosa para la receptiva muchacha. Las dos se sentían solas y la relación le aportó a cada una lo que necesitaba en aquel momento. Verónica aprendió muchas de sus artes practicando con Isabel, para deleite de ambas, u observando por unos pequeños agujeros de la pared de la habitación de su protectora, bien disimulados por unos absurdos visillos de encaje.

La separación entre ambas había sido dura, pero era inevitable. Verónica ambicionaba encontrar su propio lugar e Isabel había conseguido un amante fijo que la visitaba casi a diario, y que le había proporcionado aquel hermoso piso con vistas al Tibidabo en el que ahora saboreaban una deliciosa crema catalana.

—Es un asco de tío, ¿sabes? Gordo, bajito, y con un horrible bigote engominado con las puntitas así —Isabel estiró unos imaginarios mostachos—, hacia arriba. Pero es bueno y amable conmigo. Además, el pobre no me aguanta nada. La mitad de las veces ni la mete, y antes de cinco minutos está roncando. No sabes el poquito trabajo que me da y lo bien que me lo agradece —rio divertida.

—Pues a mí también me va muy bien —afirmó Verónica ufana echándose hacia atrás y sacando pecho—. Ya te conté que había conocido a alguien. Pues no te lo vas a creer, pero he conseguido que deje a su legítima y estamos viviendo juntos.

—¡Pero eso es muy arriesgado! ¿Lo sabe su mujer?

—¡Pues claro! Pero no creo que se atreva a denunciarnos. A fin de cuentas es el padre de su hija. Y a mí me encanta que lo sepa, y que se joda.

—¿Tienen una niña? —Isabel torció el gesto.

—Sí, eso es lo peor. Pero prefiero no pensar en ello. —Hizo un aspaviento con la mano borrando las ideas que flotaban en el aire y le dio un sorbo a su café—. Lo tiene todo. Es joven, guapo y tiene mu buena posición. Bueno, en realidad es quince años más viejo que yo, pero está buenísimo y no sabes la marcha que me da; además, eso no es na pa las que nos hemos tragao, ¿verdad? —apostilló entre risas.

—No cambiarás nunca. Deberías esforzarte por hablar mejor —le recriminó con cariño—. A los hombres, lo «campestre» les gusta hasta cierto punto. Y si, tal y como me lo cuentas, aspiras a algo más con él, tendrás que ganarte su respeto y no avergonzarlo.

—Bah, tonterías, mientras folle bien, les da igual como hable. —Se rio con ganas al ver el gesto de guasa de Isabel.

—¡Pero qué bruta eres! ¡Y cómo me gustas! —Volvieron a reír.

—Hablando de camas... —la miró a los ojos con malicia—, ¿qué tal si recordamos viejos tiempos?

Isabel le devolvió la mirada y una amplia sonrisa iluminó su cara.

—Lo estoy deseando.

Las dos pasaron buena parte de la tarde sin salir de la habitación de Isabel, ahora más grande y luminosa que antaño y sin aquellas indiscretas ventanas a la intimidad, pero con la misma tórrida fogosidad de sus últimos contactos.

Verónica llegó pasadas las nueve al hotel donde Carlos la esperaba impaciente.

—No sabes lo difícil que es encontrar un taxi a estas horas —se disculpó jadeando por las prisas—. Y al final he cogido el autobús porque pensé que no iba llegar. Ni te imaginas todo lo que hemos comprao. Esos chiquillos son la leche. Lo quieren todo —concluyó, esforzándose por pronunciar todas las letras.

Carlos se apaciguó un poco ante la mención de los sobrinos de Verónica.

—Pues parece que tú también has salido bien parada. La de bolsas que llevas. Eso es aprovechar el dinero, pero me encanta verte tan contenta.

En realidad, tras una breve siesta, Isabel y Verónica habían salido de compras como en los viejos tiempos, y de paso habían practicado uno de sus deportes favoritos: «distraer» prendas de los comercios con excelentes réditos.

—A este paso no va a ser necesario ir a Andorra. —El gesto de Carlos no hacía pensar que bromeara—. Venga, cámbiate, que he reservado mesa y luego iremos a uno de los espectáculos del Paralelo, que sé que te gustan. Actúa Isi Marcos. —Le tendió un díptico a color. En la portada, los bellos ojos de Isabel dibujados por algún pintor enamorado la miraban insinuantes sobre las letras doradas de la Sala de Fiestas. Verónica sonrió.

—Gracias, mi amor. Es el mejor final para este día maravilloso.

7

Elena cogió el tren a la carrera gracias a la ayuda de Ernesto. El administrativo que le hacía de chófer descendió del convoy con el guardagujas tocando el silbato, tras dejar a Elena y su hija acomodadas en el vagón con todas sus pertenencias ubicadas.

Se arrellanó junto a la ventana con la pequeña Lucía al lado. Había hecho muchas veces ese trayecto, pero nunca con esa sensación de amargura y fracaso personal. Pasado casi un año desde la ruptura de su matrimonio, las piezas de su soledad iban encajando. Mientras dejaba atrás los últimos trenes abandonados en las vías de servicio hizo un repaso a su situación. Estaba como una de esas máquinas, varada en medio de una nada conocida, sin saber por dónde seguir ni cuál era su destino y necesitando una buena dosis de mantenimiento y aceite para reparar los desperfectos. Para las amistades con las que durante años compartió sus salidas de pareja, la joven empresaria se había transformado en una nota desafinada en sus vidas armoniosas y se esfumaron entre excusas y silencios. De la familia, distanciada de todos, su único refugio y consuelo era Lucía, demasiado pequeña para compartir sus penas. El trabajo se había convertido de nuevo en la válvula de descompresión, en el motor que la obligaba a mantenerse en marcha y devoraba sus días con la misma avidez con que ella apuraba sus cigarrillos; también sumaba preocupaciones y ansiedad a unos nervios desgastados pero así había sido desde que era capaz de recordar. Necesitaba liberar el sapo que brincaba en su garganta, desahogarse; el encuentro con su madre le permitiría descargar sus penas y encontrar el añorado consuelo, o al menos eso esperaba. Nadie como ella para comprender su sufrimiento a pesar de la peculiar relación que mantenían; a fin de cuentas, además de ser su madre, había pasado por lo mismo.

El paisaje se fue haciendo intermitente y difuso, y Elena abrió *La Codorniz* para apartar de su mente aquellas reflexiones, aunque con Lucía al lado era imposible mantener la publicación desplegada en condiciones de lectura.

El trayecto se le hizo interminable. Cada vez que intentaba concentrarse en las páginas satíricas Lucía reclamaba su atención con carreras pasillo arriba, pasillo abajo hasta que, al fin, el chirriar de la frenada alivió su impaciencia y un amago de sonrisa iluminó su cara. Como una niña, necesitaba una caricia materna y esperaba la aparición de su madre para hundir en sus brazos la cabeza, las penas. Elena esperó a que el tren se detuviera por completo y comenzaran a bajar los pasajeros antes de arramblar con todos sus bártulos y empujar a Lucía hacia la salida, ordenándole a cada paso que no se alejara. El caballero que las precedía, divertido ante los apuros de la joven madre y su pequeña, las ayudó a bajar. Ya en tierra, Elena avanzó sin parar de controlar a la niña que se le despistaba sin remedio en el caos pacífico de los andenes de Atocha; se las apañó para repartir la carga y liberar una mano con la que sujetar la inquietud de Lucía.

—¡Mamá, mamá, estamos aquí! —gritó al localizar la puntiaguda nariz de su madre destacando altiva entre la multitud. Corrió hacia ella con una maleta en una mano, Lucía asida a la otra en la que se balanceaba el bolso, y otro bulto haciendo equilibrios milagrosos sobre la hombrera de la chaqueta.

—¡Uf, cuánta gente! —señaló Dolores encogiendo la nariz con desagrado mientras repasaba de arriba abajo la cargada figura de Elena—. Hija, pareces una gitana. ¿No sabes buscar un maletero? —Sin esperar respuesta, prosiguió—: ¿Qué tal el viaje?

—Un poco pesado —Elena dejó los bultos en el suelo para darle dos besos—. Sobre todo para Lucía. ¡No ha parado quieta! Se ha pegado un par de trompazos corriendo por el pasillo.

—¡Señorita, en los trenes no se corre! —le recriminó Dolores a su nieta, con el dedo índice muy tieso frente a su pequeña nariz—. De hecho, no se corre en ningún sitio. Por lo que veo, sigue igual de atolondrada que siempre.

—Bueno, mamá, no empecemos —resopló—, que acabamos de bajar del tren. Luci, dale un besito a la abuela Lolo.

—Qué mala leche tienes, Elena. Soy su madrina, ya lo sabes —la corrigió Dolores agachándose a saludar a la pequeña—. Me faltan quince años para ser la abuela de nadie —Se atusó la melena castaña y preguntó—: A ver, Lucía, ¿quién soy yo?

—Abu Lolo —afirmó aquella sin dudar.

—¡No! —refunfuñó Dolores echando atrás de un gesto los mechones que descansaban en sus hombros—. Soy tu madrina —puntualizó con énfasis— Lolo.

—Mi ¿maína Lolo? —rectificó extrañada.

—Eso es. Muy bien —la felicitó, dándole un beso imperceptible para al instante apartarse y observarla con detenimiento—. Hay que ver, Elena, qué desgracia —sus labios perfilados se fruncieron en un mohín de disgusto—, es clavadita a su padre.

—Joder, mamá, dame un respiro.

—Cada día más ordinaria —suspiró—. Debe ser del tiempo que has pasado con ese patán. Vámonos. Tendremos que coger un taxi, si es que queda alguno con la marabunta que han soltado. Ni que vinieras en el borreguero...

Elena se agachó a recoger sus bultos volviendo a organizarlos de forma estratégica ante la mirada curiosa de su madre.

—Podrías echarme una mano —refunfuñó—, en lugar de mirarme con esa cara.

—Claro, hija, claro, no me había dado cuenta. No te preocupes que yo me hago cargo de Luci. —Se dirigió hacia la pequeña y le tendió el brazo—. Aunque ya podías haberte traído un carrito para que la niña no fuera andando. Vamos, cariño, que hay que ayudar a mamá. —Y tomándola de la mano echó a andar.

Elena maldijo por lo bajo y las siguió hacia la parada de taxi.

—Vamos primero al hotel, dejas todos esos trastos y luego te vienes a casa.

—¿A casa? —preguntó Elena extrañada.

—Bueno, ya me entiendes... No me gusta llamarla pensión. A nadie le importa dónde vivo. A fin de cuentas es como si fuera mi casa y el precio es mucho más razonable que el de un alquiler. Por desgracia a mi edad me toca mirar esas cosas, ¡con lo que yo he sido!

—Ya, claro. —Se habían acomodado en el taxi con la niña en medio—. ¿Y cómo te va a ti?

—Muy bien, pero mejor hablamos luego —señaló con un movimiento de cabeza al taxista—, ¿no te parece?

Entre que llegaron al hotel, subieron a la habitación y Elena sacó lo imprescindible bajo la displicente mirada de Lolo, se hicieron más de las ocho.

—Mamá, es muy tarde. Yo estoy sudando y me gustaría darme una ducha, y Lucía debería comer algo rápido e irse a dormir.

—Pero si he dicho que vendríais a cenar... —La contrariedad tensó sus finas cejas—. Podrá esperarse media horita, digo yo.

—Pues no. Los niños llevan sus horarios —sentenció mientras le quitaba el vestido a la niña— y hay que respetarlos.

—Qué más dará —despreció Dolores— una hora arriba o una hora abajo.

—Claro, de esto tú no sabes nada. —Elena siguió poniéndole el pijama a Lucía, cuya mirada seria oscilaba de una a otra mujer.

—No seas insolente. Yo he criado dos hijos y no voy a aguantar que me des lecciones.

—¡¿Tú?! ¡¿Criar dos hijos?! ¡Ja! —Elena alzó los brazos en un movimientos rápido, y siguió deshaciendo el equipaje—. Eso sí tiene gracia. Me parece que no ha sido buena idea esto de venir... No te preocupes, mamá, nos veremos mañana —zanjó.

—Sí, hija, sí. Tú a la tuya. Pero cuando se viaja con niños, uno se trae a la *nanny* y se evita estos problemas. A veces me asombro de que seas hija mía.

—Y yo. ¿Estás segura de que no me cambiaron por otra?

—Insoportable, como siempre, querida. —Dolores se levantó y se alisó con las manos los pliegues marcados en su falda de tubo—. Me voy.

Se despidieron mecánicamente y, tras cerrar la puerta, Elena se dejó caer sobre la cama.

—¿Tienes hambre, Luci?

—No.

—Pues es hora de cenar. Llamaré al *room service* a ver qué nos pueden subir. ¿Una sopita? ¿Te apetece?

Lucía no respondió, los rincones de la habitación despertaban en ella mucho más interés que cualquier manjar.

A pesar del accidentado encuentro de la víspera, a la mañana siguiente Elena se levantó tan contenta como había amanecido el día y resuelta a dejar a la niña con su madre para ir al Rastro. Eran las diez cuando se presentaron en la pensión.

—Buenos días —saludó a la señora de cabello blanco y riguroso e impecable luto que les abrió la puerta—. Soy Elena, la hija de Dolores Atienza.

—¡Buenos días! Pasen, pasen, mi casa es su casa —le contestó efusiva invitándolas a entrar con un gesto amable—. Las esperábamos ayer, pero llegaron tarde, ¿verdad? Soy la viuda de Gómez-Sandoval, pero todos me llaman Jimena. —Su tono natural y afable le daba un aire cercano que contrastaba con sus rimbombantes apellidos y su aspecto severo—. ¡Pero qué niña más mona! Hasta ayer no sabía que su madre tenía una nieta.

Elena hizo una mueca divertida ante aquel comentario. «Ella tampoco», pensó.

—Encantada, Jimena. Tal vez he venido demasiado pronto —se disculpó.

—Bueno, la verdad es que su madre suele levantarse más o menos a esta hora. —Hizo un gesto con la mano quitándole importancia y las guio por el pasillo—. El desayuno está preparado. ¿Les apetece tomar algo? Hay un bizcocho y unos cruasanes deliciosos. Los hacemos aquí.

—No, se lo agradezco mucho, pero ya hemos desayunado.

—Síganme, les indico la habitación.

La casa era grande, muy cuidada; las tres avanzaron por un pasillo alfombrado, jalonado a uno de los lados por altas puertas con molduras. Jimena seguía hablando muy animada, se la veía una mujer activa y jovial a pesar de los años.

—Su madre es una señora de los pies a la cabeza —sentenció acompañando sus palabras con un amplio gesto de su enlutado brazo—. Estará usted muy orgullosa de ella.

—Sí... claro.

—Pues aquí es. Pase, yo me quedo con la niña. Conozco a su madre —bajó la voz a un tono cómplice— y a estas horas no recibe de buen grado un ajetreo excesivo.

—¿No le importa? —sonrió agradecida Elena.

—¡En absoluto! —aseveró con un gesto cariñoso hacia la niña—. ¿Cómo se llama?

—Luci. Lucía.

—¡Qué bonito! —exclamó Jimena—. ¿Vienes conmigo, Luci? Me vas a ayudar a preparar el desayuno para tu abuelita Dolores.

—No es mi abola. Es mi Maína Lolo —afirmó agarrándose con fuerza a su madre.

—¿Tu qué?

—No le haga caso, es un apelativo cariñoso —atajó Elena, sin más explicaciones—. Venga, Lucía, ve con doña Jimena.

—No. —Su ceño fruncido no dejó lugar a dudas; iba a ser difícil convencerla.

—No se preocupe, ya me encargo yo —concedió Elena, resignada.

Llamó con los nudillos a la puerta de la habitación. No obtuvo respuesta. Volvió a llamar, más fuerte.

—¡Mamá, soy yo! ¿Estás despierta?

Se escuchó un ligero murmullo tras la puerta y al cabo de unos segundos se oyó girar el cerrojo.

—¿Se puede saber qué hora es? —Dolores miró su reloj—. ¡Las diez! ¿Qué haces aquí tan pronto? ¿Se ha incendiado tu hotel?

—Muy graciosa. Buenos días, mamá. —Le dio dos besos—. ¿Qué tal has dormido?

—Mal. Un pesado ha estado llamando al sereno hasta no sé qué hora, borracho como una cuba. Ni con algodón en las orejas he podido dejar de oírle. —Dolores se estiró perezosa—.

¡Mmmm! ¡Qué bien huele! Me recuerda otros tiempos. Qué bollos nos hacía Nati... —Sacudió la cabeza con decisión—. Mejor no recordar. ¿Has conocido a Jimena?

—Sí. Una mujer muy agradable.

—Ciertamente. Es toda una señora.

—Lo mismo ha dicho ella de ti.

Dolores sonrió satisfecha.

—Las de nuestra clase —afirmó, cepillándose el pelo frente al espejo del tocador— sabemos reconocer esas cosas, aunque no esté una en su mejor momento. Por cierto, qué tranquila está la pequeña salvaje. Buenos días, Luci.

—¡Mamá! —Elena enrojeció, pero evitó decir una barbaridad—. Jimena se ofreció a llevársela, pensó que te resultaría demasiado impactante de buena mañana —dijo con sorna—, pero Luci ha preferido verte.

Lucía asintió.

—Seguro que no ha dicho eso. Pero su suposición era cierta —Sacó unos pantalones de *tweed* mientras hablaba—. ¿Has desayunado? Te has quedado en los huesos, hija. Quién lo iba a decir, con la bola que eras de jovencita.

—¿Siempre tienes que humillarme?

—Hija, qué susceptible. Te he echado un piropo, pero siempre coges el rábano por las hojas. —Alargó su brazo hacia la blusa blanca que descansaba en el galán de noche sin reparar en la cara enrojecida de Elena.

—Me voy —Elena se agachó a darle un beso a su hija—. Te dejo a Lucía. Regresaré para la comida. Si quieres, te invito a La Trainera.

—¡Un momento! —Del respingo se le deshizo la gran lazada del cuello que anudaba en ese momento—. ¿Cómo que te vas y me dejas a Lucía?

—Ya te lo expliqué. Tengo que ir al Rastro a comprar muebles, y con la niña es imposible —dijo recogiendo su bolso de la banqueta.

—Ya, ya, claro. —El perfecto y luminoso óvalo de Dolores se nubló por un instante—. ¿Y qué hago yo con ella? —Miró a su nieta con aprensión.

—Ya se te ocurrirá algo. Eres su abuela, aunque te pese, ¿no?

Dolores le echó una mirada furibunda, para al momento sonreír de nuevo al ver a Lucía mirándola con la boca abierta.

—Estás muy guapa, maína —dijo la niña con sus ojos muy abiertos.

—Vale, vale, vete antes de que me arrepienta —aceptó Lolo con fingido disgusto—. Recógenos aquí a las dos en punto, que eso de La Trainera me ha sonado muy bien. Y así me cuentas cómo están las cosas.

Se despidieron por fin con un beso cariñoso, algo añorado por Elena con desesperación. En esos raros momentos, en que conseguían hablar sin reproches ni sarcasmos, sentía aquella sensación de calor interno, de confort, que tantas veces le faltaba. Tan poco acostumbrada estaba que ese pequeño bálsamo humedeció sus ojos.

Salió de allí decidida a no perder el tiempo. Le encantaba deambular por el Rastro y se lo conocía muy bien. Daría una vuelta por las Galerías Piquer, en el 29 de la Ribera de Curtidores, y por las tiendas de la plaza de Vara del Rey, por si encontraba alguna oportunidad, y de allí pondría rumbo hacia la que más le interesaba, Caoba, 22. Solía tener sillerías completas, armarios y espejos; piezas aparatosas para impresionar a sus posibles visitas.

A pesar del tiempo transcurrido desde su última visita al lugar el dueño la reconoció enseguida. Elena deambuló entre los muebles con medida displicencia:

—Busco algo así como este sillón isabelino —le indicó al dueño con el entusiasmo justo—, aunque menos deteriorado.

—Es una pieza exquisita y está de suerte. El sillón es parte de un conjunto muy completo en madera de Caoba Cuba y tapizados en seda natural. Pero son piezas muy grandes, para techos altos. Si le gustaran, podríamos restaurarlos.

Elena sonrió para sus adentros y siguió el renqueante caminar del dueño que se deshacía en disculpas por el estado de la trastienda.

Nada más entrar, sintió como si la voluta de madera maciza que coronaba cada respaldo la observara. Fue un flechazo.

—Están desencolados. Y esto ¿es una rozadura? —Se había

acercado para retirar los paños que sin éxito los protegían de los efectos de la indiferencia—. Y la tapicería es insalvable. Habría que retapizarlos todos.

Le llevó casi media hora de regateos, pero al final cerraron el trato. Elena salió feliz. Había conseguido lo que buscaba y, como buena comerciante, a un precio muy razonable. Disfrutaba con aquellos *tira y afloja* tan habituales en el Rastro.

Con su principal objetivo cumplido; su ritmo se fue pausando, ya no necesitaba correr. La mañana soleada invitaba a pasear bajo la sombra acogedora de los castaños. Era sábado, las calles salpicadas de gente permitían moverse con sosiego. Disfrutaría de aquel momento de libertad, de los rincones acogedores y castizos, de deambular plácidamente sobre los destartalados adoquines.

Miraba un escaparate de grabados cuando se le acercó una gitana más entrada en años que en carnes:

—Señoriita, tome un clavé que le dará suerte —habló la gitana con cerrado acento.

Elena no le hizo caso y siguió andando, pero la gitana acompasó su marcha:

—Si me da argo le daré una alegría a esos ojos verdes, que con una cara tan guapa seguro lleva la suerte escrita en la parma de la mano.

A Elena le sedujo la idea. Aunque no tuviera confianza en esas cosas, podía ser divertido; le vendría bien alguna mentira piadosa, volvería de mejor humor.

—Venga, a ver qué me cuenta... —accedió abriendo una sonrisa y su mano blanca—. Desgracias no me cuente, que ya he tenido bastantes.

La gitana escudriñó las rayas en el lienzo de piel, acarició los surcos con sus dedos ennegrecidos y la miró escondida tras las rendijas de sus párpados:

—Musha tristeza lleva en el corazón. Ha sío mu desgraciada en esta vida. —El sol huyó de la cara cetrina de aquella mujer que meneaba la cabeza concentrada—. Pero no son los ojos asules los que más la harán sufrir, sino los negros. Los asules se los han robao, mi niña, pero los negros... ¡ay, los negros!

Elena retrajo su mano como si le hubiera picado un bicho.

—No se me asuste, señorita, que yo solo la aviso pa que no le pase na. Va a tener un amor mu grande, un hombre fuerte que la salvará de peligros —continuó con rapidez tratando de volver a asir la mano de Elena—, pero tenga los ojos mu abiertos, mi arma, porque tiene musho peligro, no se fíe de él.

Elena echó a andar con pasos rápidos.

—Sabía que esto no era una buena idea —refunfuñó alejándose—. Qué sarta de estupideces.

La gitana la interceptó.

—Pero deme argo, que yo he cumplío.

—¡Pero si me ha tomado el pelo! Y encima me ha amargado la mañana.

—Yo le he contao lo que he visto, mi arma. Cuide a su niña y apártela de esa víbora que le ha robao el marío, porque querrá acabar con ella. Solo usté la pué protegé. —Y dicho esto le puso un clavel en la mano y le cerró el puño a Elena—. Guárdelo, hágame caso. Le dará suerte.

Elena se estremeció, clavada al suelo. Temblorosa, abrió el bolso, metió el clavel y sacó un duro, impresionada por el último comentario.

La gitana lo atrapó con hambre:

—Le va a costar mucho, pero... algún día será feliz, lo he visto. Pero hágame caso, cuídese de los hombres de ojos negros y aparte a su niña de ese bisho. Es mala.

Y dicho esto, la mujer se guardó el dinero en el bolsillo de su delantal marrón y cambió de rumbo meneando la cabeza, al grito de «claveles de la suerte».

Elena aceleró el paso huyendo de aquellas palabras. Bajó a la plaza de Vara del Rey donde años atrás había comprado los muebles de su despacho y por un momento el recuerdo de la cara del dueño cuando le propuso lacar en blanco las vetustas piezas de madera maciza le hizo sonreír más relajada, olvidando los augurios de la gitana.

A las dos y diez llegaba a la puerta de la pensión donde su madre ya la esperaba.

—Hacer esperar es una falta de educación, por si ya no te acuerdas.

Elena pasó junto a su madre y aupó a Lucía, que se abrazó a su cuello entre risas.

—¿Cómo se ha portado mi niña? —preguntó, estampándole un beso—. Qué contenta te veo. Y qué guapa. —Un lazo enorme adornaba una primorosa coletita—. Por lo que parece, lo habéis pasado muy bien —dijo mirando de soslayo a su madre.

—Bueno, es una niña muy lista y obediente. —Dolores pareció sorprenderse de su propio comentario; con un leve movimiento de manos aseguró el nudo del lazo de su camisa sin perder de vista los continuos movimientos de Lucía, y torció el gesto—. Tal vez un poco atolondrada. Si me la dejaras unos meses, la convertía en una señorita.

—¿Que ahora qué es, mamá —suspiró mirando al cielo—, una cabra?

—Ya estamos con tus susceptibilidades. —Levantó el brazo al divisar un taxi—. No se puede hablar contigo. ¿Nos vamos a comer, querida?

—Sí, y espera a que te cuente lo que me ha pasado, me he quedado muerta.

Elena le contó a su madre el encuentro con la gitana para a continuación sumergirse en los pormenores de su situación con Carlos, ajena a la presencia de su hija que comía con gusto todo lo que les iban trayendo. Esperaba encontrar en su madre consuelo y comprensión, pero lo primero que encontró en el rostro de Dolores fue un gesto de satisfacción y el consabido: «te lo dije».

Tan solo los comentarios y movimientos de la niña aliviaban la tensión. Siempre comía fatal y sin embargo en aquel sitio parecía no tener fondo. Gambas, almejas a la marinera, chipirones, merluza en salsa verde... Dos panecillos recogieron hasta el último islote de salsa. Elena la miraba entre fascinada y divertida.

—¿Y tú eres la que me contaba que sudabas sangre para darle una tortillita a la niña? Pues será por el menú. —Su abuela seguía con la mirada la pequeña mano limpiando la loza—. Lucía, deja de rebañar, que es de mala educación. Por Dios, hija, no le des nada más, que se va a poner mala.

—Tienes razón. Nunca la había visto comer así. Parece que te ha gustado, ¿eh?

Lucía miró muy seria a su madre, asintiendo. Se chupó un dedo en el que aún quedaba una motita de salsa y le contestó solemne.

—¿Sabes, mami, que en este sitio guisan muy bien y me está entrando apetito?

Elena y Dolores estallaron en una sonora carcajada, incapaces de contener su sorpresa ante semejante sentencia, liberando la presión que las había mantenido enfrentadas a lo largo de la comida.

—Es una niña muy buena, aunque demasiado curiosa —comentó Dolores—. ¡Pues no me ha preguntado dónde estaba el abuelito! —rio.

Lucía levantó la cabeza.

—Vaya. —Elena miró a su madre, sorprendida—. ¿Y qué le has dicho?

—¿Qué le voy a decir? Pues que creo que está muerto y que, si no lo está —dejó la cucharilla en el plato y se acercó la servilleta a los labios antes de darle un sorbo a su café—, debería estarlo.

—¡Qué bruta eres, mamá!

—Pero ¿acaso no tengo razón? Y lo mismo digo del impresentable de Carlos. La verdad es que podrían meterlos a los dos en un barco con sus furcias y hundirlo —concluyó con una sonrisa helada.

—¡Mamá, que está Lucía delante! —La niña llevaba un rato observándolas y ahora clavaba sus ojos pardos en la frialdad de los de su abuela.

—Pues mejor. Cuanto antes sepa cómo son los hombres, menos problemas tendrá. Anda que menuda impresión lo de la gitana. —Dolores se estremeció—. Por lo que me cuentas no se ha equivocado. Esperemos que no tenga razón en el resto.

—En lo de los ojos negros, ni de casualidad. No pienso volver a mirar a un hombre mientras viva —sus labios se apretaron en un gesto de amargura.

—Nunca digas de esta agua no beberé... —Se echó la melena hacia la espalda y miró a su hija con una sonrisa coqueta.

—¿Y esa carita? No me digas —Elena bajó la voz y miró a ambos lados— que tienes un lío...

—Hija, no seas ordinaria, se llama una *affaire*. Y no me mires así, no es tan raro. Yo soy joven y he sufrido mucho. Ya iba siendo hora de tener alguna alegría —suspiró—. No es nada serio, pero me ha devuelto las ganas de vivir. ¿Recuerdas a Todi Alpuente? —Elena asintió—, pues...

—¡Mamá! —rio sorprendida—. No me cuentes más, prefiero no saber los detalles.

—Bueno, pues eso, que vete tú a saber si la gitana no habrá acertado con eso de los ojos negros, porque al fulanón de la Vero la ha radiografiado.

Lucía se atragantó.

—Cuidado, Lucía, no comas tan rápido. —Le dio unas palmaditas en la espalda—. Eso es lo que más me ha asustado, ¿cómo ha podido saberlo? Haré lo que pueda por alejarla de mi hija, pero será difícil evitar que manipule a Carlos y se vaya haciendo con todo. Esa ha sido su intención desde el principio, lo sé. —Y suspirando con tristeza añadió—: Y se lo he puesto en bandeja.

Dolores entrecerró los ojos analizando el rostro de su hija.

—Elena, por Dios, no me digas que aún lo quieres.

—¡La cuenta! —pidió ella sin contestar.

8

Elena regresó de Madrid contenta a pesar de los choques con su madre. A fin de cuentas siempre habían vivido en un ring y ahora compartían la misma categoría; eran dos pesos pesados luchando de igual a igual y ella había aprendido a parar los golpes.

Pudo disfrutar de sus compras, de pasear sola por el Rastro vagando sin rumbo ni presiones y, sobre todo, de que nadie se diera codazos al verla pasar. En Valencia, la noticia de la escabrosa separación de los Company-Lamarc había dado la vuelta a los círculos sociales en que se movían; no se conocían los detalles, pero los rumores saltaban de tertulia en tertulia creciendo como la levadura. La de tardes de aburrimiento que había aliviado el apellido Lamarc, abonado desde hacía lustros a los escándalos más sabrosos.

El tren aminoró la marcha. Allí seguían los vagones abandonados, nada había cambiado. Se aproximaba, inexorable, a la realidad que la esperaba y no quería afrontar. El proceso de separación llevaba más de un año siguiendo su curso tortuoso y humillante, y le quedaba por delante lo peor. El juicio sería muy duro, pero tenía la tranquilidad de haberse asegurado la custodia gracias a la información obtenida por el detective. Todos los detalles de la procelosa vida de Verónica, desde un embarazo adolescente ocultado con la ayuda de su hermana Carlota, hasta los rumores de una relación sentimental con su mentora en el cabaret barcelonés donde empezó a trabajar, estaban recogidos en el informe. Pero, sobre todo, las fotos, aquellas malditas fotos en la que había sido su casa —y su cama— hasta hacía nada. La invadió una oleada de rabia, como siempre que recordaba la escena y se alegró de no tener que entrar allí nunca más. Aquel lugar ya solo era un mal recuerdo de su pasado que en el futuro podría sacar de apuros a su hija.

A esas alturas de la batalla solo esperaba que los bienes adquiridos por ella durante el matrimonio y que ahora eran propiedad legal de Carlos llegaran el día de mañana a su hija.

La morada de su desdicha no permaneció vacía mucho tiempo. Carlos y Verónica se trasladaron a vivir al antiguo domicilio conyugal en cuanto Elena salió de allí. Para Carlos fue violento, pero Vero había insistido de tal forma y a él le asfixiaba tanto vivir en el hotel que tras varias discusiones accedió, aun temiendo las consecuencias.

Y estas no se hicieron esperar.

Las señoras no le dirigían la palabra a Verónica y evitaban compartir el ascensor con ella. Las murmuraciones eran constantes. Los más atrevidos no disimulaban su desprecio, escupían comentarios mordaces si la encontraban sola, lo cual era habitual dado el horario cada vez más esclavo de Carlos. Ella, poco dada a sutilezas, se enfrentó con alguna de las vecinas y esa fue la excusa que desbordó el vaso del aguante de aquellas gentes. Tras una tumultuosa reunión a la que Carlos no fue invitado, determinaron que aquella joven desvergonzada y altanera, como la calificaron, debía abandonar la finca.

Solo faltaba comunicárselo a Carlos de manera oficial.

Se eligió a uno de los convecinos para informarle «cortésmente», en nombre de la comunidad, de la decisión aprobada: o se quedaba él solo en la vivienda, o los denunciarían a la policía. Aquella relación afectaba a la buena reputación del vecindario, incomodaba a la comunidad y era un mal ejemplo para los niños. No estaban dispuestos a permitir tamaño escándalo.

A pesar de los esfuerzos de Martín —el vecino elegido para ese delicado cometido por su labia y buena relación con Carlos—, aquello no había forma de explicarlo sin ofender. De nada sirvió su ensayada argumentación, ni su pasada camaradería. Carlos lo recibió en su despacho anticipando que nada bueno traía aquella extraña visita, y su furia se desbordó tan pronto su vecino abrió la boca.

—¡Ya! Y la amiguita del médico que vive en el sexto, ¿qué? —bramó—. ¿Esa no escandaliza a esta honorable comunidad? ¡No me toques las pelotas, Martín! Parece mentira que seas tú quien venga a echarme de mi casa.

—Eso es distinto, Carlos. —Martín se mantuvo en calma sin responder, irguiéndose en la silla donde poco a poco había ido encogiéndose; se encendió un Marlboro y ofreció otro a Carlos, que rehusó—. Además, ya te he dicho que esto no es cosa mía, vengo en representación de la finca. ¡Claro que sabemos lo de la «querida» del doctor! Pero al menos ellos son discretos. —Aspiró su cigarrillo y suspiró con fuerza tirando el humo—. Lo más que podemos demostrar es que allí vive una señorita a la que, de vez en cuando, visita un caballero. Además, como es médico y no podemos saber qué ocurre detrás de la puerta, pues tiene excusa para visitarla. Pero tú... hasta hace cuatro días vivías aquí con tu esposa y tu hija, y esto... ¡no es digerible! Lo siento, tío, pero es así. Si tú te quedas, estás en tu derecho —se irguió un poco más en la silla, aunque su cara desmadejada y el sudor que abrillantaba su frente amplia denotaban el mal rato que estaba pasando—, pero ella se va.

—¿Y si no me da la gana? —alzó la voz con chulería.

—Pues me han pedido que te transmita... —El discurso se truncó unos segundos para que el portavoz tomara aire antes de proseguir con tan delicada encomienda— que si no te avienes a las buenas, darán parte en comisaría por escándalo público y amancebamiento.* Y no quiero imaginar lo que puede hacer Elena si se entera, que me temo que se enterará porque quieren —sacó un pañuelo arrugado del bolsillo para secarse la frente—

* Según el código penal de 1944, vigente en la época, el adulterio (en el caso de la mujer casada) y el amancebamiento (en el caso del hombre casado) eran delito. El amancebamiento exigía que «el marido tuviera manceba dentro de la casa conyugal o notoriamente fuera de ella».

que transcriba esta conversación punto por punto y enviarle copia del acta a tu mujer para que tome medidas.

Carlos enrojeció, pero si iba a decir alguna barbaridad no llegó a salir de su boca. Tan solo se echó hacia atrás en su sillón de cuero negro y respiró hondo mirando a Martín como quien mira al juez que acaba de leer un veredicto injusto. La amenaza iba en serio, no serviría de nada enfrentarse con el mensajero.

—Cállate, anda, cállate antes de que acabemos mal. Tengo claro el mensaje —fueron sus últimas palabras acompañándole a la puerta de su despacho.

Carlos esperaba algo así desde el traslado, pero la consumación de los hechos se le hizo más dura de digerir de lo imaginado. Quedaba la difícil tarea de explicárselo a Verónica.

Y, como era de prever, Verónica estalló. Solo había dos alternativas, incluso ella era capaz de entenderlo: o se iba ella, o se iban los dos. Y esta última fue la única opción que estuvo dispuesta a aceptar.

—¿No decías que tenías otro piso? —recordó.

—Sí, pero falta más de un mes para que lo terminen y me den las llaves.

—Pues allí nos podemos ir —sentenció.

—Hasta que nos traslademos... —Carlos no encontraba las palabras— no deberías quedarte aquí.

—¿Y qué propones? —gritó—. ¿Que me vaya al hotel? ¿Que me vuelva a la pensión que dejé? ¿Qué pasa? —Su tono era cada vez más elevado—. ¿Les voy a contagiar algo malo y no pueden esperarse un mes? ¡Lo que pasa es que te arrepientes y quieres librarte de mí, o no lo consentirías!

—No empieces a desvariar, Vero —Carlos se pasó las palmas de las manos por la cara buscando templanza—. Solo quiero tener la fiesta en paz, y si nos quedamos aquí los dos será imposible. Van a llamar a la policía, sé que lo harán, y si eso llega tú podrías acabar en la cárcel aunque fuese por pocos días y yo no volvería a ver a Lucía.

—¡Los odio! —vociferó mirando al techo como para impulsar sus palabras a través de la escayola—. ¡A todos! ¡Malditos hijos de puta! —Estaba al borde de las lágrimas—. Se creen que sus mujeres son mejores que yo. ¡Y una mierda! Pandilla de beatas criticonas... ¡Lo que necesitan es un buen polvo!

—Baja la voz —le espetó Carlos muy seco, cobijando su cabeza entre los hombros y moviendo con energía la mano—. ¡Te van a oír!

—¡Ojalá! ¡Eso es lo que quiero! —gritó, aún con más fuerza—. No te preocupes —dijo de pronto secándose la cara con un gesto rápido—. Me iré. A Barcelona. Con mi hermana. Estaré hasta que podamos mudarnos al piso nuevo. ¡Estoy harta de esta mierda y no pienso esconderme por los rincones!

La respuesta lo pilló por sorpresa. Era la mejor decisión. Carlos no pudo reprimir un suspiro de alivio que de nuevo hizo saltar a Verónica:

—Pero no te creas que te vas a librar de mí tan fácilmente. Te quiero allí todos los fines de semana hasta que vuelva.

—¡Pero si sabes que los sábados es cuando veo a Lucía!

—Sí, pero ahora *yo* voy a ser tu niña de los sábados. Y de los domingos. Es lo justo después de que estos asquerosos me hayan tirado, ¿no crees? Me quito de en medio solo pa que no tengas problemas. ¿Vendrás a verme, verdad? O eso —le desafió cruzándose con decisión la bata de seda—, o no me muevo de aquí. —Y se dejó caer para aferrarse a los brazos del sillón como si de las paredes de la casa se tratara.

—Lo que tú digas —concedió, más calmado—. Sabes que siempre ganas.

El escollo más difícil estaba salvado; solucionar lo del fin de semana sin dejar de ver a su hija sería el siguiente paso, pero de eso ya se ocuparía.

Para tranquilidad de Carlos y del convulso vecindario, Verónica pronto se instaló en casa de su hermana. Con su partida, las aguas se calmaron y el empresario oxigenó su espacio y su vida retomando los proyectos que entre mudanzas, tensiones y pactos andaban al ralentí. Hasta el sábado, día en que tras una salomónica decisión recogería a la niña y la devolvería pronto, para así poder salir hacia Barcelona y cumplir con la ofuscada Verónica, tuvo tiempo y sosiego para valorar las posibilidades reales de crecimiento de Company's, S. A. El negocio, aunque absorbente, había alcanzado un punto en el que Carlos podía manejarlo sin demasiado esfuerzo gracias a un equipo humano entregado y trabajador que funcionaba como un motor de explosión. La inercia poderosa de la España del *baby boom* y la mano del joven emprendedor habían izado a la empresa de confección infantil a los primeros puestos del mercado nacional. Echando la vista atrás, los tiempos en que soportó estoico el desprecio de su suegra ante sus proyectos y las presiones de Elena parecían no haber existido nunca.

Él era ambicioso, inquieto, y aquella inercia permitía plantearse nuevos retos con la seguridad de sacarlos adelante. Solo necesitaba ordenar las ideas que llevaba tiempo sopesando y que otros problemas habían tapado como una manta. Su próximo reto sería entrar en el mercado de adultos y lo pondría en marcha aprovechando la partida de Verónica, aunque para ello se embarcara en una nueva inversión. Pero la solución salió a su encuentro sin buscarla.

9

Con esas cavilaciones andaba cuando Lorenzo Dávila, un industrial de marroquinería con quien había hecho amistad en las reuniones de la Feria de Muestras, se cruzó en su camino. Fue una mañana ventosa de abril, pasó por el centro a resolver un par de asuntos y terminó tomando un aperitivo en Aquarium tentado por su amigo Jordi. La barra estaba muy concurrida y a través del denso humo divisó a Lorenzo saludándole efusivo mientras parecía articular palabras imposibles de entender.

El caballero se abrió paso entre la trajeada concurrencia como un cuchillo en la carne, hasta alcanzar a Carlos y a su amigo; pero a la vista de la conversación Jordi, más aficionado al fútbol que a la empresa, no tardó en despedirse y desaparecer.

Lorenzo, bastante mayor que Carlos pero aún con muy buena planta, era soltero. Tenía una salud achacosa que el propio Lorenzo —hipocondríaco como era— agravaba a fuerza de sugestión y eso le impedía dedicarle a la empresa el tiempo necesario. Las fuerzas le fallaban, o eso afirmaba él, aunque su aspecto no corroborara sus preocupaciones, y cuando no estaba en un médico estaba en otro. Su situación era boyante; entre lo ganado a lo largo de los años y el patrimonio familiar heredado podría vivir sin problemas el tiempo que le quedara, poco según sus teorías. En la Feria eran frecuentes las chanzas a costa de su salud y continuos temores, aunque cuando abría la boca para hablar de la empresa o el sector la concurrencia enmudecía y se le escuchaba como a un pope.

Lorenzo había seguido los pasos de Carlos en la Feria. Su empuje no pasaba desapercibido, su porte y estatura tampoco. Solían estar de acuerdo en los planteamientos y Lorenzo había sido su principal valedor para nombrarlo director de relaciones públicas del estamento ferial. No fue de extrañar que el viejo industrial sustituyera a Elena como su apoyo en la Feria cuando esta le retiró el suyo.

Lorenzo llevaba tiempo recitando a quien quisiera escucharle el estribillo de la solución a sus problemas: vender la empresa a un empresario con energía y talento para garantizar la supervivencia del negocio al que tantos años y salud había dedicado. Era un sentimental, le apenaba que a su muerte nadie se hiciera cargo de su obra. La providencia puso a Carlos en su camino.

Acodado junto a él en la barra de Aquarium y tras varios circunloquios plagados de lisonjas hacia el buen hacer de Carlos, le expuso lo que llevaba tiempo meditando: venderle la empresa reservándose un pequeño porcentaje que le garantizara una renta para el futuro. Al principio Carlos no prestó mucha atención. Le caía bien pero le parecía un tipo excéntrico, siempre con sus trajes de diseño y sus pañuelos de seda al cuello, a juego con el que saludaba impecable desde el bolsillo de su chaqueta. Parecía un dandy transportado desde otro siglo. Pero se mostraba entusiasta con las posibilidades de expansión de la empresa y con el potencial de Carlos. Entre cervezas y exquisitas empanadillas caseras, especialidad de la casa, la propuesta fue haciéndose un hueco en la mente de Carlos como los deliciosos platillos en su estómago. Tal vez fuera lo que necesitara para abordar con éxito el mercado de confección de mujer; la línea de zapatos y bolsos de Loredana eran un buen complemento.

Carlos había visitado una vez las instalaciones. Las recordaba amplias aunque destartaladas por efecto de los años, salvo el despacho del propio Lorenzo que estaba decorado con mucho gusto y se mantenía actualizado e impecable, como él. Se ubicaban fuera de la ciudad, en una zona en expansión no muy lejos de Company's, S. A.; los desplazamientos de una a otra serían rápidos y había terreno disponible para futuras expansiones en las zonas colindantes.

Lorenzo le comentó, moviendo su mano con la intención de limpiar el aire denso como si espantara una mosca molesta, que la plantilla era antigua, muchos a punto de jubilarse; «como yo», dijo con una media sonrisa pasándose la mano por su cabello engominado. Carlos podría hacer un equipo nuevo en poco tiempo. Y como la línea de zapatos y bolsos de señora estaba muy bien posicionada en el mercado, si lanzaba bajo el mismo paraguas la nueva colección de ropa de adulto no le costaría nada introducirla. Eran productos complementarios, de gama media-alta y la marca era buscada por las clientas que aspiraban a productos de calidad y no podían llegar a otras firmas más exclusivas que apenas se encontraban en la España de 1971.

Cerca de las dos y con un montón de servilletas emborronadas con números sobre la barra de madera, parecían haber llegado a un acuerdo. Carlos propuso comer en el restaurante vasco cercano.

Edurne les saludó encantada.

—¿Cómo andamos, don Carlos? ¡Cuánto tiempo sin verle por aquí! —Hablaba deprisa con su inconfundible acento vasco, sin dar tiempo a contestar—. No me diga nada, que ya sé, ya... ay, ¡qué cosas! Pero bueno, vienen a comer, ¿verdad? Y no tenían mesa reservada. —La pregunta era retórica, Edurne controlaba todas las reservas y no le gustaba que aparecieran sin avisar; era su forma de darle una pequeña reprimenda—. No pasa nada, ahora mismo les pongo una mesita allí, en aquel rincón, para que puedan hablar tranquilos. Pero otra vez me avisan, ¿eh?

La siguieron sin rechistar.

—Parece que te conocen —dijo Lorenzo con su voz profunda.

—Sí, antes —en sus ojos el gris sustituyó al azul— venía mucho.

Edurne regresó con sendos panecillos dorados y, tras dejarlos sobre el blanquísimo mantel, se acercó al oído de Carlos:

—Don Carlos, qué gusto verle —titubeaba, algo inusual en aquella mujer locuaz—. Me perdona si me meto donde no me llaman, pero es mejor que lo sepa: doña Elena llegará en unos minutos, ya sabe que siempre come aquí.

Carlos cuadró la mandíbula, agradeció el aviso y asintió.

Edurne se fue hacia la cocina meneando la cabeza y repitiendo «qué pena, por Dios, qué pena» por el estrecho pasillo.

Lorenzo mientras tanto repasaba la carta con aprensión. Su delicado estómago no estaba habituado a guisos fuertes y todo lo que allí leía se le antojaban venenos peligrosos. Fue inútil. El anfitrión pidió por los dos, ante las protestas de aquel por el contundente menú. Tampoco Edurne le dio opción a opinar. Enumeró los platos elegidos con esa música peculiar que imprimía a sus frases y añadió unos chipirones en su tinta indignada al saber que aquel estirado caballero no los había probado nunca; resolvió solucionarlo en el acto.

Empezando el primer plato apareció Elena. No sirvió de nada la advertencia de Edurne, Carlos quedó paralizado y Elena frenó su marcha decidida hacia su rincón habitual en el comedor interior, pero tras hinchar pecho reanudó la marcha y se paró unos segundos:

—Hola, Lorenzo, me alegro de verte. Tienes muy buen aspecto —comentó sin respirar tendiéndole la mano y con la otra rogando que no se levantara—. ¿Qué tal, Carlos?

—Bien, nada, aquí, comiendo con Lorenzo —se había congestionado.

—Sí, hablando de negocios. Un gran hombre, este Carlos Company. —A Lorenzo apenas decirlo le dio un acceso de tos—. Bueno, un gran hombre de negocios, esto, no es que no sea un gran hombre en otros aspectos, quiero decir...

—No te preocupes, Lorenzo, te he entendido.

Todos enmudecieron y Edurne acudió al rescate:

—Elena, pasa por aquí, niña, que ya tengo tu mesita de siempre. ¿O querrás comer con los señores? Pero mejor que no, que andan muy serios con sus cosas. Hale, ven que luego siempre vas con prisas y no te tomas ni el postre —y cogiéndola del brazo la alejó de su pasado.

—Carlos, lo siento, he sido muy torpe. Estas situaciones me incomodan.

—No te preocupes, Lorenzo. Todavía yo me quedo fuera de juego cuando nos encontramos. Es una situación muy incómoda. Y eso que sabía que me la encontraría.

Tras una breve pausa Lorenzo afirmó:

—También ella es una gran mujer.

—Lo es, Lorenzo, lo es —suspiró Carlos, volviendo al presente.

Durante la comida discutieron todos los aspectos del posible trato. Lorenzo podía ser un hombre melindroso, pero llevaba dentro un fenicio hábil y de buenas maneras. No por casualidad había situado a su empresa entre las tres primeras del ramo; expuso con firmeza sus condiciones y dejó poco margen de maniobra. Conocía bien el valor de su negocio y no pensaba regalarlo por mucho afecto que le inspirara Carlos, en cuya mente el proyecto había ido tomando forma desde las primeras notas en Aquarium.

Usaría la marca para la colección de mujer y las instalaciones aliviarían los problemas de espacio ocasionados por la nueva actividad. Su mente se desplazaba de una sección a otra organizando espacios, máquinas, personal...

El tinto de la Rioja alavesa y el bacalao al pilpil coronaron un acuerdo beneficioso para ambos. Carlos compraría el noventa por ciento de las acciones y mantendría durante cinco años más a Lorenzo en la empresa, en calidad de director de producción. El diez por ciento restante se lo compraría a su jubilación. Necesitaba que Lorenzo, aunque no fuera de manera continua, permaneciera en la empresa el tiempo suficiente para enseñarle los entresijos. En principio a Carlos le frenó la cantidad a desembolsar, pero se le ocurrió una forma de pago en mensualidades que, ciñéndose al precio marcado por Dávila y un pequeño ajuste anual en concepto de interés, le permitiría pagarlo holgadamente y aquel hombre dispondría de una buena renta. Solo faltaba llevarlo al papel y firmarlo.

Cuando Elena terminó de comer ellos seguían en la mesa y no le quedó más remedio que repetir el paseíllo, pero esta vez no se detuvo. Se despidió con un gesto rápido disimulando su taquicardia y tragándose la soledad.

Ellos retomaron su negociación y salieron de allí con un apretón de manos y la regañina de Edurne a quien no se le pasó por alto que su nuevo cliente escapaba sin probar sus chipirones.

Carlos llegó a Company's, S. A. exultante. Aparcó el coche dentro del muelle de entrada y pasó por Administración.

—Hola, Merche —saludó con una amplia sonrisa—. ¿Alguna novedad?

La joven recepcionista le devolvió el gesto, ruborizada.

—Pues sí, don Carlos. —Se arregló el escote de la camisa; siempre lo hacía al acercarse su jefe—. Le he llamado hace cinco minutos a casa por si estaba allí. Tiene una visita.

—No esperaba a nadie. —Carlos cogió la montaña de correo que sobresalía cual iceberg en la gaveta de reparto y preguntó mientras lo revisaba—. ¿Quién es? ¿Algún representante?

—No. —Buscó un papelito—. A ver si lo sé decir. Me ha dicho que era *Gegagrd Lamagc.*

Carlos levantó la cabeza al momento y la miró frunciendo el ceño.

—¿Estás segura? —preguntó, serio.

—Pues sí. Le dije que no sabía si volvería y me ha dicho que esperaría lo que hiciera falta. Lo acompañé a la sala de reuniones que estaba vacía. ¿He hecho mal?

—No, no te apures.

La muchacha mordisqueó el Bic que bailaba en sus dedos y al final habló:

—¿Es familia... de su hija?

—Es mi suegro —contestó abriendo la puerta del despacho para salir.

Gerard le esperaba sentado en uno de los sofás con un whisky en la mano servido del minibar que flanqueaba la sala. Se puso en pie al entrar Carlos.

—Hola, Carlos. —Impertérrito, no hizo ademán de acercarse ni de soltar el vaso—. Cuánto tiempo.

—La verdad es que sí, pero se ve que hoy es el día de encontrarme con los Lamarc. —Carlos dio un fugaz repasó a la figura de su suegro. Había envejecido en mayor proporción que años habían pasado desde la última vez que se vieron. Sus grandes ojos, tan parecidos a los de Elena, mantenían la frialdad innata del personaje; pero su postura era menos arrogante—. No estás mal, por lo que veo. Corrían rumores sobre tu salud, entre otras muchas cosas.

—Bueno, no sé qué habrás oído... —Le dio un sorbo al whisky.

—¿Cuándo has vuelto?

—Ya llevo un tiempo aquí.

—¿Has venido para ver a Elena?

—No, claro que no. ¡Ja! ¿Tengo algo que hablar con ella? Creo que se las está apañando muy bien —abarcó con la vista la sala de reuniones—, y tú también, querido yerno. —Media cara sonrió mientras la otra media siguió inmóvil—. Porque a la Vero no le importará que te siga llamando así, ¿verdad?

Carlos se plantó ante el minibar en un par de zancadas y la emprendió con la botella de whisky y el hielo.

—Puedes llamarme como quieras. —Saboreó su copa pensativo y miró con descaro a su suegro—. Gerard, ¿a qué coño has venido?

—Directo y al grano. Como a mí me gusta. —Se sentó de nuevo, cruzó las piernas y bajó los ojos, algo muy poco habitual en él—. Tengo problemas.

—Ese es otro de los rumores.

—Como sabes, se cerró Manufacturas Lamarc.

—Sí, dejaste la caja pelada y a tu familia en una situación difícil —le recordó—. Más que cerrar, la hundiste a conciencia. Pero ¿a cuál de todos los problemas que se hablan por ahí te refieres?

—Tengo una deuda que me persigue. Pensé que poniendo tierra y tiempo por medio se olvidarían de mí, pero nada más volver de Francia, donde he estado los últimos años, me localizaron. Estoy vivo de milagro y me temo que si no pago pronto no duraré mucho.

—¿Con los Gaytán? —preguntó Carlos—. ¿O es otra nueva?

—¿Y tú cómo sabes eso?

—Se presentaron en Lena hace unos años y le dieron un susto de muerte a tu hija.

—Ya... —Su expresión no cambió, ni preguntó por aquel suceso—. *Alors*, ya sabes cómo se las gastan. Da igual de cuándo sea la deuda.

Carlos intuyó el motivo de la visita.

—Si buscas un préstamo, me pillas en mal momento —removía el hielo con la mirada fija en él—. Vengo de cerrar un trato que me compromete financieramente.

—No quiero que me lo prestes. *Bon*, tal vez un pequeño adelanto. Pero quiero trabajar, podría ayudarte. Seguro que en una empresa tan grande hay algún puesto para un industrial con experiencia como yo —miró a Carlos a los ojos, dejando su vieja arrogancia en la moqueta—. Lo necesito, Carlos. O no estaría aquí.

Carlos movió sus ojos del vaso a su suegro, y de nuevo al vaso.

—Déjame que lo piense. Ahora mismo no sé dónde podría ubicarte, pero seguro que se me ocurre algo. El sábado recojo a Lucía y pasaremos por aquí. Si te vienes, la podrás saludar y de paso volvemos a hablar de este tema.

—¿Lucía? —preguntó Gerard con una mueca indefinida—. Creía que aún estabas con la Vero, la fulanita del Molino.

Carlos enrojeció hasta el nacimiento del pelo y dio dos tragos consecutivos.

—Lucía es tu nieta —¿era posible que no lo recordara?—. Y Verónica ya no trabaja en El Molino. Ni se te ocurra mentarla, no es asunto tuyo.

—Ah, claro, no había caído. —Los músculos de su cara siguieron inmutables salvo por el movimiento de su boca al hablar—. ¿Cuántos años han pasado?

—¿Te refieres a su edad?

—Eso.

—Seis años.

—Ah —Gerard sacó su pitillera y le ofreció con un gesto a Carlos.

—¿Entonces? —preguntó Carlos dándole fuego y encendiendo el suyo.

—Entonces ¿qué?

—Que si nos vemos el sábado. Necesito unos días para estudiar dónde ubicarte. Estamos haciendo muchos cambios.

—Bien. El sábado. Espero poder venir. —Hizo un movimiento rotatorio con los hombros, como si le molestara algo—.

Alguien me sigue, por eso he venido en taxi dando un rodeo. Bueno, por eso y porque vendí el coche.

—¿Necesitas dinero? —Ahora era Carlos quien se removía en su asiento.

—No, *merci*. Conseguí vender algunos objetos de valor que me traje de Francia y con eso voy tirando —apuró su whisky y se levantó—; total, para lo de los Gaytán no me resolvía nada. Hasta el sábado, *donc*. Espero que la presencia de la cría —sentenció con las erres suavizadas por el frenillo— no nos impida tratar este asunto.

Tendió la mano a Carlos, que le correspondió con una firmeza más cercana a la rabia que a la determinación.

—Hasta el sábado.

Ya salía cuando su yerno lo paró.

—¡Espera! —Carlos apretó el interfono—. ¿Merche? Dile a Paco que meta la furgoneta dentro y que espere un momento. —Colgó y le explicó a su suegro—: Si lo que dices es cierto y te han seguido, será mejor que salgas de aquí con discreción. Paco te llevará donde le digas.

A la vista de las nuevas circunstancias, Carlos resolvió que el sábado recogería a Lucía con la intención de que conociera a su abuelo, picarían algo los tres juntos antes de devolverla a su madre y saldría zumbando hacia Barcelona para reunirse con Verónica.

Pero las cosas no iban a salir como esperaba.

10

Aquel sábado Carlos acudió temprano a Company's. Ya había decidido cómo encajar a su suegro en la empresa pero quería solucionar un par de problemas antes de que llegara.

Teniendo en cuenta su nueva actividad a cargo de Loredana, y para conocer sus entresijos de mano de Lorenzo Dávila, necesitaría pasar allí la mayor parte del tiempo. La llegada de su suegro propició una solución intermedia para no abandonar Company's y emprender ese nuevo camino. Decidió nombrarlo subdirector o adjunto a dirección —buscó un cargo de tronío en consonancia con el ego del recién llegado—; podría sustituirlo en su ausencia. A fin de cuentas aquel hombre ahora caído en desgracia había sido un reputado empresario en el sector de la confección, un pionero; algo debía quedar de aquel hombre emprendedor. Y para evitar problemas innecesarios con otras facetas de Gerard todavía muy presentes en la memoria de Carlos, no le dio acceso a la caja ni poderes de ningún tipo. Company's era un engranaje bien lubricado y el recién llegado no necesitaría intervenir demasiado.

Aprovechando la tranquilidad de la mañana Carlos ordenó sus ideas, trazó sobre el papel las funciones que Gerard desempeñaría e hizo un cálculo de cuánto podría pagarle. Fue generoso, tal vez por el peso del tiempo que vivió bajo su techo en los primeros años de casado, aunque no guardara un buen recuerdo de aquella época.

Gerard había quedado en acudir allí a las doce, pero a esa hora, minuto arriba o abajo, tenía que recoger él a su hija. La radio puesta de fondo dio las señales de las once y se levantó a por su cazadora.

Bajó los escalones de su despacho de dos en dos y se disponía a salir cuando vio a su suegro enfundado en una gabardina gris con el cuello levantado, oteando la calle desde la portezuela franqueable en el portón metálico del muelle de entrada.

—¡Hombre, Gerard! —saludó, al tiempo que le propinaba unas palmadas en la espalda—. Has llegado demasiado pronto.

—¡Joder, Carlos! —Se revolvió con el gesto crispado—. No me des estos sustos.

—Pues sí que estás acojonado. Venga, hombre, ya será menos.

—No es ninguna broma —reparó, extrañado, en que Carlos llevaba la chaqueta puesta y las llaves del coche en la mano—. ¿Te vas? ¿No habíamos quedado?

Carlos suspiro y meneó la cabeza.

—Me voy a por Lucía —viendo la perplejidad en sus ojos le aclaró—, tu nieta. Te lo dije. ¿No lo recuerdas? Voy a decirle a Merche que avise a Juan. Es el jefe de taller y mi mano derecha. Que te enseñe la fábrica mientras voy a por ella, aunque la cadena hoy está parada. Pasa a la oficina y espérale allí. Volveré en media hora.

Carlos dio las instrucciones oportunas a través de la ventanilla que comunicaba el muelle con la mesa de Merche y salió a toda velocidad. En el maletero, una bolsa de equipaje para salir zumbando hacia Barcelona en cuanto se le despejara el panorama y una incómoda sensación de intranquilidad.

A Carlos se le presentaba una papeleta complicada, presentarle a Lucía un abuelo del que probablemente nunca habría oído hablar. Ya en el coche sondeó a la niña:

—Luci, ¿qué sabes de la abuela Dolores? ¿Está bien?

Lucía enarcó las cejas.

—¿La conoces? —preguntó, incrédula—. No es mi abuela, es mi madrina Lolo.

—Ya, y ¿está bien? —prosiguió con la vista al frente como si fuera la conversación más natural del mundo entre ellos.

—Eee, sí, supongo. Mami habla mucho con ella. Ha venido un par de veces a casa. Vive en Madrid.

Ya estaban casi llegando y Carlos no conseguía preguntar qué sabía de su abuelo. Tras dar varios rodeos sobre parientes distantes y familias diferentes, solo acertó a adelantarle que le tenía preparada una sorpresa.

Dejó el coche afuera y entraron los dos juntos al muelle donde les recibieron los dos pastores alemanes meneando el rabo con entusiasmo. Lucía se soltó de la mano de su padre para agarrar a *Mimo* de las orejas; ya no temía a los perros.

—Ahora no, luego baja Lucía a jugar con vosotros —Carlos hizo caminar a la niña delante de él hacia la escalera que subía a su despacho—. ¿Has oído hablar de tu abuelo Gerard?

Lucía se volvió para mirar a su padre y arrugó la nariz.

—¿Abuelo? ¿Qué abuelo? Mi madrina dice que descansa en paz o algo así. ¿Eso no es estar muerto?

Carlos rio nervioso. Su hija no tenía ni idea de su existencia.

—Qué cosas tiene la abuela Dolores. —Tosió un par de veces aclarando la garganta—. Pues sí, tienes un abuelo, vivito y coleando, y ha venido a verte.

La cara de Lucía pasó del escepticismo al asombro, y de este a la alegría.

—¿Tengo... abuelo? —repitió con una sonrisa al apuntar un pariente más a su escasa lista de familiares—. ¡Cómo se va a alegrar mamá cuando se lo diga!

La frase fue un puñetazo en la cara de Carlos.

—No estoy tan seguro de eso —masculló, entrando en su despacho.

Como al entrar no lo vio, se asomó al altillo de corte donde distinguió a Juan mostrando el funcionamiento de las máquinas a su acompañante y les hizo una seña. El jefe de taller fue delante avisando a Gerard de las bolsas y cubetas que se esparcían a su paso hasta alcanzar el despacho de Dirección.

—Le estaba contando al señor Gerard cómo funcionan estas máquinas. Son una maravilla, permiten cortar un montón de capas de una sola pasada —expuso con entusiasmo—. Lo que no le he contado es el susto que nos dio su nieta cuando se subió a la mesa y la puso en marcha.

—No me lo recuerdes, Juan, no me lo recuerdes —continuó

Carlos levantando la vista al techo—. Menudo trasto. ¿Ya lo habéis visto todo?

—Creo que sí. —A pesar de los años que llevaba en España, Gerard seguía arrastrando las erres con el mismo acento conquistador de su juventud—. Casi sé tanto de tus instalaciones como en su día de las mías, aunque estas son muchísimo más grandes —reconoció con frialdad—. Y modernas. Estoy impresionado.

—Yo, si no me necesitan, me retiro, que aún me quedan un par de máquinas por poner a punto para el lunes.

—Claro, claro, Juan, haz marcha.

Gerard entró al despacho siguiendo a Carlos. Lucía estaba sentada y al verlos entrar se puso en pie con la celeridad de un cabo ante su general, esbozando una sonrisa tímida a la espera de una señal para salir corriendo a su encuentro.

—Mira, Luci, este es tu abuelo Gerard.

La niña completó su sonrisa y echó a correr hacia él como solía hacer con su padre, pero algo la paralizó tras los primeros pasos. Aquel hombre no hizo ademán de cogerla o acercarse. Su mirada fría parecía no reparar en ella. Siguió avanzando con pasos más inseguros mientras su recién estrenado abuelo le tendía la mano y saludaba con un escueto «hola, Lucía» seguido de un contundente apretón. Gerard agitó su pequeña mano con vigor y la soltó. Lucía, muda, miró a su padre.

—Bueno, mi vida —estaba consternado—, el abuelo es que está muy cansado hoy, que ha venido de lejos y no está para muchas fiestas —lo disculpó clavando una mirada dura en su suegro; la desilusión se dibujaba en la cara de su hija—. ¿Por qué no bajas a jugar con *Buck* y *Mimo* hasta que terminemos?

La pequeña asintió y dio media vuelta sin decir palabra. Bajó la escalera y los llamó; los perros acudieron mansos y contentos.

Merche estaba recogiendo sus cosas. Cerró el despacho y le dio dos besos a Luci.

—¿No te dan miedo los perros?

—No, son muy buenos —respondió, acariciando la cabeza de Buck.

—Bien, yo me voy. Huy, se me olvidaba. Mira lo que tengo para ti. ¡Un Pitagol! —Se agachó a darle un beso a la pequeña y le dio el caramelo—. Dile a tu padre que ya he cerrado y apagado las oficinas.

A Lucía se le iluminó la cara y, agarrando el caramelo, se colgó de su cuello.

—Ahora sí que me voy, Luci —abrió la portezuela recortada en el portón del muelle y salió; pero la puerta no se cerró tras ella.

Mimo, el más inquieto, no tardó en darse cuenta y acercarse a olisquear. Empujó con el hocico la hoja abierta y saltó fuera. Lucía, al verlo, fue corriendo tras él.

—*¡Mimo! ¡Mimo!* ¡No salgas, te vas a perder! —Se asomó a la puerta chupando el dulce silbato y miró a ambos lados, pero no había rastro del animal. Probó a silbar con el caramelo pero el perro no apareció.

—¿Qué pasa, pequeña? —Quien le hablaba era un hombre delgado y bien vestido.

Lucía no contestó y dio un paso atrás refugiándose tras el portón; pero al momento se volvió a asomar.

—Me ha parecido ver salir a un perro. Corría hacia allí —continuó el desconocido, señalando en dirección a la esquina—. Dios quiera que no lo atropellen.

El miedo se apoderó de la niña y aquel hombre siguió hablando:

—Eres Lucía, la nieta de Gerard Lamarc, ¿verdad? —El caballero sonrió y le hizo un gesto cariñoso en la nariz—. Yo era muy amigo suyo, y también conozco a tu madre.

Lucía lo miró asombrada. Todos conocían a un abuelo de cuya existencia ella acababa de enterarse. Pero su atención volvió a la calle al ver pasar un coche.

—¡Lo van a atropellar! —gimió llevándose las manos a la boca y soltando el caramelo.

—Si quieres, te puedo acompañar a buscarlo. Tengo el coche aquí al lado, daremos la vuelta a la manzana despacio, a ver si lo vemos.

—Pero... —Lucía dudó.

—No se lo diremos a nadie —la tranquilizó el hombre—. Cuando encontremos a...

—*Mimo*.

—... eso, a *Mimo*, volvemos corriendo y cerramos.

Eso terminó de convencerla. Salió a la calle y le dio la mano a aquel hombre enjuto y algo desgarbado amigo de su abuelo. Echaron a andar en dirección a la siguiente calle hasta llegar a un vehículo blanco, no muy limpio. Le abrió la puerta de atrás y Lucía subió.

Mientras tanto en el despacho de dirección y ajenos a la escapada, Carlos y Gerard discutían las condiciones de su acuerdo. Gerard escuchaba atento las palabras de su yerno, su rostro de nuevo arrogante ante la mención de su nuevo puesto en la empresa. Cuando lo tuvieron todo pactado, Carlos trató de indagar sobre el alcance de los problemas de su suegro pero este, tan críptico como siempre, se defendió con evasivas. En vista de su fracaso, puso punto final a la reunión y bajó a por Lucía. Ya iba siendo hora de ir a comer.

—Mira que eres bruto —le recriminó mientras salían—. Te encuentras con tu nieta después de tantos años y solo has sido capaz de darle la mano.

—¿Qué quieres? —se encogió de hombros—. Los niños me dan alergia.

—Pues vamos a comer con ella, así que a ver si te relajas un poco.

—No, yo me voy ya.

Carlos lo miró con disgusto.

Estaban a media escalera cuando le llamó la atención la puerta de la calle abierta. Miró en todas direcciones desde aquella posición privilegiada.

—¿Y Lucía? ¡*Buck*! —llamó al ver a uno de los perros—. ¿Y Luci? —repitió; terminó de bajar los escalones y se acercó al perro sujetándolo de los carrillos para que le mirara—. *Buck*, ¿dónde está Lucía? ¿Y *Mimo*?

El perro caminó hasta la puerta y asomando el hocico gimió un par de veces.

—¡No puede ser! Esto es una locura. Lucía nunca saldría sola de aquí.

Ya en la calle interrogó a varias personas si habían visto a una niña rubia con una coleta alta y un vestido gris de punto. Una señora le comentó haber visto a una niña que obedecía a esa descripción subir a un coche blanco de la mano de un hombre.

Carlos quedó paralizado unos instantes para empezar a desbocarse a continuación.

—¿Cómo? ¿En un coche? ¿Pero la arrastraba? ¿Le estaba haciendo algo? —Sin darse cuenta había agarrado a aquella mujer por los hombros y la estaba zarandeando.

—¡Suélteme, hombre! —exclamó, la mujer sacudiéndoselo—. No, la niña iba de la mano, le abrió la puerta del coche y se subió. No puedo decirle más. —Y tras esas palabras se alejó arreglándose la rebeca gris arrancada de su posición natural por las manos crispadas de Carlos.

Carlos se mesó los cabellos mirando a izquierda y derecha de forma compulsiva.

—Se la han llevado —afirmó impávido Gerard.

—¡¿Que se la han llevado?! —gritó Carlos—. ¿Cómo que se la han llevado? ¿Quién se la ha llevado? ¿Adónde?

—No te exaltes. —Sacó un cigarrillo con parsimonia, lo encendió y aspiró con fuerza—. Me quieren a mí, no creo que le hagan nada. Querrán asustarnos para que reúna el dinero. *C'est tout.*

—¿Eso es todo? Esto es una locura... —Carlos volvió a escudriñar los alrededores, recorriendo la acera a grandes zancadas—. Hay que llamar a la policía.

—¡Ni se te ocurra! ¿Estás idiota? Si haces eso no sé lo que le puede pasar.

Carlos miró el reloj. Las manecillas marcaban las dos y cuarto; según les había explicado aquella mujer, la niña había desaparecido a la una y media más o menos. De eso hacía tres cuartos de hora. Se pasó ambas manos por la cara como si quisiera limpiarla de sus temores, incapaz de moverse, cuando en la esquina paró un coche blanco, se abrió la portezuela, descendió *Mimo* y, detrás de él, la niña. El coche arrancó en cuanto la puerta se cerró y retomó su marcha parsimoniosa. El perro echó a correr en dirección a los dos hombres con Lucía brincando despreocupada tras él. Iba a hablar cuando su padre perdió el control:

—¡Cómo se te ocurre salir sola de la fábrica! —Sujetándola de un brazo comenzó a darle con la palma de la mano en el culo empujándola hacia la entrada.

—¡No me fui sola! —sollozó Lucía—. Era un amigo... —El repentino sofoco apenas le permitía hablar— del abuelito.

Gerard, imperturbable, se hizo cargo de la situación.

—Un amigo... ¿mío? —La miró con dureza—. ¿Y cómo lo sabes?

—Me... lo... dijo —consiguió decir entre hipido e hipido—. Me ha ayudado... a encontrar a *Mimo*. —Las convulsiones que sacudían su cuerpo mermaron. Mantenía los puños cerrados; llevándose uno de ellos a la nariz se limpió los mocos que inundaban su labio superior.

—¿Qué es eso? —Gerard reparó en algo que Lucía apresaba con fuerza.

La niña abrió la mano, planchó como pudo un trozo de papel y tras titubear entre dárselo a su padre o a su abuelo, se lo extendió a este último que lo leyó para sí con gesto sombrío y exento de sorpresa.

Lucía, más calmada, movía la cabeza del uno al otro. Carlos miró a su suegro con insistencia, pidiendo a gritos inaudibles que compartiera el contenido de la nota.

—¡Trae! —Al final le arrancó el maltrecho trozo de papel de las manos y lo leyó.

> Treinta días. Es lo que hay. Esto ha sido una broma comparado con lo que puede pasar.

Carlos palideció. Se quedó unos segundos con la mirada perdida antes de agacharse a abrazar a su hija.

—Perdóname, Luci —la besó en la cabeza mientras la apretaba con fuerza—. Me he asustado mucho al ver que no estabas. —Se incorporó y dirigiéndose a su suegro, le increpó—: Vamos adentro que coja las llaves y ya hablaremos de esto. Nos has metido en un buen lío.

—No hay mucho que hablar, Carlos. Se trata de reunir la pasta y hacérsela llegar. Cuando la tenga, he de llamar al teléfono de un bar y dejar un recado. Antes de treinta días —pronunció con dificultad—. Tenemos un mes, la nota lo dice clarito. *Je le regrette*, pero ahora estamos juntos en esto.

Carlos maldijo el momento en que decidió ayudar a su suegro. Por desgracia, Gerard tenía razón. Esa gente no se atenía a razones y no serviría de nada alegar que su suegro no tenía ninguna relación con ellos.

—Es muy poco tiempo —meditó Carlos—. No podremos reunir el dinero.

—Es mucho tiempo —le contradijo Gerard—. Si lo han dado es porque cuentan con que me vas a ayudar y les interesa darnos tiempo. Y no seas pesimista, que aún no sabes cuánto debo. Lo que quieren es cobrar, o de otra forma yo ya estaría muerto, ocasiones no les han faltado. Aunque no sé si pagar me servirá de algo.

Ahora fue Lucía quien al escuchar a su abuelo se llevó las manos a la boca, abierta de par en par.

—Si fueran veinte mil duros no estaríamos hablando —Carlos miró desafiante a su suegro sin advertir la presencia de Lucía—. ¿O sí? No me vengas con historias. Sea la cantidad que sea, Company's no es una caja sin fondo y el tiempo es mínimo. El martes he quedado en el notario para firmar una compraventa de acciones de un importe considerable.

—Pues entonces —se metió las manos en los bolsillos del pantalón— podemos darnos por jodidos.

Era cierto, Carlos lo sabía. Se despidieron allí mismo. No le quedaban ganas de compartir mucho más con aquel retazo de un pasado que no quería recordar; y el tiempo se le echaba encima.

Por el camino Lucía no se atrevió a preguntar por todo lo escuchado y Carlos iba ensimismado en sus pensamientos. Aparcó en el garaje de su casa y caminaron hasta la Taberna Alcázar, un local con solera frecuentado por empresarios y gentes del mundo del espectáculo y los toros. Uno de los camareros saludó a Carlos y le sirvió un plato de lomo y una caña sin esperar a que pidieran.

—Qué bueno verle otra vez por aquí, don Carlos. ¡Y qué bien acompañado viene hoy! —Sonrió a la niña encaramada de rodillas al taburete para otear lo que la barra le ofrecía.

Carlos le respondió con un gesto ambiguo y la mirada perdida en los carteles de toros que adornaban las paredes. Su hija saludó cariñosa a Nazario y se lanzó a por el lomo con un apetito inusitado, pero pronto su atención se centró en los platos que aparecían sobre la madera lustrosa y viajaban hasta las mesas.

—¿Puedo de eso? —preguntó señalando uno que se alejaba en manos del camarero.

Carlos hizo un gesto para que les pusieran ensaladilla rusa.

—Parece que vamos recuperando posiciones ¿eh, don Carlos? Desde que le ganamos al Barcelona 0 a 2 en el Camp Nou hemos hecho una remontada gloriosa —Nazario se movía por la barra retirando copas vacías y vaciando ceniceros—. ¡Y usted que lo dudaba, hombre de poca fe! Con San Abelardo en la portería tenemos un seguro de vida. —El camarero se interrumpió y miró a Carlos; permanecía callado, ahora con la vista anclada en la espuma intacta de su cerveza.

—¿Va todo bien, don Carlos? —preguntó dejando el plato de ensaladilla junto a Lucía, que al oír la pregunta agitó una mano y la cabeza haciéndole un gesto cómplice al camarero—. Mira, Luci, te he puesto cinco saladitos.

—Voy tirando, Nazario, voy tirando. —Sus huellas marcadas sobre el cristal helado eran el único cambio en la copa dorada desde que se la sirviera. El camarero se alejó sin preguntar más. No, las cosas no iban bien para don Carlos, pareció decir meneando su larga cabellera negra.

Durante la comida, padre e hija apenas hablaron.

—¿Es cierto que alguien —la niña alzó los ojos buscando los de su padre— quiere matar al abuelo?

—No, Lucía, es una forma de hablar —Carlos trató sin éxito de sonreír—. Solo tiene algunos problemas —dudó unos momentos, y prosiguió—: Nunca vuelvas a irte sola, hija, me has dado un susto de muerte.

—Pero no me he ido sola —protestó, masticando un trozo de pan con tomate. Se esforzó en tragar para continuar con vehemencia—. Me fui con el amigo del abuelo.

Carlos levantó los ojos al cielo.

—No puedes fiarte de nadie, Lucía. Podría no haber sido un amigo, podía ser alguien malo que te hubiera engañado —la miró muy serio—. De esto, ni una palabra a tu madre, y... —hizo una pausa, apuró su cigarrillo varias veces y acabó— tampoco le menciones que has visto al abuelo, porque creo que le quiere dar una sorpresa, hace mucho que no se ven.

En poco tiempo saldría la sentencia de separación y una situación como aquella podía costarle no volver a ver a su hija.

Lucía calló. La cuestión era, como de costumbre, no decir nada de nada, porque hablar demasiado solo traía malas consecuencias. Resopló, resignada a su silencio.

—La cuenta, Nazario —pidió Carlos.

—¿No tomarán nada más?

—¿Quieres alguna cosa más? —preguntó Carlos a su hija mirando el reloj con impaciencia.

—¿Postre? —interrogó la niña ante el despliegue de tartas de la vitrina de la pared.

Carlos suspiró. Todavía le quedaba un largo viaje a Barcelona.

—Pues nada, Nazario, a ver qué hay de postre.

11

La semana comenzó con la reunión en la notaría para firmar la compra-venta de Loredana. ¿Por qué las cosas se complicaban siempre tanto?, se repetía Carlos. Aquel era un buen trato, llegaba en el momento oportuno, pero la aparición de Gerard y sus notas amenazantes, unido al desembolso por la compra de las acciones, iban a estrangular su economía. Resolvió vender su antiguo piso, estaban forzados a dejarlo, e invertiría parte del dinero en la compra de la nueva sociedad y parte en sacar a su suegro del lío en que los había metido. Pero eso no lo conseguiría en el plazo de un mes exigido.

Por fin su suegro le había confesado la cantidad a pagar y era más de lo imaginado. Dos millones de pesetas eran una suma fuera de su alcance en ese momento, una auténtica fortuna. Tal vez pudiera reunir la mitad, pero los Gaytán no eran dados a negociar. El recuerdo de la desaparición de Lucía y las amenazas a Elena en el pasado lo dejaban claro, más les valía cumplir.

Para no dar tregua, después de tres años de duro proceso eclesiástico y civil, por fin en esa semana de abril de 1971 se dictó la sentencia de separación. El resultado fue la condena de Carlos por adulterio, sevicias y vida de vituperio e ignominia. Carlos había aceptado todas las acusaciones, declarándose culpable desde el principio. Quería que el proceso no se dilatara; tampoco tenía ninguna posibilidad con el material recogido por el detective de Elena del que solo llegó a conocer una parte, la vivida en carne propia; su ex mujer no necesitó recurrir a nada más para obtener la custodia.

De la posterior sentencia civil derivaron dos consecuencias: su derecho a disfrutar de su hija todos los sábados más quince días en verano, y la obligación de pasar una pensión por alimentos de quince mil pesetas mensuales, más el pago del colegio. Esa nueva exigencia económica le llegaba en el momento más inoportuno, a pesar de haber luchado por ella en un principio.

Al menos algo parecía que iba a salir bien. La entrega de llaves del nuevo piso se la adelantarían dos semanas. Insistió mucho a la constructora y al final accedieron aunque faltaban algunos detalles. Por fin podría vivir con Verónica, ya legalmente separado, y tendría los fines de semana en paz.

Se lo comentó cuando fue a verla, y aunque se mostró contenta, tampoco la alegría fue desbordante. Parecía muy aclimatada a la vida en Barcelona junto a su hermana, y según le dijo nada garantizaba unos nuevos vecinos mejores que los anteriores.

Carlos compartía su preocupación, pero si eran discretos la aceptarían como su esposa sin cuestionarse nada más. El apellido Company no era conocido, al contrario del de Elena, y mientras a él no lo asociaran con la familia Lamarc, nadie sabría si en realidad su mujer era otra distinta a aquella que compartía su piso y su vida. Verónica debería moderar sus maneras para no llamar la atención y controlar su vocabulario. Se abría una vida nueva ante ellos y tendrían que construirla desde cero.

Cuando Elena se enteró del cambio de domicilio de Carlos, gracias como siempre a una «caritativa» amiga, montó en cólera. Ella había pagado la entrada de aquella casa. El piso, un octavo muy luminoso, con un ventanal que daba a una terraza larga y estrecha, era una construcción moderna con una distribución muy bien aprovechada. No en vano a Elena, cuando le dieron los planos, fue lo que más le llamó la atención, la ausencia de pasillo y la amplitud de las estancias, tan diferente a las construcciones de antaño. Su pequeña Lucía podría correr por aquellas habitaciones sin temor a llevarse un mueble por delante. No imaginaba entonces que jamás llegaría a poner los pies en esa casa.

Conocía los planos como la palma de su mano, la había imaginado mil veces. Y ahora ellos dos se iban a vivir allí, al piso elegido para criar a su hija, después de haber pasado también por su antigua casa. La mancha de Verónica se extendía como el aceite por las entretelas de su vida: su marido, su casa, el hogar de su futuro... Sintió una rabia sorda y el deseo de que el techo se desplomara sobre sus cabezas.

La rabia fue en aumento cuando se planteó qué haría su ex marido con el piso antiguo. ¿Venderlo? No se atrevería. Lo había pagado ella y, aunque no lo quería para nada, por derecho era patrimonio de su hija. Solo esperaba que lo conservara y no se dedicara a gastarse el dinero con aquella mujer, como ya hiciera su padre. Parecía que lo único que iba a heredar de su familia eran los malos vicios de los hombres sin ni siquiera esperar a que murieran para disfrutar de ese dudoso privilegio.

Pero el día a día, con su trabajo, viajes, reuniones y la cada vez más extraña actitud de Lucía hacia ella, pronto modificó sus prioridades en la escala de preocupaciones.

Tras la separación, y recién instaladas las dos en su nuevo hogar, creyó que aquella situación le brindaría la oportunidad de disfrutar de su hija más que nunca, más que nadie. Si ella se había criado en un glaciar inhóspito, su hija lo haría en un trópico cálido y reconfortante. Sin embargo, la realidad se mostró muy diferente.

Conforme Lucía crecía, la convivencia se hacía más tensa. La niña no comprendía por qué solo podía ver a su padre un día a la semana. Desde aquel primer encuentro años atrás, ver a su padre los sábados se había convertido en la ilusión del fin de semana. Al principio emprendía aquellas salidas con la remota esperanza de que, al final del día, su padre volviera a casa con ellas. Asumió, sin comprender la razón, que él nunca más regresaría a casa. El dolor y la rabia se almacenaban semana a semana y, sin ser consciente de ello a su corta edad, hizo responsable a su madre de aquella limitación.

La convivencia se llenó de sobresaltos. El carácter de Elena, de por sí duro y fuerte, se fue haciendo cada vez más agrio. Luchaba a diario con sus casi cincuenta empleados, proveedores y clientes; plantaba cara a las cotillas en el supermercado o en la peluquería, siempre con un alfiler con el que pincharla; había lidiado con Carlos por los términos de la sentencia y con las declaraciones de los testigos en un desagradable juicio, y ahora en cada salida de su hija lidiaba con una niña que regresaba a casa vuelta del revés. Su estabilidad emocional tendía a cero; Lucía lo percibía, pero ignoraba el cúmulo de circunstancias que influían en ello, sintiéndose en gran medida, sino completamente, responsable de su mal humor. Solo alcanzaba a ver a una madre siempre tensa, y más aún tras sus salidas de los sábados.

Lucía temía que la recogieran, y temía que la devolvieran a casa.

Había aprendido a observarlo todo, a estar alerta al mínimo detalle por si pudiera afectarle y a callar, muy a su pesar. Apenas se comunicaba con los adultos o con otros niños, y si lo hacía era de cosas ajenas a ella o a cualquiera de los miembros de su familia; tan metido tenía en la cabeza aquello de «no se lo digas a nadie». Sin embargo charraba por los codos con sus muñecos y peluches convertidos en una imaginaria familia que, para su fortuna, era muda. Ni le decían cosas extrañas, ni podían contar las que ella les confesaba. Por ahí dejaba escapar sus ansias comunicativas.

Y esa familia inanimada fue también la vía que Elena encontró para escuchar los silencios de su hija tras las salidas con su padre.

Uno de esos días Elena encontró a la niña más huraña de lo habitual.

—¿Qué has hecho hoy? —preguntó.

—Nada...

—¿Lo has pasado bien? —insistió Elena, forzando una sonrisa.

—Bueno... —esquivó Lucía, incómoda.

—¿No me cuentas nada, hija? —suplicó desesperada ante el hermetismo de aquella pequeña criatura.

—Es que... no sé...

Al final, Elena desistió en su intento de interrogatorio y optó por el plan B.

—Tus amiguitos te están esperando. Me han preguntado por ti todo el día. A lo mejor quieres hablar con ellos... —Elena tragó saliva; no se sentía orgullosa de manipular así a una niña de seis años, pero era la única opción si quería saber lo que su hija llevaba en la cabeza y la mantenía amordazada. A su regreso, la niña nunca era la misma.

Lucía salió corriendo hacia su cuarto aliviada por romper el cerco y abrazó a sus peluches con efusión. Elena, como otras veces, se quedó tras la pequeña puerta que comunicaba su cuarto con el de la niña. Tardó en encontrar el sistema, pero era infalible. «Quién escucha, su mal oye», dicen, y aquel día tuvo una prueba clara de lo sabio que era el refranero castellano.

—*Venir* aquí conmigo —ordenó Lucía a los muñecos que yacían sobre la floreada colcha abrazados unos a otros—. Tengo que deciros algo muy importante —hizo una pausa mientras los iba bajando de la cama a la moqueta verde y los colocaba en un corro; cuando estuvieron todos, se sentó con ellos, bajó la voz y empezó a contarles—: Ya no se puede dormir en mi cama.

Elena escuchó asombrada aquellas palabras, su ojo una bisagra más en la rendija de la puerta de comunicación. Lucía miró a todos los muñecos desparramados a su alrededor y trató de enderezarlos con la ayuda de cojines.

—Esa cama... —señaló— tiene microbios y nos podemos poner todos malitos. —Lo dijo seria, vehemente, incluso con un matiz temeroso; no estaba inventando un cuento para entretenerlos—. Es la cama de mi mamá cuando era pequeña, ¿sabéis? Estaba malita, y los microbios que son unos bichitos pequeños muy malos están todos ahí. Me lo han dicho. Pero es un secreto. Vamos a dormir todos juntos aquí, en el suelo, veréis qué divertido...

Las lágrimas lamieron las mejillas de Elena. Se mordió el labio. Así era, su hija dormía en su cama de soltera y eso era algo que la niña no se podía inventar. Tampoco hasta ese día tenía ni idea de lo que era un microbio. Alguien se lo había metido en la cabeza con la peor de las intenciones. Sintió la necesidad de entrar y pedirle explicaciones, de rebatirle aquel insidioso comentario inoculado en su inocente cabeza, pero entonces descubriría su escondite y no podría volver a utilizarlo.

Se tragó las lágrimas y el dolor; ya encontraría el momento y la forma de cambiar aquello. Pero a Carlos..., a Carlos no lo podía perdonar. ¿Cómo había sido capaz de decirle eso a la niña? No podía ser. Por mucho que la odiara, no lo creía capaz de semejante bajeza. Pero había prometido no llevarla con Verónica y las conversaciones de la niña con su familia de peluches la habían convencido de que no había sido así.

Llegó la hora del baño, la cena e irse a la cama. La rutina de siempre acompañada de la familia Telerín. Elena, más tensa que de costumbre, empujaba a su hija hacia la cama y la niña, con el morro apretado y agarrada a su peluche, no avanzaba.

—Venga, Lucía, es hora de irse a dormir.

—No quiero.

—No seas cabezota, hija. —Intentó cogerla en brazos aunque ya pesaba mucho, pero se resistía cada vez con mayor determinación. Le sudaba ligeramente el labio superior y estaba muy pálida.

—Es tu camita, mi vida. Siempre duermes muy bien, ¿qué te pasa, cariño? —preguntó con un ruego en los ojos.

—Tengo... miedo... —Los espantados ojos de la pequeña no se apartaban de la cama que la esperaba con el embozo abierto y la muñeca que compartía sus sueños.

—¿Miedo? —Media sonrisa trató de ocultar su tristeza—. ¿A qué?

Lucía la miró compungida, pero no habló. La paciencia de Elena se agotaba, pero hizo un último esfuerzo:

—Estás con mami, no puede pasarte nada —la tranquilizó, dándole un beso en su rubia cabeza; la tensión en su cuerpo y los ojos espantados de la niña la hicieron reflexionar—. ¿Quieres dormir conmigo?

Lucía miró a su madre agradecida y se agarró con fuerza a su cuello.

Abrazadas en su cama, protegidas por la oscuridad, Elena consiguió sonsacarle poco a poco el porqué de aquella repentina aversión al lugar donde siempre había dormido, deshacer el entuerto y explicarle a su hija que, aunque aquella hubiera sido su cama, allí no había microbios de ninguna enfermedad; y ella, su madre, nunca haría nada que le hiciera daño. Fue una suerte que Lucía al fin expresara en un susurro la razón de su miedo, aunque fue imposible sacarle cómo aquella peregrina idea había aparecido en su mente, por más que Elena lo intentó con todo tipo de sutilezas. La niña se durmió tranquila y al día siguiente regresó a su cama, aún con desconfianza, tras un fingido ritual de limpieza oficiado por su madre. No mencionó en ningún momento a Verónica como la fuente de aquella extraña historia sobre microbios y viejas camas infectadas, pero a Elena no le quedó ninguna duda.

Esa noche decidió tomar medidas. Aquello no volvería a repetirse y no quería tener un enfrentamiento con Carlos. Llamó a su abogado y le dio un ultimátum:

—Boro, no lo voy a repetir más. O Carlos ve a la niña él solo, o la ve en el Tutelar de Menores. No estoy bromeando. ¡Esa mujer es venenosa! Es un bicho y no pienso dejar que arruine la relación con mi hija. Bastante ha hecho con mi matrimonio.

Cuando Boro expuso la situación, a Carlos le quedó muy claro. No sabía cuál había sido el detonante. Lucía se había vuelto muda, no parecía probable que al llegar a casa se pusiera a hablar por los codos de sus andanzas, o Elena se habría enterado de la aparición de Gerard y las consecuencias habrían sido devastadoras. Pero algo había alertado a Elena de que Lucía frecuentaba otras compañías, y eso era peligroso.

12

Pero por aquel entonces la principal preocupación de Carlos era otra. Quedaban cinco días para que se cumpliera el plazo de entrega del dinero y solo había reunido la mitad. Conociendo a los Gaytán, no sería suficiente para evitar una tragedia.

Su suegro se volcó en su actividad en Company's, S. A., esforzándose por merecer el dinero que Carlos, en un gesto de buena voluntad, le había adelantado antes de conocer el alcance de sus deudas y el peligro de sus acreedores. Pero el despotismo y la frialdad que siempre le acompañaron iban dejando huella en unos empleados acostumbrados a otro trato y el ambiente era cada vez más hostil. El duro empresario había recortado gastos inútiles y nadie dudaba de su capacidad de mando y organización, pero no compensaba el mal ambiente creado ni su continuo desprecio ante la gestión previa de la empresa o la capacidad de los empleados. Nada se había hecho bien hasta ese momento, según Gerard Lamarc. Carlos no veía el momento de poner fin a aquella situación.

—Tenemos la mitad del dinero —le informó esa tarde a su suegro.

—Eso es como no tener nada —fue su respuesta.

—Pues es lo que hay.

—Yo puedo poner medio kilo más.

Carlos lo miró sorprendido.

—No me mires con esa cara. Te dije que había vendido unas cosas de valor.

—Bueno, pues eso hace millón y medio. Los llamas y se lo dices.

—¡Y una leche! —exclamó dando un golpe seco en la mesa.

—Gerard, no te entiendo. ¡No me toques las pelotas! Algo hay que hacer.

—Pues es muy simple. Pagar. Esa gente no acepta rebajas. Lo sé.

—Pero van a cobrar tres cuartos de la deuda y el resto se aplaza. Quieren cobrar, y cobrarán.

—Esto no funciona así. —Su suegro torció el gesto en una mueca grotesca—. Para empezar, el aplazamiento generará intereses. Pueden doblar la deuda si les parece. Como comprenderás, no fueron dos millones lo que a mí me dejaron y sin embargo es lo que me toca pagar —respiró hondo—, de momento. Y aunque les demos esa cantidad, buscarán darme un escarmiento. Nadie se retrasa en el pago y sale indemne. —Su acento francés suavizó la dureza de aquellas palabras.

—Eso es posible que ocurra incluso pagando la totalidad. ¿No crees?

—Tú dando ánimos —lo miró a los ojos—. Probablemente tengas razón.

—Bueno, lo dicho: un kilo y medio, no hay más. ¿Les vas a llamar?

—Qué remedio. Dámelo, tendré que llevarlo a donde me digan.

—Ni hablar. Yo te acompañaré —Gerard dibujó una mueca de desagrado ante el gesto imperativo y desconfiado de su yerno, y este relajó el rostro antes de añadir removiéndose en la silla—: Será menos peligroso.

—Sí, claro, menos peligroso... Pero no me dejarán. Iré solo.

—No se lo diremos. Lo que he pensado es que les llames y les digas que tienes el dinero. Cuando te concreten donde entregarlo, si es algún sitio raro diles que no te fías, que sabes que te has retrasado y no quieres sorpresas. Llevarás el dinero en una bolsa de viaje y la entregarás en un lugar público.

—No sé, lo veo muy complicado. Además, cuando comprueben que no está todo, estoy... —levantó los ojos para clavarlos en los de su yerno—, estamos muertos.

—Dejaremos una nota dentro diciendo que el resto lo tendremos al mes siguiente.

—No va a funcionar —sentenció lacónico.

—¿Tienes una idea mejor? —le retó Carlos, irritado ante la poca colaboración de su suegro.

—Bien. Les llamaré —Gerard se levantó sin más y se fue.

Carlos, una vez a solas, sintió un amago de pánico. Había embarcado a su familia en un riesgo considerable y dudó si sería bueno estar cerca de su hija en esas circunstancias.

Pero como si él mismo lo hubiera planeado, Lucía desapareció de la mano de Elena sin explicación alguna, alejándose del peligro. Carlos no entendía nada, aunque en esta ocasión su exmujer, como si estuviera al tanto de lo sucedido, estaba haciendo justo lo que necesitaba.

Todo empezó con el empeño de Elena en retirarle el Libro de Familia a Carlos y obligarlo a eliminar a la niña de su pasaporte. Carlos temió que supiera algo del minisecuestro, pero de ser así Elena se habría enfrentado a él sin dudarlo y las consecuencias habrían sido mucho peores. No encontraba el detonante.

Y es que la obsesión de Elena se había gestado por una vía muy diferente.

La hermana de Carlos, su cuñada Lucía, vino por aquellas fechas con su familia desde Estados Unidos para pasar unos días apacibles y familiares, ver a la pequeña Lucía y, de paso, conocer a la famosa Verónica de la que tanto les había hablado.

La noticia de la llegada de Lucía con su marido y su hija Alice fue un bálsamo para un Carlos agotado en lo personal tras unos años durísimos y humillantes. Y para Verónica era una oportunidad más de integrarse en la vida del empresario y obtener apoyos de los que, de momento, carecía. El encuentro se celebró durante una comida en un conocido restaurante de la playa.

La opinión de su hermana mayor siempre pesaba en Carlos, incluso en la distancia; cualquier persona cercana a él lo sabía. Lucía había sido su amiga, su confidente, su asesora... casi una madre. Verónica se esforzó por ofrecer su mejor cara: controló su lenguaje aunque con dificultades, mantuvo una divertida conversación con ellos y estuvo pendiente de cualquier gesto de Carlos obsequiándole con constantes muestras de cariño. Aunque tanto esfuerzo no habría sido necesario, Lucía y Klaus llegaron predispuestos a aceptar la nueva situación, si a Carlos le hacía feliz, a pesar de la desconfianza sembrada por algunas confidencias telefónicas de su hermano.

Lucía conocía los sufrimientos de Carlos durante el matrimonio con Elena y, aunque no aprobaba lo sucedido, no fue ninguna sorpresa y en su ánimo primó la alegría de que una nueva relación le devolviera la felicidad y la confianza en sí mismo. Y de entrada le gustó aquella jovencita vivaracha, siempre pendiente de su hermano, que se dejaba querer con gesto indiferente por aquella versión ruidosa de una geisha.

Verónica también estaba disfrutando de aquella irrupción en la familia de su pareja y de dejarse ver con Carlos en uno de los restaurantes clásicos de la ciudad, rodeada de gente atenta a cada detalle de sus movimientos. La única almendra amarga entre tanto turrón eran las preguntas que sobre la niña hacía su tía y que ella se apresuró a contestar ante la pasividad de él:

—Pobre niña. Carlos apenas puede verla —explicó con tristeza, acariciando la cara de Carlos con suavidad—. No sabéis cómo sufre.

—Es terrible —se conmovió la hermana de Carlos.

—Es una niña preciosa, muy dulce... —prosiguió Verónica masticando unas almendras mientras hablaba—. ¿Cuántos años tiene la vuestra?

—Alice tiene nueve años, aunque está a punto de cumplir diez —la niña se enderezó y sus mejillas se encendieron.

Carlos seguía los comentarios sin intervenir, con semblante satisfecho, aunque a ratos le hacía gestos a Vero para reducir el tono y los aspavientos.

—Y seguro que la pobre Alice apenas ha podido tratar a su prima —continuó Verónica con naturalidad mirando a su nueva sobrina.

—Bueno, eso es diferente, no es sencillo —aclaró la madre—. Al vivir nosotros fuera del país resulta muy difícil verse, aunque hemos procurado venir siempre que hemos podido. La última vez, una Nochevieja, la pasamos... —se calló sin terminar la frase; la última Nochevieja la habían celebrado todos juntos con su cuñada Elena en un divertido cotillón, sin que nada hiciera sospechar lo que se avecinaba—, bueno, estuvimos aquí, y seguiremos viniendo siempre que podamos. Pero es un viaje muy largo y pesado. Alice ha llevado muy mal el vuelo.

—Es que no sois solo vosotros. Lucía, pobrecita, apenas ve a su padre, es muy injusto. —Verónica no paraba de hablar, moviendo con gracia las manos—. Ni al resto de su familia, como sus primos de Onteniente que a este paso harán la mili sin haberla visto. Y mientras las cosas sigan así en este país, la situación no cambiará.

—La verdad es que la niña es la que se ha llevado la peor parte —el tono de Lucía se acongojó—. Qué pena no poder hacer nada para solucionarlo. —Quedó unos segundos pensativa con la barbilla apoyada en su mano y una mueca de tristeza—. Aunque, tal vez, si hablara yo con Elena... Nunca nos llevamos bien, pero a lo mejor a mí me escuchaba y cedía un poco en las visitas.

Verónica dio un respingo al oír aquel nombre y sus dedos comenzaron a tamborilear sobre el blanco mantel.

—No serviría de nada —cortó, irritada—. Seguro que si viviéramos en Estados Unidos las cosas serían diferentes —afirmó conteniendo su enfado.

—No te entiendo... —Klaus, callado hasta ese momento, la observó con atención; no sabía adónde quería llegar aquella encantadora jovencita.

—Bueno, si Carlos se llevara a la pequeña Luci a Estados Unidos con vosotros, él podría pasar temporadas más largas con ella, no las migajas que ahora le dejan. Y Alice y ella crecerían juntas. ¡Serían como hermanas! ¿No te gustaría, Alice? —terminó Verónica, haciéndole un gesto cariñoso a la sobrina de Carlos que sonreía complacida.

Carlos reaccionó despertando de su pacífico letargo como si acabaran de darle un guantazo.

—Pero ¿qué dices? Eso es una locura. ¡Y una estupidez! Entonces todavía sería más complicado poder verla. Y para colmo es un delito, podrían meterme en la cárcel por secuestro. —Miró a su alrededor con preocupación; en el resto de mesas cada uno parecía estar a lo suyo, ajenos a su conversación, aunque el tono de Verónica era lo bastante alto como para seguirla sin problemas y su pelo rojizo no pasaba desapercibido.

—No te enfades. Yo solo intentaba buscar una solución —sus ojos se velaron por un brillo húmedo—. ¡Me puede verte tan hundido! Y claro, de hacer algo, tenía que ser antes de que Elena lo sospeche, ¿no te das cuenta? —insistió—. Ahora aún la tienes en tu pasaporte, pero está empeñada en sacarla.

—Ya vendrá cuando sea más mayor para estudiar inglés, ¿no te parece, Carlos? —intervino Lucía decidida, escrutando a su nueva cuñada con interés renovado.

La expresión distendida de Verónica se había transformado en una máscara tensa y enrojecida, pero no dijo nada más.

—Pues sí, hermanita, y para eso quedan muchos años. ¿Cómo estaba el arroz?

Carlos cortó ahí la conversación, no llegó a más. La propuesta de Verónica era impensable y tanto su hermana como su cuñado opinaron igual.

La suerte o el infortunio quisieron que en la mesa contigua estuvieran unos conocidos de Elena; en cuanto reconocieron a Carlos estuvieron pendientes de cualquier detalle. Escucharon la conversación a golpes; palabras como «Lucía», «Estados Unidos», «crecer juntas», «secuestro» o «pasaporte», se unieron sin sentido aparente. La conclusión, una vez ordenadas aquellas palabras según les pareció oportuno, fue que estaban planeando secuestrar a la niña y llevarla a Estados Unidos con sus tíos.

Horrorizados, les faltó tiempo para contárselo a Elena, que ya veía fantasmas por todas partes sin necesidad de que alimentaran más su imaginación. Se enfureció. ¿Cómo podía su cuñada participar en algo así? No le extrañó, nunca se llevaron bien y estaba convencida de que le tenía celos. De ahí vino su determinación: no lo permitiría, quitaría a la niña del pasaporte de Carlos. Como el impacto de un rayo, el miedo sacudió todas sus terminaciones nerviosas transformándose en una profunda aversión hacia el apellido Company.

Según su abogado, debería esperar hasta la publicación de la sentencia de separación para solicitarlo; y en cuanto la tuvo en la mano forzó la petición.

Los trámites llevarían unos meses que el miedo no permitía aceptar. Tomó una decisión drástica, convencida de la existencia de un peligro real de secuestro. No esperaría: se llevaría a Lucía a un pueblecito, lejos de todo, donde nadie pudiera encontrarla. Terminaba un agitado mes de abril del año 1971 para la pequeña, y hasta finales de julio en que se ejecutó la decisión del juez de retirarle el Libro de Familia a Carlos y borrarla del pasaporte paterno, permaneció escondida con la familia de unos amigos en Rubielos de Mora, asistiendo a la escuela del pueblo. No le dijo a nadie adónde la llevó, ni siquiera a su madre.

Carlos, indignado, protestó tanto por intermediación de su abogado como directamente a Boro y a Elena, pero no consiguió nada. Tenía derecho a saber dónde estaba su hija y con quién, reclamó impotente una y otra vez. La habían apartado de él como si fuera un delincuente, sin permitirle siquiera hablar con ella; y aunque hasta realizar la entrega a los Gaytán era lo mejor para la niña, ahora era él quien temía no volver a verla jamás.

Trató de olvidarlo y concentrarse en lo que tenía que resolver. Si Gerard no le había engañado, el trato era llevar el dinero esa semana.

Se encontrarían en las taquillas de la Estación del Norte. El problema era a quién metían en semejante lío. Ni Gerard ni él deberían aparecer, e implicar a alguien más no iba a ser fácil. Solo había una persona en quien podía confiar para algo así. Había sido su consejero, su cómplice, y era su mejor amigo aunque en el último conflicto hubiera estado en el bando contrario. Pero incluso en esas circunstancias se portó como un auténtico camarada.

Boro. Él podría entregar el dinero. Le llamó y quedaron.

—Pero con una condición —pidió Boro—, que no hablemos de la separación.

—Hecho —contestó Carlos—. Aunque...

—¿Qué pasa? —preguntó su amigo, resignado.

—¿Me dirás adónde se ha llevado Elena a Lucía?

—Pues te lo diría, pero ni yo lo sé.

—¿Y sabes por qué se la ha llevado?

—Bueno... —Boro carraspeó dubitativo—. Parece ser que temía que la secuestraras antes de que la sacaran de tu pasaporte.

—¡¡Hostia!! Entonces Lucía le contó lo de los Gaytán...

—¿De qué hablas, Carlos? —Al otro lado del auricular la preocupación se había adueñado del tono engolado de Boro—. ¿Los Gaytán? Esos no son...

—Los mismos. Pero, entonces, ¿no es por ellos? —preguntó aliviado.

—A ver, a ver, a ver. ¿Qué coño pasa con los Gaytán?

—Es una historia muy larga, y precisamente te llamaba por algo relacionado con ellos. Pero prefiero que lo comentemos con una copa delante. ¿A qué te referías tú con lo del secuestro?

—Pues a algo que le contaron a Elena de que querías sacar a la niña del país, llevártela a Estados Unidos con tu hermana.

—Pero ¿está loca? ¿Y cómo la iba a ver yo?

—Ni caso, Carlos. Los rumores van que vuelan y a ella le llegó algo así. No te preocupes, en cuanto solucionen lo del pasaporte la traerá de vuelta. Ella tampoco la debe de estar viendo apenas y es su vida. ¡Y ya está bien! —cortó molesto—, que habíamos quedado en no hablar de la separación y no hacemos otra cosa.

—Tienes razón. Nos vemos mañana a las siete en... —hizo una pausa—, en Le Clichy, en la Gran Vía, que los dos lo tenemos cerca de casa y a esas horas está tranquilo. El primero que llegue que pille una mesa discreta, no es tema para hablarlo en la barra.

—Me dejas preocupado —hubo un breve silencio—. Allí estaré.

Al día siguiente se vieron en el lugar acordado. Carlos llegó primero. Bajó los escalones del local y buscó la mesa ubicada en el ángulo del fondo. Quedaba flanqueada por dos paredes de madera barnizada y permitía ver quién entraba y controlar el resto de mesas. Boro se retrasó diez minutos, pero era lo normal en él.

Lo vio nada más entrar y fue a saludarle. Se abrazaron y se palmearon la espalda con fuerza.

—Lo siento, estoy llevando un caso muy importante y estaba preparando mi intervención —fanfarroneó con gesto de suficiencia—. ¿Cómo estás, amigo? —Boro lo miró con el mismo afecto de cuando compartían sus sueños de juventud.

—Podría estar mejor, so cabrito. Vaya palo de sentencia —Su viejo amigo hizo ademán de ir a protestar pero Carlos lo impidió—. Ya lo sé, ya, no vamos a hablar de la separación. Solo quería tocarte un poco las narices —bromeó sin convicción—. No es de eso de lo que quería hablarte.

Carlos comenzó a narrarle a Boro todo lo sucedido desde que su suegro traspasó el umbral de Company's, S. A., ante la cada vez más evidente crispación de su amigo.

—Carlos, perdona que te lo diga, pero tú te has vuelto loco o gilipollas.

—No he tenido otra opción, Boro, te lo aseguro. Si no le echaba una mano... En fin, no me lo habría perdonado. Además, una vez pringado ya no he podido quedarme al margen.

—¿Y qué pinto yo en esta función? —Todos los músculos de su cara se habían tensado como una presa al presentir al perro de caza.

—Tenemos que llevar el dinero dentro de dos días a la estación del Norte. Han aceptado que lo entregue una tercera persona y no puedo confiar en nadie —alzó sus ojos claros para encontrar los de Boro y cruzó sus manos en una plegaria con los codos apoyados en la mesa velador— más que en ti.

—Pues muchas gracias, cabrón. —Le mantuvo la mirada y su boca dibujó un gesto de resignación mientras con un dedo aflojaba la presión de la corbata—. Esto no se le hace a un amigo.

—Así estaremos en paz por haber llevado la separación de

Elena. —Ambos rieron nerviosos—. No creo que haya peligro, Boro, de verdad. Ellos no te conocen, y supongo que también enviarán a alguien desconocido. Yo te esperaré fuera de la estación en el coche. ¿Lo harás?

—Joder, joder, joder... —el silencio se tensó durante largos segundos—. Tendrá que ser por la tarde. Por las mañanas estoy en el juzgado.

—¡Gracias, tío! —Carlos apunto estuvo de saltar hacia su interlocutor—. Solo hay una cosa más que quiero que sepas.

—Desembucha.

—No estará todo el dinero.

—¿¿¿Qué??? ¡Tú quieres que me maten!

—Baja la voz, joder. —Encorvados sobre el mármol de la mesita, poco había faltado para que esta cayera ante el aspaviento del abogado; la clientela de la barra se había vuelto hacia ellos y cuchicheaba—. Cuando lo recojan, no lo sabrán. Va una nota dentro diciendo cuándo se pagará lo que falta, y no la verán hasta que abran la bolsa y se pongan a contar.

—Joder, joder, joder...

—No te me eches atrás. —Miró suplicante a Boro, que permanecía con la cabeza apoyada en sus manos, pensativo.

—Qué remedio...

—Sabía que podía confiar en ti —Carlos lo miró con una inmensa gratitud—. Mira el lado bueno: así tendrás algo emocionante que contarle a tus nietos —bromeó.

—Menos mal que Elena se ha llevado a la niña... —reflexionó Boro en voz alta.

—Sí... mal que me pese.

El día marcado, Boro recogió a Carlos a las cinco y media. Habían acordado evitar el reconocible Tiburón plateado del empresario. Sin mediar palabra, el abogado cedió el sitio del conductor y se instaló en el asiento del acompañante con la bolsa del dinero entre sus pies. Gerard no participaría en la entrega, como medida preventiva aceptada a regañadientes por el interesado. Con la bolsa quemándole los pies llegaron a los aledaños de la estación y cinco minutos antes de la hora pactada el coche paró dentro. Con el motor en marcha y las manos sudorosas Boro descendió del vehículo.

Cruzó la zona de las taquillas con la bolsa en la mano sorteando grupos de jóvenes, hombres con boina y cayado y señoras con fardos. En el andén no le costó reconocer a su contacto, un hombre corpulento y con gafas de pasta que exhibía un cartel de una agencia de viajes con el nombre de Gerard rotulado en él. Boro miró en todas direcciones, pálido y empapado en sudor, pero caminó con paso firme hacia el caballero, le tendió su equipaje con la vista fija en el cartel y sin cruzar palabra siguió su camino de vuelta a las taquillas escapando de la siniestra sombra del miedo que le acompañaba. En quince segundos estaba fuera, y en otros cinco en el coche de Carlos.

—Hecho —resopló Boro respirando con dificultad.

—¿Qué te han dicho? —preguntó Carlos acelerando para escapar de la estación.

—Nada. Temí que me preguntara si estaba todo. —Con un pañuelo se secó las gotas que poblaban su frente, guardó el pañuelo y bajó la ventanilla con energía.

—Pues le decías que sí y arreglado.

—¡Si estaba cagao! Me lo habría notado.

—Bueno, pero no ha preguntado nada. Ahora, a esperar —Él también lo había pasado mal; su corazón no funcionaba a un ritmo normal desde hacía tiempo—. En un par de semanas habré vendido el piso y tendré el dinero para pagar lo que falta.

—Más te vale —suspiró—. Y esperemos que con eso se acabe esta historia, pero te rogaría que conmigo no cuentes. Creo que estoy enfermo.

13

La reacción de los Gaytán no se hizo esperar. Carlos recibió una llamada en su despacho de las que enlutan el día más feliz, aun estando esperándola. Tras argumentar durante largo rato la justificación ensayada, con la desagradable sensación de hablar con el vacío, su interlocutor accedió a la entrega de lo que faltaba —con un recargo de un diez por ciento— en menos de un mes, bajo la advertencia de que si algo fallaba no habría más llamadas. Tras colgar, Carlos respiró más tranquilo aunque la rabia no le dejó relajarse; disponía del dinero y nada tenía por qué fallar, pero se le ocurrían usos mucho más apetecibles que hacerse cargo de las marrullerías de su suegro.

Se pactó un nuevo emplazamiento y las condiciones fueron las mismas, pero esta vez no faltó ni una peseta de las exigidas, y aunque el procedimiento fue el mismo, Boro y Carlos intercambiaron sus papeles para que este hiciera personalmente la entrega. No se fiaba de las intenciones de los Gaytán.

Con el primer problema solucionado quedaba pendiente otro. Gerard no podía seguir formando parte de la vida de Carlos por muchas razones.

Al antagonismo nacido de las críticas de Gerard a toda la gestión de Company's, S. A. se sumó el reproche de Carlos a su suegro por la incertidumbre traída a sus vidas. A pesar del pago sentía cernirse sobre él un peligro indeterminado, lo acompañaba un permanente desasosiego obligándole a vigilar esquinas y analizar miradas. Desde que muchos años atrás se viera amenazado por un miliciano durante la guerra y volviera a encontrárselo algo después ya de adulto, no había vuelto a padecer ese miedo paralizante, esa opresión en la nuez de su garganta. La sombra del miedo y una persistente irritación le acompañaba, y hacía responsable a su suegro de poner en riesgo a su familia, por no hablar del dinero perdido a pesar de las continuas manifestaciones del implicado asegurando que le devolvería hasta la última peseta.

Cada día se reunían al final de la jornada en el antiguo despacho de dirección de Company's, ahora ocupado con más frecuencia por el recién llegado. Carlos acudía desde Loredana, tarde y cansado, y ese lunes después de la entrega del dinero no fue una excepción, aunque esa reunión iba a ser muy diferente. Además de sus propias consideraciones, Carlos había recibido quejas sobre su suegro por la forma de dirigirse a los trabajadores y por el tonteo con alguna maquinera. A pesar de los años, Gerard mantenía su atractivo y sus vicios intactos. Para Carlos aquello era motivo suficiente para ponerlo en la calle, aunque cualquier excusa era buena. Lo había mantenido en la empresa por darle la oportunidad y los medios de devolverle el dinero prestado, pero no lo haría a costa de su empresa y no podía soportar más su presencia allí.

Gerard no entendió la reacción y los reproches de Carlos. ¿Acaso él no se había tirado a ninguna de sus empleadas?, le soltó esa tarde con una mueca de burla.

—¡No! —contestó Carlos dando un manotazo sobre la mesa—. ¡Jamás!

—Pues no sabes lo que te pierdes —afirmó con sorna su suegro saboreando un habano—. Además, no te vayas a hacer el santo conmigo que menudo pájaro estás hecho. Menos humos.

—Nunca mezclo el trabajo con otras cosas —sus ojos echaban chispas y no dudó en señalarlo con su dedo índice—, y tú deberías hacer lo mismo. Pero no es esa la cuestión...

Al fondo se oyó ladrar con fuerza a los perros interrumpiendo su parlamento. Eran más de las ocho y no debía quedar nadie en la nave.

—Qué pesados. Podrías ponerles un bozal. —Gerard seguía fumándose el cigarro recostado en el sillón de confidente con las piernas cruzadas y ni un atisbo de preocupación en el rostro.

—Pues buen papel me harían con un bozal. A ti es a quien debería habérselo puesto. Me han llegado quejas —Gerard enarcó una ceja—, y no solo por pasarte de la raya con las empleadas. No tratas bien a la gente y por mucho que seas mi suegro no lo voy a consentir. —Sus pobladas cejas se juntaron marcando su irritación.

—Pero ¿qué es esto? ¿Un parvulario? —Soltó una carcajada—. Demasiadas confianzas les has dado tú. Con razón no rinden nada.

—Estás muy equivocado. Aquí *guinden* estupendamente —contestó imitando el acento de su suegro con un retintín de irritación—. La productividad es mayor en Company's que en la mayoría de las industrias del sector; el personal cuando está contento trabaja mejor, pero de eso tú no tienes ni puñetera idea. La crisis está pegando duro y nosotros seguimos sin problemas. Algo tendrá que ver la gestión y el trabajo hecho y que por cierto no has dejado de menospreciar, así que... —Los perros volvieron a ladrar pero de pronto enmudecieron. Carlos se interrumpió inquieto—. No sé qué les pasa hoy, esta conducta no es normal.

—Déjalos, hombre, ahora que se han callado. Me dan *mal a la tête.* —Se recostó en su asiento deleitándose en el humo del *Habano* y prosiguió—: Como te iba diciendo, hace falta mano dura para conseguir resultados. Lo que a ti te pasa es que tienes una flor en el culo, te lo digo yo; o no se entiende que esto no se haya ido a la mierda hace mucho porque...

La atención de Carlos, puesto en pie, había traspasado el recio cuerpo de su suegro para fijarse más allá de su espalda. Gerard se giró con el puro en la boca. Un resplandor intermitente se adivinaba por el cristal que daba a la naya iluminando el fondo de la nave. Carlos salió corriendo al grito de:

—¡Llama a los bomberos! ¡Corre! —Y sin esperar contestación bajó a saltos la escalera que comunicaba el altillo de la sección de corte con la nave principal y vociferó—: ¡¿Hay alguien?! —Mientras gritaba corrió hacia el resplandor; era fuego y estaba devorando con rapidez la nave principal desde varios focos distintos—. ¡¿Queda alguien?! —gritó de nuevo con más fuerza; solo le respondió el crepitar de las llamas. Observó a su alrededor. El fuego avanzaba desde su izquierda, pero al fondo, a la derecha, había otro foco menos virulento y otro más en el centro de la nave. Dos explosiones consecutivas crearon una densa humareda negra. Si no se daba prisa pronto se unirían los frentes en una barrera.

Buscó un extintor. No tenía ni idea de cómo funcionaba y con los nervios apenas pudo leer las explicaciones. Tras varios golpes consiguió desbloquear el seguro y se aproximó a las llamas todavía contenidas al fondo de la nave pero avanzando con la determinación de un batallón de infantería. Sus esfuerzos por sofocarlas se le antojaron ridículos, el calor y el humo le obligaron a retroceder entre toses y arcadas con sabor a plástico fundido y tela quemada. Los tres fuegos se estaban uniendo por el fondo haciendo un frente único y fantasmagórico, un vendaval de llamas con vida propia que avanzaba sobre las máquinas y materiales engulléndolos con un siniestro restallar. Se aproximó hasta donde pudo envuelto en humo e impregnado de una grasilla pegajosa que como una tela de araña lo envolvía, respirar se hacía imposible y el fuerte calor transformado en dos manos invisibles tensó su piel pretendiendo rasgarla.

El humo se apoderaba de la nave, y algo denso y candente penetró en sus pulmones. Tosió con fuerza en medio de una asfixia abrasadora para desembocar en una sensación de fatiga repentina. Si no se tapaba pronto la cara y salía de allí caería inconsciente. Soltó el extintor y a rastras se alejó del frente luminoso hasta una zona donde el humo flotaba a más altura. Agarró una prenda de algodón y buscó el botijo que solían utilizar las empleadas para tener agua fresca. Empapó la tela y se cubrió la nariz y la boca. Nada podía hacer ya, solo escapar. Gateó hacia la salida, pero entonces vio en el suelo junto a la pared la escudilla de los perros y se frenó. La última vez que los oyó ladrar resonaba en esa zona. Agachó la cabeza para mirar a ras de suelo pero a pesar del resplandor no los vio. Retrocedió gateando con su improvisada máscara protectora. El aire era menos viscoso junto al suelo pero aun así le lloraban los ojos.

Llegó a las oficinas de producción. El fuego todavía no se había propagado por esa zona, la más alejada de las llamas. Miró nervioso su reloj, pero lágrimas densas le nublaban la vista. En el pequeño despacho, junto a la puerta, encontró a *Buck* con un golpe en la cabeza. Sangraba.

—¡*Buck!* ¡Dios mío! ¡Qué te han hecho! —Hinchó un par de veces los pulmones dentro del recinto que aún estaba a salvo, pero el alivio fue escaso. Se enrolló la prenda que le cubría nariz y boca para dejarse las manos libres, cargó al animal y salió. Por fortuna el despacho estaba a pocos metros del muelle y allí se encontraba su coche, lejos de donde se había desatado el fuego; llegó a duras penas. Falto de fuerzas, dejó al animal en el suelo junto al vehículo para tomar aire y miró a su alrededor.

—¿Y *Mimo*? ¿Dónde está? —preguntó en un jadeo ininteligible—. ¡Gerard!

Iba a subir de nuevo a su despacho cuando escuchó un rasgueado en la puerta del baño bajo los peldaños de la escalera. Se aproximó tosiendo y escupiendo brea, giró el pomo y algo saltó sobre él haciéndole perder el equilibrio. Cayó de espaldas dándose un golpe seco en la base del cráneo contra los tablones de la escalera; un dolor intenso y la vista se le nubló hasta ser devorado por la oscuridad.

Las emergencias llegaron diez minutos después. Los vecinos de la finca esperaban en la calle alertados por el humo. Una mujer en bata se acercó a los bomberos:

—¡Gracias a Dios que han llegado! ¡Va a arder toda la finca! —se lamentó con grandes aspavientos—. ¡Han tardado mucho desde que les llamé!

Un cámara de televisión se había acercado al lugar y filmaba cada paso.

—¿Sabe si hay alguien dentro? —vociferó el bombero.

—Pues había luz, pero no sé si quedaba alguien. —Los ojos de la mujer miraban con horror la columna de humo negro por detrás del edificio—. ¿Usted cree que habrá alguien? ¡Virgen Santa! —Juntó sus manos en una muda plegaria.

—¡Vamos a entrar! —avisó el que estaba al mando haciendo un gesto de avance—. ¡La puerta todavía parece transitable!

Entraron cargados con una robusta manguera y llegaron hasta el coche de Carlos.

—¡Esperad! —dijo el que iba en cabeza—. ¡Aquí hay un perro mal herido! —El bombero se agachó para recoger a *Buck*—. ¿Quién puede hacerse cargo de este animal? —voceó ya en la calle.

—¡Yo! —Un joven se adelantó a la carrera y cogió a *Buck* semiinconsciente.

En el interior, los bomberos avanzaron. El humo denso de la entrada era la lengua del animal que rugía al fondo entre llamas. Otro perro emergió entre el humo; gemía más que ladraba. Lagrimeando, se acercó al primero que apareció.

—¡Eh! ¡Vosotros! ¡Aquí hay otro perro! ¿Quién lo coge?

—¡Déjate de perros! O nos damos prisa o la nave se viene abajo. Pero ¿qué coño cree que está haciendo? —El cámara los había seguido hasta el interior de la nave y filmaba cada paso, seguido de otro tipo cargado con un rollo de cable—. ¡Salga ahora mismo y déjenos trabajar! Su puta madre...

—¡Vuelve hacia adentro! —observó otro bombero señalando cómo el perro enfilaba el pasillo y giraba antes de llegar al final, para volver a salir hacia ellos y ladrar de nuevo—. Nos quiere indicar algo.

—¡Vosotros dos, seguidle! —ordenó a dos compañeros—. Y ustedes, ¡largo! —De un empujón se desembarazó del reportero y del técnico que lo seguía—. ¡Nosotros, adentro!

Dos bomberos siguieron a *Mimo* entre la humareda en su insistente trayectoria hasta descubrir a Carlos desmayado en el suelo. Uno de ellos lo cargó al hombro después de examinarlo con cuidado y salió de allí seguido por el perro jadeante y por un hombre pegado a una cámara tosiendo sin parar.

Durante horas lucharon para aplacar las llamas. El primer piso fue arrasado por las lenguas de fuego, ascendieron por el patio de manzana ocupado por la nave central. Sus esfuerzos se concentraron en evitar el avance del incendio hacia la zona del muelle y que se propagara a otros pisos o fincas vecinas, pero no pudo impedir que devorara toda la nave principal, el altillo, el despacho de Carlos y la sala de exposiciones. Solo quedaron en pie las oficinas de la entrada, separadas del resto por el amplio muelle de hormigón, y el coche allí aparcado aunque recubierto de un hollín pardo y pegajoso que más tarde el jabón y los cepillos no fueron capaces de arrancar.

Los vecinos no pudieron regresar a sus casas hasta dos días después. Era necesario evaluar los daños en la estructura de la nave antes de ser habitada de nuevo.

Las imágenes fueron difundidas en el Telediario del día siguiente.

Carlos despertó en el hospital. Le dolía la cabeza y sentía un fuerte ardor en el pecho al inspirar o espirar. Una voz lastimera llenaba la habitación de sollozos.

—¿Qué... es eso? —fueron sus primeras palabras.

Verónica, ensimismada escuchando *Simplemente María* en el transistor adherido a su oreja, pegó un respingo.

—¡Carlos! —gritó al verle abrir los ojos—. ¡Dime algo!

—¿Qué... ha pasado? —Se llevó la mano al pecho, hablar le suponía un gran esfuerzo—. La fábrica... el incendio...

—¡Sí, ha ardido toda! —se afligió Verónica apoyando su cabeza sobre el fatigado pecho de Carlos—. ¡Estamos en la ruina! ¡Con lo que ha costado llegar hasta aquí! Esto es terrible. ¿Qué vamos a hacer ahora? ¿Qué va a ser de mí? —El llanto se apoderó de ella y su cabeza convulsa se apoyó en el pecho jadeante del recién despertado.

—Levanta un poco... Me cuesta respirar —la miró sorprendido mientras la levantaba—. Y no llores más, me estás poniendo nervioso. No te preocupes por eso... Loredana ya estaba funcionando bien. —Verónica se separó de Carlos y se limpió la cara—. Eso está mejor, pero ¿qué son esos sollozos que no paran?

—Ah, no es nada —Verónica se incorporó, apagó la radio y lo besó en la frente—, escuchaba la novela. ¡Estás vivo de milagro! Ha salido todo por televisión. ¡Vas a ser famoso! Lo mismo te invitan a algún programa —palmoteó contenta.

—Y... Gerard... —Carlos hizo una mueca y miró a su alrededor.

—¿Gerard? No sé nada de Gerard. Allí no encontraron a nadie. Dicen que no tienes na, solo la contusión y fatiga por el humo que te ha entrao en los pulmones. Pero te pondrás bien. Voy a avisar que ya te has despertado.

En ese momento llamaron a la puerta. Lorenzo Dávila entró conforme Verónica salía sin detenerse y la saludo cortés.

—¿Cómo estás, querido amigo? —preguntó con un leve temblor en la voz.

—Quemado —bromeó Carlos con una sonrisa de medio lado—. ¿Qué haces aquí?

—Me enteré y quise saber cómo estabas —Lorenzo se acercó a la cama indeciso—. Me alegra verte despierto, has estado un tiempo sin conocimiento. Me tenías muy preocupado.

—¿Qué día es hoy?

—Jueves. Llevas treinta y seis horas desvanecido.

Carlos hizo ademán de levantarse, pero todavía le dolía la cabeza y se mareó al incorporarse.

—No corras —le frenó con cariño Lorenzo—. Y no te preocupes. En Loredana la marcha sigue sin contratiempos y los cambios están dando buenos resultados, ya lo sabes. Yo estoy al pie del cañón, como en los viejos tiempos. Pero no te acostumbres —bromeó—, que mi trato era que me jubilaras. —Le pasó la mano por la cabeza en un gesto de afecto inusual entre ellos—. Me he asustado mucho. Cuando vi las imágenes, pensé... —La voz se le quebró y la nuez trazó el camino del temor al ser tragado— que habías muerto.

A Carlos le pareció verle lágrimas en los ojos, que atribuyó a su propio aturdimiento. En ese momento regresó Verónica con la enfermera.

—El médico está de camino —se la veía contenta.

—Pues entonces ya me voy —Lorenzo dio un paso atrás despegándose de la cama al entrar Verónica—. Espero verte pronto, nos haces mucha falta. —Se despidió de los presentes con un gesto indeciso y se fue.

—¿Quién era? —preguntó Verónica mientras la enfermera examinaba las pupilas de Carlos y la cadencia del gotero.

—Lorenzo Dávila, el dueño de Loredana.

—¡Ja! De eso nada. El dueño de Loredana eres tú —le rectificó—. Vaya con el famoso Dávila. Pues porque era un hombre.

Si hubiera sido una mujer le saco los ojos, no me ha gustado cómo te miraba —se quedó unos momentos pensativa y añadió—: y ya puestos, me lo podrías haber presentado.

—Anda que estoy yo... como para presentaciones —rezongó mientras trataba de encontrar una postura más cómoda—. Imagino que hoy o mañana podré irme a casa, ¿verdad? Odio el olor a hospital y ¡esta cama es enana! Ya no sé cómo ponerme.

—Es que hay que ver lo alto que es usted —comentó la enfermera con un coqueto mohín—, pero me temo que el médico no le dará el alta hasta dentro de unos días. —Arregló el embozo de la sábana e iba a remeterla por el lado pero Verónica le dio un leve empujón con la cadera y tomó su lugar.

—No te preocupes, guapa, que ya lo arreglo yo.

Cuando la enfermera salió, Carlos se dirigido a Verónica.

—¿Y los perros? —Tosió con un gesto de dolor—. ¿Dónde están?

—Anda que preocuparte de los perros... —Verónica siguió adecentando la cama, que no paraba de deshacer al sacar los pies por los laterales—. No te preocupes, que están bien. Me llamó a casa el administrador para avisar del incendio y yo avisé a Juan. Creo que se ha llevado a esos chuchos a su casa.

—¿Se sabe cómo ha sido? Recuerdo varios focos diferentes.

—Tu *amiguito* Boro, que no sé qué tiene que hacer en tus asuntos, está en ello. Me contó que los bomberos lo están investigando con el del seguro; parece provocado. No lo entiendo, ¿quién iba a querer quemar la empresa? ¡Si no tienes enemigos! —Carlos miró hacia la ventana taciturno—. Salvo la bruja de la *señora Antonia...* ¿No habrá sido capaz?

—No digas barbaridades, Verónica.

Carlos tenía una idea clara de quién había quemado el local. Solo esperaba que aquello terminara de saldar las deudas pendientes. Cuando retrasó el pago temió que no quedara ahí la cosa, y así había sido a pesar del recargo pagado. Lo había perdido todo. Su empresa, que con tanto empeño había levantado, era siniestro total. Ahora tendría que centrar todos los esfuerzos en Loredana, volver a empezar. Y esperaba no volver a ver jamás a Gerard Lamarc, aunque ello supusiera no recuperar su dinero.

14

Elena se enteró de lo ocurrido por las noticias y dio gracias a la providencia de que en el lugar donde estaba confinada su hija no hubiera televisión; habría sido terrible.

Desde que se llevara a Lucía a Rubielos de Mora, Carlos tan solo había recibido noticias de la niña a través de la escueta información telefónica proporcionada por ella cada viernes. La había arrancado de su lado sin explicación alguna y ahora Carlos podría estar muerto. Los detalles emitidos no lo aclaraban y ella mantenía en su retina la imagen de un Carlos ennegrecido e inconsciente. El remordimiento la estranguló y el sabor agrio de la preocupación llenó su boca como si ella misma estuviera invadida de un humo asfixiante. Se sintió mal, vacía, y por un momento dudó si no seguiría queriéndolo. No había vuelto a pensar en él con afecto desde hacía mucho tiempo, pero la sola idea de que pudiera haber perecido en aquel incendio llenó sus ojos de lágrimas incomprensibles. En un esfuerzo por serenarse razonó: si hubiera pasado algo irremediable alguien la habría avisado. No tuvo duda viendo la dantesca imagen de los restos de Company's —e ignorante como era de la nueva trayectoria de su ex marido en Loredana— de que Carlos lo había perdido todo. Ella mejor que nadie sabía lo que aquella empresa había supuesto para él, incluso para ella antes de que sus ilusiones estallaran como loza contra el suelo. Necesitaba abrazarse a su hija pero su intransigencia se volvía ahora contra ella, estaba sola.

Ir a verlo, eso es lo que necesitaba, pero no sabía si era bueno para nadie. Ella, a quien la certeza marcaba sus pasos, se debatía ahora entre lo apropiado y la necesidad que exprimía su conciencia. Si se encontraba con aquella mujer en el hospital su educación no sería suficiente para evitar una escena de la que acabaría por arrepentirse.

Llamó a Boro, su bisagra con Carlos, pero tampoco él la sacó del marasmo emocional. Solo acertó a expresar que, dadas las circunstancias —y con ello se refería al «secuestro» de Lucía—, sería mejor que no apareciera por el hospital porque Carlos estaba muy dolido.

Al final se conformó con llamarlo para interesarse por su estado y matar las hormigas que recorrían su cuerpo sin cesar.

—Gracias por tu interés —fue la respuesta áspera de Carlos, cargada de retintín.

—¿Y se sabe cómo ha ocurrido?

Se hizo un breve silencio. Carlos tuvo un oportuno acceso de tos. Elena desconocía la aparición de su padre y las consecuencias que había acarreado.

—Solo saben... que ha sido... provocado. Lo están investigando.

—¿Y el seguro?

—En principio me lo debería cubrir, pero tendrán que descartar que lo haya provocado yo.

—¡Pero si casi mueres en el incendio! —Se hizo un silencio por parte de los dos ante la sentida exclamación de Elena, hasta que reaccionó—. Si puedo ayudarte en algo... del negocio, claro —terminó, volviendo a un tono más impersonal—, me lo dices.

—No te preocupes. Había empezado algo nuevo hace poco.

—¿Ah, sí?

Carlos carraspeó. No le había comentado a Elena lo de Loredana no sabía muy bien por qué, y al parecer Boro tampoco le había contado nada.

—Sí, le diré a Boro que te facilite mi nuevo teléfono por si necesitas contactar conmigo en el trabajo —fue toda su explicación—. Elena, estoy fatigado —cortó—. ¿Cómo está Lucía? —preguntó con tristeza.

Las hormigas volvieron a recorrer el estómago de Elena.

—Yo... Bueno... Siento lo de la niña. Es temporal, te lo aseguro —se justificó—. Es hasta que... hasta que... hasta que esté todo solucionado. Pero si quieres, yo podría —Elena dudaba—, bueno... traerla, aunque está casi acabando el curso.

—Elena, me lo has hecho pasar muy mal. —Una ligera tos acompañó su reproche—. Me has tratado como a un delincuente y yo nunca haría nada contra Lucía. —Era la primera vez que hablaba con Elena desde una posición de ventaja psicológica—. Ahora... no me encuentro bien, tengo los pulmones muy afectados... —forzó la respiración—, me cuesta hablar y no sé cuándo estaré en condiciones... de hacer vida normal; no creo que pueda verla... en unas semanas. —En ese momento entró Verónica en la habitación—. Tal vez lo mejor será que acabe el colegio donde quiera que esté.

Elena tragó saliva. La garra opresora del remordimiento atenazaba las palabras en su pecho. ¿Cómo había sido capaz de separar a la niña de su padre de esa forma?

—Bueno... Sí, que termine las clases y la traeré de vuelta. Para entonces, si estás mejor y quieres, puedes llevártela sin esperar a agosto y así la ves antes. —Según fijaba el convenio regulador, Carlos disfrutaría en agosto de quince días con su hija—. Claro, eso si a ti te va bien, no quiero meterme en tus planes.

—Déjame que lo mire. Después de este desastre mi vida va a cambiar mucho. No creo que pueda irme de vacaciones.

Verónica saltó.

—¿Cómo que no nos vamos de vacaciones? ¡Me lo habías prometido! ¿Qué estás hablando con la *señora Antonia*? —La chillona voz de Verónica traspasó el auricular cayendo como un pozal de hielo sobre las buenas intenciones de Elena.

—Ya veo —las hormigas se habían congelado; la Elena de siempre había vuelto—, no estás solo. No es momento para decidir nada, ya me llamarás.

—Sí, te llamaré —los ojos de Carlos se clavaron en los de Verónica, también furibunda.

La despedida fue tan fría como siempre, las aguas volviendo al cauce que las circunstancias habían desbordado.

Nada pudo averiguar el seguro respecto a la autoría del incendio. La investigación concluyó exculpando a Carlos de responsabilidad: el seguro pagaría. La fábrica era un páramo, un solar poblado de cenizas de algodón y tergal imposible de recomponer. Por suerte quedaba Loredana; necesitaba muchos cambios, pero ponerlos en marcha sería más rápido y rentable que resucitar el incinerado negocio de confección infantil. A pesar del disgusto inicial, el fuego estaba limpiando los restos de un tiempo que prefería olvidar. Company's era un vínculo que aún le unía aunque fuera moralmente a Elena, y de ella solo quería conservar a Lucía.

No se supo nada más de los Gaytán. Carlos no albergaba ninguna duda sobre su intervención en el incendio, era la forma de demostrar que a ellos no les toreaban. Pero se cuidó de decírselo a nadie. Tan solo Boro, y, por supuesto, el desaparecido Gerard, supieron la verdad.

Volver a pensar en su suegro comprimió sus pulmones casi tanto como el humo. Le había estafado como a tantos otros, era su naturaleza. No llamó para saber cómo estaba, ni cuáles habían sido los daños. Esperaba no volver a encontrárselo jamás.

A pesar de la generosa propuesta de Elena y de sus ganas de ver a Lucía, no fue posible tomarse vacaciones hasta la última semana de julio. De haberlo hecho se habría pasado la quincena enfrascado en el trabajo sin compartir apenas tiempo con la niña. Se moría por verla, como si hubieran pasado años desde que desapareció, pero la realidad mandaba.

Elena accedió, no se pudo negar. Ella tenía derecho preferente para elegir quincena vacacional, pero dadas las circunstancias prefirió amoldarse a la necesidad de Carlos. Serían sus primeras vacaciones separadas en seis años, los que tenía Lucía, y le aterraba pensarlo. En esa época ella tenía mucho trabajo y le ayudaría a superar la ausencia, se consoló. Carlos propuso recogerla esa semana de julio, una después de su vuelta de Rubielos, para llevársela al apartamento de Benidorm.

Cuando colgó el teléfono, la punzada de rencor, asociada a la mención de los bienes adquiridos durante su vida en común, se avivó. Si era justa, en las fechas en que compraron el apartamento Carlos ya aportaba casi tanto como ella, pero al menos la mitad era moralmente suyo y por su trabajada estupidez lo había perdido. Su mente voló hasta el piso diecisiete de la Torre Coblanca y sus puños se apretaron. Recordó el edificio de cemento blanco alegrado por brillantes toldos amarillos que podía ser visto desde cualquier rincón de la playa. Lo había decorado con tanto esmero... Su consuelo fue el de siempre: el día de mañana todo sería para su hija. Lo hecho, hecho estaba, y lo importante no era ella sino Lucía. Eso se decía sin convicción ninguna.

La partida de la niña se le hizo insoportable. Por más que intentó mentalizarse algo en su interior se revolvía y gritaba con la misma fuerza con que se habría resistido a que le arrancaran un brazo. Elena sentía a diario una soledad infinita que paliaba enfrascándose en horas de trabajo y con la presencia de su hija, aunque con frecuencia la irritara. Pero las voces y reproches domésticos eran preferibles al vacío que resonaba como el eco en las paredes de su casa cuando no estaba. Durante el tiempo que la niña permaneció en Rubielos de Mora tampoco ella la había visto más que los fines de semana.

Carlos era la cara de la moneda. Después de más de tres dolorosos meses de súplicas y de un incomprensible aislamiento en un lugar desconocido, iba a poder disfrutar de su hija quince días. Era un sueño, pero a la vez le daba miedo, como le comentó a Boro. ¿Cómo se las iban a apañar los dos solos? Verónica tendría que quedarse en casa, por nada del mundo se arriesgaría a perder su derecho de visitas.

El día en que fue a recogerla, reventaba de felicidad. Como siempre, fue la chica quien bajó a la niña.

—¡Papaaaaá! —gritó Lucía corriendo a colgarse de su cuello.

Carlos no pudo articular palabra. Las lágrimas aparecieron con rapidez en su lagrimal y un amargo escozor se posó en el fondo de su paladar, como si volviera a abrasarse. Se limitó a levantarla como una pluma y a abrazarla con fuerza.

—Buenos días, Adelaida. ¡Qué día nos ha salido! —consiguió decir controlando sus emociones ante la adusta mirada de la mujer.

—Buenos días, don Carlos. Sí que hace buen día, sí —Adelaida, acostumbrada a aquellos intercambios, los seguía con indiferencia—. Aquí tiene la maleta de la niña. Recuerde, no puede tomar fritos, que le sientan mal. Su madre me ha dicho que le diga que respete los horarios de comidas y sueño.

—Parece que no sea su padre. Me lo sé de memoria, Adelaida —canturreó con una mueca divertida—. ¿Cuántas veces me ha repetido lo mismo?

—Lo de los horarios yo no se lo había dicho nunca —le contestó con sequedad arqueando sus cejas espesas; le tendió la bolsa de equipaje y manteniendo la mirada, añadió—: y a los hombres hay que explicarles esas cosas.

Adelaida, castellana vieja, no tenía pelos en la lengua. Hacía tiempo que había dejado atrás los cincuenta años y servía desde niña, lo que la había dotado de un rostro surcado de vivencias, como un marino curtido en las aguas de la vida. Aun así, el gesto duro y los pliegues de su cara no ocultaban la belleza que sin duda aquel rostro reflejó en otro tiempo. La candela de sus ojos felinos y un cabello corto y cobrizo —por obra del peluquero al que no faltaba cada semana— neutralizaban los estragos del tiempo.

Abandonó su pueblo con catorce inviernos para trabajar, siempre como interna por no poder pagarse un alojamiento, pero había salido adelante sin problemas. Era fuerte, la faena no la asustaba.

La casa de Elena era la más rara en la que le había tocado trabajar, pero el sueldo era bueno, la casa luminosa y bonita, la trataban con respeto y no daban mucho quehacer; eran solo madre e hija. Una casa sin hombres era una bendición, solía decir. Después de haber estado en el campo, con cinco y seis niños, aquello era un balneario. Los problemas que la señora tuviera con su ex marido no la incumbían, aunque el aire de la casa costaba de respirar.

—Pues si lo tiene todo claro, yo me subo, que tengo faena —fue su despedida alisando su uniforme—. Un beso, niña.

—¡Un besito, Adelaida!

Lucía corrió al coche de su padre, también con la ilusión reflejada en el rostro. Muchas veces le había preguntado a su madre la razón de aquel extraño viaje y solo obtuvo originales evasivas. En cuanto tuvo oportunidad trató de aclarar las dudas.

—¿Por qué has estado tanto tiempo de viaje? Te he echado mucho de menos.

—¿Eso es lo que te ha dicho tu madre? ¿Que me he ido de viaje? —Golpeó el volante furioso—. ¡Lo que me faltaba!

Lucía dio un respingo y enmudeció. Tras un incómodo silencio trató de arreglarlo.

—Mamá no me dijo nada, pero lo pensé yo. Como no fuiste a verme.

Carlos reflexionó. Tampoco él sabía el porqué de aquella absurda desaparición, salvo lo que Boro le había insinuado.

—Cosas de tu madre... —suspiró—. No me dijo dónde estabas. Pero ahora ya estás conmigo y verás qué quince días nos vamos a pasar. Van a venir tus primos.

—¿Mis primos? —ignoraba que tuviera primos; ignoraba *qué* era un primo.

—Sí —dirigió una mirada tierna a su hija—. Claro, ni te acordarás de ellos. Eras muy pequeñita la última vez que los viste. Son como tú o un poquito más mayores, son los hijos de mis hermanos.

—¿Chicos? —preguntó recelosa.

—Bueno, sí. Todos menos Alice. Es la hija de mi hermana Lucía y viven en Estados Unidos.

—¿Se llama como yo? —La niña abrió mucho los ojos.

—Efectivamente. Te llamas Lucía por tu tía. ¿No lo sabías? —Carlos sonrió al recordar el follón armado al inscribir a la niña en el Registro Civil con el nombre de Lucía en lugar del acordado, y aprovechó para contarle la anécdota a la niña.

El viaje se hizo largo. El tráfico era pesado y las continuas curvas no facilitaban los adelantamientos. La niña se durmió para tranquilidad de Carlos; se mareaba con facilidad y viajar durmiendo era lo único que evitaba la obligada parada por el camino para salvar al vehículo del desastre. Se despertó cuando paró a repostar en la gasolinera del Rebollar y Carlos redujo la marcha a partir de ahí.

Llegaron sin ningún contratiempo a la hora de comer, y sin descargar el coche compartieron mesa en una cafetería frente a la playa. Cuando terminaron, Carlos cargó los bultos y subieron.

La niña entró corriendo en cuanto su padre empujó la puerta, pero la carrera duró poco. Había toallas por los suelos, vasos sucios en la mesa del saloncito-comedor y la cocina americana se adivinaba empedrada de utensilios sucios por las superficies.

—¿No estamos solos? —preguntó Lucía caminando con cuidado entre toallas y servilletas de papel, tal vez recordando la insistente advertencia de su madre, minutos antes de salir, sobre la presencia de una mujer que podía aparecer en el apartamento y de la que debía informarla cuando hablaran por teléfono.

—Sí, claro, estamos solos —Carlos había enrojecido—, pero tienes razón, esto está hecho un desastre, así que, antes de nada, toca... ¡zafarrancho! Venga, Luci, ayúdame.

Comenzó a recoger seguido por una diligente Lucía, que retiraba lo sucio y lo colocaba al lado de donde su padre lo iba amontonando. Pronto quedó todo despejado aunque con signos evidentes de suciedad, a excepción de la cocina, que estaba mucho peor.

—¡Pues esto está mucho mejor! —Carlos sonrió contento con los brazos en jarras—. Entre los dos no nos ha costado nada.

La pequeña lo miró, repasó las marcas pegajosas por doquier, y volvió a mirar a su padre arrugando su diminuta nariz y meneando la cabeza como veía tantas veces hacer a su madre.

—Ve a tu habitación, guarda las cosas en los cajones y te pones un bañador, que en cuanto estés nos bajamos a la piscina.

—¿No hay digestión? —Su gesto de disgusto mutó a una amplia sonrisa.

—Sí, claro, claro, la digestión —contestó llevándose una mano a la frente—. Primero la digestión.

Así pasaron la primera semana, los dos solos. Pronto se organizó y las cosas fueron encontrando su sitio. La rutina era la misma todos los días. Desayunar en la terraza; ordenar el apartamento lo justo para que Juliana, la mujer del portero, pudiera limpiar; bajar a la playa, jugar en la arena, baño y comida en una de las cafeterías del paseo cuyos platos combinados expuestos en vitrinas eran un reclamo. De ahí subían a dormir la siesta, descubierta por Carlos como la gran solución para hacer esa maldita digestión con tranquilidad y echar él también un sueñecito; y luego bajaban a la piscina hasta que se despedía el sol.

Lucía era un renacuajo; se pasaba el día a remojo, y a pesar de no ser capaz de flotar, buceaba con confianza. Pasaba las horas donde hacía pie, sumergida para rescatar una y otra vez la cadena que su padre siempre llevaba al cuello y de la que colgaba un finísimo crucifijo sobre una pepita de oro sin pulir. Acababa el día rendida y a veces le asaltaba el sueño recostada sobre el velludo pecho de su padre, aferrada a los eslabones de aquella sólida cadena donde hallaba la seguridad que tantas veces le faltaba.

Habían acordado llamar a su madre cada dos días, así que, antes de subir para la siesta, aprovechaban para llamar desde el teléfono público de la cafetería. Elena esperaba impaciente la llamada y la convertía en un interrogatorio implacable. Tenía que saber qué había comido, dónde, a qué hora, si dormía bien, si se esperaba a hacer la digestión y, cómo no, si había alguien más con ellos.

Lucía se retraía temerosa como tantas veces de decir algo indebido. Respondía lo justo, con monosílabos, y el final de la conversación era siempre el mismo:

—Hija... ¿no quieres hablar con mamá?

—Sí quiero, mami —era su lacónica y poco convencida respuesta.

—Tengo que sacártelo todo con sacacorchos —se lamentaba Elena.

—Yo estoy muy bien, mami.

—Me alegro, hija, eso es lo que quiero, que estés bien —sus buenos deseos no ocultaban su pena—. Un beso muy fuerte, mi vida. Te echo mucho de menos.

Así se desarrollaban las conversaciones, con más o menos preguntas, y pocas respuestas. Al colgar, Elena se odiaba por haber desperdiciado la llamada con estúpidos interrogatorios inútiles. Y a la amargura se le unía el miedo. Miedo a perder el cariño de su hija. La oía tan feliz, tan despreocupada... Estaban los dos solos, padre e hija, sin nada más que hacer que divertirse y disfrutar; la estaría malcriando de lo lindo, sin reñirle por nada, hiciera lo que hiciese. Así era fácil ganarse a un niño. Estos pensamientos la atormentaban y los vomitaba cada noche en su diario. Pero no tenía excusa para recogerla y saltarse el plazo marcado en la sentencia. A pesar del calor estival, su corazón sentía frío.

15

Les quedaba una semana de vacaciones, la más divertida. Tal y como Carlos le anticipó a su hija, sus tíos Roberto y Lucía les visitarían con sus respectivas familias. Se iban a juntar un montón de niños y Carlos tendría a la familia reunida, salvo por Carmencita, su otra hermana. Marcada como había estado la vida de Carlos por continuas separaciones de los suyos, evocó su infancia y juventud de desgarro en desgarro y no pudo evitar sonreír ante la perspectiva de compartir unos días con aquellos a quienes tanto quería sin mayor preocupación que cómo pasar las horas. Lucía también sonreía al verlo bailotear por el apartamento y lo imitaba al ritmo de *Borriquito como tú* cantado a voz en grito.

Pero las cosas no iban a ser tan sencillas. Nunca lo eran. Pasada la primera semana de vacaciones, Verónica se subía por las paredes en Valencia y así se lo hizo saber a Carlos en una llamada aliñada a partes iguales de reproches y promesas. Lo convenció para visitarles cuando fuera su familia. Hacía mucho, afirmó, que Lucía no la había visto —lo suficiente para no recordar al hada del juramento juramentado—, y entre tíos y primos podría pasar por un familiar más. A Carlos le faltaron argumentos para negárselo y a ella le sobraron para mantener su posición. A dos días del esperado encuentro familiar el ánimo del feliz padre se gripó como un motor sin lubricante.

El reencuentro entre los hermanos Company fue tan emotivo como cabía esperar. La distancia hacía de amplificador de los sentimientos y cuando conseguían reunirse, se desbordaban gritando en silencio. Los tres se abrazaron, los recuerdos acudiendo a su mente sin necesidad de decir nada.

El encuentro de los niños en cambio fue menos efusivo. Tras contemplar la empalagosa y muda escena protagonizada por sus respectivos padres, los tres niños de Roberto dirigieron su atención con cara de pocos amigos hacia las dos niñas. Alice parecía cohibida a pesar de ser algo mayor que los demás y Lucía... Lucía no podía cerrar la boca y parpadeaba pasmada ante la constatación de lo amplio de su familia paterna. La palabra «primos» se le hacía muy prometedora, a pesar de que la mayoría fueran chicos. En el colegio se llevaba mejor con los niños, las niñas siempre andaban de cuchicheos y risitas cuando ella estaba cerca. A pesar de su entusiasmo, la mirada curiosa de ellos la coartó y no llegó a mover un pie. Alice no se lo pensó y, pasito a pasito, se fue aproximando a Lucía hasta cogerla de la mano y hacer un frente común. Eran dos contra tres mirándose a pocos metros, cada uno de ellos un Gary Cooper a la espera de ver quién disparaba primero. Carlos acudió al rescate.

—¡Pues sí que estamos bien! Vaya cara de susto que tenéis. Esto lo arreglo yo enseguida. En dos minutos os quiero a todos aquí con los bañadores puestos. ¡Venga! —Dio dos palmadas e hizo un gesto con la mano para que desaparecieran.

Como Carlos previó, el agua de la piscina fue el elemento perfecto para derretir el hielo. Pronto estaban los cinco jugando, tirándose agua y haciéndose ahogadillas como si se conocieran desde siempre.

—Tened cuidado, que Luci todavía no sabe nadar.

—¿Nos dejas tu medalla, papi? —gritó Lucía.

—Bueno —aceptó resignado—, pero un día de estos me la vas a perder y le tengo mucho cariño.

Carlos disfrutó viendo a todos sus sobrinos reunidos alrededor de su hija. Había sido providencial que Klaus, el marido de su hermana, tuviera que venir de nuevo ese verano para cerrar la compra de una sociedad y quisiera traer a la familia con él. La sonrisa era la expresión permanente de un Carlos pletórico. Su hija no recordaba haberlo visto con esa luz en el semblante nunca antes de aquel día. Hasta el azul de sus ojos se llenaba de cobalto, lejos del gris que con frecuencia los empañaba.

Roberto y su familia solo estuvieron dos días. Carlos siempre tenía la sensación de que con ellos llegaba la marabunta por mucho que su cuñada y su hermana se multiplicaran en su afán por organizar el cuartelillo en que se había convertido el apartamento; eran demasiados. Su hermano Roberto era consciente de ello. Y además, como le confesó a Carlos con medias palabras, el anuncio de la llegada de Verónica había incomodado a su mujer. No había tratado mucho a su cuñada Elena, pero Pilar era una mujer tradicional, como casi todas en esa época, fiel seguidora de los cursillos de la Sección Femenina, de rodilla tapada y cocina inmaculada y aquella relación extramatrimonial con una mujer de pasado dudoso le producía turbación. Lo mejor era irse y dejar las presentaciones para otra ocasión.

Verónica desembarcó convencida de que estarían allí para recibirla y no fue así.

—¡Quiénes se habrán creído que son para hacerme este desprecio! —rugió cuando Carlos le explicó que se habían ido, a pesar de ponerle una excusa convincente.

—Verónica, no chilles, que te van a oír. —Miró hacia la terraza donde Lucía, sentada en el gran sofá de bambú con su prima Alice, acababa de reparar en la presencia de Verónica—. Tu llegada no ha tenido nada que ver, tenían previsto estar solo un par de días. Ya sabes que tienen tres niños y la verdad es que andábamos un poco justos de espacio.

—¡Demasiao bueno eres tú! Y ahora, ¿qué hago con los regalos?

—Pues sí que es una pena. ¿Los podrás devolver?

—No te preocupes por eso. —Se dejó caer en el sofá con cara de fastidio—. Se me está ocurriendo... que tal vez podríamos ir a verles. ¿Qué te parece? Cuando dejes a la niña, nos podríamos acercar a Onteniente y así se los llevo.

Carlos tragó saliva. No, no era una buena idea, pero tampoco lo era discutirlo allí.

—Bueno, puede ser. A Alice le ha encantado la muñeca. No deberías haberte gastado tanto dinero.

Él no lo recordaba, pero era una de las muestras dejada en Company's tiempo atrás por un representante, por si pudieran hacerle el vestuario. Carlos había obsequiado entonces con otra parecida a su hija, que ahora le explicaba a su prima el funcionamiento del mecanismo que hacía brotar una canción metálica.

—Errr... no te preocupes, no ha sido nada —contestó Verónica viendo pasar a las niña hacia el cuarto que compartían.

Carlos se removió en el sofá y su mirada se posó sucesivamente en las tres puertas que se divisaban desde su posición. Verónica le leyó el pensamiento.

—¿Dónde voy a dormir? —preguntó volviéndose hacia los ojos esquivos de su compañero de sofá.

—Buena pregunta... —Carlos miró las paredes con aprensión, buscando un hueco inexistente. Durante la estancia de Roberto, su hermana Lucía y las niñas habían dormido en una habitación, los dos chicos mayores en el salón y el pequeño con sus padres en la habitación. Ahora su hermana dormía en la habitación que había dejado libre el matrimonio y Lucía en la suya con su prima.

—Con mi hermana podrías dormir aunque la cama es de matrimonio.

—Vamos, que no me quieres contigo...

—No es eso. Sabías los problemas antes de venir y lo que me estoy jugando.

—Pero si Luci se va a dormir muy pronto y no se va enterar... —insistió.

—Bueno, cuando llegue el momento ya decidiremos, ¿te parece?

No tuvieron demasiados problemas. Lucía estaba disfrutando de aquellos días de playa, sol, juegos y risas, y no le interesó nada más. Ni se preguntó dónde dormía aquella jovencita que parecía una más de la familia. Pocas veces se había sentido tan libre. El mundo era más amplio allí, aunque se redujera a la playa frente al apartamento y a la piscina detrás de él. Su prima Alice, más pausada, la observaba divertida entrar y salir de la piscina, embadurnarse de arena hasta las orejas o correr por el césped. Sí, estaba siendo un verano perfecto, pero llegaba a su fin.

Dos días antes de terminar la quincena llegó Klaus para recoger a su mujer y a su hija Alice. Querían pasar un par de días en Valencia para ver a sus antiguos amigos. A pesar de la distancia, la pluma y el papel se habían convertido en sus aliados para mantener los lazos de afecto con ellos.

Carlos le sugirió a Verónica marcharse con ellos. Habían alquilado un coche grande y de esa forma ella no tendría que volver en autobús. No lo dijo, pero ni se le ocurría que volviera con él y con Lucía en el coche. Era la solución perfecta.

—Si me voy con ellos tendré que hacerme la maleta ya —comentó fastidiada—. Pensaba quedarme hasta el final y volver con vosotros. Aquí se está de cojones.

Carlos la miró con el ceño fruncido.

—No puede ser, Verónica —zanjó poniéndose en pie—. Es mejor así.

—Vamos —le rogó sujetándole una mano—, solo me queda esta tarde...

La hermana de Carlos salió para devolverle las toallas y al tropezar con la tensión que flotaba regresó a su cuarto.

—Err... Sí, ya lo sé, cariño, pero sabes que es imposible —A los claros ojos de Carlos asomaba ahora una súplica.

—¡Pues me bajo a tomar el sol, a ver si aprovecho lo poco que me queda! —contestó enfadada—. La verdad, no sé para qué he venido. Nadie me quiere aquí ¡ni pa follar! —Dio media vuelta, agarró su toalla y salió dando un portazo.

Luci, que hasta ese momento dormía su «siesta de la digestión» apareció sobresaltada por el portazo con los pelos revueltos y descalza.

—¿Qué pasa, papi? —preguntó alarmada—. Creí que te habías ido.

—¿Pero qué dices, boba? ¿Adónde iba a ir yo sin mi niña?

Lucía le saltó al cuello. Le encantaba esa sensación de ascender en el aire como si volara, aunque siempre durara poco. No valía la pena explicarle a su padre que eran demasiadas las veces que se iba sin una fecha clara en el horizonte para volver a verle. Lo importante es que seguía allí, levantándola en volandas.

—Ya he hecho la digestión, ¿a que sí? ¿Podemos bajar?

—¡Pues claro! No te dejes el flotador, que luego quieres irte a lo hondo y todavía no te aguantas sola por mucho rato.

—Voy a decírselo a Alice.

—Me dijo tu tía que esta tarde no iba a bajar. Le duele un oído y como se van mañana es mejor no abusar del agua. Si no se ha despertado, déjala dormir.

—¡Jooooo! Pero yo quiero que baje, que luego se irá y no sé cuándo volveré a verla.

A la pequeña Lucía esa era una de las cosas que más le reventaba de su familia. La sensación de volatilidad de todos sus miembros. Nadie se quedaba a su lado para siempre, turnándose como si hicieran relevos. Nunca hasta ese verano había visto a tantos parientes juntos, pero ahora se desvanecían tal y como llegaron. Como aquel misterioso abuelo. Ella también quería dar un portazo.

Carlos se quedó pensativo, triste. Él era aún más consciente si cabe de la precariedad familiar; tal vez pasaran años antes de repetir un casi pleno como el de aquel verano. Se le hizo un nudo en la garganta. Conocía bien la sensación que su hija tenía. Él la había pasado cada vez que los cuatro hermanos se habían visto desperdigados. Apartó aquellos pensamientos y se propuso disfrutar hasta del último segundo.

Bajaron a la piscina y enseguida localizaron a Verónica. No estaba sola. Un joven charlaba con ella. Al percatarse de su presencia, Verónica explotó en risas, como si estuvieran contándole lo más divertido jamás oído.

—Mira, papá. Allí está la... ¿prima Vero? —Lo miró dubitativa—. ¿Qué es, la prima o la tía Vero? No me aclaro.

Carlos carraspeó.

—En realidad es una amiga de la tía Lucía, es como si fuera de la familia. No la tienes que llamar de ninguna forma —Carlos seguía mirando a Verónica con el ceño fruncido y los ojos entornados; observó unos segundos a derecha e izquierda y a pesar del sol inmisericorde, limpio de nubes, su cara se ensombreció. Los que le conocían de toda la vida ya sabían que su matrimonio estaba liquidado y a nadie le había extrañado después de presenciar la dura convivencia entre ambos en veranos anteriores. Pero de ahí a verle con otra, era muy diferente. Hasta esa tarde habían bajado a la piscina todos revueltos y la presencia de Verónica no había supuesto un problema. Era una más en aquel batiburrillo familiar. Pero la escena que estaba montando no iba a quedar en el anonimato y algunos de los presentes eran vecinos de Valencia.

—Dame la toalla, Luci. ¡Hale, al agua patos!

Le dio una palmada en su bañador azul marino y la niña salió corriendo sujetando con las dos manos los laterales de su diminuto flotador rojo. Se tiró a lo hondo con la misma decisión que un paracaidista. Flotador y niña se sumergieron unos segundos para resurgir como impulsados desde el fondo. Lucía, con la cara tapada por las greñas de su pelo mojado, reía y resoplaba para liberarse de los restos de agua que jugaban en su nariz.

—¡¿Me has visto, papi?! ¡¿Me has visto?! —Salió de la piscina a la misma velocidad que había entrado, se quitó el flotador, lo lanzó a una cierta distancia y repitió la carrera para saltar desde el borde y colarse en el centro del aro a la vez que gritaba a su padre—. ¡Mira, papá, mira cómo salto al flotador!

Pero su padre no miraba. Se había dirigido con paso lento pero firme hacia donde Verónica continuaba su divertida charla con aquel joven.

Tras el saludo de Carlos, las risas cesaron. Hablaron durante unos minutos ante una Verónica satisfecha, y el joven ahuecó el ala despidiéndose con torpes reverencias.

—¿Qué pasa? ¿No sabes comportarte? —Le dio la mano para que se levantara de la hamaca—. Parece mentira el poco conocimiento que tienes. Vamos a ponernos más cerca del borde, anda, que desde aquí no veo a Luci.

Verónica lo siguió con gestos de protesta, pero Carlos prefirió cambiar de tema y no prestar atención al desagrado que su compañera no disimulaba mientras extendía la toalla al lado de la suya. Miró a Lucía saltando en su flotador y resopló.

—Me voy a dar un chapuzón con Luci —fue todo lo que le dijo.

Verónica ni contestó. Odiaba el agua y no sabía nadar. Prefería tumbarse al sol y ponerse morena. Pero ya estaba negra, por fuera y por dentro. Observó a Carlos. La expresión de felicidad era envidiable. Jugaba como si fuera un niño pequeño y la niña se movía a su alrededor con evidente admiración. Él arrojaba la medalla y ella la recogía una y otra vez, en la zona en que Carlos hacía pie y Lucía a duras penas tocaba el fondo, agarrándose a su padre para evitar hundirse cuando no podía mantenerse a flote. Estuvieron así casi media hora, una eternidad para una Verónica que los miraba entre aburrida y envidiosa.

—Ya era hora —renegó cuando por fin él se tumbó a su lado—. Te vas a arrugar como una pasa. Y la niña no digamos. Debería salir ya del agua, se le está volviendo blanco el bañador de tanto cloro.

—No seas aguafiestas. Nos quedan solo dos días de disfrutar, es normal que queramos aprovecharlos. Después no volveré a verla hasta dentro de veinte días.

—Y yo me voy mañana.

—Pero pasado volveremos a estar juntos, como siempre. Además, serán quince días para nosotros solos.

—Tienes razón... Lo siento. A veces se me hace muy dura esta situación. Tener que disimular, no poder acercarme... —Le cogió la mano y Carlos se desasió con suavidad.

—Lo sé, mi vida —contemporizó—, pero no podemos hacer otra cosa.

Lucía seguía en el agua y había vuelto a uno de sus juegos favoritos, el lanzamiento de flotador y salto al centro. Le encantaba. Sobre todo si su padre era testigo de sus evoluciones.

Carlos cogió el periódico del día. Oyó la voz de su hija reclamar su atención y apartó ligeramente las hojas para ver su salto.

—¡Muy bien! ¡Estás hecha una campeona! —gritó antes de volver a la lectura.

Lucía siguió insistiendo ante el hartazgo de Verónica. Parecía que no se cansaba nunca. Cogió impulso de nuevo y saltó en el centro de su flotador pero esta vez sus brazos se mantuvieron estirados demasiado tiempo y, tras acertar en la diana, su delgado cuerpo atravesó por completo el agujero del flotador y continuó sumergiéndose hacia el fondo de la piscina. Intentó bajar sus brazos para asirlo, pero ya era tarde. El brillante aro encarnado permanecía a cierta distancia sobre su cabeza, meciéndose en el azul del agua.

Verónica era la única que seguía las evoluciones de Lucía. Su respiración se paró. Si tuvo el impulso de gritar, no lo hizo. Carlos, entretenido con el periódico, no se había dado cuenta. Verónica lo miró de soslayo y oteó a su alrededor con la respiración desbocada. El tranquilo ambiente que les rodeaba no daba señal alguna de alteración. Nadie más lo había visto.

Lucía se mantenía buceando bajo su flotador con movimientos lentos y pausados. Lo veía allí arriba brillando al sol, como tantas otras veces en sus inmersiones voluntarias y aguantó buceando tranquila como cuando jugaba donde hacía pie. Siempre saltaba a la piscina tomando bastante aire y así se mantuvo cerca del fondo, lo había hecho muchas veces buscando la medalla de su padre.

Pero comenzó a faltarle el aire e intentó dar una patada con el pie en el suelo para impulsarse. No tuvo fuerza suficiente para alcanzar la superficie y volvió a descender.

El brillante círculo rojo seguía a la deriva cerca del borde de la piscina. Era una hora poco concurrida, y los pocos que estaban seguían sin percatarse de lo sucedido pasados unos veinte segundos desde de la inmersión.

Lucía, confinada bajo el agua, se movía descoordinada intentando subir, pero nunca había buceado tanto rato. Una desagradable sensación de ahogo la invadió. Su aire se agotaba y no encontraba forma alguna de ascender.

Carlos, absorbido por el periódico, no prestó mucha atención cuando Verónica se levantó.

—Me subo. Tengo que cerrar la maleta para mañana. No te muevas, cariño. —No se agachó a darle un beso. Se limitó a recoger su toalla—. Nos vemos luego.

Tomó rumbo a las escaleras sin apresurarse y sin mirar atrás. Se cruzó con un vecino que bajaba. Lo saludó.

Sobre la cabeza de Lucía el sol brillaba demasiado lejos y nada se movía más allá de sus brazos y piernas. El pecho se contrajo, los movimientos se aceleraron y con ello el poco oxígeno que aún quedaba en sus pulmones se agotó. Comenzó a tragar agua. A los seis años la muerte no es un peligro conocido, no es algo cercano. Hasta ese momento la ignorancia la había mantenido tranquila, prolongando un juego convertido en un reto, en una proeza. Pero ahora el miedo nadaba en ella.

Carlos pasó la página del periódico con un gesto mecánico. Lo bajó hasta la altura de la nariz, cada mano sujetando un lado; lo cerró para pasar la página, y volvió a abrirlo de nuevo dando paso a los deportes. Comenzaba a subirlo de nuevo a la altura de los ojos cuando algo llamó su atención. Lucía no estaba.

Hacía un rato que no la oía. Barrió la piscina con la vista y divisó la mancha roja que flotaba a la deriva.

—¡¡¡Lucía!!! —El grito rasgó la calma de la tarde, e impulsado por una catapulta invisible Carlos fue corriendo al lado de la piscina en que flotaba el pequeño aro para lanzarse al agua; al fondo se divisaba una mancha azul marino que se agitaba.

La cogió del pelo sin pensarlo y tiró hacia arriba. El sueño de los que sesteaban a aquellas horas se había roto en pedazos y acudieron todos al borde de la piscina.

En dos segundos Carlos estaba en la superficie con Lucía tosiendo de forma aparatosa y escupiendo agua. La sacó y la sentó en el borde de la piscina. La niña apenas vio la zambullida de su padre. Justo en el momento en que el agua comenzaba a apoderarse de su cuerpo notó cómo tiraban de ella hacia arriba con fuerza.

Carlos la sentó en el bordillo, salió de un salto, la cogió en brazos y sin poder evitarlo comenzó a sollozar.

—¿Estás bien, mi vida? ¡Mírame! ¿Estás bien? —No paraba de apartarle el pelo de la cara, mientras la abrazaba, le palmeaba la espalda y le daba besos—. Dios mío, Dios mío... —repetía.

La gente observaba la escena enternecida. Pasados unos minutos Lucía por fin paró de toser y escupir agua.

—Papi —dijo al fin cogiendo aire con fuerza—, estoy bien. No te preocupes. —Acarició la cara de su padre—. No ha pasado nada. Estoy bien —insistió mientras le sujetaba su descompuesta cara con las pequeñas manos—. Salté y me colé, y luego no sabía subir, pero tú me has sacado y estoy bien.

Lucía no había llegado a ser consciente de lo cerca que había tenido la muerte, pero su padre sí.

—Perdóname, hija... —sollozó—, perdóname.

—¡Pero si no es culpa tuya, papi, de verdad! Mírame, estoy bien.

Los dos se abrazaron durante largo rato. Por encima del hombro de su padre, Lucía creyó ver a Verónica agarrada a la barandilla del corredor que rodeaba el edificio. Una señora recia y de baja estatura les acercó la toalla.

—¿Necesitan algo? ¿Quieren que llamemos a un médico?

—No, gracias, parece que estamos todos bien —contestó Carlos con una sonrisa, tratando de recuperar la entereza—. Ya ve, Lucía me da ánimos a mí, está mejor que yo. Menudo susto, hija. —La envolvió en la toalla que amablemente le tendían y la levantó en brazos.

A unos cincuenta metros, desde la barandilla del soportal, Verónica contemplaba la escena con la misma frialdad que el metal donde sus brazos se apoyaban. Había escuchado el grito de Carlos y se quedó a la espera del desenlace. Nadie más la vio observando la escena, y liberada de hacer ningún alarde de cinismo se incorporó y terminó su recorrido hacia la portería.

Lucía divisó su espalda antes de que se la tragara la sombra del edificio.

A Carlos le fue difícil recuperarse del susto. Todos comentaban con horror lo que podría haber pasado si no llega a darse cuenta a tiempo, procurando que Lucía no estuviera presente; la niña parecía haberlo superado muy bien. Pasada la primera impresión, lo que más le preocupó a Carlos fue que aquello llegara a oídos de Elena. Así que, para variar, Lucía se vio sometida a todo un cursillo de lo que debía o no debía contar a su vuelta a casa. Borró a Verónica, borró la piscina y dejó, tras consultarlo con su padre y varios cambios de opinión, a sus primos y tíos. Al menos algo podría contar, porque a esa edad los silencios se le antojaban ya tan peligrosos como las palabras.

Segunda parte

GUERRA FRÍA

16

Con los años, la rutina se adueñó de las relaciones familiares. Hasta las circunstancias más fuera de la norma terminan por normalizarse con el tiempo y Lucía trazó el cuadro de su situación, asimilada sin llegar a aceptarla. Los únicos familiares «fijos» eran su padre, racionado en porciones de sábado, y su madre, compartida con un trabajo vampírico que la perseguía hasta casa. No volvió a ver a Verónica salvo días sueltos, de verano en verano; apenas consciente de su presencia quedó en el cuadro sin etiqueta familiar, y de sus primos sabía menos que de su abuela. Desde aquel primer verano tras la sentencia de separación no había vuelto a verlos, como su padre temió.

Por ello, la primavera de 1973 iba a ser muy especial. Se acercaba el momento de tomar la Primera Comunión y era la ocasión perfecta para juntar a toda la familia. La suya no era como las demás, pero para una ocasión así tendría que serlo.

Durante el verano Elena comentó el tema con la madre de Piluca, una de las amigas de su hija. Las dos iban a tomarla en el colegio el mismo día y, ante el temor de que la celebración de Lucía fuera más parecida a un funeral que a una fiesta, sugirió que la hicieran juntas. Las amigas eran comunes y hacerla por separado las obligaría a elegir entre ir a la de Piluca o la de Lucía. Elena no confiaba en que la decisión de los padres beneficiara a su hija sabiendo lo que muchos opinaban de su situación.

Por fortuna, a los Torrent les pareció una gran idea y no tardaron en acordar el lugar para el convite y cómo dividir los gastos. Aun así, la tradicional celebración encarada por cualquier familia con alegría y suma normalidad, para Elena se presentaba como un nuevo motivo de agobio, de sinsabores. Lo que en la mente de la niña era causa de alegría, se convirtió en un proyecto de Vía Crucis para su madre.

Todos los ausentes de su original familia desfilaron mientras con papel y bolígrafo completaba la lista de invitados sentada en la salita. Su padre vivía en la ciudad junto a la enfermera con la que parecía haber sentado la cabeza. También le llegó el rumor de que estuvo trabajando para Carlos hasta que la empresa ardió. Su padre era mefítico y eso, sumado al hecho de que Carlos no se lo hubiera mencionado, le hacían sospechar su influencia en el incidente, aunque no se atrevió a preguntarlo y le costaba entender cómo habían llegado a unirse. Salvo eso, nada más sabía de él ni él había hecho nada por ponerse en contacto con ella. No tuvo dudas sobre si invitarlo o no: no lo haría. Ella no quería verlo, su hija no lo conocía —o al menos eso creía— y su madre no lo consentiría; desde que la abandonó no habían vuelto a hablarse, aunque seguían legalmente casados. Trató de ahuyentar el pasado encendiendo un cigarrillo.

El siguiente fue su hermano Gerard, extirpado de su vida cinco años atrás. El bolígrafo se apoyó y despegó del papel en repetidas ocasiones. Tal vez fuera el momento de limar asperezas. No ignoraba que en lo profesional le iba bien, y en lo familiar, mejor. Según sabía por su madre, había tenido tres hijos, la niña tendría tres años y los gemelos debían de estar empezando a andar. Reflexionó, no los conocía, ni la habían llamado para comunicárselo, ni fueron invitadas a ninguno de los bautizos. Sus mejillas se encendieron y el boli huyó del papel. Retrocedió en el tiempo hasta el origen del distanciamiento y recordar lo sucedido no le hizo ningún bien, fue como licuar un veneno fosilizado. Un ramalazo de orgullo la sacudió. Se había jurado no volver a verlo mientras no le pidiera perdón y lo cumpliría. Cuando lo necesitó él le dio la espalda. Y ahora ella no necesitaba a nadie y su hija tampoco. Apuró su cigarrillo con fuerza. Si Lucía no había conocido antes a sus primos, no pasaría nada porque siguiera sin conocerlos.

Estaba resultando muy amargo repasar su lista familiar; demasiados recuerdos y casi ninguno bueno. No, no eran las típicas preocupaciones del traje o el menú.

No le costó mucho más terminar. Su madre y sus tíos con sus hijos, dos o tres matrimonios, sus amigas «las viudas» y las amigas del colegio. Su vida social se había estancado años atrás.

Lucía se acercó a ver la lista y frunció el morro:

—¿Ya está? —preguntó decepcionada.

—No, aún tengo que hablar con tu padre.

—Faltan los primos de Onteniente y Alice —recordaba con cariño aquel verano en que descubrió que tenía primos— y el abuelo Gerard.

Elena levantó la cabeza del papel como si le hubieran dado un gancho en la mandíbula.

—¿Conoces a tu abuelo Gerard? —Para Elena todos los parientes pertenecían a Lucía, nunca eran nada suyo.

—Bueno, hace mucho que no lo veo —dio un pasito atrás mirando a ambos lados como si buscara una salida—. Antes de irme a Rubielos lo vi varios sábados en la fábrica de papá, pero ya no está. Yo creía que estaba muerto, por lo que siempre decía la abuela, pero no.

Elena arrugó ligeramente el papel al crisparse sus dedos.

—¿Y sabes qué hacía allí?

—Reuniones, siempre estaba de reunión con papá y luego se iba.

—Ya... ¿y por qué no me lo habías dicho hasta ahora?

Lucía mantenía los ojos muy abiertos y los labios apretados hacia dentro como si se los fuera a tragar.

—No lo sé, no se me ocurrió. Casi no lo veía. —Bajó la cabeza y su madre le hizo una seña para que se sentara a su lado—. Es tu papá, ¿verdad? Yo no le gustaba, es un señor muy raro y sus amigos también. Tú tampoco ves a tu papá —reflexionó extrañada.

A partir de ahí la madeja que acababa de deshilar Lucía comenzó a liarse. Como en las cerezas, cada vez que Elena estiraba de una información salían dos o tres más, con cierta dificultad, pero salían. Lucía no era consciente del peligro corrido, pero

Elena lo vio con claridad. Una nueva hazaña de su querido padre en la que no dudaba que los Gaytán anduvieran metidos. También ella soportó las preguntas curiosas de una niña despierta que necesitaba entender por qué nadie se hablaba en aquella familia. Elena no entró en detalles, pero quedó claro que su abuelo era persona *non grata* y que de todo lo hablado, como de costumbre, ni una palabra a su abuela cuando la viera.

Solo restaba hablar con Carlos. El pasado podía evitar que volviera, pero Carlos seguía siendo el presente, el padre de su hija. Hablar con él requeriría una dosis extra de tabaco, y más sabiendo lo que ahora sabía sobre su padre y la búsqueda de un perro con un desconocido amigo del abuelo. Un reproche más hacia Carlos que con el paso del tiempo se había relajado en el cumplimiento de las obligaciones familiares. Tratar el tema de la Comunión no iba a ser fácil.

El cierre legal de Company's tras el siniestro fue complicado y caro a pesar del dinero del seguro, y la solvencia de Carlos obtenida de la venta del piso se esfumó en unas bolsas de viaje en la estación del Norte. La línea de bolsos y zapatos tradicionales de la firma Loredana se mantenía, pero la crisis hizo mella en la colección de moda de mujer y ya no contaba con la de moda infantil para aguantar, que era lo previsto. El retorno de la inversión no era el esperado y su liquidez tampoco.

Los ajustes económicos afectaron a la vida cotidiana y a la convivencia. Verónica, acostumbrada a gastar sin mesura, no aceptó los recortes de buen grado y mucho menos que parte de los menguados ingresos fueran a parar a Elena. La relación cargaba con dos cruces: una semanal, cada sábado, cuando Carlos recogía a su hija ante las protestas de su compañera; y otra mensual, el talón pagado a su ex mujer en concepto de pensión por alimentos.

Verónica soportaba cada vez peor quedarse a un lado en esas salidas e insistía en ir o en acortar su duración. Lo mismo ocurría con el pago de la pensión. Aquella voz diaria repitiéndole a Carlos que no tenía por qué pagar, como la gota constante de un grifo mal cerrado, era un mantra horadando su sentido de la responsabilidad y anestesiando su conciencia.

Así, poco a poco, las salidas de día completo se redujeron hasta media tarde, para acabar siendo una escueta comida juntos, como ocurriera en los primeros años antes de la sentencia. Y aquel talón del mes, que el propio Carlos tanto había insistido en pagar, se retrasaba cada vez más o no llegaba. Elena, que en un principio lo despreció, ahora lo exigía; siguiendo una extraña ley física, cada uno se había desplazado a la posición de su contrario cuando comenzó el proceso de separación.

Elena, ante aquella dejadez, obligaba a Lucía a reclamarle a su padre las cantidades pendientes. De esa forma, con intención o sin ella, además de presionarlo lo afrentaba delante de su hija.

Y con esos antecedentes, ahora el tema a tratar era la futura comunión de la niña. Lucía le había preguntado con miedo si su padre iría, y Elena contestó con un tajante «¡Claro que vendrá! Es tu padre». La siguiente pregunta formulada con los ojos muy abiertos y la preocupación marcando el entrecejo fue si sería su madre quien hablara con él. Elena asintió, esta vez no podía encargárselo a su hija, que respiró aliviada.

La conversación entre ambos fue tensa, como todas, aunque por una vez estuvieron de acuerdo: lo primero era el bien de Lucía y por ella, en un día tan especial, debían estar los dos allí.

Carlos, siguiendo su costumbre, dio un paso al frente:

—Yo me haré cargo del banquete.

—Me parece muy bien. —En la contestación de Elena se dejó traslucir cierto retintín, aunque reprimió la tentación de recordarle que ya era hora de que pagara algo.

—Miraré un sitio donde celebrar el convite...

—No te preocupes —cortó Elena—. Para que fuera más... —no encontraba el término adecuado—, más distendido, hablé este verano con los Torrent y acordamos hacer el convite de las dos niñas juntas. Hemos reservado ya en los Viveros.

—Ah... —se hizo un molesto silencio; el mecanismo del encendedor y una honda calada se escuchó por el auricular—. Y mi opinión, ¿no cuenta para nada?

—¿No te parece bien?

—No es eso —se defendió Carlos—. Es que podías habérmelo consultado antes. ¿Y ya sabes cuánta gente será? Por hacerme una idea, digo.

—Sí. Tengo una pequeña lista. En realidad no muchos. Hemos quedado en que de los mayores pagamos cada familia los nuestros y los niños a medias ya que hay muchos que están invitados por las dos.

—Te diré los que vienen por mi parte —Carlos fue contando por lo bajo.

—¿Cómo? ¿Tus invitados?

—Pues claro. Mi hermano Roberto con mi cuñada y mis sobrinos querrán venir, y más gente, supongo. Tengo que pensarlo.

—Espero que en tu lista no esté el impresentable de mi padre. Ya sé que estáis de colegas y que casi nos cuesta un disgusto.

—¡Pero qué tonterías dices! Hace mucho que no lo veo y mejor así. Desgracia todo lo que toca.

—Eso lo sabías cuando lo metiste en Company's y mira en lo que se ha quedado.

—¿Vas a restregarme que he perdido la empresa mientras organizamos la Comunión? Porque si es así, mejor hablamos en otro momento.

—Sí, mejor dejarlo estar. Da gracias a que no le pasó nada a Lucía.

—¡Que lo dejes, coño! —La agitada respiración de Carlos se oía por el auricular—. Elena, no me hagas responsable de las marrullerías de tu padre porque tú mejor que nadie sabes cómo es. —Respiró hondo sujetando las riendas de la conversación— Y ese tema está zanjado. Espero no volver a verlo, y por tu bien, será mejor que tú tampoco —hizo una pausa más sereno y terminó—: Pienso la lista y te la digo.

—Pásamela lo antes posible para organizar las mesas y contar cuántos somos. —La dureza de su tono era toda una advertencia.

Carlos colgó agotado y todavía le quedaba informar a Verónica, cuya reacción era imprevisible. Llegó a casa con la sensación de venir de un maratón para empezar otro.

—Vero, tengo que hacer una pequeña lista para Elena con la gente que voy a invitar a la Comunión de Lucía.

—¡Qué bien! Yo te ayudo —fue la viva reacción de Verónica—. Venga, apunta: tu hermana Lucía no podrá venir, ¿verdad? Y la otra no lo sé. ¿Cómo se llama...? Ah, sí, Carmencita. Tu hermano Roberto, con Pilar y los tres niños, a ver si así la conozco de una puta vez. Mi madre, mi hermana Carlota y los niños...

Los dedos de Carlos se contrajeron alrededor de la estilográfica.

—Verónica, no creo que eso pueda ser.

—¿No me estarás diciendo que yo, que tu auténtica familia, no va a ser invitada a la Primera Comunión de tu hija?

—No empecemos. Sabes que yo estaría encantado de que fuerais, pero...

—¡Pues no lo entiendo! ¿No dices que vas a pagar tú el convite? ¿Y qué vas a pagar? ¿Lo de los invitados de ella? —Los exaltados gestos de Verónica echaron a Carlos hacia atrás—. Pásale la lista y, si no le gusta ¡que lo pague ella, no te jode!

Al principio se resistió, pero de nuevo el mantra, la gota constante, horadó su resistencia y el argumento se aceptó como lógico. Visto así, ¿por qué no podía invitar a quien le diera la gana si a fin de cuentas lo iba a pagar él? ¿Acaso no era también hija suya? A pesar de esos sólidos razonamientos, una señal de alerta minaba su vehemencia: mejor no poner a Elena sobre aviso. Decidió darle un aséptico número de invitados y nada más. Las incipientes arrugas de su cara envolvieron una mueca de inseguridad.

Cuando habló con Elena, ella tomó nota y no dijo nada. Pero le faltó tiempo para poner nombres a aquellos números vacíos. Como poco, tenía cuatro adultos y tres niños por identificar. Tampoco hacía tanto de la separación, y las amistades no surgían de debajo de las piedras. Allí estaba incluida la familia de aquella mujer, y, por supuesto, la propia Verónica. Cogió el teléfono desbocada pero sujetando sus propias bridas y marcó en el dial el número de su ex marido.

—Carlos —exigió con vehemencia—, necesito la lista de los nombres de tus invitados para el plano de las mesas.

—No te preocupes —titubeó—. Cuando salga del trabajo un día de estos la acerco a Viveros, que me pilla de camino. Ahora no sé dónde la tengo.

—Tú debes de pensar que soy idiota —Elena no pudo sujetar las bridas por más tiempo—, y mira que hemos estado años casados. Te lo voy a preguntar una sola vez. Esa... mujer... —las palabras arañaron el auricular— y su familia, ¿están incluidas?

—«Esa mujer y su familia», como tú las llamas, son *mi* familia —respondió orgulloso.

—Me parece increíble que quieras llevar a esa zorra a la Comunión de tu hija —espetó firme y decidida, sin levantar la voz—. ¡Ni lo sueñes!

—¡No te consiento que la insultes! —Carlos estalló, incapaz de controlar sus emociones.

—No es un insulto —prosiguió ella recuperando altura una vez soltado el lastre—, es una realidad. No es culpa mía que esa fuera su profesión hasta que la retiraste.

La conversación terminó. De un golpe estampó Carlos el auricular contra el suelo. La sangre le hervía y todos los argumentos de Elena avivaban su furia. No cedería.

En todo su razonamiento, ni por un momento le vino el rostro de Lucía a la mente, lo eclipsaba la imagen altiva de Elena destilando un profundo desprecio, tan familiar para él que lo percibía a través del cordón telefónico. Recogió el auricular que había quedado colgando del cable e hizo girar el dial a golpes secos y rápidos.

Elena lo dejó sonar. Seguía con la mano en el auricular desde la interrupción de la comunicación.

Siguió sonando.

Tal vez lo mejor fuera no cogerlo.

Ya eran seis los timbrazos clavados en la sien.

Al décimo levantó el auricular con el firme propósito de convencerle de que, por el bien de la niña, debía acudir, y solo.

—¿Sí?

—Elena —Carlos apretó con fuerza el aparato para contener su ira—, soy yo.

—Ya. Me pareció que me habías dejado con la palabra en la boca...

—Solo llamo para decirte que *esa* es mi lista de invitados, y que no es asunto tuyo quien viene o quien no viene. Yo pago el convite e invito a quien me da la gana, ¿lo tienes claro?

—Ah, pues si es por eso —la voz sonaba más tranquila y serena que antes— te puedes meter el dinero donde te quepa. Carlos, ¿no te das cuenta? No eres tú quien habla, es esa mujer, pero piensa en tu hija, solo en ella —reflexionó con entereza—. Es su día, nuestro día, el de su familia. No elijas la opción equivocada.

Carlos no contestó; Elena esperó unos segundos impaciente. Había sido mucho más comprensiva de lo necesario, pero Carlos no reaccionaba. El silencio devoró su paciencia.

—Tú puedes venir, faltaría más; y tus hermanos, sobrinos y otros amigos. Es lo mínimo que se merece tu hija y le hace muchísima ilusión. Ella misma me lo pidió. Pero no nos vas a avergonzar a todos.

—¡Pues si esa es tu postura —gritó exasperado ante la flema de Elena—, no cuentes conmigo!

—No puedo creer que esa sea tu decisión, aunque sí, claro que puedo, qué tonterías digo. Tú mismo —El dolor se dejó sentir por el auricular—. No sabes el daño que le vas a hacer. Espero que al menos vengas a la ceremonia.

—¡Lo que dices es mentira! Eres tú la que lo manipula todo. Yo quiero ir, ¡pero tú no me dejas!

—Carlos, por Dios, ¿tú me has escuchado? Te lo vuelvo a repetir. —La lentitud en su exposición contrastaba con el estado explosivo de Carlos—. No se trata de ti, ni de mí, se trata de nuestra hija. Nadie te prohíbe venir, lo sabes muy bien; es más, ¡tienes que venir! —insistió—, pagues el convite o no lo pagues, eso es igual, pero ¡no puedes hacerle esto! Venir con ella y su familia... No estás en tu sano juicio. Ya me dirás cómo quedamos para ir al colegio. Si no te importa ahora estoy muy ocupada.

Carlos volvió a colgar de un manotazo. Como desde que se casara con Elena, la conversación había cobrado vida propia modelada por el monstruo del orgullo.

Elena colgó con lentitud el teléfono. ¿Cómo era capaz de darle ese disgusto a su hija? Se encendió un cigarro con la esperanza puesta en que cuando se serenara tomaría la decisión adecuada. Sería muy desagradable compartir mesa con su ex marido, aunque fuera solo, con todos los invitados pendientes de sus gestos, pero por su hija lo hubiera hecho; sabía tragarse sapos del tamaño de un jabalí con la mejor de sus sonrisas. Pero pretender llevar a Verónica rozaba la locura. Ya no le cabía ninguna duda, Carlos había perdido el norte.

17

La fecha se acercaba y la niña vivía en una espiral de emociones. Iba a ser un día muy especial, para ella más que para cualquiera de sus compañeros y no porque fuera más piadosa. Por primera vez en años sus padres iban a estar con ella, los dos. No era capaz de recordar una imagen de ellos juntos, ni siquiera tenía fotos en un marco para imaginar lo que algún día fue una familia como las demás. En su mente era como si esa unión no hubiera existido nunca, algo que su propia existencia desmentía. Cosa rara en ella, estaba parlanchina y optimista, ajena a las discusiones. No perdía ocasión de contar a quien se le pusiera delante cómo su papá y su mamá acudirían ese día al colegio. Los demás la miraban con guasa, sin entender qué tenía aquello de extraordinario.

Elena por una vez prefirió no ser la portadora de las malas noticias, cansada de enfrentamientos con una niña que parecía hacerla responsable del alejamiento de su padre. Ya se encargaría Carlos de explicárselo. Difícil tarea inventar algo que justificara su ausencia de una forma entendible para Lucía. Y escondérselo sería peor.

Y llegó el día. Carlos pasó a recogerlas a las diez. Acudirían a la ceremonia todos juntos, cual familia feliz y normal, y luego se marcharía.

Elena estaba tan nerviosa como Carlos, aunque por distintas razones.

Desde que saliera por última vez del despacho del prelado

que con tanta insistencia le pidió pruebas del adulterio de su marido, no había vuelto a poner los pies en una iglesia. Su fe seguía intacta pero para ella su Dios no estaba entre aquellas paredes, y los que al púlpito se subían parecían tener demasiado de humanos y poco de santos. La sensación era extraña, como de hijo pródigo que después de salir huyendo de la casa de su padre retornaba, aunque no tuviera intención de quedarse.

Y luego estaban las sensaciones provocadas por su encuentro cara a cara con Carlos. Ganas de verle no tenía ningunas, pero sí quería que él la viera, y además que la viera espléndida. Tal vez ya no recordara cómo era la mujer con quien se casó, pero haría lo posible para que sintiera al menos una mínima sensación de fracaso por haberla perdido. El encierro en su castillo la había revestido de una seguridad inexistente durante los años de matrimonio y eso, junto a su belleza, algo de maquillaje y un traje de punto verde esmeralda, le devolvieron una imagen que la hizo sonreír complacida al verse en el espejo de su armario.

Lucía también estrenaba traje. Pero ella se sentía cualquier cosa, menos segura. Le habían encasquetado una capota con entredoses y un volantito alrededor de la cara, de puntilla *encañonada* —que no sabía lo que quería decir pero tenía claro que era una cursilada—, y llevaba un vestido precioso para verlo en la mano, pero con el que se veía ridícula una vez puesto. Sus compañeras también irían de esa guisa, le decían, pero ella era mucho más grande, en ella todo se veía más. No pegaba tanta puntilla. Su madre se deshacía en elogios y no paraba de recriminarle su expresión de pocos amigos:

—Alegra esa cara, mi vida. Si estás preciosa. —La alejó ligeramente para contemplarla mejor—. Seguro que ninguna de tus compañeras lleva un traje como este.

El traje, confeccionado en Lena con la mejor organza de seda natural y puntillas francesas, era un diseño de su madre creado solo para ella. El taller encargado de su confección hacía auténticas filigranas en todo lo de canastilla de bebé y tratándose de la hija de doña Elena, se esmeraron.

La niña se miró de reojo en el gran espejo del recibidor y resopló con fuerza como tratando de ahuyentar aquella imagen amerengada. En algo estaba de acuerdo con su madre: ninguna de sus amigas llevaría nada igual. Renegó lo que pudo argumentando que esa cosa de la cabeza solo se la había visto a niñas de dos años, pero de nada sirvió. Incluso su abuela —su madrina, como seguía insistiendo en que la llamara—, venida desde Madrid, la miraba complacida y eso no era habitual.

—¿Pero es preciso que lleve el capote este? —preguntó en un último intento de deshacerse de la prenda estirando de las tiesas puntillas.

—¿La capota? ¡Pero qué pesada estás! Pues claro. Todas las niñas la llevarán —aseguró su abuela mientras se repasaba los labios en un intenso rojo frente al espejo—. No le des más vueltas.

—Además, mi vida, estás preciosa —aseguró su madre con la voz quebrada—, de verdad.

—Tiene la misma cara de pocos amigos que tú cuando te casaste —sentenció Dolores—. Está visto que lo vuestro no son las ceremonias.

—¡Tú sí que estás guapa, mami! —fue la vehemente contestación de Lucía, inmune a la mirada asesina de su madre hacia Dolores.

Su abuela partió enseguida con sus cuñados venidos desde Murcia, refunfuñando por tener que llevar a Adelaida con ellos. Solo quedaron ellas dos. El telefonillo sonó y dos corazones se aceleraron por la misma razón: no sabían qué sucedería en el momento en que se juntaran los tres.

Carlos descendió del coche muy ceremonioso para abrirles la puerta y ayudar primero a Lucía y luego a Elena. En su cara se dibujaba una mueca indefinida, mezcla de sonrisa y fastidio, hasta que fijó su atención en la que había sido su mujer. Un brillo de admiración acudió a sus ojos. Saludó con torpe cortesía a Elena, quedándose a medio camino entre una interjección y un cumplido. Ella también lo miró. Estaba muy guapo, pero la corbata... era de dolor. ¿Cómo se le ocurría ponerse una corbata a cuadros rojos y azules para esa ceremonia? Parecía hecho adrede para no pasar desapercibido. No hizo ningún comentario, pero le hacía daño a la vista. La mirada de desdén despertó a Carlos de sus ensoñaciones y una vez Elena se acomodó en el coche cerró de un elocuente portazo.

La niña y su vaporoso traje se arrellanaron con dificultad en el asiento posterior extendiéndose la falda como espuma en la bañera. Una sonrisa inabarcable se instaló en su cara, con la mirada fija en las cabezas que se alzaban en los asientos delanteros, pendiente de cada detalle de un día que se prometía largo y dichoso, el día en que sería como los demás, a pesar de la capota. En el colegio los padres de Lucía eran un misterio para sus amigos. A su padre no lo conocía nadie y a su madre muy pocos. No solían ir a su casa aunque ella ni sabía el motivo ni lo preguntaba. Pero ese día podría presumir ante toda la clase, en la que alguno disfrutaba mortificándola con aquello de «no tienes papá» que tanto la enfurecía.

Elena miró a la niña por el retrovisor; sentada en el centro irradiaba una felicidad tan aplastante que la hizo bajar la cabeza. Carlos también miró. Encendió un cigarrillo que casi consumió a la primera calada al ver la ilusión rebosando la cara de su hija. Concentrado en sus pensamientos no vio el semáforo en rojo a tiempo y dio un frenazo.

—¡Carlos! —gritó Elena apoyando ambas manos en el salpicadero con brusquedad.

La capota con la cabeza de Lucía apareció de golpe entre los dos como consecuencia del frenazo, para volver a su lugar de origen con la misma rapidez.

—¿Estás bien? —preguntó un palidecido Carlos.

—Sí, papi, no ha sido nada —contestó entre risas—. Solo el susto.

Elena lo miró enfadada, apretó los labios y no dijo nada. En su lugar, se encendió también un cigarrillo. El aire estaba muy cargado y no solo por el humo.

Carlos prosiguió con la atención fija en la carretera. El colegio estaba fuera de la ciudad y el camino era largo. Cuando llegaron, los jardines eran un hervidero de gente trajeada, niños a la carrera a pesar de sus galones de marineros y niñas desplazándose como si pisaran huevos por mor de aquellos vaporosos trajes. Y para consuelo de Lucía, muchas de ellas con capota.

La ceremonia comenzó. A Lucía, que salía la última, se le hizo eterna la espera hasta que sus compañeros ocuparon su puesto en el improvisado altar montado donde antes había un gimnasio. El pasillo jalonado de flores blancas era largo, interminable; con la mirada buscó las cabezas de sus padres. Fue fácil; entre la altura y la extravagante corbata de su padre no tardó en divisarlos. Durante el recorrido le dio tiempo a fijarse en los codazos y miradas de soslayo que acompañaban su desfile. Enrojeció y se pasó un dedo por el bies que sujetaba la maldita capota a su barbilla, volviendo a juntar las palmas sobre el pecho, como le habían enseñado, antes de llegar al altar.

El acto se desarrolló según lo ensayado y para el momento crucial, los padres tenían que subir a comulgar con sus hijos. Elena se puso en pie.

—Carlos... —rogó Elena con un gesto.

Su ex marido permanecía adherido a la silla. Por fin se levantó y la acompañó hasta situarse a espaldas de Lucía. En el momento en que Carlos comulgó, un murmullo recorrió la improvisada capilla y la niña sonrió satisfecha. Nadie había causado tanta expectación como sus padres.

Las notas del *Aleluya* de Haendel tronaron por unos torpes altavoces poniendo el colofón a la ceremonia. Niños y mayores salieron al patio para echar al vuelo las palomas que durante la misa, en simbólico gesto de paz, le habían dado a cada comulgante. Mientras Lucía corría azuzando a las asustadas aves, ya sin la dichosa capota, Elena se acercó a Carlos:

—¿Cuándo te vas? —preguntó siguiendo con la mirada las carreras de Lucía.

—Os llevaré a Viveros —contestó seco, mirando al frente— y allí me despediré.

—No le has dicho nada todavía.

—¿Cómo quieres que le diga que no me quedo porque su madre no me deja?

—Y vuelta la burra al trigo... Eso es mentira. —En la cara de Elena se mantenía la misma sonrisa de atrezo que llevaba exhibiendo toda la mañana—. Si hubieras querido estar, habrías estado. Aún estás a tiempo, Carlos. Un sitio se improvisa en un momento. —Sacó su paquete de L&M del bolso y le dio un golpe mecánico en la base haciendo saltar un cigarrillo—. Pero me temo que tienes otras prioridades.

—Mejor os espero en el párquing. No tardéis —espetó por toda respuesta.

—Claro, debes tener mucha prisa. ¿Algún compromiso importante? —Ahora sí que lo miraba de frente, la cabeza alta y un reproche clavado en los ojos. Se encendió el cigarrillo y aspiró con la misma intensidad que lo miraba.

—Si te muerdes, te envenenas —Carlos se ajustó la chaqueta y se dirigió hacia el aparcamiento con sus inconfundibles zancadas y la cara del color de la corbata.

—¡Lucía! Despídete de tus amigos, que es hora de irnos. —Buscó desde su posición a su madre y resto de la familia, situados a una prudente distancia de la guerra fría y les hizo un gesto de resignación—. Nosotras nos vamos hacia allá. Nos vemos en Viveros.

La niña, de nuevo en el coche, seguía contemplando a sus padres embelesada. Durante toda la mañana no se había cansado de repetir: «Mira, son *mis papás*», y en ese *mis papás* descansaba un orgullo indisimulado. Casi todos se habían hecho eco de su exhibición, preguntado «¿tus padres?», con lo que ella interpretó como admiración y respeto, e incluso en algún caso incredulidad de aquellos que se burlaban. Durante el camino no paró de hacer comentarios sobre el paisaje, sobre los comentarios recibidos, sobre los regalos... Los nervios y la emoción le soltaron la lengua mientras a los mayores se la mantenían atada.

Llegaron antes de lo deseado. Lucía no habría bajado nunca de aquel habitáculo mágico.

Su madre bajó y le abrió la puerta. Mientras la ayudaba, escrutó a Carlos, que se mantenía aferrado al volante con las dos manos. Lo vio tan estático que se preguntó si sería capaz de largarse sin darle una explicación ni despedirse. Lucía descendió con cuidado de no pisarse la falda y una sonrisa radiante. Cuando estuvo a la altura del conductor, se oyó el «clack» de la puerta al abrirse.

Carlos bajó del coche con la misma lentitud con que lo haría alguien que portara una carga a la vez frágil y pesada.

—Lucía, ven un momento —la llamó en un tono indefinible.

La niña miró a su madre, inquieta, y luego a su padre. Conocía aquellas caras.

—¿Qué pasa? —interrogó con el ceño fruncido y un velo de temor en las pupilas.

Elena solo pudo indicarle con la mano que fuera, tragando las lágrimas que acudían a sus ojos, aún con el ruego a Carlos presente.

Caminó hacia su padre con tanta reticencia que parecía que retrocedía en vez de avanzar, mientras su madre se alejaba reprimiendo el deseo de estar junto a su hija en aquel duro momento.

—Lucía, dame un beso —farfulló un Carlos disminuido y cetrino.

—¿Qué pasa, papá? Venga, vamos, que llegamos tarde —le agarró de la manga y tiró de él en dirección a los Jardines de Viveros.

—Es que yo... no me puedo quedar —Elena meneaba la cabeza con tristeza; él agachó la suya, todo lo hablado colgaba de una soga atada a su cuello.

—Pero... me dijiste que vendrías... —una línea acuosa veló los ojos de la niña para amontonarse en un equilibrio imposible sobre sus pestañas.

—Ya lo sé, pero no puedo quedarme. Ha surgido un problema importante y tengo que salir de viaje. —Su frente se había poblado de gotas de sudor, aunque el sol calentaba lo justo aliviado por una agradable brisa—. Me voy corriendo al aeropuerto o no llegaré al avión. Pero ya ves, sí que he venido —afirmó con una mueca falsa—. Dame un beso.

—¡No! —Lucía salió corriendo ante la consternación de su padre y la mirada dolida de su madre que intentó detenerla sin éxito. Los dos quedaron en pie, uno frente al otro, pero ninguno dijo nada y tras unos segundos de indecisión Elena se apresuró a alcanzarla. Intentó darle la mano, pero la niña la repudió con violencia.

—¡Tú lo sabías y no me habías dicho nada! —Más furiosa que triste, la rabia y el resentimiento acompañaban cada una de sus palabras y retuvieron las lágrimas como una garra.

—Lucía, tu padre ha tenido un problema de última hora —mintió—. Él quería venir, iba a venir, de verdad, pero a veces el trabajo... —no fue capaz de continuar—. Ahora, cálmate, ya ha llegado mucha gente. ¿Sabes que van a venir unos payasos muy divertidos? —comentó—. ¡Mira, ahí está Piluca! —La amiga de Lucía que celebraba la Comunión con ella acababa de llegar con sus padres—. ¡Piluca! ¡Piluca! —clamó Elena.

—¡Hola, Luci! —saludó su amiga, radiante—. Corre, muévete, vamos a ver lo que han puesto en el escenario. —La diminuta Piluca cogió a Lucía de la mano y se la llevó.

Al rato estaban las dos jugando con el resto de niños. Elena la observó; ahora fue a sus ojos adonde acudieron las lágrimas. La tensión de todo el día, agazapada en algún lugar, surgió de golpe. Dolores, que se aproximaba, supo de inmediato que su hija estaba al borde del colapso.

—Hija, acabamos de llegar —comentó tranquila—. Qué día más bonito ha salido. Una suerte el clima primaveral de Valencia. —Con su frialdad habitual, tomó a su hija del brazo como si no pasara nada, para continuar su parlamento—. Dime en qué mesa estamos, querida. Estos zapatos me están matando.

Elena recuperó el sentido de la realidad gracias a aquella superflua conversación, y regresó a los jardines de Viveros, al bullicio y a su papel de anfitriona perfecta. Su hija, como ocurría con todos los niños, ya no parecía recordar su disgusto. A fin de cuentas, había sido como un sábado más: otra victoria de Verónica frente a Lucía en su guerra personal.

18

A pesar de sus logros, la vida de Verónica discurría con una monotonía desesperante. Estaba harta de ser la actriz secundaria en una película costumbrista cada vez con menor presupuesto y siempre el mismo decorado. Con los años, Carlos había perdido esplendidez a favor de una prudencia económica obligada por las circunstancias, que daba como resultado una existencia escasa en emociones.

Él, por el contrario, disfrutaba con el *statu quo* alcanzado. Estaba en la cima de la montaña que un día decidió escalar. Era hombre de gustos austeros salvo para las novedades electrónicas, siempre con el último modelo de teléfono, radio o televisión, pero no le importaba hacer vida hogareña —ya viajaba lo suficiente por su trabajo—, y no tenía otros caprichos. En casa lo tenía todo y como en una película de los años cincuenta, era el rey; la admiración y los elogios por cada logro conseguido habían borrado muchos años de humillaciones y reproches. Le divertían los ocurrentes comentarios de su pareja y disfrutaba en la cama con ella de una forma que muchos amigos buscaban fuera de casa. ¿Qué más podía pedir? En lo que a su vida afectiva se refería, se sentía feliz, fuerte y seguro de sí mismo como jamás lo estuvo con Elena. Llevaba las riendas de su casa y de su vida, manteniendo sus pequeños vicios —la fidelidad no parecía ir con su carácter—. Como en el pasado, aprovechaba las oportunidades —casi siempre en viajes de negocios—, sin aquel temor que se cernía sobre su cabeza cuando era Elena quien lo esperaba a la vuelta. Para él era algo natural, una pequeña y placentera tentación cuyas consecuencias se reducían a las bromas de unos y otros a costa de sus conquistas sin siquiera suponer una pequeña mácula en su conciencia.

A Verónica no parecía preocuparle lo que hiciera fuera de casa salvo por su propio aburrimiento. Lo que ella necesitaba era acabar con el tedio, salir de su jaula y disfrutar de la vida que se había quedado varada cerca del puerto deseado.

En medio de ese retrato de lo que habría podido ser un perfecto matrimonio burgués de los setenta, la presencia de Lucía era una pieza irregular encajada a presión en el puzle familiar como si perteneciera a un dibujo diferente; ocupaba tan poco espacio que no llegaba a alterar la vida de nadie aunque su presencia era incómoda. En el rato que Verónica iba a la peluquería y calentaba la comida, Carlos había vuelto con la compra de la semana hecha y la niña estaba de regreso en su casa.

Se habían hecho un pequeño grupo de amigos, algunos eran los de Carlos de toda la vida y otros eran nuevos. Los que lo conocían de su etapa de casado, con Boro a la cabeza, después de algunos titubeos se decantaron por el viejo amigo.

Pero Verónica no encajaba entre aquellas esposas de colegio de monjas y recetarios. En su día tampoco Elena entró en el molde, pero aborrecieron a Elena por todo lo contrario que ahora les disgustaba en Verónica. Si Elena se pasaba de sofisticada, la ordinariez era la carta de presentación de Vero. Y además la adornaban demasiados rumores con olor a escándalo como para aceptarla sin reparos. Ciertos o no, el evidente —haberse liado con un hombre casado— ya era lo bastante inmoral para la época como para no necesitar nada más.

Esa era la gran preocupación de la joven, ser aceptada, entrar en sociedad. Recordaba las palabras de su mentora Isabel sobre la necesidad de pulirse si quería disfrutar del estatus ofrecido por Carlos. Nunca lo lograría si seguía siendo la «querida» sin clase del empresario. Se esforzó en mejorar su dicción y completar las palabras como le sugiriera Isabel, con quien hablaba de vez en cuando y se desahogaba ante el vacío que soportaba entre aquellas «señoras de». Pero su vocabulario no conseguía moderarlo por bien que pronunciara, le era tan consustancial como el lunar que adornaba la comisura de su labio, y además para su regocijo aquella pandilla de rancias —como ella las llamaba incluso en su cara—, después de la impresión inicial y un par de exclamaciones de sorpresa, rompían a reír ante las barbaridades que decía. Se sentía como Elisa Doolittle en las carreras de Ascot. Pero ser aceptada no fue algo espontáneo, se lo trabajó con la constancia de un opositor a Notarías.

Cuando el niño de Carmela —señora de Ortiz— cogió la escarlatina, se presentó en su casa a cuidarlo para que ella pudiera atender a su madre también enferma. A Lourdes —señora de Badenes—, que siempre se flagelaba por su poco atractivo, le repetía lo estupenda que estaba con este o aquel modelo. Y cada cierto tiempo, sin motivo, aparecía con algún regalito para los niños de una u otra con la excusa de que ella no tenía y le encantaban. Company's había sido una fuente inagotable de generosidad gratuita en el pasado y Loredana lo seguía siendo ahora cuando Dávila no se interponía en su camino. Era un trabajo concienzudo, reforzado por el paraguas protector de la reputación de Carlos, hombre apreciado por sus amigos y respetado por los que no lo eran, convertido en un poderoso industrial al que nadie osaba enfrentarse, ni antes cuando Company estaba en la cima, ni ahora que había modernizado la principal firma de marroquinería de España.

Durante los primeros años de convivencia, ya instalados en el nuevo domicilio, ese fue el principal trabajo de la Vero, borrar las trazas de su pasado y labrarse un futuro respetable. Los pedacitos de triste historia familiar con que aderezó las conversaciones, capítulos dignos de una de esas telenovelas que tanto le gustaban, contribuyeron a conmover el corazón de su pequeño grupo y a abrirle puertas, licenciándose con mucho más que un aprobado.

Algunos recién llegados ni se planteaban que no fuera la esposa de Carlos, ya que así se daba a conocer a todo el mundo. En una época en la que el divorcio no existía ni siquiera en la imaginación y las separaciones eran escasas, a nadie se le ocurría que hubiera otra señora Company.

Pocos se atrevían a mencionar la existencia de Elena, pero cuando se cruzaba en su camino alguien con el valor suficiente, la humillación se le hacía insoportable. La reputación de Elena como empresaria y mujer de mundo era una bofetada al fantasma de su pasado, y evitaba los círculos en los que Elena hubiera dejado huella.

Tal vez fuera ese cúmulo de circunstancias, unido a su obsesión por garantizarse un futuro holgado, lo que sembró en ella la inquietud de iniciar un negocio propio. Y la solución la encontró al cruzar la calle. Solo quedaba convencer a Carlos.

A Carlos le sorprendió la repentina vocación empresarial de Verónica, pero le pareció la cura perfecta para los efectos del tedio en la convivencia, y una forma de paliar las sangrías económicas a que se veía sometido. Pero aun estando de acuerdo, no estaba dispuesto a endeudarse más; Vero tendría que esperar y la paciencia no era virtud que la acompañara. Cuando quería algo, lo conseguía. Siempre había sido así, con Carlos, con la casa, con el tiempo de Lucía, con todo.

La solución pasaba por vender y ella sabía el qué. Le quedaba un pequeño borrón en su libreto y eliminándolo mataría dos pájaros de un tiro. Huía de cualquier sitio donde alguien aún recordara la vida de Carlos con Elena. El cambio de domicilio perdiendo de vista a sus estrechos vecinos le dio un nuevo barniz a su vida y Carlos pudo comprar Loredana; repetiría la operación pero con el apartamento de Benidorm, allí no conseguía veranear tranquila.

Durante los veranos había tenido poco menos que esconderse. Cuando iba Lucía, para evitar que la niña fuera con el cuento a su madre; tenía una edad en la que poco se le escapaba. Y cuando iban solos, se convertía en el entretenimiento de unos vecinos con pocos alicientes más allá del dominó, la playa y la «querida» del guaperas del piso catorce.

La penumbra acogedora de su dormitorio, antes de dar por finalizado el día, era el escenario habitual de sus conversaciones, y se empeñó a ello con la misma determinación con que conquistara a sus amigas. Desde el traumático recuerdo de la caída de Lucía al agua hasta el empeño de Elena de llevar a la niña de vacaciones cada vez a un sitio distinto, Verónica fue probando todos los argumentos posibles hasta dar con el adecuado:

—Pero fíjate, si el apartamento estuviera más cerca podrías

acudir el día que quisieras a la fábrica, regresar por la tarde y darte un baño. Incluso los fines de semana podrías recoger a Lucía y venir para que se bañara.

—La verdad es que sí que me vendría bien que estuviera cerca. Venir desde Benidorm es una odisea con tanto camión y tanta curva y eso hace que vayamos poco.

—Es lo que te estaba diciendo antes —le susurró melosa jugueteando con el cordón del pantalón del pijama—. Si lo vendes, puedes comprar otro más cerquita. Podrías ir y venir con facilidad al trabajo. ¡Si con lo que vale aquel, aquí puedes comprar dos apartamentos!

—Es cierto. Nos quedaría una buena suma para poder invertirla.

—O para comprar el local de enfrente. ¿Recuerdas que te lo había dicho? Me refiero a eso de montar la tienda. Sería la solución. Si vendemos Benidorm —afirmó usando la primera persona del plural—, daría para las dos cosas, ¿no te parece?

Le pareció. Fue dicho y hecho, muy propio de Carlos. Así había cerrado negocios muy lucrativos. Un mes antes de las vacaciones estaba vendido y con la ayuda de Verónica encontró otro a quince kilómetros de la ciudad, fruto del *boom* inmobiliario en la costa. Se quedó el piso piloto, situado en el ático del edificio de doce plantas, amueblado hasta la terraza y listo para entrar. Verónica insistió en no llevarse los muebles de Benidorm y el apartamento se vendió con todo lo que contenía.

La operación salió redonda: con el dinero obtenido pudo haber comprado dos apartamentos como muy bien adivinó Verónica, pero ¿para qué querían dos apartamentos, pudiendo invertir ese dinero en el anhelado localito de enfrente?

Elena no se enteró de las novedades hasta el período estival en el que, como cada año, habló con Carlos los detalles de la quincena que se iba a llevar a Lucía.

—¿Que no vas a Benidorm? —preguntó extrañada—. ¿Y eso?

—Bueno... Vendí el apartamento hace un tiempo, pero no te preocupes por eso, he comprado otro aquí cerca, en Puebla, así que para el caso es lo mismo.

—¿Lo mismo? Ese apartamento era... —Iba a decir «mío» pero se mordió el labio—. No tenías derecho a venderlo sin consultarme. Habría sido el día de mañana para tu hija... —Por más que intentó reprimirse, no lo consiguió—. Lo compré... Lo compré yo.

—¡No empieces con tus paranoias! ¡Qué más dará un apartamento que otro! Es lo mismo. ¿O si lo compro yo, ya no va a ser de la niña?

—No es lo mismo, para nada —contestó, gélida—. Seguro que no se te habrá ocurrido meter la diferencia en una cuenta a nombre de Lucía. Porque sé perfectamente lo que vale un apartamento en primera línea de playa en Benidorm hoy en día. Ni parecido a los de por aquí.

—Mira, Elena, ya me estás tocando las narices —Carlos evadió contestar a la suposición de su ex mujer; para variar, Elena tenía razón y como en tantas otras veces la comezón del remordimiento se transformó en orgullo—. Lo que yo haga o deje de hacer con mis cosas no es asunto tuyo. La recogeré el viernes.

Cuando Elena colgó se quedó un buen rato pensativa. Nunca imaginó cuando se separaron que todo aquello construido en su matrimonio y pagado casi exclusivamente con su trabajo, terminaría siendo vendido y el dinero pasando a manos de aquella mujer. Apretó los dientes, un ligero sabor a sangre se esparció por la boca. Se había creído muy lista y sin embargo en la práctica le estaba sucediendo a su hija lo mismo que a ella con su padre. Odiaba a Verónica, ya no por lo que le había hecho a su vida, sino porque se estaba adueñando de la de su hija. Abrió su diario para extraer la bilis antes de que la envenenara del todo. El clavel seco que marcaba la página le trajo las palabras de la gitana. Si hubiera tenido lágrimas, habría llorado, pero estaba seca tras varias tardes de melancolía desbordada.

Para Elena, lo más grave era que Carlos no parecía ser consciente de nada. Si algo le acababa de quedar claro era que el futuro de Lucía dependería tan solo de ella misma, y de lo que Elena buenamente pudiera dejarle.

19

El local fue la primera propiedad que Verónica tuvo a su nombre. Necesitaba una pequeña obra para cambiar la instalación eléctrica y habilitar un baño, pero el dinero de la venta daba para eso y para más. Decoró la tienda sin escatimar un detalle: las paredes en negro, los muebles en blanco, y muchos objetos en plata y cristal, de las mejores marcas. La tienda ofrecía un aspecto moderno y lujoso, muy parecido a una que había visto en una revista. Quiso hacer una inauguración a lo grande a primeros de diciembre para aprovechar la Inmaculada y la campaña de Navidad. A Carlos le parecía un gasto inútil, pero la alegría que inundaba el joven rostro le hacía feliz.

—Tú no te preocupes de nada que yo lo organizo —tranquilizó a Carlos—, ya he encargado un aperitivo: champán, mucho champán, y *frívolas* de esas saladitas.

Carlos estalló en una carcajada, haciendo que la cabeza de Verónica rebotara sobre el hombro donde reposaba viendo la televisión.

—Jajajá, querrás decir frivolidades —la corrigió revolviéndole el pelo.

—Eso —dijo ella riendo también—, fri-vo-li-da-des. Voy a invitar a todo el barrio, pa que me vayan conociendo —prosiguió resuelta, incorporándose para mirar a Carlos que intentaba escuchar las noticias—. Y a todos tus amigos con sus señoras empingorotadas.

—¡Pero si es muy pequeño! No cabrán en el local.

—Me da igual. ¡Quiero reventarlo! Va a ser la bomba del año.

—Lo que tú quieras, mi vida —la besó en la cabeza en el momento en que entraba su suegra.

—Míralos, qué contentos se les ve —rezongó sin demasiado entusiasmo la madre de Verónica, cargada con ropa de plancha para guardar.

Manuela acababa de trasladarse allí. Estuvo viviendo en Barcelona con su hija mayor, pero ni la economía de Carlota ni el tamaño del piso hacían fácil la subsistencia. Carlota le sugirió a su hermana que tal vez su madre podría vivir con ellos y a Verónica le pareció bien. Les sobraba espacio y la llegada de Manuela sería una bendición más que un problema. Odiaba las tareas domésticas y su madre llevaba toda una vida haciéndolas encantada.

Lo más difícil fue convencer a Carlos. Los recuerdos asociados a convivir con una suegra eran para olvidar. Pero Verónica le presentó a su madre como una mujer complaciente, discreta y que, además, podría hacerse cargo de las tareas del hogar. Al principio se resistió. Luego lo meditó y miró a su alrededor con disgusto. No se había decidido a contratar una chica de servicio porque a él no era un tema que le preocupara y Verónica se pasaba los días en casa con tiempo por delante; nada más lejos de la realidad, y con la perspectiva de dedicarse a la tienda sería aún peor.

Manuela, una mujer de imponente tamaño, alta y gruesa aunque de carnes prietas, se convirtió en un miembro de peso en la familia y no solo por su volumen.

—Pues claro que estamos contentos, madre, y usté también. ¿O no? Voy a ser una jodida empresaria —su tono cantarín y risueño contrastaba con sus palabras—. No me va a toser ni Dios.

Carlos volvió su atención a las noticias.

—Mira qué espanto lo que ha sucedido en Almería y Murcia. Me recuerda al cincuenta y siete. —La impostada voz del locutor relataba cómo la gota fría había descargado cantidades extraordinarias de agua en ríos como el Almanzora, Segura o Guadalentín, destrozando a su paso pueblos enteros—. Siempre en octubre, qué cosas —aquellas imágenes evocaban un pasado que parecía no haber existido nunca.

—Mira que son aguafiestas. ¿Para qué contarán estas cosas? ¿Para amargarnos? ¡Con lo contenta que estoy yo!

La inauguración fue un pequeño gran acontecimiento. La tienda era un hervidero y los dos camareros contratados apenas podían filtrarse entre la gente con las bandejas. Ella nunca se había sentido así, protagonista, vedette única de la situación —tal vez exceptuando el día en que fingió su desmayo en el Molino Rojo—; era su debut social. Enfundada en un traje rojo, escaso de talla, que pretendía recordar el estilo de Jacqueline Kennedy, iba de unos a otros gastando bromas, mostrando los objetos expuestos y acortando distancias con los más reacios a su persona.

La sofocante temperatura provocada por una calefacción excesiva y por lo concurrido del lugar, animó a los invitados a seguir la tertulia en la calle donde el humo del tabaco se confundía con las vaharadas condensadas por el frío. En uno de los flancos de la tienda se había abierto un pequeño claro entre la multitud; distinguió la figura de una de las personas que dudó aceptara la invitación y se apresuró hacia ella con pasos saltarines forzados por el tubo de su falda:

—¿Has visto, Lourdes? —La elegante esposa de Rodrigo Badenes, conocido industrial y buen amigo de Carlos y Elena, admiraba una figura expuesta en un estante lateral—. Es bonito, ¿verdad?

—Desde luego —asintió aquella, girando la pieza para verla con detalle—, es una preciosidad.

—Es de La-li-que —Verónica afectó el tono y se esforzó en la pronunciación.

—Lo sé, Verónica —contestó Lourdes con suficiencia—. Es finísimo.

—Pues mira, quédatelo —soltó de golpe.

—¿Cómo dices? —Las perfiladas cejas de Lourdes dibujaron dos medias lunas perfectas.

—Lo que has oído. Me siento feliz y quiero que las personas que aprecio se sientan tan felices como yo. Te lo mereces. Si no fuera por vuestro apoyo, no me habría sentido con fuerzas... —Sus ojos castaños se empañaron—. Para mí, ha sido muy importante teneros hoy aquí.

—Pero —miró la talla de cristal con admiración, una sonrisa indecisa asomando a su rostro— no puedo aceptarlo, Verónica. Esto es... —se la tendió para devolvérsela— demasiado.

—Acéptala, por favor. No es nada —insistió con un vigoroso gesto de su cabeza—. Es solo una pequeña muestra de afecto. —Y sin pensárselo dos veces la abrazó con fuerza, haciendo peligrar el costoso objeto que todavía asía su interlocutora, para soltarla a los pocos segundos—. Ven, vamos a ver si queda champán, que tanto cotorreo me tiene seco el gaznate y aquí hace un huevo de calor.

Lourdes no pudo reprimir una carcajada.

—¡Eres tremenda! Como quieras, pero no era necesario... —Al fin una amplia expresión de afecto invadió su rostro—. ¡Eres un cielo!

Aquellas fueron las palabras mágicas. Verónica sonrió. Sería un mes algo deficitario en ventas, pero estaba sembrando los cimientos de su nueva vida. Sujetó a su recién ganada amiga por la cintura y la acompañó a por una copa.

A Elena las noticias de la sonada inauguración la llenaron de amargura, consciente de dónde había salido el dinero para montar aquello. Fueron varios los que le hicieron la crónica, además del pequeño recuadro aparecido en los ecos de sociedad. No podía entender cómo personas que a ella le habían dado la espalda por algo tan simple como estar separada, rodeaban ahora a Verónica. El contraste era doloroso y el dolor se transmutaba en rabia.

Nunca fue ambiciosa; se había conformado con mantener su próspero negocio dentro de unas dimensiones manejables para su estilo tan personalista de dirección; controlarlo todo y no delegar tenía el problema de limitar el crecimiento. Pero había equivocado la estrategia; si alguna vez tuvo un sentimiento de tranquilidad pensando que si a ella le pasaba algo, Carlos se encargaría del bienestar de Lucía, la constatación de adónde iban a parar todos los esfuerzos y bienes de su extinto matrimonio acabaron con él.

El futuro próximo se presentaba incierto, eran tiempos convulsos. La sombra de Franco se debilitaba; las protestas comenzaban a ver la luz y la amenaza de la crisis avivaba el fuego de la incertidumbre. Muchos españoles se preguntaban con preocupación qué ocurriría tras la muerte del dictador. El atentado que costó la vida al almirante Carrero Blanco ese 20 de diciembre y el inicio del proceso 1001 contra destacados sindicalistas tiñó de miedo unas Navidades en las que rezaron por un futuro en paz.

Estas preocupaciones se sumaban a las que ya tenía Elena y, convencida de que en unos años tal vez tuviera que abandonar el país, se refugió de nuevo en el trabajo. Con o sin motivo, se sentía amenazada por la situación, la sociedad, el futuro...

En el mercado nacional su firma era una de las más respetadas del ramo y era difícil crecer más, dado su tipo de producto. Por otro lado, temía que la crisis del petróleo que azotaba al resto del mundo y cuyos efectos todavía no se habían cebado con España se desatara de un momento a otro arrastrando a una empresa pequeña como la suya. Tenía que crecer de verdad, exportar a gran escala.

Tras participar en alguna feria europea con resultados discretos, no por las ventas, sino por los plazos de servicio que en Europa eran distintos a los españoles, supo que ese no era el camino, al menos todavía. Los pedidos comprometidos los había servido en fecha, pero solo ella y los que trabajaban en Lena sabían lo que les había costado llegar sin incumplir con los clientes nacionales. Europa no era el camino.

A través de la Cámara de Comercio le llegó información sobre las misiones comerciales en Oriente Medio y en las últimas ferias había contactado con varios clientes de aquella zona que le habían hecho pedidos muy sustanciosos. Tres o cuatro clientes árabes podían igualar las ventas de media España; compraban pocas referencias en grandes cantidades y sus fechas de servicio no alteraban el proceso productivo habitual. El sueño de cualquier industrial, si tenía la dimensión adecuada. Y el local que durante tantos años había sido el abrigo y mudo testigo de sus desvelos era insuficiente para sacar adelante la producción que, si se cumplían sus previsiones, tendría que fabricar. Para servir los pedidos de sus primeros clientes árabes casi necesitó recurrir a los puestos del vecino mercado para almacenar tanta caja, aparte de otras muchas complicaciones. Debía proyectar una fábrica moderna, amplia y bien organizada. Aunque le pesara reconocerlo, algo más del estilo del ambicioso Carlos.

Dos fueron las decisiones que tomó, empujada por la incertidumbre del presente y su obsesión por el futuro de Lucía. En la próxima misión comercial a los países árabes, ella sería uno de los componentes, y para entonces debería tener un proyecto renovado para su industria. Las dos cosas iban a ser complicadas.

20

Cuando a Elena se le cruzaba una idea era como un *bulldozer* y desde que convirtió sus lamentaciones en ambiciosos planes de futuro comenzó a dar los pasos necesarios para conseguir su propósito. Lo primero era encontrar una nave más amplia y mejor distribuida. Ella no conducía y eso era un inconveniente. Lo ideal habría sido irse a uno de tantos polígonos que empezaban a proliferar en las afueras de la urbe, pero eso hubiera sido un problema para ella, y en realidad para la mayoría de sus empleadas, casi todas mujeres, sin carnet o sin coche propio. Además, siempre terminaba muy tarde y la idea de salir sola y de noche en medio de la nada, la asustaba. Por la tranquilidad y comodidad de todos prefería un emplazamiento en el casco urbano.

Visitó más de quince locales. La mayoría eran para tirar de espaldas: pequeños, destartalados, oscuros... Pero a cada decepción le seguía otra esperanzada visita. Ella buscaba algo luminoso y a ser posible de nueva construcción. Hacía mucho que no soportaba ver a las maquineras hacinadas en el sótano sombrío y húmedo de Confecciones Lena. Algunas instalaciones daban auténtica grima. El olor en verano era insoportable, merced a un pozo abierto en el sótano bajo el que discurría una antigua acequia, y a los restos de pescado acumulados cada día frente a la puerta al cerrar los puestos del vecino mercado. Cuando inició su vida empresarial no pudo permitirse otra cosa y el empuje juvenil vistió de romanticismo la tétrica realidad, pero ahora en plena madurez las cosas las veía cómo eran, sin anestesia.

Tenía la oportunidad de cambiarlo y asegurar su futuro y el de Lucía, aunque se empeñara de nuevo hasta las cejas. Lo tenía todo planificado, como siempre que avanzaba un pie en el camino que fuera: si alquilaba el antiguo local, con lo cobrado de uno podría ir pagando la hipoteca del otro. Hizo los cálculos y, si se ceñía al presupuesto marcado y conseguía posicionarse fuera de España, lo lograría. Pero para ello tenía que encontrar ese local soñado y de momento todo eran pesadillas.

Cuando estaba a punto de perder la esperanza llegó al último de los inmuebles que había visto anunciados. Le acompañaba Ernesto, su nuevo contable.

Al entrar en la calle hizo una mueca de disgusto. Una calzada con retales de asfalto alfombraba de polvo una batería de viejas naves de piedra, alguna todavía con signos de actividad, pero en su mayor parte ruinas de castillos industriales ahora abandonados. En la otra acera se alzaba un edificio triste a pesar de su juventud, con catorce bajos contiguos. Según rezaba el anuncio, dos mil metros cuadrados diáfanos y listos para ser ocupados en una finca de nueva construcción. Echó un vistazo al edificio, envejecido antes de construirse. Suciedad con solera impregnaba las persianas bajadas.

El dueño, un hombre bajo entrado en carnes y de gesto adusto, los recibió fumando un maloliente *caliqueño* que mantuvo en la boca mientras les expelía un «bon día» ininteligible mezclado con el humo dulzón. El puro dibujó la anatomía de Elena con descaro. Un desagradable escalofrío sacudió el aplomo exhibido al entrar, pero lo ignoró y avanzó por el local con la sombra de su contable siguiéndola de cerca. Olía mal, el hedor le recordaba al sótano del que pretendía salir, pero no había mucho más donde elegir. El estómago se le encogió, tendría que invertir para acondicionarlo si esa era su última posibilidad. Pero la luz lamía con su calor hasta el último rincón del lugar y la amplitud entre columnas despejaba sus dudas. Levantando todas las persianas y ventilándolo bien, mejoraría.

—Los techos son bajos —comentó Elena a Ernesto que asentía en silencio a sus afirmaciones—. En realidad nos encajaría más una nave independiente.

—Pues es que esto es un bajo, *senyoreta*—replicó el dueño

entre dientes, con el puro bailando en la boca y acento cerrado—. En la *ciutat* no quedan naves.

—Además, huele a humedad y he visto varios charcos. ¿Hay problemas de goteras con las bajantes? —Tras los gruesos cristales de las gafas, sus ojos golpearon duro en la indolencia del propietario.

—No, *senyoreta*, no —El hombre mordisqueó el *caliqueño* mirando a Ernesto—. Es todo obra nueva. ¿Que no lo ve? No tiene más de un par de años.

—Y qué tendrá que ver —respondió Elena con suficiencia bordeando una mancha de agua. Sentía como si el espíritu de su madre la estuviera poseyendo por momentos y estaba disfrutando de la experiencia—. Como si la obra nueva no pudiera tener problemas. Los charcos, entonces, ¿de qué son? —Sus ojos seguían fijos en los del hombre, como si pudiera leer sus pensamientos a través de ellos.

El propietario enrojeció y por fin desprendió el pastoso apéndice de su boca:

—Disculpe, oiga —dijo dirigiéndose a Ernesto con brusquedad—, ¿no le parece que la *senyoreta* habla demasiado? No tiene ni zorra idea, si me permite que se lo diga. *Usté* —se acercó al contable hasta acompasar su paso—, que se le ve un hombre de mundo, seguro que se da cuenta de que *aço és una joia*, *una oportunitat*.* Hágame una oferta y negociamos, pero dígale a *esta* que se calle de una vez. —Y de nuevo con el puro entre los dientes, terminó para sus adentros—. *Anda que si treballara per a mi, li anava a consentir tantes favades, collons*.**

El contable palideció, tragó saliva, rio nervioso. Al final atinó a decir:

—Ya, ya... pero es que... —sus ojos evitaron los de Elena, que se había vuelto hacia ellos y esbozaba una amplia y peligrosa sonrisa con los brazos cruzados sobre el pecho— yo no decido. Decide mi jefa, la señora Lamarc, y tiene las ideas muy claras.

* «Esto es una joya, una oportunidad.»

** «Anda que si trabajara para mí, le iba a consentir yo tantas tonterías, cojones.»

La boca del propietario se entreabrió haciendo peligrar el puro que mordisqueaba segundos antes. Su gesto soberbio se disolvió dando paso a una mal disimulada sorpresa, y de ahí a la decepción. El derrumbe de sus facciones daba por seguro la pérdida de una magnífica oportunidad.

Elena, sin perder la sonrisa, siguió taladrando a aquel hombre ahora menguado, mientras recordaba otros tratos similares. Podían haber pasado años, pero algunas cosas en España seguían en los setenta igual que en los cincuenta. Aún lo hizo sufrir un mes más, a sabiendas de que aquel sería su local a pesar de las goteras. El dueño llegaría a un acuerdo, vender de una tacada los catorce bajos en aquella desvencijada calle no era fácil.

Con el local comprado y muchas ideas en la cabeza, venía lo más engorroso, la obra, el traslado y ponerlo en marcha. Solo faltaban los pedidos que justificaran y financiaran la inversión o acabaría como el cuento de *La lechera*.

Tras varias reuniones en la Cámara de Comercio tuvo claro que participar en la expedición a Oriente Medio no iba a ser tan fácil como imaginó. Para empezar, el viaje duraría quince días en los que debería dejar a Lucía a cargo de alguien, problema que a ninguno de sus compañeros varones le preocupaba. Nunca se había separado de Lucía tanto tiempo, salvo en vacaciones cuando se quedaba con su padre. De lunes a viernes no había problema, estaba Adelaida; pero el fin de semana no tenía con quien dejarla porque con su padre, estando Vero, no quería ni planteárselo.

Aun así, ese era el menor de sus problemas: según le informaron desde el consulado, nunca se había emitido un visado a una mujer española para ir a Arabia Saudita y tenían serias dudas de que se lo concedieran a ella, viajando sin un marido al lado.

Fue mucha la documentación de la empresa presentada, además de avales, referencias, cartas de recomendación o invitaciones personales que sus nuevos clientes en la zona no tuvieron problema en facilitarle y que resultaron decisivas para el buen fin de las negociaciones. Eso, y un precioso pañuelo de seda natural que le hizo llegar al oficial del consulado, para la mujer que lucía radiante en un marco plateado sobre la aparatosa mesa de despacho.

El viaje tenía previstas estancias de tres días en Arabia Saudí, Abu Dhabi y Kuwait respectivamente. De regreso harían una parada en Beirut donde se estaba valorando la posibilidad de acudir en próximas ediciones a Mofitex, la feria Internacional de la Moda Infantil y del Textil del Líbano. Elena se veía por delante la aventura con una mezcla de miedo, emoción y tristeza.

A Lucía no le extrañó el viaje de su madre. No era el primero, aunque sí más largo que otros. Estaba acostumbrada a quedarse con Adelaida, o interna si el viaje coincidía con un fin de semana o vacaciones ahora que la tata se iba los viernes en vez de los sábados. Su madre era reacia a dejarla allí, casi siempre sola, pero según decía no podía hacer otra cosa. A ella, en cambio, le encantaba: la perspectiva de quedarse interna con todo el colegio para ella, como un explorador ávido de aventuras por descubrir, era emocionante. Quedarse con su padre ni se lo planteaba, esa opción no estaba en el catálogo de lo factible. El colegio era un segundo hogar, en él se sentía libre y feliz. Allí no había tensiones, al menos como las de casa. Y aunque a veces percibía una ligera hostilidad por parte de algunos compañeros, a sus nueve años vivía a diario con mucha más.

No era la primera de la clase, como su madre exigía, pero andaba siempre entre los primeros puestos, como prefería su padre: «Nunca seas la primera o todos te tendrán manía; pero intenta ser la segunda», esa era la máxima de Carlos y Lucía la cumplía aunque no fuera de manera intencionada sino por la influencia de su madre.

La obsesión de Elena era que su hija tuviera una formación excelente, que entendiera la importancia de estudiar, el privilegio que suponía. A ella le truncaron esa oportunidad antes de tiempo, pero su hija llegaría a tener una carrera, la que a ella se le negó y como se decía en la época, el árbol había que enderezarlo cuando aún era un vástago. Insistía una y otra vez en que sería lo único en lo que podría confiar el día de mañana para salir adelante, nadie podría despojarla de los conocimientos aprendidos como estaban haciendo con los bienes materiales. A una niña de apenas nueve años le sonaba a chino, el día de mañana quedaba demasiado lejos para pensar en él. Pero tantas veces se lo repetía, incluso en tono de amenaza, que más le valía estudiar; aunque solo fuera para salir airosa de las pruebas a las que con frecuencia la sometía y que casi siempre fallaba:

—¿Qué haces viendo la tele?

—Nada...

—¿No tienes deberes?

—Ya los hice.

—¿Y no tienes nada qué estudiar?

—No...

—¿Cuál es la capital de Turquía?

En ese momento una contracción repentina invadía su cuerpo y la televisión se desvanecía en su mente sin conseguir llenar el vacío dejado con otra información, más preocupada por las consecuencias de fallar que de encontrar la respuesta.

—¡Jo, mamá, ahora no!

—Solo es una pregunta. La capital de Turquía —los intensos ojos de Elena escrutaban la asustada cara de la niña—. Deberías saberla. Estuvimos el año pasado...

—¡Estambul!

—No, hija, no. Ankara. Estuvimos en Estambul, pero la capital de Turquía es Ankara. Apaga la tele y a repasar.

Daba igual historia, matemáticas o geografía, siempre picaba. A Lucía la invadía entonces una oleada de rabia, consciente de que la pista había sido una trampa y reaccionaba desabrida.

—A mí no me hables en ese tono —lo decía serena, sin levantar la voz y ralentizando la pronunciación, pero precisamente ese control junto con una mirada glacial provocaba escalofríos y avivaba la rabia de la niña—. Si te crees que el día de mañana vas a vivir de lo que te deje tu padre, estás apañada. No te va a llegar ni un pañuelo para sonarte la nariz. Y yo, como sigas así de vaga, ¡antes se lo dono todo a alguna asociación benéfica que te dejo un duro!

Lucía apretaba los puños y como un toro en la plaza desafiaba a su madre con la furia que nace del orgullo herido. El día de mañana, el día de mañana... para ella, como para cualquier niño de su edad, el día de mañana quedaba demasiado lejos, pero era la cantinela constante en su día a día y empezaba a preocuparle. Tras años de mendigar el famoso talón de sus dolores, había llegado a un pacto con ella misma: nunca pediría nada a nadie, ni dependería de nadie, antes muerta.

Eso era algo grabado a fuego, después de repetir la misma rutina durante meses. La víspera de la salida con su padre Lucía no conciliaba el sueño y el estómago brincaba con espasmos dolorosos. Por su cabeza desfilaban mil formas para pedir el dichoso taloncito y ninguna parecía adecuada. Le daba una vergüenza infinita y, lo que era peor, temía la reacción de su padre. Cuando se lo mencionaba se enfadaba y comenzaba a despotricar; incluso se volvía violento, algo raro en Carlos, de normal afable. ¿Tanto necesitaba ella?, se preguntaba agobiada. Su madre trabajaba catorce horas al día para sacarla adelante, según le insistía, y a ella le parecía que vivían bien; no entendía la necesidad de aquel maldito dinero que le obligaba a mendigar.

Su padre la recogía, Lucía subía al coche, le daba un beso y hablaba sin parar del colegio, de la última trastada de Piluca, de lo que quería ser de mayor... Cualquier cosa que garantizara la paz. Conforme se acercaba la hora de la despedida, la voz de su madre repiqueteaba en sus sienes como la varita del director de orquesta golpeando el atril antes de iniciar los compases, los músculos de su cuerpo se tensaban, el dolor de su estómago recién alimentado iba en aumento, y las palabras tantas veces repetidas, tantas veces preparadas, se agolpaban en su pequeña cabeza buscando una salida que ella se negaba a darles. Al final del trayecto, casi en el portal, vomitaba de golpe aquel manantial retenido de «mamá me ha dicho que...», y entonces estallaba la tormenta: gritos, exabruptos, golpes en el volante, reproches... Lucía se encogía en el asiento del coche, intentando menguar, desaparecer de un habitáculo que se tornaba horrible por momentos. Y para colmo, no sacaba nada en claro. ¿Qué había dicho su padre entre tanto grito? ¿Haría el ingreso en el banco? ¿Lo hablaría con su madre? El regreso era un desastre, incapaz de recordar lo dicho por su progenitor en medio del chaparrón.

En cuanto soltaba la «bomba», Lucía se recluía en una burbuja y dejaba de escuchar las barbaridades que salían por la boca de Carlos. Y lo siguiente en medio de esa confusión era subir a casa, agotada y asustada, para explicar cómo había quedado la cosa. Llegaba el interrogatorio: «¿se lo has dicho?», «¿y qué te ha dicho?», «¿pero por qué no le has insistido?», «ves como no le importas nada». Mientras eso pasaba, ella no paraba de repetirse que jamás pediría nada, a nadie, nunca.

Y el camino para cumplir con ese slogan, como su madre insistía, era estudiar. Sin llegar a ser la primera, como su padre decía, pero trabajando duro para estar ahí y no depender de nadie en el futuro.

En medio de esas discusiones y otras que se sucedían por motivos como el orden o las salidas con su padre, el anuncio de pasar un par de fines de semana en la residencia escolar fue recibido con una alegría descarada. Por ella podrían haberle dado vacaciones a Adelaida de lunes a viernes y haberse quedado en el colegio durante todo el viaje. La adusta mujer llevaba a rajatabla la disciplina Lamarc pero sin la contrapartida del cariño y el calor maternal de los buenos momentos. No podía preguntarle las lecciones porque desconocía las materias y leía con dificultad, pero los horarios los cumplía con puntualidad militar y menos concesiones que su madre, a la que unos mimos a tiempo podían llegar a ablandar, y el buen comportamiento volvía olvidadiza. Adelaida era tan seca como los páramos de su Santoyo natal y tan poco dada a la conversación que cuando por fin hablaba tenía que carraspear antes para engrasar unas cuerdas vocales oxidadas de puro desuso. Ante esa perspectiva, el colegio era un hotel de vacaciones.

A Elena se le atragantó tanta insistencia por no quedarse en casa; a la niña no parecía importarle la ausencia de su madre. Mejor eso que una escena de niña malcriada, se decía, pero en el fondo de su alma se preguntaba si su hija la quería; la duda cruel la asaltaba a cada encontronazo, a cada separación, a cada silencio, tan solo adormecida en los momentos dulces. Lucía era su sol, le daba la vida y vivía por y para ella; y aunque la trataba con dureza, su única intención era prepararla para enfrentarse sola a un mundo cruel, sobre todo si eras mujer.

21

El día de la partida, Elena se despidió temprano con las recomendaciones de rigor: «pórtate bien», «estudia», «obedece a Adelaida como si fuera yo» y un sinfín de consejos más que Lucía conocía tan bien como las tablas de multiplicar. Abrazó a la niña con la fuerza de un cepo y la cubrió de besos, como si quisiera impregnarse de su esencia de ahí a la eternidad en ese insignificante momento.

Elena salió con una mueca de sonrisa pintada en la boca y la mirada triste. Nunca lloraba delante de su hija, ni de nadie si podía evitarlo. Pero en cada viaje, en cuanto se daba la vuelta y subía al coche para trasladarse al aeropuerto, la sonrisa caía y sus lágrimas comenzaban a rodar. Los futuros días de ausencia le caían encima de golpe en ese breve y único momento de debilidad, encerrándola de nuevo en su cajita al bajar del coche para emprender viaje con paso firme. Repasó la logística casera para recuperar el equilibrio. La niña se quedaría hasta el viernes con Adelaida, y el viernes se iría al colegio con la maleta para el fin de semana hasta el lunes. Así pasaría las dos semanas. Le había costado una desagradable conversación con Carlos, pero todo estaba controlado. Suspiró mientras los edificios y el bullicio de la ciudad desaparecían dando paso a un paisaje yermo, más cercano a su ánimo, conforme se aproximaba al aeropuerto.

Allí se reunió con la comitiva que salía de Valencia. Comentaban entre cuchicheos el último atentado de ETA en la cafetería Rolando, sin dejar de mirar a los miembros de la Guardia Civil de servicio en la pequeña terminal de Manises.

Desde Valencia salía el grupo más numeroso, pero en Madrid se reunirían con un par de firmas de Barcelona. Entre tanto traje de chaqueta y corbata Elena era la nota de color.

Lucía sintió un extraño alivio al ver partir a su madre. Era una mezcla de pena y soledad bañados de una calma interior que la hacían sentirse bien, demasiado bien. A ratos le remordía la conciencia, pero intentaba disfrutar de esos días de libertad, aunque fuera vigilada. Terminó de vestirse para llegar a la parada del autobús, sintiéndose mayor y responsable. Tenía por delante más de una semana de autogobierno —con permiso de Adelaida—, y le gustaba.

Para completar su dicha, su padre decidió aparecer en la parada del autobús y llevarla al colegio en coche; solía hacerlo cuando se retrasaba para ir a la fábrica y para Lucía era una fiesta. Esa semana, como no la vería el sábado, aprovechó esos trayectos más de una mañana.

Los ojos y la cara de la niña se iluminaron en cuanto el vehículo frenó frente a ellas, y sin casi despedirse de Adelaida se subió al coche y saltó al cuello de su padre para darle un sonoro beso que, como siempre, dejó aturdido a aquel hombre poco dado a efusiones.

Por el camino hablaron de temas de mayores, como a ella le gustaba. Su padre le contó cómo iban los pedidos, los nuevos proyectos, algún viaje próximo —él también viajaba mucho— y las últimas ideas de Lorenzo, a quien ella adoraba.

Lucía soñaba en trabajar algún día con ellos. Le costaba menos verse en Loredana que en Confecciones Lena; en la empresa de su madre se sentía examinada en cada pequeña tarea en la que colaboraba a pesar de ser aún una niña, y al igual que con los deberes escolares, el miedo a fallar la atenazaba, mientras en Loredana, de la mano casi siempre de Lorenzo Dávila y Teresa (una de las operarias) y alguna vez de su padre, hiciera lo que hiciese parecía una proeza. Se sentía importante, útil.

Escuchó a su padre, feliz de compartir aquella información, aunque algunas cosas fueran tan incomprensibles para ella como la Teoría Cuántica de Campos.

Su próximo viaje sería a Japón, le dijo. Lucía abrió mucho la boca. Su madre en Arabia, su padre a Japón... Ella también visitaría algún día todos esos países, afirmó convencida. Había comenzado a viajar con su madre un par de años atrás y fuera de casa todo era más sencillo: la cordialidad imperaba, las risas y las bromas eran frecuentes y además aprendía cosas interesantes que en los libros le parecían aburridas.

Al salir el tema del viaje de Elena, Carlos miró a su hija, pero no dijo nada. También Lucía lo miró unos segundos, pero tampoco preguntó. Con el espíritu de un avezado abogado, pocas veces lo hacía si no barruntaba una respuesta inofensiva. Ninguno quiso arriesgarse a estropear aquel trayecto.

Al llegar al colegio, bajó del coche con más orgullo y aplomo que una princesa descendiendo de una carroza, mientras el resto de niños se amontonaban en las escaleras de los autobuses o corrían hacia sus clases como lluvia de estrellas opacas desapareciendo en el horizonte enladrillado.

De vuelta a casa, recordó las palabras de su madre —siempre lo hacía—. Ducharse, estudiar, la cena, un poco de tele y a la cama. No necesitaba que se lo recordaran, aunque Adelaida la ataba corto con cintas invisibles. Estaba en la fase de estudio cuando la tata asomó la cabeza en su cuarto y le riñó por hablar con los muñecos; acostumbrada como estaba a contárselo todo, ahora los usaba de imaginarios alumnos y les explicaba las lecciones, un sistema muy efectivo aunque a Adelaida y a su madre no les pareciera serio.

Sí, la semana se presentaba prometedora. Se durmió tranquila a la luz de la lamparita verde que iluminaba sus sueños. Ese día no tuvo miedo, era mayor.

A Elena en cambio el viaje se le hizo largo y tedioso. Siguiendo su costumbre de aprovechar el tiempo al máximo, ojeó algunos libros sobre los países que visitaría y se empeñó, como siempre inútilmente, en aprender algunas frases en inglés, entre bandeja y bandeja, con un librito de bolsillo que aseguraba que en catorce horas dominaría aquel idioma lo suficiente como para seguir una conversación.

Su vecino de asiento rebosaba por ambos lados y su constante movimiento la había exasperado hasta obligarla a levantarse un par de veces para fumarse el nerviosismo. Tras la última escala se forzó a dormir, más por autodisciplina que por sueño.

Llegaron a Jeddah anocheciendo. El aduanero revisó largo rato su visado de negocios, sus diminutos ojos marrones oscilando crispados del pasaporte al rostro de Elena, que miró con preocupación al resto de compañeros que la observaban con cara de fastidio. Por fin le sellaron el pasaporte y se apresuró hacia donde ya solo la esperaba Rodrigo Badenes; el resto habían desaparecido, pero los encontraron a los pocos minutos recogiendo el equipaje.

Un autobús les esperaba para trasladarlos a la ciudad. Agotados por el viaje, la perspectiva de pasarse otra hora encajados hasta su destino no les entusiasmó, pero el moderno sistema de aire acondicionado fue suficiente para levantarles su fatigado ánimo y evitó que muchos de los compañeros de Elena, desprovistos ya de las chaquetas de sus trajes, marcaran las camisas con odiosos cercos. A Elena por el contrario aquel frío artificial le molestaba. Siempre llevaba un pañuelo de seda en su bolso, lo sacó para taparse la garganta y la boca y no respirar aquel hielo cortante que hacía las delicias del resto. Era la única forma de alejar una tos impertinente que la asaltaba con frecuencia.

No le gustaba quejarse ni llamar la atención; no era el eslabón débil de la expedición y evitaba en lo posible que tuvieran ningún tipo de miramiento especial más allá de la mera cortesía como dejarla pasar la primera o apartarle la silla, pero ella cargaba con sus bultos y pagaba sus consumiciones. Eso quedó claro mucho tiempo atrás, para tranquilidad de ella y de los demás.

Tras recorrer varias avenidas inabarcables con la vista, llegaron al hotel. En aquel árido país todo era grande y ostentoso. Nada más atravesar la gigantesca puerta de cristal parpadeó varias veces para acostumbrarse al estallido de luz que inundaba la recepción multiplicada por miles de cristales tallados. Avanzó sobre una alfombra tan gruesa que abrazaba sus pies cansados, alternándose con zonas desnudas donde sus tacones sacaban notas del mármol. Se sintió impresionada y algo cohibida, como si las gigantescas arañas del techo pudieran caer sobre su cabeza de un momento a otro; y se sintió extraña, en recepción no se veían apenas mujeres e iban tapadas hasta la nariz.

Los dos primeros días transcurrieron sin salir del imponente edificio. Los encuentros comerciales —una especie de miniferia— se realizaban en los inmensos salones del hotel, comían y cenaban allí mismo, saltando de restaurante en restaurante y, como mandaba la ley, sin probar una gota de alcohol. El ritmo de trabajo era frenético y las visitas de clientes se sucedían sin tiempo para reorganizarse.

El segundo día, a las cuatro y media, casi había terminado con las reuniones programadas, y el intrincado artesonado del techo acechaba su cabeza como si ella creciera o la sala menguara. Había hecho un número considerable de pedidos, pero cada nuevo cliente le exigía la exclusiva para Jeddah de las prendas seleccionadas, por lo que había retirado varios modelos del muestrario y se estaba quedando con muy poco para enseñar. Solo quedaba un día y en su próximo destino contaría de nuevo con la colección completa, pero delante tenía a un hombre con dificultades para comprender que apenas quedaba donde elegir. Un joven de la oficina comercial española desgranaba en inglés las explicaciones de una Elena que lo entendía sin poder expresarse, a pesar de sus lecciones de bolsillo. Y no era la única, compartía limitación con sus compañeros y los dos intérpretes de la oficina comercial tenían el carnet de baile completo auxiliando a todos los que intentaban hacer valer sus productos. Su ayudante la abandonó para seguir con otro expositor sin haber cerrado el acuerdo y se quedó sola con aquel venerable caballero ataviado con el tradicional *ghutra* blanco saudí y el *igal* ciñéndole el pañuelo a la cabeza.

Dos grupos más allá, alguien no perdía detalle de las evoluciones de Elena frente a aquel hombre.

—¿Puedo ayudarle en algo?

Elena levantó la cabeza al escuchar aquella voz generosa y quedó sorprendida: quien a ella se dirigía no era ningún miembro de la misión comercial española, sino un hombre de mediana edad y evidentes rasgos árabes, que por alguna extraña razón dominaba la lengua de Cervantes a la perfección. Dudó un momento, confusa, pero reaccionó de inmediato. Aquel trato tenía que cerrarse y, si como parecía por su aspecto, el recién llegado hablaba árabe, ¿quién mejor que él para ayudarla? Sonrió agradecida, superada la primera impresión.

—Bueno, tal vez pueda usted hacerle entender a este amable caballero que el vestido que pretende comprar lo vendí ayer en exclusiva para otro comercio de Jeddah —le aclaró a toda velocidad—, y no se lo puedo ofrecer. Intentaba explicarle que podría hacerle algo parecido modificando el original. Se lo iba a dibujar cuando usted ha llegado, pero no estoy segura de que me haya entendido. ¿Podrá ayudarme? —preguntó con una coquetería involuntaria y una mirada de divertida súplica.

El desconocido correspondió a su sonrisa mostrando unos dientes blancos y perfectos, asintió con un galante gesto de cabeza y se dirigió ceremonioso al caballero.

—*As-Salamu Alaycum* —le dijo acompañando el saludo con un gesto de su brazo derecho y una leve inclinación de cabeza, para a continuación tenderle la mano.

—*Alaycum Salam* —respondió el caballero con un sonoro suspiro de alivio.

A partir de ahí, Elena no pilló ni una sola palabra de la conversación, pero el lenguaje corporal de ambos le hizo relajarse, parecían amigos de toda la vida. Las cosas debían de ir por buen camino. Les observó mientras alineaba blocs y despejaba la mesa para no permanecer ociosa. Al poco rato su apuesto salvador se dirigió a ella.

—Dice que lo entiende, él también quiere exclusividad; le ha gustado la idea de variar el diseño para él, pero necesita ver cómo quedaría.

—Si me da dos minutos, se lo dibujo.

Elena alcanzó su libreta cuadriculada, sacó el lápiz y con hábiles y precisos trazos dibujó una variante del vestido de la discordia. Su mano bailó rápida sobre el papel, añadió aletas a las mangas, cambió un lazo por una flor aplicada, puso un volante en el bajo y, como la tela del original era de flores y este iba a estar bastante recargado, eligió una brillantina blanca y lisa para diferenciarlo del original. Le enseñó la tela en otra prenda y señaló los cambios en el dibujo, con su traductor espontáneo asintiendo con la cabeza ante su rapidez de reflejos y poniéndole palabras a cada gesto.

—Le parece estupendo. Pregunta cuánto cuesta. Le aconsejo que lo suba, ha diseñado un modelo exclusivo para él y lleva bastante más trabajo que la muestra. Si no le importa, dígame el precio del otro y yo me encargo —se ofreció, con una mirada cómplice—. Se me dan bien estas cosas, me divierten.

Elena estaba tan asombrada de toda aquella situación que no discutió. Le dio el precio y siguió contemplando la conversación.

—¡Trato hecho! —sentenció a los pocos minutos—. Le he marcado el doble del importe del modelo original, pero hágame un favor —susurró apartando con discreción el vestido del que colgaba la etiqueta—: esconda el precio auténtico o me dejará en muy mal lugar.

Su inesperado intérprete se despidió del cliente y se inclinó para besar la rendida mano de Elena, la vista fija en las pupilas verdes que se alzaban sobre las pequeñas gafas. Una agradable sensación se deslizó por su columna vertebral al sentir aquellos labios carnosos en el dorso de la mano, hasta erizarle el vello de la nuca. Se removió inquieta, buscando una palabra adecuada, pero su salvador ya iba camino del grupo con el que estaba momentos antes sin poder darle las gracias.

Lo siguió con la mirada y parpadeó varias veces asimilando lo sucedido. No, no lo había soñado, allí tenía un hermoso pedido en el que, entre otros, se incluía un vestido sin referencia recién dibujado, vendido a un precio absurdo y del que tendría que fabricar una cantidad tal que podría ser el uniforme de medio país. Le entraron unas ganas tontas de reír, aunque a su orgullo le dolía reconocer que sin ayuda no hubiera cerrado el trato. Ahora le debía un favor al galante desconocido, algo que nunca aceptaba con agrado. Pero lo más inquietante fue recuperar, muy a su pesar, la memoria de sensaciones olvidadas.

22

La gigantesca sala se fue vaciando. Apenas quedaba nadie más que los expositores organizando sus caóticos espacios y los percheros se vaciaban dejando a la vista los pesados damascos y maderas de las paredes. Elena recogió las muestras esparcidas por la mesa y guardó los blocs de pedidos en la maleta. Entre vestido y vestido, sus ojos seguían la estela del desconocido. Se dio cuenta y sacudió la cabeza. Era la falta de aire, se dijo, tantas horas encerrada y tanto adorno floral estaban afectando a sus percepciones. Le vendría bien salir, dar una vuelta, ver gente nueva y respirar un aire menos viciado que aquel miasma de sudor, nicotina y agua de floreros recalentados. El resto del grupo también recogía entre risas y bromas.

—¡Se acabó por hoy! —exclamó contenta—. Ha sido un buen día, ¿verdad?

—¡Pues sí! No nos podemos quejar. —Los pequeños ojos de García dibujaban una sonrisa partida en dos por una nariz grande y aguileña—. Desde luego que esta gente con sus famosos petrodólares tiene capacidad de compra. —Se frotó las palmas de las manos con fuerza antes de seguir ordenando.

—¿Qué vais a hacer ahora? —preguntó Elena recogiéndose la rubia melena.

—No sé, no hemos hablado nada —García miró interrogativo a sus compañeros.

—¿No os apetece dar una vuelta? He leído que la ciudad tiene unas puertas preciosas, y hay una casa decorada con corales del mar Rojo. Yo no sé a vosotros, pero a mí el hotel se me cae encima. —En cada viaje era Elena quien tomaba la iniciativa para hacer algo de turismo diurno, porque para el nocturno no necesitaban acicate—. ¿Qué os parece?

—¡Yo me apunto! —García, como de costumbre el más dispuesto, se ajustó el nudo de su corbata y los miró con expectación—. Ya no nos queda nada de estar aquí.

—Por cierto, Elena —interrumpió Fernando Alcalá—. ¿Quién era ese que ha estado hablando contigo y con el de la túnica? —Al mencionarlo, todos sus compañeros miraron alternativamente a Elena y a su intérprete desconocido que continuaba hablando con un grupo de hombres unas mesas más allá—. Parecía que lo conocieras de toda la vida.

Elena se quedó cortada. Acababa de darse cuenta de que no sabía ni su nombre.

—Pues si os digo la verdad, no sé ni cómo se llama, pero no veáis lo bien que me ha venido. Es árabe o al menos eso parece, porque el español lo habla como tú y como yo. Casi diría que incluso mejor que tú —agregó con una mueca burlona mirando al orondo Alcalá—. Tal vez Marcos, el de la Oficina Comercial, lo sepa. Viene por ahí. ¡Marcos!

—¿Ya terminaron? —preguntó esperanzado el escuálido y ojeroso joven.

—Sí, estábamos pensando en ir a dar una vuelta antes de cenar.

—No sé si será buena idea —palideció más aún—. Los extranjeros no están muy bien vistos aquí, y las extranjeras... Prácticamente no existen. Si las hay, por la calle no se las ve.

—No se preocupe, iríamos todos juntos y no es necesario que nos acompañe —le tranquilizó Elena ignorando la advertencia—. Por cierto, estábamos hablando de un personaje que nos ha llamado la atención.

—¿De quién se trata? Ha pasado tanta gente por aquí hoy...

—Todavía está aquí —Rodrigo Badenes señaló con un discreto gesto de cabeza hacia donde se encontraba el foco de su interés—. Es aquel hombre de allí, el árabe que viste de traje.

—Pues no lo he tratado directamente, aunque he oído hablar de él. Tiene negocios, de joyería, creo, pero le he visto intermediar en operaciones muy diversas. Nadie sabe muy bien a qué se dedica. Lo único en lo que todos coinciden es en que es egipcio, disfruta de una fortuna personal enorme y habla seis o siete idiomas como el suyo propio. ¿Por qué lo preguntan?

—Curiosidad. A Elena le ha echado un capote en una operación y, tal y como nos cuenta, en perfecto castellano.

—Bueno, de eso es de lo que tiene fama, de ser un gran negociador. —Marcos apoyó su mano derecha sobre el estómago; parecía indispuesto—. Viene con frecuencia por aquí, pero siempre visitas cortas.

—Resulta un poco misteriosa esa descripción —meditó Elena en voz alta.

—Pues si te pica la curiosidad, ¿por qué no vas tú y le preguntas a qué se dedica? —la retó uno de sus compañeros de viaje, con gesto crispado—. No entiendo tanto interés en un extraño. No es más que otro árabe, por muy a la europea que vista.

—Tienes razón, Jaime. Qué menos que agradecerle sus gestiones —aceptó divertida sin recoger el final de la alegación—. Ahora mismo estoy en deuda con él. —Y ante el asombro de sus compañeros echó a andar con paso seguro hacia donde se encontraba su benefactor charlando con dos caballeros convertidos en una mancha borrosa en cuanto se quitó con disimulo sus pequeñas gafas. Años atrás habría sido incapaz de entrometerse, pero ahora pocas cosas frenaban sus pasos.

Al acercarse comprobó aliviada que hablaban en francés. Se dirigió a los tres caballeros en el mismo idioma, excusándose por la interrupción y solicitando unos segundos para despedirse.

—Disculpe mi atrevimiento. —En ese momento las palabras se disolvieron junto a su aplomo; la forma de mirarla de aquel caballero afectaba a sus sentidos—. Err... quería agradecerle sus gestiones antes de irme, pero ni siquiera nos hemos presentado.

—Me llamo Djamel Mohamed Ben-Kamici. Pero todos me llaman Mr. Kamici, o Djamy —besó su mano con delicadeza como hiciera al despedirse—. ¿Y usted, mi bella dama? —Sus ojos negros se habían enganchado a los de Elena mientras mantenía la mano de ella cautiva en la suya.

Elena se sonrojó. Otra vez sentía aquel cosquilleo en la nuca. Se frotó la pantorrilla con el empeine del otro pie y volvió a apoyarlo en el suelo.

—Soy... Elena Lamarc, gerente de Confecciones Lena. —Enfatizó su condición profesional buscando una dosis extra de aplomo entre su turbación—. Encantada de conocerle, Mr. Kamici —aseveró mientras cambiaba la posición de su mano en la de él para estrechársela con vigor, en un apretón masculino y profesional—, y muy agradecida por su intervención. Había pensado que lo justo sería ofrecerle una comisión y de esa forma...

Su interlocutor arqueó las cejas hasta tal punto que pareció que los ojos iban a salir disparados de sus órbitas, y negando con vehemencia y cierto aire divertido le corrigió:

—Na, na, na, na... ¿Pero qué dice? Bueno, bueno, yo solo hice de traductor a cambio de ver sus ojos de cerca. No me debe nada, pero, si quiere, podemos discutirlo esta noche —concluyó con una seguridad que no admitía un «no»—. La invito a cenar.

A cada intento de Elena por interponer el muro de lo profesional, aquel caballero lo traspasaba como una cortina de humo.

—Yo... bueno... en realidad no sé qué vamos a hacer. Estábamos hablando de ir a dar una vuelta y luego teníamos pensado cenar todos juntos en el hotel pero...

—¿Salir? ¿Ustedes solos? —Parecía incrédulo—. ¿Conocen Jeddah?

—No.

—Sería mejor que les acompañara alguien que conozca el país. Puede ser peligroso. Es usted muy bella para andar por Jeddah sin la compañía adecuada.

Elena empezaba a pensar que no volvería a necesitar colorete en su vida, sus mejillas teñidas de un intenso color a cada nueva frase. Se estremeció.

—¿Tiembla? —observó, mostrando una dentadura perfecta.

—Es el aire acondicionado, no me acostumbro. —Se había transformado en una amapola, y saberlo no le ayudaba—. En realidad no iba a salir sola... —se defendió con poca convicción—, y además, sé arreglármelas por mi cuenta.

—No lo dudo, *mademoiselle* Lamarc.

—En realidad, yo no... —comenzó, con la intención de aclarar su estado civil, pero no le pareció el momento de puntualizarle el tratamiento y empezar con explicaciones. Además, de golpe se sintió más joven, y en francés sonaba tan bien... Prefirió derivar la frase hacia otros derroteros—, yo no pretendía disuadirle, pero no es decisión mía.

—¿Cree que les importará si les acompaño? —sus ojos entornados miraban por encima del hombro de Elena al grupo al otro lado de la sala.

Elena quiso rechazar aquella oferta, pero... no pudo. Algo en aquel desconocido le atraía, y hacía tanto tiempo que no sentía ese hormigueo en su estómago que no supo negarse. Se volvió en la dirección que miraba Djamel. Hasta ese momento no había sido consciente de que su conversación era seguida por todos sus compañeros.

—No creo que sea problema. Venga, se los presentaré y de paso lo comentamos.

Y sin pensarlo dos veces se dirigió hacia ellos con Djamel pegado a sus tacones.

—Señores, les presento a míster Kamici. Este es el señor Alcalá..., el señor García..., Badenes... —Uno a uno los fue presentando haciendo una breve introducción de quiénes eran—. Le comentaba a míster Kamici que íbamos a dar una vuelta y como conoce bien la ciudad se ha ofrecido a acompañarnos.

—Yo creo que me iré a descansar. Estoy destrozado —Rodrigo hizo un movimiento giratorio con los hombros y el cuello—. No sé si es el cambio de horario o la cama, pero no duermo.

—Pues así no lo vas a conseguir, Rodrigo —le indicó Elena—. Es mejor aguantar hasta la noche para adaptarse al horario.

Debatieron unos instantes y al final de los cuatro presentes, solo Fernando Alcalá, que desde el principio mostró su interés por conocer a Ben-Kamici, y el inquieto García, siempre dispuesto a apuntarse a todo, se decidieron.

Quedaron en pasar un momento por sus habitaciones para refrescarse y recoger sus pasaportes antes de reunirse en el hall.

Al salir del hotel les recibió el característico bochorno de aquellas latitudes. Elena agradeció la sensación de calor a pesar de la tirantez repentina en su piel de por sí seca; el aire acondicionado la había mantenido en una permanente tiritona.

Los dos hombres se acomodaron en el asiento posterior del vehículo dejando a Elena delante sin considerar su resistencia a ocupar el asiento junto a Djamel, pero asumido lo inevitable aprovechó el trayecto para escrutar de reojo a su acompañante. No era un hombre guapo. Sus facciones eran exageradas: la nariz ancha y chata; los ojos negros, enormes y redondos, enmarcados por unas pestañas gruesas que dulcificaban una expresión opaca; los labios carnosos; el mentón cuadrado... pero su atractivo era magnético. Tal vez fuera la seguridad en sí mismo, ese aire tan masculino o sus maneras de *gentleman* que vestían de elegancia sus marcados rasgos árabes. Algo lo hacía diferente, más allá de su exotismo. Ante él sentía una indefensión tan atrayente como inquietante.

—¿Le preocupa algo, *mademoiselle* Lamarc? Está usted absorta. —Las repentinas palabras de Djamel fueron un chasquear de dedos ante sus ojos, despertándola del encantamiento.

«Absorta.» Se preguntó cómo demonios conocía aquella palabra, si alguno de los tarugos que la acompañaban no eran capaces de pronunciarla. La había pillado; solo esperaba que además no fuera adivino y pudiera leer los pensamientos, aunque de nuevo el súbito resplandecer de sus mejillas la dejaba al descubierto. Por fortuna acababan de llegar a su destino, evitándose dar explicaciones.

—Será mejor que se cubra el pelo, ¿lleva algún pañuelo?

Elena frunció el ceño.

—¿Para qué?

—Es la costumbre. Una mujer no puede salir a la calle sin taparse.

Elena miró su casto atuendo, una falda maxi de un tejido de algodón color teja y una camiseta de manga francesa ceñida por un cinturón de cuero a la cadera y cerrada a su cuello sin escote alguno, y negó con la cabeza.

—Vaya tontería, con el calor que hace. Y mire cómo voy.

Además, soy extranjera. En el hotel no he tenido ningún problema.

Djamel insistió en su consejo pero rebotó en la cabezonería de Elena.

—Pues sea buena y no se separe del grupo —le advirtió.

Los alrededores del Gran Bazar estaban casi desiertos. Tan solo se veía algún grupo de hombres vestidos con túnicas y pequeños gorros blancos charlando no muy lejos de la entrada. Conversaciones rocosas golpearon los oídos de Elena; el árabe era un idioma que le sonaba duro, pero el griterío se apagó ante la presencia del pequeño grupo de extraños.

—Será mejor que vayamos los cuatro juntos —recomendó Djamel haciendo un gesto con los brazos para que se agruparan.

—¿Y eso? —García estaba disfrutando.

—No suelen venir muchos forasteros por aquí y a veces no son bien recibidos. Si vamos todos juntos, en grupo, no creo que haya problema —miró a Elena y le hizo un gesto de súplica para que se cubriera, pero ella tenía sus sentidos colapsados por el ambiente.

En el Gran Bazar, alfombras, objetos de barro, artesanía de cobre y cuero o prendas típicas se amontonaban en el suelo o sobre tableros de madera en complicados equilibrios, formando caóticos escaparates de colores envolventes: rojos, ocres, tierras... Un aroma entre acre y dulzón lo impregnaba todo. Unos hombres bebían té sentados en el suelo mientras el olor de una *sisa* humeante envolvía con una manta etérea la conversación de otro grupo. Elena se sumergió en el exotismo de aquel trocito de Oriente con un brillo infantil en los ojos, aquilatando sensaciones con la misma intensidad de cuando era niña.

Muchas de las tiendas estaban cerradas ya, pero Elena aún pudo aprovechar para hacer algunas compras, ayudada por su perfecto intérprete.

—Van a ser las seis y media. Será mejor que volvamos al hotel.

—Sí. Yo necesito una ducha, hace un calor insoportable. —Fernando Alcalá se había liberado hacía rato de la corbata y la chaqueta, pero a pesar de ello su camisa mostraba signos evidentes de sudor. Miró con envidia a Djamel. Seguía con su corbata anudada a la perfección y la chaqueta cruzada, sin un brillo en su amplia frente morena.

—Pues yo estoy en la gloria. Prefiero esto —dijo Elena— al frío que paso en el hotel. Voy a coger una pulmonía con el maldito aire acondicionado.

Se dirigieron hacia el coche. Djamel, cargado con las compras de Elena, charlaba con sus nuevos amigos. Ella había insistido en llevarlas, pero míster Kamici era un caballero a la antigua, según le dijo, y no lo consintió.

Cerca de la salida algunos puestos ya cerrados mantenían a la vista toda su mercancía sin que se viera a nadie controlando. Elena sonrió pensando lo que sucedería si un tendero hiciera eso en su país. Se quedó un poco rezagada admirando de cerca una gran *sisa* policromada. Sin sus gafas apenas distinguía los detalles, pero le pareció idéntica a la que acababa de ver en pleno uso. Se estaba preguntando cómo conseguiría meter aquello en la maleta, cuando un movimiento a su alrededor le hizo levantar la cabeza.

El grupo de hombres que vociferaba cuando llegaron se había acercado y como cuentas de un siniestro collar se iban sumando a un círculo en el que el puesto de su preciosa *sisa* y ella misma eran el centro. Palideció.

Algunos la increparon, en sus caras se desplegaba un abanico de expresiones desde la crispación al odio. Gestos duros, violentos, en aquellos rostros curtidos por el inclemente sol saudí, que la miraban con un desprecio infinito. Elena, horrorizada, tardó unos segundos en interiorizar que asían grandes piedras en puños de nudillos blancos balanceándolas adelante y atrás. Hizo ademán de echar a andar con un aplomo evaporado hacía rato, en un intento de romper el círculo y salir de él, pero de un empujón la devolvieron al centro haciéndole perder el equilibrio. Se levantó apoyándose en el tablero del puesto de artesanía, provocando la caída de un par de objetos con un estruendo metálico, pero no se atrevió a recogerlos ni a gritar, o al menos la voz no consiguió salir de su garganta ni sus miembros moverse.

Djamel y los demás no se dieron cuenta hasta llegar al coche. El vocerío llamó su atención. Elena no estaba a la vista.

—Métanse en el coche y arránquenlo. Dejen libres los asientos de atrás, ya nos cambiaremos más adelante. Es más, si pueden, vayan acercándose marcha atrás hacia allí —señaló unos metros atrás de la órbita humana que alcanzaban a ver—, muy despacio, ¿de acuerdo?

—Pero ¿qué pasa? —preguntó Fernando secándose el sudor con un pañuelo arrugado.

Djamel ya se había ido.

—¡Calla y sube al coche! Esto pinta mal —García, más ágil, saltó al asiento del conductor y lo arrancó—. ¡Leches, es automático! ¿Tú sabes cómo coño va esto? —gruñó disgustado.

—¡Mete la marcha atrás y tira!

La muchedumbre se agitaba cada vez más, habían empezado a gritar al unísono con una fiereza que a Elena le heló la sangre. Fue volviéndose sobre sí misma, buscando una salida, pero solo veía caras desencajadas, apretados unos contra otros como rocas en una cordillera.

Permaneció inmóvil en el centro, temerosa de que si hacía cualquier movimiento aquellas piedras acabarían por alcanzarla. Cerró los ojos y rezó en silencio con el corazón desbocado.

Los gritos de Djamel interrumpieron su oración; se abrió paso dirigiéndose en árabe a unos y otros hasta llegar al vórtice de aquel huracán.

—Le dije que no se alejara —le espetó con dureza—, y que se cubriera el pelo.

—Pero, yo... —la aparición de Djamel alivió su pecho lo suficiente como para poder hablar y que las lágrimas contenidas por el pánico acudieran a sus ojos agradecidos—. ¿Cómo vamos a salir de aquí?

—Su pelo. ¡Rápido! ¿Tiene algo para cubrirse?

El ulular desafiante había bajado de intensidad; aun así algunos hombres le escupían palabras que no entendía.

—Sharmuta! Sharmuta! —le gritaron.

Con manos temblorosas sacó de su bolso el pañuelo de seda y se lo colocó en la cabeza. Djamel se dirigió a aquellos hombres con una violencia tal que Elena llegó a asustarse casi tanto como con los acosadores. Djamel la cogió entonces con fuerza de un brazo y, sin abandonar el tono violento y potente que había empleado, la increpó:

—Es usted una inconsciente. Ahora vamos a salir de aquí. No vacile ni un paso. Les he dicho que es usted mi esposa, que no conoce bien nuestras costumbres porque es europea y que le he ordenado ponerse el pañuelo. Si sus amigos me han hecho caso, el coche debe estar en marcha a pocos metros. Vamos directamente al asiento de atrás. Y no se le ocurra mirarlos a la cara. Mire al suelo hasta que estemos fuera. Deben percibir humillación y vergüenza. ¿Me ha entendido?

El corazón golpeaba a Elena más allá de su pecho. La perspectiva de acercarse a la muralla hostil la aterró, en sus caras no veía intención alguna de dejarla escapar, pero Djamel se movió y ella no iba a quedarse. Echaron a andar con paso firme, sin que su salvador dejara de vociferarles en árabe y con su supuesta esposa sujeta por el brazo sin un atisbo de delicadeza. Los que se encontraban en su camino se abrieron como las aguas del cercano mar Rojo ante Moisés. Los hombres seguían discutiendo entre ellos, pero sus brazos permanecían flácidos aunque sin soltar aquellos cantos.

«Todavía se deben de estar pensando si me lapidan o no», se dijo Elena. Pero el hecho fue que habían roto el cerco. En cuanto estuvieron fuera apretaron el paso hasta subir al coche, que arrancó de inmediato.

—¡Menudo susto nos has dado, Elena! ¿Cómo se te ocurre quedarte rezagada?

—No me di cuenta, Fernando. Me quedé mirando un puesto. —La voz le temblaba mientras su pecho recuperaba un ritmo menos frenético—. ¿Podéis bajar el aire? Estoy temblando.

—Pues será de miedo, joder, que mira la sudada que llevo yo.

—Ha sido muy imprudente —Djamel le apartó una greña con dulzura.

—¡Pero si voy tapada!

—Va vestida a la europea y con el cabello al descubierto. Mire por la ventanilla, ¿ve alguna mujer? No la verá, si acaso por la mañana y desde luego no podrá contemplar mucho más que sus ojos.

—Pero, ¡yo no soy árabe!

—Es igual. Es la ley. Si no llego a intervenir la hubieran lapidado. Siento haberle hablado como lo hice, pero era la única forma de aplacarlos —dieron un frenazo y Djamel se precipitó contra el asiento delantero—. Pare ahí delante, conduciré yo —le indicó a García, que llevaba un rato al volante de trompicón en trompicón y sin cambiar de rumbo—. Será mejor volver al hotel.

23

De vuelta en el hotel quedaron en subir a cambiarse y bajar en una hora. Djamel dio por supuesto que cenaría con ellos y a todos les pareció bien. A todos, menos a Elena. Ahora, además de la inquietud que le provocaba la cercanía de su nuevo amigo, se sentía avergonzada. Era la segunda vez que la sacaba de un apuro en el mismo día, este último mucho más grave que el primero. Pensó por un momento en excusarse y cenar en la habitación, pero le pareció una cobardía. No tenía por qué esconderse, y en cierta medida se lo debía. Si no hubiera sido por él... Se estremeció al recordarlo.

Una vez en la habitación, se desvistió, se puso el albornoz —gentileza del hotel—, y vació medio frasco de gel sobre el agua humeante de la bañera. Un manto blanco comenzó a crecer cubriendo la superficie líquida con una suave y acogedora nube. Necesitaba relajarse. Aquello no iba a ayudar mucho a su pelo, pensó, pero lo necesitaba. Se lo recogió en un moño alto. Su pelo... en menudo lío la había metido. Se lo envolvió con cuidado en una toalla para protegerlo de la humedad. Cuando la bañera estuvo a la mitad y el espejo del baño solo reflejaba sombras de color tras la bruma, se deslizó en el agua. Primero los pies, luego se fue sentando, poco a poco, hasta sumergir todo su cuerpo bajo la suave espuma. Mmm... el baño estaba muy caliente, un leve espasmo la recorrió hasta dilatar todos los poros de su piel; sus músculos se derretían y el calor la iba penetrando. El altavoz del baño la acarició con una versión instrumental de

Strangers in the night. Era una sensación maravillosa. Y se durmió.

Un estremecimiento rompió su letargo. La temperatura del agua había bajado bastante y a través de la puerta entornada llegaba el frío cortante del aire acondicionado de la habitación. Ignoraba qué hora era, pero seguro que llegaba tarde. Se levantó con rapidez, abrió la ducha para quitarse los restos de jabón y comenzó una carrera frenética para arreglarse. Desde la Comunión de su hija no había vuelto a tener tanto interés por estar bien y con esas prisas no podía hacer milagros. Recordó la última vez que se vistió con esa celeridad para impresionar a un hombre; el día en que Carlos conoció a sus padres y desde entonces... Su corazón se aceleró. Volvió al presente con rapidez, no podía entretenerse en recuerdos inútiles. Cogió las gafas para ponérselas pero a medio camino detuvo aquel gesto reflejo y las dejó de nuevo sobre el tocador.

Sospechaba que era la última en llegar y se apresuró por el pasillo; a pesar del poco tiempo en que se había arreglado estaba preciosa. Llevaba un sencillo vestido negro de punto, cruzado en el pecho, con un escote de pico que moría a poca distancia de la hebilla de piedras rojas que le ceñía la cintura. Al cuello, una fina cinta de terciopelo negro, rematada por una flor del color de su rostro apresurado, era el único adorno a su atuendo. Todos los ojos convergieron en ella que, incómoda, hizo un gesto de disculpa y se sentó en el sitio libre dejado junto a Djamel. Frente a ellos, la vista panorámica del mar Rojo cuajado de puntos de luz.

—¡Muy buenas, Elena! Según nos dicen, estás aquí de milagro —en el saludo de Rodrigo, buen amigo suyo y de Carlos, se traslucía más preocupación que reproche.

—Pensaba que te habría dado un bajón al llegar a la habitación —se burló Fernando con retintín— y no vendrías a cenar.

—Pues si os soy sincera —dijo mientras tomaba asiento ayudada por Djamel—, sí que me dio el bajón. Tanto, que me he quedado dormida ¡en la bañera! Por eso me he retrasado. Nunca me había pasado algo así, casi cojo una pulmonía.

—¿Dormida? ¿Con la que has liado? —le reprochó—. Yo

estaba en un estado de nervios que me subía por las paredes. —A pesar de la agradable temperatura, Fernando Alcalá seguía sudando.

—Pues ya ves, a mí me ha dado por tomarme un baño bien caliente y dormir.

—¿Un baño caliente? Estás loca —Alcalá se secó el brillo de la frente con un pañuelo mirándola incrédulo.

—Pues sí, un baño caliente. Llegué destemplada, y en el coche y en el hotel la temperatura debe estar regulada para las focas —contestó molesta—, dicho sea sin ánimo de ofender. ¿Habéis pedido ya?

La mesa soltó una carcajada a excepción de Fernando, que rezongó un «muy graciosa» guardando el pañuelo.

Hasta ese momento Djamel no había participado en la conversación. Seguía cada gesto, cada movimiento de manos, cada parpadeo de Elena. A esa escasa distancia podía notar su suave perfume mezclado con el de los gigantescos macizos de flores que adornaban la estancia.

—¿Cómo íbamos a pedir sin que llegara usted, *mademoiselle* Elena? —intervino al fin Djamel con aquel *mademoiselle* que abrió las líneas de defensa de Elena con la precisión de un bisturí—. Nos tenía preocupados.

Chasqueó los dedos y el maître acudió. Se dirigió a Djamel con familiaridad explicándole en francés las sugerencias del día. Djamel se disponía a traducirlo cuando Elena se le adelantó y comenzó a explicarlo con todo tipo de detalles.

—Habla muy bien francés. ¿Dónde lo aprendió? —preguntó divertido.

—En la escuela. Y luego he tenido la oportunidad de practicarlo por mi trabajo, pero no se burle de mí, hablo lo justito.

—Pero su apellido...

—Sí, es francés. Mi padre era francés, pero nunca lo habló en casa. Siempre me dijo que hablaba francés como una vaca española. En fin... ¿Ya tenemos claro lo que vamos a pedir?

La cena transcurrió entre comentarios sobre política y economía, anécdotas y chistes que Djamel contaba como si se hubiera criado en España. Él llevaba el peso de la conversación.

Todos estaban intrigados por la fluidez y ausencia de acento con que hablaba el español. Lo había aprendido estudiando en Madrid y había visitado España en multitud de ocasiones. Ahora era Elena quien observaba sus gestos y seguridad. Pidieron café y Elena sacó su pitillera en un acto reflejo. Siempre se encendía un cigarrillo después del postre. Djamel se apresuró a darle fuego.

—Entonces, míster Kamici, viene usted muy a menudo a España... —Era el tercer intento para conocer algo más de su salvador—. ¿Por negocios?

—Por favor, llevamos todo el día juntos, ¿por qué no me llaman Djamy o Djamel, como todo el mundo?

—Y además, te ha salvado el pescuezo —le pinchó Alcalá—. Ya es casi de la familia, Lenita —canturreó.

Los ojos negros de Djamel sonreían a Elena, pero la frase de Fernando unida a esa mirada oscura despertaron un recelo en la memoria de Elena. ¿Salvarla? ¿Ojos negros? ¿Dónde había escuchado aquello? Mató su cigarrillo y se encogió de hombros sin darle importancia.

—Bien —concedió Elena al ver los gestos de aprobación de sus compañeros de mesa—, pero, entonces, tutéanos a nosotros también. Comentabas que venías a España por negocios... —insistió.

—Sí, principalmente por negocios. Aunque también hago alguna escapada para descansar en las playas del sur. Tengo buenos amigos en Marbella. ¿De dónde crees que me saco tantos chistes? —rio.

—¿Y cuáles son esos negocios? —Fernando volvió a la carga.

—Bue... —se entretuvo Djamel estirando la palabra—, me dedico a muchas cosas. —Hizo un gesto casi imperceptible con los brazos y forzó a que asomaran los gemelos por las bocamangas de su traje—. Mi actividad principal es el negocio de joyería. Comercio con oro y plata, o con lo que se tercie, ya sea por cuenta propia o ajena. Esto es lo que más disfruto, colaborar con amigos negociando tratos con terceros. Es un *hobby* que se me da bien —miró su reloj— y resulta muy lucrativo. Se ha hecho tarde, somos los últimos. Es una pena, pero aquí no nos darán una copa. Es un país tan aburrido. —Todos rieron el comentario y Djamel sonrió relajado—. Si os parece, podemos pasar al bar y tomar un último café.

—Con lo bien que me vendría hoy una copa —suspiró Elena.

—Conmigo no contéis —de nuevo Rodrigo era el primero en bajarse del carro—. Mañana nos espera un día muy pesado. A las cuatro saldremos hacia el aeropuerto, y antes de recogerlo todo aún tenemos alguna cita.

—Pero Rodrigo, estás hecho un anciano —bromeó Elena mirando a su apuesto amigo—. Cualquiera se creería la fama de juerguista que tienes en Valencia.

—Aaah, querida, una cosa es el trabajo y otra la diversión.

—Pero ¿os vais mañana? —Djamel frunció el ceño—. Creí que estaríais aquí durante unos días más.

—No, mañana salimos para Abu Dhabi —Rodrigo se levantó para retirarse.

—Y luego a Dubái y Beirut —apostilló Jaime, que no había dicho nada en toda la noche.

—Me estáis agotando —suspiró Elena—. Casi se me había olvidado todo lo que nos queda de viaje. ¡Si acabamos de empezar y parece que lleve aquí toda la vida! —La nostalgia empañó sus ojos.

—Entonces ¿vais a pasar por Beirut? —preguntó Djamel con interés, posando su mano distraída sobre la de Elena, que la retiró con disimulo rezando para que sus mejillas no la dejaran en evidencia.

—Sí, al final del viaje —comentó Rodrigo—. Quieren ver si vale la pena participar en la próxima edición de Mofitex y de paso haremos algunos contactos.

Djamel quedó pensativo.

—Pues puede que coincidamos allí —concluyó con gesto satisfecho—. ¿Alguien se viene a tomar un café para celebrarlo?

Elena no quería subir tan pronto. No tenía sueño después de su relajante baño y se lo estaba pasando como ya no recordaba. En la soledad de su habitación, con frecuencia se sumía en la tristeza pensando en lo que durante el día se esforzaba por mantener apartado de su mente. Y su vida social se había reducido tanto desde la separación que apenas hablaba con nadie fuera del trabajo, su círculo de «viudas» y algunos matrimonios que veía de tarde en tarde para que su hija se relacionara con otros niños. No, no tenía ningunas ganas de poner fin a aquel día de emociones que la tenía embriagada de nuevas sensaciones.

—Yo sí que voy —aceptó encantada—. Qué pena que no pueda pedirme un martini. Me iba a sentar fenomenal.

—No se lo digas a nadie —le susurró guiñándole un ojo—, pero a lo mejor sí podemos.

—¿De verdad? —aquello prometía; era como hacer novillos en el colegio aunque ella nunca los hubiera hecho.

—Pues conmigo no contéis, estoy reventado. —Fernando también se puso en pie, desperezándose sin disimulo hasta el punto de hacer peligrar el sufrido cierre de los botones de su camisa—. Este calor me tiene aplatanado.

Jaime no parecía de buen humor ni feliz de la compañía, y optó por marcharse. Y García miró a Djamel y a Elena, y tras guiñarles un ojo les dijo:

—Mejor os dejo solos, parejita, jajajajá.

Elena le echó una mirada furibunda, pero no había remedio, pasó lo que no esperaba, se quedaban ellos dos para ir al bar y ya era tarde para dar marcha atrás. Los nervios estaban jugando con su estómago.

—Venga, caballeros, no vais a decirme que ya os vais a la cama —insistió—. Esto no puede ser, estáis hechos unos abuelos. ¿No se anima nadie? —suplicó—. Con lo bien que lo estamos pasando.

Los cuatro se miraron. Estaban cansados, muy cansados, y durante la cena no les había pasado desapercibido el discreto flirteo entre Elena y Djamel. Era evidente, a Djamel le gustaba Elena y ella, aunque a la defensiva como era su costumbre, estaba menos agresiva que en otras ocasiones. Se miraron entre sí como si se pasaran una patata caliente.

—No, lo siento, Elena, yo me voy. —Rodrigo ya estaba despidiéndose de Djamel por si no lo veían al día siguiente.

—Sí, sí, nosotros también nos vamos —se apresuraron a decir los demás.

Se despidieron y fueron bromeando hasta el ascensor.

—Mil duros a que mañana no se hablan —retó Jaime a sus compañeros. Él había sido víctima en alguna ocasión de los desplantes de Elena.

—Hecho. Este moja —soltó Fernando—. Te lo digo yo, le veo a este tío un algo que puede con ella.

—¡Pero mira que eres bruto! —exclamó Rodrigo—. Pues yo estoy con Jaime. Mañana este tiene un ojo morado, en sentido estricto o figurado.

—Todo esto me parece muy bien, pero ¿cómo lo vais a saber? —García los miraba divertido desde su menguada posición—. ¡Como si os lo fueran a contar!

Entraron en el ascensor.

—Eso se nota, hombre —insistió Fernando—. Y si no, al tiempo.

Elena y Djamel se quedaron solos. Ella, nerviosa e insegura, no recordaba la última vez que se había visto en una situación parecida. No porque no hubiera tenido oportunidades —sus viajes de trabajo, siempre rodeada de hombres, daban para mucho—, sino porque nunca se había sentido vulnerable y los «kamikazes» que habían osado insinuarse todavía andaban curándose las heridas. Ahora no se veía tan resuelta a hacer pedazos a su acompañante.

A Djamel, como venía siendo habitual, también lo conocían en el bar. El camarero se acercó a saludarlo, cruzó dos palabras con él y esperó.

—¿Qué quieres tomar? —le preguntó mientras le separaba galante el mullido silloncito de terciopelo.

—Pues no sé. —Tomó asiento; estaban solos y la penumbra del lugar, junto con los tonos azul oscuro que dominaban la decoración, los envolvía en un ambiente íntimo, demasiado íntimo—. Si estuviera en España me pediría un martini muy seco, pero aquí... ¿Qué te has pedido tú?

—¿Yo? Un whisky con hielo.

Elena enarcó las cejas. Djamel, divertido, le dijo dos palabras al camarero y aquel desapareció tras asentir de forma casi imperceptible.

—¿Qué me has pedido?

—Un martini.

—¿Un martini? —repitió sorprendida y asustada.

—Seco. —Djamel, sin cambiar de expresión se había encendido un cigarrillo y la observaba con detenimiento—. La única pega es la presentación. —Una amplia sonrisa iluminó su cara al ver la expresión de Elena—. Se notaría demasiado. Pero tendrás que guardarnos el secreto.

El camarero regresó con una tetera, una taza, una pequeña cubitera con hielo y un vaso con lo que parecía agua junto a una botella medio vacía.

Elena necesitaba beber algo. La mirada sostenida de Djamel la perturbaba. Dio un sorbito escéptico al líquido transparente y comprobó que el contenido del vaso era un perfecto martini, helado, muy seco, sin más adornos. Lo saboreó con el deleite con que un niño degusta su primer helado del verano. Comenzaron hablando del trabajo de Elena, ella insistía en darle una comisión por sus servicios pero Djamel no quiso ni oír hablar de ello.

—Si te parece, podemos hacer un trato. —Se inclinó hacia delante, aproximándose—: me doy por pagado si cada vez que nos encontremos me aceptas una invitación a cenar.

—De acuerdo, pero pago yo —respondió rápida con una sonrisa pícara—. Aunque veo muy difícil volver a encontrarnos.

—Jajajá. Elena, eres incorregible —sus ojos se habían vuelto dulces y su expresión relajada—, además de muy hermosa. Yo estoy seguro, volveremos a vernos.

Elena, que saboreaba de nuevo su copa, se atragantó. Su pulso empezaba a no ser tan firme. Se reclinó hacia atrás cruzando las piernas.

—O aceptas mis condiciones —insistió ella como si no hubiera oído su galantería— o no hay trato.

—Eso es irrelevante —zanjó Djamel con un gesto displicente de su mano—. ¿Cómo es posible que una mujer como tú no esté casada? —preguntó de pronto.

La conversación estaba llegando donde Elena se temía. Comenzó tensa, sin mentir, confesando de sopetón la existencia de un ex marido y una hija. Pensó que aquello sería el final de su velada y que el interés de Djamel desaparecería *ipso facto*, pero fue justo al revés.

—¿Y qué haces viajando por el mundo, en lugar de estar en casa, con tu hija?

Elena se dio cuenta de que aquella pregunta siempre le había resultado impertinente, incluso ofensiva, y ahora en cambio la encontraba protectora, no exenta de cierta admiración hacia su persona. Fue inevitable, poco a poco le fue relatando cómo había llegado hasta el punto en que se encontraba sin entrar en los detalles más dolorosos, aunque no omitió la presencia de Verónica en su vida y en la de su hija, ni cómo se estaba apoderando de todo su patrimonio. Djamel la escuchaba sin dejar de mirarla; en un momento le cogió la mano y encerrándola en las de él, se la besó.

—Es una historia increíble, querida Elena. Tu ex marido debe estar loco para dejar a una mujer como tú. —Ella deslizó su mano fuera de su encierro con escasa decisión y el la miró—. Dime cómo se llama esa mujer que te tiene tan preocupada y me encargaré de ella. Un accidente a tiempo resuelve muchos problemas.

—Pero ¿qué dices? —Elena se sobresaltó y su espalda se tensó de un latigazo que llegó hasta sus ojos espantados—. ¿Estás de broma?

—¿Tú qué crees? —Y soltó una carcajada desbordada llevándose toda la inquietud por delante—. ¡Pues claro que estoy de broma! Pero lo que he dicho de tu ex marido lo digo en serio. —Y clavó de nuevo sus ojos en los de ella.

Siguieron hablando durante un buen rato. El segundo martini, la tenue luz del bar, la discreción del barman y la intimidad de verse solos, la hicieron sentirse más confiada, bajar la guardia. Miró el reloj y las manecillas la trajeron de vuelta.

—¡Se ha hecho tardísimo! —exclamó apenada—. Todavía tengo que cerrar mi maleta para mañana. Cuando bajemos, tendremos que dejar la habitación. —Hizo una pausa y reflexionó en voz alta—. Hacía mucho que no hablaba sobre mí con nadie; no sé por qué te he contado todo esto... —lo miró con curiosidad— y tú en cambio no me has contado nada de ti.

Djamel firmó la nota.

—Te acompaño —sus ojos volvieron a encontrarse—. ¿En qué piso estás?

—En el octavo.

—Yo también. —Ya no sonreía; la intensidad de su mirada preguntaba muchas cosas que Elena no quería responder.

El corazón se le aceleró. A pesar de los vapores del alcohol, se daba cuenta de cómo la situación se complicaba.

Subieron al ascensor en silencio. ¿Y si intentaba acompañarla a su cuarto? ¿Y si pretendía entrar? ¿Y si...? Cada nueva pregunta incrementaba la velocidad de sus pulsaciones. No podía hacerlo, se dijo. Sin embargo, tal vez sí quería...

Él la observaba como si estuviera leyendo sus pensamientos. Llegaron al octavo y salieron del ascensor. Elena sabía de su poca habilidad en esas situaciones. Si abría la boca, probablemente no volviera a verle, pero los nervios la obligaban.

—Pues aquí es —suspiró ante la puerta de su habitación—. Gracias por todo, Djamel. ¡Te debo una cena! Tal vez en Beirut. Pero sino, cuando vengas por España, no dejes de llamarme. Seré la perfecta anfitriona. Es lo menos que te mereces. —Si dejaba de hablar no sabía lo que iba a pasar; siguió enfriando el momento a base de una locuacidad impersonal y le tendió su tarjeta de empresa. Se sintió estúpida nada más hacerlo. Había roto el encanto.

—Parece que no nos vayamos a ver mañana. Y aunque así fuera, nos veremos, no te preocupes. Lo sé. —Y entonces, sin mediar una palabra más, la sujetó por los hombros y la besó.

El mundo desapareció, el suelo se abrió y cayó en una nube de flores y algodón que la abrazaron con calidez voluptuosa. Tardó en reaccionar. El calor húmedo de los labios carnosos de Djamel no desapareció de los suyos cuando los separó, fue a decir algo, pero él lo impidió con un dedo.

—No digas nada. Nos volveremos a ver. Piensa en mí.

Elena entró en su refugio temblando. Se encendió un cigarrillo y buscó su diario. Por una vez no escribiría su desgraciada existencia, sino el resurgir de emociones que creía muertas. Lo abrió, el clavel seco que pasaba de año en año de un diario a otro cayó al suelo.

Lo recogió con sumo cuidado, y a su tacto le vino a la mente una mañana en el Rastro y la voz de una gitana. El runrún de aquella voz provocó un vacío en su estómago. Estúpidas supersticiones.

24

A Carlos se le presentaba un fin de semana apacible. Lucía se quedaría en el colegio, y Verónica no tendría motivos para molestarse ni por su exigua ausencia ni por los requerimientos de su ex mujer transmitidos a través de la niña. Como no podría verla, aprovechó las mañanas llevándola casi todos los días al colegio y casi había disfrutado de más tiempo y hablado de más cosas con ella en esa semana que cualquier sábado en sus salidas de aperitivo y vuelta.

Pero la realidad, esa desconocida que guarda sorpresas en sus rincones para demostrar que tu vida está siempre en manos de otros, se encargaría de alterar su plácida existencia quitándole las ganas de ver a nadie.

Entró en casa como cualquier viernes, aunque de mejor humor por no haber discutido con Elena. Se quitó la chaqueta azul marino dejándola en el respaldo de una silla y se acercó a Verónica, que permanecía frente al amplio ventanal mordiéndose las uñas, todavía con sus tres cuartos puesto como si acabara de llegar de la calle.

Tan pronto Carlos la abrazó por detrás para besarla en el cuello, Verónica se deshizo de él con violencia.

—Pero ¿qué te pasa?

Verónica se desplomó sobre el sofá con la cabeza sujeta con fuerza entre las manos y los codos clavados en las rodillas.

—¡Estoy embarazada!

A Carlos la noticia no le sorprendió; lo raro era que no hubiera pasado antes. Y tener un hijo con Verónica era lo único que le faltaba para completar su felicidad. Llevaba tiempo extrañado de que no sucediera, pero también con Elena había tardado en ser padre. Entonces lo achacó a la sequía sexual que compartían, pero ahora si fuera por la frecuencia de las relaciones serían padres de familia numerosa. La noticia le barrió de la cara el cansancio, las preocupaciones, el gesto de dolor que le acompañaba por un pinzamiento en la espalda, la irritación acumulada con unos proveedores informales, todo, y su rostro se relajó en una expresión satisfecha y orgullosa.

—¡Pero esto es fantástico! —exclamó levantando los brazos al cielo agradeciendo a un ser invisible la noticia, sin reparar en el sombrío semblante de Verónica—. No te imaginas cuánto tiempo he esperado que me dijeras...

No le dio tiempo a abrazarla.

—¡No puedo tenerlo! —lo interrumpió ella tajante mientras se mesaba los rizados cabellos y se apartaba de su gesto de afecto como de un hierro candente.

—Pero ¿qué dices? —El ceño de Carlos se hundió hasta casi cubrir sus ojos.

—¡Que no lo puedo tener! Me niego a tener un hijo sin padre.

—¿Cómo que sin padre? —preguntó Carlos desconcertado—. Y yo, ¿quién soy?

—¡No puedo darle tus apellidos! Tendría que inscribirlo con los míos y ¡no voy a pasar por ahí! ¡Ni mi hijo tampoco! —Verónica mantenía su mirada fija en la mesa, con las rodillas apretadas y las manos sujetando una revuelta cabeza que negaba con insistencia—. ¡Estoy harta!

—Cálmate, cariño. ¿Qué más da? —la apaciguó Carlos pasándole una mano por la inquieta cabeza, más tranquilo—. Buscaremos la manera de...

—¡No digas gilipolleces! —Se revolvió con violencia deshaciéndose del dulce gesto de Carlos—. ¡¿Qué vamos a hacer?! ¿Eh? ¿Pasearlo por ahí y decirles a todos que es un bastardo? ¿Que yo en realidad no soy tu mujer?

—Eso la gente lo sabe y ya no les importa. No estamos en los años cincuenta —Carlos tragó saliva y aunque sus palabras eran conciliadoras el tono se había vuelto ligeramente amenazador—; la gente te quiere por como eres.

—¡Eso te crees tú! Muchos no lo saben. —Verónica se había levantado y caminaba por la estancia moviendo los brazos con la vehemencia de un director de orquesta en plena apoteosis—. ¡Y un bastardo sigue siendo un bastardo en esta España de mierda! ¡Estoy harta de esto! No puedo seguir así. —Se detuvo frente al amplio ventanal con las manos tapando su cara.

—Verónica, tranquilízate. No va a pasar nada.

—¡Es que no te enteras! —Se volvió hacia él con todas las aristas de su rostro desencajadas y una mirada de reproche infinito antes de proseguir arrastrando las palabras—. ¡Es el tercer embarazo! —gritó señalándolo con tres dedos acusadores—. ¡Y no puedo seguir abortando cada vez! ¡Tres, me oyes, tres! —Lágrimas de rabia acudieron a sus ojos crispados mientras agitaba el fatídico abanico de tres varillas ante los ojos espantados de Carlos.

—¡Mientes! —Un fuerte dolor en el pecho seguido de intensas palpitaciones le obligaron a rebajar el tono—. Te lo estás inventando. —Masticó las palabras apuntándola con un dedo vibrante de tensión. Los días ya alargaban y en la calle las últimas luces aún bañaban con un resplandor violáceo el cielo limpio, pero en aquella habitación un nubarrón denso e invisible había entrado ensombreciéndolo todo.

Verónica quedó paralizada y su cara palideció ante la mirada ígnea de Carlos que, por segunda vez en su vida, traspasó a una mujer con una lanzada de odio incontenible. Desde que Elena los sorprendiera juntos en su casa, su organismo no había experimentado una agitación tan venenosa y colérica, cada centímetro de su ser vibraba con un ligero temblor en la superficie —el epicentro convulso en los latidos de su corazón—, como una imagen catódica mal sintonizada. Verónica se desplomó sobre el sofá, sollozando.

—¡Perdóname! ¡Perdóname! —Su llanto arreció hasta tal punto que su madre acudió asustada desde la cocina y solo llegó a escuchar la última frase—. ¡Tenía tanto miedo por lo que nos pudiera pasar! Yo, yo...

—¡Niña! ¿Qué pasa? —Manuela miró consternada a su yerno—. ¡Qué te ocurre!

—¡Ay, maaaaaadre! —Manuela se había hecho un hueco en el sofá y mantenía la cabeza de su hija en el regazo—. ¡No puedo...!

—Venga, mi niña, no será para tanto... —Manuela acariciaba los suaves rizos cobrizos mientras, convertida en un bulldog, miraba a Carlos con fiereza.

—Será mejor que nos deje solos —ordenó Carlos congelando el aire—, Manuela.

La oronda señora no se dio por aludida y continuó susurrándole al oído a Verónica, tratando sin éxito de calmarla. Carlos la exhortó con mayor rotundidad, y ahora fue ella quien reaccionó.

—¿Qué le has hecho, animal? Algo mu gordo la tienes que haber hecho a la niña pa que se ponga así.

—Es lo que me faltaba por oír. —La cara de Carlos estaba ahora como la grana y su voz salió ronca de la garganta.

Verónica atendía la conversación con el rostro oculto en las faldas de su madre.

—¡No, madre, no! Es todo culpa mía —clamó—. Estoy... embarazada.

—¡Ay, Dios! ¡Pero si eso es una bendición! ¿O acaso él...? —De nuevo centró su atención en su yerno, desafiante, sin cesar en sus caricias a la que más parecía un animal herido que una futura madre—. Hija, dale tiempo. A los hombres estas cosas les cuestan. —Seguía mirándolo furiosa, meneando su enorme cabeza lacada en un reproche mudo.

—¡Ya está bien! ¡A mí no me cuesta asimilar nada! —estalló—. No es ese el problema. ¡Es ella! Quiere... —le costaba pronunciar las palabras—, quiere abortar, pero además... además... ya ha abortado otras dos veces antes, ¿me escucha, Manuela? Nunca me dijo que estaba embarazada. Eran... mis hijos, y no me dijo nada —Carlos tenía la mirada vidriosa perdida más allá de Manuela, más allá de aquel salón.

Los ojos de la madre se abrieron hasta el espanto.

—¿Es eso cierto, niña? —Un velo de precaución cubrió su altanería.

Verónica se incorporó para asentir tímidamente sin alzar los ojos. Ahora fue Manuela quien empezó a gritar y gesticular ante una realidad que excedía su capacidad de comprensión. Sus alaridos se mezclaron con jaculatorias y persignaciones sucesivas interrumpidas por nuevas avalanchas de gritos.

—¡Se acabó! —explotó, marchando furibundo hacia la puerta de la casa—. ¡No aguanto más! ¡Cuando vuelva os quiero fuera a las dos! —El portazo hizo vibrar los cimientos de la habitación donde ya solo se escuchaba la letanía de Manuela repitiendo como un autómata y balanceándose en el sofá ante un imaginario muro de las lamentaciones:

—No puede ser, no puede ser...

Carlos tardó varias horas en volver. Necesitó kilómetros de pensamientos, una cajetilla de tabaco y una larga conferencia a su hermana Lucía desde la fábrica, donde se refugió, para recobrar la calma. Regresó más sereno. Su hermana siempre encontraba la palabra justa, le hacía reflexionar y evitaba que sus impulsos se convirtieran en napalm.

A su regreso, bien entrada la noche, encontró a Verónica junto a su madre en el mismo sofá, pálida y pesarosa, desde donde afirmó en un hilo de voz que, si ese era su deseo, tendría el niño.

—¿Estás segura? —Aunque más sereno, Carlos seguía con el ceño agarrando unos ojos desconfiados.

—Cosas peores hemos aguantado... —fue la tímida respuesta de una Verónica sumisa y compungida ante los gestos imperativos de su madre, que parecía empujarla asintiendo a cada palabra.

La imagen desolada y llorosa de las dos mujeres a la espera de su sentencia hizo mella en el ánimo de Carlos. Poco a poco una tristeza blanda, esponjosa y amarga sustituyó a la furia. Verónica se levantó como una marioneta tirada por hilos enredados y se acercó a pasos patibularios hasta un Carlos que había menguado centímetros en las últimas horas.

—Y los otros niños... —Su rostro suplicaba una explicación—. ¿Cuándo...?

Verónica apoyó con dulzura la mano en la boca, negando con la cabeza:

—No puedo hablar de eso. —Toda su cara se contrajo en un gesto indefinido—. Es... tan... doloroso. He sufrido tanto... Pero ahora será diferente.

Carlos, todavía confuso, la abrazó, su helado corazón recuperando la vida gracias a las palabras mágicas: al fin iban a ser padres.

Superada la crisis, Carlos volvió a su rutina con una alegría y fuerza renovadas. No era hombre de mirar atrás ni de aferrarse a los problemas, que soltaba en cuanto podía como un lastre innecesario.

Tenía previsto un viaje a la zona norte, lo que suponía dejar sola a Verónica, pero no le preocupaba. Estaba Manuela, y Vero no había tenido ningún contratiempo. Si tuvo presente los momentos de incertidumbre en el difícil embarazo de Elena nadie lo notó; en esta ocasión todo parecía ir bien, ya casi cumplidos los tres meses como supo una vez comentados los pormenores. Carlos se fue como tantas otras veces, pero con una ilusión nueva en su fría cabeza.

Pero al regreso, la realidad le golpeó de nuevo. Una Verónica desconocida, traslucida y disminuida, le comunicó entre lágrimas de desesperación que finalmente se había malogrado el embarazo. Todo había sucedido muy rápido, un pequeño sangrado nada más irse él. Le faltaron fuerzas para decirle algo así por teléfono, cuando además no hubiese podido arreglar nada. Como sentenció, «estaba de Dios que este niño no naciera».

Manuela escuchó las explicaciones de su hija sin poder cerrar la boca.

—Manuela, —Carlos la miró desconcertado—, ¿usted no lo sabía?

—Yo... sí, claro, ya te dije que no estaba en casa cuando llamaste —todas las arrugas de su cara se comprimieron alrededor de la rotunda nariz y la bata floreada se agitó sacudida por una inexistente ráfaga de aire—, y era por eso. Pero no quiso preocuparte, no quiso que te dijera nada.

—Pero me dijiste que se había ido con una amiga...

—Yo se lo pedí, Carlos —intervino Verónica rascándose la nariz con insistencia—. No habría servido de nada, ¿no te das cuenta? Con mi madre al lado estaba bien cuidada. ¿Tiene un pañuelo, madre?

Manuela miró fijamente a su hija, le tendió un trozo de tela arrugado que llevaba en el escote y se volvió a sus dominios en la cocina meneando la cabeza.

Tras unos segundos de indecisión, Carlos la abrazó con el cuidado con que un niño corona un castillo de naipes.

—Lo siento, Vero, no debería haberme ido. Pero seguro que pronto tenemos otra alegría ¿verdad?

25

Elena, como se temía, se había convertido en la comidilla de sus compañeros. Ignoró los cuchicheos y miradas y no entró al trapo en alguna indirecta lanzada por Jaime. Su hermetismo indiferente logró despistar a sus compañeros sobre quién había ganado la apuesta, que terminó por llegar a sus indignados oídos. No era la primera vez que lo hacían, pero sí era la primera en que se enteraba de que ella era uno de los elementos en juego, y tras el primer impulso de furia lo asimiló divertida y con cierta complacencia para su enterrada vanidad.

Para algunos de sus compañeros su comportamiento no permitía deducir ningún cambio respecto a Djamel, para otros no era la misma de siempre, le veían algo distinto, no sabían si en la forma de andar, en la mirada o en la sonrisa que adornaba su cara con una frecuencia inusual. La apuesta quedó en tablas al no dar su brazo a torcer ninguno de los apostantes. Tendrían que esperar a que volvieran a encontrarse, aunque era poco probable; pero de momento ya tenían entretenimiento.

La llegada a Beirut tras su paso por el resto de ciudades supuso un cambio radical en el ánimo del grupo y muy especialmente en el de Elena. Se quedaron sorprendidos ante la belleza y vitalidad de aquella ciudad en contraste con las recién visitadas. Tal vez no la adornaran tantos edificios modernos como las ricas naciones petroleras del golfo Pérsico, pero Beirut estaba viva. Era una ciudad árabe con espíritu europeo, por algo la llamaban la Suiza de Oriente Medio. Elena contempló regocijada las calles cuajadas de comercios bulliciosos, las casas señoriales, los jardines, y celebró la presencia de mujeres enfundadas en elegantes trajes de chaqueta, entremezcladas con otras que se apresuraban bajo un *niqab* cargadas con cestos rebosantes de verduras. Era un soplo de aire fresco después de la opresión de los destinos anteriores. Respiró aliviada y sonrió.

La feria se desarrollaba en el Holiday Inn y ellos se alojaban en el propio hotel. El gigantesco hall, coronado por inmensos rosetones de escayola presididos por suntuosas arañas de cristal, evocaba el salón de baile de algún palacio europeo. Pero más allá de las alfombras y telas, no muy diferentes a los de los hoteles anteriores, sintió un confortable calor, no físico, sino anímico. Se respiraba elegancia, concordia y hospitalidad. Un botones con aspecto de niño se apresuró a ayudarla con el equipaje.

Con los trámites de recepción concluidos, cada uno subió a su habitación. Elena entró acompañada del maletero. El empleado del hotel descargó el equipaje y fue encendiendo las luces mientras le explicaba en francés donde estaba cada cosa, aquí el hilo musical, allá el aire acondicionado, aquí el minibar... Pero Elena había dejado de escucharle, conquistada por un enorme ramo de flores que le daba la bienvenida sobre el velador ubicado junto a la ventana. Despidió al mozo con una propina y se quedó unos segundos contemplando el ramo, digno de una diva en noche de estreno.

¿Era posible que aquel establecimiento tuviera detalles semejantes con todos sus huéspedes? Reparó entonces en el pequeño cuadrado blanco asomando descuidado entre las hojas y avanzó intrigada. Tomó el sobre, lo abrió y leyó la nota:

> *Ahlan-Wa-Sahlan*, mi adorada Elena. Una semana es demasiado tiempo para tenerte lejos. Te espero en el Lounge. A las cinco. En punto. Djamel.

No pudo reprimir una exclamación. Cuando se despidieron en Jeddah él insistió en que volverían a verse, pero se convenció de que solo era una frase hecha. Aquellos ojos negros habían asaltado mucho más que sus pensamientos cada día y cada noche desde el beso ante la puerta de su habitación. Había pasado mucho tiempo desde la última vez que un beso la marcara de esa forma. No recordaba que Carlos la hubiera besado nunca con esa intensidad. Djamel la había besado mucho más allá de su boca, había besado sus sentidos despojándolos de la mortaja que los cubría.

Y ahora estaba en Beirut.

Los nervios volvieron a apoderarse de ella y un golpe de calor coloreó sus mejillas mientras apretaba la tarjeta entre sus manos con sonrisa infantil.

El convencimiento de no volver a verle le había producido una enorme tristeza, pero con su pragmatismo habitual se dijo que era lo mejor y recobró la tranquilidad perdida entre martinis y besos furtivos. No quería verse en situación de plantearse nada más. Ahí había quedado todo, en un apasionado y dulce beso que le había recordado que, además de ser un burro de carga, un «hombre» de negocios, era una mujer y seguía viva. Pero esa tarjetita complicaba de nuevo las cosas. Su razón le aconsejaba no ir; en el último destino en que se vieron dejó escrito en su diario que no correría riesgos, el beso había puesto un bello punto final a su pequeña aventura. Pero ahora su instinto la forzaba a acudir a la cita con la misma fuerza incontestable que la gravedad atraía los objetos hacia la Tierra, a pesar de todos sus razonamientos previos. Aquella atracción era más física que sentimental, más instintiva que racional. No podía haberse enamorado en tan poco tiempo, tenía que ser una atracción mal entendida, pero eso no la consolaba avergonzándose de lo que consideraba instintos incontrolados.

La agenda de actividades en Beirut era casi vacacional, mucho menos apretada que en el resto del viaje; era el representante de la Cámara de Comercio quien tenía reuniones prefijadas y los demás podían ir a su aire. Como la feria estaba montada en los sótanos del propio hotel cada uno se organizó por su cuenta y, como siempre, en las comidas y cenas coincidirían. A Elena le inquietó lo que pudieran pensar sus colegas si volvían a verla con Djamel. Allí, en el extranjero, todo parecía rodeado de un halo de libertad, modernidad y camaradería, pero una vez de vuelta en Valencia cualquier desliz podría convertirse en un nuevo escándalo y eso podría hacerle mucho daño, ya no a ella, sino a su hija, a pesar de que sus compañeros presumían, sin pudor ni miedo a las consecuencias, de sus aventuras en tierras extranjeras. Nadie hablaría a la vuelta, cómplices de un pacto de silencio universal en el que Elena sabía sin preguntarlo que no entraba. Pospuso su decisión sobre si acudir o no a la cita; miró el ramo regocijada, sería su secreto.

—¿En qué piensas, Elena? —Rodrigo movió la mano ante los ojos perdidos de ella—. ¿En Lucía?

Elena se sobresaltó. No era consciente de que llevaba un rato con la mirada fija en el cenicero y sin probar bocado.

—En nada en particular, Rodrigo. Es que ya voy estando cansada. ¿Tú no? El viaje ha sido agotador y sí, echo de menos a Lucía —suspiró—. ¿Tú has conseguido hablar con Lourdes?

—Sí, al final pudieron ponerme la conferencia. Qué complicado es todo.

—¿Qué planes tenéis para hoy? —preguntó Elena sin dirigirse a nadie en particular.

—Yo daré una vuelta más por la feria —comentó Alcalá repantingado en su silla—. No me imaginaba que hubiera tantos expositores. El año que viene tendremos que venir. ¿No os parece?

—Sí, aunque dependerá de lo que haya hablado Gerardo. Se ha ido a comer con los de la feria. Ya nos contará. ¿Cenamos aquí o vamos a algún sitio? —propuso García dando saltitos en su asiento—. Esta ciudad parece muy interesante.

—Apetece salir —coincidió Rodrigo—. Este viajecito ha sido como una concentración militar. Y aquí no parece que vayas a meterte en líos —bromeó, dando un ligero golpe con el puño sobre el brazo de Elena.

—Pues ya ves, Rodrigo, hoy creo que me quedaré —respondió con desgana—. Me encuentro agotada y además —terminó con ironía—, así vais sin carabina.

Llegó el camarero con los cafés; sirvió primero el de Elena, que sonreía con picardía mientras cada uno desviaba la vista hacia cualquier punto.

—¡No seas boba! ¡Si tú eres «uno» más! —saltó espontáneo García con un vivo ademán.

—Sí, sí, uno más, pero os fastidio el plan, que sé cómo os las gastáis, y si no fuera porque estoy yo aquí... —Sus ojos miraron al techo con resignación—. Así que, hoy, os doy la noche libre —sonrió más relajada—. ¡Pase de pernocta! ¡Pero sed buenos!

Aquello era lo mejor que le podía pasar. Las cosquillas volvieron a adueñarse de su ombligo: acudiría a la cita. Un gesto de felicidad le iluminó el rostro.

—Cualquiera diría que te alegras de perdernos de vista —observó Fernando con una mueca—. Mírala qué contenta se ha puesto. ¿Tan pesados somos? —Su tono no dejaba adivinar cuánto de broma o de veras había en su afirmación.

—No disimules, que los que tenéis unas ganas locas de perderme de vista sois vosotros. ¿A quién le toca pagar hoy? —Alcanzó su bolso para dejar el importe de la comida como siempre hacían. Cada día de viaje cargaban la nota a una habitación y el resto pagaban su parte en metálico al que firmaba; era lo más rápido—. Bueno, yo dejo lo mío y me subo a descansar. Ya me contaréis.

Se levantó con agilidad y un entusiasta «que os divirtáis» y abandonó el enmoquetado comedor con pasos suaves, sin volverse a mirarlos.

Esta vez pudo hacerlo todo con calma: dormir una pequeña siesta, darse un agradable baño caliente y una estimulante ducha fría, hidratar su cuerpo con tranquilidad... Volvía a sentirse persona. Mientras acariciaba su piel extendiendo la crema, se observó en el espejo. La figura reflejada en el azogue mostraba las horas de duro ejercicio al que se sometía cada mañana, con una disciplina y exigencia germánicas, y también su fracaso para eliminar la sinuosidad de sus caderas y de una retaguardia curvilínea contra las que había luchado desde joven. Las curvas la habían acompañado desde la infancia, muy a su pesar, teniendo en cuenta que Twiggy era su ideal de mujer. Pero con los años había ganado en seguridad, y aceptaba esos defectos insalvables con la resignación con que se acepta que no se puede eliminar la sal del mar.

Se preguntó si todavía podría atraer a un hombre, más allá de los intentos de asalto por parte de compañeros del sector, a los que atribuía más hambre indiscriminada que decisión selectiva. Solo Carlos la había visto como ahora se miraba al espejo y de eso hacía años. El corazón se le aceleró ante la perspectiva. Era mucho tiempo de soledad yerma, de letargo de los sentidos, y salir de esa hibernación la aterraba tanto como saltar en paracaídas. Prefirió pensar en otra cosa o la vencerían los nervios y terminaría por arrepentirse. Arropada por la toalla, se encendió un cigarrillo y se sentó ante el pequeño buró mientras su piel absorbía la crema. Todos los días desde que saliera de su casa había escrito a su hija; eso, y plasmar sus experiencias en el diario, eran su momento de debilidad cotidiano. Le contaba lo bonito e interesante que era todo, evitando mencionar cualquier detalle que pudiera transmitirle preocupación, y cómo no, le recordaba que obedeciera a Adelaida. Muchos días, al escribir esas líneas, las lágrimas le impedían leer el último párrafo. Pero si estaba allí era por su hija, era lo mejor que podía hacer por ella, por su futuro, escribía buscando consuelo.

Al terminar, miró su reloj.

Respiró hondo para tragarse la angustia y meter cada pena bajo llave siguiendo una técnica inmutable, apagó el cigarrillo y se dirigió al armario con la vista en el futuro. Una mueca de resignación se dibujó en su cara al ver el contenido. Daba pena, casi toda la ropa era la típica de trabajo, práctica y funcional, y el resto eran prendas cómodas, como la falda de algodón de cuando Djamel la salvó en el Bazar y que le recordaba un hábito de monja. Llevaba pocas cosas para evitar coger una maleta grande; con la del muestrario ya iba servida. Corrió la percha con el vestido negro de punto, y descubrió uno tipo túnica arrinconado durante todo el viaje porque era demasiado corto. Si no iban a salir del hotel, ¿qué podía pasar? Beirut le había dado una impresión tan diferente, tan cosmopolita... El vestido rojo era su única alternativa. Se lo metió por la cabeza, se miró en el espejo y sonrió entre la condescendencia y la satisfacción. No estaba mal, para ser una señora con una hija de nueve años.

Se dio los últimos retoques y volvió a mirar su reloj. Le quedaban unos quince minutos para su cita. Se encendió otro pitillo y lo aspiró con fuerza contemplando la vista de la ciudad desde su ventana. Era magnífica, con el mar al fondo y el puerto cuajado de manchas blancas meciéndose como pétalos en una laguna. Apuró el cigarrillo, arregló por última vez un bucle escurridizo que no se resignaba a permanecer en el semirrecogido y se prendió en el pelo una flor blanca del ramo. Recogió su bolso y un chal también blanco y salió dejando la luz encendida y el letrerito de *DO NOT DISTURB* en la puerta, una manía para evitar visitas no deseadas en su ausencia.

En el ascensor fue ensayando un saludo y el agradecimiento por el alarde floral. Pero recordaba el calor y suavidad del beso en la puerta de su habitación, la intensidad electrizante con que sujetó su mano al despedirse, y al hacerlo todo en ella flaqueaba, desde las piernas hasta la voluntad. Intentó respirar hondo pero no consiguió henchir el pecho con plenitud, encajada en el corsé de la incertidumbre. Se ahogaba, le faltaba aire. Malditos nervios... Se llevó la mano a la mejilla y chocó con sus gafas, que inmediatamente se quitó y guardó en el bolso.

En el *Lounge* Djamel estaba sentado en una mesa junto a la pared, en un rincón discreto, el más alejado de las otras dos mesas ocupadas en aquel pequeño bar de ambiente inglés. En cuanto la vio, se puso en pie. Una expresión de admiración se reflejó al instante en su rostro.

—Qué larga se me ha hecho la espera, querida Elena. Estás... —los ojos de Djamel la acariciaron con lentitud— preciosa.

Un exceso de color salpicó sus mejillas.

—¿Cómo estás? —saludó extendiendo una mano que Djamel besó con delicadeza—. El ramo que me has enviado sí que es precioso. No tenías por qué hacerlo, no podré llevarlo conmigo.

—Tenía que mantener mi mente ocupada hasta volver a verte. —Apartó el pequeño sillón de madera y terciopelo verde para que Elena se sentara—. No he podido dejar de pensar en ti.

—No digas tonterías —contestó, nuevamente incómoda—. ¡Si estás siempre liado! Mucho habrás pensado en mí. —Se le escapó un mohín de coquetería reprimido al instante—. Por cierto, al final no me dijiste qué venías a hacer a Beirut.

—Ya sabes, negocios, lo de siempre. En realidad mi vida es muy aburrida.

—¿Siempre eres tan ambiguo? —Los penetrantes ojos verdes de Elena miraban curiosos a los de Djamel, buscando una respuesta más concreta.

Djamel se rio.

—¿Y tú, querida Elena, eres siempre tan directa? —respondió, mirándola con cariño—. ¿Ambiguo, yo? ¿Qué quieres que te cuente? Negociar es siempre lo mismo. Da igual comprar o vender, que sea oro o plata, petróleo o vestidos. ¡Qué más da! —Hizo un ademán quitándole importancia al asunto—. Pero seré más concreto, para que no me riñas. He venido por verte a ti. —Elena frunció los labios en un enfado fingido y él se rio—. Bueno, vale, quedé aquí con un caballero, pero al final no hemos podido cerrar el trato como me hubiera gustado. Se ha sentido indispuesto —comentó con una sonrisa y un leve encogimiento de hombros.

—Qué mala suerte. ¿Tan mal se ha puesto? Es un viaje muy largo para que al final no sirva de nada. Volverás a quedar con él, supongo.

—Creo que no será posible. Su estado era francamente muy malo cuando lo dejé, y no creo que vuelva a estar en condiciones antes de que me vaya —prosiguió sin perder la sonrisa—. Pero no pasa nada, aunque no pudimos llegar a un acuerdo, no me fui con las manos vacías, como decís vosotros. Tengo unos socios que se sentirán satisfechos del final de este negocio, aunque podría haber sido algo mejor. Además, es cierto que ha sido la excusa perfecta para verte de nuevo. —Su intensa mirada apoyó esa afirmación—. Venga, termina tu café, que el coche está esperando fuera.

—¿Un coche? —Elena dejó su taza con un gesto de sorpresa.

—Sí. *Allez, allez*. No podemos llegar tarde —miró su reloj—, y ya vamos muy justos de tiempo.

—Pero ¿voy bien así? No quiero volver a meterme en líos. —No le gustaban las sorpresas, aunque le apetecía salir del hotel; la posibilidad de coincidir con sus colegas pasó fugaz por su mente y enrojeció—. ¿Adónde vamos?

—Eso no te lo puedo decir. —Él mantuvo su tono enigmático—. Vas perfecta, aunque —fijándose en los pies, añadió—: menos mal que no llevas mucho tacón.

Elena terminó con rapidez el café y siguió a Djamel intrigada, estirándose el largo de la falda, y preguntándose qué demonios importaba cómo fueran sus zapatos.

Ante el hotel había un coche oscuro enorme del que bajó un hombre negro de cierta edad, muy robusto y uniformado, que les abrió solícito la puerta. Hizo un gesto con la cabeza sin llegar a sonreír, aunque sus ojos transmitían confianza.

—*Bon soir, monsieur Kamici.*

—*Bon soir, mon ami.*

—*Une belle dame, vous accompagne ce soir, monsieur.*

—*Oui, Joseph, et elle parle parfaitement le français* —le apuntó Djamel con una mueca.

—*Oh, oh. Bon soir, Madame.*

—*Bon soir, Joseph* —saludó Elena complacida.

Djamel rio y ayudó a Elena a subir al coche.

—Parece que te conoce mucho...

—Sí, Joseph ha trabajado para mí en muchas ocasiones.

Se acomodaron en el asiento posterior y el coche arrancó avanzando por calles y plazas a la mayor velocidad que el denso tráfico le permitía. Tras un día radiante, apenas unas nubes se dibujaban en el cielo. Las calles se veían bulliciosas, vivas, la gente iba y venía en un ambiente relajado mientras ellos avanzaban hacia las afueras. Dejaron atrás las últimas casas de Beirut y el coche ascendió por una de las colinas cercanas a una velocidad que se ponía de manifiesto en el derrapar de cada curva. Elena no entendía a qué venía tanta prisa. Apenas conocía a su acompañante y estaba dejando atrás todo signo de civilización a un ritmo vertiginoso. De pronto, un montón de temores la invadieron. Nadie sabía dónde o con quién estaba, no tenía forma de avisar ni había dejado ninguna nota. Era una locura haber aceptado aquella salida. Tragó saliva dudando si preguntar adónde iban o directamente sugerir que dieran la vuelta, arrepentida de haber sucumbido a aquel impulso.

Escrutó el paisaje intentando anticipar su destino. Habían ascendido por la montaña y el coche se detuvo frente a un mirador.

—Justo a tiempo —dijo Djamel satisfecho, ignorando el gesto de Elena—. ¡Ven!

Joseph abrió la puerta y ayudó a Elena que, todavía nerviosa, no podía apartar su mirada del magnífico espectáculo. A su derecha, se divisaba todo Beirut. Pero lo más impresionante era la vista del mar a esas horas.

Djamel la guio hasta un muro de piedra, casi al borde del acantilado, donde se sentaron con el mar extendiéndose tranquilo frente a ellos, tan solo interrumpida su calma por la espuma de algunas olas al romper contra los caprichosos peñascos que sobresalían cerca de la costa. El sol comenzaba a besar el agua, abrazando con un intenso color dorado todo lo que quedaba a la vista. Las notas de la *Vie en Rose* provenientes del coche acompañaban el lejano murmullo de las olas.

Djamel pasó su brazo por el hombro de Elena y una corriente eléctrica de bajo voltaje le recorrió la espalda para continuar hacia su cintura. Su cabeza le advertía que apartara aquel brazo con delicadeza; su cuerpo, desobediente, prefirió arrellanarse junto a aquel hombre fuerte y protector, tal vez embriagado por el profundo aroma a jazmín que trepaba por el muro. Permanecieron así, en silencio, mirando durante largo rato al horizonte, donde el mar fue pasando del azul más profundo a un dorado intenso conforme el sol se derretía en las tranquilas aguas del Mediterráneo. La esfera solar fue engullida con lentitud por el horizonte, pintando de un resplandor violeta el vacío que dejaba. La experiencia era demasiado hermosa para estropearla con palabras, los temores de Elena disueltos como el sol en el agua.

—Este era en realidad mi regalo de bienvenida. —El añil se apoderaba del paisaje cuando Djamel rompió por fin el silencio—. Las flores solo fueron la excusa para hacerte venir.

Elena seguía extasiada ante aquella vista poderosa. Volvió la cabeza hacia él y asintió, sus ojos verdes hablando por ella, hasta que la proximidad de Djamel la obligó a cerrarlos y su boca tomó el relevo en la rendición.

Empezaba a levantarse una brisa incómoda.

—Será mejor que nos vayamos. —Djamel se separó unos centímetros y le frotó los brazos erizados—. Está refrescando y la ciudad se enciende para nosotros —señaló hacia Beirut con una mano mientras con la otra la ayudaba a levantarse.

Era cierto, toda la ciudad comenzaba a brillar transformando el paisaje en un tesoro de luces infinitas, en un árbol de navidad durmiente y caótico. Joseph les esperaba con las puertas del coche abiertas donde la música seguía envolviéndolo todo con suavidad. El descenso fue mucho más tranquilo, cogidos de la mano mientras ella observaba la belleza de aquel paisaje transformado en un enjambre multicolor.

Recorrieron todo Beirut. La ciudad tenía tantos rincones para ver... Era una mezcla extraña, con sus edificios de estilo francés, junto a otros con reminiscencias árabes o incluso fenicias, sus terrazas llenas de vida, con gente de todo tipo sentada alrededor de pequeñas mesas de mimbre a la luz de farolillos, los toldos chillones que comenzaban a recoger los comerciantes, mezquitas, iglesias... Elena lo absorbía todo con avidez, mientras escuchaba las explicaciones de Djamel sin soltarle la mano. Era una ciudad compleja y fascinante de la que su apuesto cicerone parecía saberlo todo.

Por fin pararon frente a un coqueto restaurante. Era como si hubieran trasladado, desde Montmatre a aquel rincón de la ciudad, un pequeño *bistrô* francés. Flotaba Elena, abrumada ante aquel despliegue de atenciones, pero también le invadía una sensación de alerta, como siempre que no controlaba una situación; era una patinadora sobre hielo resbaladizo asida con determinación a la mano del monitor, pero convencida de que nada evitaría su caída. Sus propias reacciones, su comportamiento, la desconcertaban y algo en ella le reprochaba su conducta.

Todo iba demasiado rápido. Decidió pagar la cena para recuperar algo de terreno. No dudaba de la oposición de Djamel, pero intentó uno de los trucos que en casa le funcionaba. Cuando estaban tomando el café, se levantó para ir al baño, y aprovechó para dirigirse al camarero y darle el dinero, indicándole que cuando tuviera la nota la llevara junto con el cambio. El camarero la miró horrorizado y negó enérgicamente.

—No es posible, señorita —respondió en francés.

—¿Por qué? —insistió tozuda—. Es muy sencillo.

—A *monsieur* Kamici no le gustaría nada de nada.

Elena elevó los ojos hacia el techo y suspiró. Debía habérselo imaginado. Lo conocían en todas partes. Fastidiada, volvió a la mesa.

—¿Algún problema, querida? —preguntó con sorna.

—No, ninguno que no pudiera prever —su mueca contradijo la afirmación.

Pero para su sorpresa, él tampoco pagó. Tan solo hizo un gesto al camarero y este asintió con la cabeza. Era inquietante, todo el mundo parecía conocer y respetar a Djamel, cuando ni siquiera era su ciudad. Esos detalles la desconcertaban.

A lo largo de la cena y al contrario de lo ocurrido en los encuentros anteriores, él le habló de su familia, de sus hermanos, de cómo dejó su Egipto natal para afincarse en el vecino Túnez por problemas en los que no quiso profundizar, y cómo, gracias a la fortuna de su familia, estudió en Londres y Madrid. Ahora era propietario de varios negocios. No parecía haber habido ninguna mujer importante en su vida, o si la hubo, no se la mencionó. Si en Jeddah fue Elena quien mostró la baraja, ahora fue él quien se sinceró, y el recelo que de forma intermitente la invadía se apagó.

La noche cálida invitaba a pasear. Antes de regresar al coche aún deambularon por las calles con las manos entrelazadas; apenas se habían soltado desde la subida al mirador de La Rouche. Ya no necesitaban decirse nada más, sus manos y sus besos se expresaban por ellos.

Emprendieron el camino de regreso muy entrada la noche. Se iba a repetir la situación de la última vez. En la recepción pidieron sus respectivas llaves; Elena, convencida de que no sería capaz de negarle el paso a su habitación.

Pero ocurrió lo que no esperaba. En el casillero de Djamel

habían dejado una nota con la indicación *URGENT* escrita de forma ostensible.

—¿Me disculpas un momento, Elena?

—Sí, claro... —contestó intrigada.

Djamel se alejó unos pasos; leyó con detenimiento la nota sin que por su expresión Elena pudiera adivinar si traía buenas o malas noticias.

—Esto no me lo podía imaginar. Debo solucionar un problema de inmediato y enviar un telefax —la miró con dulzura y lo que a Elena le pareció deseo—. Éste no es el final que yo esperaba...

Elena tampoco, pero se abstuvo de decirlo. No entendía qué tenía que resolver a esas horas. Djamel vio la decepción en los ojos de Elena y trató de darle una explicación.

—Es un tema de negocios. Debo hablar con mi oficina en Túnez y enviar una serie de documentos. Allí todavía es buena hora y lo que tengo que enviar me puede llevar un buen rato. Preferiría no haberme encontrado esta nota. Te compensaré, lo prometo. —Y allí, en medio del hall de recepción, dio media vuelta y se fue.

El desconcierto de Elena duró lo que la irritación tardó en apoderarse de ella. Le había costado tanto decidirse, lo había pasado tan mal, que el plantón fue una bofetada a su orgullo, a su imprudencia y al deseo que la invadía. Cogió su llave como si le hubiera hecho algo malo, pidió que la despertaran a las siete de la mañana y se retiró.

El resto de su estancia en Beirut no volvió a ver a Djamel ni a tener noticias suyas. Se lo había tragado la tierra. Elena no sabía si enfadarse o preocuparse. Tal vez le hubiera ocurrido algo. A pesar del lujo del establecimiento y de su selecta concurrencia, no era un lugar seguro. La mañana siguiente a su salida nocturna y consiguiente plantón, habían descubierto un cadáver en los cubos de basura de la cocina del hotel. Un hombre joven, según había oído Elena; encontrado con el cuello roto. El revuelo alcanzó a todo el mundo; la policía interrogó desde el primer huésped hasta el último empleado. A ella le inquirieron sobre su salida, los horarios, la compañía, lo que hizo después... Se disgustó ante la incredulidad del agente cuando le explicó el abrupto final de su cita y aún más se sorprendió cuando le insistieron en que su acompañante había abandonado el hotel aquella misma noche.

Llegó el último día sin noticias de su cicerone. Cuando fue a facturar para por fin dejar el hotel, abandonar Beirut y volver a España dejando allí su debilidad, le entregaron un pequeño paquete con una nota. El corazón galopó. Solo podía ser cosa de Djamel, ¿quién si no le iba a dejar algo allí? Su enfado se disipó apenas un poco por la curiosidad. Se apresuró a abrir el sobre y el texto, escrito en francés, la dejó perpleja:

> Esto no termina aquí. Te buscaré donde vayas. Siento no haberme podido despedir de otra forma, pero a veces las cosas no salen como a uno le gustaría. Acepta esto como recuerdo. Y espero vértelo puesto cuando volvamos a encontrarnos. Te quiero. Djamel.

Miró un rato la pequeña caja, con pensamientos atropellados. La abrió. En su interior había un anillo de oro blanco, coronado por una flor presidida por un diamante de cierto tamaño en el centro y una constelación de brillantes rodeándolo en forma de pétalos. Brillaba de tal forma sobre el terciopelo azul de la cajita que la cerró de golpe pensando que toda la recepción se habría vuelto para ver de dónde procedía el resplandor. Con la boca abierta sin poder cerrarla, volvió a abrirla, muy despacio. Allí seguía, haciéndole guiños irisados desde el terciopelo. Un intenso calor acudió a sus mejillas. No podía aceptarlo. Era demasiado. Se acercó de nuevo al recepcionista y le intentó entregar el paquete para devolvérselo a míster Djamel Mohamed Ben-Kamici.

—Lo siento, *madame* Lamarc. *Monsieur Kamici* partió —le confirmó en perfecto francés—. No dejó dirección y no sabemos cuándo volverá.

—¡Elena, que te estamos esperando! —le gritó Rodrigo.
—¡Ya voy, Rodrigo! —Estaba contrariada.
Guardó la caja en el bolso, miró por última vez el impresionante hall del Holiday Inn y salió para unirse a sus compañeros. Por la ventanilla del autobús vio alejarse su esperanza de ser como cualquier mujer, de ceder al deseo, pero la inminencia de su regreso mitigó el ardor provocado por el recuerdo de los ojos de Djamel. El destino la había protegido de hacer una locura de final imprevisible y probablemente amargo. Ella se debía a su hija y a su trabajo, y entre ambas piezas no quedaba un resquicio para el calor de un hombre.

Cuando Elena traspasó el umbral de su hogar Lucía salió corriendo a abrazarla. Ante la presencia de su madre sintió de golpe el vacío de la ausencia y la alegría de tenerla de vuelta. Siempre le ocurría igual: a pesar de la tranquilidad durante la ausencia, al regreso sentía una punzada aguda de dolor, como si la soledad se concentrara para ser curada de inmediato con la visión de su madre.
Saltó sobre ella haciéndole perder el equilibrio. Pero para efusiones, las de su madre. Al verla venir corriendo soltó todo lo que llevaba, se inclinó para abrazarla y, recuperado el equilibrio, la apretó de tal forma que Lucía apenas pudo coger aire.
—¡Hija mía! ¡Qué alta estás! ¡Te noto muy cambiada! —No paraba de darle besos entre frase y frase—. ¿Te has portado bien?
—¡Sí, mamá! ¡Cuéntame cosas! Arabia está en la Cochinchina. He seguido el viaje en el atlas y está lejísimos.
—Sí, hija, sí, y estoy agotada. Déjame que organice un poco el equipaje; me pongo cómoda, y te cuento, ¿vale? —le dijo dándole un último y sonoro beso.

Elena comprobó con satisfacción entreverada de decepción que en su ausencia las cosas se habían mantenido tranquilas tanto en casa como en el negocio. La reforma de la planta baja avanzaba a buen ritmo y antes de final de año se podrían trasladar. No veía el momento de abandonar el viejo local e imaginaba las caras de las empleadas cuando vieran la nueva fábrica. Menudo cambio, de aquel maldito sótano claustrofóbico al luminoso espacio donde iban a trabajar. Se sentía feliz y su dicha la remataba la cartera de pedidos guardada en la maleta, el seguro de aquella aventura. Mucho trabajo para los próximos meses, pero no le daban miedo los compromisos contraídos.

Compromisos... Se miró el desnudo dedo anular. Demasiado ostentoso para ponérselo, sentía el anillo alrededor de su dedo aun no llevándolo. No entendía nada. Habría asimilado que Djamel desapareciera sin más, o haber vuelto a verle y que la relación hubiera desembocado en algo. Pero aquello, no lo podía entender.

La probabilidad de encontrarse de nuevo era nula y decidió olvidar; tenía muchas otras preocupaciones como para soñar con el fantasma de quien probablemente no era más que un millonario excéntrico con una forma de disculparse un tanto onerosa.

Pero la realidad le llevaba la contraria, haciendo presente su recuerdo aunque no quisiera.

26

Por fin llegó el momento de trasladarse a la nueva fábrica. A primeros de diciembre el frío era tan intenso que temió que aquel espacio amplio y diáfano pareciera más un congelador que un sitio acogedor donde trabajar. Al menos no llovía y lucía un limpio sol invernal.

Elena había decidido instalar primero el taller y la sección de corte y, pasado enero, las secciones de facturación y las oficinas. Las navidades eran malas fechas para reducir la actividad, tenía que servir todos los pedidos antes porque las tiendas montaban los escaparates con la mercancía nueva al terminar las rebajas de enero, pero las cosas habían venido así. «Tranquila», se dijo. Sacaría de las catacumbas a las maquineras, que era lo más urgente, junto con las mesas de corte, y se quedarían las secciones de repaso, empaquetado y facturación terminando de preparar los pedidos, además de las oficinas para emitir los albaranes y facturas. Tendría que partirse entre la una y la otra, además de las dos tiendas que tenía prácticamente abandonadas. Una locura, pero divina locura.

Fueron días de feliz ajetreo, cansancio y lucha. Se sentía viva y con una fuerza arrolladora alimentada por la adrenalina de sus propios logros. Sentía el poder de alargar los días, de exprimirles las horas, de lograr sus objetivos. La contrapartida era dura, solo compartía con Lucía minúsculos fragmentos de su tiempo, dividido en mil pedazos. Pero era necesario.

Por fin afrontaba una Navidad con ilusión después de muchos años de uvas amargas; no por las fiestas, que las odiaba, sino por las perspectivas para el nuevo año.

Y por si faltaba algo, el día de Navidad recibió en su casa un centro de flores de proporciones escandalosas, que el portero subió de muy mala gana. Era tal el tamaño que le recordó otro ramo, en otro lugar. Era imposible, nunca recibía flores de nadie. En un *déjà vu* la tarjeta aclaró sus dudas. Tan solo dos frases:

Nous nous verrons a Mofitex, *Je t'aime. Djamel.*

Nos veremos en Mofitex. Te quiero. Djamel. Apretó la tarjeta contra su pecho, inmóvil, con la vista bailando de flor en flor. Allí la sorprendió Adelaida, hipnotizada todavía por el ramo que se comía media habitación, y que para la adusta mujer solo era el culpable de una fea mancha color caldera en las paredes del pasillo lamidas por las flores. A Elena no le afectó el refunfuñe de Adelaida. Nada podía borrar la sonrisa de su cara, que se extendía de lado a lado de sus mejillas. Ni siquiera la ligera preocupación causada porque Djamel supiera su dirección particular cuando solo recordaba haberle dado una tarjeta profesional; o que estuviera informado de su intención de exponer en abril en Mofitex, cuando no habían vuelto a hablar desde la abrupta despedida en el hall del hotel.

Todo daba igual, no la había olvidado y tal vez volvieran a verse, eso era lo único importante. Sí, veía el futuro con una nueva luz, por una vez las cosas saldrían bien.

Los ecos del viaje no tardaron en llegarles a Carlos y Verónica. Carlos mantenía contacto con Rodrigo Badenes, y las dos parejas se veían con frecuencia, incluso habían realizado alguna escapada de fin de semana junto con algún matrimonio más y en las tertulias, el negocio hasta no hacía tanto compartido por los dos hombres, era tema de conversación habitual. Al regreso del viaje quedaron los cuatro a cenar.

Verónica le contaba algo en tono bajo y compungido a Lourdes, que la miraba apenada mientras la cogía de la mano con afecto, y Rodrigo hablaba con Carlos del negocio, de las perspectivas del sector de confección infantil, de la crisis que invadía Europa... No se prestaban atención, pero palabras de una conversación salpicaban la otra y el nombre de Elena no tardó en aparecer.

Rodrigo contó la anécdota de lo sucedido en el Gran Bazar, habló por encima de los logros de Elena con el nuevo muestrario, hizo un brevísimo comentario sobre el valor necesario para hacer un viaje como aquel y mostró su satisfacción por los pedidos conseguidos. Carlos arqueó las cejas y negó discretamente, pero Rodrigo siguió.

—La verdad es que si algo ha tenido siempre es un par de huevos —reconoció Carlos en voz baja tras mirar a Verónica, que parecía escuchar a Lourdes— y un instinto comercial tremendo.

—Se ha metido en una inversión enorme con la puesta en marcha de la nueva fábrica, lo sabes, ¿verdad? Se la veía preocupada, pero tal y como le ha ido en este viaje va a tener cuerda para rato.

Las facciones de Verónica se contrajeron y su cara se mimetizó con el sorbete de frambuesa. Meneó la cabeza e intentó seguir la conversación con Lourdes, pero un comentario de esta sobre el tema la hizo saltar.

—No tendrá tantos problemas cuando se ha metido en una fábrica nueva —intervino, soltándose del gesto afectuoso de Lourdes—. ¿Cómo los va a tener? ¡Si no para de sangrarnos! Para problemas, los míos. —Carlos la miró con gravedad pero ella siguió—: ¿Sabes de quién es la pasta que está usando para montar eso? ¡Nuestra! —Se echó para atrás de golpe—. Ni pedidos, ni viajes ni leches. Y encima tú, Rodrigo, echándole flores por irse de vacaciones a recorrer el mundo.

—Ya está bien, Verónica —cortó Carlos dando un golpe en la mesa—. Será mejor que cambiemos de tema. No es el momento ni el lugar.

Rodrigo y Lourdes se miraron y removieron al unísono los cafés recién traídos.

—¿Qué pasa? ¿Se ha muerto alguien? —preguntó, colérica.

—Disculpa, Vero, ha sido poco delicado por mi parte. Es que me pongo a hablar del negocio y comentamos tantas cosas que no me doy cuenta.

Verónica resopló algo más apaciguada y añadió:

—Un día de estos... —Pero no acabó la frase, dejó caer la cucharilla de su postre en el plato y concluyó—: ¿Nos vamos?

Las maquineras fueron las primeras en instalarse en los nuevos locales. La sorpresa al entrar fue grande, pero la reacción no fue la esperada, sobre todo por parte de algunas. Elena no entendía qué mosca les había picado pero percibía una tirantez que no lograba explicarse. Comprobó que todo estuviera en su sitio, les explicó el nuevo horario en el que saldrían más pronto pero se reduciría el tiempo de parada del mediodía, les dejó instrucciones para el trabajo de la jornada y volvió a sus quehaceres.

La mayoría estaban contentas con el cambio y comentaban con alegría la diferencia del antiguo taller al nuevo, hasta que una de ellas, Juana, alzó la voz con autoridad:

—La de pasta que debe haber ganao pa montar este peazo de fábrica —dijo con los brazos en jarras soltando un silbido de admiración.

—Juana, no seas mala leche —la reconvino una compañera.

—¿Mala leche? ¿Has visto lo grande que es esto? —la encaró—. Y comedor y to que ha montao la tía pa que no salgamos de aquí ni a comer.

—Juana tiene razón. —Paqui llevaba más tiempo, pero siempre se había mostrado reivindicativa—. Se debe estar forrando y a nosotras que nos zurzan.

—¡Pero si antes también comíamos en la fábrica, solo que en un sótano maloliente! —se atrevió a decir Carmela, otra de las veteranas.

—¡Puf! No me lo recuerdes, que en verano era pa vomitar.

—Pero comíamos allí porque nos da-ba-la-ga-na —enfatizó Juana señalándose el pecho con un dedo nudoso— a nosotras. Y ahora va a ser por sus huevos.

—¿Y qué necesidad tenía de meterse en este lío? Se podría

haber metío el dinero en un bolsillo, pa comprarse trapitos. ¡A buenas horas me lo gastaba yo en una fábrica!

Algunas rieron la ocurrencia.

—Pues no sé qué os hace tanta gracia. ¿Que no la veis, cómo va siempre la tía? Como un figurín. —Juana avanzó hacia quien le hablaba, exagerando unos torpes pasos de modelo hasta plantarse frente a ella—. Te lo digo yo, forrá está la tía —arrastraba las palabras mientras sus puños permanecían cerrados con fuerza—. Pues ¿sabéis lo que os digo? ¡Que no pienso trabajar! ¡Me declaro en huelga!

—¡Shssss! ¡Loca! Como te oigan por ahí nos vas a meter en un lío —un murmullo nervioso pobló la estancia—. ¡Nos despedirán a todas!

—No te atreverás —la retó otra.

Juana las miró con desprecio.

—No os enteráis de na, las cosas están cambiando. Es muy fácil. Me lo han explicao los del sindicato —dijo bajando la voz—. Hay que hacer una huelga de brazos caídos.

—¡Coño...! ¿Y eso qué es? —varias se acercaron para escuchar mejor.

—Pues tú vienes a trabajar, como tos los días, pero la máquina, muerta, pará. ¿Que viene la jefa?, pues, ruuunnnn, una pasadita de la máquina. ¿Que se va?, pues la máquina paradita. Así hasta que nos suba el sueldo. Que pa montar esto es que ha ganao mucha pasta.

—¡Eso, así aprenderá, la puta capitalista esta! —la apoyó Paqui.

De nuevo arreció el murmullo y algunas operarias se santiguaron como si hubiera pasado un espíritu maligno.

Encarni, la encargada, había observado prudente la escena.

—Lo vais a fastidiar todo. Como no saquemos la marcha y se pierda la temporada, no hará falta que nos denuncie la jefa por hacer huelga, nos iremos todas a la calle porque esto se irá al garete —Varios rostros preocupados asintieron.

—¡Eres una cagada! —la increpó Juana—. A *estos* les quedan cuatro días. Cuando se muera el «enano sanguinario» y vengan los míos, se van a enterar de lo que vale un peine. Mi cuñado trabaja en Barcelona y allí ya se habla de legalizar el derecho a la huelga. —Sus ojos reflejaban un brillo febril—. Pero claro, como a ti te ha nombrado encargada... —sentenció arrastrando las palabras.

Después de un rato de agrias discusiones, la mayoría aceptó y el resto prefirió callar a significarse. La huelga encubierta comenzó.

Con el ajetreo de ir de un lado al otro y los nervios de sacar los pedidos Elena no fue consciente de la maniobra hasta que todo el personal estuvo instalado en el nuevo local. Estaba previsto acudir a la feria de Mofitex entre el 22 y el 26 de abril y sus cinco sentidos convergían en la preparación de un muestrario especial, adaptado a los gustos de la zona. Era marzo, y abril se acercaba al galope; por mucho que estirara los días como una banda elástica sentía en su cogote el aliento de la fecha límite como el de un perro de presa. Y aunque nada debía distraerla, a veces no podía evitar perder la concentración: desde que supo que en Beirut se encontraría con Djamel, el recuerdo de sus ojos negros la asaltaba en cuanto se colaba algún momento de tranquilidad, suspendidos en el aire sobre una sonrisa blanca cual gato de Cheshire.

Quedaba mucho pendiente de fabricar, e instalada Elena en el nuevo local no tardó en darse cuenta de que allí no trabajaba nadie. Pasaban los días y las prendas no salían aunque había calculado los tiempos y aprovisionado los materiales a la perfección.

Se dirigió hacia el taller, decidida a saber qué estaba ocurriendo. Conforme se acercaba por el pasillo a la cadena de costura le llegaron con claridad voces y risas, pero ni una sola máquina. Aquello recordaba más a un mercado de buena mañana que a una industria. Apresuró el paso, y en el momento en que puso un pie en la sala cesaron las voces y se hizo el silencio, que rompió insolente el rugido desganado de alguna máquina aislada. Un ramalazo de furia le recorrió el cuerpo. No entendía nada, ni sabía a santo de qué venía aquel desplante, pero no lo iba a tolerar. Al avanzar entre las máquinas, se escapó alguna risita nerviosa.

—¿Qué pasa, Paqui? ¿Qué es lo que le hace tanta gracia? —le espetó a la maquinera mirándola fijamente; aquella no levantó la cabeza, pero veía los puños apretados de su jefa a pocos centímetros—. Dígame qué es lo que le hace tanta gracia —repitió estiradísima sobre sus tacones.

En ese momento una máquina dio otra pasada, como un bofetón, y paró de nuevo. Elena se volvió hacia donde provenía el descarado sonido. Juana la miraba desafiante.

—Tal vez usted me lo pueda aclarar, Juana. ¿A qué viene este desplante? —preguntó, cogiendo el toro por los cuernos.

—En realidad —le contestó la operaria con lentitud—, no estamos paradas. Solo trabajamos... a otro ritmo. Al que nos paga —terminó, altanera; y volvió a dar otra pasadita con la remalladora. Un coro de resuellos, suspiros y respiraciones aceleradas emergía de las cabezas inclinadas sobre las máquinas de coser.

—¡Conque es eso! —exclamó Elena, sin disimular la indignación que la embargaba; su cara se había endurecido hasta hacerla parecer muchos años mayor—. ¡Esto es fantástico! Me empeño hasta las cejas para sacarlas del sótano insalubre en el que trabajaban, me recorro el mundo para que esto vaya adelante, y todo lo que se les ocurre es hacerme una huelga de brazos caídos. —Hablaba rápido, soltando las palabras como latigazos, empujadas por el duro gesto de su rostro—. No esperaba que me lo agradecieran, pero esto... —Hizo una brevísima pausa y arremangándose el jersey de punto afirmó con fuerza—. ¡Muy bien! —dio dos palmadas y con su mano derecha hizo un gesto decidido hacia el pasillo de salida, para añadir—: Por mí, ya se pueden ir todas a casa. La que siga aquí, que empiece a trabajar, pero que quede muy claro, ¡no pienso pagar ni un duro más! ¿Se entiende? ¡Ni un duro! A mí no se me chantajea y menos con lo que llevo pasado. En un mes me voy a Beirut y lo haré con un muestrario bajo el brazo, lo hayan cosido ustedes o las monjas de San Antonio. En peores me las he visto. —Hizo una pausa para respirar y serenarse, la ira la estaba desbordando y debía reconducir la situación—. Dentro de diez minutos —miró su reloj— volveré a recoger las prendas de las máquinas que sigan paradas. A las que decidan seguir con esta farsa, no las quiero ver aquí cuando vuelva. Si alguna decide quedarse, haremos como que no ha pasado nada.

Elena dio media vuelta con toda la serenidad de que fue capaz y paso firme, aunque la rabia le pedía un mutis más airado. Pero se la tragó. La ira se había transformado en un calor sofocante, sudaba a pesar del frío reinante en el taller donde los radiadores no conseguían aliviar el helor húmedo de las paredes. Se sacó sin miramientos el jersey y se lo colgó sobre los hombros, arreglándose el pelo con decisión. Estaba muy enfadada, pero, sobre todo, dolida. Creyó que apreciarían el esfuerzo hecho por llevarlas a un sitio digno, por darles unas mejores condiciones y la respuesta era odio e ingratitud.

Atravesó las oficinas tratando de no mirar a nadie, entró en su despacho y se desplomó sobre su sillón azul con los codos sobre la gran mesa lacada en blanco y la cabeza abandonada en las manos. Si pudiera, hubiera llorado. Pero ese era un lujo al que, fuera de la intimidad de su cuarto, había renunciado hacía mucho. Las lágrimas llegaban a pasearse por el borde de sus largas pestañas, para volver a esconderse en algún lugar, fuera del alcance de miradas indiscretas.

Trató de pensar con serenidad. No tenía muchas opciones. Disponía de poco tiempo para encontrar un taller de sustitución; si no las tenía a tiempo, perdería todo lo invertido en el viaje a Beirut, además de las ventas que esperaba realizar y que generarían los ingresos necesarios para sostener todo aquello. Se rompería el cántaro. La angustia del llanto reprimido se concentró como una soga alrededor de su garganta.

Tras su salida de escena, en el taller se había armado una buena bronca. Juana seguía insistiendo en mantener su actitud, y reprochaba la cobardía de sus compañeras que no habían sido capaces de abrir la boca para apoyarla cuando se enfrentó a Elena. Si se iban, se iban todas, gritaba en pie en medio de las maquineras. Pero ahora eran muchas las que ya no estaban tan convencidas.

—El caso es que a mí este sitio me gusta —se atrevió a expresar una de ellas—. Menuda diferencia con donde estábamos antes.

—¡Tú eres imbécil! ¡¿Que no ves que le estás haciendo el juego?! —volvió a la carga Juana—. Esto no lo hace por nosotras, sino por ella. Que la tía está forrá, lo sé de buena tinta, y puede pagarnos más. Es el momento de sacarle un buen aumento.

Encarni hasta no hacía mucho había sido una más, pero en aquella pequeña comunidad ahora era la autoridad, la persona de confianza de Elena, y la hizo valer:

—¡Juana! ¡Ya está bien! —dijo, golpeando con las palmas de las manos sobre el tablero donde organizaba el material—. Te hemos hecho caso y esto no ha ido bien. Doña Elena está realmente enfadada, y con razón. ¡Deja de presionar a todo el mundo! La que quiera irse, que se vaya, pero rapidito, antes de que vuelva. Y las que se queden, ya pueden empezar a apretar, que a este paso a Beirut se lleva lo puesto.

—¡Pues yo me voy! ¿Quién me acompaña? —Juana miró a su alrededor comprobando con amargura que estaba sola. Miró a Paqui, que seguía sin levantar la cabeza de la máquina desde que Elena desapareció—. Paqui, vámonos.

La joven permaneció inmóvil mordiéndose el labio inferior.

—Bueno, entonces ¿qué haces? —le insistió Encarni—. ¿Te vas o te quedas?

—Sois unas cobardes —Juana masticó cada palabra—. Me quedo, porque yéndome yo sola no voy a conseguir na salvo que me echen, si es que la tía esta no lo hace de todas formas, pero os arrepentiréis. —Volvió a su máquina repasándolas una a una y se sentó. Apretaba tanto los dientes que los músculos de su mandíbula sobresalían a los lados haciendo su afilada cara más cuadrada.

Una tras otra las máquinas recuperaron su ritmo hasta convertirse en un único rugido.

En su despacho, Elena seguía sufriendo, desconocedora del desenlace. No se quería precipitar pero debía demostrar decisión para atajar aquel desplante o se repetiría. La ira dio paso al abatimiento ante la incertidumbre de cómo acabaría aquello. Habían pasado los diez minutos. Si seguían paradas, recogería los hatillos de ropa para demostrar que no pasaba nada, que podía llevárselos a algún otro taller, aunque no tuviera ni idea de a cuál. Últimamente no encontraba quién le cosiera con un mínimo de calidad, todos los talleres estaban copados y los que todavía admitían prendas parecían coser sacos de arpillera por lo basto y descuidado de su trabajo. El intenso calor de minutos antes desapareció conforme el temor la infectaba, enfriando el sudor que recorría su espalda. Sintió un temblor, la fuerza de hacía unos instantes se diluyó hasta no quedar ni una gota. Un cansancio plomizo se apoderó de sus piernas, pero tenía que volver. Suspiró, se puso un whisky corto de la licorera de su despacho, le dio dos tragos rápidos y decididos y salió.

Al pasar por la oficina le pidió a un par de administrativas que la acompañaran para recoger algunas cajas del taller. Se miraron la una a la otra con extrañeza, pero no hicieron preguntas y la siguieron. La veían pálida y con el gesto tenso. Pero cuando enfilaron el pasillo, el traqueteo de las máquinas le aceleró el corazón devolviendo la sangre a sus mejillas. Se dirigió a las dos jóvenes que la seguían. Ya no iba a ser necesaria su ayuda.

Aquello era música celestial. Reanudó el camino, ahora con más aplomo; recompuso el gesto y entró haciendo el mismo recorrido que diez minutos antes. Ninguna osó levantar la cabeza, mientras las prendas se deslizaban bajo las agujas a toda velocidad. Juana apretaba el bajo de un vestido con tal fuerza que lo estaba dejando como un acordeón. Elena se creció.

—Juana, tenga cuidado... —Hizo una pausa algo teatral antes de continuar en un tono más normal—, que esa tela es muy delicada. —Y sin darle tiempo a reaccionar se dirigió a la encargada.

—¿Ya tenemos los babis, Encarni?

La encargada carraspeó para aclarar una garganta seca por la tensión acumulada.

—Sí, doña Elena. Estamos con los vestidos.

—Bien. Algo es algo. Con los vestidos vamos muy atrasados, es posible que no lleguemos. Contrataré un par de personas más para acabarlos a tiempo.

Volvió sobre sus pasos y cuando estuvo a cierta distancia respiró hondo y exhaló un suspiro de tranquilidad.

Fue un maratón para todos, pero se consiguió. Elena estuvo pendiente de cada detalle, y empaquetó ella misma los modelos. Había sido un milagro terminar el muestrario a tiempo y debía asegurarse de que todo llegaba en perfecto estado. Su vuelta a Beirut estaba preparada y ansiaba llegar allí por muchos motivos.

También le quedó claro que aquel negocio necesitaba atención y mucho control: debería traspasar las tiendas que le distraían esfuerzos. Si las cosas iban como esperaba, el dinero de los traspasos le vendría muy bien para afrontar las inversiones que preveía y no depender del crédito de los bancos.

27

A partir del momento en que Carlos recibió la triste noticia del malogrado embarazo de Verónica, comenzaron a aparecer fisuras en su sólida relación. De poco sirvió la dolida explicación de ella sobre su tragedia; la confesión de sus primeras intenciones y el mazazo de la noticia de sus anteriores abortos, plantó la semilla de la desconfianza. Sus horarios se relajaron, el recorrido al finalizar la jornada ya no era del trabajo a casa y las llamadas de «cariño, llegaré tarde» se convirtieron en habituales.

Verónica no era mujer para quedarse esperando. Las salidas nocturnas se convirtieron en un *toma y daca*. Unos días era Carlos quien no aparecía a cenar, y otros era ella la que llegaba cenada. El primer día que Verónica llegó más tarde, lo previsible era que Carlos le pidiera explicaciones, pero no lo hizo, ni aquel día ni ningún otro.

El episodio le abrió los ojos: estaba perdiendo a Carlos. Los contactos físicos se habían distanciado, él ya no la buscaba como en otros tiempos e incluso en alguna ocasión se había visto rechazada con un evasivo «estoy cansado» impensable en Carlos. Alguien le estaba proporcionando lo que a ella no le pedía.

Llamó a Lourdes —se habían hecho inseparables desde la inauguración— para desahogarse y averiguar lo que pudiera. Rodrigo acompañaba a Carlos en sus salidas y se habían aficionado al golf compartiendo largas mañanas de domingo.

Lourdes quedó en sondear a su marido, pero trató de tranquilizarla; lo que su amiga le contaba era lo normal en cualquier matrimonio con años a su espalda, le comentó. Su propia historia en ese sentido no era muy distinta, o más bien sí, porque hacía mucho que esos contactos eran tan infrecuentes como los eclipses solares, pero para ella era más un alivio que una preocupación, le reconoció entre risas. Las palabras de su amiga solo sirvieron para confirmarle que no solo Carlos andaba por otros lechos sino que, muy probablemente, Rodrigo Badenes también, aunque Lourdes no quisiera verlo.

Para ella todos los hombres eran iguales. Sus ritmos no cambiaban, el que era «par 3», como explicaba entre risas apropiándose del lenguaje golfista de Carlos, era «par 3» toda la vida, y el que era «par 12», pues era «par 12». Y si, como ella decía con sus particulares metáforas, no la metía en el hoyo de casa era porque la estaba metiendo en otro. Con el matrimonio la pasión no decaía, se dispersaba. Pero tanto gastar bromas en la peluquería, tanto dar lecciones, y no se había dado cuenta de lo que ocurría en su casa. Tal vez porque, como se rumoreaba, también ella jugaba en otros campos. Según le habían contado a Elena, Verónica andaba entretenida con un tipo bajito y bigotudo, dueño de una perfumería en el barrio; las malas lenguas afirmaban haberla visto salir de la tienda con la ropa descompuesta y colores de trasiego en el rostro en horarios no comerciales.

Ya fuera por las distracciones, ya fuera por el estatus alcanzado, se había descuidado, ella que siempre las vio venir. La comodidad y su nueva posición le habían atrofiado el instinto de supervivencia, gracias al cual había llegado hasta donde estaba. Como su madre le puso delante de la nariz, cansada de ver lo que ocurría, si hacía balance, lo tenía todo pero no tenía nada. Ni marido, ni casa ni apenas negocio. Si perdía a Carlos, lo perdía todo.

Manuela aceptó sin reproches sustituir a su hija en la tienda mientras ella vigilaba a Carlos; le pareció no solo razonable sino conveniente, aunque además cargara con el trabajo de la casa. Con Manuela en la tienda, Verónica tendría libertad de movimientos.

Decidió acudir a Loredana sin previo aviso, le daría una sorpresa y evitaría la oportunidad de disuadirla de su intención de visitarle. Antes fue a la peluquería. Necesitaba un cambio de imagen, un toque sofisticado, más adulto, que recuperara la atención del esquivo Carlos. Así se lo planteó a Pablo, su peluquero, y a la concurrencia que escuchaba sin dificultad su chillona verborrea:

—¡A ver, que quiero que *mi* Carlos le eche un polvo a Marilyn! —proclamó entre las risas de unas y las caras de pasmo de otras, sentándose frente a un espejo y girando de lado a lado en el sillón—. Voy a ser su regalo sorpresa.

Y así fue como salió, con un ahuecado y reluciente pelo rubio, casi blanco, un maquillaje de artista de cine y una aplastante seguridad en sí misma. Se sentó al volante de su flamante Opel Manta rojo, comprado con las primeras ganancias de su tienda, y enfiló la carretera con las ideas tan claras como el despejado día.

Cuando Verónica apareció en el despacho, Merche ya había anunciado su llegada por el interfono.

—¿Qué haces aquí, cari? No me habías dicho que vendrías —saludó Carlos, sin levantar la cabeza de los listados esparcidos por la mesa.

—Quería darte una sorpresa, pero no parece que te alegres demasiado. —Vero frunció el morro y se acercó para ver qué lo tenía tan concentrado—. Ni siquiera me has mirado —dijo compungida ante el fracaso de aquella esperada primera impresión.

—Estoy muy liado, Vero, y falta mucho para la hora de comer. —En ese momento levantó la cabeza y el lápiz cayó de su mano; el gesto inicial de asombro se fue arrugando alrededor de su ceño—. Pero... ¿qué demonios te has hecho en el pelo?

Verónica enrojeció y se atusó los bucles con coquetería, aunque su cara mostraba una honda desilusión. Carlos rectificó de inmediato.

—Bueno... quiero decir... es un cambio muy radical, ¿no? —Esbozó una mueca torpemente simpática y añadió—: Estás muy guapa, pero antes también lo estabas. —En su cara se adivinaba el rictus de su primera frase, que no avalaba esa afirmación—. ¿A qué has venido? —La miró con curiosidad, el llamativo reloj de la pared todavía no marcaba las doce.

—Bueno... La verdad es que aunque he estado otras veces aquí, casi no conozco la empresa. Nunca me la has enseñado. Pensé que podría dar una vuelta mientras terminas y luego comer juntos. Ya no vienes casi nunca a casa a comer.

—Ni tú a cenar —restó con sequedad.

—Es que como nunca sé a qué hora vas a terminar... —se justificó con suavidad—. No me gusta cenar sola. Sabes que madre cena antes. Por eso he venido, porque te echo de menos... —Carlos relajó las facciones y un halo de remordimiento asomó en su mirada.

—Ya... entre el trabajo y que Loredana está lejos suelo comer por aquí cerca, con Lorenzo. —Firmó un par de papeles y abrió un sobre con decisión sin levantar la cabeza—. Ahora que lo nombro, si quieres él podría enseñarte la fábrica. Es quien mejor la conoce.

—¿Lorenzo? —Apretó los labios contrariada—. Creo que no le caigo bien.

—Tonterías. —Tiró el sobre a la papelera y cogió una nueva carta—. A Lorenzo le cae bien todo el mundo. Y ya ves —señaló la mesa—, yo estoy liado.

—Pero he venido porque quería estar contigo... —Se le acercó y estiró hacia atrás el sillón de cuero marrón hasta deslizarlo lo suficiente como para sentarse en sus rodillas, como tantas veces había hecho en el pasado.

—¡Pero qué haces! —La tenía sentada encima y ella lo miraba con expresión dulce y un ruego en los ojos. Carlos sonrió—. Verónica, cariño, que tengo mucho trabajo, ya te lo he dicho. Date una vuelta y nos vemos para comer, lo prometo. —Descolgó el teléfono y llamó a la centralita—. Merche, por favor, llama por megafonía al señor Dávila para que acuda a mi despacho.

—Brrrrr, no hay forma de convencerte. —Se levantó de un salto y se estiró la falda—. Antes habrías aprovechado la ocasión —compuso un gesto de niña pequeña a la que acaban de quitarle una golosina—, te estás haciendo viejo —remató sacándole la lengua—. Bueno, me daré esa vuelta con el cursi de Dávila, pero luego nos vamos a comer los dos solos. Nada de compañías.

—No sé por qué le tienes tanta manía. Es un hombre encantador.

Verónica abrió la boca para decir algo, pero la cerró.

Dávila tardó unos minutos en aparecer. Entró sin llamar y aunque no hizo ningún comentario, su expresión risueña se evaporó al clavar los ojos en Verónica.

—Hola, Verónica —se acercó a ella y le tendió la mano, cortés—. ¿Qué tal estás?

Ella acompañó el gesto de él con desgana, levantando la barbilla con altivez y dedicándole una sonrisa que no pretendía disimular su desagrado.

—Loren, gracias por venir. Sé que estás muy ocupado, pero Verónica tenía interés en verlo todo y yo estoy con el cierre, además de que tú te lo conoces mejor que yo. ¿Podrías enseñarle la empresa?

Lorenzo se ajustó el pañuelo de seda que cubría su garganta y carraspeó. El rictus en su boca se fue haciendo más pronunciado conforme escuchó la petición de Carlos. Verónica lo miró con cara de asco y se encogió de hombros.

—Bien... claro, le daré una vuelta —accedió, cortés—, pero no tengo mucho tiempo. Me he dejado dos máquinas pendientes de ajustar. No sabía que estuvieras interesada en la empresa, Verónica.

—Pues lo estoy —dijo ella dejando su bolso sobre una de las sillas de confidente frente a la mesa de Carlos—, y mucho.

—Pensé que estabas encantada con tu tienda —insistió.

—¡Anda, es verdad! ¿Cómo no estás en la tienda? —El comentario de Dávila y la pregunta de Carlos hicieron que Verónica fulminara con la mirada al primero.

—Mi madre se aburre y he pensado que la puede atender ella, así se distrae. Funciona sola. —Apenas dominó su irritación; aquel interrogatorio estaba tensando el ambiente—. Y me interesa mucho el tema de los bolsos y zapatos. Siempre me gustó.

—Pues vamos —Lorenzo abrió la puerta y la dejó pasar.

Recorrieron cada estancia del edificio a buen ritmo. Lorenzo le explicó con profusión de detalles técnicos lo que iban viendo mientras la observaba de reojo, y Verónica asentía impertérrita desprendiéndose de un «qué interesante» y un «vaya» a intervalos constantes.

Llegaron así al departamento de diseño, en la planta superior. Se dividía en dos partes, la de marroquinería y la heredada de Company's dedicada a confección de señora. La sala era amplia y muy luminosa gracias a dos claraboyas enormes por las que se descolgaban cortinas de luz cuajadas de una nebulosa de partículas flotantes semejante a polvo de estrellas; retales y trozos de piel ordenados con esmero daban color a las paredes forradas de corcho blanco. Verónica saludó con un «hola» cantarín y risueño a los presentes.

—Seguid, seguid con vuestro trabajo —los tranquilizó ante la cohibida respuesta.

Sus pasos se dirigieron a una mesa cercana para observar los dibujos.

Lorenzo se arregló el pañuelo del cuello, miró su reloj, enderezó la punta del que asomaba del bolsillo de la chaqueta y miró de nuevo la hora.

—Es la... —Carraspeó unos segundos como si se hubiera atragantado— la mujer de don Carlos —la presentó, ante la expresión triunfal de ella—. Verónica, como veo que aquí estás bien, te dejo si no te importa y voy a terminar un par de cosas. No tardaré. —No esperó respuesta y partió con paso decidido y armonioso.

Verónica le devolvió una mueca displicente y retornó su interés a los dibujos esparcidos en la mesa más cercana.

—Este es muy bonito. Me gusta. Pero queda soso, ¿no? —La joven diseñadora la miró; no dijo nada, pero los trazos cesaron. Verónica prosiguió—: Ponle aquí unos pespuntes... ¡y unos remaches dorados! —ordenó, emborronando con su dedo las líneas de lápiz recién dibujadas—. Eso es lo que le falta.

La joven levantó la vista desconcertada.

—Eh... Es que este año no se llevan —balbuceó, mirando con discreción a sus compañeros en busca de apoyo—. El señor Dávila nos indicó las líneas de la nueva colección... y no incluía remaches metálicos.

—¡Pero vamos a ver! ¿No has oído quién soy yo? —Sus pequeños ojos marrones se habían clavado en los de la diseñadora; el resto de personal mantenía la cabeza inclinada sobre sus respectivos trabajos, sin mover un músculo—. ¡¿Cómo te llamas?!

—Ma... Mari Carmen... —tartamudeó.

—¿No has oído mi pregunta, Mari Carmen? —Sus dedos tamborileaban sobre la mesa y había adoptado una postura erguida que la hacía parecer más alta—. Te lo repito. ¿Sabes quién soy yo?

Mari Carmen bajó la mirada, sus mejillas mostrando la incomodidad que sentía.

—Soy la señora *de* Company —recalcó las palabras mirando a su alrededor—, la dueña de esto, vamos, y aquí se hace lo que yo digo.

—Pero don Lorenzo...

—¡Ni don Lorenzo ni hostias! —Su mano dio un golpe sobre la mesa; ahora sí que la miraban todos con expresión turbada. La exclamación general hizo que Verónica comenzara a reírse—. ¡Que es una broma! Joder, qué susto os he dado. No os preocupéis, que Lorenzo confía plenamente en mí. ¿Por qué pensáis que me ha dejado aquí? —aclaró con una sonrisa diáfana—. Venga, haz lo que te he dicho, verás como queda muy bien.

Los que estaban en la mesa de enfrente, en la parte de confección, se miraron con cierto temor y volvieron a su tarea.

Mari Carmen procedió a hacer los cambios solicitados. Verónica le pasó un brazo conciliador por los hombros inclinándose sobre el dibujo:

—Ves, bonita, está mucho mejor así. Dibujas muy bien ¿sabes? Si es que las mujeres entendemos de estas cosas. —Le apretó los hombros con el brazo en un gesto cariñoso y murmuró entre dientes—. ¡Y Dávila está mayor!

En ese momento entró el mentado.

—Ya está. Cuando quieras, seguimos. —Miró consecutivamente las cabezas gachas, las manos inmóviles y las encarnadas mejillas de Mari Carmen; la tensión se mascaba—. Veo que has hecho buenas migas con Vero, Mari Carmen —era más una pregunta que una afirmación.

La joven levantó los ojos sin apenas mover la cabeza, pero o no pudo o no supo decir nada. Verónica respondió en su lugar.

—Mari Carmen tiene talento —afirmó sin soltarla mientras hablaba—. Es un encanto. —La alegría de su voz amortiguó el sonido de la respiración de la diseñadora.

Lorenzo observó las cabezas huidizas de los empleados y cómo la aludida permanecía encogida bajo el brazo de la visitante como si aquel fuera de plomo.

—¿Seguimos, Verónica?

—Claro, sigamos. Pero si estás muy liado no te molestes. Si no lo veo todo, no pasa nada. Ya sé todo lo que necesitaba saber. Y nos vamos a ver muy a menudo.

Los ojos de Dávila se abrieron de golpe para entornarse al segundo siguiente y quedar fijos en los de ella. Abandonaron el departamento para seguir un recorrido en el que Verónica ya no mostró ningún interés. Había encontrado su sitio.

28

A pesar de la insistencia y sus frecuentes visitas, a Vero le costó convencer a Carlos de colaborar en Loredana. No tenía estudios, ni experiencia, le repetía él cada vez. Tampoco él tenía estudios, le recordaba Verónica, ni experiencia cuando empezó. Carlos veía el asunto de otra manera, él era emprendedor, había empezado desde abajo y, aunque le reventara reconocerlo, había tenido una magnífica maestra en Elena Lamarc. Esto solo lo argumentaba cuando se desahogaba con un horripilado Dávila, que no sólo le daba la razón sino que además añadía madera, pinocha, papel y cartón a la hoguera de evidencias esgrimidas por Carlos para justificar su negativa. Pero para Verónica, ser mujer —de buen gusto, como ella afirmaba— y, por tanto, cliente potencial de los productos de Loredana, la imbuía de los conocimientos suficientes para conocer los gustos y tendencias y, por consiguiente, para dirigir el departamento de diseño que tanto le agradó en su primera visita.

Carlos cedió tras meses de discusiones, asumida la inutilidad de llevarle la contraria; pronto se cansaría, y en ese departamento no haría ningún estropicio. Pero quien no lo vio tan claro fue Lorenzo. Mantuvieron una tensa conversación en la que, cosa rara, el respetado empresario llegó a perder sus habituales buenas maneras.

—Carlos, no sabes lo que haces —le advirtió su socio con un brillo extraño en los ojos—, Verónica no tiene ni idea y si me lo permites, su gusto es más que dudoso. Qué digo dudoso, ¡no tiene ni un miligramo de buen gusto! Salvo para elegir pareja, claro, ahí estuvo fina. Carlos, va a ser nuestra perdición.

—No seas melodramático, Lorencito. Exageras. ¿Qué puede hacer? —preguntó, propinándole unas palmadas en la espalda—. Al final va a tener razón en que le tienes manía —reflexionó, medio en broma medio en serio.

—¿Eso dice? —Ahora fue Lorenzo quien sonrió—. Creo que es mutuo. No sé, Carlos, no encajamos. Y bien que lo siento. Pero es que, además, la idea de que se meta en diseño... —Viendo su gesto no cabía duda, no lo iba a llevar nada bien.

—No te preocupes, seguro que esto no es más que un capricho pasajero. Es muy voluble y cada vez le da por una cosa. Ahora se habrá cansado de la tienda y le ha dado por esto, pero mañana le dará por estudiar inglés o hacer centros florales. Tres meses le doy, ya lo verás.

—Dios te oiga, Carlos, Dios te oiga.

La actitud de Verónica en Loredana una vez conseguido su propósito fue muy diferente a la del día de su presentación. El recibimiento fue tenso, algunos llevaban un cartel luminoso en la frente declarando su rechazo a la repentina intromisión de alguien que no conocía nada de la empresa y, aunque nadie osó abrir la boca, los silencios y miradas fueron muy elocuentes. Con expresión de triunfo dejó claro que le importaba menos aquel recibimiento que una lasca en el esmalte de sus perfectas uñas rojas. No les quedaba otro remedio, aceptarla solo era cuestión de tiempo y ella, que sabía ser encantadora cuando quería, se esforzó por acortarlo.

Estableció una rutina cómoda. Llegaba cerca de las diez, revisaba los bocetos, alababa los trabajos realizados y modificaba alguna cosa para dejar su impronta. Una hora después se iba a almorzar con algunos empleados, y por la tarde revisaba revistas de moda o se daba una vuelta por las líneas de producción para charlar con unos y otros. Entre esas idas y venidas aprovechaba para visitar a Carlos en su despacho o ver por dónde andaba en un control nada sutil pero efectivo.

Al principio, la espontaneidad y camaradería con que trataba a todo el mundo resultó desconcertante, sobre todo en contraste con la violenta irrupción del primer día, pero poco a poco se fueron acostumbrando. Gastaba bromas con todos, llevaba dulces para merendar o incluso se ponía a contar chistes, haciéndoles reír con ganas asombrados de su atrevimiento. La sorpresa ante la actitud de la mujer de su jefe dio paso, conforme se fueron amoldando a su peculiar y desenfadada forma de ser, a una aceptación sin fisuras. Descubrieron que el trabajo se hacía mucho más liviano entre bromas y guasas. Y ella tampoco les importunaba mucho; solo proponía algunos cambios o pedía diseños concretos que había visto en algún otro sitio. Pronto aprendieron qué dos cosas desataban su ira y se cuidaban de no despertarla: contradecirla en lo más mínimo o nombrar al querido y respetado señor Dávila —que cada mañana aprovechaba antes de que ella llegara para organizar el trabajo y dar instrucciones precisas—, hacia quien Verónica no se molestaba en disimular su animadversión.

En menos de un mes la convivencia se había normalizado y el trabajo fluía sin problemas. Cada día almorzaba con ellos y casi siempre comía con el empresario; había conseguido su propósito, en parte. No había averiguado nada sobre la mujer que aliviaba las necesidades íntimas de Carlos si, como sospechaba y su madre repetía constantemente —incluso a veces insinuándolo en presencia de Carlos—, existía, pero ya no le preocupaba. Desde que controlaba la situación, Carlos apenas disfrutaba de un minuto sin que Verónica supiera dónde estaba y, como le comentó a Lourdes, volvía a jugar en casa. Fuera quien fuese la responsable del distanciamiento, perdía poder.

Recuperado su ascendente sobre Carlos, quedaba el fleco más importante por resolver: su futuro. Pero tenía mucho tiempo por delante y estaba en el lugar adecuado para evitar que los vaticinios de su madre se hicieran realidad.

Uno de esos días salía para tomarse el café mañanero con Mari Carmen y Merche, la antigua recepcionista de Company que había jubilado a la de Loredana, cuando escuchó cómo esta avisaba a Carlos por el interfono de la presencia del asesor fiscal.

—Id vosotras, que me se ha olvidado decirle una cosa a Carlos y si no voy ahora luego no me acuerdo.

—Es que tengo que acompañar al asesor al despacho de don Carlos dentro de diez minutos, cuando termine la reunión de operaciones. Luego me uno a vosotras.

—No te preocupes, Merche. Tenía que comentarle unas cosas al asesor. Haré un poco de tiempo y luego subo yo con él.

Las vio salir y se dirigió a la pequeña sala de espera frente a la recepción. Resultó ser un hombre bien parecido, con un denso cabello negro hasta rozar las hombreras de su chaqueta de ojo de perdiz y con unas patillas que dibujaban una mandíbula cuadrada y fuerte. Recordaba en algo a Carlos, por su altura, tal vez. Era más joven, pero con el mismo aplomo y seguridad. Y muy atractivo. Ya fuera por esa razón o porque era justo lo que necesitaba para conseguir información, su cara se iluminó con una sonrisa espontánea.

—Buenos días, señor... —le saludó sin perder la sonrisa y tendiéndole la mano.

—... Morales —le apuntó, levantándose empujado por algún resorte; estrechó su mano y le devolvió la sonrisa—. Gonzalo Morales, de Cano, Morales y Asociados.

—Tan joven y ya socio del despacho... Enhorabuena. Yo soy la señora Company, pero todos me llaman Verónica. Merche me ha pedido que le acompañe al despacho de mi marido en unos minutos —estiró aún más su sonrisa y se acopló un bucle rubio tras la oreja.

—Muchas gracias, señora Company —respondió agradecido manteniendo el trato formal—. ¿Trabaja usted aquí? —preguntó en el mismo tono en que podría comentar el parte meteorológico del día.

—Sí —afirmó sin dudarlo mientras se sentaba y le indicaba con un gesto de la mano la otra silla—. Soy la directora del departamento de diseño —manifestó orgullosa.

—Carlos, bueno, el señor Company, no me lo comentó. Es una suerte poder compartir un mismo interés —contestó educado.

—Así es. Lo malo es que apenas nos vemos. Él está en sus cosas y yo en las mías. —Apoyó un codo sobre la mesa para reposar la barbilla en su mano sin dejar de mirarlo, mientras la otra jugueteaba en segundo plano con un botón que saltó de su ojal dejando visible el encaje de un sujetador negro—. Sí que me comentó que vendría el asesor por lo de las acciones de Lorenzo —afirmó con seguridad—. Bueno, del señor Dávila, me refiero.

—No, eso ya se solucionó. Don Lorenzo quería mantener un cinco por ciento, pero al final accedió a quedarse con el diez, como don Carlos le pedía.

Verónica hizo un gesto de contrariedad.

—Es verdad, eso me dijo —suspiró sin demasiado interés echándose hacia atrás en la silla—, aunque no sabía que ya estuviera todo claro. Últimamente vamos muy liados y casi no hemos podido hablar. Yo no estaba muy de acuerdo, no entiendo esa manía de Carlos de que Lorenzo mantenga más acciones —Hizo crujir los nudillos—. El hombre está enfermo y agotado, quiere retirarse, y ya es hora, joder. —Un hilo de irritación atravesó su comprensiva disertación—. Debería habérselas comprado todas, coño, que a este paso la va palmar aquí —soltó entre risas.

Gonzalo Morales fijó sus ojos en ella. La sorpresa por la brusquedad de la última expresión le hicieron analizarla con más detenimiento. Su mirada se detuvo en el descocado escote para regresar con rapidez a la rubia cabeza de su interlocutora.

—Sí, claro, ejem —rio y carraspeó de forma alternativa—. Pero es que... —Morales hizo una pausa—, bueno, imagino que conoce cuánto ha costado la ampliación de Loredana. Eso, unido al elevado precio de las acciones, ha hecho que prefiriera comprar una cantidad menor.

—También porque Carlos quiere que Dávila siga por aquí, aunque él se basta y se sobra para llevar esto, como llevaba Company's sin ayuda de nadie —suspiró, resignada—. Pero le da pena el bueno de Dávila. Esta ha sido su vida durante los últimos cuarenta años, no sabe hacer otra cosa. No me malinterprete, ese hombre lo es todo aquí. Es el alma de Loredana. Pero Carlos tiene otro empuje, más cojones —las manos de Vero sujetaron dos naranjas imaginarias en el aire—, no sé si me entiende, y se frena para no volver loco a Lorenzo, que entre usté y yo, es un poco picha floja.

Morales soltó una carcajada apenas contenida con la palma de la mano, y asintió:

—Sí, la entiendo, tiene razón. Lo ha descrito muy bien.

—Disculpe mi franqueza. —Su amplia sonrisa no pedía disculpa alguna—. Carlos siempre me dice que hablo demasiado. Y demasiado claro.

—Es tan poco frecuente que se agradece —Morales le devolvió la sonrisa.

—La verdad es que todo va muy bien —prosiguió con su voz chillona—. Los empleados están más contentos. —Se echó hacia delante cruzando las manos sobre la mesa y dejando un nuevo ángulo de intimidad a la vista. Nada indicaba que fuera consciente de la exposición de su ropa interior.

Los ojos de Morales se engancharon unos instantes en el encaje negro asomando entre los dibujos geométricos de la camisa. Abrió la boca para decir algo y volvió a cerrarla. Ella se removió en la silla, la tela de la blusa se balanceó, cruzó las piernas con parsimonia... Los ojos de Morales parecían las luces de un camión marcando las curvas de una sinuosa carretera conforme seguía con lentitud los movimientos, cargados de una coquetería nada inocente.

—Creo que iba a decir algo... —dijo Verónica manteniendo con candidez la mirada descarada de aquel guapo caballero.

—Sí, iba a decir que precisamente como los empleados se han adaptado tan bien, Carlos quiere recompensarles con un pequeño porcentaje de acciones. Algo simbólico, pero acciones a fin de cuentas. Para eso he venido.

Verónica se irguió en la silla y comenzó a tamborilear los dedos sobre la mesa.

—¡Qué bien! Una ocurrencia digna de Carlos. Entonces ¡yo también voy a ser accionista! —Era una pregunta, aunque la formuló dándolo por hecho—. Porque no creo que los empleados vayan a tener acciones, y yo no.

—De todo eso vengo a hablar —comentó adoptando un aire profesional sin que la sonrisa cayera de sus labios.

—Creo que deberíamos subir ya. —Verónica miró su reloj—. La reunión de operaciones ya habrá acabado.

Se levantaron, y Morales se agachó a por su cartera de piel. Verónica se dispuso a salir delante, pero la detuvo un instante:

—Disculpe un momento, señora Company...

—No me llame así. Me hace mayor. Llámeme Verónica, como todo el mundo.

—Pues entonces, llámeme Gonzalo. —Hizo una pausa y la miró con guasa—. No sé cómo decírselo, pero... —señaló con el dedo al díscolo botón.

—¡Huy! Muchas gracias. —Verónica se abrochó de nuevo el botón con un rápido ademán y una risita coqueta—. ¡Menos mal que se ha dado cuenta! Aunque después de ver mis intimidades casi podríamos tutearnos, ¿no crees, Gonzalo?

—Como quieras. —De nuevo la observó, sus enormes ojos marrones entornados tratando de descifrar el lenguaje corporal de su rubia acompañante, que echó a andar con acompasados movimientos de caderas.

La siguió hasta el despacho de Carlos, pendiente de cada paso.

—¡Hombre, Gonzalo! —Carlos se levantó para saludarlo—. Veo que has conocido a Verónica... —pareció dudar y dejó ahí la presentación—. Ahí donde lo ves —siguió dirigiéndose a ella—, tan joven, es el mejor asesor fiscal de la ciudad, ¿sabes, Vero?

—Bueno, no es para tanto —negó Gonzalo Morales con un gesto displicente e hinchando pecho como un palomo en pleno cortejo—, aunque lo cierto es que últimamente estamos trabajando para empresas muy fuertes.

—¿Qué vas a hacer, Verónica? Imagino que estarás muy liada. Nosotros tenemos para un par de horas y luego iremos a comer. ¿Vuelves para la comida?

Verónica frunció el morrito como siempre que algo la contrariaba.

—No tengo nada urgente y seguro habláis cosas interesantes. —Avanzó hacia la pequeña mesa de reuniones situada en el rincón del despacho y se acomodó—. Así voy conociendo más la empresa, ahora que ya tengo un puesto importante.

Carlos había vuelto a su sitio detrás de la mesa de formica

negra y la miró interrogativo. Ella se dio cuenta y reaccionó poniéndose de nuevo en pie.

—Ah, claro, a lo mejor son temas confidenciales. —Un velo de resignación le cubrió el rostro y su morrito volvió a apretarse.

—Mujer, yo no tengo secretos para ti. Claro que puedes quedarte —sus palabras sonaron forzadas—. Pensé que tenías trabajo y esto no te interesaría.

—Entonces ¿me quedo? —sonrió contenta y volvió a sentarse en la misma silla con un gracioso movimiento.

—Er... sí, claro —Carlos miró a Gonzalo y se encogió de hombros antes de indicarle que se trasladara junto a Verónica. Los dos se unieron a ella, arrastrados por el sedal invisible que desde el sillón les había lanzado.

Por aquella reunión Verónica descubrió qué parte de acciones pensaba repartir Carlos entre los empleados; ella también percibiría una parte mínima, según explicaron. Su presencia en esa discusión fue decisiva para ser incluida.

Gonzalo quedó en estudiar la forma de hacer el reparto y cuál sería el porcentaje exacto de cada uno. Carlos repartiría un diez por ciento de sus acciones actuales, el mismo porcentaje que mantenía su socio. De esa forma conservaría la mayoría con el ochenta por ciento, y sus empleados más destacados se verían recompensados por su trabajo y fidelidad. Estaba agradecido por cómo habían reaccionado las personas de confianza tras el incendio y la forma en que se habían adaptado a los nuevos puestos; también quería limar las diferencias entre los antiguos directivos de Loredana y los incorporados por él. Haciéndolos accionistas, aunque fuera con una participación mínima, tanto *Companyeros* como *Loredanos* —como se llamaban los unos a los otros— se sentirían integrados en una única empresa.

A Verónica tantas buenas intenciones le parecieron estupendas, pero no estaba para nada conforme con el reparto. Ella no era una empleada más y no la iban a tratar como a cualquier otro. Durante la conversación se perdió varias veces con las cifras, pero la idea global le quedó clara para cuando Carlos decidió poner punto final a la reunión.

—Bueno, Gonzalo —Carlos estiró los brazos un instante y movió el cuello a los lados—, tendremos que comer algo, ¿verdad? Ya va siendo hora. Creo que tienes toda la información necesaria para preparar los documentos y el reparto definitivo. Si necesitaras algo más, me llamas. Voy a avisar a Lorenzo para que nos acompañe y de paso lo ponemos al día.

29

La comida fue en un restaurante cercano, de aspecto rústico, frecuentado por hombres de negocios. Atravesaron la zona de la barra; un sabroso regimiento de jamones coronaba las vigas de madera. Conforme avanzaban, los camareros fueron pasando su potente saludo de unos a otros como el testigo en una carrera de relevos.

Llegaron al comedor, una cava antigua con techos abovedados y aperos colgando de las paredes. En las mesas, hombres enfundados en trajes oscuros partidos por anchas y llamativas corbatas hablaban y reían entre copas y platos contundentes. Al entrar Verónica, única nota femenina en aquel comedor, todos la miraron con mayor o menor discreción y el vocerío amainó por unos instantes. Algún codazo unido a cuchicheos y alguna que otra risotada jalonó el recorrido. Ella caminó orgullosa hasta la mesa exhibiendo una amplia sonrisa que no iba dirigida a nadie en particular, y esquivó la cara de algún antiguo conocido de otros tiempos menos gloriosos apretando los dientes. Su pasado se le aparecía de tanto en tanto en forma de muecas de burla y gestos más o menos obscenos que desafiaba con aplomo.

La mesa era redonda, no muy grande. Verónica se acomodó la primera, con Carlos y Gonzalo a cada lado y Lorenzo frente a ella. No era muy comedora y pronto se hizo con la conversación mientras los demás saboreaban los platos. Los chascarrillos divertían tanto a Carlos como a Morales, que reían y añadían anécdotas a la conversación. Lorenzo los observaba sin entusiasmo, aunque ante alguna de las ocurrencias de Verónica no le quedaba más remedio que dar rienda suelta a la risa inevitable. Entre broma y broma, las rodillas de Verónica y Gonzalo se habían rozado en varias ocasiones, sin que ninguno mostrara signos de ello. Lorenzo no les quitaba ojo de encima. Alguna mirada furtiva les confirmó que los movimientos bajo el mantel no eran casuales. Hacía rato que el tono de los chistes superaba lo que el decoro de la época admitía en boca de una mujer y eso parecía estar animando a los caballeros, cuyas risas cada vez más sonoras se fundían con el estruendo de fondo. Tan solo Dávila que, además de ser de natural comedido había comido poco y bebido menos, mantenía una cierta compostura.

En la botella de vino tan solo quedaban las últimas gotas de su contenido bermejo, a pesar de que Lorenzo y Vero no lo habían probado. Aquel no bebía, y ella prefería la cerveza. En las caras de Carlos y Gonzalo, desprovistos de sus chaquetas desde hacía rato, se mostraban los efectos de la subida de temperatura y las copas consumidas. Tras un nuevo encuentro de la pierna de ella con la de su vecino de mesa, la mano de un envalentonado Gonzalo se posó sobre el muslo que salía a su encuentro, protegido por la discreción del mantel y animado por el vino ingerido. Por un momento contuvo la respiración, en sus ojos la duda de cuál sería la reacción de ella ante el asalto ahora evidente de una nueva frontera, mientras mantenía la misma sonrisa de segundos antes. Vero echó una ojeada, Carlos llevaba el peso de la charla en esos momentos y Lorenzo, ausente, mantenía la vista fija en los botones de la mareante camisa de su vecina. Abrió los muslos sin mover una célula de la cara. La mano de Gonzalo comenzó a acariciar la cara interna con movimientos lentos y suaves. Lorenzo se enderezó despertando de su letargo, pero siguió mudo.

—Qué comida más agradable —comentó Verónica con una risita, mientras los fuertes dedos de Gonzalo recorrían su pierna con delicadeza hacia donde ella empezaba a sentir un calor intenso. Carlos asintió con la cabeza. Gonzalo sonrió, le brillaba el labio superior.

Lorenzo movió sus ojos de Verónica a Gonzalo con expresión de haber encontrado un moscardón verde en su poleo.

—Si me disculpáis, voy un momento al baño mientras traen la copa. Tanta cervecita y tanta risa ha acabado con mi aguante —Verónica se levantó y se fue en dirección a los lavabos.

Segundos después fue Gonzalo quien se disculpó.

—Yo también voy a aprovechar.

La siguió unos pasos por detrás hasta entrar en el pasillo de los lavabos, fuera del campo de visión de sus compañeros, y aceleró hasta alcanzarla. La agarró de un brazo y la obligó a volverse.

—¿A qué estás jugando? —le preguntó con el semblante serio y enrojecido.

—A lo mismo que tú —los diminutos ojos de Verónica brillaban mientras recorrían el recio cuerpo de Morales sin ningún disimulo, hasta detenerse en los de él con descaro—. Tengo mucho calor —bajó la vista a su entrepierna— y parece que tú también.

Gonzalo no respondió, la empujó contra la pared y comenzó a besarle el cuello con fuerza mientras sus manos encontraban sus pechos.

—Shsss... Frena —suspiró ella; su respiración entrecortada le dificultaba el habla—. ¡Estás loco! Nos van a ver. —Verónica jadeaba mientras intentaba zafarse sin mucha decisión de las manos que la asediaban en medio del pasillo.

—La culpa es tuya —Gonzalo no retrocedió—, llevas provocándome toda la mañana. —Estiró una mano hasta alcanzar el pomo de la puerta del baño de señoras y arrastró a Verónica al interior cerrando la puerta tras ellos.

El amplio habitáculo olía a lejía disfrazada de ambientador. Losetas de barro cubrían las paredes hasta el techo y un pequeño farolillo metálico proporcionaba una luz incierta a la estancia de estilo rústico. Gonzalo empotró a Verónica contra la pared mientras abría los botones de la blusa y dejaba al descubierto el sujetador con el que fantaseaba desde horas antes.

Verónica sintió una presión inequívoca en su entrepierna y bajó las manos para desabrocharle el cinturón y dejar caer sus pantalones, pero Gonzalo se lo impidió. Los dos se movían frenéticos, apurando el tiempo. Sin mediar palabra él la atrajo para besarla, se volvió sobre sí mismo y con un movimiento brusco la colocó de espaldas, enfrentada contra el gran lavabo de loza blanca. A ninguno importó el ruido de la hebilla al golpear contra el suelo. Cayó el pantalón que Gonzalo desabrochó con una mano, la otra subió la falda. A la vista quedó la parte del conjunto de lencería intuida al tacto entre plato y plato, unas minúsculas braguitas de encaje negro flanqueadas por las tiras del liguero que ni siquiera se molestó en bajar para embestirla desde atrás. Las apartó a un lado y el cuerpo de Verónica se abrió sin ofrecer resistencia.

En el espejo podían ver los cuerpos moviéndose al compás de acometidas rítmicas. Verónica se agarraba al lavabo en equilibrio sobre sus altísimos tacones, mordiendo su antebrazo para ahogar los gemidos. Levantó la cabeza y la imagen del rostro desencajado de Gonzalo, con la corbata deshecha y la camisa abierta dejando a la vista un vello perlado de sudor la hizo sonreír. Por la expresión de su rostro, él no iba a aguantar mucho más. Dos golpes, un latigazo brutal, y Verónica se abandonó sobre el lavabo sintiendo cómo Gonzalo se vaciaba en su cuerpo. Permanecieron unidos unos momentos eternos, respirando acompasados, hasta que él se retiró.

Sin mediar palabra se limpiaron como pudieron.

—Estás sudando —observó Verónica entre divertida y preocupada. Se arregló la blusa, enderezó la falda.

—¿Cuánto tiempo llevamos aquí? —Gonzalo miró su reloj con horror—. Diez minutos. ¿Qué vamos a decir? —Sacó un pañuelo del bolsillo y se lo pasó por el cuerpo antes de abrocharse la camisa y anudarse la corbata.

—Déjame a mí. Diremos que se encajó la puerta... uf —respiró hondo intentando recuperar el resuello—, y no se podía abrir. Ves a llamar a alguien y le cuentas que llevas un rato intentando forzarla porque me has oído pedir ayuda —rio por lo bajo—, pero que está atascada.

—Cualquiera diría que haces esto todos los días —pronunció Gonzalo con dificultad.

Abrieron la puerta muy despacio. No se veía a nadie en el pasillo aunque del baño de caballeros llegaba el inconfundible murmullo del agua.

—Alguien está ahí —Gonzalo señaló con la cabeza la puerta de enfrente sin atreverse a salir—. ¿Y si es Carlos? ¿O Lorenzo? Sabrán que no estaba en el pasillo ni en el baño.

—Habrá que jugársela —sonrió—. Es tarde para arrepentirse, ¿no crees?

—No me arrepiento —afirmó, vehemente.

—Yo tampoco. Hacía tiempo que no disfrutaba tanto.

Gonzalo salió por fin y Verónica cerró la puerta tras él. El pestillo era sencillo, una pequeña palometa de las que se giran en el centro del pomo. Golpeó varias veces con el tacón de su zapato hasta hacerla saltar.

Pronto escuchó voces al otro lado de la puerta.

—¡Verónica, ya están aquí! —Era la voz potente de Gonzalo—. Dicen que intentes girar el pestillo.

—Es lo que hice, pero estaba roto y cayó al suelo —su voz llegaba amortiguada—. No puedo colocarlo en su sitio. ¡No voy a poder salir! —Su tono agudo y asustado traspasó la puerta.

—No se preocupe, señora, la sacaremos —un desconocido la tranquilizó desde el exterior—; otras veces lo hemos abierto con un alambre. Enseguida vuelvo.

Escuchó la voz de Carlos preguntándole a Gonzalo qué había ocurrido.

—No lo sé. Cuando llegué, la puerta ya estaba cerrada, y al salir la oí forcejear —Gonzalo sonaba seguro y veraz—. He estado un rato intentando abrirla pero no he podido. Menuda sudada me ha cogido.

—Casi vengo a buscaros. No entendía cómo tardabais tanto —Carlos sonaba irritado—. ¡Verónica! ¿Estás bien? —preguntó alzando la voz.

—Sí, pero hace mucho calor aquí dentro. ¡Me estoy ahogando! ¿Por qué no me sacáis?

—Ya va, no te preocupes.

En ese momento llegó el camarero con un alambre. Manipuló varias veces con movimientos precisos a través de un pequeño agujero y al cabo de unos segundos el cerrojo interno hizo «clack» y la puerta se abrió.

—¡Por fin! —exclamó Verónica—. Creí que me iba a asfixiar ahí dentro. Deberían poner una ventana o alguna ventilación —dijo enfadada dirigiéndose al empleado que la había liberado de su encierro—. Vámonos, anda, que creo que no voy a olvidar nunca este baño. —Una mirada cómplice se cruzó entre Gonzalo y ella.

Salió con el carmín intacto, cada rizo en su lugar y un rubor natural en las mejillas que impulsaron a Carlos a darle un beso.

Volvieron a la mesa donde esperaba Lorenzo, irritado. Los observó y Verónica le devolvió la mirada.

—¿Qué estabais haciendo? —preguntó.

—Se había atascado la puerta del baño y no podía salir —explicó Carlos.

—Ya, claro. —Lorenzo seguía mirándola con una dureza marmórea—. Llevas los botones de la camisa mal abrochados.

Verónica lo miró furiosa y Gonzalo enrojeció. Carlos estaba pidiéndole la cuenta al camarero y no lo oyó.

—Qué desastre soy. Debo haber ido todo el día así y nadie me ha dicho nada. —Con un gesto rápido solucionó la asimetría de su camisa—. Menos mal que te tengo a ti para fijarte en estas cosas tan femeninas. Gracias, Lorenzo.

—Gonzalo, tú te vas directamente, ¿no? —preguntó Carlos.

—Sí, tengo que volver al despacho.

—Pues ahora te acerco a la fábrica a por tu coche.

Los cuatro se acomodaron en el vehículo de Carlos. Era tarde pero quedaba mucha jornada por delante.

—Yo me voy a ir a casa, no me encuentro muy bien —se disculpó Verónica—. Debe ser por los nervios y el calor que he pasado en ese jodido baño.

—Pues nada, cariño, nos veremos en casa.

Llegaron al aparcamiento de la fábrica y se despidieron.

Cuando Verónica iba a entrar en su coche, Gonzalo le puso una mano en el hombro para detenerla.

—Esto...

—No digas nada —le dijo ella con serenidad—. Volveremos a vernos, te lo aseguro. ¿Dónde te puedo localizar? —Gonzalo sacó una tarjeta y se la tendió; Verónica la examinó unos segundos—. Tenéis el despacho en una calle muy céntrica —le felicitó—. Pues mañana me pasaré, tenía interés en hablar unas cosas contigo, y ahora con más motivo —puntualizó con lentitud guiñándole un ojo.

Gonzalo le apretó una nalga y Verónica dio un saltito divertida.

—Pues te espero mañana. Si vienes a última hora de la tarde estaremos más tranquilos, ya me entiendes.

—Allí estaré.

Gonzalo se alejó hacia su coche pasándose el dedo índice varias veces por el interior del cuello de la camisa. Verónica sacó las llaves del suyo, pero la voz de Dávila la detuvo.

—¿Qué ocurre? —se volvió ella impaciente—. Tengo prisa.

—No sé qué pretendes, pero a mí no me engañas.

—Métete en tus cosas, Lorenzo, que esto no es asunto tuyo. —Dio media vuelta para abrir el coche.

—Me temo que lo será, así que ten cuidado porque estoy alerta —De su tono amable no quedaba un ápice.

—Solo te lo voy a decir una vez, Lorenzo —los ojos de Verónica echaban chispas y la malicia asomaba en una sonrisa dura y apretada—: como te metas en mis cosas, te verás en problemas. Sé de más de uno como *tú* —clavó el dedo índice en el pecho de Lorenzo— que ha acabado en los penales de Huelva o Badajoz. A los «violetas» los tienen enfilados. —Dávila palideció—. ¿Qué te creías? ¿Que no me iba a dar cuenta? —rio burlona—. Os detecto a la legua. No me entiendas mal, a mí me da igual a quien te folles. Pero espero lo mismo de ti, o tendrás problemas serios, y ya estás muy mayor para aguantar ciertas cosas —fue su última palabra antes de subir al coche y desaparecer.

Lorenzo siguió la línea roja que describió el Opel Manta antes de abandonar las instalaciones, con la sombra del miedo cosida a su pecho.

Tercera parte

GUERRA A MUERTE

30

Elena ya lo tenía todo organizado: los muestrarios, listos para enviar —aunque de puro milagro—, su equipaje, pensado y la penosa negociación con el padre de la niña sobre su destino los fines de semana, zanjada. En un principio su voluntad era dejarla en el colegio como el año anterior, pero esta vez Carlos insistió en quedársela los dos fines de semana. Elena sintió culebras removiéndose en su estómago; era cruel empeñarse en dejarla en el internado cuando podía estar con su padre. Las cláusulas de la sentencia y los años transcurridos habían erosionado su antigua intransigencia. También, el despertar de un corazón dormido durante mucho tiempo había echado agua fresca sobre la hoguera de su resentimiento.

Lo que no había cambiado era su temor, la sombra de Verónica estaba tan presente como el primer día. La discusión se centró en que la niña estuviera con él, solo con él y nada más que con él, y en llevarla el lunes por la mañana al colegio con puntualidad.

En una semana estaría en su destino, dispuesta a traerse la maleta llena de unos pedidos cada día más necesarios; la inversión de la nueva fábrica la estaba ahogando, por una vez sus previsiones no estaban cumpliéndose. Contaba con alquilar el local antiguo para afrontar la hipoteca, pero hasta el momento no lo había conseguido y el coste de la obra había sido superior al esperado.

El virus de la huelga se había reproducido en un par de ocasiones con menor virulencia, pero estaba afectando a la producción. El ambiente era tenso y hablar de hacer horas extraordinarias era motivo de guerra civil. Como siguieran con esa actitud, se lamentaba, terminaría por no cumplir los pedidos, y servir con retraso era sinónimo de devolución segura. A consecuencia del traslado había llegado tarde a algunas plazas y la mercancía rechazada se amontonaba en las estanterías. Y por si faltaba algo, la crisis comenzaba a sentirse en una España más permeable que nunca a sus vecinos europeos, y el ambiente interno era de incertidumbre y agitación social. Cualquier excusa era buena para que los clientes se arrepintieran de los pedidos realizados seis meses antes, una vez sus estanterías empezaban a estar cuajadas de género. Las últimas prendas volvían a destino convirtiéndose en una pérdida segura, y Confecciones Lena tenía los almacenes rebosantes. Necesitaba vender en el extranjero o el cántaro de su trabajado futuro acabaría roto y con la leche vertida por el suelo.

En el banco le habían sugerido que se deshiciera del antiguo bajo, pero antes de caer en la tentación de malvender su posible sustento del día de mañana, o el de su hija, se apretaría el cinturón tanto como hiciera falta. No acabaría como su madre, era su cantilena inconsciente. Nunca dependería de nadie y su hija tampoco.

La feria se celebraba desde el martes 22 hasta el sábado 26 de abril. La expedición estaba previsto que saliera dos días antes del certamen y se quedarían hasta dos días después. Las dos maletas con el muestrario saldrían con el material que la Cámara de Comercio iba a enviar para preparar la exposición. En realidad sería un viaje mucho más cómodo que el anterior: no tendría que preocuparse del equipaje, el destino era único y todos los expositores españoles estarían concentrados en una misma zona dentro del propio hotel. Un paseo, pensó.

Era el 13 de abril de 1975, quedaba solo una semana para el viaje. Lucía leía un cómic de Astérix y Obélix repantingada en el sofá de chenilla gris cuando algo llamó su atención.

—¡Mamá, en la tele hablan de Beirut!

Elena, que había desaparecido un momento, regresó de inmediato a la salita y se quedó de pie frente al televisor—. ¿No es ahí donde te vas? —preguntó la niña señalando la pantalla con el semblante serio.

La envolvente voz de Rosa María Mateo explicaba con gesto grave cómo una facción cristiana maronista había atacado un autobús de palestinos en la capital libanesa, al parecer en respuesta al ametrallamiento que horas antes se había producido frente a una iglesia cristiana, con el resultado de cuatro personas asesinadas; las imágenes eran terribles. Se hablaba de la posibilidad de una oleada de violencia en la capital en venganza por lo ocurrido, o incluso de una guerra civil en aquella zona de permanente conflicto.

Elena se sentó en el extremo del sofá más cercano a la tele, su sitio habitual, y dio una mano a su hija con la tensión comprimiendo sus facciones. La confusión y el asombro la habían dejado sin palabras. La voz de Lucía la devolvió al momento actual.

—Mamá... —insistió, ahora en voz más queda—. No será ahí donde te vas la semana que viene...

No contestó, en ese momento no estaba segura de nada. Miró su reloj. Era demasiado tarde para llamar a nadie; el resto de componentes de la misión comercial estarían tan desconcertados como ella. Solo quedaba esperar. Todavía ensimismada, sonó el teléfono.

—Lucía, baja la tele, por favor —le pidió al descolgar el auricular.

La niña siguió sentada sin moverse hasta que sintió la mirada de su madre como un pellizco en el trasero, y se acercó veloz al aparato.

—¿Diga?... Hola, mamá —saludó sin entusiasmo—. ¿Qué tal estás? ¿Va todo bien?

Lucía siguió la conversación. No era habitual que su abuela llamara desde Madrid; siempre era su madre quien lo hacía.

—Vaya, cuánto lo siento —le oyó decir a su madre—. No me habías dicho nada.

—...

—¿Pero no se puede solucionar? Creía que la tienda iba muy bien.

—...

—Ya. Pues me pillas en un momento un poco delicado. ¿Cuándo pensabas venir?

—...

—Sí, para entonces creo que ya estaré de vuelta, aunque... —hizo una pausa—. ¿No has visto el Telediario?

—...

—Como te dije, me iba a Beirut la semana próxima, pero acabo de escuchar que podría haber una guerra civil, ya no sé si me iré o cuándo me iré.

—...

—¿La niña? Se quedaba con Adelaida y el viernes venía su padre a por ella para llevársela el fin de semana.

—...

—Gracias, mamá, pero si le digo ahora a Carlos que no se la dejo se va a liar. No te preocupes. Ven cuando quieras, pero avisa antes para que organice la casa.

Cuando colgó, la preocupación de su rostro se había duplicado.

—¿Está bien la madrina? —preguntó Lucía—. Es raro que haya llamado ella.

—Pues sí... —respiró hondo mirando con sorpresa a su hija ante el comentario—. Tiene problemas en Madrid, la tienda no va bien y el asesor le ha recomendado que la traspase. Puede que se venga a vivir aquí una temporadita.

—¡Qué bien! Hace tiempo que no la vemos. —Una sombra de añoranza bañó los ojos de Lucía—. ¿Ha preguntado por mí?

—Err... sí, claro. —El tono dubitativo no consiguió engañar a la niña—. Por cierto, ¿qué haces todavía levantada? A dormir, que este programa tiene un rombo. Además es tarde y mañana hay colegio.

Lucía protestó sin éxito y arrastró los pies hasta el baño para lavarse los dientes.

Esa noche Elena no pudo dormir. Entre la situación en Beirut y la posible llegada de Dolores, el futuro se había teñido de negro. Le preocupaba cómo sería la convivencia con su madre. La última vez que vivieron bajo el mismo techo las cosas acabaron muy mal. Pero era un contratiempo secundario.

Lo que la desveló aquella noche fue lo escuchado en las noticias. No era posible que tanto esfuerzo se fuera por la borda. En la soledad de su habitación el miedo la invadió. ¿Y si estallaba la guerra y la feria se suspendía? ¿Y si todo el muestrario creado no servía para nada? ¿Y si no lograba los pedidos necesarios para amortizar la hipoteca y mantener los puestos de trabajo? ¿Y si...? Su mente pasaba de un pensamiento a otro hundiéndose cada vez más en el futuro incierto. Se volvió hacia un lado. Intentó ver la hora pero no pudo. Se giró hacia el otro. Apretó la sábana con los puños, respiró hondo un par de veces. Se levantó a por un vaso de agua. Iría a esa feria, como fuera, a poco que la organización continuara adelante. Solo le quedaba confiar en la providencia y armarse de valor.

Se sentó a escribir. Ya de madrugada, con medio paquete de tabaco hecho ceniza y las páginas de su diario anegadas de incertidumbre, se resignó a lo absurdo de seguir elucubrando sobre algo que escapaba a su control. Se repitió lo que tantas veces se decía sin llegar a convencerse: si no tiene solución, de qué servía preocuparse, y si la tenía ¿por qué preocuparse?

El lunes la llamaron desde la Cámara de Comercio: reunión urgente; por fin sabría algo. Acudieron todos los expositores y Gerardo, el agregado de la Cámara que les acompañaría, les informó: la feria no se cancelaba, solo se retrasaría unos días. Las autoridades confiaban en que, pasados los primeros conatos de violencia, la situación volvería a la normalidad.

Nervios, protestas, dudas. Durante la reunión Gerardo intentó apaciguar a los asistentes. Era una locura acudir a una feria montada sobre un polvorín, decían unos. No podían rajarse ahora, decían otros. Varios se dieron de baja al terminar la reunión. Elena lo tenía claro, iría; se jugaba demasiado.

Salió de la Cámara nerviosa y con prisa por llegar a su casa. Una cortina de agua la recibió al salir del edificio. El día estaba como ella, destemplado. Se sentía agotada.

Estuvo un rato bajo un alféizar frotándose los brazos a la espera de ver alguna silueta negra con su característica franja amarilla y el piloto verde encendido, pero las dos veces que había abandonado su refugio solo había conseguido empaparse.

Estaba dándose ánimos para echar a andar bajo el aguacero cuando Rodrigo Badenes salió del edificio.

—¿Te llevo? —le preguntó mirando sus pies mojados.

Elena sonrió agradecida. En otros tiempos, cuando creía disfrutar de una familia normal, fueron muy buenos amigos, pero desde su separación solo coincidían en viajes y reuniones de trabajo. A Lourdes, su mujer, no la había vuelto a ver desde entonces.

—¿No te importa? He intentado parar un taxi, pero no pasa ninguno libre.

—¿Cómo me va a importar? Espérame aquí y traigo el coche.

Mientras Rodrigo desaparecía bajo la lluvia, Elena se preguntó por qué no se habría casado con un hombre así. De pronto se sintió muy sola. La lluvia, el frío, las dificultades, el peso de la responsabilidad familiar sin nadie con quien compartirlo... Abrió el bolso y sacó su paquete de tabaco.

Rodrigo apareció a los pocos minutos.

—¡Sube!

Elena corrió hasta el coche esquivando los charcos.

—¡Uf, qué asco de día! —Dejó su cigarrillo empapado en el cenicero—. Con el sol que hacía esta mañana.

—Sí, el tiempo está muy raro. —Quedaron los dos en silencio hasta el siguiente semáforo—. Parece que al final sí que iremos a la feria. Puede ser un viaje arriesgado —sus ojos se movieron hacia la posición de Elena—, tal vez deberías pensártelo.

—Rodrigo, necesito ir. Para mí es vital —suspiró con fuerza—. Es lo que tiene ser una mujer sola con una hija.

—No estás sola.

Elena se revolvió como un animal amenazado.

—¿No lo dirás por Carlos? —Rodrigo no respondió—. Mira, prefiero no hablar del tema. Además —hizo una mueca triste—, vosotros os habéis pasado al bando enemigo.

—Elena, eso es injusto. Soy amigo de Carlos casi desde que hicimos la mili.

—Pues creo que Lourdes está a partir un piñón con esa mujer, y si todo lo que cuentan de ella es cierto, menudas tragaderas tiene.

—La gente es muy mala, Elena, exageran.

—Pues entonces es que tienen una imaginación desbordante. Mi asesor fiscal es compañero y amigo del de Carlos, y no sabes las barbaridades que va contando.

Rodrigo enarcó ambas cejas.

—¿A ti también te lo han contado? Ese Morales debe de ser un bocazas.

—Valencia es un pueblo. —La amargura llenó el habitáculo—. En un baño público, increíble. No le para nada; y tu amigo Carlos en la inopia. En fin, él se lo ha buscado. Quien se acuesta con niños...

—No le des vueltas, Elena. No vale la pena. —El vehículo avanzó un metro y paró. Los coches parecían canicas de colores en una bolsa tratando de salir por un agujero diminuto.

—Tú eres su amigo —se encendió otro cigarro—, deberías abrirle los ojos.

—No digas tonterías. No me haría caso y, además, lo mismo es un farol, que ese tío es un fantasma. No entiendo cómo se han hecho tan amigos. —Con los ojos dibujó el movimiento incansable del limpiaparabrisas y suspiró—: Tampoco Carlos es un santo...

—¿De verdad? —Su cigarrillo se estremeció absorbido hasta el alma—. No me había enterado.

—Si vamos a la feria —dijo Rodrigo al fin, tras un silencio embarazoso—, espero que valga la pena.

—No tardaremos en saber si se hace o no. Han programado la salida para el 17 de mayo. —El brillo de sus ojos se confundía con el reflejo de la lluvia—. ¿Tú qué vas a hacer?

—Pues lo mismo que tú, Elena. Si se hace, iré. Me da que la crisis nos va a sacudir tarde o temprano y no me puedo permitir el lujo de desaprovechar oportunidades. Yo ya lo estoy notando, y puede que si esto no sale bien, cierre la persiana.

—Bien —suspiró agradecida—, me alegra saber que estaremos juntos.

Rodrigo aminoró la velocidad mientras Elena limpiaba con un pañuelo el vaho de la ventanilla.

—¡Es aquí! —le indicó.

Badenes paró en segunda fila.

—Bueno, pues ya estamos. —Rodrigo se inclinó hacia el parabrisas para contemplar la finca—. Es una buena calle...

—Sí, tuve mucha suerte. —Se volvió hacia él—. Muchas gracias, Rodrigo, me has hecho un puente de plata.

—Nada, mujer, no podía dejarte allí.

—Dale recuerdos a Lourdes. —Le hizo un gesto cariñoso en el brazo aunque su despedida iba cargada de amargura.

Ya con ropa seca pero la misma sensación de destemplanza comentó con Adelaida y Lucía las novedades. Sí habría viaje, todo lo previsto se mantenía pero retrasándolo a las nuevas fechas.

Lucía ya era capaz de comprender, con sus diez años, que su madre tenía previsto ir a un lugar peligroso. Al escucharla, un gesto de súplica y temor comprimió su pequeño rostro. Por primera vez en muchos años, la inminencia del viaje le provocó un miedo que no recordaba haber sentido, aunque la incertidumbre la acompañaba desde pequeña en su transcurrir cotidiano.

Le rogó que no fuera, pero no sirvió de nada. Había visto en las noticias la masacre del autobús en la ciudad a la que su madre acudiría en una semana. Desde entonces seguía las palabras «Líbano» y «Beirut» cada vez que las escuchaba en la radio que acompañaba a Adelaida en sus tareas diarias, o en la televisión; la realidad de la muerte como algo que llega a un lugar para quedarse se había anclado en sus temores. El miedo a perderla era inabarcable.

Con poca habilidad, trató de forzar la situación demostrando su disgusto. Sus ruegos lastimeros no funcionaron y pasó al enfado sin disimulos. La tensión se acumulaba en su interior cada día que pasaba y la energía almacenada se transformó en agresividad. No daba tregua, siempre con una careta de enfado cubriendo el miedo.

Elena, a pesar de lo que le costaba separarse de su hija, no veía el momento de salir de allí. «Tu padre no te va a aguantar ni un día como sigas así», le repetía a la niña con insistencia. Y frases como que aquel viaje lo hacía por ella, por darle un futuro digno, se le clavaban a Lucía como lanzas. Odiaba el futuro.

Los nervios de Elena, ante la inminencia de un viaje que había comenzado mal, no ayudaban a atemperar los exaltados ánimos de la niña. Adelaida contemplaba aquellos enfrentamientos con el ceño fruncido, los labios apretados y continuos gestos de negación. Ella también esperaba con ganas el fin de semana para irse al pueblo y alejarse del ambiente cargado de la casa.

Y por si faltaba algo, el retraso puso otra piedra en el camino de la logística doméstica planificada con tanto cuidado por Elena. Temió una discusión con Carlos ante el cambio de planes, pero al menos esa vez no fue un problema; las noticias sobre Beirut estaban en todas partes y su amigo Rodrigo Badenes también le había comentado lo del retraso del viaje.

Lo que le asombró a su ex marido, aunque no lo comentó con ella sino con Rodrigo, fue la decisión de asistir a pesar de todo a aquella feria perdida al otro lado del mundo de la que dudaba que el resultado mereciera el riesgo y el esfuerzo. Pero no cabía duda, Elena tenía valor.

31

La delegación española siguió con preocupación las noticias sobre los enfrentamientos en las calles de la capital libanesa, que en las imágenes aparecían desiertas y con cifras de muertos que crecían día a día. Pero a partir del 20 de abril, para alivio de todos, la calma se instaló de nuevo y la vida volvió a la normalidad según informó la prensa. «Qué pena de aplazamiento», pensaba Elena, para la fecha en que hubiera comenzado la feria todo estaba en calma.

Al final, con el mismo plan de viaje, la mitad de los expositores y un corsé tejido con hilachas de miedo, incertidumbre y esperanza oprimiéndole el pecho, partieron hacia Beirut un mes después de lo previsto. De los conocidos por Elena repetía Gerardo —el agregado comercial que les acompañó el año anterior—, su buen amigo Rodrigo Badenes, Fernando Alcalá con quien nunca había simpatizado a pesar de lo mucho que se conocían, el pequeño García y uno nuevo, Braulio Guerrero, que en las reuniones previas se le había atragantado como un hueso de aceituna.

Al repasar el grupo de la expedición, Elena no pudo evitar pensar en Djamel. Esperaba verlo. Deseaba verlo. Se ruborizó. No había tenido noticias suyas desde que recibió el maravilloso ramo de flores, pero verlo lo había visto, soñando dormida, soñando despierta. La ilusión casi adolescente por el reencuentro ayudó a olvidar los riesgos que la habían mantenido en vilo durante todo el mes. Pronto saldría de dudas.

El Holiday Inn seguía igual de majestuoso y, por la actitud de los empleados que se movían con rapidez y discreción por su amplísimo y suntuoso hall, nada había cambiado de puertas adentro.

De puertas afuera, la cosa era bien distinta. Al desembarcar les llamó la atención la cantidad inusitada de personal militar situado en distintos puntos del aeropuerto, con sus armas dispuestas. Durante el recorrido hasta el hotel en el autobús, se cruzaron con numerosas tanquetas; soldados de uniforme, AK-47 en ristre, se apostaban en esquinas y plazas en posición de alerta y un desagradable olor a goma quemada se colaba por las ranuras del autobús. Pasaron dos controles en los que el conductor tuvo que presentar la documentación del vehículo y explicar quiénes eran los pasajeros, mientras soldados de ojos hirvientes y fusiles calados recorrían el pasillo escrutando sus rostros. Elena miró por la ventanilla, haciéndose por enésima vez la misma pregunta: ¿valía la pena correr el riesgo? En la azotea de un edificio vecino, la punta del Dagunov de un francotirador asomó dándole una respuesta siniestra.

Pero una vez atravesada la puerta del hotel, el mundo volvió a la normalidad.

—*Comment ça va?* —le preguntó solícito el recepcionista mientras recogía la ficha con los datos de Elena y su pasaporte.

—*Très bien* —contestó por inercia, aunque albergaba serias dudas sobre ese punto. Recogió la enorme llave, se despidió de sus compañeros y se dirigió hacia el ascensor acompañada del botones con la maleta. Se limitó a saludarlo con una sonrisa, empujó las gafas que se habían deslizado hasta la punta de su nariz y lo observó curiosa por si era el mismo del último viaje; no le sonaba la cara, pero era muy poco fisonomista. Al entrar en la cabina del ascensor, se vio a sí misma la última vez que hizo ese mismo trayecto. En esta ocasión le había tocado el tercer piso. Se preguntó si habría un ramo de flores esperándola y un cálido rubor ascendió por sus mejillas. No pudo soñar mucho más, estaban frente a la puerta de su habitación. Entró con paso indeciso, avanzando hacia la ventana esperando repetir las escenas vividas un año atrás, pero allí no había nada, ni tan siquiera una nota. La desilusión se dibujó en su rostro. Había esperado algo, después de cuatro meses sin noticias de Djamel. Suspiró resignada, despidió al botones dándole una propina y se afanó en deshacer el equipaje con un punto de tristeza en la garanta. Al ver la cama, una losa invisible cayó sobre ella con el peso de la ausencia, del miedo a una guerra, de los errores sin remedio y de los riesgos asumidos. Prefirió no bajar a cenar con el grupo, el servicio de habitaciones le aliviaría su escaso apetito, y aprovecharía para escribir unas líneas y acostarse pronto.

Al día siguiente tuvieron la mañana libre para visitar la ciudad, pero a mitad de recorrido el conductor del autobús recibió instrucciones por radio y dio media vuelta. No habían entendido nada, pero la urgencia en la voz entrecortada y metálica que se escapaba de la radio y el gesto sombrío del conductor no presagiaban nada bueno. Rodrigo se adelantó por el pasillo del vehículo para obtener información. Al poco volvió donde se encontraban sentados la mayoría.

—Rodrigo, ¿qué pasa? —preguntó alguien desde los últimos asientos—. ¿Por qué volvemos tan pronto al hotel?

—Parece que el conflicto ha vuelto a empezar. —En pie, en el centro del pasillo, con las manos en los respaldos para mantener el equilibrio, alzó la voz sobre el rugido del motor—. Ha explotado una bomba israelí abandonada en una aldea del sur del Líbano. Varios niños han muerto, la población está indignada.

—¡Dios mío! —exclamó Elena—. Eso es terrible.

—Me comentaba Gerardo que lo mismo se retrasa la inauguración de la feria...

—¿Otra vez? Pero... ¡qué mierda de viaje! —El gesto de disgusto de Braulio era compartido por el resto—. ¿No dices que el conflicto está en el sur, no aquí en la capital? ¿Qué más nos da a quién se carguen en la frontera? —Un murmullo de malestar llegó a sus oídos—. Bueno, no me entendáis mal, me refiero a que no tiene por qué afectar a la feria.

—Puede que los enfrentamientos se extiendan a otras zonas.

Hace menos de un mes aquí estaban a tiro limpio —repuso Fernando Alcalá—. ¿Y si se repite?

—Maldita sea... —mascullÓ Braulio, su rostro de bulldog más contraído que de costumbre.

—Algo me dice que este viaje se nos va a alargar más de lo previsto. —Elena expresó en alto sus temores—. Pero no seamos agoreros, no tiene por qué pasar nada. Y si las cosas se complican ya veremos lo que hacemos. Lo principal es que la feria no se suspenda.

Llegaron al hotel con una desagradable sensación de incertidumbre. Pero al entrar en el Holiday Inn volvieron a sumergirse en un espejismo, como en esos cuentos en que tras cruzar la puerta de un armario o un espejo se entra en un mundo diferente y secreto; resultaba irreal el ambiente de refinada tranquilidad, en contraste con las noticias recientes y las huellas del conflicto en la calle.

La mayoría se fueron al bar a tomar una copa mientras Elena subía a su habitación para dejar un par de cosas compradas antes de que se frustrara la excursión. A su hija le encantaban las camisetas y había encontrado una con un dibujo divertido y una leyenda sobre Beirut. Esperaba distraída el ascensor cuando sintió una suave presión en el hombro. Se dio la vuelta intrigada y apunto estuvo de soltar la bolsa al ver el sonriente rostro de Djamel a escasos centímetros del suyo.

—Djamel... —fue lo único que acertó a balbucear con ojos de incredulidad.

—*Comment ça va, ma chérie Elena?*

Se le aflojaron los músculos. Abrió la boca. La cerró. La volvió a abrir...

—Cualquiera diría que has visto a un fantasma, querida Elena. —Sus labios besaron una mano inerte, su mirada acariciándole el rostro—. No sabes cuánto tiempo llevo esperando este momento.

Un sonido metálico anunció la llegada del ascensor, Elena miró alternativamente a las puertas y a Djamel. Otros huéspedes estaban entrando y pronto se cerrarían.

—Pensé que ya no te vería —dijo ella al fin—. No he sabido nada de ti en este tiempo. Tengo que subir a dejar unas cosas.

—Te espero en el bar entonces —puso la mano en la puerta del ascensor para que no se cerrara y Elena entró.

Una sensación de abrumadora estupidez hizo que sus mejillas se encendieran como un luminoso en la puerta de un club. Se había quedado paralizada, boqueando como un pez en la nasa, y encima no había reaccionado cuando le propuso esperarla en el bar donde estaban todos los españoles.

Después de lo que había deseado ese momento y cómo lo había imaginado llegó a su cuarto con sensación de derrota. Se miró al espejo con una mueca de desagrado, su aspecto —coleta alta, vaqueros de pata ancha y camisa blanca de manga corta— era infantil, nada parecido a como lo había fantaseado en sus encuentros imaginarios. Y, para colmo, con aquellas gafas de cristales de adoquín que tan poco la favorecían. Así era como se habían reencontrado después de un año. Sin tiempo para cambiarse u obrar algún milagro, se conformó con ordenar dos mechones de pelo que le caían a los lados de la cara, fijarlos con un poco de laca, darse un toque de carmín y tras mirarse con resignación, bajó guardando sus nervios y las gafas de miope en el bolso.

En el bar, Djamel charlaba con sus compañeros de viaje que asentían con preocupación.

—¡Mira quién está aquí, Elena! —Rodrigo le hizo una seña; todos se volvieron. Codazos, alguna risita.

—Hola, Djamel. ¡Qué alegría! —se adelantó ella—. No sabía que estabas aquí.

—Querida Elena. Nos faltabas tú —saludó Djamel con su voz de arena llena de cariño—. Me alegro mucho de verte de nuevo —la saludó ceremonioso, escoltado por cuatro pares de ojos curiosos.

—Pero seguid con la conversación —rogó Elena incómoda, echándose a un lado para no quedar en medio de aquel corro de hombres—. Parecíais muy interesados.

—Comentábamos las noticias —le informó Braulio—. Este señor Yamal —prosiguió, señalándolo con un movimiento de cabeza—, que parece bastante enterao, decía que las cosas se pueden poner feas.

—¿Lo crees así, Djamel? —preguntó Elena, alarmada.

—Bueno, no sé lo que va a pasar, pero tradicionalmente aquí no se dejan pasar incidentes como el de esta mañana, aunque afirmen que ha sido un accidente fortuito. Es posible que se produzca una cadena de ataques.

Todos comenzaron a hablar a la vez.

Elena los miraba pensativa.

—Perdonad —dijo dando unas palmadas—, pero por lo que parece la feria se va a celebrar de todas formas. Los expositores y la mayoría de clientes estamos alojados aquí, en el Holiday Inn, y este es un lugar seguro. No creo que haya problemas para que se desarrolle dentro de lo previsto.

—Tú estás loca —Fernando Alcalá la miró con desprecio—. Como se líe tendremos que salir corriendo. Yo desde luego no pienso quedarme.

—No adelantemos acontecimientos —cortó Badenes fulminando a Fernando—. De momento todo sigue igual, dentro de un par de días comenzará Mofitex.

—Muy decidida te veo yo, guapa —le espetó Braulio a Elena con desdén—, pero como se monte una buena no vamos a estar aquí para calmar tus ataques de histeria.

Elena iba a replicar cuando Djamel intervino:

—Bueno, yo debo irme. Si me disculpáis —se dirigió a Braulio con gesto adusto—. Encantado de haberle conocido. Imagino que nos veremos a lo largo de estos días.

Elena miró a Djamel desconcertada. Apenas había podido hablar con él. Tampoco era el momento ni el lugar. Trató de retenerlo con la mirada, pero lo vio partir hacia la puerta.

—¿Quién es este moro sabelotodo? —preguntó Braulio con una mueca y señalando con el pulgar hacia su espalda, por donde aquel había desaparecido.

Rodrigo alzó la vista al techo y resopló.

—Es un caballero al que conocimos en el viaje anterior. Un buen tipo y con bastante influencia por aquí.

—Bah, pamplinas. —Se dejó caer en una butaca y echó un trago al whisky—. A mí me ha parecido un tipo vulgar, por mucha corbata que se gaste.

Elena apretó los puños, pero se abstuvo de hacer ningún comentario.

—Pues yo también me voy. No tengo hambre, no me esperéis a comer —antes de irse preguntó—: ¿Vais a empezar a montar los stands?

—Quita, quita... Si no sabemos seguro ni si va a empezar la feria. Ahora —Braulio, que siempre conseguía decir la última palabra, la miró burlón—, si quieres ir limpiando el mío —su carcajada atrajo la atención de los huéspedes que charlaban en la barra.

—Me temo, Guerrero, que la suciedad que tú puedas tener no hay quien la limpie —contestó, cortante—. Lo dicho, chicos, me voy. Ya nos vemos a la noche.

Oyó a Braulio continuar con sus comentarios, pero prefirió no prestar atención. Quedaban muchos días por delante para buscarse enemigos tan pronto.

32

Elena decidió salir a despejarse, la conversación la había enervado y tomar el aire la relajaría. Le gustaba pasear por las bulliciosas avenidas que rodeaban el hotel, con sus edificios modernos y sus variopintos transeúntes, lo mismo enfundados en elegantes trajes de chaqueta que en atuendos frescos y playeros, o tapados hasta los pies a la usanza árabe en anárquica armonía. Pero las cosas habían cambiado. Apenas se veía gente, como si el recuerdo de los recientes enfrentamientos ratificara los presentimientos más negros, y los que compartían acera con ella se apresuraban como animales huyendo hacia su madriguera. A poco de abandonar el hotel una sensación extraña, un miedo irracional, la invadió. El placer de pasear por las soleadas calles rumbo al mar se transformó en una inquietud que no venía de ruidos, ni de voces, ni de nada que estuviera a la vista. Una tranquilidad artificial caminaba a su lado, la calma de la espera amenazaba más que la certidumbre en una ciudad que fingía normalidad.

Prefirió regresar a la seguridad de su cubil y deambular por la galería comercial del hotel. Ojeó un par de tiendas sin ganas de comprar; al final, unas postales para escribir a Lucía la acompañaron a la habitación. Al pensar en su hija, un vacío fugaz la invadió. Si le pasaba algo en Beirut, ¿qué ocurriría con la niña? ¿Quién se haría cargo de ella? Hasta ese momento no se lo había planteado. El solo hecho de pensar que pudiera terminar viviendo con su ex marido y su compañera, le produjo tal horror que se estremeció, pero pensar en otras opciones no la ayudó a serenarse. Que se criara con su madre, después de la infancia que a ella le dio, no era mucho mejor. Sacudió la cabeza y se pasó ambas manos por la cara con lentitud. A tantos kilómetros de casa nada podía solucionar, pero esos pensamientos eran la prueba de que la sensación de peligro traspasaba las paredes seguras del hotel.

Sentada ante el escritorio revisó las postales. En una de ellas, los farallones de Le Rouche que tanto la impresionaron en su paseo junto a Djamel, aparecían rompiendo un atardecer rojizo. A Lucía le gustaría, suspiró; y a ella también. Otra de las postales era para su madre. Ignoraba si cuando llegara a España ella seguiría en Madrid o se habría instalado ya en Valencia. Sintió encogerse su pecho. Cómo se había complicado su partida... Su madre apareció un par de días antes del viaje para confirmar lo anunciado, que se iría a vivir con ellas hasta decidir qué hacer con su futuro, y había regresado a Madrid para terminar de liquidar la tienda y su vida allí. Elena le insistió para que esperara hasta su regreso de Beirut, pero su madre siempre hacía lo que le parecía. Recordó la cara de pocos amigos de Adelaida al recibir la noticia. La convivencia de las cuatro no iba a ser fácil. Demasiado carácter en poco espacio.

Escribió la fecha en la postal.

El día anterior había hablado un momento con su hija. La línea telefónica era una jaula de grillos políglotas y la conferencia costaba una fortuna, pero necesitaba oír su voz. Para no ponerla nerviosa evitó someterla a uno de sus interrogatorios, pero no podía dejar de pensar en el fin de semana pasado con su padre y a buen seguro con aquella mujer que no era capaz ni de nombrar. Cuando hablaron, la voz cantarina y risueña de Lucía en vez de animarla la hundió y en el mismo momento se arrepintió de haberla dejado ir. La distancia y sus divagaciones le hicieron temer que el afecto de su hija se resintiera por culpa de aquel viaje. ¿Valdría la pena tanto esfuerzo?, se repetía una y otra vez.

Escribiendo la postal, sumida en su soledad, llamaron a la puerta.

—*Oui*?

—Elena —una voz amortiguada traspasó la madera—, soy yo, Rodrigo.

Fue a abrir, extrañada. Era la primera vez que aparecía en su habitación.

—Hola, Rodrigo —entreabrió la puerta asomando la cabeza—, no te esperaba. ¿Ha pasado algo?

—No, no. No te alarmes —la tranquilizó—. He venido porque nos tenías preocupados; no sabíamos dónde te habías metido. Te he llamado un par de veces a la habitación y no contestabas, y las cosas no están como para que vayas sola por ahí.

—Gracias —sonrió reconfortada—. Estoy bien, acabo de subir. —Titubeó en pie ante la puerta y al final la abrió del todo—. Pasa, estaba escribiendo unas postales.

—¿No te importa? —Tampoco a él se le veía muy seguro, revisando ambos lados del pasillo antes de dar el paso.

—Qué va, no seas tonto, pasa. —Rodrigo entró y se acomodó en un sillón junto a la ventana; Elena se sentó de lado en la silla del escritorio para estar frente a él—. Pues salí a dar una vuelta, pero he regresado enseguida. Ha sido extraño, la ciudad sigue su vida como si nada, pero falta alegría, no sé, la gente está rara.

—Nos han comunicado que la feria se retrasa unos días más. Se están produciendo algunas escaramuzas en la ciudad, un poco más al sur de donde estamos nosotros, pero bastante cerca. —La severidad de su rostro imprimió a sus palabras una trascendencia que Elena negó con un movimiento de cabeza—. Se está hablando de que la expedición al completo vuelva a España —Rodrigo levantó ambos brazos para dejarlos caer de nuevo sobre los del sillón.

—¿Corremos peligro? —Sus ojos verdes, abiertos de par en par, asomaban tras los cristales de las gafas.

—Dicen que no, no es fácil que el conflicto llegue hasta aquí.

—Entonces ¿habrá feria? —le interrogó Elena con un hálito de esperanza.

—De momento no la han anulado.

—Pues hasta no saber seguro lo que van a hacer —afirmó

rotunda—, no me muevo de aquí. Si hay feria, yo —se señaló el pecho con el dedo índice— me quedo.

—Me imaginaba tu respuesta —reconoció Rodrigo; una mueca de admiración compensaba su tono de reproche—. Dicen que comenzará el día 21, pero cualquiera sabe.

Los dos quedaron en silencio, cada uno navegando por sus pensamientos.

—¿Vas a bajar a cenar? Habíamos pensado ir a la plaza de los Mártires. Suele estar muy animada y ayudará a olvidarnos de todo esto. De momento parece tranquilo, aunque Djamel nos ha dicho que volvamos antes de que oscurezca.

—¿Djamel? —Elena perdió el dominio de su rostro; sus ojos y su boca dibujaron un círculo de sorpresa—. ¿Le habéis vuelto a ver? —Se ruborizó nada más interrogarle y descruzó las piernas inquieta para volver a cruzarlas al revés de como estaban antes.

—Nos preguntó por ti, pero ninguno sabíamos por dónde andabas.

Su corazón le pedía seguir preguntando, pero la prudencia le aconsejó no hacerlo. En su lugar, tomó el paquete de tabaco que descansaba sobre el escritorio y se encendió un cigarrillo. Rodrigo la observó.

—Elena... —tragó saliva y la miró a los ojos—. No te metas en ningún lío —su tono era dulce y paternal, ausente de reproche—. No sabes quién es; parece todo un caballero, pero lejos de casa todo tiene otro halo.

—No te preocupes por mí, Rodrigo. —Elena dio una calada a su cigarrillo entornando los ojos para evitar el humo—. Como tú dices —añadió con intención—, estamos lejos de casa, en otro mundo, y lo que aquí suceda, aquí se queda. ¿Verdad, querido amigo?

Los ojos pícaros de Elena y el tono juguetón con que había deslizado la última frase hicieron dar un respingo a Rodrigo.

Elena conocía los escarceos de Badenes con la recepcionista del turno de mañana y en su mirada se reflejaba una complicidad que Elena nunca admitiría de palabra. Rodrigo sonrió divertido.

—*Touché*. Quién soy yo para darte consejos —afirmó encogiéndose de hombros—. ¿Vendrás entonces con nosotros o nos privarás de tu presencia?

—Supongo que iré —suspiró—. Habrá que aprovechar mientras haya cierta normalidad. Pero, entre tú y yo —hizo una mueca apretando los labios—, no puedo con Braulio. Por no verle soy capaz de no salir de mi cuarto.

—Jajajá, a mí me pasa lo mismo. Venga, anímate, que sin ti nos falta alegría.

—Lo intentaré —apagó su cigarrillo pensativa—. ¿A qué hora habéis quedado?

—A las siete, en la entrada principal.

—De acuerdo, pues allí nos vemos —se levantó y acompañó a Rodrigo hacia la puerta.

Conforme Badenes salía, Braulio Guerrero pasaba por delante de la puerta rumbo a su habitación. Les dedicó una mueca maliciosa.

—Cuánto bueno por aquí, jejeje. Ya sabemos a quién preguntar cuando la «niña» desaparezca. —Acababa de propinarle un codazo en las costillas a Rodrigo, que lo miró como quien descubre una cucaracha—. Bueno, bueno, no te pongas así —se defendió Braulio ante el desprecio silencioso de Badenes.

Elena cerró la puerta con fuerza sin esperar a escuchar nada más. Decidió que a pesar de aquel impresentable iría con ellos a cenar. Cuando la feria comenzara —porque la feria tenía que celebrarse, lo necesitaba, no quería plantearse otra cosa— no habría muchas ocasiones de respirar el aire beirutí.

A las siete estaba en la entrada con un primaveral vestido de punto estampado y su rubia melena sujeta por un pañuelo. Estaban muy cerca del mar y por las tardes se levantaba una brisa no siempre placentera. No faltaba nadie; solo Djamel. Había abrigado la esperanza de que les acompañara, pero no estaba y no se atrevió a preguntar.

Pidieron dos taxis para llevarles a la plaza de los Mártires, que seguía tan bulliciosa como la recordaba, su tráfico lento dando vueltas alrededor del jardín central como bancos de peces desplazándose por el asfalto sin rumbo determinado.

En el restaurante, solo dos mesitas les acompañaban; pero pronto el local pareció abarrotado por las voces potentes y animadas de los seis recién llegados.

El tema de conversación giró en torno a la situación. Gerardo, muy en su papel de representante de la Cámara y responsable de aquella expedición, tomó la palabra:

—Está habiendo enfrentamientos en los barrios del sureste, pero por lo que me han dicho, nunca han llegado hasta la zona hotelera. Sería la perdición de esta ciudad.

—Pues según comentaba Djamel esta mañana, esta es la zona más peligrosa porque se encuentra justo en la frontera entre los barrios cristianos y musulmanes. —Fernando, sentado frente a la entrada, observaba muy serio la puerta—. Todo esto me pone muy nervioso. ¿No os habéis fijado cómo los camareros salen constantemente? Saben que va a pasar algo. —Sacó un pañuelo del bolsillo y se secó el sudor que abrillantaba su frente.

Las miradas de desconcierto rebotaron de unos ojos a otros en medio del silencio nervioso, como la bola en una máquina recreativa; alguien hizo un esfuerzo por reanudar la conversación, por recuperar la normalidad. A los pocos minutos un estruendo les sobresaltó, los camareros sonrieron nerviosos y pasaron a la cocina cuchicheando entre ellos. Gerardo se levantó y salió a la puerta.

—¿Qué os parece si pedimos la cuenta? —sugirió Elena ante la pasividad del resto de la mesa.

—Será lo mejor. —Rodrigo reaccionó y se levantó para buscar al personal.

—Parecen disparos. —Gerardo había vuelto a la mesa, desencajado—. Venga, vámonos, que me da que se va a liar y lo mismo no encontramos ni taxi para volver.

—En la cocina no queda nadie —notificó Rodrigo al regresar—, así que más vale salir pitando. Invita la casa.

La tranquilidad del hotel alejó el peligro del pensamiento. En el ascensor fueron en silencio hasta el tercer piso donde bajaron Braulio, Gerardo y Elena. Gerardo se despidió de sus compañeros de planta y fue hacia un lado del pasillo. Braulio caminaba un par de pasos por detrás de Elena.

—Si te asustas, guapa —su mano rozó descuidada la nalga de Elena—, ya sabes dónde me tienes.

Ella se revolvió con brusquedad.

—¿Pero se puede saber qué demonios te crees que estás haciendo?

—Bueno, bueno, no te pongas así —su mirada lujuriosa y arrogante se pegó al cuerpo de Elena—, que no es culpa mía si no andas más deprisita. ¡Vaya humos!

Elena lo aplastó en su mente como a un mosquito. Gruñó y aceleró el paso hasta entrar en su cuarto y perderlo de vista.

Había anochecido. Se acercó a cerrar las cortinas y el *foscurit*, pero varios resplandores llamaron su atención. No cerró, prefirió tener el panorama a la vista como un noticiario vivo. Encendió la televisión y apagó la luz para evitar ser vista desde fuera, con la luna en cuarto creciente tiñendo de un leve resplandor los rincones.

Con un fino camisón de algodón, retiró la colcha y se tumbó en la cama para ver las noticias; no eran buenas. En una cadena de habla francesa, comentaban el resurgimiento de la violencia en los barrios de Ain El Rummaneh y su desplazamiento hacia el norte de la capital.

Se acercó de nuevo a la cristalera buscando trazas de lo que veía en la pantalla. Se quitó las gafas, se frotó la marca que le dejaban en el puente de la nariz, pensativa, y volvió a ponérselas. A poca distancia una estela roja muy fina se perdió entre los edificios cerca del puerto, para morir en una columna de humo sobre un resplandor incierto. Una ligera vibración movió los cristales y su cuerpo se contagió del temblor.

Dio un paso atrás. La explosión amortiguada se había escuchado con claridad, estaba cerca. Una mecanografía lúgubre escribía líneas incandescentes en el aire. Siguió retrocediendo con la mirada fija en los destellos. Pensó en vestirse para bajar a recepción, alertada por las carreras y voces procedentes del pasillo; pero al volverse hacia el armario sintió una punzada dolorosa en la espalda, a la vez que un zumbido mortal y el estruendo de cristales rotos la impulsaban a arrojarse al suelo. Los impactos de una ráfaga de balas dejaron su sello en la pared y una alfombra de vidrio la rodeó reflejando la luna en mil pedazos.

Su corazón golpeó su pecho contra la moqueta provocándole una angustiosa sensación de opresión. Podía ver a través de la luminosa oscuridad, pero se sentía sumergida en ominoso silencio, incapaz de oír nada que no fuera su propio miedo. Tras unos segundos intentó razonar. Tenía que calmarse. ¿Podía moverse? Volvió la cabeza hacia la puerta. Sí, se movía. Dos sombras rompían ahora la rendija de luz bajo la puerta. Le pareció oír golpes lejanos. Sin hacerles caso, comenzó a repasar su cuerpo con la mente. Solo notaba un escozor intenso en la espalda y el antebrazo derecho. Por lo demás no parecía herida. Temió incorporarse. Poco a poco se recuperó de la inmersión acústica; gritos histéricos entraban a través de la ventana rota. Reptó hacia la parte posterior de la cama en busca de refugio dejando atrás la alfombra de cristales.

En ese momento una nueva ráfaga sacudió la habitación devolviéndola a la realidad con todos sus sentidos. Su puerta, en la que habían arreciado los golpes que ahora escuchaba con claridad, se abrió de pronto sin dificultad dando paso a un hombre que avanzó agachado, cerrándose la puerta tras él.

Elena, acurrucada contra el colchón, trató de identificar al intruso, y al reconocerlo respiró con alivio.

—¡Elena! ¿Estás bien?

—Djamel... —Los ojos de Elena parpadearon incrédulos.

—Dime, ¿estás bien? —repitió pasándole una mano por la cabeza y espalda.

—Sí, estoy bien —reaccionó al fin sin lograr controlar el temblor—. ¿Cómo has entrado?

—Tengo mis métodos —los dientes blancos, su gato de Cheshire, dibujaron una media luna en la oscuridad—, ha sido fácil.

—¿Qué está pasando, Djamel? —se abrigó temblorosa contra él.

—Un grupo de milicianos han llegado hasta la calle de enfrente y algunas ráfagas de disparos han impactado contra los primeros pisos. —La abrazó con todo su cuerpo, como una manta—. Estaba en el hall y al saber lo ocurrido he subido. —La acunaba como a un niño, besando su cabello con dulzura.

—No me dejes, Djamel. —Ahora era ella quien lo rodeaba con sus brazos, suplicante. Levantó el rostro y se encontró con unos ojos tan oscuros como sosegados en medio del caos; notaba su respiración, extrañamente tranquila y sin saber cómo, los escasos centímetros que los separaban desaparecieron en un beso.

Las manos de Djamel seguían acariciando la espalda de Elena sin que el fino tejido de su camisón impidiera sentir el tacto directo de los dedos.

—Estás herida. —El diminuto camisón se abría donde una esquirla de cristal había conseguido traspasarlo hasta clavarse en la espalda.

—No es nada, solo escuece un poco.

Djamel extrajo el pequeño cristal, fue al baño, empapó una toalla en agua y colocado tras ella le subió el camisón y limpió la herida de la que escapaba un hilo de sangre; la presionó unos minutos hasta que la hemorragia cesó. Su mano recorrió la piel explorándola con delicadeza. Nuevos disparos se escucharon en la calle interrumpiendo el cuidadoso reconocimiento. Instintivamente Elena se volvió y se apretó contra el cuerpo recio de Djamel, que la besó en la frente, en el pelo, en el cuello, hasta que ella buscó su boca. Los besos primero suaves se llenaron de desesperación, besos que surcaban el rostro del otro delineando cada pliegue de sus caras. Las respiraciones de ambos galopaban como si intentaran ahogar con su sonido aquellos que provenían de la locura exterior. Elena no pensaba, solo sentía. La brisa que entraba por la ventana rota no aliviaba el calor que la invadía. Y se abandonó.

Djamel titubeó un momento.

—Elena... —Trató de ganar espacio, sujetándola por los hombros para verle los ojos—. ¿Estás segura de lo que haces?

No pudo seguir hablando. Ella lo besó mientras una lágrima brillaba en su mejilla. Cayeron sobre el suelo abrazados, separándose solo para arrancar una ropa que ya no veían. Elena no guardaba recuerdos de sensaciones similares. Su cuerpo se estremecía como si nadie lo hubiera tocado jamás, la mente vacía de pensamientos, toda ella convertida en un manojo de terminaciones nerviosas. Todo el miedo acumulado, toda la tensión, mutó en pasión descontrolada. Durante un tiempo indeterminado se fueron conociendo sin darse tregua, a golpes y retiradas, como las olas en La Rouche rompían contra las rocas, lamiendo sus aristas con la insistencia del deseo que necesita ser aplacado.

Djamel no podía esperar más, todo era frenético y desbordante. Sumergido en los firmes pechos de Elena movidos al compás de su agitada respiración, entró en ella con fuerza y sin resistencia.

Elena ya no escuchaba gritos, ni explosiones, ni murmullos de pasos en el pasillo, ni siquiera sus jadeos. Solo era consciente de una dulce presión en la sien, acompasada al bombear de la sangre en cada rincón de su cuerpo y a las sacudidas de aquel hombre en el centro de sus entrañas. La muerte podía estar cerca, pero se sentía más viva que nunca.

Los movimientos de Djamel aumentaron su cadencia arrancando de Elena la desesperación más dulce; su boca mordía el cuello rendido. Incapaz de contenerse Elena gimió extasiada. El tiempo se detuvo cuando, exhausto, Djamel se abandonó sobre el cuerpo sereno de Elena. Apoyó su cara en la de ella y la comisura de sus labios marcó en su mejilla cálida una sonrisa placentera.

Los gritos del piso inferior habían cesado. Las balas ya no silbaban. Alguna explosión lejana recordaba que todo había sido real y una lágrima rodó de nuevo por la mejilla de Elena.

33

Desde la partida de su madre, en cuanto la conocida sintonía del Telediario se extendía por las habitaciones, Lucía corría hacia el sofá. Nunca le habían interesado las noticias, pero la desazón provocada por este viaje era nueva para ella y buscaba consuelo en los bustos parlantes que sabían lo que pasaba en la ciudad donde su madre estaba y hablaban siempre serenos y circunspectos. La tranquilidad le duró poco. El resurgimiento del conflicto en Beirut no tardó en aparecer en los medios de comunicación españoles y por supuesto en televisión, aunque con pinceladas difusas que no dejaban claro el alcance. Cuando escuchó las palabras «enfrentamientos» y «capital libanesa», no volvió a dormir igual y la luz verde que iluminaba su sueño se convirtió en la candileja de sus pesadillas. El lunes había hablado con su madre, y aunque en aquella llamada todo parecía ir bien, después del Telediario no le quedaron uñas para morderse.

En casa el silencio era su compañero diario. Adelaida, salvo los «buenos días», el saludo a su vuelta del colegio y cuando la mandaba a la ducha o a cenar, era un fantasma al que le habían cortado la lengua. Y eso a Lucía le dejaba muchas horas para pensar. Necesitaba saber si su madre estaba bien, pero no tenía a quién preguntar. Miraba a Adelaida con insistencia por si el lienzo incoloro de su rostro dibujaba una respuesta, pero era tan hermética como si no hubiera vida dentro de aquel cuerpo enjuto, como las figuras vistas en el museo de cera de Madrid. Tal vez por eso prefería seguir hablando con sus viejos peluches, reflexionando en voz alta lo que hubiera preferido comentar con alguien capaz de contestarle.

La perspectiva de volver a pasar otro fin de semana con su padre encendió la alegría apagada por la preocupación. Lo que más veces repitió, para desesperación de Adelaida, fue que no olvidara prepararle la bolsa. Desde las vacaciones de verano no había pasado un día completo con él hasta la semana anterior. Lucía ya era consciente de la brevedad de sus encuentros, y las explicaciones justificando esas escasas tres horas de compañía paterna no la convencían.

—¿Quieres darte prisa en cenar? —Adelaida interrumpió sus pensamientos—. Se te va a hacer la hora de acostarte y a tu madre no le gusta que te vayas a dormir con la tripa llena.

—Adelaida —la niña levantó la cabeza del plato en el que llevaba buen rato sumergida—. ¿No ha llamado mamá?

—No. Te lo habría dicho. —Un atisbo de dulzura asomó en sus pupilas verdes para desvanecerse como un espejismo—. Lleva tu plato a la cocina y límpiate los zapatos. Ya te lo he dicho dos veces.

Lucía obedeció de forma mecánica y se dirigió a por el betún. Sentada en la banqueta de la cocina mientras sus manos extendían la crema sobre los mocasines rezó en voz baja por el regreso de su madre sana y salva de aquel viaje, y porque llegara pronto el viernes para irse con su padre.

El primer fin de semana lo disfrutaron con intensidad. Para Carlos fue un acontecimiento compartir con su hija dos días completos, sin prisa, sin horario. El tiempo acompañó lo suficiente como para darse un baño en el agua helada de la piscina, y por la noche salieron a cenar a una pizzería los dos solos, toda una fiesta. Verónica acudió el sábado a comer, pasó un buen rato jugando en los columpios con Lucía y se marchó a regañadientes al ponerse el sol.

El viernes siguiente su padre volvió a presentarse en la portería a la hora convenida irradiando tanta felicidad como si fuera a cobrar el primer premio de la lotería. Adelaida apareció portando en una mano la maleta de la niña, y su propia bolsa de viaje en la otra. Se iba a su pueblo, como cada fin de semana.

—¿Quiere que la lleve a la estación? —le preguntó Carlos, cortés, tomando la maleta de su hija.

—No se preocupe, el ochenta me deja en la puerta. —Se volvió hacia la niña, la abrazó un momento fugaz y le advirtió—: Que no me entere yo de que te has portado mal. Y ayuda a tu padre, que tu madre cuando vuelva te lo va a preguntar.

—Adelaida... —Carlos miró a su hija indeciso y prosiguió—: ¿Han sabido algo de Elena?

—No. Desde que hablamos con ella el lunes, no hemos sabido nada más.

Todos callaron, los ojos de Lucía desplazándose de la cara del uno a la del otro. Sabía que los mayores tenían la costumbre de hacerse gestos contándose cosas que los niños no entendían, pero iba aprendiendo a descifrar ese código secreto a fuerza de observar.

—Seguro que está bien. —La cabeza de Lucía, juez de silla en un partido de tenis, marcaba el diálogo de los mayores con más atención de la que Carlos querría—. Ella sabe moverse por esos países, ha ido muchas veces; y con los extranjeros no se meten —afirmó con escasa convicción; Adelaida mantuvo el gesto adusto sin concesiones a la esperanza—. Pues nada, Adelaida, nos vamos —dijo Carlos con una mueca ante la locuacidad de su interlocutora—. Todo igual que la semana pasada. El lunes llevo a la niña al cole con su maleta y volverá en el autobús como siempre.

—Acuérdese de sacar el uniforme o lo llevará como un acordeón.

—Sí, sí, claro.

Nada más subir al coche, Carlos le preguntó a su hija:

—¿Es siempre así de simpática?

Lucía se encogió de hombros mientras le sonreía divertida.

El fin de semana anterior su padre le había dado una sorpresa. Nunca le regalaba nada, ni por su cumpleaños ni por Navidad o cualquier fecha señalada, pero de vez en cuando y sin venir a cuento aparecía con algo original, sobre todo a la vuelta de los viajes. Esta vez, sin razón alguna, le había comprado una pecera con un bonito pez de escamas cobrizas que vagaba parsimonioso por el pequeño recipiente. Lucía fue corriendo al lugar donde se había despedido de su nuevo amigo.

—Hola, *Gus* —saludó pegando su nariz en el redondo cristal a la altura del pececillo. El animal pareció besar la pared cóncava y dio media vuelta con lentitud; Lucía se rascó la cabeza—. Papá, debe de ser muy aburrido eso de ser pez.

Su padre sonrió.

—Vaya ocurrencia. Están acostumbrados, supongo, no conocen otra cosa. Deshaz la maleta, que no se arrugue el uniforme, anda, o Adelaida nos reñirá el lunes.

—Es un poco gruñona, pero es buena —la disculpó—. Nos cuida mucho.

Carlos, inclinado sobre una pequeña televisión, hacía bailar las antenas para evitara la desagradable neblina que empañaba la imagen. Lucía lo miró.

—No faltará mucho para las noticias —afirmó muy seria.

—¡Jaja, qué intelectual te veo! ¿Para qué quieres ver tú las noticias, renacuaja? Ahí nunca sale nada bueno. —Al acabar la frase su rostro se ensombreció—. Estás preocupada, ¿verdad?

Lucía asintió con los ojos brillantes y una expresión compungida.

—Tú también, papá, lo he visto en tu cara al hablar con Adelaida.

—Tengo el periódico de hoy. A lo mejor viene algo —lo abrió y fue ojeando cada página—. Pues no, no aparece nada, y como dicen los ingleses: *no news, good news*.

—No hay noticias, buenas noticias.

—¡Mira la inglesita! Exacto, mientras no digan nada, la cosa va bien.

Al día siguiente pasaron la mañana en la piscina. Hacía fresco para bañarse, aunque el sol calentaba. La niña insistió hasta la extenuación pero terminó conformándose con los columpios del jardín, y allí estaba cuando llegó Verónica acompañada de una mujer no muy alta con una media melena cobriza que Carlos, con el sol de cara, tardó en reconocer. Se levantó poniéndose una mano de visera.

—¡Hombre, Lourdes! Cuánto me alegro de verte. —Se acercó para darle dos besos—. ¿Qué has hecho con Rodrigo?

El semblante de Lourdes cambió y miró con extrañeza a Carlos.

—¿No lo sabes? Está en Beirut... —Respiró hondo y prosiguió—: Se fue a Mofitex. Como ya no estás en el negocio de infantil, no te has enterado.

—¡Ostras! Qué cabeza tengo —se recriminó dándose una palmada en la frente—. Es cierto, me lo comentó hace algún tiempo, pero no me acordaba. Vaya coincidencia.

—¡Claro! —exclamó Lourdes—. ¡Elena también está en Beirut! —Miró de soslayo a Verónica, seguía la conversación con sus finos labios apretados.

—Sí, por eso nos ha dejado a la niña el fin de semana —intervino Vero al fin—. Me habías dicho lo del viaje de Rodrigo, pero no que fuera en Beirut.

—Si es que casi no hemos hablado, Vero —se disculpó Lourdes—. Además, me pongo nerviosa solo de pensarlo. Al menos sé que todos están bien.

—Pues ya sabes más que nosotros —Carlos señaló hacia donde su hija se deslizaba por un tobogán metálico, alternando risas con gestos de dolor.

—Hablé con él esta mañana, a primera hora. Está muy difícil lo de comunicarse por teléfono; las líneas estaban hoy algo mejor y consiguió que le pusieran la conferencia. Por lo que me dijo, toda la expedición está bien, haciendo una vida la mar de tranquila sin salir del hotel para nada. Es como si la guerra solo existiera de las ventanas hacia fuera, salvo por... —se detuvo unos segundos, en sus caras se reflejaba la ignorancia— algún pequeño incidente que han tenido en el hotel. ¿No os habéis enterado?

—No. ¿Qué ha pasado? Imagino que habrán suspendido la feria.

—Nada grave. Rodrigo me ha dicho que increíblemente la

gente ha decidido ponerse a montar los stands. No tienen mucho más que hacer y es una forma de mantenerse ocupados. Es como si después de una semana allí se hubieran acostumbrado. Pero la delegación española está gestionando el regreso en cuanto abran el aeropuerto.

—Pues a ver si es pronto. Lucía está preocupada. Espera, que la llamo y le cuentas que todo va bien.

Comieron los cuatro en el apartamento. Carlos no había contado con Lourdes, pero hubo suficiente.

—Te ha gustado, ¿verdad, Lucía? —Verónica le estaba sirviendo una nueva cucharada de ensaladilla rusa.

—Qué gusto da verla comer —comentó Lourdes.

—Pues si la hubieras visto de pequeña, no te lo creerías. Me tenía que disfrazar de fantasma, con una manta puesta encima de una escoba, así —levantó ambas manos juntas simulando sujetar un palo—, mientras Elena le mantenía la boca cerrada para ver si del susto se tragaba un buche de leche.

—Se ve que es el tema de conversación del día —masculló Verónica, dejando caer su tenedor en el plato. Lucía rio nerviosa—. Además, eso ya nos lo has contado docenas de veces, y ahora come como una reina. —Verónica estampó un sonoro beso en la coronilla de la niña, que ocupaba la silla contigua a la suya, rompiendo la tensión, y se fue hacia la cocina. Lourdes la siguió con la jarra de agua vacía.

No había pasado mucho rato desde que las dos mujeres desaparecieron, cuando se escuchó con claridad la voz descompuesta de Verónica:

—¡Ni se te ocurra nombrar a esa mujer nunca más delante de mí! ¿Me has entendido? ¡Ni se te ocurra! Estoy hasta los cojones de la *señora Antonia* —Salió de la cocina a grandes zancadas con la cara desencajada.

Al poco, Lourdes siguió sus pasos con la cabeza baja y las mejillas sonrojadas, el agua de la jarra vibrando en su mano temblorosa.

El apartamento era grande pero no lo suficiente. Lucía, tras mirar a su padre sorprendida y abrir unos segundos la boca, regresó a su ensaladilla sin decir una palabra. Carlos se tranquilizó al verla chupándose el dedo cuando con disimulo empujaba hacia el tenedor algún pedacito de verdura pringada de mayonesa. Miró a sus dos acompañantes disgustado, pero tampoco hizo ningún comentario.

El resto de la tarde fue mucho más sombrío y antes del ocaso Lourdes y Verónica partieron hacia Valencia.

El domingo Carlos se levantó temprano, bajó a por la prensa, se preparó un café y salió a la terraza con la radio y el periódico. Le encantaba desayunar al sol poniéndose al día. Casi siempre comenzaba por los deportes, pero esta vez dio un repaso rápido buscando alguna noticia sobre la situación en Beirut, y la encontró. Según decía, tras cuatro días de lucha se había pactado una tregua, transcurriendo el primer día del Gobierno militar con una calma infrecuente.

Elena no tardaría en volver, pensó.

Dio un sorbo a su café y atisbó la silueta de su hija andando por el salón. La saludó efusivo, irradiando el placer que le producía levantarse y compartir esos momentos con ella, y además esa mañana podría darle un poco de esperanza sobre la situación de su madre. Le indicó que se acercara.

A la niña le gustaba sacar su pecera a la terraza para que *Gus* tomara el sol, en contra del consejo de su padre. La agarró y echó a andar hacia la terraza a toda prisa para reunirse con él.

Carlos intuyó lo que iba a suceder, pero a pesar de sus aspavientos no pudo evitarlo: la niña se estrelló contra la cristalera de la terraza que él había cerrado para evitar corrientes.

Sonó como un estampido. Carlos corrió hacia la cristalera, que por fortuna resistió el golpe. No así la pecera, convertida en un mosaico húmedo desparramado por el suelo.

Se abalanzó desesperado sobre la niña. Lucía se había quedado sin habla por la fuerza del impacto, y parecía gritar pero sin emitir ningún sonido. Solo la boca abierta en una mueca de dolor y los ojos apretados daban muestra de que seguía consciente.

La nariz y varios dedos le sangraban y tenía una amplia marca roja en la frente como consecuencia del golpe. Carlos la cogió en brazos y la llevó al baño.

—¡Lucía, dime algo! —Abrió el chorro del lavabo para limpiar la sangre y ver el alcance de las heridas; solo se veían algunos cortes superficiales. Los siguió lavando durante un buen rato buscando algún cristal clavado, pero no vio nada—. No ha sido nada, solo son unos cortecitos.

En ese momento Lucía rompió a llorar como si hubieran presionado un interruptor desconectado hasta entonces. Era un grito potente y desgarrado que asustó a Carlos más que la sangre de segundos antes.

—Mi vida, no ha sido nada, no llores. —No pudo disimular la desesperación, superado por la vehemencia del llanto.

Lucía se llevó la mano a la frente donde un bulto empezaba a asomar en la zona enrojecida.

—¡Menudo chichón te va a salir! Espérame aquí. —La sentó sobre la tapa de la taza del inodoro y salió corriendo. Volvió en unos segundos con varios cubitos de hielo envuelto en un trapo de cocina y se lo puso en la frente.

El berrinche de Lucía había amainado, ahora era más lastimero, pucheros entrecortados fruto del susto más que del dolor. Su padre la sonó y le limpió las lágrimas.

—Mírame, Luci. ¿Me oyes? —Estaba agachado frente a ella aguantando el hielo sobre su frente; Lucía asintió—. ¿Ves bien? —Carlos movió un dedo delante de los ojos de la niña, cuyas pupilas trazaron su recorrido mientras asentía de nuevo; de su llanto ya solo quedaban pequeños hipidos—. Pues entonces no ha pasado nada. Espérate aquí a que recoja los cristales, no te muevas.

En ese momento la niña recuperó la lucidez por completo y dando un grito de horror salió corriendo.

—¡*Gus*, papá, *Gus* se va a morir! —Frenó donde los trozos de cristal comenzaban a pisarse y no tardó en ver la figura anaranjada del pez—. ¡Se muere! —Su llanto volvió a arreciar y se dejó caer sobre las rodillas, soltando un gemido al tocar el suelo.

Carlos estaba desesperado. Fue a por la escoba y el recogedor y limpió lo que pudo, a excepción del cadáver del pequeño *Gus* que no sabía cómo manejarlo.

—No te preocupes, compraremos otro pez, ¿quieres?

Lucía lo miró horrorizada.

—¡Pero no será *Gus*! —Su desconsuelo era imparable y la impotencia de Carlos iba en aumento.

—Lucía, ve a vestirte. Iremos al médico para que te vea y luego te compro un helado, o dos, pero no llores más, que eres muy mayor para eso. Mientras te vistes, yo me ocupo de *Gus* —afirmó acariciándole la cabeza—. ¡Corre!

Un atisbo de esperanza serenó los enrojecidos ojos de Lucía. Se abrazó a su padre, miró a *Gus* con un amago de puchero y fue a vestirse.

Cuando volvió, su padre le informó de que el pez parecía respirar, y lo había tirado por el desagüe con el grifo abierto. Así llegaría al mar y se salvaría.

Lucía no se quedó muy convencida con aquella absurda explicación, pero prefirió creerlo antes que admitir el fatal desenlace. El último comentario de su padre la dejó de nuevo sumida en la pena.

—De esto, ni una palabra a tu madre —y por lo bajo añadió—: Joder, es que tengo la negra, la negra...

—Pero ¿por qué no puedo decir nunca nada de lo que pasa? —preguntó entre lágrimas.

La nuez de Carlos retumbó en su garganta.

—Tu madre podría pensar que no te cuido bien y no me dejaría verte tanto.

—¡Pero si ya me ves muy poco! —La mirada franca de la niña hundió a Carlos en la miseria—. Entonces, es por ella —añadió, pensativa—, no te deja verme más... Pensé que era por algo que yo había hecho. Cuando vuelva de Beirut le diré que me cuidas muy bien para que me deje estar más tiempo contigo.

Carlos se pasó las manos por la cara, despacio, y miró al techo.

—Hija, son cosas difíciles de entender a tu edad. No le digas nada, ¿vale? No es culpa de ella.

—¿Entonces sí que es por mí? —Otra vez el velo húmedo hizo brillar sus ojos.

Su padre la abrazó.

—No, hija, no. No es culpa tuya, ni de nadie. Es la vida, que es muy puñetera. Y ahora ponte los zapatos que nos vamos.

Carlos llevó a Lucía a que le revisaran los cortes y el golpe de la cabeza. El médico de guardia concluyó que no era necesario hacer nada. Tan solo unas pinceladas de Mercromina que hicieron que Lucía se sintiera importante, y crema para rebajar el prominente chichón.

Cuando Verónica llegó a mediodía tuvo que entrar con su llave. La comida estaba sin hacer y, en la terraza, la taza de café sin terminar junto al periódico en el suelo le indicaron que algo había pasado. Se sentó a esperarles.

Llegaron un cuarto de hora después, riendo. No parecía que hubiera pasado nada que explicara la estampida.

—¿Se puede saber qué ha pasado? —Los pequeños ojos de Verónica apenas se veían bajo su ceño fruncido—. ¿Sabéis el susto que me he llevado?

Carlos se acercó abriendo los brazos con afecto, pero se frenó.

—Lo siento, tuvimos un accidente y fui a buscar un médico —le aclaró, lanzándole un discreto beso y reclamando con sus ojos comprensión—. No sabíamos que venías a vernos ¿verdad, Luci?

Verónica se fijó en las marcas rojas de los dedos y el lustroso bulto de la frente.

—¡Pobrecita! —Se acercó para tomar sus manos y ver las heridas—. ¿Qué ha pasado? —Le besó los largos dedos tintados de rojo.

Entre los dos le explicaron la odisea y cómo se había salvado *Gus* al tirarlo por el fregadero. Carlos asintió solemne lanzando un guiño ante la mirada divertida de Vero.

—¿Y ahora qué? No hay nada de comida hecha.

—No te preocupes, tengo unas latas que compré hace tiempo, nos apañaremos.

Lucía se rascó la cabeza.

—¿Y cómo has entrado? —preguntó de pronto.

Verónica y Carlos cruzaron una mirada tensa.

—¡No te digo que os habéis ido de estampida! ¡Ni la puerta habéis cerrado!

Durante la comida terminaron de comentarle a Verónica lo ocurrido.

—Ha sido milagroso que no se rompiera la cristalera —las pobladas cejas de Carlos se unieron pensativas—. La de trabajo que le das a tu ángel de la guarda.

—La pena es lo de *Gus* —se lamentó Verónica—. ¿Tienes alguna otra mascota?

—No. A mi madre no le gustan —hizo una pausa para rebañar el fondo de cristal del yogur—. Dice que los pisos no son para los animales.

—Hombre, un perro grande tal vez, pero pequeñitos, o un pez como *Gus*...

—En la fábrica hay un par de gatos, pero es porque los ratones le dan mucho, mucho asco, no los puede soportar, y así no hay.

—Y tú, ¿vas mucho por allí? —interrogó.

—A veces. Sobre todo cuando no hay cole. La ayudo —afirmó orgullosa.

Lucía había terminado de comer y se restregaba los ojos con insistencia entre bostezo y bostezo.

—Estás que te caes. —Carlos le acarició la mejilla—. Sería bueno que durmieras una siesta, que con el susto de esta mañana has acabado agotada.

Aunque a esa edad ya no era amiga de siestas, la niña asintió. Todo el peso del sobresalto matutino y del disgusto por *Gus* le había caído de repente. Su padre la llevó en brazos hasta su cuarto, como cuando era más pequeña.

—Buf, cómo pesas —le estampó un beso en su cara risueña—, ya no puedo contigo, gordita.

Bajó la persiana, dejó a la niña en la cama deshecha, entornó la puerta y salió.

Cuando Lucía se despertó, encontró a su padre escuchando la radio en el salón.

—¿Y Verónica? —preguntó.

—Se fue después de comer.

—Ah —se acercó a la televisión y la encendió—. Es muy simpática. ¿Os ha pasado algo? —preguntó sin dejar de mirar la pantalla.

—¿Pasado? ¿El qué?

—Me pareció oír gritos, no sé, igual era una pesadilla.

Carlos se sonrojó. Apagó las voces del Carrusel Deportivo.

—Eso sería. O la tele —afirmó—. Te gusta Verónica, ¿verdad?

—Sí —se sentó a su lado con la atención puesta en las imágenes—. Es divertida.

—Me alegro, cariño —Carlos le dio un sentido abrazo que la sorprendió—. Ella te quiere mucho. ¿Te gustaría verla más? —La niña se encogió de hombros.

—¿Puedo merendar? Tengo hambre.

—¡Claro! Hay leche preparada, que sé que te gusta.

—¡Qué bien! —Saltó del sofá y se fue descalza a la cocina.

—¡Ponte las zapatillas! —le gritó volviendo a apagar la televisión y a encender la radio—. Que solo falta que des un patinazo y acabemos otra vez en el ambulatorio.

Lucía volvió con el vaso de leche en una mano y el paquete de galletas Chiquilín en la otra.

—Cuando termines, deja tu maleta arregladita y prepárate el uniforme, que mañana toca madrugón. Y recuerda, no le digas nada...

—... ni a mi madre ni a Adelaida —terminó Lucía con gesto agotado—. ¿Me ayudarás a hacer la maleta? —Ante aquel morro fruncido en un puchero Carlos sonrió.

—Claro, mi vida —suspiró y, sin dirigirse a Lucía, como si hablara solo, añadió—: Cómo te voy a echar de menos. Han sido unos días maravillosos —la miró con ternura—. ¡A pesar de lo de *Gus*!

34

En el Holiday Inn no se hablaba de otra cosa que no fuera el ametrallamiento sufrido en el segundo y tercer piso.

La noche del tiroteo, Elena salió de la habitación minutos después de que lo hiciera Djamel. Se vistió y bajó a recepción con bastante serenidad para detallar lo acaecido. El personal del hotel conocía los hechos, pero ignoraba cuántas habitaciones o cuáles se habían visto afectadas. Al final fueron tres, dos del segundo piso y la de Elena, en el tercero, las que recibieron el final de cada ráfaga. Todos la miraron desconcertados cuando apareció con las mejillas sonrojadas comentando que las balas habían destrozado los ventanales de su habitación y solicitando con tranquilidad que alguien acudiera a recoger los cristales.

Nadie había resultado herido salvo algún pequeño corte, pero su actitud serena contrastaba con la de otros afectados. El matrimonio judío cuya habitación se encontraba bajo la de Elena vivió momentos terribles. A la esposa le había dado un ataque de histeria del que apenas se había repuesto, convencida de que iban a por ellos. Les faltó tiempo para buscar un vehículo y huir, sin escuchar las advertencias de que el sitio más seguro, a pesar de lo sucedido, era el propio hotel.

Todo un contraste con la serenidad de Elena, atribuida al estado de *shock*.

De inmediato le ofrecieron una habitación en el último piso, una hermosa suite que aceptó encantada. La habitación, mucho más espaciosa, ofrecía una vista espectacular y trágica que no empañaba su nueva percepción de Beirut. Su corazón había dejado de hibernar, la glaciación había terminado no solo en su interior; en el mundo que la rodeaba, una corriente de simpatía la perseguía por donde iba entre codazos de desconocidos y gestos de respeto.

La situación en la ciudad hacía imposible salir del hotel; dentro, la vida continuaba como si las cristaleras fueran pantallas de televisión gigantes y los disturbios una película emitida en cualquier canal. Huéspedes y empleados actuaban con tal normalidad, que desde aquella burbuja costaba creer lo que ocurría a escasos metros.

Cada uno se organizó como pudo para matar el tiempo. Elena decidió centrarse en el motivo de su viaje, la feria, y volvió a su tarea de preparar el stand aunque con poca confianza y sin prisa por acabar. El retraso le daba tiempo más que de sobra para dejar organizado aquel pequeño espacio en el que expondría sus productos, si al final se celebraba el dichoso certamen, cada día menos probable.

El resto del día se reunía en los salones, en los bares, en las cafeterías del hotel, concurridos como nunca, para comentar la evolución de la guerra y los planes de cada uno ante una hipotética tregua, o se abstraía en su habitación leyendo. La delegación española había decidido regresar en cuanto hubiera un alto el fuego y se abriera el aeropuerto.

—Elena, nosotros nos volvemos en cuanto podamos salir de aquí —Rodrigo estaba decidido—, el riesgo es demasiado alto. Y tú deberías hacer lo mismo.

—Según tengo entendido, la feria empezará en un par de días. Hay rumores de que se está negociando una tregua y si es así, ¿por qué irnos? Estamos pasando lo peor y encima, ¿para nada? —afirmó con determinación—. Yo no me voy.

—El último alto el fuego duró un suspiro —sentenció Fernando Alcalá.

—Parece mentira que no hayas escarmentado con lo del tiroteo —Gerardo la miró enfadado—, podrías estar muerta. Si te quedas, yo no puedo hacerme responsable de lo que te pase.

—Pero no estoy muerta. Y por supuesto no eres responsable de mi persona, ya soy mayorcita —replicó irguiéndose en la silla, sorprendida—. Lo de mi habitación fue un accidente, y un accidente lo puedes tener incluso tú en el avión de vuelta. —Esbozó una sonrisa maliciosa; Gerardo tenía pánico a volar, a pesar de no quedarle más remedio por su trabajo que ir de avión en avión, y todos lo sabían.

—¡No seas cabrona! —se le escapó a Gerardo—. ¡Huy, perdona! A veces se me olvida que estoy hablando con una mujer.

—¡Pues como para olvidarlo! —Braulio seguía la conversación algo ausente, repantingado en el sofá con los ojos fijos en Elena, que hizo caso omiso al comentario.

—No te preocupes, Gerardo. Como siempre decís, soy *uno* más. Bueno, señores, yo me subo a mi suite —anunció cantarina poniéndose en pie—, quiero descansar y escribir unas postales antes de cenar.

—Pues vaya tontería —atacó Braulio de nuevo—. No hay correo, que no te enteras, guapa. Lo van almacenando en la oficina conforme se les llena el buzón, que yo lo he visto.

—Ya se solucionará —Elena volvió a aplastarlo con la mirada—. Y si llegan todas juntas, pues no pasa nada, ¿o sí?

—¿Cenarás con nosotros? —Rodrigo intervino antes de que la cosa fuera a mayores.

Elena dudó unos instantes. No había vuelto a saber nada de Djamel desde la noche del tiroteo. A diferencia del resto de huéspedes, parecía salir y entrar a su antojo, desapareciendo durante todo el día. Aquellas ausencias le causaban desazón, agravando la necesidad de sentir su presencia. Al recordar a Djamel se estremeció.

—No sé lo que haré. Igual pido algo al servicio de habitaciones. Sorprendentemente —alzó los antebrazos con las palmas hacia el techo— todo funciona como si nada, y en la habitación estoy muy tranquila. Leeré un rato.

—Claro, con la potra que has tenido... —La ancha cara de Braulio se contrajo en una mueca—. Yo también me quedaría en la habitación, ¡pero con compañía! Jajajajá.

Unos y otros intercambiaron miradas expectantes que confluyeron en Elena. García no paraba de apretar el pulsador de su bolígrafo. Por fin Alcalá intervino, anticipándose a la probable reacción de Elena.

—Ya nos podías enseñar un día la suite a la que te han pasado. Debe de ser espectacular. —En el comentario de Fernando flotó un hilo de envidia—. ¡Si hasta te ha cambiado el humor!

Elena se sonrojó. De repente hacía mucho calor.

—Sí que lo es. En mi vida había estado en una habitación igual —reconoció—. Como veo que os hace mucha ilusión, pedir que os peguen un par de tiros en las vuestras —bromeó—. Bueno, ahora sí, yo me subo; si la queréis ver, es el momento.

Todos se apuntaron.

Al entrar en la habitación algunos no pudieron contener un silbido de asombro al contemplar no solo la vista, sino el amplio salón con la televisión más grande que habían visto nunca, el lujoso cuarto de baño, el vestidor apenas manchado por las escasas pertenencias de Elena, y un dormitorio presidido por una cama doble de proporciones gigantescas con otra televisión enfrente. Incluso quedaba otra pequeña habitación separada por otra puerta.

—¡Hossstia! —exclamó Braulio—. Menuda choza. No me extraña que no quieras bajar —se acercó a García y le comentó entre risas—: las juergas que se debe correr aquí la tía.

Sin contestar, el pequeño García se alejó mostrando un repentino interés por el contenido del minibar.

—La verdad es que es acojonante. —Fernando iba de estancia en estancia con los ojos muy abiertos—. ¡Si cabemos todos en el saloncito! —Se rascó la cabeza—. Mi apartamento de playa es la mitad de esto... Si lo viera mi señora, se volvía loca.

—Jajá, como para dejaros a vosotros aquí. Me vaciáis el minibar. ¡García, que te veo! —exclamó con gesto amenazador—. Ni tocarlo, que a eso no me invitan.

Estuvieron bromeando durante un rato hasta que poco a poco consiguió echarlos.

Tras cerrar la puerta regresó al salón para otear el panorama. A su derecha los disturbios seguían. Columnas de humo negro ascendían en distintos puntos. En el hotel se alojaban varios corresponsales de medios de comunicación extranjeros y por ellos sabían que en muchas calles se habían levantado barricadas, y que coches y neumáticos eran amontonados e incendiados para cortar el acceso a las posiciones donde se resguardaban los contendientes de uno u otro bando. Los miembros del *Kataeb** patrullaban las calles en vehículos paramilitares o en pequeñas motocicletas, y los francotiradores se apostaban en cualquier atalaya.

Reflexionó si no estaría siendo demasiado cabezota en su empeño por quedarse. Dudaba de los auténticos motivos que la retenían en aquella ciudad crispada. No quería perder una oportunidad de negocio que consideraba vital, eso era cierto, pero si era sincera la idea de marcharse y no volver a ver a Djamel era una causa tan poderosa para prolongar su estancia como insensata. Con él se había derretido una capa de su coraza, se sentía más viva, cada célula parecía haber resucitado después de años de asfixia, y la sensación al no estar a su lado era de amputación, de sentir el vacío que deja la falta de un órgano vital. Alcalá tenía razón, hasta le había cambiado el humor, y eso en medio de una guerra y lejos de su hija era impensable.

Concentrada en sus divagaciones, no percibió la presencia que se cernía desde atrás. Dio un salto al notar una mano rodeando su cintura.

—Pero ¿qué leches haces aquí todavía? —Se revolvió furiosa.

—Qué carácter tienes, guapa. Yo solo quería ver el paisaje... —Era Braulio Guerrero. Le pasó su gruesa mano por la espalda y arrastrando las sílabas terminó la frase—: y probar lo mismo que le has dado al moro ese y a Badenes, que a mí no me engañas, zorrita.

Elena le dio un bofetón con todas sus fuerzas y con la misma velocidad Braulio se lo devolvió, haciéndola perder el equilibrio y caer sobre un silloncito. Se levantó tocándose la mejilla dolorida y trató de correr hacia la puerta, pero él la alcanzó en dos pasos, sujetando su cuerpo con una mano y tapándole el grito

* *Kataeb*: nombre con que se conoce al Partido de la Falange Libanesa y a sus miembros, formado principalmente por cristianos maronitas.

que intentaba salir de su boca con la otra. Ella era un poco más alta que él, pero mucho menos corpulenta. Podía parecer un hombre blando, pero Elena comprobó que aquel volumen lo componía una musculatura fuerte de la que no conseguía zafarse.

Obligándola a caminar por el empuje de su cuerpo llegaron a la habitación. La tiró sobre la cama boca abajo y saltó a horcajadas sobre ella.

—¡¿Qué pasa?! ¿Que son ellos mejores que yo? —le susurró al oído mientras mantenía la cabeza de Elena presionada contra la colcha; se revolvió, pero fue inútil.

El calor del aliento agrio junto a su rostro, y la presión sobre su espalda de la abultada entrepierna de Braulio, le hizo sentir náuseas. Su respiración se aceleraba incontrolada, fruto del miedo y de la asfixia provocada por los hilos de la colcha entrando por sus fosas nasales al inspirar. Gritaba, pero el esfuerzo era vano; cada sonido era absorbido por la mullida cama de dos por dos metros, que minutos antes ponderaban sus compañeros y ahora contemplaba horrorizada.

Sintió un dolor intenso al tirarle del pelo hasta obligarla a levantar la cabeza. Quedó liberada de su sofoco y, con su agresor incorporado, consiguió apoyarse sobre las rodillas, pero el gemido no pudo salir de su garganta; un enorme pañuelo blanco se le clavó en la comisura de los labios con la fuerza de un bocado de hierro y de nuevo fue empujada contra la colcha hasta quedar prisionera de unas piernas y un cuerpo recio. Empujó la mordaza con la lengua, pero solo consiguió resecar aún más su boca al tacto áspero del tejido. Escuchó el crujido de la tela al ceñirse el nudo sobre su nuca y un escalofrío de terror la recorrió, consciente de su destino.

—Ya puedes gritar lo que quieras, guapa, que no te va a oír nadie. Pero ya verás cómo pronto me pides que no pare. —Elena no podía verlo, pero había escuchado el tintinear del cinturón y ahora notaba la mano de él reptando entre sus piernas—. Demasiada ropa llevas tú. —Las medias habían desaparecido hechas jirones e intentaba sin éxito bajarle el último obstáculo que se interponía ante sus propósitos.

Elena seguía moviéndose como un caballo salvaje que intentara tirar a su domador, pero Braulio aprovechó uno de esos movimientos para levantarse lo justo y deslizarle las bragas hacia las rodillas, y a continuación le propinó un fuerte puñetazo en el centro de la espalda que la dejó sin aliento. Elena se desplomó con el corazón en la garganta, indefensa. No podía ser, no podía sucederle a ella, se repetía apretando los ojos. Cuando notó los dedos abriéndose camino entre sus piernas quedó paralizada, incapaz de asimilar lo que estaba apunto de suceder. Cerró los ojos, apretó los muslos con todas sus fuerzas, petrificada por el miedo y trató de pensar en algo diferente, algo que anulara los sentidos y la razón, mientras las lágrimas empapaban la colcha. Braulio no paraba de decir obscenidades y se regodeaba explicando el inexorable recorrido de sus dedos por la intimidad de Elena mientras hollaban su cuerpo como lombrices impúdicas en carne muerta.

De pronto, la invasión cesó; un sonido gutural indefinido seguido de un desagradable crujido sustituyó a la narración sórdida de Guerrero. No se atrevió a moverse, pero la presión del agresor sobre sus flancos desapareció. Dudó si darse la vuelta, todavía prisionera de su miedo y del pesado cuerpo de Braulio cuyos dedos, ahora inmóviles, permanecían entre sus piernas, a un centímetro de sus entrañas, pero al instante cayó desplomado sobre ella.

—¡Elena! —La exclamación la hizo parpadear—. ¿Estás bien? —Djamel volteó el cuerpo de Guerrero, inerte, y desató el pañuelo que la amordazaba.

Ella miró horrorizada los ojos abiertos y vacíos de Braulio destacando en su cara rechoncha, que esbozaba una extraña mueca de satisfacción, su último gesto. Se acurrucó de espaldas a esa imagen haciéndose un ovillo.

—No es posible... no es posible —repetía con un hilo de voz de forma mecánica mientras lágrimas sordas refrescaban sus mejillas.

Djamel, sentado junto a ella, bajó su falda sin atreverse apenas a tocarla.

—Tienes la cara hinchada. —Se levantó y regresó al poco

tiempo con algo de hielo en una toalla—. Maldito hijo de puta —masculló en francés entre dientes mientras aplicaba con suavidad el hielo sobre la mejilla de Elena—. Sujeta esto —Le tomó la mano y la llevó hacia la toalla; se volvió a mirar al bulto inerte que compartía cama con ellos dos—. No podemos dejarlo aquí —sentenció, poniéndose en pie.

Elena salió de la bruma de estupor que la mantenía viviendo aquella escena como una invitada, ajena a ella.

—¿Qué... qué quieres decir? —Le costaba hablar por la sequedad de su boca—. Hay que llamar a recepción —Los ojos volvieron a llenársele de lágrimas—. Pero... no puede ser... qué vergüenza, Dios mío... qué vergüenza. ¿Qué voy a decir?

Djamel se volvió a sentar junto a ella, la abrazó con cuidado y la besó en la cabeza. Elena no paraba de balancearse con movimientos involuntarios, sentada en una mecedora invisible. Se estremeció al sentir los brazos de Djamel y se removió incómoda.

—No podemos dejarlo aquí, Elena. Tengo que... hacerlo desaparecer.

Elena negó con la cabeza, pero no dijo nada. Djamel ya se había acercado a la mesilla. Descolgó el teléfono de la habitación, marcó un número y habló con alguien en árabe durante un par de minutos.

—Vístete —le ordenó con dulzura—. Te arreglas y bajas. Yo me encargo de todo.

—No puedo... —Las lágrimas rodaron por su inflamada mejilla—. No seré capaz.

—Sí puedes —afirmó cogiéndola de los hombros—. Nadie sabrá lo ocurrido.

—Pero... —Volvió la cabeza con aprensión hacia la sombra oscura derrumbada junto a ella— preguntarán por él.

—Déjame a mí. Si no dices nada, no lo sabrán. La ciudad está en guerra, todos los días hay desgracias. Pero tengo que darme prisa y preferiría que no estuvieras aquí. —Un ruego cómplice encontró los ojos de Elena—. No te preocupes, sé lo que tengo que hacer.

Ella se sentó en la cama. Le temblaba todo, poseída por una

debilidad extraña que combatía con voluntad y poco éxito. Se levantó con dificultad, se subió las bragas que, caídas en una mueca odiosa, le recordaban lo sucedido, y se dirigió al baño. De camino le vino a la mente la última vez que sintió esa sensación de indefensión, de humillante vulneración, hacía muchos años, en Palma, y el recuerdo aumentó el dolor como si pasado y presente formaran dos mitades de la misma bola del infortunio.

El espejo le devolvió la imagen de su cara descompuesta, enrojecida, con los ojos emborronados; una sensación de suciedad supuraba por cada poro. Se derrumbó. Su llanto era convulso, desesperado. Aferrada al lavabo, dejó salir la amargura sin contención.

Se vació. La pena, la vergüenza, el miedo, fluían con sus lágrimas.

Se metió en la ducha y se lavó con fuerza durante largo rato. El agua en su cara se confundía con su propio llanto. Miró al techo para tragar las lágrimas que aún pudieran quedar, pero ya solo estaban en su alma.

Al salir se sintió mejor. Se obligó a pensar con serenidad. Podría haber sido mucho peor si Djamel no hubiera llegado. Tragó saliva al pensar en el cadáver de Braulio. Era una locura no decir nada. Pero ¿cómo iba a explicar lo ocurrido? Pensarían que lo había invitado. O provocado. Tal vez fuera cierto, y ella fuera la responsable de aquel horror. La angustia volvió. Se restregó furiosa con la toalla. Ella no había hecho nada, se dijo convencida.

Pero con Braulio muerto nadie la creería y Djamel se metería en un buen lío.

Enfundada en el albornoz fue secándose el pelo con la toalla mientras su mente saltaba de una a otra preocupación de forma anárquica. Encendió el secador; el zumbido ronco del pequeño aparato le devolvió un aire caliente, reconfortante. Por un momento fue como si no hubiera pasado nada. Djamel tenía razón. Debía bajar y olvidarse de todo. No podía decírselo a nadie.

Cuando salió del baño la habitación estaba vacía. La cama

perfecta, sin una arruga, como recién hecha. No había ni rastro de Braulio. Ni de Djamel. Se vistió, disimuló los enrojecidos ojos y el golpe de la mejilla con maquillaje y bajó. En el hall no vio a nadie conocido y probó en uno de los bares. Rodrigo y Gerardo charlaban muy animados.

—¡Elena! —Badenes la saludó de lejos; ella se acercó con pasos lentos y tomó asiento—. Al final te has animado, me alegro. Aunque ahora entiendo que te dé pereza bajar —le guiñó un ojo, sonriéndole.

Elena se esforzó por devolver la sonrisa, pero la garganta seguía demasiado reseca para hablar y la mención de su habitación no le ayudó a ser más expresiva.

—Le comentaba a Rodrigo que es posible que pronto tengamos problemas en el hotel. Están teniendo dificultades con el abastecimiento, aunque el director me ha dicho que el primer día hicieron acopio de todo lo que no era perecedero, en previsión de lo que pudiera pasar. Es lo que nos faltaba.

—Esperemos que no dure mucho esta situación. Hablando de comida, tendremos que ir a cenar en poco rato. ¿Qué hacían los demás? —preguntó Rodrigo.

—Pues Fernando y García dijeron que vendrían. Y Braulio... —Gerardo se quedó pensativo—. No recuerdo si dijo algo.

Elena tragó saliva, la mirada fija en Gerardo. En ese preciso momento entraron los dos ausentes.

—Mira, ahí están —Gerardo los saludó con la mano.

—¿Qué pasa, tropa? —García estaba contento—. Qué serios estáis, ¿se ha muerto alguien? —bromeó entre risas.

La sangre abandonó las mejillas de Elena y se dejó caer sobre el respaldo del sofá, desfallecida.

—Elena, tienes mala cara. ¿Te encuentras bien? —preguntó Gerardo.

—Sí, sí —balbuceó extrayendo las palabras del pozo reseco de su garganta—, solo estoy aburrida de no hacer nada y con un poco de hambre.

—Pues vámonos a cenar antes de que se llene el comedor —García ya estaba de nuevo en pie tirando de los demás—, que luego nos toca esperar y no queda de nada.

—Falta Braulio —apuntó Fernando Alcalá—. Voy a recepción para que le llamen.

—Bien. Nos vemos allí —Rodrigo posó su mano en la de Elena, que seguía de un blanco marmóreo—. De verdad, ¿te encuentras bien? Estás helada.

—Me siento un poco mareada —confesó—. Debe ser la tensión.

—Venga, Elena, tú lo que necesitas es un buen lingotazo —García echó a andar sin hacerle caso—. Con lo bien que estabas esta tarde, chica.

Elena buscó serenidad en la cara amable de Badenes y se levantó buscando su brazo para mantenerse en pie. Las cosas se estaban complicando.

Fernando apareció en el comedor al poco rato. Habían llamado al cuarto de Braulio, pero no contestaba nadie.

—A saber dónde estará. La última vez que hablé con él me dijo que le había echado el ojo... —hizo una pausa y miró a Elena entre risas—. Tú no has oído nada, ¿eh? —Elena hizo ademán de taparse los oídos mientras miraba al techo luchando por sonreír—. Pues eso, que había una tía que le gustaba y me dijo que de hoy no pasaba, que se la tiraba fijo.

—¿Y te dijo quién era? —preguntó Gerardo, curioso.

Los músculos de Elena tensos, los nudillos resplandecían, blancos, y los tendones del cuello se marcaban como dos finas columnas que aguantaran su barbilla. Como siguiera aquella conversación se desplomaría.

—No me lo dijo. Pero me comentó que si se la tiraba, nos enteraríamos todos.

—Pues ya sabemos por qué no está aquí, habrá conseguido su objetivo, y se lo estará pasando mejor que nosotros —entre risas, Rodrigo le hizo un gesto cómplice a Elena pero no lo vio—. Pedidle ya un martini a Elena que la pobre sigue medio ida. Yo creo que te está dando el bajón después de lo de tu habitación. Tuvo que ser muy fuerte.

Elena, en ese momento, se desmayó.

Estuvo durmiendo hasta el día siguiente. Despertó con la ropa puesta y tapada por una manta fina. Se encontraba mucho mejor. Todo parecía un mal sueño.

A los diez minutos de haberse levantado sonó el teléfono. Era Rodrigo interesándose por cómo estaba.

—Muy bien, gracias. Ya he desayunado. Bajaré en un momento.

Según Rodrigo le explicó, el médico del hotel la había examinado y concluyó que era una reacción post-traumática, debida a la tensión sufrida por el ametrallamiento en la habitación; a veces se producía días después del suceso. Le había inyectado un tranquilizante para que descansara.

Fuera por la medicación o por las horas de sueño, se encontraba muy repuesta.

No tardó en bajar. Sus compañeros la esperaban con el semblante serio.

—¿Qué os pasa? ¿No habéis dormido bien? —Se esforzó en sonar intrascendente—. Menudas caras tenéis.

Gerardo miró a los demás, dio una calada honda a su cigarrillo y suspiró con fuerza exhalando el humo.

—Es Braulio. —Hizo una pausa al ver el gesto de horror de Elena—. ¿Te has enterado ya? —la interrogó.

—No..., pero viendo vuestras caras —esquivó nerviosa— no espero nada bueno.

—Así es. Una patrulla ha encontrado su cadáver esta madrugada, en una calle cercana. —De nuevo aspiró con fuerza su cigarrillo.

—¿Su... cadáver? ¿En una calle? —El horror de su cara era auténtico—. Pero ¿cómo?

—Creen que se encontró con milicianos, o le tendieron una trampa. Lo han encontrado colgado de una marquesina de un edificio abandonado, con el cuello roto y los pantalones bajados. Han estado toda la mañana interrogándonos como si creyeran que podía ser un espía o algo así. Menuda gilipollez —dijo Gerardo con rabia.

—Cielo santo. Es horrible. —Elena respiró hondo—. ¿Qué se supone que ocurrirá ahora? Me refiero...

—Ya, ya, no me hables. —El delegado de la expedición apuró su cigarrillo envolviéndolos en una nube densa—. Tendré que organizar la repatriación del cadáver. He hablado con el embajador, pero como el aeropuerto sigue cerrado tendrán que aguantarlo en el depósito. No sé cómo se lo voy a decir a su mujer.

—Difícil situación. —Elena evitó sonreír; estaba convencida de que su mujer celebraría la noticia—. Entonces ¿está todo claro? ¿No van a investigar nada más?

—¿Qué van a investigar? Esto es una guerra. La gente va por las calles matándose, y este desgraciado debió de salir a buscar a su churri y se encontró con otra cosa. —García encendía y apagaba el encendedor automático sin tregua—. Están como para perder el tiempo con tonterías.

—Pero es un extranjero —apuntó Alcalá—. Tendrán que dar explicaciones.

—No debía haberse movido del hotel. Las instrucciones son claras —justificó Gerardo zanjando la cuestión—. Además, ¿qué otra cosa puede haber pasado?

—Tienes razón, Gerardo —aceptó Elena—. Son cosas de la guerra. —Una inmensa desazón la invadió al comprobar que aquella muerte, lejos de horrorizarla, la reconfortaba, pero la alejó con rapidez.

A los cuatro días se firmó la esperada tregua. La delegación española partió en pleno, con Braulio en una caja sellada. Todos, menos Elena, claro. Le insistieron para que regresara a casa con ellos, pero se negó, obstinada. Tanto padecimiento no podía haber sido gratuito, y necesitaba sacar partido de aquella pesadilla. Además, como les dijo, de los doscientos veinte expositores iniciales quedaban ciento sesenta y ocho, la mayoría, y ella sería uno de ellos. No la hicieron cambiar de opinión.

Djamel volvió dos días antes de la tregua, dos días después del final de Braulio. Elena no se atrevió a comentar lo sucedido, el hallazgo del cuerpo, las conjeturas de la policía, nada. Imaginaba que estaba mejor informado que ella. Tampoco quiso saber cómo lo había sacado de la habitación, ni dónde había estado esos dos días en que la policía estuvo interrogando a la delegación española. Pero una sombra de preocupación la acompañaba. No preguntó, pero no le cupo duda de que los negros ojos de Djamel ocultaban muchas cosas, y no estaba segura de querer saberlas.

35

Al fin comenzó la feria. La mayoría de los asistentes se conocían de vista o habían intercambiado bromas, preocupaciones e incertidumbres en algún momento de su confinación en el lujoso hotel; parecía más una reunión de viejos camaradas eufóricos por el reencuentro que una expedición comercial.

Las comunicaciones se restablecieron y Elena pudo hablar con Confecciones Lena. En cuanto Ernesto, responsable del negocio en ausencia de su jefa, oyó en las noticias que Beirut volvía a la normalidad, llamó a la Cámara de Comercio buscando alguna novedad. Le confirmaron que la delegación española venía de regreso sin esperar a la feria. El desánimo cundió en la empresa, sabedores de lo mucho que suponía aquel certamen para el futuro de todos. Murmullos de velatorio recorrieron las estancias y las máquinas de coser, anticipando un futuro laboral nada halagüeño.

Pero una hora más tarde recibía la llamada eufórica de Elena: la feria se había iniciado y los pedidos estaban siendo fantásticos.

—Pero si me acaban de decir en la Cámara —Ernesto miró confundido a las administrativas haciendo señas hacia el teléfono con un inaudible «la jefa» en la boca— que se han vuelto todos para acá.

—Casi todos, Ernesto. Han pasado muchas cosas... Pero yo me he quedado y no me arrepiento. En realidad la mayoría de expositores han decidido continuar tras la vuelta a la normalidad y los clientes también ¡Parece que se acabe el mundo! ¡Lo quieren todo!

—¡Es usted la leche, jefa! —gritó, entusiasmado— Err... Perdón... quiero decir...

Las carcajadas de Elena al otro lado del mundo frenaron sus torpes disculpas.

—No te preocupes, Ernesto. Es lo mejor que me podías decir. —Su alegría llegaba limpia, sin interferencias—. ¿Todo bien por ahí?

—Bien, bien, vamos tirando —Ernesto se esforzó en mostrar optimismo, aunque en su cara había más preocupación que alegría. Durante la ausencia de Elena, la agitación en la fábrica se había disparado, y la encargada a duras penas conseguía mantener el ritmo de producción ante los continuos desplantes de Juana y un grupo que se había hecho fuerte en el taller—, pero la echamos de menos, jefa —concluyó con sinceridad.

—Ya no tardaré en volver. También yo les echo de menos. Ahora tengo que colgar. Me vuelvo al stand, que estoy haciendo cola en el teléfono. No sabe lo complicado que es esto. Por favor, llame a mi casa y dígale a Adelaida que estoy bien y que intentaré llamar a la noche, cuando Lucía haya vuelto del colegio, si estas malditas líneas lo permiten. Un abrazo a todos.

Ernesto dejó el auricular en la base con lentitud, emocionado. Como Elena supo después, tras colgar, su mano derecha salió a un colmado cercano para comprar una botella de champán y brindar por «la jefa con más cojones de España», acallando la fuerza contestataria que estaba haciendo escorar la firma hacia un nuevo plante, devolviéndoles la esperanza en el futuro de aquel proyecto.

Fueron días de muchísimo trabajo y grandes emociones. La euforia reemplazó al miedo casi con la misma intensidad que este les había llenado; todo era exagerado, la risa, los andares, el tono de las conversaciones, la alegría con que se mostraban las prendas y se escribían los pedidos. Las jornadas transcurrían con una actividad delirante que proclamaba que seguían vivos y la guerra había terminado; al menos así lo creía la mayoría. En esta ocasión no había nadie por parte de la delegación española, pero no le importó. Elena atendía a dos o tres personas a la vez, se mantenía tensa, en guardia, mostrando las prendas a un cliente mientras rellenaba el pedido de otro y al tercero le dejaba la carta de colores para entretenerlo. Aquella sensación de dominio y eficacia era una potente medicina para su ánimo; hasta se atrevió a explicarse en un inglés de párvulos que dos semanas atrás le habría parecido temerario y absolutamente ridículo. Solo contaba con la buena voluntad de todos los compañeros de encierro en el Holiday Inn. Ni siquiera con Djamel, que aparecía de noche y se evaporaba de día. Ella acababa tan rendida como feliz, medallista en una carrera agotadora, pero un baño y la ilusión de encontrarse con Ben Kamici cada noche, le devolvían la vitalidad perdida.

Cuando subió a su habitación esa tarde, sobre la cama, le esperaba un prometedor vestido negro con zapatos a juego, y una breve nota de Djamel:

Espero que sea tu talla. Te recogeré a las siete.

Para Elena era un sueño, esas cosas solo se daban en las películas, y su vida, de película, había tenido poco. Su emoción y las ganas de ser feliz ahuyentaron el susurro de reproche por aceptar aquellos regalos, que en otra época y otro lugar le habrían parecido inaceptables, pero su mundo había cambiado, ella había cambiado y le gustaba la nueva Elena, capaz de disfrutar sin amargarse. Una Elena más abierta, segura y aventurera. Una Elena con una sensualidad despierta y anhelante había sepultado a la de moral rígida y principios cartesianos. No se juzgaba, ni se criticaba ni se flagelaba. Solo saboreaba, feliz, los días más intensos de su vida y hacía oídos sordos a las voces apagadas del miedo y la conciencia que se empeñaban en amargarla con recuerdos que quería borrar para siempre.

Cenaron en el restaurante más lujoso del hotel, en un ambiente alegre, muy distinto al de la semana anterior cuando podía verse a los camareros, en los días duros de la guerra, comiendo con avidez y ningún disimulo los restos de los platos de los clientes. Ahora la expresión de todos era otra, y a la luz de las lamparitas del romántico salón se sentía transportada a otro mundo guiada por los ojos y las manos de Djamel.

Nunca había conocido a un hombre como él. Recordaba un cuento que le encantaba de pequeña; en él, una doncella escribía en un papel todo lo que deseaba en un hombre, y después lo rompía en pedazos que volaban hasta llegar a un ser mágico que, reconstruyendo el puzle de letras rotas, le concedía la gracia de encontrar aquel ser perfecto. Djamel era el hombre de su papel roto y tirado al viento, y alguien lo había puesto en su camino. Parecía saber de todo, su educación era exquisita, la colmaba de atenciones y cariño, y el solo roce de su mano sobre la de ella hacía circular una corriente eléctrica, el nuevo combustible de sus días. Era él quien dominaba las situaciones y a ella no le costaba dejarse llevar, ceder la vara de mando a la que tantas veces se había aferrado y que ahora se daba cuenta que no había sido por gusto sino por necesidad. La situación era nueva, había encontrado el hombro sobre el que apoyarse. Pero a pesar de todo eso, tan cierto como que respiraba, no podía evitar una inquietud, espesa como la niebla londinense, que envolvía su confianza. Aquellos ojos casi negros, que un segundo la miraban limpios y sinceros para al siguiente tornarse herméticos, hacían retumbar la voz de una gitana en su mente; y cada vez la hacía callar.

En los días de la feria, solo supo de la vida nocturna de su salvador. Durante el día, ni sabía dónde se metía, ni qué hacía, ni cómo entraba o salía, incluso antes de declararse la tregua, cuando todos permanecían enclaustrados en la jaula de oro sometidos al miedo y al toque de queda. A cada pregunta formulada, Elena recibía una sonrisa divertida por respuesta entre menciones a sus muchos negocios y bromas sin sentido. La inseguridad se filtraba en la piel de Elena como un ungüento poderoso al recordar cómo abría las puertas del hotel sin tener la llave, pero cada día agradecía aquella curiosa habilidad. La angustia la invadía y tensaba su espalda en los momentos más íntimos, escuchando en su mente el eco del crujido sordo y preciso de aquel cuello en las manos de su amante, segundos antes de que Braulio se desplomara como un fardo sobre ella, pero al instante sus oídos se llenaban de su propia respiración agitada y dulce, desterrando los temores y agarrándose desesperada a esas mismas manos que dibujaban sus contornos con una delicadeza infinita.

Extirpaba con rapidez esos pensamientos y sus propios remordimientos ante el fatal destino de Braulio Guerrero, que la perseguían en los momentos de calma. Era demasiado dichosa para cuestionarse si debía haber obrado de otra forma, o quién era el hombre que la había salvado de una humillación irrecuperable, quién le había devuelto el tacto, el olfato, la vista... la vida.

Mientras los españoles permanecieron en el hotel apenas se vieron; y cuando se veían, escondían de miradas curiosas los gestos de cariño que se prodigaban. Ahora, sin testigos, ya no tenía que disimular, ni buscar excusas, ni reprimir gestos o pasiones, disfrutaba sin sobresaltos de una relación cuyo mayor problema era lo próximo de su final. La arisca y cortante Elena charlaba ahora con unos y otros y repartía sonrisas por donde pasaba con unos andares llenos de música. Cada día lo vivía con mayor intensidad que el anterior, absorbiendo cada instante como si fuera el último. La cuenta atrás la devolvería a tardes vacías y noches de soledad, volvería a su cueva de hibernación de la que no sabía si volvería a escapar algún día. Djamel no era compatible con su existencia de madre separada en una España ultracatólica, y eso lo tenía claro incluso en su estado de enajenación sensitiva aguda. Su vida era Lucía, aunque en esos momentos no quisiera pensar en ello, todavía no. Ya habría tiempo para enfrentarse a la segunda glaciación.

A lo largo de la semana habló varias veces con su casa. La estancia en Beirut se alargaba y de nuevo tuvo que solucionar qué hacía con la niña. Esta vez iría al colegio, no quería que se convirtiera en costumbre pasar los fines de semana con su padre; sintió una punzada en el estómago al pensar cómo se encontraría a su hija a la vuelta. Demasiado tiempo sin verla, demasiado tiempo en arenas movedizas, demasiado tiempo bajo la influencia de cualquiera sabía quién.

La feria concluyó, los expositores recogieron y el hotel pasó a ser una eclosión de gente arreglando billetes, bajando maletas, intercambiando abrazos de despedida; parecía que el mundo se acabara y todos retornaran a sus hogares antes del minuto final. El término del encarcelamiento decoraba de optimismo cada espacio del hotel, como en un fastuoso presidio donde hubieran amnistiado a todos los reos.

Elena se sentó en la cama con la mirada perdida en el ventanal por el que tantas cosas había visto. Su mano acarició inconsciente la superficie del lecho y una angustia oprimió su garganta empujando lágrimas hacia sus ojos. Recuerdos intensos la golpearon, no era la misma que cuando llegó. Se incorporó y fue al vestidor a por su maleta. Los muestrarios ya estaban recogidos, los bultos amontonados en la puerta; esta vez tendría que arreglárselas sola con todo. El regreso sería una inmersión en lo que la esperaba en Valencia: soledad, lucha y tristeza. Suspiró y comenzó a hacer su equipaje.

Llamaron a la puerta.

—Me hace gracia que llames, cuando abres las puertas como quieres —saludó conforme abría, dándole un beso fugaz.

—No me gusta entrometerme —respondió Djamel—, salvo cuando no me queda más remedio. —Fijó su atención en las dos maletas ya preparadas junto a la puerta y la que empezaba a llenarse sobre la cama.

—Te vas mañana —afirmó caminando hacia el ventanal.

—Sí, temprano. Ya era hora. He pasado aquí el doble del tiempo previsto. —Continuó con el equipaje tragándose las lágrimas—. Mi hija no me va a conocer. —Entró al vestidor para volver con unas cuantas prendas más—. Todo esto...

Djamel hizo un gesto displicente.

—¿Qué quieres que haga yo con ellos? ¿Montar una tienda de ropa y calzado? —Y con ternura añadió—: Son tuyos —la intensidad de la mirada de Elena le arrancó unas palabras más—. Espero volver a vértelos puestos.

Los introdujo en la maleta con esmero, entreteniéndose más de lo necesario con su rostro fuera de la vista de Djamel. Temblaba como si un viento frío la envolviera. Él se acercó y al verla llorar la abrazó.

—No llores, Elena. Esto no acaba aquí —la consoló, besándola en el pelo—. Créeme. Te necesito, y esto nunca se lo había dicho a nadie.

Levantó los ojos con un velo de esperanza.

—¿Lo crees posible? —Su gesto se ensombreció ante sus propias convicciones. Se desasió y volvió a su equipaje. Dejó la bolsa de mano cerrada sobre la cama y prosiguió con la maleta.

—No pensemos en eso ahora. Venga, vamos a cenar. —Él la abrazó obligándola a parar y la besó en el cuello—. El personal del hotel querrá despedirse de ti. Todos te han tomado cariño. Llamo y reservo nuestra mesa.

—Casi preferiría quedarme aquí, en la habitación. No estoy de humor y... —calló, avergonzada por la necesidad de permanecer junto a Djamel cada segundo que le quedaba en Beirut— tengo que acabar el equipaje.

—Como quieras. Pero será una decepción para ellos.

—Ya... tienes razón —suspiró—. Se han portado muy bien conmigo y no es fácil que volvamos a vernos —terminó la frase mirando a Djamel—. Voy a cambiarme.

Desapareció en el baño con alguna de las prendas que acababa de acoplar en la maleta, dejando su equipaje sobre la cama y a Djamel al teléfono.

La sorpresa se la dio durante la cena. Elena apenas tenía ánimo para mantener una conversación y se concentraba en grabar en su retina cada rincón del comedor, las caras cetrinas de los camareros, el brillo de la porcelana... y los ojos de Djamel. Él le tomó la mano al ver la tristeza afincada en su rostro.

—Elena, no estés triste. Nos vamos a ver más de lo que quisieras. Como vuelves por Múnich y ese era mi próximo destino, he arreglado mi billete. Salimos juntos mañana.

—¡¿Vendrás a Múnich conmigo?!

—Sí. Hubiese preferido hacer el viaje completo hasta España, pero tengo un compromiso ineludible allí. Tal vez cuando acabe, si todo sale bien...

Aquella afirmación la desconcertó. El corazón de Elena se aceleró. No contaba con la posibilidad de que Djamel apareciera en su mundo. ¿Cómo lo iba a explicar? Desechó esos pensamientos. La esperanza y el deseo superaban sus temores.

—¿Y a qué vas a Múnich? No, no me lo digas —levantó la vista al techo antes de dar otra calada a su cigarrillo—, otro de tus famosos negocios.

Djamel no contestó, solo besó su mano e hizo un gesto al camarero solicitando la cuenta. Les esperaba una noche muy larga.

36

Por la mañana temprano Joseph les esperaba en la puerta. A pesar de lo intempestivo de la hora, el hall reventaba de huéspedes pidiendo sus facturas o dando instrucciones a los botones.

Elena se despidió del personal del hotel con emoción contenida. No era una despedida más. Demasiado habían vivido juntos como para verse de la misma forma que cuando llegaron. La joven recepcionista de origen armenio, con la que alguna vez había compartido su pasión por Charles Aznavour, la abrazó con fuerza. Un «dale un beso a Rodrigo de mi parte, no os olvidaré», fue su despedida.

Mientras ella pagaba su cuenta, Djamel se sentó a leer el periódico.

—¿Algo interesante? —preguntó Elena asomando la cabeza sobre su hombro.

—Sí. Han nombrado a Rashid Karami como primer ministro una vez más. Me temo que esto no hay quien lo arregle —cerró el periódico y se puso en pie.

—Bueno, por lo que veo en la portada, en dos días es la cumbre de Sadat y Gerard Ford para tratar el conflicto de Oriente Medio. Si llegan a algún acuerdo puede que la zona se pacifique —Elena apagó su cigarrillo en el cenicero con decisión—. Podían haberse reunido un poquito antes y nos habrían ahorrado esto. ¿Nos vamos?

—Sí. Las maletas ya están en el coche. Yo llevo tu bolsa de mano.

Una vez en el vehículo, Djamel miró a Elena con un gesto extraño.

—Elena, esto siempre ha pertenecido a mi familia. —Del bolsillo de su cazadora de cuero sacó un medallón—. Quiero que lo guardes tú hasta que volvamos a vernos.

—Pero... no puedo aceptarlo. Ya me has regalado demasiadas cosas y me hace sentir muy incómoda.

—No es un regalo —la corrigió Djamel—. Solo quiero que me lo guardes y me lo devuelvas a mí o a quien yo envíe. —Separó la cadena con ambas manos y se la pasó por la cabeza. Del cordón de oro pendía un medallón esmaltado en rojo por una cara y en verde por la otra, con inscripciones árabes en oro superpuestas al esmalte.

—Pero Djamel...

—No digas nada más, Elena —sus ojos la acariciaron—. Para mí tiene mucho valor y volveré a por él, no lo dudes. Así sabrás que volveremos a vernos.

—¿Qué quieren decir estas letras? —Elena observó los sinuosos caracteres.

—Son frases del Corán, para que Alá te proteja —respondió, pasando el dorso de la mano por su mejilla mientras el motor del coche arrancaba.

Elena calló, confundida; ignoraba que Djamel profesara religión alguna. Tuvo esa extraña sensación de vacío que la asaltaba cuando tomaba conciencia de lo poco que sabía de aquel hombre al que tanto amaba. Hicieron el recorrido hasta el aeropuerto en silencio: Elena empapándose de la resurrección de aquella hermosa ciudad, mimando el medallón pegado a su pecho, y Djamel con la mirada fija en un punto indefinido y su mano dibujando la de ella. El amanecer bañaba con su suave luz los rincones maltratados por los enfrentamientos, confiriéndoles un aspecto irreal bajo el cielo de un azul intenso. Las huellas del odio se manifestaron a lo largo de todo el recorrido, forzándoles a sortear barricadas y hogueras todavía humeantes en una ciudad mutilada por los que decían amarla.

Durante el vuelo Elena permaneció recostada sobre el hombro de Djamel sin conseguir conciliar el sueño. De vez en cuando recibía una caricia que asimilaba como un tesoro. Le había asegurado que se verían de nuevo. No lo creyó; era muy difícil. Pero el solo planteamiento dividía sus sensaciones entre la dicha y el temor a las consecuencias de introducir un personaje como él en su puritano y aburrido mundo. No quiso pensar en las decisiones que debería tomar si Djamel la visitaba en Valencia. Aquella relación había sido un regalo del destino para sacarla de su estricta existencia. Gracias a él había recuperado la temperatura de cuerpo y alma, fríos demasiado tiempo. Era posible encontrar un hombre en quien confiar, en quien apoyarse en los momentos de debilidad. Y aunque ahora se despidieran, lo vivido a su lado no lo olvidaría nunca. Pero cada milla recortada hacia su destino la enfrentaba a la realidad del futuro inmediato, y con la lógica y realismo aplastantes que la caracterizaban, y que en Beirut habían estallado como las bombas vistas desde su ventana, se dijo que era mejor así, aunque ahora le doliera.

Aterrizaron en Múnich a media mañana. No había conseguido una conexión directa, tendría que pasar la aduana y volver a facturar. Tomó un carro y con la ayuda de Djamel apiló sus tres maletas y la bolsa de mano, mientras él prefirió cargar con sus bultos. Pasaron la aduana por separado, ella sin ningún problema, pero no así Djamel, con quien se entretuvieron durante un tiempo que a Elena se le hizo eterno. Primero con el pasaporte, y después inspeccionando hasta el forro de las costuras de la maleta y el bolso de mano. No fue el único sometido a semejante reconocimiento; Elena observó cómo registraban a casi todos los hombres, en particular a los de aspecto árabe. Por fin pasó el control y se reunió con ella.

—¿Qué pasaba? —le preguntó—. Nunca les había visto registrar con tanto celo.

—No lo sé, pero no importa —contestó con su interés más allá de Elena—. Total, para lo que llevo en la maleta...

Elena siguió su mirada; había mucho movimiento en la zona y personal de seguridad hacía guardia apostado en cada esquina.

—Cualquiera diría que seguimos en Beirut —bromeó con un escalofrío—. ¿Por qué no pones tu bolsa aquí encima?

—No cabe —afirmó—, aunque... —Quitó la pequeña bolsa de mano de Elena que coronaba la montaña de maletas y ocupó el hueco con la suya—. ¡Así! Tienes razón, la tuya pesa menos. Buen cambio —aceptó con una sonrisa de satisfacción.

Caminaron hasta el mostrador de la línea aérea, facturaron de nuevo el equipaje de Elena, y con la tarjeta de embarque en la mano buscaron un lugar donde pasar juntos el tiempo de espera.

—Djamel, no hace falta que me acompañes —se obligó a decir—. Yo me puedo quedar aquí con alguna revista, y en algún momento nos tenemos que despedir.

—Me quedo contigo —miró su reloj y luego detuvo sus ojos en los de Elena—. Tengo algo de tiempo todavía.

—Pero ¿no tenías que estar esta tarde en Múnich? —Y, tras un suspiro salido del alma, añadió—: Este es tan mal momento como otro cualquiera para decirnos adiós —Su voz brotó de una débil sonrisa con asombrosa serenidad.

—Tenía que estar en Múnich, y en Múnich estoy —cortó besándola en los labios.

Elena sintió un calor conocido acudiendo a sus mejillas. Se distanció un poco para controlar sus emociones, y se acomodó en el banco metálico moviéndose nerviosa.

—Me preocupa cómo encontraré a Lucía —dijo al fin—. He estado mucho tiempo sin verla, y la influencia de su padre siempre le deja huella. —Djamel, ausente, no dijo nada—. En realidad es esa mujer. Es curioso, ahora me resulta indiferente, como si fuera alguien muy lejano sin relación conmigo. Debe ser efecto de este viaje. Pero sé que no parará hasta hacer daño a Lucía.

—Lo solucionaremos, no te preocupes —contestó sin mirarla—. Esa mujer no será problema.

Un murmullo envolvente llamó su atención hasta hacerla volverse. La algarabía iba en aumento.

—Hay mucho revuelo en el aeropuerto —comentó intrigada—. ¿Qué ocurre?

—No sé —respondió Djamel con indiferencia—. Voy al baño, espérame aquí. —Se levantó y se fue en dirección a los servicios.

Elena también necesitaba asearse un poco después de tantas horas de vuelo. Fue a coger su bolsa, pero no la vio. Se levantó inquieta, revisó a uno y otro lado del banco por si estuviera detrás. En su lugar estaba la de su acompañante. Miró con rapidez en la dirección en que Djamel se había ido y divisó su figura entrando en los baños con la bolsa en la mano. Sonrió aliviada, debía haberse confundido, acostumbrado como estaba a cargar siempre con ella.

Vio una cabina a unos pasos y decidió llamar a su casa con los marcos que llevaba desde la partida. Conforme terminaba de marcar y esperaba tono con un ojo puesto en la bolsa de Djamel, recordó: Adelaida ya no estaría y Lucía se había quedado interna en el colegio al no poder llegar ella antes. Adelaida era una mujer muy cumplidora y eficiente, pero poco dada a hacer horas extras, por bien que se las pagaran. Iba a colgar cuando una voz familiar respondió al otro lado del teléfono, a la vez que las monedas caían con un golpe metálico.

—¿Mamá? —La fina voz de su madre la había desconcertado—. ¿Estás en casa?

—Sí, pero no parece que te alegres —le devolvió el auricular.

—Errr... Sí, pero es que no lo esperaba. —Repasó las últimas conversaciones con Adelaida; no recordaba que hubiera mencionado nada al respecto.

—Adelaida me dijo que ibas a dejar a la niña en el colegio y adelanté mi venida. —Parecía muy orgullosa de su decisión—. Tienes muy mal acostumbrada a esa mujer. Podría haberse quedado hasta mañana —le reprochó—. Y si me descuido manda a la niña al internado aun estando yo aquí. No sé qué se ha creído. ¿Dónde estás?

—En Múnich. Dentro de cuatro horas saldrá mi vuelo.

En ese momento regresó Djamel. Ella le hizo una seña con la mano, pero él miró en dirección contraria, dejó la bolsa de Elena en el suelo, giró la muñeca para consultar el reloj, se colgó su bolsa del hombro y caminó hacia el pasillo central del aeropuerto. Elena siguió su recia figura. No parecía haberla visto.

—Bueno, mamá, te tengo que dejar. No me esperes despierta.

Colgó precipitadamente, aceleró el paso hasta hacerse con sus pertenencias y corrió para alcanzar a Djamel. Estaba a cierta distancia, medio oculto por una multitud de personas que portaban cámaras y disparaban sin parar.

—¡Djamel! ¡Djamel! —Con su bolsa colgando corrió hacia el torrente humano que se aproximaba girando como un remolino alrededor de un vórtice oculto a su visión, y en el que segundos antes le había visto zambullirse.

Djamel alcanzó el otro lado de la corriente, ella no pudo cruzar; una barrera de seguridad mantenía libre el espacio entre ambos por donde se aproximaban con paso resuelto tres o cuatro hombres portando carteras de piel, ajenos a la estela de expectación que arrastraban. Elena apenas decidía sus movimientos, llevada por la multitud; Djamel en cambio, justo en frente, había tomado posición, luchando por mantenerse en las primeras filas de espectadores.

Iba a hacer un gesto para que la viera, pero su mano se quedó a mitad de camino, regresando con lentitud a su posición. La cara de Djamel era una roca sombría, la mirada agazapada tras unas grandes gafas oscuras de pasta que no ocultaban la gravedad de su ceño. Un desasosiego indefinido le aceleró el pulso: entre los cuerpos que parapetaban a Djamel asomaba un cilindro metálico negro. Elena no pudo contener un grito, y este se convirtió en el detonante de lo que sucedió a continuación.

Otro grito se superpuso el suyo. El de un hombre del séquito que cayó al suelo sujetándose el hombro. Sangraba. Tras los gritos y sin tiempo para coger aire, llegó el caos. Un enjambre de guardaespaldas rodeó a Anuar el Sadat, que avanzaba detrás del hombre abatido. El escolta yacía en el suelo, inmóvil. Los periodistas siguieron disparando sus flashes, esquivando a los miembros de seguridad que los empujaban sin contemplaciones. Djamel se alejaba a la carrera y todos se alejaban de Djamel, salvo sus perseguidores. El gentío se abría a su paso. Gritos, histeria, terror...

En medio del desconcierto general y los empujones, Elena cayó al suelo.

Otro disparo. Más gritos.

Trató de levantarse sin apartar la mirada de la amalgama de brazos y piernas en su línea de visión. No pudo. El cuerpo de Djamel se intuía sepultado bajo el de varios hombres. La policía del aeropuerto que había acudido improvisaba un cordón de seguridad. A Sadat, a quien Elena había reconocido, se lo habían llevado en volandas. Todo transcurría a tal velocidad que cada movimiento suyo se convertía en un fragmento de otro mundo ralentizado. Frente a ella, los hombres que mantenían inmovilizado a Djamel se levantaron; el cuerpo quedó boca abajo sobre el granito pulido. Un pequeño reguero de sangre avanzaba sobre el suelo y vio una siniestra mancha oscura en el cuero beige de su cazadora. Con aspavientos y voz potente llamaron a los sanitarios.

Elena parpadeó varias veces. Por su frente desfilaron la tarde en la cornisa de La Rouche, las tiernas palabras de Djamel, sus caricias bajo las balas... Una tristeza infinita la embargó. Recordó la frialdad con que había matado a Braulio Guerrero, la facilidad con que se deshizo del cadáver, sus desapariciones misteriosas; y la tristeza dio paso al miedo. Una película se proyectó ante ella, dando un sentido diferente a cada paso dado desde la tarde anterior en Beirut: cómo se quedó solo con su equipaje la víspera; el interés por llevar siempre su bolsa de mano, excepto para pasar la aduana; la escapada al baño con la bolsa... La presión en su sien era insoportable. Cerró los ojos para dejar de ver, pero las imágenes no estaban en aquel lugar sino en su cabeza. Era tanta la amargura que no pudo llorar. Se agarró al medallón de su cuello apretando los ojos hasta el dolor.

Un brusco zarandeo la devolvió a aquel lugar.

—*Fühlen Sie sich wohl?* —le preguntó una voz tonante.

Elena abrió los ojos, un hombre uniformado con la metralleta echada a un lado trataba de incorporarla a la fuerza. Miró en dirección a Djamel. Le habían dado la vuelta pero no podía verlo bien, rodeado por uniformes armados y personal sanitario trabajando; a pocos metros, las asistencias atendían al otro hombre que miraba dolorido la enorme mancha carmesí sobre su camisa blanca a la altura del hombro.

El militar volvió a zarandearla sin contemplaciones, obligándola a ponerse en pie.

—*Are you OK*? —repitió ahora en inglés.

Sus ojos secos parpadearon con dificultad. Hizo un gesto imperceptible con la cabeza e intentó levantarse apoyándose en el brazo que le ofrecía. Su cuerpo era de plomo y sus piernas de mantequilla; mantenerse en pie era un milagro. El militar hizo un aspaviento para que circulara y saliera del área de seguridad.

Apresó su bolsa de mano y caminó hacia la zona de salidas internacionales sin volver la vista. Las imágenes vividas los últimos días se repetían una y otra vez abriéndole el alma en canal.

37

Elena aterrizó en el aeropuerto de Valencia en una noche oscura para ella a pesar de la luna cegadora. Fue a recoger el equipaje al pequeño edificio contiguo donde un mozo pasaba con desgana las maletas del destartalado carro al murete de piedra. El resto de pasajeros arramblaba sus pertenencias vaciando la balda entre risas y conversaciones animadas conforme se iba llenando. A Elena le fallaban las fuerzas, incapaz de lidiar con sus cuatro bultos y su soledad.

Esperó en una esquina a que el único mozo de servicio quedara libre. Necesitaba ayuda para llegar con todos sus bártulos hasta donde aguardaban los taxis. Cualquier otro día se habría abierto paso entre unos y otros para ser la primera en salir, pero solo pudo esperar a que no hubiera nadie: su espíritu luchador se había quedado desparramado en el mármol del aeropuerto de Múnich.

Una vez en su casa necesitó dos viajes para subirlo todo. Al abrir la puerta le llegaron voces por el pasillo. Su madre debía de estar viendo la televisión, aunque era casi la hora del cierre de emisión.

Su madre... Al pensar en ella una necesidad brutal de ser abrazada la invadió, las lágrimas aguantadas durante horas fluyeron sin ruido. Aceleró el paso. Dolores salió a su encuentro al oír los tacones y ver luz en el corredor.

—¡Hija, pero qué cara traes! Cualquiera diría que vienes de la guerra —bromeó, acercándose a darle un beso que quedó sepultado bajo el abrazo de Elena.

Con la cara hundida en el hombro maternal dio rienda suelta a su dolor. No dijo nada. Solo lloró, desgarrada, desesperada. Su madre respondió indecisa al abrazo.

—Pero ¿qué te pasa? Me estás destrozando el pelo. —Le costaba hablar bajo el sofoco de su hija—. Cuando llamaste estabas perfectamente... no entiendo nada. —Elena no contestó, siguió llorando refugiada en su madre como nunca lo hiciera en la infancia—. Venga, venga, no será para tanto —dijo intentando despegársela—. Hija, qué impresionable. Si llego a saber que me echabas tanto de menos habría vuelto antes.

Elena pareció reaccionar. Quiso hablar, pero descartó cuanto le vino a la cabeza. No podía contar a nadie lo sucedido.

—¿Y Lucía? —preguntó al fin.

—Durmiendo, ¿qué esperabas? Estaba agotada y es tardísimo.

—Voy a verla —sacó un pañuelo, se secó la cara y limpió su nariz.

Entró sigilosa en la habitación de su hija. Dormía plácidamente de cara a la pared. Se sentó en el borde de la cama con cuidado y le acarició el pelo. No le quedaban lágrimas, solo un vacío insondable en el pecho. Contemplándola, pensó que era lo único auténtico habido en su vida, el único amor real, puro, y sobre aquella niña dormida depositó la esperanza de verse algún día compensada de tanta mentira, de tantas traiciones.

Junto al cuerpo de su hija, el vacío se llenó de rabia, de odio, de cavilaciones tortuosas. No existía un ser bueno sobre la faz de la tierra, se repetía acariciándole la cabeza y repasando las muchas vilezas acumuladas en su intensa existencia.

Las capas de su coraza explotadas por efecto de un espejismo llamado Djamel se adhirieron de nuevo a su cuerpo, engrosadas, más compactas, como un metal largamente forjado. Agradeció poder escuchar la dulce respiración de Lucía, por una vez su madre había acertado al volver para que la niña no pasara el fin de semana en el colegio. No habría soportado llegar a una casa vacía.

Carlos había tenido una tensa conversación con Adelaida antes del regreso de Elena para intentar quedarse de nuevo con Lucía, dado que no era seguro que volviera antes del sábado, pero fue inútil. Las instrucciones de su ex mujer habían sido incontestables: Lucía se quedaría en el colegio. Pero además le cayó una catarata de reproches por el evidente chichón y los cortes del fin de semana anterior. La amenaza de perder el derecho de visitas siempre estaba presente y, como pudo, convenció a su fiera interlocutora de lo insignificante del percance y lo conveniente de no preocupar a Elena, que bastante tenía con lo vivido en Beirut.

Pero los cambios que se estaban produciendo en Loredana pronto absorbieron toda su atención. Verónica, instalada en la empresa con la misma firmeza que una viga a su base de hormigón, participaba en todas las decisiones, ya fueran relevantes o intrascendentes, y desde que era accionista con mayor motivo. Asesorado por Gonzalo Morales, Carlos aceptó cederle a Verónica hasta el veinticinco por ciento de las acciones que, junto con las suyas, sumarían un ochenta y cinco por ciento. Lorenzo se había empecinado en mantener su diez por ciento, negándose a ceder ni una fracción, en contra de su intención inicial. Y al resto de empleados se les entregaría el cinco restante, repartido en participaciones simbólicas. De esa forma la joven se había convertido en la segunda accionista de la empresa, aunque Carlos fuera el mayoritario.

Durante el tiempo en que se perfiló el reparto, Verónica fue la clienta más asidua de la asesoría Cano, Morales y Asociados. Sus reuniones con Gonzalo a puerta cerrada habían sido la comidilla en el bufete, donde Morales sumaba a la fama como letrado la de su escasa discreción, aunque como suele ocurrir en esos casos, ni Verónica sabía que todo empezaba a ser del dominio público, ni a Carlos le llegaban las habladurías.

A Lorenzo no le gustó nada aquel arreglo y tuvo claro cómo se había fraguado, pero ya estaba más fuera que dentro; no tuvo mucho que opinar. Cada vez que se cruzaba con Verónica, la tensión se disparaba como una flecha; cualquier comentario era susceptible de ser tergiversado y la norma era contravenir las decisiones del otro, por buenas que fueran, en una oposición incesante. Si algún empleado se encontraba en medio, trataba de desaparecer o pasar desapercibido antes de verse forzado a tomar partido.

Carlos, aun sabiendo su mutua animadversión, era ajeno a lo que ocurría porque cuando estaban con él se comportaban con relativa normalidad. No era frecuente que coincidieran los tres, salvo en las reuniones de empresa donde Lorenzo procuraba mantenerse en un segundo plano; no así Verónica, que cada vez ganaba mayor protagonismo.

La última idea de Carlos, montar una cadena de tiendas de complementos por toda España, fue recibida de buen grado por sus dos socios. En eso, al menos, estuvieron de acuerdo. En los pueblos grandes no había ningún comercio que ofreciera su producto y la expansión podría ser rápida. El cordial enfrentamiento vino cuando Verónica se apropió de la iniciativa, ante las protestas de Lorenzo, pero Carlos la apoyó ante la cara de decepción de Dávila, tal vez en un intento de no hacer con ella lo que Elena hizo con él. Verónica era lista y se ganaba a la gente, algo fundamental para llevar adelante el plan y, aunque careciera de la más elemental formación, él no había necesitado ninguna para convertir Loredana en la primera empresa de marroquinería de España, como la propia Vero le recordaba.

Carlos había encontrado su equilibrio, un equilibrio salpicado de infidelidades tanto por su parte como por la de Verónica, pero equilibrio a fin de cuentas. Su vida familiar transcurría feliz, sin contratiempos ni sobresaltos, protegida por una situación económica que ni en sus mejores sueños de juventud habría dibujado. Verónica era el apoyo que le faltó en sus años con Elena. Le mostraba su admiración sin reservas, se sentía respaldado por sus comentarios e incluso aquel interés por ser parte de Loredana lo interpretó como una prueba de confianza en él.

Estaba centrado, seguro de sí mismo, pero... le faltaba algo para ser feliz: Lucía.

Ese fin de semana no pudo verla y, después de disfrutar de su compañía los dos anteriores, su ausencia le dolió más que otras veces. La semana se le había hecho más dura de lo habitual y estuvo de peor humor.

Sentado en el mismo lugar de la terraza desde donde el domingo anterior vio a la niña estamparse contra la cristalera, suspiro faltó de aire, algo poco frecuente en él.

—¿Qué te pasa, mi vida? —pregunto Verónica pellizcándole la barbilla.

—Nada... —Carlos permaneció como hipnotizado por la taza de café.

—Tienes la mirada triste, que te conozco. —Giró un poco la silla para que el sol siguiera tostando su bronceada cara—. Es por Lucía, ¿verdad?

—Sin ella me falta algo —comentó, dando vueltas al azúcar más que disuelto de su café—. No me entiendas mal. Contigo soy inmensamente feliz. Pero es mi hija y han sido tan buenos los últimos fines de semana...

—Pero si la verás el próximo —le animó—. No pienses en ello.

—Pero no será lo mismo. La veo unas pocas horas... —No había reproche en su mirada ni en su tono, tan solo constatación—. No quiero elegir entre vosotras dos.

—La culpa de eso es de su madre —replicó con dureza—. A mí me encanta estar los tres juntos, ya lo sabes.

Verónica se había traído unas trufas de chocolate; le dio un mordisco a una pero, medio derretida por el calor, se desmoronaba y la engulló de un bocado.

—¿Y estas trufas?

—El regalo... —dijo con alguna dificultad tratando de tragársela y chupándose los dedos pringosos— de un admirador —y puso una cara entre enigmática y divertida—. ¡Jaja, ha sido mi madre! Ya sabes cómo me mima —hizo una pausa y se puso seria—. Echas mucho de menos a Luci, ¿verdad?

—Sí. No es solo verla —alzó los ojos hasta entonces protegidos bajo la sombra de su poblado ceño fruncido—. Estos días me he dado cuenta de todo lo que me estoy perdiendo. Tener un hijo es algo maravilloso y yo solo disfruto de la punta del iceberg.

—Bueno... —Saboreó unos segundos otra trufa, tamborileando con la otra mano, sus ojos moviéndose de Carlos a la mesa con rapidez—. Tal vez... eso se solucione —Carlos alzó una ceja—. Ya sabes que soy como un reloj. —Respiró hondo y prosiguió—: Quería esperarme un poco para que no pase como la otra vez, pero...

—¡Qué! —Carlos había dejado su taza de café y escrutaba la cara de Verónica tratando de confirmar su deducción—. ¡No me tengas así!

—Pues eso, que he tenido una falta... ¡Estoy embarazada!

—¡Pero eso es maravilloso! —Se levantó de un salto y cayó de rodillas, la abrazó y le besó el regazo—. Es la mejor noticia que me podías dar. No te preocupes de nada, todo va a ir fenomenal esta vez. Buscaremos al mejor médico.

Verónica se llevó otra trufa a la boca y sonrió satisfecha.

38

A Elena, el fin de semana arropada por la normalidad de sus conocidas paredes empapeladas en vivos colores y con Lucía revoloteando, se le antojó irreal. Los sucesos del viaje parecían un mal sueño, pero el sabor acre en su garganta y el puño que oprimía su corazón no dejaba lugar a dudas; en la radio y la televisión el intento de magnicidio en el aeropuerto de Múnich, perpetrado ante sus ojos por el hombre al que amó, era la noticia del momento.

Le costó deshacer la maleta. La visión de los regalos de Djamel era un estilete hurgando en una herida abierta y sangrante. Pero era algo que tenía que hacer y cuanto antes mejor.

—¿Pero viste soldados, mamá?

Elena levantó los ojos al techo ante la nueva pregunta de su hija y le repitió con sequedad:

—Lucía, no quiero hablar de ello, ya te he dicho... —tragó saliva y volvió a concentrarse en la maleta— que ha sido... muy duro.

Su madre entró en la habitación.

—Me habéis dejado completamente sola, nenas. ¿Te queda mucho? —Dolores se acercó a la maleta y tomó entre sus manos el vestido negro que Elena llevó la última noche en Beirut—. ¡Qué preciosidad! Hija, cómo te ha mejorado el gusto... —y enarcando una ceja añadió— y la economía. Esto —miró la etiqueta— debe de valer una fortuna.

—¡Ooooh! —Lucía lo miró extasiada—. ¡No te lo conocía,

mamá! Es precioso, ¿puedo vértelo puesto? —Los ojos de la niña se dilataban cuando la miraba.

—¡No toquéis nada! —gritó arrancándole el vestido de las manos a su madre.

—Inaguantable —los fríos ojos de Dolores destilaron desprecio—, como siempre.

—Esto... lo siento —farfulló—. Estoy... bueno, no estoy bien.

Lucía y Dolores permanecieron en silencio mirando a Elena, que continuó deshaciendo el equipaje con mayor ímpetu. Una lágrima resbaló por su mejilla y la niña se acercó vacilante para terminar abrazándola con fuerza.

—¡Déjame —de un empujón se sacudió a su hija de encima; aquel abrazo espontáneo amenazaba con robarle la poca entereza que le quedaba—, que no estoy para pamplinas! Venga, dejadme acabar tranquila —respiró con evidente dificultad—, y si quieres el vestido, mamá, es tuyo. —Y se lo arrojó a los brazos.

Lucía se había quedado petrificada junto a su madre, con los labios apretados y un gesto a medio camino entre el temor y el dolor. Dio media vuelta sin decir nada y pasó a su cuarto por la pequeña puerta comunicante.

—Mira, hija, yo no sé qué te ha pasado en el viajecito de marras pero la culpa es tuya por quedarte allí, que te crees Juana de Arco, y aquella estaba loca y se quemó en la hoguera. —Dejó el vestido sobre la cama y añadió—: Y respecto al vestido, tienes muy mala sombra porque sabes que no es de mi talla. No te conocía yo esta nueva afición por el usar y tirar, y además...

—¡Vete! —suplicó con un grito prolongado—. ¡No... puedo... más, mamá! —Se derrumbó y las lágrimas arrasaron de nuevo sus ojos, como la noche anterior—. Vete —repitió, ahora en un susurro casi imperceptible, su garganta ahogada en sollozos que sus manos sofocaban. Sentada sobre la cama, junto a la maleta, se abrazó con desesperación al vestido de la discordia.

Dolores salió meneando la cabeza y murmurando:

—Cuánta paciencia voy a necesitar...

Eso mismo pensaba Elena, cuánta paciencia... Dejó el vestido a un lado, se secó las lágrimas con un pañuelo y salió a buscar a Lucía.

La encontró en la terraza, con los brazos apoyados en la barandilla y el mentón descansando sobre ellos, con la mirada navegando por el destartalado cauce del río.

Le pasó un brazo por los hombros y Lucía volvió la cabeza hacia el lado contrario.

—Lo siento, mi vida. De verdad —la besó en la cabeza—. No es culpa tuya. Es que... la guerra, por pequeña que sea, puede abrir heridas muy grandes, aunque no se vean. —Se apoyó junto a ella, mirando también el paisaje anárquico y soleado—. Y eso es lo que me ha pasado a mí. Necesito tiempo para curarme, y para conseguirlo es mejor no hablar de ello, ¿lo entiendes?

Lucía se volvió a mirarla y asintió. La abrazó de nuevo, indecisa.

—Pero... ¿te han hecho daño, mamá? —preguntó por fin, liberando la duda que oprimía su alma desde que viera Beirut en las noticias.

—Sí, hija —la apretó con fuerza reprimiendo una vez más las lágrimas—, sí, aunque no pueda verse a simple vista, está dentro, en el corazón.

—Me pasa como a Mafalda, que no sé cómo ponerte una tirita ahí.

Una sonrisa amarga se dibujó en el rostro de Elena.

—Yo tampoco, hija, yo tampoco.

La vuelta al trabajo supuso la mejor medicina para curar sus males. O al menos, para no tenerlos tan presentes.

El lunes, Ernesto la recogió con el coche de la empresa y cargó los muestrarios. Cuando entró en las oficinas, un inmenso ramo de flores y el aplauso de los empleados le dieron la bienvenida. Con la piel erizada y las mejillas como la grana avanzó con paso inseguro hacia su despacho, mirándolos agradecida y no siendo capaz de articular más que un escueto «buenos días», aunque su gesto habló por ella. Conforme el aplauso amainó, se miraron unos a otros con preocupación. Parecía haber menguado, y su rostro, a pesar de la sonrisa dulce agradeciendo aquella muestra espontánea de afecto y admiración, evidenciaba signos de un dolor insondable.

La habían visto renacer de muchas situaciones duras, como un ave Fénix, pero nunca apreciaron marcas tan pronunciadas como las que ahora surcaban su rostro. Sus ojos verdes se hundían en cuencas lívidas tras las gafas, y la comisura de los labios mostraba un rictus descendente que el carmín solo conseguía acentuar.

Elena se sintió reconfortada por la caricia de su sillón de terciopelo azul, y no le asustó la pila de correo amontonado durante ese mes. Zambullirse en ella sería una buena terapia.

Sacó sus blocs de pedidos de la cartera y los revisó. Había valido la pena, se dijo tratando de convencerse. Pero sus entrañas lo negaron. No. No había valido la pena. Nada valía lo suficiente para compensar lo pasado. Por ridículo que pareciera, necesitaba valor para enfrentarse a las líneas escritas a mano en una feria que jamás podría olvidar. Se levantó y se puso un whisky. Nunca bebía en el trabajo y menos de buena mañana, pero ese día necesitaba algo fuerte para arrancar. Dio un buen trago, sintió su aspereza arrasarle la garganta y un latigazo la sacudió. Volvió a su mesa decidida a borrar todo lo que no le aportara algo positivo.

No había pasado un mes desde su vuelta cuando recibió una visita inesperada. Regresaba por el pasillo del taller, tras una nueva discusión con Juana que estaba empeñada en buscar problemas, cuando vio a dos hombres con traje oscuro y buena planta hablando con Matilde, la recepcionista. La joven los miraba con gesto bobalicón y muchos parpadeos.

—¿Pasa algo, Matilde? —Ante su aparición, la joven recompuso la postura y adoptó una actitud más distante.

—No, doña Elena. Es solo que estos caballeros querían verla, pero no tienen cita. Ya les he explicado que usted no recibe a nadie sin cita.

Los dos caballeros miraron a Elena y tras un saludo cortés se identificaron.

—Somos el subinspector Yáñez —dijo uno de ellos señalando a su compañero, que tendía una tarjeta mientras con la otra mano descubría una identificación oficial— y servidor —repitió la acción de su compañero, entregando una tarjeta que Elena tomó sin tiempo a leer la anterior—, el inspector Ridau.

—Inspectores de... —Leyó entonces las dos cartulinas y al ver escrita la palabra INTERPOL su pulso cambió de ritmo—. Será mejor que pasen a mi despacho, allí hablaremos tranquilos. —Se volvió hacía Matilde que los miraba de hito en hito y le dijo con discreción—: No me pase ninguna llamada.

Elena los guio. Una conocida sensación de frío regresó a su cuerpo. Les indicó las dos sillas de confidente reservadas a las visitas incómodas. Del respaldo sobresalían sendas cabezas talladas que actuaban cual garrote vil: dependiendo de la altura del ocupante podía clavársele en la nuca o golpear directamente en la parte posterior de la cabeza pero, fuera cual fuese el caso, propiciaban la brevedad de la entrevista.

—¿En qué puedo ayudarles? —preguntó ofreciéndoles un cigarrillo.

—No, gracias, ahora no —rechazaron al unísono. Ridau, que parecía el más veterano por las canas incipientes de sus largas patillas, inició la conversación—. Imagino que se preguntará por la razón de nuestra visita. —Elena asintió, pendiente del mínimo gesto—. Ha estado recientemente en Beirut, ¿no es así? —afirmó, empujando las gafas de pasta negra que resbalaban por su nariz.

—Efectivamente, fui a Mofitex, una feria de confección infantil. —El recuerdo de Braulio Guerrero tendido en la cama la hizo palidecer, consciente de que era cómplice de un asesinato; la mezcla de emociones le provocó náuseas.

—Recordará su viaje de vuelta —prosiguió Ridau, mientras su compañero mantenía la mirada anclada en ella, sopesando cada movimiento.

Elena dio una prolongada calada a su cigarrillo controlando a duras penas el temblor de la mano.

—Cómo olvidarlo —afirmó—. Fue terrible lo que pasó.

—Así es, pero podría haber sido mucho peor —añadió Yáñez escrutándola con sus pequeños ojos.

—Leí en la prensa que un escolta resultó herido y que el terrorista... —volvió a recurrir a su cigarrillo para tragar con disimulo y empujar a la boca sus palabras— murió.

Se hizo un silencio viscoso. Los dos hombres se miraron.

—Err... Si me disculpan, tengo mucho trabajo, ¿podrían ir al grano? —les apremió—. No entiendo en qué puedo ayudarles.

—Tiene razón, disculpe. La persona que atentó contra el presidente egipcio era su compañero de butaca en el vuelo Beirut-Múnich.

Elena soltó el cigarrillo con estupor, la sorpresa era sincera. No pensó que nadie pudiera relacionarla tan directamente con Djamel.

—No puede ser... —farfulló—. ¿Míster Kamici? Eso es imposible.

—¿Lo conocía mucho? —preguntó Ridau empujando sus gafas, que patinaban de nuevo hacia la punta de la afilada nariz.

Elena observó el movimiento. Aunque en situaciones menos comprometidas, ella también era aficionada a hacer preguntas para las que ya sabía la respuesta; la expresión segura del inspector le hizo intuir que sabía más de lo que decía.

—Coincidimos en el Holiday Inn durante los días en que estalló la guerra —expresó con cautela—. Los que nos quedamos no tuvimos más remedio que tratarnos después de tantos días sin salir del hotel, moviéndonos por los mismos sitios. —No sabía cómo, pero Djamel sí salía y entraba a voluntad.

—¿Solo coincidieron? —insistió Ridau. Las pupilas pardas del inspector milimetraron la anatomía de Elena desde el marco de sus gafas de pasta negra.

Una ráfaga de calor acudió a sus mejillas y la propia conciencia de ese rubor involuntario la hizo enrojecer aún más.

—¿Qué tiene todo esto que ver conmigo? —preguntó, molesta.

—Buscamos cómplices, información sobre sus andanzas en Beirut y sobre otros atentados que hubiera planeado. —Ridau se levantó; llevaba un rato esquivando la gárgola de la silla—. Míster Kamici es un delincuente internacional. Alguien le ayudó a pasar el arma que usó durante el atentado. Y sabemos que no era el único que iba a cometer.

—Me cuesta creerle, era una persona correctísima. —Inspiró el humo aguantándolo en sus pulmones; la sensación de caliente plenitud le aportó serenidad—. ¿Por qué piensan que tenía un cómplice?

—En la aduana le registraron. Teníamos información sobre un posible atentado con motivo de la Cumbre para Oriente Medio de Salzburgo, y el sospechoso vendría del Líbano; se dio orden de registrar el equipaje y cachear a todos los hombres procedentes de vuelos con ese origen. Y a él no se le encontró nada. Tuvo que dársela alguien.

Elena recordó el episodio y cómo el trámite aduanero fue el único lapso de tiempo en que ella portó su propia bolsa de mano.

—Está muy callada. ¿Le comentó algo a usted? ¿Vio algo extraño? —Yáñez entró por fin en la conversación; su cara delgada contrastaba con un cuerpo que llevaba muchas horas de ejercicio a cuestas—. Parece que tenían muy buena relación.

—Pasamos días muy duros en Beirut. Él siempre se mostró... amable y correcto conmigo, ya se lo he dicho, pero de ahí a tener una relación, ni buena ni mala... —La tranquilidad de Elena se desvanecía como el humo—. No, no vi nada raro.

—¿Le importa si le enseño unas fotos? —A un gesto de Ridau, Yañez abrió la cartera de piel que reposaba sobre la mesa.

—Sí, claro, pero soy muy mala fisonomista —se disculpó, ajustándose las gafas.

Seis fotografías se extendieron ante ella. Elena las recorrió con la mirada. Se detuvo en una. Era Joseph, el chófer de Djamel.

—¿Conoce a alguno?

—Sí —suspiró—. Estas dos fotos son del señor Kamici, aunque esta debe ser de hace tiempo —contemplaba los ojos negros de un hombre bebiendo un refresco en una terraza, acompañado de una mujer joven; la foto estaba tomada con teleobjetivo—; se le ve muy joven. —Tragó saliva, la apartó y tomó la otra fotografía—. En esta otra está tal y como lo recuerdo. —Sufría palpitaciones tan fuertes, que temió fueran perceptibles a través de su camisa de popelín—. Pero no sé en qué les puede ayudar que lo identifique, por lo que sé está... muerto. —Al decir la palabra se estremeció y se levantó a bajar el aire acondicionado—.

No me gustan nada estos aparatos, pero siempre que llego está puesto. —Volvió a su sitio frente a las fotografías frotándose los brazos.

—¿Y no reconoce a nadie más? —insistió Yáñez.

—Bueno... —dudó, mirando a uno y a otro—. No quiero meterme en líos...

—No se preocupe, no corre ningún riesgo —la tranquilizó Ridau.

—Me está diciendo que son terroristas internacionales, ¿y no corro ningún riesgo? —Elena levantó la cabeza para mirar con una mueca burlona al inspector, que había vuelto a su silla—. ¿Usted se cree que yo soy idiota?

—No es fácil que nadie la recuerde o la relacione con estos caballeros —insistió—, y mucho menos con nosotros. Al menos si, como dice, no tiene ninguna relación con ellos.

—Tampoco creo que le sea de mucha ayuda, pero en fin... —señaló con el dedo la fotografía de Joseph.

—¿Qué sabe de él? —Los dos hombres cruzaron una mirada fugaz.

—Solo que hacía las veces de chófer del señor Kamici. —Poco a poco iba tomando las riendas de la situación—. Parecía un hombre encantador, servicial... No puedo creer que sea un delincuente.

—¿Lo sospechó en algún momento de Mohammed Ben Kamici? —le preguntó con ironía Ridau.

Por la mente de Elena aparecieron fantasmas recientes. Aquel primer asesinato en el hotel, el año anterior; los negocios de los que hablaba sin concretar nunca nada; la facilidad con que liquidó a Braulio Guerrero... Sí, había tenido indicios que se negó a ver, y ahora no era momento de reconocerlo.

—Pues no, siempre se portó como un caballero.

—¿Ya está? ¿Eso es todo? —insistió Ridau—. ¿No reconoce a nadie más?

—No, solo estas dos —separó las de Djamel—, y esta del chófer. —Contempló la foto con detenimiento—. ¿Están seguros de que no es un error?

—No —dijo Ridau—. Creo que eso es todo. Nos ha sido de

bastante ayuda. Guarde nuestras tarjetas y si recuerda algo más o alguien se pone en contacto con usted, llámenos.

—¿Cómo? —Elena parpadeó dos veces—. ¿No dice que no corro peligro? ¿Quién se va a poner en contacto conmigo?

—No se alarme, es una manera de hablar. De todas formas si sucediera algo anormal, llámenos. Lo que sea. —Se pusieron en pie al unísono—. Solo una cosa más. ¿No le daría nada para que se lo guardara?

A Elena le pilló desprevenida la pregunta.

El medallón. Lo había guardado en una caja junto con el anillo.

Temió que sus ojos la delataran y se giró buscando algo. Tomó una carpetilla de la mesa y se abrazó a ella.

—No, nada. ¿Cómo iba a hacer semejante cosa? —respondió, indignada—. ¿Le daría usted algo comprometedor para su trabajo a una desconocida?

—Si ella no supiera lo que era, tal vez —afirmó Yáñez.

—Y si no fuera desconocida, también —añadió Ridau.

—Pues no, no me dio nada. Y si no necesitan nada más, yo tengo que trabajar.

—Cierto, y teniendo en cuenta su situación, más vale que vigile el negocio.

—¿Cómo dice? —Elena palideció.

—Estar informados es nuestro trabajo. —Acompañó sus palabras con una sonrisa fría que no serenó el ánimo de Elena—. Debería controlar a una tal Juana. Gasta mucho en teléfono, cada día a las dos menos cuarto llama a una amiga en Loredana —dijo Ridau de pasada—, una tal Verónica, y nunca para nada bueno.

—¿Me han pinchado el teléfono?

—Ya sabe, cualquier cosa rara, tiene nuestra tarjeta. No se moleste en acompañarnos, conocemos el camino.

Elena se derrumbó en su sillón al verlos partir y se apartó el pelo de la cara como intentando liberarse de una tela de araña. Eran muchas las cosas en que pensar y poca la claridad de su mente para priorizarlas.

Lo de Juana había despertado sus peores instintos, pero lo apartó.

Sentía la desazón que provoca la mentira cuando temes que la detecten: Djamel sí le había hecho regalos, pero no entendía la importancia que pudieran tener para la Interpol. Aunque no los quería para nada, reconocerlo ante los dos sabuesos no entraba en sus planes. Eran demasiadas las explicaciones, se sentía culpable y estaba segura de que no la creerían. Mejor callar. Pero siendo sabuesos, si tan controlada la tenían tal vez ya lo supieran todo, aun no habiéndolo comentado con nadie.

Repasó la conversación y el desasosiego fue en aumento.

No les diría nada más, ni les llamaría para nada. Aquella conversación era la última sobre ese asunto. Sacudió la cabeza y se centró en los papeles que la aguardaban. Como aquel hombre le había hecho ver, tenía problemas mucho más vivos dentro de su propia casa, y debía resolverlos de inmediato. Ahora entendía muchas cosas.

Llamó al taller y le indicó a la encargada que le enviara a Juana.

39

Ya estaban ahí las vacaciones y Verónica empezaba a lucir una incipiente tripita. Su embarazo iba adelante sin más problema que los habituales, aunque ella se quejara de que todo iba mal. Para Carlos ese verano no sería como los anteriores, tendría muchas novedades que contarle a su hija, una vez descartada la idea de dejar esos quince días a su mujer, sola y embarazada.

La recogió como siempre, pero a diferencia de otras ocasiones apenas articuló un saludo. Varias veces abrió la boca para empezar, y otras tantas la cerró sin decir nada, hasta que se decidió pasado un buen rato de dar vueltas con el coche. Como quien coge carrerilla para tirarse de un trampolín, comenzó dejando caer que esas vacaciones no estarían solos, recordando otras apariciones de Verónica, lo mucho que la quería y otras divagaciones, para terminar dando el salto definitivo al anunciar que aquella joven rubia platino de voz aguda y rasgada, era su mujer. Lucía, que empezó escuchando a su padre con curiosidad, contrajo la boca y el entrecejo a una. Conocía a la «tía Vero», pero de ahí a que fuera la mujer de su padre había una gran distancia. El trayecto hasta el apartamento se convirtió en un viaje hacia la sorpresa. Tras mantener la boca sellada un buen rato, consiguió disparar:

—Pero papá, ¿cómo puede ser tu mujer? ¿No es mamá?

—Bueno —Carlos siguió con la mirada fija en la carretera y carraspeó unas cuantas veces como si algo muy molesto se hubiera afincado en su garganta—, Elena fue mi mujer unos años, pero ya sabes que nos separamos hace mucho.

—En la clase de religión dicen que los matrimonios son para toda la vida.

—En otros países la gente se puede casar más veces.

—¡¿Te has vuelto a casar?! —La cara de asombro de Lucía iba en aumento.

Una nube de interjecciones, toses y carraspeos llenó el aire de nuevo.

—No, no me he vuelto a casar todavía porque en España no nos dejan. Pero lo haremos. —Sus puños aferrados al volante habían ido palideciendo conforme avanzaba la conversación.

Lucía permaneció un rato en silencio, contemplando el mar tranquilo que brillaba a su derecha. Por fin preguntó:

—Y entonces, Verónica, ¿qué es mío? —El ceño de Lucía se comprimió un poco más y se adelantó en el asiento para ver la cara de su padre.

Carlos se calló. Estaban llegando. Paró el coche junto al puerto deportivo.

—Pues supongo que ¿tu madrastra? —Al pronunciar las palabras arrugó la nariz como si algo no oliera bien e hizo crujir sus nudillos en un acto reflejo.

—Las madrastras en los cuentos siempre son malas —afirmó sin variar su expresión.

—¡Vaya tontería! Ya no tienes edad para pensar así. Eso son tópicos de los cuentos infantiles. Ella te quiere mucho, será como una madre para ti.

—¡Pero yo ya tengo una madre! —soltó Lucía como una bofetada en la cara.

—Bueno, no te preocupes por eso ahora.

Los nudillos de Carlos crujieron de nuevo; sudaba con profusión a pesar del aire acondicionado que amenazaba con congelar las gotas de su cuerpo. Cuando se trataba de negocios, el pulso se le mantenía firme y la cabeza serena, pero en los asuntos personales era un pez fuera del agua, siempre lo había sido, y ahora estaba como *Gus* semanas atrás, dando saltos en medio de un mar de conflictos.

—¿Y cómo la tengo que llamar? —preguntó la niña, desafiante.

—Conque la llames Vero, suficiente, no hace falta más —zanjó, poniendo de nuevo el coche en marcha—. Lo que intentaba decirte es que ella te quiere mucho y lo vamos a pasar muy bien los tres juntos. —Si pasó por su mente el asunto del embarazo, no lo dijo—. Nos está esperando en el apartamento. Ah, y... será mejor que no lo comentes con tu madre.

Lucía suspiró con vehemencia y volvió a perder su mirada por la ventanilla. Cuando pararon, al fin se atrevió a decir lo que sus ojos expresaban desde hacía rato:

—Me has engañado. Siempre estaba ahí y no me dijiste quién era. Ahora entiendo por qué mamá siempre me hacía tantas preguntas. ¿Fue culpa de ella que os separarais? —Había una mezcla de duda, miedo y aseveración en la pregunta.

—No fue culpa de nadie, Lucía. Eres muy pequeña para entenderlo.

—Y entonces ¿por qué no se lo puedo decir a mamá?

Ahora fue Carlos quien resopló, soltando de golpe su desesperación.

—Porque... porque... porque tu madre se enfada por todo, caray, que parece que no la conozcas. Y porque te lo pido yo.

Lucía se llevó una mano a la boca del estómago. Aún no había visto a Verónica y ya cargaba con el peso de la culpa.

Los primeros días de convivencia fueron muy tensos. La niña no hablaba. Los observaba con una mezcla equitativa de curiosidad y aprensión. Seguía con interés las continuas muestras de afecto que Verónica desplegaba con su padre, como si cada gesto fuera un extraño truco de magia del que quisiera averiguar el secreto, para de pronto ruborizarse y mirar fijamente a otro lado o fingir que jugaba. Nunca había visto esos gestos en ninguna pareja más allá de una pantalla de cine o televisión, ignoraba cómo se comportaba un matrimonio «normal» y la relación de su padre con aquella vieja conocida era lo más parecido que había encontrado. No había tenido a mano tíos, ni abuelos, ni padres que sirvieran de referencia, y cuando estaba con otras familias esos gestos no sucedían con ella delante.

Por el contrario, a Verónica se la veía radiante. No solo dedicaba a Carlos todo tipo de mimos y atenciones, sino que se esforzó en pasar mucho tiempo con Lucía. Bajaba con ella a la playa o la llevaba a las atracciones montadas a un par de bloques, mientras Carlos se quedaba leyendo el periódico o jugando al dominó con los amigos.

Tras unos primeros días en que la pequeña se mostró hosca, incluso desagradable, las reticencias fueron desapareciendo y se amoldó al nuevo escenario, distendido y alegre. De aquella mujer tan simpática que jugaba con ella y mimaba a su padre no podía esperarse nada malo, parecían decir sus ojos al mirarla.

No, no fue un verano como los anteriores. Y la vuelta a casa tampoco.

El último día de vacaciones, Verónica obsequió a Lucía con un ratón blanco como recuerdo de aquel verano especial. La niña, tras unos instantes de duda, lo rechazó apenada. Su madre odiaba los ratones y aunque el animalito era de un blanco inmaculado y por ojos lucía dos diminutos rubíes, tenía toda la pinta de ser un ratón.

Su nueva amiga insistió en que no lo era. Tras un pequeño debate quedó claro que el animalito no era un ratón, sino un conejillo de Indias, un cobaya, que debía ser otra cosa por lo mucho que insistía Verónica. Según le informó, se llamaba *Gus*, como el pez accidentado. Esbozó una sonrisa tímida y aceptó la pequeña jaula donde el animalito descansaba sobre un lecho de paja, guardándola en la bolsa de lona de la que salió.

—Lucía, ¿qué es eso? —le preguntó su padre al ver la tosca bolsa de tela.

—Un secreto entre nosotras —respondió Verónica, con un guiño rápido.

Y así quedó la cosa. La niña llegó a su casa con la pequeña maleta y el saquito del nuevo *Gus*. Subió en el ascensor con el portero que la dejó ante la puerta sin esperar a que abrieran, y mientras su madre acudía a abrir, sacó a *Gus* de su encierro para enseñárselo. Al abrirse la puerta, un grito de horror la recibió.

—¡Cómo se te ocurre traer esa cosa a casa! —Y acto seguido su madre cerró la puerta dejando a la niña fuera, estupefacta.

—Pero... —Lucía miró la jaula— si solo es un cobaya, mamá —imploró desde el rellano.

—¡Es una asquerosa rata! ¡Sabes que me dan horror! ¿Cómo has sido capaz? ¡Con las ganas que tengo de verte!

—Yo... No es un ratón, mamá, de verdad, es blanco. Los ratones son marrones o grises, de verdad. —Su desazón iba en aumento—. Es un conejillo de Indias. Mami, por favor, es muy bueno...

—O entras sin él, o te quedas en la escalera.

—Mami, por favor, no me hagas esto... Me lo ha regalado... —las palabras se atropellaron unas a otras hasta frenar en seco—, me lo ha regalado... papá. —Dejó caer ambos brazos a los lados de su cuerpo sin soltar la jaula ni la bolsa, y agachó la cabeza.

—¡Maldito desgraciado! Sabe que los odio. —La puerta no amortiguó la ira de Elena, que llegaba sin piedad hasta la llorosa cara de Lucía—. No pienso abrir hasta que no te deshagas de *eso* —Se hizo un silencio momentáneo; Lucía escuchó pasos que se alejaban y que al poco regresaban; la puerta se abrió—. Aquí tienes —Elena depositó el cubo de basura junto a la puerta—. Cuando lo dejes ahí, entrarás —Y volvió a cerrar.

Lucía, desconsolada, se sentó en un escalón con *Gus* sobre su regazo moviéndose inquieto en la jaula, hasta que la depositó en el suelo entre sus pies. Así debió pasar un par de horas, sentada sobre la piedra con los codos clavados en las rodillas y la cabeza entre las manos. El rellano se fue oscureciendo como una vela que se consume, hasta quedar a oscuras. Lucía solo se movió para encender la luz de la escalera.

Elena pasó ese tiempo a fases de desesperación, rabia y remordimiento. Primero andando de un lado a otro con brusquedad; luego despotricando contra su ex marido al que hacía responsable de «aquello», atribuyéndole la peor de las intenciones; más tarde, pendiente del reloj y sentada en el sofá, recapacitó. La primera impresión fue diluyéndose, aunque no perdonaba lo que asumió como un nuevo intento de Carlos para humillarla y hacerle daño. Volvió a la puerta y posó una mirada conciliadora en los ojos enrojecidos de la niña.

—Lucía, ese animal no puede vivir con nosotras. —Aunque evitó mirarlo, todo el vello se le erizó—. Si lo dejas en el cubo no le pasará nada. Es lo que comen los ratones, desperdicios —Respiró hondo—. Te lo ruego, hija, no me lo pongas más difícil. Sabes que me dan horror. —Con un pie empujó el cubo hacia ella—. Venga, déjalo dentro, que enseguida pasarán a por la basura.

Lucía meneó la cabeza. Estaba muy pálida.

—Se morirá.

Elena trató de mantener la calma.

—No, mi vida, no te miento, comen desperdicios y en la basura los encontrará a montones. Se va a poner las botas. —Ante la terquedad de la niña volvió a cerrar la puerta pero se quedó tras ella.

Lucía aún permaneció un tiempo indefinido sentada en el frío escalón. La luz de la escalera se apagó un par de veces. El ascensor paró en algunos pisos. El mármol de la escalera cada vez estaba más duro y frío. Parecía claro que su madre no iba a ceder, y no podía quedarse allí para siempre. Se puso en pie despacio, se aproximó al cubo y tras depositar la jaula como si fuera de cristal de bohemia y tuviera que llegar incólume a otro destino, llamó a la puerta.

—¿Estás segura —preguntó a su madre cuando abrió— de que no se va a morir?

Elena asintió dando un paso atrás ante la certidumbre de que el animal estaba el cubo.

—Mira, yo me voy dentro para no verlo, y tú cierras la bolsa y la dejas junto a la puerta, que ya se oye el montacargas recogiendo la basura.

Así lo hicieron. Y así acabó *Gus II*.

Las novedades sobre su veraneo no podían haber empezado peor y sin necesidad de contar lo que no debía de contar.

Ese verano Elena no tuvo fuerzas para viajar, como hicieron el anterior. Lo pasarían en Benidorm, las dos solas en un apartamento de alquiler, dado que para alivio de Elena, Dolores se había ido a Fuengirola con una amiga. A Lucía le daba igual, siempre se amoldaba y además, tras la quincena con su padre, las preocupaciones en su cabeza eran otras.

Desde su regreso, Lucía caminaba encorvada como si portara una mochila pesada y hablaba poco. Había despertado cada mañana con la mandíbula dolorida y encajada, y al comentarlo su madre le preguntó si estaba nerviosa por algo. Sí, estaba nerviosa, pero aún no había confesado la razón. La primera mañana que bajaron a la piscina Lucía se decidió a sacar el tema.

—Mamá... —comenzó sin levantar la cabeza de su toalla donde yacía boca arriba.

—¿Sí? —Elena tampoco se movió. Le encantaba tomar el sol y la sensación del calor abrazando su piel la relajaba.

—¿Qué ocurre si papá... —se mordió el labio con fuerza pero ya era tarde.

—¿Qué pasa si papá... qué? —Elena se sujetó los tirantes desatados del biquini y se incorporó con curiosidad al escuchar la palabra «papá».

—Si papá... se vuelve a casar, ¿tú seguirás siendo mi madre? —Permaneció muy quieta, como si con ello se evitara un cataclismo.

La cara de Elena enrojeció aún más de lo que el sofocante calor la había coloreado. Se ató los tirantes al cuello, y trató de tranquilizarla y tranquilizarse.

—Cariño mío, yo siempre seré tu madre, pase lo que pase —Sus palabras, en apariencia serenas, no casaban con la crispación de su tono—. Pero, además, tu padre no puede volver a casarse.

Lucía siguió inmóvil en el mundo seguro de las cosas que ni se movían ni cambiaban, y con los ojos cerrados apostilló:

—Pues... creo que sí se va a casar.

—No es posible —insistió Elena, irritada—. ¿Por qué dices eso? ¿Con quién has estado este verano?

—Te enfadarás... —Su cabeza se volvió al fin huyendo hacia el lado contrario.

—No, ¿por qué me iba a enfadar? —Sus manos estrangulaban los laterales de la toalla, pero sus palabras se esforzaban por no mostrar tensión—. Dime, ¿qué te preocupa? Has estado con esa mujer, ¿verdad?

—¿La conoces? —Ahora sí, la curiosidad la hizo mirar a su madre.

—No exactamente. Es una historia muy larga. Pero ¿qué sabes tú de eso?

—Es que, este verano vino la tía Vero. —Por fin, ante la serenidad aparente de su madre, se sentó con las piernas cruzadas sobre el césped frente a ella.

—¿La... tía Vero? —Sus ojos desorbitados llameaban y tragó saliva con fuerza—. ¿Has pasado el verano con *esa* mujer?

Lucía la miró asustada. El crispado rostro de su madre ya no ocultaba la furia y Lucía había perdido su refugio en el mundo inmóvil.

—Es que papá me dijo que era su mujer, como una nueva madre para mí, pero...

—¡¿Que esa bruja es una nueva madre para ti?! —La sujetó por los hombros—. Escúchame, Lucía. Esa mujer es mala, muy, muy, mala. Nunca te he hablado de ella porque son cosas que me duelen y tú aún eres pequeña para entenderlas, pero nos ha hecho mucho daño, y te aseguro que no quiere nada bueno para ti, porque eso sería bueno para mí, y ella me odia.

Lucía miró a su madre a los ojos, impresionada por aquel breve pero contundente discurso, pero reunió valor y le contestó.

—Mamá, Verónica no es mala —afirmó en voz queda pero convencida, un atisbo de temor acompañando cada palabra—. Es cariñosa conmigo y me ha llevado a muchos sitios mientras papá no podía. Ella...

—¡Lo que me faltaba por oír! ¡A mi propia hija defendiendo a esa puta!

La niña dio un respingo y se llevó una mano a la boca; a pesar de desconocer el significado real de aquella palabra, escuchada en el patio del colegio en boca de compañeros, no tenía duda de que era algo horrible. Su expresión delató su espanto.

—Hija, tu madre soy yo y siempre lo seré, le pese a quien le pese. —Le acarició la mejilla con la mayor dulzura posible, a pesar de las ráfagas de ira que espoleaban todos los músculos—. Tú no sabes quién es esa mujer, no te fíes de ella, hija, de verdad, confía en mí. Es mala. —Y en ese «mala», se concentró todo lo perverso del mundo conocido y por conocer.

Miedo fue lo que Lucía vio en los ojos de su madre. Nunca la había visto así. También sus ojos mostraban inquietud, su cabeza negando lo que le costaba creer, después de lo vivido ese verano.

—¿Nos bañamos? —aventuró, después de un silencio insoportable—. Hace calor.

Elena escrutó la cara de su hija tratando de leer lo que escondía, pero Lucía ya en pie esquivó aquel detenido análisis.

—Ahora no. ¿No has quedado con Piluca?

—No.

—¿Y eso?

—Es que... —Se encogió de hombros como hacía cuando no quería responder a algo—, no sé.

—¿Habéis tenido problemas? —Más que una pregunta era una afirmación. Lucía asintió. Definitivamente, su madre era bruja, pensó—. Me llama «gusano gordo con gafas» delante de otros niños.

—¿Cómo? —Los ojos verdes de Elena se adueñaron de su cara.

—Lleva todo el curso así —Lucía agachó la cabeza.

—¿Y qué le has hecho para que te llame así? —preguntó Elena, perpleja.

—No lo sé. Se ríe de mí y también me llama «gusano verde» o «gusano amarillo». Dice que es una broma, pero yo me siento mal. No me hace gracia. A su lado parezco un monstruo, yo tan grande y ella tan pequeñita y tan mona, y si encima me llama gusano... Prefiero estar sola —afirmó sonriendo convencida—. Sola se pasa muy bien.

Su madre sonrió con tristeza ante aquella última afirmación.

—Pero si estás preciosa, hija —la tranquilizó afectuosa, recordando con melancolía su propia niñez.

—No, mamá. Soy muy grande. —El dolor se reflejaba en su cara pecosa cuando hacía referencia a su físico; se miró el pecho que ya asomaba con descaro—. Parezco la madre de mi clase. Soy un asco.

—Eso lo soluciona el tiempo, mi vida. Tú has crecido rápido, pero poco a poco te irán alcanzando.

—Pero hasta que eso pase soy el «gusano gordo».

—¡No se te ocurra decir esa barbaridad! —le dijo con el ceño fruncido y una media sonrisa en la boca—. No consiento que le digas esas cosas a la niña más linda del mundo, ¡hombre! —Le dio una palmada cariñosa en el culo y, abriendo aún más su sonrisa, la animó a ir al agua—. Venga, me voy a bañar contigo, que tienes razón, ¡hace un calor insoportable! Tú y yo no necesitamos a nadie para estar bien —afirmó, convencida—. ¡Hale, al agua!

Se fueron juntas al agua; Lucía, aliviada por haber soltado el lastre que la agobiaba; Elena, preocupada por todo lo que su hija llevaba en la cabeza y por cómo podría afectarle en el futuro.

Verónica se acercaba peligrosamente y no sabía cómo frenarla.

40

Llegó noviembre de 1975. El país vivía pendiente de la Ciudad Sanitaria de La Paz, donde los medios de comunicación hacían guardia como aves de rapiña esperando que ese otoño cayera algo más que alguna hoja seca. La televisión llevaba días con lo mismo: el Jefe del Estado, Francisco Franco, permanecía ingresado debatiéndose entre la vida y la muerte; una muerte que lo buscaba con insistencia y que su entorno mantenía a raya para que no se lo llevara sin su beneplácito. Pero tenía que llegar, y llegó.

La noticia fue el comentario de ese día y de los días siguientes en la mayoría de los hogares españoles, trayendo a la mente el pasado que pocos querían recordar y un futuro que muchos esperaban.

—Madrina, ¿por qué lloras? —le preguntó Lucía a Dolores.

Los ojos de su abuela se mantenían fijos en la cara consternada de Arias Navarro, que con voz de ultratumba afirmaba: «Españoles, Franco... ha muerto.»

—Lucía —consiguió decir entre lágrimas contenidas—, hoy es un día funesto para España. Ha... muerto, un gran hombre.

Su abuela, de normal inexpresiva, mostraba un gesto de honda tristeza que impresionó a la niña. Era algo nuevo ver a su abuela mostrando sentimientos como los de todo el mundo, a pesar de haber presenciado numerosas discusiones entre ella y su madre, algunas muy violentas; pero siempre dentro de un tono de dureza y rabia que le habían dado una imagen inconmovible de aquella mujer traslúcida.

Elena, que seguía el discurso de Arias Navarro con semblante preocupado, se volvió hacia su madre.

—Bueno, mamá. Este *gran* hombre ha hecho muchas barbaridades y nos ha sumido en un retraso considerable en muchos temas. —Tomó aire con fuerza, liberándose de la presión de la historia—. Lo que me inquieta es cómo me voy a encontrar el ambientillo en la fábrica. Ya no está esa malnacida de Juani, y he conseguido volver al orden a las maquineras. Pero esto... —se encendió un cigarrillo y lo aspiró con fuerza—, no sé, no sé. Y que no se vuelva a liar en este país de Sagitario. De esta, o nos vamos al hoyo de nuevo, o España despierta del letargo y se convierte en un país europeo.

Sin reprimir las lágrimas que resbalaban silenciosas por su mejilla de porcelana, Dolores se mantuvo atenta a la imagen del compungido caballero de mirada triste y labios temblorosos.

—¿Qué quieres decir con que se vuelva a liar? —A Lucía aquello le parecía misterioso y emocionante, participaba en una conversación de mayores—. ¿Qué es un país de sagitarios?

—Hija, en España han habido muchas luchas, muchas guerras promovidas entre hermanos alimentados de odio. Estamos en un momento en que puede pasar cualquier cosa. Los cambios siempre producen temor, rechazo, y el miedo es peligroso porque puede sacar lo peor de cada uno. ¿Lo entiendes?

Lucía asintió.

—¿Va a haber una guerra? —preguntó sin rodeos con gesto preocupado.

—Espero que no, pero cualquiera sabe —reflexionó Elena—. Cuarenta años son muchos para mantener cerrada una olla a presión y o la abren poco a poco y siguiendo las instrucciones, o saldremos todos volando.

Dolores se volvió hacia su hija taladrándola con sus gélidos ojos.

—Hija, estás muy culinaria —dijo con desdén—. Pues te diré una cosa, sin él, España no volverá a ser la que fue y todos pagaremos las consecuencias. ¿Por qué te crees que el Generalísimo tenía la mano tan dura? Pues porque sabía que este país tiene los instintos muy bajos y había que mantener el control.

Hemos disfrutado de una paz y una prosperidad envidiables. ¿Quién habría soñado con que cualquiera de nosotros pudiera cobrar una pensión? ¿Con que cualquiera pudiera disfrutar de una sanidad gratuita? Somos la envidia de Europa.

—Ya, siempre que no opinemos de nada. ¿Envidia? ¿De qué, mamá? ¡Somos los mudos de Europa!

—¿Y qué? ¿Tan importante es eso de opinar? Cada uno en su casa opina y habla de lo que quiere. ¿No lo has hecho tú siempre con esos amigos rojeras que te gastas? —escupió—. Pero de ahí a ir soliviantando a la gente con arengas peligrosas, hay una diferencia muy grande.

—¿Qué es «soliviantando», madrina? —preguntó la niña; aquella conversación la tenía más emocionada que el capítulo de dos rombos de Curro Jiménez que espió por la rendija de la puerta.

—No sé cómo explicarlo. Además, estoy muy nerviosa con todo esto. Que lo explique la sabelotodo de tu madre. —Y señaló con un gesto despectivo a Elena, que seguía en la esquina del sofá más cercana a la tele fumando compulsivamente.

—Cambiemos de tema, que Adelaida está a punto llegar y no es una conversación muy apropiada.

—Mira, la que critica la censura... —pinchó su madre.

—Pero ¿qué es soli... viantar? —insistió Lucía.

—Hacer o decir cosas que llevan a la gente a conductas agresivas o incitan al enfrentamiento —respondió su madre mirando con irritación a Dolores—. Vamos, lo que tu abuela está haciendo conmigo. Es su especialidad.

—¿Incitan? —volvió a preguntar Lucía.

—Sí, provocan, hacen que alguien haga algo —aplastó la colilla en el cenicero—. Y ya está bien, hija, que te pones de un pesado con tanta preguntita...

En ese momento sonó el teléfono.

—¿Sí? —contestó sin reprimir el mal humor—. ¡Hola, Marga! Casi no te oigo, ¡qué barullo tienes en casa!

—...

—¿Una fiesta? ¿Cómo que tienes una fiesta en casa?

—...

—Mujer, un poco exagerado, ¿no? Tampoco es para celebrarlo...

—...

—Bueno, gracias por avisar. A la siguiente me apunto, pero ahora no estoy de humor. Besos.

Elena colgó con una mueca divertida.

—Ya ves, tú, hecha un drama y Marga brindando con champán. Ha ido toda la panda a celebrarlo. Tenía una botella guardada desde hacía años para este día.

—Esa mujer nunca me gustó. —Ya no había lágrimas en el rostro de Dolores, tan solo un rictus de desdén que no llegaba a desencajar sus bellos rasgos—. Hay que tener mal gusto para celebrar la muerte de este hombre.

—A mí tampoco me hace gracia, pero la entiendo. A su familia se las hicieron pasar moradas por ser republicanos. A su padre casi lo fusilan y perdió su plaza de médico anestesista sin más razón que su ideología —se dirigió a su hija—. ¿Ves lo que te comentaba, Lucía? En cada casa hay una historia, y cada uno guarda unos recuerdos diferentes de estos años. A nosotros y a otros muchos nos fue bien, pero hubo quien lo pasó muy mal, incluso muchos perdieron la vida y eso ha alimentado un odio reprimido que ahora podría salir de golpe.

Lucía siguió las palabras de su madre sin pestañear.

—Pues entonces —dijo muy segura—, mejor celebrarlo con champán que pegando tiros, ¿no? —afirmó con lo que para ella era una lógica aplastante.

Elena no pudo evitar soltar una carcajada ante la ocurrencia. En ese momento se escuchó girar la llave. Adelaida había vuelto. Dolores se levantó del sofá arañando con los ojos a su nieta.

—Me retiro a mi habitación. Estáis las dos por civilizar —Y salió muy estirada de la salita.

—Buenas noches, señora Dolores —oyeron decir a Adelaida.

—Doña Dolores, Adelaida, se lo he repetido mil veces. Buenas noches —Y sin decir nada más se encerró en su cuarto.

Elena y Lucía se miraron con complicidad, la pequeña encogiéndose de hombros sin entender qué mosca le había picado a su abuela.

Adelaida tardó un rato en aparecer.

—¿Se ha enterado, Adelaida?

—Sí, señora. No se habla de otra cosa. Por eso he vuelto antes. Está *to* el mundo esperando que pase algo. —Se volvió hacia Elena—. ¿Usted cree que se volverá a armar, como en la República?

—Espero que no. Nadie quiere volver a aquellos años oscuros.

—Dios la oiga —terció santiguándose.

En los días que siguieron, las reacciones públicas fueron de dolor. Al igual que sucediera en la última manifestación en la plaza de Oriente, la multitud salió a las calles. La televisión emitía sin descanso las imágenes: la interminable cola para dar su último adiós, la gente parada frente al féretro, unos apenados, otros desconsolados, muchos curiosos, y algunos, pocos, cuadrándose brazo en alto.

La pregunta que todos se hacían era: «Y ahora, ¿qué?»

Y eso se preguntaban también en casa de Carlos. Pero no solo sobre la evolución del país, sino sobre el futuro de su situación personal. Porque se abrían nuevas posibilidades. Verónica llevaba adelante su embarazo con dos angustias permanentes: la propia de su estado, y la preocupación adicional por el apellido de sus hijos, porque resultó que llevaba dos. Había sido constante tema de conversación, broncas y reproches. Ahora, aunque era pronto para esperar cambios, la luz de la esperanza se había encendido.

Pero los meses fueron pasando y los cambios no llegaban. La rueda giraba más lenta de lo que deseaban y la irritación se fue apoderando de Verónica. Se acercaba la Navidad y lo único que había cambiado era el tamaño de su vientre.

—¡Carlos, me lo prometiste! —le gritó entre sollozos una tarde de diciembre, siguiéndole mientras salía de la habitación—. ¡Me dijiste que estos niños llevarían tu apellido! —Lo miró con los ojos llenos de lágrimas—. Pero nada ha cambiado.

—Verónica, de momento no parece que vaya a aprobarse

una ley de divorcio. Y serénate —se sentó en el sofá, apuró el cigarrillo y se encendió otro con el rescoldo del primero—, que como sigas así vamos a tener un disgusto.

—¡Es que no puedo más! ¡Estoy harta de todo! De esta barriga inmensa que me ha puesto las piernas como dos botijos; de este país, que sigue igual de carca; de la bruja de la *señora Antonia*, que por su culpa mis hijos no llevarán tus apellidos; ¡y de ti, que no haces nada pa remediarlo! —Se desplomó en el sofá con las piernas abiertas por la prominente andorga, y la cara descompuesta.

—Ya te he dicho que iré a hablar...

—¡¡¡Aaaaaaaaaaaaaah!!!

El grito agudo le hizo palidecer y ponerse en pie soltando el cigarrillo.

—¡¿Estás bien?!

Verónica, con la espalda arqueada, los ojos apretados y las manos sujetando su vientre, resoplaba con fuerza. Permaneció así unos segundos que a Carlos se le hicieron eternos.

—¡¡Maaaaaaaaaadreee!! —gritó desesperada, antes de volver a increpar a Carlos—. ¡A que me pongo de parto antes de que hables con ella! —Y regresó a su llanto incontrolado.

Manuela llegó corriendo de la cocina.

—¡Hija! ¡Hija! ¿Ya están aquí? —Como una exhalación entró en el cuarto del matrimonio con una agilidad impropia de su volumen y salió con una bolsa enorme—. ¡Carlos, espabila, hombre, y saca el coche!

Carlos avanzó dos pasos en dirección al aparador y miró de nuevo a Verónica, despatarrada en el sofá.

—Pero ¿vienen ya? —preguntó indeciso al verla más tranquila.

—¡No lo sé! —le espetó con el morro apretado y el ceño fruncido—. Parece que se me ha pasado. ¡Pero tienes que hacer algo! —insistió—. ¡Y pronto! Madre, ¿ve como yo tenía razón en no querer tener niños? ¡No sé cómo me dejé convencer!

—Tienes razón —concedió Carlos, muy nervioso—. Mañana la llamaré.

—¡Ahora! —gritó señalando el teléfono con una mano,

mientras mantenía la otra sujetando la bola del mundo que sobresalía de su cuerpo.

Manuela meneó la cabeza, volvió a dejar la bolsa en la habitación contoneando su rotunda anatomía y regresó a la cocina refunfuñando por lo bajo.

Carlos, acorralado, llamó a Elena. Tenía que quedar para el fin de semana, y tal vez al dejar a Lucía fuera buen momento para hablar sobre ese peliagudo tema.

41

A Elena la petición de una cita por parte de Carlos le sorprendió. Al colgar le temblaba el pulso como gelatina en un tiovivo. Esperaba ese momento desde hacía meses, tan pronto le llegó el rumor de que Verónica presumía de un hermoso embarazo. Intentó sonsacarle a Lucía, pero no consiguió nada; no parecía que la niña la hubiera visto desde las vacaciones. Y al final, en un encuentro de trabajo, Rodrigo Badenes le confirmó los rumores.

No tenía ni idea de cuál sería su planteamiento. Tal vez pedirle la nulidad. Pero si era así, ella no tenía ningún interés en dársela, convencida de que jamás volvería a acercarse a ningún hombre.

El sábado, Carlos recogió a su hija a las doce como de costumbre. Elena amaneció inquieta, su mente no la había dejado descansar y las ojeras se marcaban en su bello rostro. Desde que se levantó, se afanó en arreglar la casa, hacer las camas, retirar el desayuno, ordenar la ropa... lo que fuera para domar los nervios. Su madre desde el sofá la observaba en sus idas y venidas, ojeando una revista de moda.

—Esto pinta muy mal —afirmó sin levantar la cabeza—. Tanta prisa por romper amarras, tanto criticarme a mí por aguantar a tu padre, y verás ahora la que se te viene encima. Al menos tu padre era un señor.

—Como siempre, mamá, tú animando al personal. ¿Alguien te ha pedido opinión? —Elena se había frenado en seco con los brazos cargados de ropa, las chispas inflamadas de sus ojos salpicando la cabeza cobriza de su madre—. Y eso de que papá era un señor... vamos a dejarlo. Por cierto, cuando venga Carlos preferiría, si no es mucha molestia, que no estuvieras por aquí.

—¿Me estás echando? —Las finas cejas de Dolores se enarcaron de golpe—. No me lo puedo creer.

—No dramatices, mamá. Te estoy pidiendo que me dejes tranquila esta tarde. No puedo tener esa reunión pensando que tú andas pendiente de la conversación o que se te ocurra intervenir.

—¡Y ahora insinúas que soy una cotilla! —Soltó la revista e irguió su espalda, estirándose hasta parecer dos dedos más alta—. Me importa un comino lo que hables con ese patán.

—Eso ya lo sé, mamá. Siempre te ha importado una mierda todo lo que me concierna, no es nuevo. —Entró en su cuarto para guardar parte de las prendas y continuó desde allí alzando la voz—. Pero por eso mismo te dará igual ausentarte un par de horitas. Además —dijo asomando la cabeza y dirigiéndole una mueca—, ¿no tienes todos los sábados la partida en la Agricultura? ¿A qué viene tanto melodrama?

—Tan ordinaria como siempre. Cualquiera diría que fuiste a un colegio de monjas. —Dolores se había levantado con su lentitud habitual, la nariz puntiaguda señalando al techo—. No es lo mismo marcharme porque yo quiera, a que me eches. Esto es una falta de respeto inaceptable. ¡Soy tu madre!

—Siempre tan dramática. Mejor me hubiera callado. De todas formas, tenías que irte. —Se encogió de hombros, alineó la revista con pulcritud sobre el montón que reposaba en la mesa blanca de plexiglás y se dispuso a ahuecar los cojines.

Su madre le había dado la espalda y caminaba con pasos seguros pero pausados hacia su cuarto, en la parte frontal de la casa.

—Me voy donde el aire esté menos viciado —fue la frase que quedó flotando junto a un suspiro en la oscuridad del pasillo.

Elena dio unos pasos atrás, comprobó la geometría de los cojines respecto al sofá y de las revistas respecto a la mesa y asintió con un gesto nervioso. Carlos no llegaría hasta allí, pero el orden extremo en su entorno ahuyentaba el caos de su pensamiento, y le generaba paz. Su corazón se había acelerado como consecuencia de la breve discusión con su madre.

Todavía le quedaba un rato para descansar. Refugiada en su cuarto abrió el pequeño tocadiscos portátil al que no sabía por qué todos llamaban *picú*, puso un disco y se sentó en la butaca junto a la ventana que daba al patio de luces. El sol y las notas tristes de *La mamma* de Charles Aznavour abrazaron su melancolía. Se encendió un cigarrillo y le dio una honda calada; sus ojos se humedecieron aunque la nube blanquecina de su pitillo no había llegado a ellos. Por unos segundos, con el humo retenido en los pulmones, le pareció que la desazón se diluía, pero la ilusión duró tan poco como tardó en exhalarlo.

Para ordenar sus ideas retomó su diario; la música y el cigarro la estaban encerrando en su fortaleza y después de la visita de Carlos lo más probable es que no estuviera en condiciones de escribir. Cuando vio el clavel seco entre sus páginas, peregrino de anuario en anuario y testigo silencioso de su destino, recordó a la gitana y sus predicciones. Qué poco se había equivocado. Nunca creyó en esas supercherías, pero, después de todo lo ocurrido, en más de una ocasión había estado tentada de buscar a alguien que le anticipara las líneas del futuro, que borrara la incertidumbre de su vida, advirtiéndola de los peligros; una locura estúpida. ¿O no? Se debatió largo rato en esas disquisiciones, para terminar desterrando la idea un segundo antes de coger el bolígrafo y verter sus frustraciones y temores en las hojas de su diario.

Recordó momentos pasados de su matrimonio. ¿En qué había fallado? No, ella no falló. En sus años de casados se había comportado como la esposa perfecta, a pesar de no sentir pasión por Carlos. Eso lo sabía ahora, después de tantas cosas vividas. Entonces asumió que la realidad solo era un remedo descafeinado de lo descrito en la literatura, y se comportó como si la pasión existiera, convencida de que era así. No, no era ella la que había fallado, se repitió. Había sido lo mismo de siempre. Como con su madre, con su hermano, o con su amiga Berta o... con Djamel. Un sabor agrio infectó su boca, su garganta, quemando las mucosas al materializarse la cara morena y fuerte de Ben Kamici frente a sus ojos, y el recuerdo de sus besos en los labios.

La música y la congoja iban *in crescendo*, alimentando la pena y el dolor, mantenidos a diario bajo llave. *La mamma* dio paso a *La Bohême*. No sabía si la música la ablandaba, o si cuando la embargaba la tristeza necesitaba escuchar esas melodías para aflorar la amargura y liberarla de su encierro, pero sus momentos de abatimiento siempre se arropaban con esa banda sonora, un cigarrillo y el bolígrafo deslizándose por el papel.

Se secó las lágrimas y levantó la cabeza mirando a la ventana. Por mucho que le fastidiara su madre tenía razón: aquella reunión no presagiaba nada bueno. Pero en lo que no coincidía era en haber errado al forzar la separación de Carlos. Estaba convencida de que era lo mejor, tanto para ella como para su hija. Se reprochaba haber sido demasiado orgullosa al rechazar la compensación económica que pudo haber exigido, pero ahora era tarde. Podría haberla ido acumulando para Lucía, pero aquellas quince mil pesetas que no siempre llegaban no daban para nada. Boro tuvo razón en su día, pero el orgullo no la dejó verlo y empezaba a temer que la repetida amenaza a su hija de que no le llegaría un duro de su padre, terminaría por cumplirse. Lo decía para hacerla reaccionar, para que lo viera con sus ojos, aunque con ello solo conseguía malas contestaciones de una niña que ya no hablaba como tal.

Ella no tenía claro el futuro de su negocio, amenazado semana a semana por conflictos y huelgas camufladas hasta no hacía mucho. Recordar lo que el inspector de la INTERPOL le hizo ver secó sus lágrimas de golpe. Verónica había estado detrás de las arengas sindicales de Juani, a la que tuvo que despedir con una indemnización colosal. No le quedó más remedio. De haberla dejado habría acabado por sublevarle la empresa, tal vez incluso hubiera conseguido cerrarla, no sería la primera, y le había costado mucho esfuerzo llegar donde estaba. Pero le dolió como una puñalada cada peseta que tuvo que pagarle.

Una escoba de pragmatismo fue barriendo la pena. Le gustaba esa sensación de pasar del abandono autocompasivo y desbocado al control de su tristeza, aunque fuera a costa de sentimientos igual de negativos, como la ira que ahora la invadía. Salía de las profundidades dando una gran patada en el fondo hasta encontrar el ansiado aire, aunque estuviera viciado, hasta sentirse segura, capaz de controlarse a su antojo.

Un compás de la canción se repitió en el tocadiscos, trayéndola de vuelta a ese momento y ese lugar. La aguja se había quedado enganchada y decidió quitarlo. Ya estaba bien de flagelarse. Cuando Carlos fuera a verla, su casa y ella estarían espectaculares y, fuera cual fuese su intención, no aceptaría nada que pudiera perjudicar a Lucía.

Cerró el diario y con él sus penas. Tomó el LP por el canto, con cuidado de no dejar huellas en la superficie, lo introdujo en la funda y lo dejó junto al resto en la estantería; cerró el *picú* poniéndole el altavoz que hacía de tapa y salió a revisar el salón.

Solo lo usaba para recibir visitas y para alguna fiesta. La limpieza se llevaba a rajatabla y la víspera se había hecho *de sábado.*

Pasó por el cuarto de su madre rumbo al salón, y una punzada de remordimiento la hizo frenar ante la entrada, pero prosiguió su camino.

Abrió la puerta traslúcida que separaba el amplio recibidor del salón. Estaba impecable, salvo por un persistente tufillo a insecticida. Dio una vuelta de reconocimiento. Todo parecía en su sitio. Desplazó unos milímetros alguna figura y cambió dos platos de porcelana china por sendas fotos suyas, una sola y otra junto a Lucía, en las que se veía favorecida.

Abrió la cristalera de la terraza. La bofetada del frío de diciembre le hizo estremecer pero se sintió bien, más viva y espabilada, como al salir de la ducha. Carlos era caluroso y el ambiente estaría cargado, y no solo por la calefacción que funcionaba a toda potencia desde primera hora de la mañana, cuando el portero cargaba la caldera de cáscaras de nuez.

Buscó una nueva ubicación en el recibidor para los platos chinos y volvió a entrar; miró a su alrededor. Los muebles comprados en el rastro lucían majestuosos. Colocó las sillas en otra posición, abrió las persianas del comedor para que entrara la luz y dio un último repaso. Asintió satisfecha. Ahora sí estaba todo como debía estar.

El antiguo reloj de sobremesa marcaba casi la una y media y, conociendo los horarios de Carlos, a las tres lo tendría allí. Si no comía y se arreglaba ya, no le daría tiempo.

Le costó decidir su atuendo. No había vuelto a ver a su ex marido desde la primera comunión de su hija y solo de pensarlo se ponía nerviosa. Estaba segura de que no quedaba ni un rescoldo de afecto en su alma, no tenía motivos para preocuparse de lo que opinara. Tal vez fuera vanidad y la necesidad de sentirse segura, de pisar fuerte. Después de varias pruebas se decidió por un pantalón de punto de lana beige y un suéter negro de canalé. Prefería no enseñar las rodillas —Carlos siempre las criticaba cuando estaban casados—, y ese pantalón la hacía delgada. Se maquilló destacando sus ojos, dio algo de color a las mejillas y se cepilló la melena.

En la cocina tenía preparada la comida. Adelaida siempre dejaba algún plato hecho para el fin de semana. Comería en la cocina, en la pequeña mesa plegable de railite, sería más rápido.

Antes de sentarse fue al cuarto de su madre y llamó a la puerta con los nudillos.

—¡Mamá! Yo voy a comer ya... en la cocina. No quiero ir con prisas recogiendo cuando llame Carlos, y hoy seguro que está aquí a las tres. ¿Tú qué vas a hacer?

Le abrió la puerta y comentó con la cabeza ligeramente echada hacia atrás:

—¡Ah! Pero ¿puedo comer en esta casa? —Se arregló la melena sin mirar a su hija, que había vuelto a descomponer el gesto—. ¡Qué honor! Aunque comamos como el servicio.

—No tengo tiempo para tonterías, mamá, lo siento. ¿Comes en la cocina o no?

—Si no queda otro remedio... Total —dijo lastimera—, tengo que desaparecer en cuanto coma.

—Tampoco es eso, mamá. Como lo recibiré en el salón, no habrá problema. Te puedes quedar en la salita mientras hablamos, si quieres.

—Cualquiera diría que soy la vergüenza de esta casa. —Con gesto de tristeza se volvió hacia el armario para sacar una rebeca y echársela sobre los hombros.

—Sabes que no es así, pero teniendo en cuenta el aprecio mutuo que os tenéis, mejor si no coincidís, que bastante tengo con lo mío. —Miró de nuevo el reloj y abrió mucho los ojos—. Mamá, yo voy a comer ya, ¿vienes o te quedas?

—Qué prisas... Ya voy, ya. ¿No ves que he cogido la chaqueta? Hace frío.

Comieron en silencio; Elena recogió la mesa y la plegó, fregó con rapidez los platos y preparó café. Sacó una bandeja y dispuso dos tazas, la cafetera, el azucarero, la lechera... ¡Leche! No tenía leche condensada, un fallo. Era lo que le gustaba a Carlos, un bombón; aún lo recordaba.

Se le ocurrió una idea para ganar unos segundos. Salió al rellano de la escalera y llamó al ascensor y al montacargas. Al menos tendría que esperar a que bajaran antes de poder subir. Mientras lo hacía, pensó a qué vecina pedirle la leche condensada, pero se arrepintió; mejor no hacer nada o se enteraría toda la finca.

Y tampoco le habría dado tiempo, en ese momento sonó el telefonillo.

Elena respondió con rapidez.

—Sí, sube, es el quinto.

Se quitó el delantal. Corrió al baño a lavarse los dientes y ponerse carmín. Se pasó de nuevo el cepillo, lo soltó, recorrió el pasillo apresurada y frenó ante la puerta de su madre.

—Mamá —la miró, suplicante—, ya están aquí.

—Sí, hija, sí —la mirada glacial de Dolores se clavó en el techo—, ya me escondo.

Dolores y Elena tomaron rumbos distintos.

Abrió la puerta. Aún no había llegado el ascensor, pero se oía cerca.

Un golpe seco.

Una puerta interior, la otra... el corazón de Elena era una maraca.

Por fin, se abrió.

Lucía salió primero.

—Hola, mamá, ya estoy aquí —se volvió y alzó la cabeza como para comprobar que su padre seguía con ella—, con... papá

—Escarbó en el gesto de su madre buscando una explicación a aquella visita, pero solo encontró tensión.

—Hola, cariño —Elena se agachó a besarla—. Ve a lavarte los dientes y, si quieres, puedes ver la tele un rato.

—¿Está la madrina?

Elena la fulminó con la mirada. Lucía tragó saliva. Era tarde para rectificar, a la madrina tampoco se la nombraba delante de su padre, recordó. Pero tampoco su padre pisaba su casa, no era un día como los demás.

—Hola, Carlos. Pasa, por favor, no te quedes ahí. —Colocó una sonrisa en su cara como pudo y le hizo un gesto para que abandonara el rellano de la escalera.

Los dos dudaron entre darse la mano o un beso y se decidieron a destiempo cada uno por una solución, iniciando un ridículo baile de desencuentros.

La incomodidad iba en aumento. Lucía los miró consternada. Su padre se había pasado la mañana ausente; fueron como tantas veces a un hipermercado que vendía al por mayor, pero después de hacer kilómetros empujando el carro solo habían comprado cuatro cosas. La niña le había contado las novedades de la semana, pero solo el carro que empujaba con desgana se enteró de sus historias. Cuando supo que ese día su padre no la dejaría en casa sino que subiría con ella, el estómago se le contrajo y un silencio ominoso los acompañó hasta aquel momento.

—¿Te veré luego, papá? —le preguntó, como si le faltara el aire.

—No creo —El gris de sus ojos era un opaco muro de hormigón.

—Pues un besito. —Le echó los brazos al cuello y se escabulló por el pasillo con alguna mirada atrás.

Carlos caminó delante de Elena hacia donde ésta le indicaba. Ella lo observó con interés. No había cambiado mucho, seguía con ese atractivo que tantos problemas le había causado. Incluso había ganado con los años, lo veía más seguro, más hecho. Lo analizó como quien admira un cuadro en un museo.

Le hizo un ademán para que pasara al salón. Carlos iba mirando los imponentes muebles del recibidor, los objetos de anticuario combinados con cuadros de arte abstracto realizados sobre planchas de metal... Era una combinación original, sobria e impactante, muy diferente del hogar que compartieron.

El salón le pareció enorme. En realidad era grande, pero la amplitud se la daban los techos, altísimos, propios de las fincas antiguas, aunque aquella no tenía muchos años. La figura de Carlos se encogió.

—Siéntate, por favor. —Elena señaló el sofá junto a la pared con la mayor indiferencia de que fue capaz—. ¿Te apetece un café?

—No te molestes.

—No es molestia, está hecho. Aunque no tengo leche condensada.

—Bien, pues lo tomaré solo.

Elena se levantó. Sin mover la cabeza, él alzó los ojos siguiéndola en sus movimientos, hasta que ella se volvió y pudo mirarla sin disimulo. A Elena no le pasó desapercibida la dificultad de Carlos para apartar la vista del jersey que ceñía su pecho, igual que ahora percibía sus ojos marcando sus caderas redondas y bien formadas, sus pasos llevados por unas piernas que ya no recordaría que fueran tan largas. Respiró hondo.

No tardó en aparecer con el café.

—¿Tienes calor? —preguntó—. Puedo abrir un poco más la terraza. Es que la calefacción de esta casa va muy fuerte.

—No te preocupes —se removió en la silla—. Estoy bien.

—Pues... —batallando con el temblor de su muñeca, Elena escanció el líquido humeante en una taza; el aroma a café llenó el espacio—, tú dirás. Eran dos, ¿verdad? —Y sin esperar respuesta vertió un par de cucharadas de azúcar.

Carlos carraspeó. Sacó su tabaco y le ofreció a Elena.

—¿Aún fumas? —le preguntó acompañando su gesto.

—Sí —afirmó Elena, aceptando el cigarrillo—. Es una de las malas costumbres que me dejaste.

Carlos le dio fuego, su mano tensa no pudo mantener la llama firme. Todo su aplomo se había quedado en la puerta. Dio dos caladas seguidas y por fin comenzó su discurso.

Llevaba varias frases preparadas del tipo «fue una pena lo que ocurrió», «yo te quería», «no tenemos por qué llevarnos mal»; frases inofensivas y pacificadoras que fue soltando antes de quitarle el seguro a la granada. Elena, con la boca apretada, no perdía detalle; pero no tardó en cortar las divagaciones de su ex marido:

—¿Qué rollo me estás soltando, Carlos? —Apuró parsimoniosa su cigarrillo para calmar la indignación—. Me subestimas. Por muchas majaderías que me digas, las cosas no van a cambiar. Ni lo que entonces pasó —lo taladró sin piedad—, ni lo que ahora te trae aquí. No creo que hayas venido a decirme lo mucho que me echas de menos.

Carlos suspiró, adelantó el cuerpo apoyando los antebrazos en las piernas y cruzando las manos como si rogara la ayuda de algún ser superior se dispuso a lanzar la granada.

—Elena, no te pongas a la defensiva.

—Pues ve al grano —su pecho subía y bajaba veloz, de su cigarrillo no quedaba ni el humo— que no tengo todo el día.

—Nosotros... —hizo una pausa y desvió la mirada hacia la terraza—, Verónica y yo queremos casarnos.

42

Aun estando prevenida, la petición fue un mazazo. Ante la mudez de Elena, Carlos prosiguió.

—...Y he pensado que podríamos pedir la nulidad. Tú eres una mujer joven, y muy guapa —desvió su mirada hacia el suelo—, podrías rehacer tu vida.

—¡Ah! —exclamó enarcando las cejas y con una sonrisa oblicua—. Cuánto me alegra que te preocupes a estas alturas por mi bienestar emocional. —Sus manos, que reposaban sobre las rodillas momentos antes, se habían cerrado con fuerza.

—No te pongas sarcástica. Ha pasado mucho tiempo, las cosas cambian...

—No para mí. Si quieres la nulidad, pídela. Pero la pagas tú de tu bolsillo. Yo no tengo ningún interés. —Sobre la mesita interpuesta había una pitillera de plata; sacó otro cigarrillo con decisión y rechazó el fuego que Carlos le ofreció, encendiéndolo con una pieza voluminosa que adornaba el mueble—. ¿En qué posición quedaría entonces Lucía? No lo veo claro. Pero ya te digo, tú prueba a ver qué explicación le das a los de La Rota. Puede llevar años y costar una pequeña fortuna —exhaló el humo de un golpe seco; el ambiente estaba cargado en muchos sentidos a pesar del frío cortante que entraba por la puerta de la terraza.

—Elena, he venido a buenas. *Necesito* casarme con Verónica.

—Y me parece increíble que estés aquí para pedirme eso, pero he visto tantas cosas —exprimió su cigarrillo—, que ya no me asombro de nada.

—Pero es que, vamos... vamos a ser padres —consiguió sacar las palabras a golpes—, y quiero que mis hijos lleven mi apellido.

La cara de Elena se contrajo, apretó la mandíbula.

—¿Hijos? —balbuceó al fin, más alterada de lo que hubiera deseado. Lo del embarazo lo sabía, pero no que eran dos los niños.

—Sí, mellizos, tiene gracia, ¿verdad? —afirmó con una mueca tímida.

—Yo no se la veo por ningún sitio. —Su cigarrillo se comprimía a cada nueva inspiración quedando exhausto, como su ánimo.

—Elena, solo hay dos formas de darles el apellido; una es casándome con Verónica, lo cual podría llevar mucho tiempo tanto si pido la nulidad como si me espero a que en este país se apruebe el divorcio, y la otra... —la miró a los ojos, suplicante— es que me autorices tú a que se lo dé. Sería lo más rápido. Esperamos que nazcan en enero, pero lo mismo se adelanta.

—¿Me estás pidiendo en serio mi consentimiento para que esos niños lleven tu nombre y dejen a mi hija en la calle? —Todo su cuerpo se había abalanzado hacia delante como si fuera a saltarle al cuello; el verde de sus ojos brillaba con una rabia que Carlos podía sentir arañando su piel—. ¡Ni lo sueñes! —gritó con todas sus fuerzas—. ¡Por encima de mi cadáver! ¿No te das cuenta de lo que le vas a hacer a nuestra hija? ¿Acaso no te importa? —Las palabras salían como un torrente, retumbando en las paredes—. Esos hijos de... en fin, que llevarán los apellidos de su madre, que es lo que os merecéis. No hay más que hablar.

Lucía llevaba rato siguiendo la conversación desde el pasillo. En cuanto Dolores salió hacia su partida de cartas, se había trasladado a toda prisa a la habitación de su abuela, próxima al recibidor. No conseguía oírlo todo con nitidez, pero de la última parte no se le había escapado una palabra. Se llevó una mano a la boca, que se le había abierto de golpe.

—Pero ¿qué barbaridades dices? —gritó ahora Carlos, incapaz de contenerse por más tiempo—. Sabía que sería inútil hablar contigo. ¿Cómo puedes hablar así de dos niños por nacer?

—No te escandalices, no tengo nada contra esos niños. No es culpa mía que la profesión de su madre diera que hablar, así que no te lo tomes como un insulto sino como una constatación de la realidad. —Respiró más calmada y añadió—: Además, hay que tener la cara muy dura para presentarse en mi casa después de haber intentado hundirme la empresa.

—Pero ¿qué dices? ¿Te has vuelto loca? ¡No tengo ni idea de lo que hablas!

—No, qué va, ojalá fuera locura. Pero estoy muy cuerda, y que encima lo niegues me parece una cobardía impropia de ti. Debe ser que todo se pega, y quien con putas se acuesta, infectado se levanta.

—¡Verónica es la mujer más buena y decente que me he encontrado, a pesar de lo mucho que ha tenido que pasar! —Trató de controlarse en un último intento por conseguir lo que había ido a pedir; apretó los puños, respiró hondo e hizo un movimiento reflejo con la garganta, aunque en la sequedad de su boca no le quedaba saliva—. Elena, por favor, jamás lo he hecho, pero te estoy suplicando: consiente en que le dé los apellidos a esos niños. Ellos no tienen culpa de nada y con eso se solucionaría todo.

—Es cierto, ellos no tienen culpa de nada, y no me creerás, pero nada tengo contra ellos. Les deseo toda la salud del mundo. Pero no participaré en algo que perjudica de forma tan clara los intereses de mi hija, de nuestra hija. Jamás, y entiéndelo bien —remachó—, jamás, aceptaré que lleven tu apellido. Ya he visto las intenciones que lleváis y casi os salís con la vuestra de hundirme el negocio, pero ni aquello os salió bien ni esto os va salir.

Las palabras de sus padres, como una lazada invisible, habían acercado a Lucía hasta el mismo borde del huracán; se mantuvo pegada a la pared, inmóvil, como un mueble más, asimilando, impresionada, toda la información.

La voz potente e irritada de su padre atronó tras la puerta:

—Elena, te arrepentirás, te lo aseguro. —Aquellas palabras sonaron a sentencia—. Eres mala. Esto nada tiene que ver con Lucía, es tu odio hacia mí y hacia Verónica lo único que te mueve. Pero esos niños se apellidarán Company, con o sin tu consentimiento. —Su dedo acusador se agitó frente a la cara de su ex mujer; se puso en pie, la cara roja, las manos sudorosas y sus ojos grises fustigando a Elena.

Lucía dio un salto al vislumbrar movimiento. Elena también se había levantado, veía las sombras a través de los cuarterones neblinosos de la puerta. Retrocedió a la habitación de su abuela.

—Siento que lo veas así. —Elena le mantuvo la mirada—. No os odio, ya no. Tampoco estoy segura de si alguna vez lo hice —dio una nueva calada a su cigarrillo entornando los ojos para recuperar los recuerdos entre el humo—. Más bien fue mi amor propio herido el que explotó. Pero lo que tengo claro es que esa mujer es mala, que te está manipulando y que a partir de que esos niños nazcan, Lucía habrá perdido a su padre. —Se agachó para apagar la colilla y siguió a Carlos, que le había dado la espalda y salía del salón.

—¡La envidia por lo que tenemos te corroe! —La gigantesca figura de Carlos se había transformado en un amasijo de impulsos desbocados que chocaban frente a la frialdad de Elena—. ¡Estás sola y amargada, y siempre lo estarás!

—¡Fuera de aquí! —gritó acusando el golpe y odiándose por dejar aparecer las lágrimas—. Me das pena, ¿sabes? Estás tan ciego, que, tarde o temprano, tu encoñamiento te pasará factura.

El latigazo de la respuesta alcanzó de pleno a Carlos, que llegó a la puerta en dos zancadas.

Lucía, jadeando sin control, se removió para esconderse aún más, aunque era imposible que la vieran. Salió rauda por el pasillo, sin hacer ruido, y se sentó en el sofá a ver la televisión, pálida y sudorosa. La comida se le había revuelto y le torturaba las entrañas una necesidad irrefrenable de ir al baño. Fue imposible permanecer sentada, tuvo que salir corriendo.

No hubo despedida. Carlos voló por la escalera sin esperar al ascensor, a pesar del acaloramiento que llevaba.

Elena cerró y se desplomó sobre la puerta, la preocupación y la tristeza dibujadas en su rostro. Aquello era peor que cuanto había imaginado. Pero nada podía hacer más que lo que había hecho para defender los intereses de Lucía.

Volvió al salón para buscar a su hija. Tal vez fuera mejor ponerla al día de cómo estaban las cosas. Tarde o temprano se enteraría y tenía que comprender la gravedad de la situación. No la encontró, estaba en el baño.

Elena esperó sentada en la salita. Lucía no tenía buena cara, su palidez y expresión de malestar la hacían parecer indefensa, más pequeña.

Después de escuchar el anuncio de su madre, la niña se limitó a bajar la cabeza.

—No pareces sorprendida —comentó Elena, observando la cabeza rubia que miraba al suelo—. ¿Sabías algo?

—Bueno... —pensó unos segundos antes de responder—, es que gritabais mucho, y algo he oído. ¿Voy a tener dos hermanos? —preguntó con un atisbo de esperanza.

—¡No! —la exclamación se le escapó del alma y, contrariada, procuró recuperar el tono conciliador—. No... Bueno, tu padre va a tener dos hijos, por lo que parece, de esa mujer. Pero ellos nunca serán tus hermanos, al menos legalmente. Serían hermanos tuyos si compartierais el padre y la madre.

—Pero tenemos el mismo padre.

—Como mucho, serán hermanastros, y por la situación de esta familia esos niños serán tus enemigos naturales, siempre. Ahora eres muy pequeña para entenderlo, pero con el tiempo llegarás a comprender lo que hago.

—¿Y para qué ha venido papá a contártelo?

—Como te digo, esos niños no son tus hermanos y no pueden llevar el apellido de tu padre. Tú eres Lucía Company Lamarc, pero ellos deberán llevar los dos apellidos de su madre, por ser bastardos.

—Esa palabra es muy fea, mamá. —La niña se había puesto colorada.

—Puede, pero es la realidad.

—Pero son hijos de mi padre —insistió, tozuda—, tienen un padre, como yo.

—Como tú, no. Tu padre se casó conmigo, te tuvimos a ti, y

luego se juntó con esa mujer. Esa relación no es legal y por tanto no puede darles los apellidos si yo no lo autorizo. Y no lo voy a hacer. Yo no hago las leyes, hija, solo intento aprovecharlas para defenderte a ti, que eres lo que más me importa en este mundo. —Acarició la tensa barbilla de Lucía—. Ahora no lo entiendes, pero el día de mañana me lo agradecerás.

—Pero son dos bebés —se deshizo del gesto cariñoso—, no han hecho nada malo. ¿Qué me pueden hacer?

—¡Ay, hija, qué difícil me lo estás poniendo! —Las manos acudieron a su rostro desesperado—. Ellos no son malos, claro que no, pero su madre sí, y los educará para que no te den tregua.

—¿Verónica? —Sus cejas rubias se alzaron.

—Sí —Se revolvió incómoda.

—Pero si es muy cariñosa conmigo.

Elena sintió entrar en la carne un conocido estilete.

—Lucía, esa mujer es mala, eres pequeña para contarte ciertas cosas, pero si me obligas, lo haré. No te fíes de ella, jamás. O lo pagarás muy caro.

—¿Y qué les pasará a esos niños si no se llaman Company? —Su cara mostraba preocupación, incluso culpa, como si fuera responsable en alguna medida de lo que les sucediera.

—Pues quedará patente que son ilegítimos y el día de mañana no podrán heredar los bienes de tu padre. Pero nada más. Es un tema legal.

—Eso no es justo —dijo muy seria.

—Tampoco lo es que seas tú quien se quede sin nada. —Su paciencia se estaba acabando y la irritación en su tono provocó el temor de Lucía.

—Pero tú tienes suficiente para las dos. Además, yo no necesito nada. —Su ceño formaba una cuña profunda—. ¡No quiero heredar nada de nadie!

—Hija, las cosas no son así. Es muy cómodo pensar que ya estoy yo. Pero él —suspiró— es tu padre, aunque sea por accidente, y tiene unas obligaciones contigo. Y yo haré que las cumpla, le pese a quien le pese.

Los pasos de Dolores castañetearon en el pasillo.

—¡Ya estoy aquí! ¡Qué horror! —Se quitó la bufanda y comenzó a desabrocharse el abrigo, temblorosa—. ¡Brrrr! No sabéis el frío que hace. La humedad se me ha metido hasta los huesos. —Alzó la cabeza y las miró—. Vaya, vaya, estamos de fiesta, ¿eh? Por lo que veo ya se ha ido el patán de tu padre. Cuéntamelo todo, que tiene que haber sido tremendo. —Y se sentó frotándose las palmas de las manos.

Lucía se levantó, le dio un beso de compromiso a su abuela y se fue a su cuarto. No quería saber nada.

43

—¡Han sido un niño y una niña! —fueron las palabras del médico al salir del quirófano—. ¡Enhorabuena!

—¿Están bien? ¿Puedo verlos? —Un emocionado Carlos aguantaba las lágrimas mientras su suegra lo apretujaba entre sus almohadillados brazos—. Me va a matar, Manuela —le dijo a la oronda mujer tratando de zafarse.

—Sí —prosiguió el médico, divertido—, están perfectamente, aunque a la niña la vamos a llevar a una incubadora hasta que coja algo más de peso.

—¿A una incubadora? —el gesto de alegría de Carlos mudó por completo—. ¿Pero tiene algún problema?

—No se preocupe, es algo habitual. Han sido prematuros y a la niña es mejor dejarla bajo nuestros cuidados durante unos días. Pero está todo dentro de lo normal.

Ya en la habitación, Verónica se lamentaba. El parto había sido largo y muy doloroso.

—¡No pienso tener más hijos! —gritó con su voz chillona—. ¡Ha sido horrible!

—Niña, calla, que lo vas a despertar. —Su madre, sentada en el sillón de la habitación, contemplaba la cara de su nieto—. Carlitos es igualito a ti, Verónica.

Carlos y Verónica se miraron. Habían elegido dos nombres de niño y dos de niña, y ahora tenían que descartar uno de cada. Su madre ya había dado uno por sentado: el niño se llamaría Carlos. Se sonrieron. Pero el de la niña estaba por decidir. Habían acordado que si fueran dos niñas se llamarían Laura e Isabel. Verónica no quería a nadie en casa con su nombre.

—Isabel —afirmó rotunda con una amplia sonrisa en la cara—. Quiero que se llame Isabel.

—Como tú quieras —asintió Carlos satisfecho—, me parece bien. Carlos e Isabel Company —recitó en voz alta, lleno de orgullo; pero tal y como lo dijo, sus pobladas cejas cayeron sobre sus ojos.

—No, Carlos, no —le reprochó Verónica—. Lo de Company, no.

Manuela lanzó un suspiro potente y soltó una lágrima al contemplar la pequeña cara del recién nacido, que había sacado del nido y acunaba en sus brazos mullidos.

—¡Ay, criatura! —resopló.

Por fin había llegado el momento y los vaticinios de Verónica se habían hecho realidad. El funcionario del Registro miró con desdén a Carlos cuando anotó los nombres de los niños con los apellidos de la madre conforme revisaba los documentos. La angustia lo invadió al constatar una realidad que deseaba haber evitado. Pero no perdía la esperanza, como con seguridad le repetía a Vero. Tenía cita con Boro en unos días y según le había comentado tal vez hubiera una solución.

El día convenido llegó temprano al despacho de su buen amigo. Caía una lluvia fina y el cielo gris gabardina oprimía su cabeza tocada por la preocupación.

Boro se había convertido en un prestigioso profesional. Disponía de un amplísimo bufete en plena plaza del Caudillo, desde el que se divisaban el Ayuntamiento y el edificio de Correos. Esperó unos minutos en una sala plagada de estanterías con libros encuadernados en cuero blanco con lomos rojos y azules. Él no había estudiado, ni falta que le había hecho, se decía siempre con orgullo al ver hasta dónde había sido capaz de llegar.

Caminó por la estancia. Acarició los lomos del Aranzadi. Sacó un cigarrillo y se acercó a la ventana; la lluvia no había cesado desde primera hora de la mañana. En ese frío día de febrero, el corazón de Carlos necesitaba una esperanza para calentarle el alma.

Intercambiaron unos sonoros saludos, con palmadas en la espalda y las bromas de siempre.

—Tío, debes vivir muy bien, porque hay que ver la tripa que has echado desde Navidades.

—¿Así que tocándome las narices? —rio Boro, mientras le acompañaba a un silloncito sin dejar de palmearle la espalda—. Te esperaba más tarde. Anda, siéntate.

—Es que debo volver a la fábrica, hay unos problemas y Lorenzo no se encuentra muy bien. Este hombre un día me va a dar un susto.

—Pues vamos al grano. Creo que tengo la solución —afirmó Boro echándose hacia atrás y apoyándose sobre los reposabrazos de cuero verde de su sillón—. No ha sido fácil, pero estudiando todas las opciones y teniendo en cuenta el objetivo final, que es lo que interesa...

—¡Abrevia! —cortó Carlos en tono jocoso—. Que no soy uno de esos clientes a los que tienes que impresionar. Desembucha, que me tienes en ascuas —le apremió.

—¿Cómo te llevas con tu hermano? —preguntó—. ¿Mantienes el contacto con él?

—... Bien —contestó Carlos, extrañado—. Pero ¿qué tiene que ver mi hermano con esto? ¿Ahora vamos a hablar de la familia? ¡Boro, por Dios!

—Tranquiiilo, que ya voy. Es muy sencillo. Roberto está casado, ¿verdad?

—Sí, ya lo sabes.

—Si él y su mujer consintieran en que Roberto le diera el apellido a tus hijos, como si fueran fruto de una relación extramatrimonial entre Verónica y él, lo tendríamos solucionado.

—¿Cómo? —sus ojos, de normal pequeños, crecieron—. Vuelve a repetírmelo.

—Mira, si Roberto reconoce que son hijos suyos, y tu cuñada acepta que lleven el apellido de su marido, los niños podrán llevar vuestros apellidos. Quedarían inscritos con tu apellido y el de Verónica, aunque como padre constará Roberto, de momento. Los papeles, una vez firmados y hecha la inscripción en el Registro Civil, quedarían en vuestro poder. Nadie tendría por qué saberlo.

—Joder. ¡Cómo no se nos había ocurrido antes! —se rascó el hoyuelo de su barbilla—. ¿Y si no le decimos nada a mi cuñada? Es una mujer muy religiosa y no le van los escándalos. Si se enteran en el pueblo puede pasarlo mal.

—Es preciso, Carlos. Si ella no da su consentimiento estamos como con Elena. No hay nada que hacer. Pero —lo miró con seriedad— todo depende de que ellos lo acepten. ¿Crees que lo harán?

Carlos y su hermano mayor se veían poco, pero la distancia no mermaba el afecto. Con tres niños y una niña, convencerlo para que reconociera ser padre de dos más era una temeridad. Aunque fuera un mero trámite, Roberto sería su padre ante la ley, con todas las obligaciones que eso conllevara.

Pero lo más comprometido sería el papel de su cuñada Pilar, una mujer generosa y dulce que adoraba a Roberto y siempre accedía a lo que se le pidiera, pero que se vería en una situación bochornosa y de gran escándalo si trascendiera.

—Me preocupa que al hacerlo de esta forma, no me puedan heredar. En realidad no constarán como hijos míos. Y si nos pasa algo tendrá que hacerse cargo. Además, tendría que repartir la legítima con mis hijos y...

—Chssss, para el carro, que vas muy lejos. No te preocupes por eso, que es una solución temporal. Una vez inscritos creo que podremos modificar los nombres con más facilidad. Si no se arregla con una propina, siempre podrás adoptarlos legalmente con el consentimiento de tu hermano, aunque te puede costar unas veinte mil pesetas del ala. O esperar a que se apruebe la ley de divorcio, ya se habla de ello, y para entonces adoptarlos legalmente, pero al menos en todas partes ya aparecerían como hijos tuyos. Vamos paso a paso. Lo importante ahora es que para cualquier trámite aparezcan con vuestros apellidos.

Se despidieron machacándose las espaldas con más ímpetu que a la llegada y Carlos corrió a casa inmune al aguacero, para contarle a Verónica la idea de Boro.

—No me gusta —fue la respuesta tajante; tenía al niño en brazos dándole un biberón mientras su madre hacía lo propio con la niña—. ¿Y si deciden quedárselos?

—¡Pero Verónica, que tienen cuatro hijos! —exclamó riéndose ante la ocurrencia—. ¿Para qué iban a querer dos bocas más que alimentar?

—Sí, eso es cierto... —Dejó el biberón y recostó al niño sobre su hombro dándole unas palmaditas—. Pero la puritana de tu cuñada no consentirá. Seguro que se opone. —El niño tiró al fin un eructo acompañado de restos de leche.

—Vero, no le des la leche tan rápida que luego le sienta mal —le reprendió su madre—. Mira a Isabel, que todavía la queda un dedito.

Carlos trató de tomar a la niña en sus manos para terminar de darle el biberón.

—Pero ¿qué haces? —Manuela la aferró—. Estas no son cosas de hombres.

—Ande, suegra, no diga tonterías. La de biberones que le di yo a Lucía.

—Ya serían menos, que no parabas en casa —rio Verónica, algo más contenta—. ¿Crees que Pilar aceptará?

—Si convenzo a Roberto, seguro —dijo confiado—. Le llamaré y quedaré con él en Onteniente. No es cosa para hablarla por teléfono.

Carlos recorrió el camino a Onteniente entre esperanzado y meditabundo. Hacía años que no pisaba aquel lugar de tan amargos recuerdos asociados a su niñez. La última vez fue para el bautizo de Carmencita, la pequeña de su hermano. Y la anterior, en el entierro de su tío Francisco. La carretera era tan tortuosa como sus pensamientos, parecía no tener fin.

Llegó casi a la hora de comer. Bajó del coche frotándose con fuerza los brazos y se puso la gruesa cazadora acolchada. En algunos rincones del asfalto quedaban espejos de hielo donde se reflejaban las nubes plomizas. El pueblo había crecido mucho, no tenía nada que ver con el de su infancia.

Golpeó la aldaba con decisión y metió las manos en los bolsillos de la cazadora. En la calle no había nadie. Al entrar en casa de su hermano sintió un abrazo cálido, no solo por la calefacción sino por el ambiente. Sus sobrinos salieron a saludarle con entusiasmo. Admiraban a su tío Carlos, se notaba en la forma de mirarlo. Pilar abandonó un momento la cocina para darle dos besos y volver a los pucheros de los que emergían aromas de otros tiempos.

Comieron tranquilos, recordando anécdotas y comentando cómo le iba a los hijos. La pequeña era la alegría de la casa; una sorpresa inesperada, como él ya sabía. Después de la comida, Pilar retiró las cosas de la mesa y comenzó a poner orden en la cocina mientras el café borboteaba impregnando con su aroma la estancia contigua.

Les sirvió el café y reanudó sus quehaceres, dejándolos solos. La llamada de Carlos y su apremio por ir a verles había sorprendido a todos. Los mayores pronto se irían a la plaza del pueblo y la pequeña Carmencita no molestaría. Le gustaba perseguir a su madre y «ayudarla» en la cocina.

Roberto sabía que su hermano pequeño iba a ser padre por partida doble, pero no podía imaginar el motivo de su visita. Al escuchar su petición todo el peso de su cuerpo se apoyó en el respaldo de la silla y su boca se abrió y cerró sin emitir sonido alguno.

—Y eso es todo —concluyó Carlos con un gran suspiro—. Di algo, anda, que te has quedado mudo.

—¿Como si fueran hijos míos... —repitió Roberto— y de Verónica?

—Sí, pero solo sobre el papel —insistió, suplicante—. En cuanto estuviesen dados de alta en el Registro Civil nos quedaríamos con los papeles y veríamos cómo cambiarlo.

Se miraron largo rato en silencio, hablando con los ojos. Carlos supo que su hermano lo aceptaba aunque no dijo nada. Quedaba convencer a Pilar; en realidad, la que saldría peor parada si llegara a saberse en el pueblo. Tendría que aceptar ante un notario que su marido había tenido dos hijos con otra mujer y consentir en que llevaran su apellido.

La llamaron para explicárselo todo. Pilar los escuchó con gran serenidad; al finalizar Roberto su parlamento, ella tan solo bajó la cabeza unos segundos, y salió hacia la cocina alisándose el delantal.

Ambos quedaron en silencio, Carlos asustado, Roberto indeciso. Al final se levantó y fue a la cocina. Carlos los oyó hablar en voz baja. No podía entender lo que decían pero el tono era tranquilo, sin sobresaltos. Su pulso sí estaba sobresaltado, y las reservas de tabaco se agotaban. Les dijo que salía al estanco y volvería en un rato.

A su regreso se cruzó con uno de los chavales que salía y entró. Pilar y Roberto estaban sentados alrededor de la mesa camilla.

—Ya estoy aquí. ¿Te puedes creer que se acordaba de mí el del estanco, y aún me ha reclamado un duro que dice le debo? ¡Pero si es más viejo que Matusalén! —Se encendió un cigarrillo y se sentó frente a ellos, observando a ambos angustiado.

Pilar volvió su mirada primero a su marido, después a Carlos, y preguntó:

—¿Cuándo será la firma? —Su mirada limpia, sin un atisbo de duda, los hizo estremecer—. Tendré que dejarme la casa organizada.

—¡Gracias, gracias! —exclamó Carlos que saltó a abrazarla—. ¡Siempre estaremos en deuda contigo!

Pilar sonrió azorada.

—Bueno, pues ya está —dijo levantándose y alisando el delantal a cuadros blanco y azul todavía atado a su cuello—. ¡Hale, alegrad esas caras! ¿Una copita?

—No, gracias. Me quedan horas de vuelta y no quiero que se haga de noche. Os llamaré cuando estén los papeles arreglados y vendremos aquí para firmarlos. ¡Ah! Que no se me olvide —la cara le había cambiado—: cuento con vosotros para el bautizo. Me gustaría que fueras el padrino de Carlitos —miró a Pilar—. Verónica quería que su madre y su hermana fueran las madrinas de los niños. Lorenzo, mi socio, será el padrino de Isabel.

Se despidieron con sentidos abrazos. Subió al coche sin percibir el frío ni ver el vaho que salía de su boca. La vuelta fue mucho más corta que la ida.

Un mes después Boro tuvo todo el papeleo arreglado y tomaron la carretera de Onteniente. La hermana de Carlos, Lucía, vino a España por esas fechas. Estaba al corriente de la odisea y aprovechó un viaje de negocios de Klaus para visitar a su hermano y apoyarlo.

En un coche fueron Verónica y Carlos, acompañados por Lucía. Boro los siguió en el suyo.

El día era claro, deslumbrante, pintado de optimismo. Pero en el coche se respiraba con dificultad. Carlos fumaba de kilómetro en kilómetro, la radio puesta de fondo, Vero miraba al frente, muy tiesa, y la hermana de Carlos se empapaba de los paisajes olvidados de su niñez.

Al cabo de una hora de camino, Verónica habló:

—Da la vuelta.

—¿Queeeé? —la cabeza de Carlos se volvió noventa grados a su derecha de un golpe seco, para volver de inmediato su atención a la angosta carretera.

—¿Y si me los quitan? —afirmó Verónica—. Con ese papel mis hijos serían de él. Además, seguirán sin poder heredar nada tuyo. No lo tengo claro. Da la vuelta.

—Pero Verónica —habló Lucía con serenidad—. Roberto nunca haría eso, él no es así. Además, ¿qué necesidad tiene de quedarse con tus hijos, teniendo cuatro bocas que alimentar?

Carlos levantó el pie del acelerador, presionado desde hacía rato hasta el límite que la carretera le permitía.

—Eso ya lo hablamos —esta vez no le hicieron gracia las dudas expresadas por Vero—. Parece mentira que puedas pensar eso de mi hermano y Pilar. Para ellos es un sacrificio y un riesgo. Lo que no sé todavía es cómo han aceptado participar en esto —volvió a pisar el acelerador con determinación—, teniendo como tienen cuatro hijos.

—Seguro que nos pedirán dinero —sentenció, torciendo la boca.

—¡Verónica! —exclamaron Carlos y Lucía al unísono—. ¿Tú te estás oyendo? —Carlos, enrojecido, miraba a Verónica de hito en hito, mientras la menuda cabeza de Lucía se meneaba con lentitud en el asiento de atrás—. ¡Es mi hermano!

—Ya, y tiene cuatro bocas que alimentar, como no paráis de repetirme —prosiguió con su mueca de enfado—, con un sueldo de mierda.

—Mira, pues no creo que nos pidan nada —afirmó aferrado al volante—, pero algo deberíamos darles. O hacerles un regalo, o lo que sea. Se lo merecen, y como bien dices no van sobrados.

—No lo aceptarán —se oyó firme a Lucía desde el asiento posterior.

—Regalos ya les llevamos —dijo Verónica con desgana sin escuchar a su cuñada—. No se quejarán, no. Cinturones para todos, dos bolsos de piel para tu cuñada y una cartera para Roberto.

—Pues no me habías dicho nada.

—Ya... Es que tengo que estar en todo. Y qué menos que traerles algo.

Llegaron seguidos del coche de Boro.

—Chico, vaya forma de conducir —protestó el abogado—. Lo mismo le arreas como un poseso que te quedas casi parado. Bueno, menos mal que ya hemos llegado —Se subió el cuello del abrigo con un escalofrío—. ¿Dónde es?

—Ahí —Carlos señaló una casa de pueblo con paredes blancas y dos pisos cuajados de macetas.

Golpeó la aldaba de bronce y su cuñada no tardó en asomarse al balcón.

—¡Ahora bajan a abriros! —gritó saludando.

Su sobrino Roberto les abrió la puerta.

—¡Hola, tío Carlos! ¡Tía Lucía, qué sorpresa! No me dijeron que venías también. —Le dio un fuerte abrazo y se volvió cohibido hacia Verónica para saludarla—. Hola, Verónica —le dio dos besos y se apartó para que entraran—, pasad.

Verónica lo abrazó con efusión y le estampó dos besos con eco, para después alejarse y, repasándolo con la mirada, añadir:

—Carlos, no me habías dicho que tu sobrino estaba así de

guapo. ¡Estás hecho un hombre! Menudo cambio desde la última vez que te vi. ¿Qué vas a cumplir... quince?

—Dieciséis —dijo el joven sacando pecho.

—Mira —interrumpió Carlos—, este tipo grandote es mi amigo Boro. Que por cierto, se crio aquí, aunque ahora tenga esa cara de burgués sobrealimentado.

El joven y Boro se dieron la mano como dos caballeros.

Su hermano esperaba dentro impaciente y nada más verles entrar corrió a abrazar a Lucía a la que hacía largo tiempo que no veía.

—Me había dicho Pilar que habíais llegado, pero con tanto tardar pensé que os habíais vuelto a marchar, jaja. —Roberto iba de uno a otro sin sentirse cómodo en ninguna ubicación; al final se dirigió a su hijo—: Roberto, tenemos que ir a ver unas cosas a Cocentaina antes de comer, volveremos a las dos; vete a por pan y a la una te traes a tus hermanos para casa. —Se volvió hacia los recién llegados y les explicó—: Es que los sábados por la mañana juegan un partidillo en un descampado aquí cerca.

Roberto tomó el dinero que su padre le daba y se fue.

Los trámites se formalizarían en la notaría de Cocentaina, un pueblo cercano, y Boro y Lucía actuarían de testigos. De esa forma sería más fácil evitar los cotilleos y la curiosidad; hacerlo en Valencia o en Onteniente habría sido una temeridad, todos estuvieron de acuerdo, y hacia allí se dirigieron. Cada uno había leído todos los documentos redactados por el abogado antes de la reunión. Boro les había advertido que aunque el notario repetiría la operación, era muy probable que no entendieran ni palabra; mejor que lo leyeran antes con calma para que estuvieran seguros de lo que firmaban.

Entraron Boro, Pilar, Roberto, Lucía y Verónica. Las miradas iban de los unos a los otros pasándose el mudo testigo del nerviosismo. Fuera quedó Carlos, en compañía de un paquete de tabaco agonizante.

Dentro, gestos de duda, de miedo, incluso de vergüenza. Cuando el notario comenzó a leer el documento en el que doña

Pilar Tarín Romagosa aceptaba la petición de su marido de dar su apellido a dos hijos adulterinos nacidos en enero de 1976, habidos en una relación extramarital con doña Verónica López Baldenedo, hizo una pausa incómoda para todos los presentes. Alzó la vista para mirar la llamativa cabeza de Verónica, que le mantuvo el gesto con una sonrisa insolente, y miró después a Roberto con claro gesto de reproche, cada vez más encogido en la silla. Lucía, sentada entre su hermano y su cuñada Pilar, le daba una mano de ánimo a cada uno.

Fue Pilar quien rompió el silencio con un aplomo que asombró a todos:

—¿Hay algún problema, señor notario? —preguntó con dulzura y gesto amable.

—Err..., no, no, todo es correcto —respondió el fedatario reanudando la lectura.

Fue leyendo como una máquina cada uno de los documentos, comprobando identidades y uno tras otro firmaron en los lugares que les indicaron.

Estaba hecho. Isabel y Carlos Company López eran una realidad.

44

Verónica, superados los temores iniciales, regresó exultante. Si hubiera podido lo habría gritado.

No tardaron en celebrar el bautizo, oficiado por su primo David, el mismo que lo casó y que bautizó a Lucía. Carlos había desarrollado una alergia tal a los acontecimientos familiares que procuraba pasar por ellos de puntillas. Verónica protestó, pero al final el acto fue muy reducido en cuanto a familia y amigos, y prefirió recurrir al padre David para no tener que dar explicaciones al rector de su parroquia.

Los primeros meses tras el nacimiento de los pequeños, Verónica se quedó en casa cuidándolos con la ayuda de su madre, salvo algún día que se acercaba por Loredana para no perder el contacto y airearse. Entrado el verano comenzó a ir más seguido por la empresa.

Uno de esos días coincidió con Gonzalo Morales, que había quedado con Carlos. Hacía mucho que no se veían y su cara se iluminó al verle. Se saludaron con afecto.

Lorenzo Dávila se aproximaba en el momento que iniciaban la conversación. Las bromas entre ellos le confirmaron sus sospechas. Se agazapó tras una columna y aguzó el oído.

Gonzalo le estaba indicando a Verónica que Carlos lo esperaba y tendría como para media hora. A los oídos de Dávila llegó con claridad que se encontrarían en la sala de reuniones al terminar.

Lorenzo giró sobre sus talones y se apresuró a su oficina en busca de una grabadora que solía utilizar para no olvidar los temas pendientes. Iba siempre tan acelerado que no le daba tiempo a escribir y la memoria le fallaba. Tenía una cinta de dos horas que colocó apresuradamente antes de regresar a la zona de oficinas.

Se mantuvo a la espera, rondando el despacho de Carlos y los pasos de Verónica. Al final, sudoroso y con una taquicardia que le preocupó sobremanera, decidió interrumpir la reunión para averiguar el tiempo de que disponía. Llamó a la puerta y entró sin esperar respuesta recriminándose su grosería:

—Huy, disculpad. No sabía que estabas reunido, Carlos.

—Pasa, pasa, Loren. ¿Te acuerdas de Gonzalo?

—Sí, sí, claro que me acuerdo —se estrecharon la mano—, pero no quiero molestar. ¿Tenéis para mucho?

—No, unos diez minutos más, pero casi sería mejor que te quedaras. Me está proponiendo algo muy interesante para reducir lo que pagamos a Hacienda, que es una pasta.

Dávila se tensó. Apretó la grabadora dentro del bolsillo de su chaqueta Príncipe de Gales. Pero la mano le sudaba con tal profusión que soltó el aparato.

—Ya, sí, no, bueno... —Miró su reloj con cara de preocupación—. Es que me he dejado a Juanito esperando unas instrucciones. No quería nada importante; solo preguntarte un par de cosas que pueden esperar. Además —dijo con una sonrisa—, seguro que tú me lo explicas fenomenal. Sabes que últimamente me agobio con estas cosas de números. —Hizo un gesto de disculpa con la mano y antes de dar media vuelta añadió—: seguid con lo vuestro, que yo puedo volver en diez minutos.

Al salir, cruzó veloz a la sala de reuniones. Estaba vacía. Sus pequeños ojos se movieron rápidos de rincón en rincón buscando un escondite para la grabadora lo bastante cercano a la mesa donde suponía que se colocarían, y lo bastante oculto para no ser descubierta. Su corazón seguía en proceso de aceleración continua y los nervios no le permitían pensar con claridad. Recorrió la estancia a pasos pequeños y rápidos probando ubicaciones, pero ninguna le pareció aceptable.

En una esquina había una pequeña papelera gris de finas varitas de plástico. Tomó la papelera con precipitación, metió la grabadora con la cinta, la dejó bajo la mesa en el centro y, limpiándose las manos sudadas con un pañuelo, llegó hasta la puerta.

Acababa de salir cuando el corazón le dio un vuelco. A lo lejos divisó la figura de Verónica acercándose. Dio media vuelta e irrumpió de nuevo en la sala. Se agachó, tomó la grabadora con manos temblorosas y el corazón golpeando contra su nuez. No atinaba a apretar a la vez los dos botones, el negro y el rojo, que accionaban el aparato. Tras varios intentos se escuchó el «clack» y el pilotito rojo se iluminó. La cinta comenzó a girar. Lo dejó todo de nuevo donde debía estar, agarró un par de bolsos olvidados en una reunión anterior y se aprestó hacia la puerta secándose el sudor de su frente con un pulcro pañuelo de algodón. Salió con tal ímpetu que trastabilló y a punto estuvo de caer.

Verónica, que se aproximaba, fue arrollada por los pasos torpes de Lorenzo.

—¡Lorenzo, por Dios, que casi me tiras!

—Lo siento —se disculpó—, es que necesito estas muestras con urgencia.

—Ya sabes que me importa poco lo que hagas. —Se atusó el pelo con una mano y sobrepasó al aturdido Lorenzo sin mirarle.

Con dificultad para tomar aire, escuchó cerrarse una puerta tras él y el taconeo de Verónica se desvaneció. Echó a andar de nuevo, pero se encontraba muy mal. Tenía un dolor agudo en el pecho y apenas podía respirar. No era la primera vez, conocía los síntomas. Soltó los bolsos, se recostó contra la pared más cercana y echó mano al bolsillo interior de su chaqueta donde llevaba el pastillero. Pero no había manera de apretar la lengüeta de apertura. Una operaria lo vio y corrió hacia él.

—¡Señor Dávila! ¿Qué le pasa? —Teresa lo sujetó de un brazo; seguía muy pálido—. ¿Le traigo un poco de agua?

Lorenzo negó con la cabeza y le mostró la cajita.

—¡Ábralo! —le imploró con la voz rota y asfixiada.

La joven abrió el pastillero, sacó la pequeña lenteja satinada y se la puso en la boca. Lorenzo la metió bajo su lengua hasta disolverla. Una sacudida recorrió su cuerpo. Permaneció parado durante un largo rato, los ojos cerrados, la boca apretada.

—¿Está mejor? —preguntó la joven; un ligero color empezaba a asomar en las mejillas de Lorenzo.

—Sí..., gracias...

—Voy a llamar a un médico.

—No, no se preocupe, Teresa.

Por el pasillo venía Gonzalo con su porte seguro y chulesco. Lorenzo se agachó a recoger los bolsos desmayados sobre el suelo.

—Deje al menos que le ayude, no sea cabezota.

—Bien —resopló algo repuesto—, coja los bolsos y vamos hacia mi despacho.

Saludó al asesor fiscal con una sonrisa imperceptible y prosiguió todo lo erguido que pudo.

Al final del día, cuando la oscuridad y el silencio se apoderaron de las naves, Lorenzo volvió a la sala. Verónica hacía horas que se había ido, pero el coche de Carlos aún estaba en el estacionamiento.

Recogió el pequeño artilugio que seguía en la papelera. Se había parado. Se sentó, esperó a que la cinta se rebobinara por completo y la puso en marcha. La conversación no comenzaba, solo salía un zumbido monótono. Le dio al avance, paró y volvió a pulsar. Oyó el tintinear característico del hielo al golpear en un vaso y la lejana voz de Verónica que debía haberse puesto una copa. Volvió a adelantar. Paró. Ahora dos voces le sorprendieron. Vuelta a retroceder. *Clack*.

Por fin, allí estaba Gonzalo saludando a Verónica.

Lorenzo dejó correr la cinta escuchando cada palabra. Al terminar, la paró impresionado. Que aquellos dos estaban liados lo tenía claro desde el día del restaurante, pero después de escuchar lo que a todas luces había sido una felación, ya no albergaba ninguna duda. No había sido capaz de avanzar la cinta para evitar escuchar aquel trozo que tanto desasosiego le estaba provocando, porque jamás imaginó tener en sus manos la prueba de algo mucho más grave que una infidelidad: la constatación de que los niños pudieran ser de aquel hombre y no de Carlos. Verónica insistía en que Carlitos era clavado a Gonzalo. Si Carlos se enteraba no lo soportaría.

Y había mucho más: también había quedado patente la intención de Verónica de hacerse con todo el patrimonio de Carlos, en connivencia con Gonzalo. Aspiraba a ponerlo a nombre suyo y de sus hijos. Ella tendría el futuro asegurado, evitando por fin que Lucía le «robara» lo que según ella le pertenecía moralmente. Había dicho cosas terribles sobre la niña y su madre.

El tema de los apellidos lo conocía Lorenzo por el propio Carlos, que lo tuvo al corriente desde el principio y le había contado pletórico la peripecia de Onteniente, pero omitiendo el detalle importante por resolver; y ahora Gonzalo aclaró que tendrían que hacer algún chanchullo más para que Carlos se convirtiera en el padre legal y los niños pudieran heredar con las leyes vigentes. Nadie se enteraría del cambio, ya que los niños mantendrían los apellidos.

La reunión fue larga y hablaron e hicieron muchas cosas que Lorenzo hubiera preferido ignorar. Ni en sus peores elucubraciones se había aproximado a la realidad que la cinta escupía entre chirridos y parásitos eléctricos.

Incluso Verónica había bromeado sobre la posible muerte prematura de Lorenzo. Al escucharlo y tras la primera sorpresa, sonrió con amargura y se pasó su pañuelo planchado por la frente, igual que hiciera esa tarde al sufrir la angina de pecho.

Se levantó de la mesa con gran esfuerzo. Le pesaba la preocupación, el cansancio y la realidad. Lo había grabado pensando en darle la cinta a Carlos para desenmascarar a Verónica, pero el resultado había sido demasiado grave para dárselo a conocer a su querido amigo.

Salió, la luz todavía brillaba en el despacho de Dirección. Alzó la vista entristecido, y se fue.

45

Elena no había tenido noticias de Carlos desde que abandonara su casa la fatídica tarde en que le anunció que iba a ser padre por partida doble. Pero el tamtan de la rumorología había funcionado con su eficacia habitual dándole parte del feliz alumbramiento de un niño y una niña; pero no había conseguido averiguar cómo habría terminado el tema de los apellidos. Carlos no se conformaría con la negativa; algo se le ocurriría.

La cara de reproche de Lucía, seguido de aquel: «qué culpa tienen ellos», acudía con frecuencia a su mente provocándole un malestar profundo. Pero siempre se repetía lo mismo, lo hacía por ella, por Lucía; era su obligación como madre y esos niños con aquella mujer a su lado eran una amenaza.

Lucía había cambiado mucho su actitud desde aquel episodio. Se mostraba más encerrada en sí misma que de costumbre, pero también más contestona, más rebelde. Unas veces veía temor en sus ojos, otras tristeza, incluso ira. Desde su vuelta de verano con su padre, incluido el incidente del ratón, la convivencia se había vuelto difícil. Compartían más penas que alegrías.

Adelaida y Dolores tampoco mejoraban el ambiente. La una porque, fiel a su carácter, no decía una palabra fuera de sus tareas ni mostraba emoción alguna; y la otra, porque mantenía una guerra sin cuartel con Elena, discutiendo cualquier cosa de la casa: la forma de educar a Lucía, la ropa, las comidas...

Lucía observaba esas discusiones y callaba. Era difícil acertar con tres mujeres exigiendo y no siempre de acuerdo sobre cómo hacer las cosas. Pero cuando el centro de la discusión era ella, se defendía con cuantos argumentos se le ocurrían, que a pesar de su corta edad eran muchos. Había madurado de forma prematura y sus salidas de adulto en miniatura exasperaban al triunvirato.

Los momentos de alegría venían casi siempre de la mano de otras personas, ya fuera la visita de alguna de las pocas amigas que entraban en su casa, o cuando quedaban con la pandilla de su madre con los que hacían viajes y excursiones. En compañía de otros niños parecían desaparecer los motivos de angustia, los recuerdos, los reproches. Ahora esas salidas eran mucho más frecuentes. Carlos ya no ponía pegas si algún sábado perdía su derecho de visita; la llegada de sus nuevos retoños había menguado aún más las minúsculas salidas con Lucía.

Se disponían a preparar las maletas para uno de esos fines de semana en compañía de amigos, cuando sonó el timbre de la puerta.

Era viernes y Adelaida ya se había ido. Lucía fue a abrir; su abuela no hacía esas cosas, según decía propias de una casa sin clase, y su madre estaba sumergida en un armario en busca de unas toallas de playa volatilizadas desde el verano anterior.

Como siempre hacía, preguntó antes.

—¿Quién es?

—¿Eres Lucía? —preguntó una voz cálida y vivaz—. Soy un buen amigo de tu madre.

Abrió la puerta manteniendo la cadena puesta y miró por el espacio que quedaba. Un hombre de tez morena, perilla y grandes ojos oscuros portaba un ramo de rosas rojas, que bajó para ofrecer a la niña una sonrisa cómplice.

—No le conozco.

—No soy un desconocido. Soy amigo de tu madre y quiero darle una sorpresa. Si no, ¿cómo iba a saber que eres Lucía? —Le guiño un ojo—. ¿Me ayudarás?

La pequeña odiaba ese tipo de situaciones, la experiencia le había enseñado que hiciera lo que hiciese nada sería lo correcto. Miró el hermoso ramo, alzó los ojos hacia el gesto simpático de aquel hombre, se rascó un momento la cabeza y cerró la puerta para quitar la cadena y dejarle pasar.

—Espere —le dijo muy educada, frenándolo con la mano—. Ahora la aviso.

Abrió la puerta del salón como tantas veces había visto hacer a Adelaida o a su madre, encendió la luz —las persianas siempre estaban bajadas en aquel escenario para las visitas— y le indicó que tomara asiento.

Corrió por el pasillo hasta la habitación de su madre.

—¡Mamá, mamá! ¡Tienes una visita! —Para ella era todo un acontecimiento.

—¿Una visita? —preguntó molesta, asomando la cabeza sudorosa tras la puerta del armario—. ¿Quién es? No espero a nadie.

—No lo sé... —Su voz se desvaneció y bajó los ojos al suelo.

—¡Cuántas veces tengo que decirte que no le abras la puerta a extraños! —exclamó golpeando con ambos brazos sus costados—. ¡Me tienes harta! Desastre de niña...

—Es que... Me ha dicho que quería darte una sorpresa. Sabía mi nombre y preguntó por ti —respondió con firmeza, pero bajó de nuevo la cabeza añadiendo un argumento más a su defensa—: Manuel le ha dejado subir.

—Voy a ver quién es, pero no vuelvas a abrir a nadie, ¿está claro?, que las cosas te entran por un oído y te salen por el otro. ¿Y tu madrina?

—En su cuarto. Creo que durmiendo, la he oído roncar —se atrevió a apostillar con una risita nerviosa.

—Pues como se descuide va a perder el tren a Madrid.

Elena fue al baño, se pasó un peine para ordenar sus cabellos, se puso algo de colorete después de secarse el sudor y se quitó lo que llevaba para estar cómoda en casa. Una falda vaquera y una camisa a rayas sería suficiente. Se alisó la falda con un gesto de fastidio.

Recorrió el pasillo repasando mentalmente quiénes podían presentarse en su casa para darle una sorpresa. Se contaban con los dedos de una mano. Descartó a los tres que iban a pasar el fin de semana con ellas. Los otros dos vivían fuera, ¿sería alguno de ellos? Su primo Javier era muy dado a esas cosas cuando aterrizaba por Valencia.

Abrió la puerta con curiosidad y una sonrisa de bienvenida. Le duró el tiempo que tardó en reconocer a Djamel. Estaba de pie junto al ventanal de la terraza, fumando. No necesitó que se diera la vuelta. Se quedó paralizada, con el saludo a mitad terminar. Al oírla entrar se volvió.

—Hola, *mon amour* —saludó haciendo brillar sus blancos dientes.

Elena tragó saliva. No sabía si salir corriendo a por un teléfono o gritar. No tendría tiempo de hacer ninguna de las dos cosas, le alertó su mente, y pondría en peligro a su familia. La alarma en su rostro era un anuncio luminoso.

—Tienes una hija preciosa, y está mucho más mayor que en las fotos. —Se agachó a coger las flores que reposaban sobre la mesa de centro, y se las tendió con ambas manos—. Algo hermoso para una mujer hermosa. —Elena no movió un músculo y Djamel volvió a dejarlas en la mesa—. Parece que te has quedado paralizada.

—Creí... —le sostuvo la mirada a pesar del miedo— que habías muerto.

—Bue... —giró las palmas hacia arriba; parecía de buen humor—; no, pero casi. La ventaja de estar herido grave es que siempre es más fácil escapar de un hospital que de una cárcel.

—¿A qué has venido?

—Te echaba de menos.

—¡Ja!

—¿No me crees? —Elena no le respondió—. ¿Te han preguntado por mí?

A Elena le dio un vuelco el corazón.

—¿Quién me iba a preguntar por ti? —Entró en el salón y entornó la puerta tras ella—. Nadie de mi entorno te conoce y después de —hizo una pausa buscando las palabras— lo ocurrido, no se me pasó por la cabeza mencionarte —hizo una pausa, respiró hondo, reunió fuerzas—. He hecho lo posible por olvidarlo todo.

—Pero ¿por qué? —Se había puesto serio—. Pienses lo que pienses de mí —la intensidad de su miraba era difícil de soportar—, sentí cada palabra que te dije.

—¡Cómo puedes ser tan cínico! —Elena estaba al borde de

las lágrimas. Sensaciones y palabras sepultadas se desenterraban y aparecían de nuevo martirizándola.

—No te miento, Elena. Pero entiendo tus dudas.

—Te lo repito —las palabras surgían de las tripas, en un esfuerzo enorme—. ¿A qué has venido?

Djamel se rio haciendo un gesto de negación.

—Jajajá, esa es una de las cosas que me encantan de ti. —Se acercó y le acarició la mejilla con el dorso de la mano—. Eres lista, querida Elena, muy lista.

—Di —Elena dio un paso a atrás.

—¿Recuerdas el medallón que te dejé cuando salíamos de Beirut? Te comenté entonces que solo era un préstamo y volvería a por él. Pues aquí estoy y —se encogió de hombros—, de paso, vuelvo a ver los ojos más hermosos que jamás me miraron.

Elena se estremeció. Miedo, emoción, vergüenza, incluso deseo, se unían para dejarla sin capacidad de responder. Trató de concentrarse. Tal vez desde la salita podría llamar a la policía. No recordaba el nombre del inspector, pero había guardado la tarjeta.

—No recuerdo dónde lo puse. Cuando volví intenté deshacerme de todos tus regalos o al menos quitarlos de mi vista. Pero iré a buscarlo.

—Claro, querida. Yo te acompaño. Seguro que tu hija me encuentra un bonito jarrón donde poner estas flores. —Se dispuso a seguirla—. No esperarás que me quede aquí.

Dolores salía de su habitación en ese momento.

—¡Me voy corriendo! —gritó—. ¡No me has despertado y llego tarde! —Frenó en seco al ver a su hija frente a ella y no al fondo de la casa como presuponía, escoltada por un apuesto caballero armado con un ramo de rosas rojas—. Elena, no me habías dicho que esperábamos visita. —Se arregló el pelo con coquetería.

—Es que... ha sido una sorpresa.

—Y qué preciosidad de flores. Soy Dolores Lamarc —Le tendió la mano, muy estirada—. ¿Y usted es?

—Un rendido admirador de su hija —contestó besándole la mano—. Y ahora, también de usted, bella dama.

—Hija, un caballero así y tú sin presentármelo. Bueno, me marcho, que tengo que llegar a la estación. Encantada de conocerle, caballero. No te preocupes, Elena, no hace falta que me acompañes, que tienes cosas mejores que hacer.

Siguieron su camino por el pasillo mientras Dolores se marchaba con una pequeña bolsa de mano. Lucía los vio entrar en la salita. Djamel se detuvo un instante a hablar con ella.

—¿Crees que podrás encontrar un jarrón? —Le estaba ofreciendo el ramo y un mohín de complicidad.

Lucía asintió y se hizo cargo de las flores. Djamel entró en la habitación siguiendo a Elena.

—Te importa esperar fuera. Me incomoda que estés aquí.

Él miró el teléfono.

—No, querida, prefiero ayudarte a encontrarlo. Seguro que la búsqueda es más rápida. Además, no entiendo ese pudor a estas alturas.

Elena no quiso mirarlo, sus mejillas explotaban de rubor ante el último comentario.

El medallón estaba en su sitio, como bien sabía. No tenía más que cogerlo y se libraría de él. Iba a sacar la caja cuando se arrepintió. Revolvió un rato en el armario para disimular y escondió la caja.

—Djamel —sacó la cabeza del armario y lo miró de frente—, no lo tengo en casa —aguantó la mirada sin mover un músculo.

—¿Cómo dices?

—Que no lo tengo en casa. Con los nervios lo olvidé. Guardo todo lo de valor que no utilizo en una caja de seguridad de un banco.

Djamel torció el gesto, contrariado.

—Me estás mintiendo —Se acercó lo suficiente para intimidarla.

—No —Elena retrocedió hasta quedar pegada a la pared—. ¿Por qué iba a hacerlo? No hay nada que desee más que perderte de vista —tragó saliva—. ¿Quieres registrar el armario?

Los músculos de la cara de Djamel se relajaron, marcando un gesto de tristeza apenas perceptible.

—¿Tanto me odias? —Volvió a acercarse a Elena hasta quedar su cara frente a la de ella.

Elena no contestó. No supo qué contestar. Tenerlo tan cerca, percibir su olor, su respiración, le estaba afectando en lo más profundo de su ser, muy a su pesar.

—Me engañaste —dijo al fin—. Me has utilizado.

—No todo fue un engaño —suspiró él—. No tendría por qué decirte esto si no fuera cierto, Elena. Pero te conocí en un momento... inadecuado —volvió a endurecer el gesto para preguntarle desde esa distancia en la que podía oír sus pensamientos—: Y ahora, dime donde está el medallón.

—Ya te lo he dicho. En el banco. Hay que ir con una llave y ellos tienen la otra. Imagino que sabes cómo funcionan esas cosas.

Djamel se alejó para dejarla respirar. El segundero del despertador marcó el silencio. Caminó con lentitud bordeando la cama, cavilando. Por fin cesó en su paseo y volvió los ojos hacia Elena.

—Pues entonces tendremos que ir al banco, los dos juntos.

—Hasta el lunes no es posible —le explicó Elena, recuperando la entereza.

De nuevo el silencio.

—Esto es un contratiempo que no esperaba.

—¿Tan importante es ese medallón para ti?

—Me quedaré el fin de semana con vosotras.

—¡¿Qué?! —aquella afirmación fue un disparo.

—Lo que oyes.

—¡Ni lo sueñes! —exclamó rotunda—. Además, como puedes comprobar, nos vamos de viaje —miró el reloj nerviosa—, y no tardarán en venir a recogernos.

—¡Mierda! —Había reanudado su caminar, ahora más acelerado aunque igual de silencioso—. ¿Adónde vais?

—A Canet, a la casa de unos amigos.

—Bien, esto es lo que vamos a hacer. Ni una palabra a nadie sobre mi visita. El lunes llamaré y te indicaré dónde acudir. De allí iremos al banco. —Hizo una pausa durante la cual su mirada se volvió torva—. Con Lucía.

—No metas a Lucía en esto —le suplicó—, por favor.

—No me queda otro remedio. No tengo intención de hacerle daño, salvo que me traiciones. Si llegas sin la niña, no me verás, pero tendrás noticias mías. —Volvía a parecer un extraño, frío y calculador—. Siento que esto tenga que ser así.

Elena se estaba arrepintiendo de su ocurrencia. El colgante estaba allí, a menos de un metro. Si se lo daba, se iría. Pero quedaría libre de volver a entrar en su vida cuando quisiera. Ya se las arreglaría para sacarlo de la caja del banco sin que se diera cuenta, si no lo detenían antes.

Djamel se despidió con un gesto de cabeza y desapareció, no sin antes advertirle que no hiciera ninguna tontería. A Elena ya no le quedaban ganas de ir a ningún sitio. Un cansancio y una inquietud infinitos la invadieron.

Lucía entró corriendo.

—¿Se ha ido? Ya he puesto las flores en agua. —No recibió respuesta—. Yo ya tengo mi maleta. ¿Cuándo nos vamos? —Su madre, sentada sobre la cama, parecía ausente—. ¿Estás bien, mamá? —Se sentó a su lado—. ¿Te ayudo?

—No te preocupes. —El hondo suspiro de Elena no tranquilizó a su hija.

—¿Quién era ese hombre? Parecía árabe.

Elena la miró preocupada.

—Nadie importante. Coincidimos en Beirut.

—Ya... —Pensó un momento—. ¿En ese hotel que llorabas al verlo arder?

A Lucía le había impresionado el desgarrado llanto de su madre cuando una noche en las noticias apareció el hotel en el que había estado durante la guerra. No entendía por qué las llamas que escapaban por las ventanas producían un efecto tan devastador en su madre como en el propio edificio.

—Sí, allí. Pero no hablemos más, que queda mucho por hacer. —Recobró fuerzas sacando su genio habitual—. ¡A saber qué maleta te habrás hecho! Termino unas cosas y la reviso, y más vale que esté perfecta.

Lucía salió a la misma velocidad que había entrado y acto seguido Elena se levantó a por la cajita del tocador y comenzó a buscar la tarjeta del inspector de la INTERPOL. La encontró y marcó el número. No estaba, le dejarían el recado de su llamada. Eso lo complicaba todo. Les dejó la dirección de Canet y el teléfono de la casa de Hans, donde iban a dormir.

Si no hablaba con ellos antes del lunes, no habría conseguido nada.

46

A Lorenzo la inquietud no le dejó dormir. La cinta magnetofónica le quemaba, y lo escuchado le torturaba. No era hombre de intrigas y nunca se hubiera creído capaz de espiar a la mujer de su socio.

Dio una vuelta en la cama. Había querido averiguar las intenciones de Verónica y ahora no podía descubrírselas a Carlos sin infligirle un dolor mucho mayor del que pretendía evitar.

Tampoco la nueva postura funcionó. En realidad no había postura buena, con la cabeza reventada de desasosiego y la cinta repitiéndose una y otra vez.

Se levantó a por agua. Tenía calor, algo habitual cuando se ponía nervioso. Entró en la cocina pulcra y blanca, y sacó la jarra de la nevera. Llenó el vaso y lo bebió con avidez.

Se sentó unos instantes, aprovechando para aproximar el cristal helado de la jarra primero a su frente y después a sus mejillas febriles. Salió de allí con un vaso lleno y se instaló en su despacho. Era su rutina cuando se desvelaba, instalarse en el despacho, leer un poco, escuchar en la radio algún programa de almas solitarias como la suya... Pero ese día, en lugar de la radio, volvió a poner la cinta. La escuchó con la mirada fija en una de las numerosas fotos que cubrían las estanterías cercanas, con los labios apretados como las hojas de los libros llenos de palabras por contar que lo observaban en silencio. En la imagen, una sonriente Lucía manipulaba sobre una mesa el revés de un bolso imitando con destreza el gesto de su maestro, el propio Lorenzo. Era la instantánea de una de tantas mañanas compartidas entre pieles y máquinas de coser, inmortalizada por Teresa con la cámara del propio Dávila. Había llegado a querer a esa niña como a su propia sangre, tal vez más. Carlos y Lucía eran lo más cercano a una familia que tenía. Sus sobrinos lo miraban con recelo, temerosos de un padre que apenas les permitía hablarle; su hermana se acercaba a escondidas para llevarle a los niños. Él procuraba ayudarla y ella aceptaba a regañadientes, escondiendo los sobrecitos que hacían que la paga de su marido cundiera lo impensable, pero la relación siempre parecía sucia y falta de alegría, manchada de prejuicios, sospechas y reproches. Todo lo contrario a lo que vivía cada día con Carlos, y muchos sábados con la niña. Una sonrisa momentánea borró el rictus de preocupación fijo en su rostro desde hacía horas, hasta que su atención volvió al murmullo de comadrejas proveniente del aparato, y llegado un momento una oleada de angustia le revolvió el agua que refrescaba su abdomen, obligándole a parar la cinta.

Se mesó los cabellos y cogió aire con esfuerzo, pero los pulmones no se llenaron. Sobrevivir con un secreto a cuestas ya le oprimía lo bastante como para cargar con los ajenos.

Decidió escribir una carta. No conocía a Elena, pero no ignoraba que siempre había protegido a su hija alejándola de Verónica; tal vez fuera junto a él la única persona que de verdad conocía el interior de la simpática y alegre Vero.

A pesar de la hora abrió la funda de la Olivetti, que dormía en la esquina de la amplia mesa de despacho, y la depositó frente a él. Metió dos hojas con papel carbón en medio y comenzó a teclear despacio, con tres dedos poco expertos.

El papel se quedó escaso para aliviar su pecho.

Cuando terminó releyó lo escrito.

> Apreciada señora:
>
> Usted no me conoce, pero yo he oído hablar muchas veces de usted. No importa quién soy, sino lo que quiero contarle. Tal vez sí le importe el por qué lo hago, pero eso podrá deducirlo usted misma al terminar de leer estas líneas.
>
> Por razones que no vienen al caso, he sido testigo de una

conversación íntima entre Verónica López Baldenedo (a la que usted me temo que conoce bien), y el asesor fiscal de Loredana, Gonzalo Morales (a quien por su bien espero que no tenga el gusto). No solo he sido testigo de esa conversación, sino que la tengo registrada en una cinta de la que le incluyo una copia para que pueda comprobar que esto no es un libelo ni el anónimo malintencionado de nadie.

De la mencionada conversación se deduce no solo la intención de esa mujer de quedarse con cuanto pueda del patrimonio de Carlos Company, sino la constatación (y no se imagina cómo me duele escribir esto) de que Carlos no es el padre de sus hijos, o al menos podría no serlo. Bueno, de Lucía sí, claro. Me refiero a sus otros dos hijos. Ahora mismo la imagino a usted con cara de incredulidad, o tal vez no, tal vez pueda creerlo porque siempre ha sabido a quién tenía enfrente. Pero para mí ha sido una horrible sorpresa porque ese muchacho (a pesar de los problemas que hayan tenido ustedes dos) no se merece lo que esa mujer le está haciendo. El supuesto padre, como tal vez esté imaginando ya, es el propio Gonzalo Morales, artífice de la ingeniería financiera de la empresa, y, por desgracia, persona de confianza de Carlos.

Pero lo más preocupante de todo en esta traición dolorosa cuyo descubrimiento pesa sobre mi corazón como una losa es la intención clara de esa mujer de acabar con Lucía, su hija, a la que permítame decirle que la quiero como si fuera mía. No tengo hijos, ¿sabe? Y siempre quise tenerlos. Pero las circunstancias lo han hecho imposible y casi es mejor así. La vida de un niño a mi lado habría sido un infierno y le habría faltado una mitad importante. Pero me estoy yendo por las ramas cuando me había prometido brevedad.

Lucía es una niña especial, al menos para mí lo es, y nunca podría perdonarme que la perjudicaran sabiéndolo de antemano. Lo de los cuernos es doloroso también, pero qué quiere que le diga, además de ocurrir hasta en las mejores familias, Carlitos, ay Carlitos, tampoco es un santo. Si yo le contara. Pero volvamos al grano, que empiezo a parecer una vieja cotilla y aburrida.

Se preguntará por qué no voy a Carlos con esta información (que podrá corroborar en la cinta que le adjunto y de la que guardo una copia como oro en paño). No lo sé, tal vez por cobardía, tal vez por un exceso de cariño. Carlos para mí es... alguien muy especial. Qué digo especial, lo quiero más que a mi vida, puede que como nadie le haya querido porque, permítame el atrevimiento en esta hora de confidencias, intuyo que usted no lo amó de verdad, con ese amor que corre por las venas alimentando músculos y vísceras, ese amor que lo perdona todo porque no ve ofensas, ese amor que es capaz de esconderse para no molestar y que se guarda como un secreto valioso a la espera de ser descubierto y compartido. Un amor que calienta los sueños con imágenes no vividas haciendo temer que si se hicieran realidad morirías abrasado de pura intensidad. Ya ve, nombro a Carlos y pierdo el hilo de las letras que me han traído hasta aquí.

Yo me moriría si le diera un disgusto semejante y no sabe las vueltas que llevo dadas en esta noche aciaga hasta decidirme a escribirle estas líneas que empiezan a ser demasiadas. Realmente lo que quiero que haga y que le expongo a continuación le va a parecer ridículo o un abuso por mi parte, pero no estoy poniendo en su conocimiento todo esto para que vaya con el cuento a Carlos y lo destroce, sino para que esté prevenida y pueda anticiparse a los pasos de esa víbora (perdóneme el lenguaje, poco frecuente en mí) y evitar que se salga con la suya.

Por eso le pido, le ruego, le suplico, que intente hacerlo sin que Carlos llegue a enterarse de que puede no ser el padre de esas dos criaturas que no tienen culpa de nada y a las que él adora, como adora a Lucía. Aun así me corroe la duda de si no siendo suyos esos dos niños, siendo fruto de un engaño tan burdo, tienen en realidad derecho a algo en la vida de Carlos. La conclusión es que lo tienen, porque no quiero que Carlos se entere nunca y si no se entera lo tienen como hijos suyos que en la práctica serán.

Elena, tiene fama de mujer noble y de principios, de hacer las cosas bien aunque a su manera y cumplir siempre su palabra, y yo, desde las sombras, doy su palabra por comprometida con quien ha desnudado su corazón ante usted y le hace entrega de todas sus armas para que defienda a Lucía en esta guerra terrible que estoy seguro que se va a desatar. Por eso me he tomado la libertad de contarle esto. Por eso, y por lo mucho que quiero a Carlos y a Lucía.

Algún día sabrá quién soy, pero ese día ya no estaré en este mundo.

Con todo mi afecto.

Un ángel protector

Gotas de sudor frío bañaban su frente y una náusea impertinente le rondaba las entrañas. Pensó en quemar aquella atrocidad; pero no lo hizo. La metió en un sobre en el que anotó el nombre completo y la dirección de Elena, que tuvo que buscar en el listín de teléfonos, junto con una copia de la cinta. La grabación original la guardó en otro sobre en la caja fuerte de su casa, junto con la copia de la carta, por lo que pudiera pasar. Cuando iba a cerrar la caja algo lo detuvo. Las fotos le sonreían desde la librería. Había una que le gustaba especialmente: Carlos y Lucía lo saludaban con una mano en los jardines de la empresa.

Sacó otro papel, pero esta vez guardó la máquina de escribir y cogió su pluma favorita. Esa carta sería de su puño y letra.

Érase una vez una niña rubia a la que yo quería con locura. Un buen día supe que la vida no iba a ser nada fácil para ella, y que solo dos personas podrían ayudarla en las dificultades que tuviera con una mujer horrible, porque eran los únicos que podían ver lo que en realidad había detrás de aquella fachada. Esa niña eras tú, Lucía, y esa mujer era Verónica.

Si estás leyendo esto es por tres razones, la primera, que yo habré muerto, ya que te la dejo como un legado, como una especie de testamento; y lo hago porque sé que no duraré mucho. Mi cuerpo achacoso no tardará en darme un disgusto y mejor dejar las cosas listas. La segunda será que Verónica no ha cambiado antes de que yo abandone este mundo, ya que de haberlo hecho yo habría destruido este sobre y todo su contenido. Y la tercera es que tendrás 18 años, serás casi una mujer, y creo que podrás asimilar un contenido que ahora mismo, a tus diez años, no entenderías.

Verás que la carta que te incluyo estaba dirigida a tu madre, la otra persona que puede ayudarte, y sé que habrá hecho un uso adecuado de ella. Espero que esta semana llegue ya a sus manos, aunque nunca llegue a saber quien la envió, salvo que tú decidas contárselo tras leer estas líneas.

Toma aire, querida Lucía, porque lo que vas a leer y escuchar es duro y terrible. Pero puede que algún día estas pruebas que ahora te incluyo sobre Verónica y otro hombre te sean útiles. Ojalá me equivoque y a la edad en que te entreguen este sobre las cosas hayan cambiado, pero lo dudo.

Y te lo ruego, no me juzgues con dureza por las cosas que confieso, porque algún día comprobarás que para amar no hay condiciones.

Con todo mi amor,

LORENZO

Hizo una nueva copia de la cinta, y, por último, con los ojos empañados en lágrimas y el pulso tembloroso escribió en el sobre con su pulcra letra:

Entregar a Lucía Company Lamarc cuando cumpla dieciocho años.

Sonrió a pesar del sabor amargo y salado de las lágrimas retenidas. «Cada vez me estoy volviendo más melodramático», dijo en voz alta casi entre risas. Pero aquello lo dejó satisfecho, con la sensación de haber cumplido un deber. Pasó la lengua por el borde del sobre y lo cerró. Respiró hondo y, como si depositara a un recién nacido en un lecho de algodón, puso las dos cartas y las cintas en un gran sobre marrón en el fondo oscuro de su caja, y la copia adicional en otro.

47

La misma noche del viernes el inspector Ridau llamó a casa de Hans y Margheritte, donde Elena iba a pasar el fin de semana. Todavía no se habían asignado las habitaciones y el lugar era un mercado con niños corriendo de un sitio a otro y adultos guardando bultos. Rodeada de gente, a Elena le resultó difícil explicarse sin dar detalles comprometidos. Le contó que acudirían a la central del Banco Popular en algún momento de la mañana, ella, su hija y aquel amigo por el que se interesó en su visita a Confecciones Lena. Se quedó con la sensación de que el inspector no la había entendido. Pero media hora después de colgar, Ridau volvió a llamar. Las recogería el domingo en Canet. Mandaría un coche y así tendrían el domingo por la tarde para organizar la operación del lunes.

Al ver la magnitud que estaba tomando aquello se arrepintió de su audacia. Debía haberle devuelto el medallón a Djamel y haberse olvidado para siempre de él.

Hans se interesó por si había algún problema. No era normal que llamaran allí y la cara de Elena había perdido el color, a excepción de los ojos, que habían mutado su verde cristalino por otro mortecino y opaco.

—No, Hans, no pasa nada. Son unos amigos a los que les comenté que estaríamos aquí. Tienen el apartamento muy cerca. Pero hasta el domingo estarán liados.

No le dijo que la recogerían pronto para llevarla de vuelta, porque no se le ocurrió ninguna excusa. La tensión le había secado el ingenio. Ya se le ocurriría algo.

El sábado por la noche acostaron a los niños temprano. Lucía, en la cama, se sentía fatal. No solo por las continuas reprimendas de su madre delante de sus amigos, sino por unos dolores de tripa que la mantenían acurrucada en posición fetal. Nunca había sentido un dolor tan intenso, y saberse acompañada en la cama de al lado y en la litera de arriba por dos buenas amigas que dormían con placidez, no la consolaba.

Llegó un momento en que no pudo más. Se levantó, se puso las chanclas y fue al baño con una lágrima resbalando por su mejilla. Se encontraba muy mal. Cuando se sentó en el inodoro contempló con consternación cómo se había manchado de algo denso y marrón. La vergüenza fue tal que le hizo olvidar el dolor. Horrorizada, comenzó a llorar. Se quitó las bragas entre sollozos y cogió una botella de champú de la repisa de la ducha. Abrió el grifo pero volvió a cerrarlo temblorosa. Dejó el champú y cogió papel para frotar aquello, pero no se iba. Resignada, volvió a ponérselas con aprensión, se sonó y salió decidida a pedir ayuda.

Caminó indecisa hasta el quicio de la puerta del salón, a unos metros del alboroto de los adultos. Vio a su madre en un corro de gente, destacando con su melena rubia suelta y un vestido largo atado al cuello.

Le hizo un gesto, pero Elena no la vio. Se atrevió a decir un «mamá» en un susurro, pero era imposible que la oyera. Margheritte, la mujer de Hans, se acercó hacia la puerta, portando una cubitera.

Le acarició la mejilla con la mano libre y le preguntó con su peculiar acento alemán:

—*Lussi*, *¿esstáss bieng?*

La niña hizo un gesto indefinido, pero su cara de dolor inquietó a Margheritte.

—*Espegga*, que aviso a tu *madgre*.

Margheritte se acercó a Elena y le susurró algo al oído. Elena se volvió de inmediato y buscó a su hija con la mirada. Cuando la vio de pie junto a la puerta hizo un gesto de disgusto y avanzó hacia ella hablando en voz alta:

—¿Se puede saber qué haces ahí? ¡Hija, qué pesada eres! —Por el camino dejó el vaso y acompañó sus reproches con ademanes contundentes—. Siempre que estoy con alguien intentas llamar la atención. —Había llegado y le estaba echando una buena bronca—. A la cama, venga. Y no me salgas con que tienes miedo, porque estás durmiendo con Carol y Grétel.

Lucía se acobardó y negó con la cabeza.

Su madre la observó. La niña tenía mala cara.

—Dime qué pasa. ¿Por qué te has levantado? ¿Te duele algo?

Esta vez asintió. Pero siguió muda.

—Pues di —apremió—, que no podemos estar aquí toda la noche.

La niña le hizo un gesto para que se agachara para susurrarle algo al oído. Ante las confusas explicaciones de Lucía, la agarró de la mano y la arrastró hasta el baño.

Pero cuando su madre vio la mancha, una mezcla de tristeza, remordimiento y compasión la impulsaron a abrazar a su hija. No era una indigestión o algo que le hubiera sentado mal, como la niña le expuso acongojada por la vergüenza. Elena aclaró sus dudas y la tranquilizó.

—Mañana no me podré bañar —dedujo compungida—, ¿verdad?

—Así es, hija. Inconvenientes de hacerse mujer. Nos iremos antes a casa, ¿vale? —Aquella sería una buena excusa; nadie se extrañaría de su partida prematura si la niña no se encontraba bien.

—¡Pero no le digas a nadie el motivo! —rogó apurada.

El domingo apareció un coche a recogerlas. Se disculpó con sus amigos: un «pobre Luci», un «fíjate que pasarle esto fuera de casa», un «gracias, nos llevarán estos amigos que os comenté», besos aquí y allá... y se fueron.

—Mamá, ¿quiénes son? —preguntó Lucía al ver el coche.

—Unos amigos.

—No los conocía.

—No tienes por qué conocer a todos mis amigos —la tensión arreció.

Al subir al vehículo la pareja de desconocidos les preguntó con cortesía cómo habían pasado el fin de semana e hicieron un par de comentarios sobre el tiempo. Luego siguieron en silencio. Al llegar a casa, le indicaron a Elena que en un rato vendría Ridau a visitarla.

Entraron en la portería. Elena era un amasijo de tribulaciones inconexas que le producían una desagradabilísima sensación de caos. Le gustaba tenerlo todo controlado y desde el viernes las circunstancias la controlaban a ella. No sabía qué querrían que hiciera, pero Djamel tomaría represalias si se daba cuenta de que lo vigilaban.

Y para colmo llevando a su hija con la que, por cierto, tenía que hablar de muchas cosas. A ella nunca le explicaron nada de niña, pensó. Recordó el malestar con que había salido de Canet, con el brazo sujetándose el vientre como si fuera a perderlo. Un Melabón le haría bien, si conseguía tragarse el sello. ¿Cómo iba a llevársela con Djamel si seguía doblada por la mitad? Él no la creería si decía que estaba indispuesta. Las preocupaciones hacían relevos en una carrera interminable. Llegó el ascensor. Lucía, Elena, dos bolsas de viaje y un fardo de miedo, subieron a casa.

Inició la rutina con más brusquedad de lo habitual, deshizo las bolsas, tiró la ropa a lavar, buscó el Melabón para su hija y se sentó unos segundos a fumar un cigarrillo en el salón con su hija acurrucada contra ella. A la segunda calada sonó el timbre del telefonillo.

—Ya están aquí —suspiró—. Lucía —acarició su mejilla; la niña estaba ojerosa y pálida, hecha un ovillo sobre su regazo—, túmbate un ratito en tu cuarto, a ver si te hace efecto la medicina. Dormir te sentará bien.

Recibió al inspector Ridau y a sus acompañantes en el salón. No esperaba tanta gente. El inspector le presentó a una mujer y a otros dos hombres. Elena saludó al subinspector Yáñez, al que no había olvidado desde su visita a Confecciones Lena. Eran muchas las cosas que tendría que confesarle, pero ya no podía echarse atrás, y para su asombro, no les sorprendió. Tan solo obvió cualquier comentario sobre Braulio.

Le explicaron que habían montado un operativo de emergencia para el lunes, vigilando todas las calles de acceso al banco. Tratarían de detenerlo a la salida.

—¡Ni hablar! —los ojos verdes de Elena fueron con rapidez de una cara a otra—. Iré con mi hija y no quiero que corra ningún riesgo.

—Esperaremos a que se aleje, por supuesto —la tranquilizó Yáñez.

—¿Y si nos obliga a ir con él?

—Les seguiremos. No se preocupe. Sabemos cómo hacer estas cosas. Además, oiremos todo lo que digan.

—¿Queeeé? —El rostro de Elena terminó de desencajarse.

—Llevará un micrófono. Hemos pensado ponérselo a la niña. No creo que sospeche de ella y puede...

—¡Ni lo sueñe! —les gritó—. ¿Pero cómo se les ha podido pasar por la cabeza semejante barbaridad? Mi hija va porque Djamel nos ha amenazado con volver si no voy con ella. Él sabe que con mi hija allí no le pondré en situación de riesgo y tiene razón. Se me están quitando las ganas de ayudarles. Olvídense de mi hija.

—Pues lo llevará usted. Necesitamos saber lo que hablan, por su propia seguridad.

—¿Y si me registra?

—Estarán en un sitio público, no tendrá oportunidad.

—Ustedes deben pensar que es tonto... —empezaba a sentirse como un animal acorralado— o que la tonta soy yo.

—Elena, esta joven —Ridau señaló a su compañera— pasará la noche aquí. No se preocupe si no dispone de habitación. Está acostumbrada a dormir en sitios peores. Raquel se ocupará de colocarle el micro mañana.

—¿Y si no llevo micro? —Su voz sonó menos decidida, asustada.

—Lo siento, pero no hay discusión sobre eso. Estarían en

peligro. Pero tenga en cuenta que en la cámara del banco no podremos oírles.

Ultimaron los detalles y se fueron todos menos la frágil Raquel, la joven que permanecería con ellas y que nunca habría imaginado que trabajara para la INTERPOL.

Al poco llegó la que faltaba: Dolores. Su irrupción terminó por desquiciar a Elena. No se había acordado de ella para nada, tendría que darle una explicación.

—Hija, cuántas visitas inesperadas. Parezco un huésped. No me entero de nada.

Se inventó que era una amiga que conoció en un viaje y que tenía problemas en su casa. No se metió en detalles y su madre tampoco mostró mayor interés.

Hasta después de cenar no pudo sentarse a ordenar las ideas. Como un insecto preso en una tela de araña, cuanto más intentaba liberarse, más hilos la sujetaban.

Acomodó a Raquel en la habitación del servicio, junto a la cocina; la cama plegable era cómoda. Cuando todos se recogieron se retiró ella también. Esta vez escribir su diario no le consoló lo más mínimo. El clavel seguía allí, marcándole el peligro; cuánta razón tuvo aquella mujer, cuántas veces se lo repetía, cuántas lo había recordado. Se fue a la cama cuando acabó con las existencias de L&M y los trazos de su diario se mezclaban entre sí.

48

El lunes, Lorenzo salió hacia la empresa con la carta anónima en el bolsillo para echarla al correo cuando terminara la jornada.

Llegó temprano, como siempre, y también como siempre se reunió con Carlos a primera hora. Las palabras de su socio y amigo rebotaron en las paredes, en los muebles y en el propio Lorenzo como si no fuera un ser vivo. Carlos terminó por preguntar si le pasaba algo, pero Lorenzo salió disparado tras balbucear una excusa estúpida.

Se acercó al departamento de diseño para organizar la marcha, como hacía a diario aprovechando los relajados horarios de Verónica. Seguía controlando en la sombra el departamento, y corrigiendo los desastres que el poco conocimiento de aquella mujer sobre la materia, y su nulo interés por aprender, provocaban con frecuencia. Todos lo respetaban pero, poco a poco, con sus gracias y regalos, de forma más o menos consciente, la Vero los había conquistado y no le obedecían como antaño. Lorenzo los miró a todos, se secó el sudor de la frente y aflojó el nudo del pañuelo que adornaba su garganta.

No tuvo las ideas tan claras como otros días. Terminó su vuelta crispado, rectificando sus propias decisiones y más tarde de lo habitual; tanto que Verónica llegó cuando se despedía. Cruzaron una mirada de odio y el silencio se espesó. Todas las cabezas dibujaron un movimiento descendente, posando la vista sobre sus tareas en una coreografía no ensayada.

A esas horas, Elena y su hija se encontraban camino de su cita con Djamel.

La empresaria no recordaba haber pasado una noche más tensa que esa jamás, y en sus múltiples guerras había tenido vigilias antológicas. Lo mismo la tristeza llenaba su boca de un sabor acre recordando tantos momentos duros vividos desde su niñez, como esos mismos recuerdos revivían miedos del pasado, y estos la devolvían al gélido miedo actual de que su hija se viera envuelta en una situación de peligro por su culpa, y que nada estuviera bajo su control comprimía su pecho.

A las seis y media, harta de girar sobre sí misma ahuyentando el tictac del reloj, se levantó y se fue a la cocina a preparar los desayunos para las tres que saldrían temprano. Su madre no despertaría hasta las diez o las once, pero esperaría tener su desayuno recién hecho en cuanto entrara en la cocina, como siempre. Adelaida ya habría llegado para entonces.

Con la cafetera italiana bajo el grifo oyó un ruido a su espalda. Era Raquel. La joven ya se había duchado y arreglado.

—¿Le ayudo? —su gesto amable y expresión comprensiva reconfortaron a Elena.

Tuvieron una pequeña conversación de circunstancias mientras salía el café y colocaban las tazas en la mesita plegable. Se deleitaron con aquel líquido caliente como si fuera una suerte de poción mágica para enfrentarse a lo que tenían por delante. Apuraron sus cafés y Raquel le indicó a Elena que colocar el micrófono llevaría su tiempo y era mejor hacerlo con tranquilidad.

La noche de antes había preparado la ropa. Un vestido con cuerpo ablusado y falda de capa, de una tela de algodón grueso con flores abigarradas de color morado. Lo había elegido por sus muchos pliegues y vuelo, incluso las mangas eran anchas haciendo difícil que se marcara lo que le pusieran debajo. Y no podía desabrocharse. Temía que Djamel le hiciera abrirse la ropa para comprobar que no llevaba nada. Cuanto más difícil se lo pusiera, mejor.

Raquel entró en el baño. Miró el vestido y lo aprobó en silencio. Se le ocurrió una idea, dadas las características del atuendo. No era lo habitual y tal vez fuera incómodo para Elena, pero sujetaría el transmisor al antebrazo con cinta adhesiva, casi en la axila. Si la palpaba, no sería fácil detectar el dispositivo.

Cómo le anticipó Raquel, la tarea se prolongó durante un buen rato. A Elena le resultó muy incómodo. La manga le llegaba al codo, donde el vuelo se recogía en un bies y se ajustaba al brazo con un botón. Comenzó a sudar; y eso que todavía no habían hecho nada, se lamentó. Siguiendo su costumbre, había encendido la radio para ponerse al día y en ese momento daba las ocho y media, hora de levantar a su hija. En cualquier momento Djamel las haría salir corriendo.

Iba y venía organizando cosas con un siniestro runrún en la cabeza. Algo se le olvidaba, algo importante. Pero no sabía qué.

Lucía se levantó a regañadientes. Miró el reloj. Era más tarde que de costumbre. Quedaban pocos días de colegio, pero no solía faltar ni aunque fuera final de curso. No pudo preguntar nada porque su madre ya había salido de nuevo.

Se lavó la cara para quitarse las legañas, se hizo una coleta y fue a desayunar canturreando. Del dolor horrible que la había tenido postrada el fin de semana solo quedaba un rumor.

El gesto rígido de su madre y la inexpresividad de la huésped le borraron el optimismo de un plumazo.

Se estaba lavando los dientes cuando Elena la llamó a gritos. Se iban.

—¿Adónde vamos, mamá? —preguntó mientras se vestía a toda prisa.

—Tenemos que ir al banco —contestó colgándose el bolso del hombro.

—Pero ¿qué pinto yo en el banco? —El ceño de Lucía dibujaba una punta de flecha señalando hacia la nariz respingona—. ¿Qué vamos a hacer allí?

—¡Ostras! —Su madre miró a Raquel con cara de horror—. Menos mal que me has preguntado, ¡se me olvidaba lo más importante! —Salió corriendo a su habitación.

El medallón y la llave de la caja no los llevaba. Lo inspeccionó con curiosidad. No entendía qué tenía aquel medallón que era tan importante. Cuando Ridau estuvo en su casa le pidió inspeccionarlo, y por más vueltas que le dio no sacó nada en claro. Debía poder abrirse de alguna forma pero no lo forzó para no dañarlo.

Djamel, minutos antes, las había citado en Barrachina, una cafetería de las de toda la vida en plena plaza del Caudillo, y que a esas horas estaría muy concurrida. Tenían diez minutos para llegar.

Sonó el telefonillo. El taxi ya estaba abajo. Raquel le dio un par de instrucciones al oído. Ella se iría en cuanto Elena y su hija partieran.

Adelaida acababa de llegar, pero no entendía nada; en aquella casa previsible y rutinaria, el caos había entrado. Le molestó que una intrusa hubiera dormido en sus dominios y Elena la oyó protestar por lo bajo conforme abandonaba la casa pero no era momento para dar explicaciones ni sabía cuáles dar.

Llegaron a Barrachina en el tiempo establecido. Al entrar, un bullicio alegre golpeó su preocupación.

—¡Marchando dos cortados, uno solo y tres medios de blanco y negro!

—¡Un sol y sombra para el caballero!

—¡Bocadillo de calamares y caña!

Los camareros iban y venían frenéticos poniendo almuerzos a los habituales que se arremolinaban en la barra.

Recorrió el local con la vista. Lo reconoció enseguida a pesar del pelo blanco y de la extraña palidez exhibida por una piel mate. Al verla, le hizo una seña.

Ella tragó saliva. Se había colgado el bolso en el lado del transmisor; la ligera separación del brazo camuflaría su presencia.

Lucía miró a aquel hombre tan parecido al que llevó las flores a su madre.

Se saludaron con frialdad y el hombre se dirigió a la niña.

—Hola. Tú debes ser Lucía. Mi hermano me ha hablado mucho de ti.

—¿Tu hermano es el que le regaló flores a mamá? —El

asombro asomó a sus ojos al escuchar su voz, idéntica a la del hombre en quien estaba pensando.

—Sí, así es. ¿Cómo habéis pasado el fin de semana? —le preguntó a la niña.

Elena recibió un golpe en el pecho proveniente de su interior.

—Bien —afirmó Lucía, despreocupada—. Bueno, no, bien no. Tuvimos que volver antes —rectificó—. Nos trajeron unos amigos de mamá.

Elena le apretó el brazo con disimulo a su hija. Conocía el código de aquel mensaje: había dicho algo inadecuado, pero no entendía el qué.

—Ah, ¿volvisteis antes con unos amigos? —Los ojos de Djamel oprimieron la garganta de Elena.

—Sí —prosiguió la niña, vacilante—. Me puse... mala. Me encontraba muy mal y no me podía bañar —se estaba poniendo colorada—. Así que nos volvimos.

Elena liberó el aire retenido en los pulmones.

Djamel relajó el gesto.

—¿Y estás mejor?

—Sí, gracias. —Bajó la cabeza ocultando sus mejillas inflamadas por el hilo de la conversación.

—¡Dos de churros con chocolate para la pareja de la esquina!

—¿Queréis tomar algo?

A Lucía se le iluminó la cara. Pero conforme decía «Tortitas» su madre rechazaba la invitación alegando que ya habían desayunado.

—Como quieras —se volvió a la niña con las cejas arqueadas y el morro fruncido—. Que conste que lo he intentado. Otro día te traeré a comer tortitas.

Lucía sonrió y asintió contenta.

—Necesito ir al baño —dijo la niña bajando la voz.

—Te acompaño —Elena miró a Djamel.

—Bien, os esperaré en la puerta. Pero no tardéis.

Cuando la niña terminó, Elena aprovechó para explicarle lo que iban a hacer en el banco. Si al final bajaba con ellos a la cámara, se pondría a hablar de cualquier cosa con aquel señor, en cuanto les abrieran el cajetín y lo depositaran sobre la mesa.

—¿Pero de qué?

—¡De lo que se te ocurra! ¿No te digo siempre que eres el «diario hablado»? Pues lúcete, necesito que lo entretengas unos minutos.

Se dirigieron a la salida de la cafetería. Elena hizo pasar primero a su hija y Djamel extendió su brazo cediéndoles el paso. Aguantó la puerta y al seguirla aprovechó para inspeccionar con su mano la espalda y las nalgas de Elena con un discreto movimiento. Ella se estremeció y se giró arrojándole en silencio la rabia acumulada desde su aparición. Él se puso a un lado y la agarró con discreción de la cintura, sus dedos hollando el fino cinturón de tela que ceñía el vestido.

A Elena se le detuvo el pulso unos segundos, para reanudarse a golpes fuertes, sonoros, que rebotaban en su pecho y en su sien. Apretó el brazo donde llevaba el aparato y el bolso, y se deshizo de Djamel con un ademán discreto.

—Buena chica —aprobó él en voz alta, terminado su reconocimiento.

La media sonrisa del hombre, y las gafas Ray-Ban Tortuga que ocultaban sus intenciones, daban un aire familiar, de normalidad, a la situación.

49

Tras cruzarse con Lorenzo en sus dominios, Verónica entró con paso firme en su despacho. Soltó el bolso y volvió a salir con los brazos en jarras y los tacones rabiando contra el suelo. Aquello era preludio de tormenta.

—¿Se puede saber qué hacía Lorenzo Dávila aquí? —inquirió.

Todos callaron. Le habían ocultado la visita matutina diaria, conscientes de la animadversión que le profesaba y de lo violenta que llegaba a ponerse cuando se la contrariaba.

—¡¿No me habéis oído?! —repitió con los ojos llameando bajo un halo rubio platino.

Mari Carmen era quien más confianza tenía con su jefa, y se decidió a hablar.

—Quería saber cómo va el nuevo muestrario, por si alguna novedad requiere preparar maquinaria especial. Ha sido un momento —mintió; nadie le iba a llevar la contraria—. Va a comprar máquinas, creo, y preguntó si podría hacer falta alguna más.

La respuesta no la satisfizo y salió ametrallando el suelo hacia el despacho de Lorenzo.

Entró sin llamar y cerró de un portazo.

—¿Qué te crees que haces entrando en *mi* departamento? —le gritó descompuesta.

—Te recuerdo que soy socio de esta empresa, y hasta tu llegada —a pesar del susto provocado por la violenta irrupción, se mantuvo firme—, era yo quien lo llevaba todo; por cierto, con bastante más idea que tú.

—¡¿Te atreves a poner en duda mi capacidad, viejo mariquita?! —Sus palabras se arrastraron viscosas por las paredes blancas del despacho—. Te queda poco de disfrutar de esta posición.

Lorenzo sintió una sacudida. Su corazón, tan inestable, se había desbocado.

—Puede que tus planes no se cumplan, querida —contrataco sacando aplomo de algún lugar escondido—, al menos si yo puedo remediarlo.

—¿De qué hablas? —Los ojos entornados de Verónica escrutaron los de Lorenzo.

—Nada, que tengo información muy valiosa de tus correrías con Gonzalo Morales y sé lo que pretendes hacer. Pero no te va a servir de nada, porque pronto esa información estará en manos de alguien que te lo impedirá —terminó con rabia y una sonrisa de tímida satisfacción.

—Es un farol —le retó con frialdad, sus ojos todavía fijos en los de Lorenzo, que respiraba con bastante dificultad.

—No —afirmó con toda la vehemencia de que fue capaz, desatándose el pañuelo que ceñía su cuello—. Tengo pruebas.

—Mientes. ¿Qué pruebas puedes tener, maricón de mierda?

Aquellas palabras fueron un bofetón para Lorenzo. Abrió el cajón, sacó la grabadora y buscó la cinta que guardaba en una caja metálica de la que él tenía la llave. La accionó y la cinta comenzó a girar. Las voces de Verónica y Gonzalo se escucharon a media conversación.

—¡Maldito hijo de puta! —Había palidecido—. ¡Vas a darme esa cinta ahora mismo!

—Ni... lo sueñes —La situación le superaba, jadeaba—. Además, tengo una copia.

—Si se la das a Carlos, lo matarás —le amenazó nerviosa.

—No se la daré a él. —Una media sonrisa afloró en su cara congestionada por la presión—. Es para la única persona que puede pararte los pies. —Con un ademán sacó la parte superior del sobre que guardaba en el bolsillo interior de su chaqueta, y lo volvió a meter.

Desde fuera, Teresa, una de las operarias, seguía los acontecimientos sin decidirse a intervenir. A través de la persianilla de lamas metálicas vislumbraba la discusión y los gestos de ambos permitían hilvanar las costuras de la conversación, aunque el dibujo era imperfecto.

En ese momento Verónica la vio y cerró con brusquedad las persianillas. Teresa oyó el ruido de un forcejeo y un gemido de Lorenzo.

—¡Te juro que te acordarás de esto! —escuchó—. Ya te dije que tengo amigos que estarían encantados de enviar a un tipo como tú al penal de Huelva o Badajoz. ¿Sabes qué? Que ahora mismo voy a llamar, mira por dónde. —Tras unos segundos de silencio sonó de nuevo la voz—: ¿El Comisario Baldenedo?... De su sobrina Verónica.

Teresa retrocedió al escuchar el nombre de un comisario, pero la curiosidad le pudo y volvió a acercarse. Mientras le pasaban la llamada, Verónica siguió apretando la cuerda.

—No solo darás con tus huesos de maricón en la cárcel, sino que me encargaré de que la noticia llene los periódicos. —Su tono sonaba a triunfo, parecía hablar sola—. No sabes lo que le gustan estas cosas a la prensa. Serás la vergüenza de tu familia...

Las amenazas prosiguieron mientras esperaba contestación, hasta que algo cambió su discurso.

—¿Algún problema, querido? ¿Mucha presión? Qué mala cara tienes, estás pálido y sudoroso. Si es que trabajas demasiado y encima te metes en los departamentos que no te corresponde. Espera, deja que te ayude con el pastillero. ¡Dámelo, anda! ¡Huy, qué monas! ¡Cuántas pastillitas! ¡Y qué pequeñitas son!

Teresa tragó saliva. Puso la mano en el pomo para entrar. La retiró. Se alejó unos pasos. Se acercó de nuevo.

—Ya voy, ya... ¡Espera, que me pasan! ¡Hola, tío!... Sí, hacía mucho que no hablábamos... No, nada malo. La mamá está muy bien... Claro, a ver si es verdad...

Un golpe seco y amortiguado, como cuando un fardo cae al suelo, cortó su discurso. Se hizo un silencio espeso.

—Sí, tío, sí, sigo aquí... —contestó al fin la voz femenina—.

Es que no paran... de importunarme. Me ha alegrado hablar contigo. A ver si vienes a vernos. Adiós, adiós.

A Teresa, que fingía recoger unos materiales, el abrupto silencio la aterrorizó más que todo lo escuchado.

Lo siguiente fueron pasos, movimiento, cajones que se abrían y cerraban de golpe, suspiros y un par de «¡ay, madre!» entre asustados y sorprendidos.

Tras un rato imposible de calibrar, Verónica salió. Gotas de sudor caían por su espalda y perlaban el labio superior. A unos metros estaba Teresa poniéndose agua de la fuente. Entornó sus ojos al verla y escrutó su cara, pero la joven bajó la cabeza y con su cuerpo tapó un vaso tembloroso.

En el regreso hacia sus dominios se cruzó con varios operarios transportando *burros* cargados de pieles hacia la zona de corte, y los saludó con toda la simpatía que pudo. De camino tuvo que ir al baño y vomitar. Los nervios siempre le atacaban al estómago. Entró en su despacho sin hablar ni mirar a nadie.

Pero Mari Carmen, al ver su cara descompuesta, se interesó:

—Estoy mal, Mari. La cena. Debí comer algo en mal estado, acabo de vomitar.

Se sentó tras su mesa. Una risa nerviosa la invadió. Levantó la cabeza con rapidez y miró al personal que desde sus puestos podía verla. Cada uno había vuelto a lo suyo.

Iba a bajar la cabeza cuando vio venir a Carlos. Su gesto desencajado la impresionó, no había un músculo de la cara en su lugar habitual. Había llorado, sus ojos hinchados y enrojecidos no podían engañar a nadie.

Respiró hondo sin dejar de mirar la cabeza de Carlos negando sin parar, las manos tapando su boca como si reprimiera un grito de angustia, y se levantó para recibirlo.

Djamel y sus acompañantes caminaron hacia el banco. Durante el trayecto no dijeron una palabra. La calle hervía de gente yendo y viniendo; carteras, trajes, corbatas, carritos de niño, claxon sonando, apresuramiento, normalidad absoluta. Él, protegido por sus gafas de sol, movía la cabeza de forma constante, como un vigía en estado de máxima alerta. Elena paraba sus ojos en los de todos los que se cruzaba, invocando un gesto cómplice, algo que indicara que no estaban solas. Nadie tranquilizó su ánimo.

Los trámites para abrir la caja fueron lentos. Tendrían que esperar unos minutos. Por fin, bajaron. La puerta acorazada ya estaba abierta. Quedaba la reja, que una vez franqueada les dio paso a la sala donde pequeñas puertecitas numeradas protegían secretos y posesiones.

El empleado metió su llave y Elena hizo lo propio. La plancha de metal con el número 412 se abrió. Miró a los tres sucesivamente con gesto indefinido y les indicó:

—Les dejo solos. Pueden poner la caja en esa mesa. Cuando terminen, me llaman. Estaré al otro lado de la puerta.

Elena estiró de la solapilla de la caja hasta extraerla por completo del hueco y la depositó con cuidado sobre la superficie de madera. No quería abrirla con Djamel pegado a ella. Un leve gesto de sus ojos suplicó a Lucía que hiciera algo y, como si le hubiera leído el pensamiento, en ese momento tiraba de la manga de Djamel.

—Se parece mucho a su hermano —le dijo con desparpajo—. ¿De dónde son? —Djamel se dio la vuelta hacia la niña, que lo miraba despreocupada.

—Somos de Egipto —dijo volviendo a mirar a Elena que abría la caja con lentitud procurando darle la espalda—. Luego te lo cuento, ahora estamos haciendo cosas importantes.

Lucía calló unos segundos, pero volvió al ataque.

—Eso está en el norte de África, ¿verdad?, donde las pirámides. Debe de ser muy bonito. Me gustaría ir algún día. Mi madre viaja mucho, pero claro, eso ya lo sabe...

Djamel se agachó un instante hasta acercar su cara a la de la niña.

—Luego hablamos —la orden caló en Lucía, que se quedó rígida—, ¿te parece?

Durante esa pequeña distracción, Elena aprovechó para sacar la cajita de cartón que escondía en su bolso con todo lo que Djamel le había regalado y deslizarla dentro del contenedor metálico haciendo ademán de que la sacaba de allí. Se la tendió temblorosa con un fuerte suspiro.

Djamel se quitó las gafas y la abrió. La tristeza ablandó sus ojos negros.

—Está todo aquí dentro —dijo con pena mirando las pequeñas joyas.

—Ya te lo dije. —El nudo de su garganta se apretaba por momentos. Era difícil no recordar. Miró a Lucía, que tenía los ojos como dos enormes granos de uva—. Lucía, espera un momentito ahí fuera, ¿quieres? —Miró a Djamel con un ruego en los ojos.

—Pero no subas, quédate ahí al lado —consintió; esperó a verse solos antes de seguir—. Elena, sé que piensas que todo fue un engaño. Pero no es así. —La intensidad con que la miraba era tanta que Elena no pudo soportarla y bajó la cabeza. Hizo amago de llevarse las manos a los oídos, no quería escucharle—. Mi vida es muy complicada, no es fácil mantener una relación, pero te aseguro, por si te sirve de algo, que nadie ha estado tan cerca de mi corazón como tú.

—No digas ni una palabra y vete. —Sus manos bloquearon los oídos apretándolos con fuerza, las lágrimas refrescando sus sofocadas mejillas.

Djamel avanzó un paso. Y ella lo retrocedió interponiendo sus manos. A Elena le pareció ver tristeza en la oscuridad de sus ojos.

—Supongo que no puedes olvidar...

—¡No! —respondió tajante.

Por fin, Djamel sacó el medallón de la caja, se lo colgó del cuello e insertando un alfiler de la solapa y accionando los engarces del borde en una secuencia rápida y concreta lo abrió como un reloj de bolsillo; comprobó su interior y un sonido de aprobación brotó de su garganta.

—Todo en orden —lo cerró de golpe—. Ahora habrá que salir de aquí sin que me cojan. Y me vais a ayudar —afirmó, indicándole que guardara el contenedor metálico y cerrara—. Espero, por vuestro bien, que no le hayas dicho a nadie que veníamos.

—No, claro que no...

—Para mí sería muy... doloroso, tener que tomar medidas.

Elena ya no lloraba, solo sentía pánico. Aquello era irreal, no estaba sucediendo. Si pudiera se quedaría en aquel sótano, lejos de lo que les aguardaba.

—Vete y déjanos aquí. Ya tienes lo que venías a buscar. Debía ser importante.

—Información, querida Elena. Conseguir ese microfilm casi me cuesta la vida, le tengo cariño. La información es poder, si llega a manos que sepan aprovecharla. Con lo que tengo aquí mucha gente se va a poner nerviosa. Ahora vamos a salir de aquí despacito. Cuando lleguemos a la calle, Lucía irá delante de mí. Cruzaremos hasta la calle Correos. Si todo sale bien, allí me perderéis de vista.

—Prefiero ir yo delante. Lucía irá a mi lado.

—¿Por qué? —La sujetó del brazo y Elena se desasió antes de que tocara el micrófono—. ¿Qué va a pasar?

—Nada, pero no me gusta que mi hija se te acerque. Ha sido una bajeza hacerla venir. —Elena tragó saliva y llamó al empleado para que cerrara.

Llegaron a la altura de la calle sin decir palabra y, antes de cruzar el vano, Djamel las detuvo. Durante un buen rato estuvo examinando la calle a través de la cristalera con la minuciosa atención de un marino en la mirilla de un telescopio.

—Esto está peor de lo que imaginaba —dijo sin mirar a nadie, poniéndose las gafas de sol—. Lucía, anda, ven aquí conmigo. —La sujetó por el hombro izquierdo, colocándola delante de él, y ocultó su mano derecha entre la espalda de la niña y su propio cuerpo—. Elena, esto ha sido un error muy grande... Ven, ponte a este lado y no digas una palabra. ¿Dónde lo llevas?

—¿El qué?

—El micro.

—No sé de qué me hablas. Lucía, ¿estás bien? —el temor por la vida de su hija le daba fuerzas.

—Sí, mamá. Pero ¿qué pasa? —intentó girarse, pero Djamel no la dejó—. Estáis muy raros.

—Ahora, Lucía, vamos a salir de aquí y a caminar hasta esa esquina para cruzar. Tenemos que ir por aquella calle de allí, ¿la ves?

—Sí, esa es la calle...

—No importa qué calle es —le cortó Djamel—. Solo haz lo que te diga cuando te lo indique.

—Me haces daño. ¿Qué llevas en mi espalda?

No contestó.

—¡Ahora! —Hizo un movimiento brusco para que se pusiera en movimiento.

Los tres salieron del banco. Caminaron hacia el semáforo en verde, pero a esas horas la calle estaba muy transitada. A Elena le pareció ver al inspector Ridau a su izquierda, en la acera de enfrente. Volvió la cabeza hacia su hija, angustiada, suplicante. Cuando alcanzaron el semáforo, este se puso en rojo y el tráfico comenzó a rodar. Se vieron forzados a esperar. Los segundos eran eternos. Lucía miró a su madre, compungida. Su instinto le decía que estaban en peligro.

Alguien se paró junto a ellos y le dijo algo a Djamel que no pudieron oír. La presión en la espalda de Lucía desapareció un instante y al siguiente la persona que se había acercado dio un grito y cayó al suelo.

El semáforo estaba de nuevo en verde.

—¡Cruzad! ¡Rápido! —Djamel empujó a la niña hacia el centro de la calzada.

Sin dejar de correr, Elena se volvió para ver al hombre que yacía en el suelo rodeado de gente intentando ayudarle. Miró a Ridau desesperada negando con la cabeza, pero el inspector miraba hacia la acera del hotel Reina Victoria. Le pareció que hablaba con alguien, pero estaba solo. Todo ocurría a gran velocidad. Estaban a mitad del cruce cuando tras un imperceptible silbido Djamel cayó al suelo. Y llegó el caos. Elena dio un grito desgarrador y quiso abrazar a Lucía, sepultada por el cuerpo inmóvil de su captor, que al caer se la había llevado por delante. Los gritos de su hija le desgarraron el alma.

—¡Lucíiiiiia! ¡Lucíiiiiiiia! —Elena hizo rodar como pudo el peso muerto que la aplastaba y al hacerlo vio un agujero certero sobre aquellos ojos negros que tanto había amado. Sintió unas náuseas insoportables; abrazó a su hija con fuerza—. ¿Estás bien? —Con la mano le peinaba las greñas que cubrían su cara horrorizada y contraída.

—¿Qué ha pasado? —Se tocaba la cabeza con el brazo izquierdo mientras se quejaba—. ¡Me duele! ¡Me duele mucho! —Estaba pálida, al borde de las lágrimas, e intentaba sujetarse el brazo derecho apoyándolo en el cuerpo. Quiso girar la cabeza hacia donde yacía Djamel, pero su madre se lo impidió.

De todas las calles adyacentes habían comenzado a salir vehículos cortando el tráfico, las sirenas clamaban histéricas y varios policías de a pie hicieron una barrera alrededor de ellos, desviando los coches atrapados entre uno y otro corte de calle. Numerosos agentes corrían hacia ellas. El primero en llegar fue el inspector Ridau.

—¿Están bien?

Elena lo miró furiosa.

—¡Podríamos estar muertas! —le gritó sin soltar a su hija.

—Pero no lo están. Venga, su hija necesita atención y no es bueno que se vean implicadas en esto. Tenemos que devolver este lugar a la normalidad o tendremos que dar demasiadas explicaciones.

A Lucía la atendieron en una ambulancia apostada en la calle de al lado. Se había roto el brazo. Lo entablillaron y le hicieron un vendaje para trasladarla a un hospital.

En Loredana, casi al mismo tiempo, se vivía otra tragedia. Cuando Verónica le abrió la puerta al descompuesto Carlos, él se abrazó a ella sin decir nada, traspasándole las convulsiones de su cuerpo mudo.

—Carlos, vida mía, no me asustes —comentó en tono inocente—. ¿Qué ocurre?

Carlos se separó con lentitud buscando aire, espacio para un corazón oprimido por la angustia.

—Verónica... ha ocurrido algo... horrible —las palabras salían con dificultad por la fuerza del dolor—. Siéntate.

Verónica se sentó, asustada; aquella reacción superaba cuanto hubiera podido imaginar, por mucho que supiera del afecto hacia Lorenzo. Carlos se acomodó en el extremo de la silla frente a ella y le tomó las manos entre las suyas, que estaban frías, sudorosas, impregnadas de la inequívoca esencia de la tragedia sin remedio.

—Es... —Sus pupilas brillaron húmedas y su voz quebrada rasgó el aire— Isabelita.

—¡¿Isabel?! —Palideció, y un pequeño temblor se apoderó de su cuerpo—. ¿Qué pasa con Isabel? —le apremió.

—Me ha llamado tu madre... —tragó saliva, miró al techo y volvió a los ojos de Verónica, luchando por aguantarle la mirada—. Ha ido a levantarla porque no la oía. Le extrañó que durmiera tanto...

—¡Habla, por Dios! ¡¿Qué le ha pasado?!

—Está... está... no despertó, no despertará... —No pudo seguir, tan solo apretó con fuerza las manos de su mujer y dejó que las lágrimas desbordaran sus ojos apretados.

Un grito desgarrador rompió la tranquilidad del departamento.

—¡Noooooooo! —gritó desesperada; y tras la desesperación, el abatimiento se llevó sus fuerzas—. No... puede... ser —masculló en tono imperceptible.

Carlos la abrazó. Verónica se mantuvo con la boca abierta en un esfuerzo por expulsar un grito de dolor, bloqueado por la contracción absoluta de su alma. Solo conseguía golpear con los puños la fuerte espalda de Carlos, clavando mil puñales inexistentes al que se había convertido en un cartero macabro, el emisor de una carta errónea que nadie debía recibir.

Tras unos minutos, otro alarido destrozó el aire.

—¡¡¡Ella no tenía que morir!!!

Por megafonía se escuchó una llamada metálica pidiendo a Carlos que contactara urgentemente con recepción. Alguien del departamento, atento a la escena, llamó a centralita. No creía que hubiera nada más urgente que lo que estaba ocurriendo allí aunque no supiera el motivo del drama.

Se equivocó. Fuera lo que fuese lo que hubiera pasado, la noticia que le dieron por teléfono era grave. Teresa había encontrado a Lorenzo Dávila muerto en su despacho.

Epílogo

Nadie durmió esa noche, negra a pesar de la luna que lo iluminaba todo con demasiada claridad. Elena pasó horas escribiendo y releyendo su diario entre ondas húmedas que emborronaban las letras dejando surcos como babas de caracol; frente a ella, un clavel tan seco como su corazón le recordaba que todo estaba escrito y aun sabiéndolo no pudo evitarlo. Como vio con claridad en el oscuro agujero sobre los ojos de Djamel, acababa de cerrarse un capítulo de su vida que no podía definir en un solo sentimiento y que se los había robado todos. Nunca se sintió más viva que en aquellos días de guerra en Beirut, y ahora su recuerdo, junto a la traición que la había desgarrado por dos veces, había reducido a cenizas su corazón, o lo había congelado, o ambas cosas. Cenizas congeladas, eso sentía, un vacío helado como el que dejan las bombas al arrasar hasta el último hálito de vida de un pueblo. Ese era el triste balance de su empeño por garantizar un futuro a su hija, haber arriesgado su vida.

Refugiada en las páginas de su intimidad, volvieron los temores. El clavel, la gitana... parecía imposible, pero acertó. ¿Casualidad? Tal vez, pero no lo creyó. Aquel vaticinio y lo ocurrido con Djamel le hicieron temer lo que Verónica pudiera hacer en el futuro con Lucía, como si sobre ellas pesara una maldición imposible de eludir. Pasó la noche envuelta en pesadillas, ajena todavía a la magnitud de la desgracia que había caído sobre el foco de sus temores.

A la mañana siguiente al día en que todo cambió, el sol brillaba cruel. Resultaba insultante su luz, cuando los corazones se hundían en un pozo oscuro.

Los periódicos publicaron la versión oficial de la noticia: un atracador había sido abatido en un tiroteo al intentar escapar de un banco con dos rehenes; nadie había resultado herido. No aparecían nombres, ni detalles, un cuarto de columna en la sección de sucesos. Elena lo releyó con tristeza: «nadie ha resultado herido». Levantó la cabeza y perdió su mirada en el infinito mientras una lágrima contradecía la noticia del periódico. Suspiró y volvió su atención a la prensa meneando la cabeza.

Siguió pasando hojas; iba a saltarse las esquelas, pero una de media página la obligó a detenerse. Con los ojos muy abiertos, leyó que los empleados de Loredana daban su más sentido pésame a la familia de Lorenzo Dávila Navarro, fundador de la sociedad, y rogaban una oración por su alma. La misa funeral de *corpore insepulto* se oficiaría por la tarde. Así se enteró de la segunda desgracia del día. Su garganta intentó tragar una saliva inexistente. Su boca se había secado la víspera.

Pero aún faltaba la tercera, que llegó sin haber asimilado la anterior.

Sonó el teléfono. Era Rodrigo Badenes.

—Elena.

—¿Sí?

—No sé si te has enterado...

—Acabo de ver la esquela en el periódico.

—No me refiero a lo de Lorenzo. Yo también la he visto.

—¿A qué te refieres entonces?

—La niña de Carlos...

—¿Su hija? No sé nada. ¿Qué ha pasado?

El silencio. Uno, dos, tres segundos... Mal presagio.

—Muerte súbita —soltó sin más preámbulo—. Ayer por la mañana no despertó.

Tercer mazazo, el que más dolió, el que más temería después explicárselo a su hija.

La vida era una partida de ajedrez. Ganara quien ganase, habría bajas por ambos bandos y en cada movimiento era uno quien avanzaba. Lo que nunca pensó es que en esa partida a Carlos el triunfador le darían tan fuerte.

Lloró. Por la muerte de Lorenzo, al que nunca conoció más allá de los contactos en la Feria, pero al que los cariñosos deslices que se le escapaban a su hija se lo habían dibujado como una especie de genio protector. Por Carlos, sintiendo su dolor como propio sin entender por qué. Por la pequeña fallecida, de la que su conciencia le decía que no había sido justa con ella. Si recibió con ira la noticia de la paternidad de Carlos, la muerte de la pequeña la sumió en una espiral de remordimientos, como si con sus malos deseos, sus celos, sus temores, hubiera empuñado la guadaña de la parca sobre aquella vida inocente, aunque nunca le hubiera deseado mal. Pero sobre todo lloró por su hija, segura de que todos aquellos acontecimientos marcarían su vida aún no sabía cómo.

Lucía asimiló con dificultad lo sucedido. No solo lo del banco, sino las lúgubres noticias que se amontonaron. A esa edad ya era una niña madura, casi una adulta en miniatura, pero después de aquello cualquier rastro de inocencia o candidez se evaporó. Aprendió que la vida no era justa. Que el peligro podía alcanzarte incluso de la mano de tus propios padres. Que no son superhéroes que te salvan de peligros, porque a ellos la desgracia les golpea con la misma fuerza. Que la muerte vivía cerca y no era patrimonio de ancianos. La realidad se injertó en su alma como una planta trepadora que llegaba a todos los rincones ocultando los recuerdos infantiles y las ilusiones propias de su edad. Pero esa misma conciencia de que los cuentos no existen la hicieron aprovechar cada segundo de dicha como si fuera a desvanecerse para no volver jamás. Le quedaba mucho por pasar, las guerras de Elena no habían acabado, pero en el futuro ella decidiría el bando en que luchar, tomaría sus propias decisiones, y, sobre todo, aprendería a vivir en paz.

La muerte de Lorenzo se resolvió sin sorpresas. Fue Teresa quien lo encontró casi inconsciente balbuceando incoherencias segundos después de que Verónica abandonara su despacho. Murió antes de que llegaran las asistencias, con Teresa sujetándole una mano y susurrándole palabras de esperanza ante un círculo de angustiados operarios. Ella nada dijo de lo que vio u oyó.

La conclusión de las asistencias fue muerte natural por infarto de un corazón achacoso, reforzado por la presencia de las cafinitrinas que lo rodeaban como confeti.

No fue eso lo que le quitó el sueño a Verónica, tranquila con la carta y la cinta de Lorenzo en su poder. Durante meses, la angustia por la pérdida de su hija la tuvo postrada, desvariando. Nadie dio credibilidad a su constante letanía: «es culpa mía, es culpa mía, ay, ella no tenía que morir». Lo repetía como un disco rayado, mientras Carlos y Manuela la miraban con pena. Fue Manuela quien en esos meses se hizo cargo del pequeño Carlos, al que apodaron Charly para diferenciarlo de su padre. Crecería ignorante de la desgracia de su hermana, a la que jamás se volvió a nombrar y que se había ido de este mundo de la mano del que fue su padrino de bautismo; e ignorante de la existencia de otra hermana, de la que tenía vetada la compañía. Un niño que nunca supo cómo consiguió llevar el apellido de su padre ni los problemas que su nacimiento dejó atrás.

La normalidad volvió poco a poco al hogar de los Company. Verónica despertó de su letargo con la idea, más clara que nunca, de proteger al hijo que le quedaba y vengar su desgracia: pasó de repetir su letanía autoinculpatoria, a un rotundo «ha sido ella», sin que nadie supiera en un primer momento que «ella» era Elena. Tal vez fue ese desplazamiento del peso en la culpa lo que la despertó de la locura, sumiéndola en otra menos evidente pero igual de peligrosa. Su guerra, en realidad, acababa de empezar.

Carlos se volcó en el trabajo. En parte obligado por el vacío que dejó Lorenzo en la empresa, en parte como terapia para olvidar, como siempre hizo Elena. Siendo un hombre emprendedor y seguro en los negocios, nunca afrontó bien las dificultades del alma, prefiriendo no encararlas. Y eso hizo también, no mirar atrás y protegerse estrechando su campo de visión. Simplificó una vida complicada y se anticipó a los problemas que quiso ver venir —o eso creyó—, apartando la vista de los que le inquietaban.

Gerard debería haber sido el gran ausente, pero fiel a su costumbre de aparecer y desaparecer de forma imprevisible se presentó en Loredana a los pocos días de la tragedia para ofrecer su inestimable ayuda y dar el pésame a un Carlos que lo echó a cajas destempladas.

Saldada su deuda con los Gaytán y con los años pesando en la espalda, navegó por aguas tranquilas mientras le duró la fortuna, pero no dudó en acercarse a la familia cuando su economía hizo aguas de nuevo.

Tan solo quedó un fleco suelto, algo fuera del triste control en que todos creían tener por fin sus vidas.

Una semana después del entierro, la hermana de Lorenzo fue al piso del fallecido para organizar el vaciado. Dado que los únicos herederos eran ella y Carlos, al que Lorenzo había legado su participación en la sociedad, todo cuanto allí quedaba era suyo.

Conocía la existencia de la caja y su combinación. Empezó por ella, sabía que funcionaba más como un arcón de intimidades que como una caja de caudales, pero esas intimidades, aunque había querido mucho a su hermano, nunca quiso compartirlas.

Al abrirla encontró algunos paquetes de fotos. Sin mirarlos los metió en una bolsa de basura. Un extraño objeto que no había visto en su vida siguió la misma suerte. Restaba un sobre marrón. En él, de puño y letra de su hermano, constaba:

Para cuando Lucía Company Lamarc cumpla 18 años.

No supo qué hacer con él en ese momento, pero el sobre no tardó en llegar a manos de un sorprendido y emocionado Carlos, que como siempre hizo en vida de su amigo Lorenzo, decidió respetar su voluntad y guardarlo hasta la fecha señalada.

Sería, seguro, una bonita sorpresa.

Nota de la autora

Siendo esta mi segunda novela y estando directamente relacionada con la anterior *(El final del Ave Fénix)*, se ha concebido como un libro independiente. Para evitar que los que no conocen el principio de la historia encuentren lagunas, se han dibujado los personajes con pinceladas y algunas referencias a su pasado para ayudar a identificarlos con claridad, pero es posible que algún lector curioso se quede con la sensación de que necesita saber más sobre su pasado. A los que así les ocurra, les pido disculpas; la intención ha sido evitarlo pero sin repetir lo ya incluido en la novela anterior.

Los hechos contados son ficticios aunque los escenarios son reales y los acontecimientos internacionales que se narran (inicio de la Guerra del Líbano, celebración de Mofitex, Conferencia para Oriente Medio) sucedieron en las fechas mencionadas. La única licencia es la recreación del atentado contra Anuar el Sadat en el aeropuerto de Múnich, que nunca ocurrió, si bien es cierto que en aquellas fechas se celebró en Salzburgo la Conferencia de Paz para Oriente Medio, en la que participaron tanto el presidente egipcio Anuar el Sadat como el presidente de Estados Unidos Gerald Ford y que suscitó una fuerte controversia en el mundo árabe. La posibilidad de un atentado terrorista estuvo presente.

El final queda abierto, y se cierra con la tercera novela de esta trilogía. Entre las tres componen un solo libro, la historia completa de *El final del Ave Fénix*. Por su extensión, habría sido imposible publicarlo en un único volumen siendo mi primera obra, o así lo creí, pero la historia fue esta desde el inicio.

Agradecimientos

A los primeros que quiero agradecer la publicación de esta segunda novela es a mis lectores. Ellos me han dado la fuerza, no para seguir escribiendo, que esa siempre está, pero sí para decidirme a publicar de nuevo. Sus comentarios en foros, en Facebook, en mi web o en Twitter, incluso los que me han reconocido por la calle, me han animado a editar esta segunda novela.

Podría haberlo hecho sola, pero tener la confianza de una buena editorial respaldando tu trabajo es un sueño al que no podía renunciar, y es muy de agradecer que se hayan lanzado a esta aventura en uno de los momentos más difíciles por los que ha pasado el mundo literario.

También quiero dar las gracias a Virginia Vivó, cuya fe en mi trabajo fue muy importante para continuar el camino, al igual que a Antonia J. Corrales, que desde la distancia ha sido para mí un ejemplo a seguir y una mano amiga que me ha guiado con una generosidad impagable.

A Laura Zorrilla, que revisó mi primer manuscrito y me dio un palo monumental haciendo que me replanteara muchas cosas que espero, en esta edición por fin publicada, estén resueltas.

A M. Ángel Buj, escritor y amigo, que consintió en leer el manuscrito, me animó y me aportó no solo un punto de vista muy valioso, sino un trabajo profesional y bien hecho en un tiempo récord.

A mis amigos de Carabelas, que me han dado la energía necesaria para seguir escribiendo y mejorar día a día, muy especialmente a José Alberto, que fue la primera persona después de mi familia que leyó el manuscrito y que siempre llevaré en mi corazón.

A María Vicenta (Santi para los amigos) y Rosa, por sus consejos, ánimos y visión particular de mis escritos, que han contribuido a enriquecerlos y equilibrarlos.

A mi familia, que aunque me temo que no entienden lo que esto significa para mí ni el trabajo que conlleva, al menos me consienten la locura y me dejan seguir con ella.

Y como en la edición anterior, a mis padres, allá donde estén, porque soy lo que ellos hicieron de mí, aunque nunca llegaran a saber de lo que sería capaz.

Índice